LEWIS WALLACE / BEN HUR

LEWIS WALLACE

BEN HUR

VERLEGT BEI
KAISER

Titel des Originals: »Ben Hur«.
Aus dem Englischen übersetzt und zeitgemäß bearbeitet von Hertha Lorenz.

Neuauflage 2002
email: office@kaiserverlag.com
Buchausstattung: Prof. Karl Bauer
Druck und Bindearbeit: Gorenjski Tisk, Kranj – Slowenien

I.

Dschebel es Zubleh heißt ein über fünfzig Meilen langer Gebirgszug, der sich von Süden gegen Norden erstreckt. Blickt man von seinen rotweißen Klippen gegen Sonnenaufgang, hat man nur die arabische Wüste vor sich. Ungezählte Wadis, welche sich zur Regenzeit mit Wasser füllen, durchschneiden wie Furchen die römische Straße, die jetzt nur mehr ein staubbedeckter Pfad für Mekkapilger aus Syrien ist.

Aus einem dieser Wadis kam ein Wanderer, der dem Tafellande der Wüste zustrebte.

Dem Aussehen nach mochte er fünfundfünfzig Jahre alt sein. Sein langer, einst tiefschwarzer Bart zeigte bereits Spuren von Grau. Er ritt ein großes weißes Kamel, das ein kleines Zelt auf dem Rücken trug.

Der Wanderer unter dem grünen Zelte schien seine Umgebung gar nicht wahrzunehmen. Seine Augen waren wie träumerisch auf einen Punkt gerichtet. Das Gebaren des Mannes, der Gang des Tieres erweckten den Eindruck, daß beide einer unsichtbaren Führung folgten. Durch Stunden eilte das Kamel in stets gleichmäßigem Trabe genau gegen Osten vorwärts. Auch der Wanderer verharrte unbeweglich in seiner Stellung und blickte weder nach rechts noch nach links.

Genau um Mittag blieb das Kamel von selbst stehen und stieß einen eigentümlichen klagenden Schrei aus.

Der Mann unter dem Zelte fuhr wie aus dem Schlafe erwachend auf. Er schob die Vorhänge seitwärts, blickte nach der Sonne und prüfte lange und sorgfältig die Gegend nach allen Richtungen, um sich zu vergewissern, daß er am rechten Orte angelangt sei. Dann atmete er befriedigt auf und nickte, als wollte er sagen: Endlich! Er legte die Hände kreuzweise über die Brust, neigte das Haupt und verrichtete ein stilles Gebet. Nach Erfüllung dieser frommen Pflicht schickte er sich an, abzusteigen. Mit dem Rufe: „Ikh! Ikh!" gab er dem Tiere das Zeichen zum Niederknien. Langsam und grunzend folgte es dem Rufe.

Der Reiter setzte seinen Fuß auf den schlanken Hals und trat auf den sandigen Boden. Der Mann war von ebenmäßigem Körperbau, mehr kräftig als hochgewachsen.

Der lange Ritt hatte seine Glieder steif gemacht, er rieb die Hände und stampfte mit den Füßen. Die Augen mit den Händen überschattend, prüfte er die Wüste, so weit sein Blick reichte. Der leichte Schatten einer Enttäuschung, der über sein Gesicht glitt, verriet, daß er Gesellschaft erwartete. Doch verlor der Fremde offenbar keineswegs die Hoffnung, denn er ging zur Sänfte und nahm aus dem kistenartigen Behälter ein rundes, rot und weiß gestreiftes Tuch und ein Bündel Stäbe. Er steckte die Stäbe in den Boden, breitete das Tuch darüber, und seine Wohnung war fertig. Nun brachte er einen Teppich hervor und bedeckte damit den Boden des Zeltes. Dann ging er hinaus und begann wieder nach allen Richtungen zu spähen. Die ganze Wüste lag wie leblos da.

Er wandte sich dem Kamele zu und sagte leise in einer fremd klingenden Sprache: „Wir sind fern von der Heimat, doch Gott ist mit uns. Haben wir Geduld!"

Dann entnahm er einer Satteltasche Bohnen und tat sie in einen Beutel, den er dem Tiere umhing. „Sie werden kommen", sagte er ruhig. „Er, der mich geleitet, führt auch sie. Ich will alles vorbereiten."

Ein Weidenkorb und einige Taschen, die er aus der Sänfte auf dem Kamele holte, enthielten alles, was zu einem Mahle nötig, flache, aus Palmfasern gewobene Schüsseln, Wein in kleinen Lederschläuchen, getrocknetes Hammelfleisch, syrische Granatäpfel, die schönsten Datteln von Mittelarabien, dazu Käse und gesäuertes Brot. Das alles stellte er in schöner Ordnung auf den Teppich unter dem Zelt und legte zum Schlusse drei seidene Tücher als Servietten daneben.

Er trat wieder hinaus und bemerkte fern im Osten einen dunklen Punkt auf der Wüstenfläche.

Der Punkt wurde größer, nahm bestimmte Formen an. Er erkannte ein großes, weißes Kamel mit der Reisesänfte eines Inders auf dem Rücken. Der Ägypter kreuzte seine Arme auf der Brust und blickte zum Himmel. „Gott allein ist groß!" rief er aus. Ehrfurcht durchschauerte seine Seele.

Der Fremde kam näher und machte Halt. Auch er schien eben aus dem Schlafe erwacht. Er erblickte das Zelt und den Mann in betender Stellung. Er kreuzte ebenfalls die Arme, neigte sein Haupt und betete schweigend.

Als er vom Kamele abstieg und dem Ägypter entgegenging, sahen beide einander an, dann umarmten sie sich.

„Friede sei mit dir, o Diener des wahren Gottes!" sagte der Fremde.

„Auch dir, o Bruder im wahren Glauben", entgegnete mit Wärme der Ägypter, „auch dir Friede und Willkomm!"

Der Ankömmling war von schlanker, hagerer Gestalt; die Augen lagen tief in den Höhlen; Haar und Bart waren weiß, die Gesichtsfarbe rötlichbraun. „Gott allein ist groß!" rief er aus, die Worte des Ägypters wiederholend.

„Und gesegnet sind, die ihm dienen!" entgegnete dieser. „Doch warten wir", fügte er hinzu, „denn sieh, schon kommt dort auch der andere!"

Sie blickten gegen Norden, von wo ein drittes Kamel, ebenfalls von weißer Farbe, herangeschaukelt kam. Sie warteten, bis der Ankömmling abgestiegen war und ihnen entgegenkam.

„Friede sei mit dir!" sagte er, den Inder umarmend.

„Gottes Wille geschehe!" erwiderte dieser.

Der neue Ankömmling war seinen Freunden ganz unähnlich; er war zarter gebaut. Reiches, wogendes Haar von lichter Farbe umwallte sein kleines, aber schönes Haupt. Als er sich aus der Umarmung des Ägypters losgemacht hatte, sagte dieser mit zitternder Stimme: „Der Geist hat mich zuerst hierhergeführt; daraus erkenne ich, daß ich zum Diener meiner Brüder erwählt bin. Das Zelt ist aufgerichtet, das Brot zum Brechen bereit, laßt mich meines Amtes walten!"

Sie bei der Hand nehmend, führte er beide hinein, band ihnen die Sandalen los, wusch ihnen die Füße, goß Wasser über ihre Hände und trocknete sie mit Tüchern ab.

Und als er sich selbst die Hände gewaschen hatte, sprach er:

„Laßt uns, wie unsere Aufgabe es erheischt, uns stärken zur Verrichtung dessen, was uns heute noch obliegt. Während wir essen, können wir einander kennenlernen und jeder erfahren, wer die anderen sind, woher sie kommen und wie sie heißen."

Er führte sie zum Mahle und wies ihnen die Plätze an. Sie neigten nun gleichzeitig das Haupt, kreuzten die Arme über der Brust und sprachen gemeinsam:

„O Gott und Vater aller! Was wir haben ist von dir; nimm hin unseren Dank und segne uns, daß wir auch fürderhin stets deinen Willen tun."

Beim letzten Wort erhoben sie die Augen und blickten einander verwundert an. Jeder hatte in einer Sprache gesprochen, die die anderen noch nicht gehört hatten, und doch verstanden sie sich gegenseitig. Ehrfurchtsschauer durchbebten ihr Inneres; denn das Wunder ließ sie Gottes Gegenwart fühlen.

Die Zusammenkunft fand im Jahre 747 seit der Erbauung Roms statt. Es war Dezember, und winterliche Witterung herrschte in den Landstrichen östlich des Mittelländischen Meeres.

Die Gesellschaft im kleinen Zelt war hungrig und aß herzhaft. Der Wein brachte die Unterhaltung bald in Fluß.

„Was ich zu erzählen habe, Brüder", begann der Grieche, „ist seltsam. Ich verstehe mich selbst noch nicht. Das eine weiß ich sicher, daß ich den Willen eines Höheren vollziehe. Wenn ich an die Aufgabe denke, die ich zu erfüllen habe, empfinde ich eine so unaussprechliche Freude, daß ich überzeugt bin, es ist Gottes Wille –"

„Fern von hier im Westen", begann er wieder, „ist ein Land, welches nie der Vergangenheit anheimfallen wird. Ich will nichts sagen von den Künsten, der Philosophie, der Beredsamkeit, der Dichtkunst, dem Kriegsruhm: O meine Brüder, diesem Lande gebührt der unvergängliche Ruhm, daß in seiner vollkommenen Sprache, der, den zu suchen wir ausgezogen sind, der Welt verkündet werden wird. Ich spreche von Griechenland. Ich bin Kaspar, der Sohn des Kleanthes von Athen. Das Volk, dem ich angehöre, hat sich ganz der Kunst und Wissenschaft hingegeben, und ich habe von ihm dieselbe Neigung ererbt. Zwei von unseren Philosophen verkündeten das Heil, der eine, Plato, die Lehre von einer unsterblichen Seele in jedem Menschen, der andere, Aristoteles, die Lehre von einem einigen, unendlich gerechten Gott. Ich wählte diese beiden Lehren."

„Im nördlichen Teile meines Vaterlandes", fuhr der Grieche fort, „in Thessalien, ist ein berühmter Berg, Olymp genannt. Die Sage meiner Landsleute nennt ihn die Heimat der Götter; auf ihm soll Zeus, der höchste der Götter, seinen Wohnsitz haben. Dorthin begab ich mich. An einem Ausläufer dieses Berges fand ich eine Höhle; da ließ ich mich nieder und widmete mich der Betrachtung und flehte um Offenbarung. Mein Glaube an Gott ließ mich hoffen, daß er das Sehnen meines Herzens nach ihm nicht werde ungestillt lassen."

„Und du wurdest erhört!" rief der Inder lebhaft aus.

„Höret mich, Brüder", fuhr der Grieche fort, während er nur mühsam seine Bewegung unterdrücken konnte. „Der Eingang zu meiner Einsiedelei gewährte Ausblick auf den Golf von Thermä. Eines Tages sah ich einen Mann aus einem vorbeisegelnden Schiff über Bord stürzen. Ich rettete ihn. Er war ein Jude, wohlbewandert in der Geschichte und den Gesetzen seines Volkes. Von ihm erfuhr ich, daß der Gott meines Sehnens seit Jahrhunderten der Gesetzgeber, Herrscher und König der Israeliten ist. War diese Kunde etwas anderes als die Offenbarung, von der ich geträumt hatte? Mein Glaube war also nicht fruchtlos geblieben! Gott hat sich mir geoffenbart."

„Wie er sich allen offenbart, die mit solchem Glauben zu ihm rufen", sagte der Inder.

„Aber ach", warf der Ägypter ein, „wie wenige verstehen es, wenn er zu ihnen spricht!"

„Jener mir gesandte Mann sagte, die Propheten hätten versichert, er werde wieder kommen. Er nannte mir die Namen der Propheten und sagte, daß die Zeit der zweiten Wiederkunft eben jetzt in Jerusalem bevorstehe. Allerdings behauptete der Mann, dieser Gott und die Offenbarung seien allein für die Juden gewesen. Der da kommen soll, werde König der Juden sein. ‚So hätte er also nichts für die übrige Welt?' fragte ich. ‚Nein', lautete die stolze Antwort –, ‚wir sind sein auserwähltes Volk!' – Diese Antwort konnte meine Hoffnung nicht zerstören. Warum sollte dieser Gott seine Liebe und sein Wohltun auf ein Volk beschränken? Es drängte mich, die Wahrheit zu erfahren, die Wahrheit lebendig zu erhalten, damit die Welt zum Heile gelange. – Als der Jude weitergewandert war, saß ich eines Nachts am Eingang meiner Höhle und suchte mich durch abermaliges Gebet würdig zu machen, den verheißenen König mit eigenen Augen zu sehen und anzubeten. Plötzlich begann in der Dunkelheit ein Stern aufzuleuchten; langsam stieg er empor und kam näher, bis er über der Höhle stehen blieb und sein Licht voll auf mich fiel. Ich sank um und schlief ein. Im Traume hörte ich eine Stimme: ‚O Kaspar, dein Glaube hat gesiegt! Gesegnet bist du! Mit zwei anderen, die von den äußeren Enden der Erde kommen, sollst du den sehen, der da kommen soll, und Zeugnis von ihm geben. Wenn der Morgen anbricht, stehe auf und eile ihnen entgegen; vertraue dem Geist, der dich geleiten wird!'

Und als ich am Morgen erwachte, leuchtete der Geist in mir heller als die Sonne. Ich legte mein Einsiedlergewand ab und holte aus einem Versteck den Schatz, den ich mitgebracht hatte. Ein Schiff segelte vorüber. Ich rief es an, ward an Bord genommen und landete in Antiochia. Dort kaufte ich dieses Kamel. Durch blühende Gärten, die Ufer des Orontes entlang, kam ich nach Damaskus, von dort hierher."

Der Ägypter und der Inder blickten einander an; der letztere verneigte sich und begann:

„Mein Bruder hat wohlgesprochen. Mögen meine Worte ebenso weise sein." Er überlegte einen Augenblick, dann sprach er weiter: „Man nennt mich, Brüder, Melchior. Die Sprache, in der ich zu euch rede, ist, wenn auch nicht die älteste der Welt, so doch jene, die sich zuerst der Schrift bediente. Ich bin Inder. Mein Volk und seine Religion sind alt.

Ich ward als Brahmane geboren und im Glauben meines Volkes wurde ich aufgezogen. Die vollkommene Beobachtung aller Regeln sollte die Seligkeit sein; sie bedeutete aber vollständige, untätige Ruhe." Nach einigem Nachdenken fuhr der Inder fort:

„Als ich in die zweite Stufe treten sollte, begann ich alles in Zweifel zu ziehen, ich war in den Augen der Brahmanen ein Ketzer. Endlich, nach vielen Jahren des Ringens, erschaute ich den Urgrund alles Lebens, das Wesen der Religion, das Bindeglied zwischen der Seele und Gott: die Liebe."

Das Antlitz des Mannes erglühte; er faltete die Hände. Endlich begann er wieder:

„Ich konnte keine Ruhe finden. Eines Nachts wandelte ich die Ufer des Sees entlang und sprach zur lauschenden Stille: ‚Wann wird Gott kommen? Gibt es denn keine Erlösung?' Plötzlich begann ein Licht über der Wasserfläche emporzuzittern; bald erhob sich ein Stern, bewegte sich auf mich zu und blieb über mir stehen. Sein Strahlenglanz blendete mich. Während ich am Boden lag, hörte ich eine Stimme, die mit unendlicher Süße zu mir sprach: ‚Deine Liebe hat gesiegt. Gesegnet bist du, Indiens Sohn! Die Erlösung ist nahe. Mit zwei anderen, die von fernen Erdteilen kommen werden, sollst du den Erlöser sehen und von ihm Zeugnis geben. Wenn der Morgen kommt, dann mache dich auf und eile ihnen entgegen; vertrau dich dem Geiste an, der dich geleiten soll.'

Am nächsten Morgen trat ich die Reise an. In einem Felsenspalt fand ich einen Edelstein von seltenem Wert, den ich in Hurdwar verkaufte. Über Kabul kam ich nach Isphahan. Dort kaufte ich das Kamel und reiste nach Bagdad, ohne erst eine Karawane abzuwarten. Ich wanderte allein meines Weges, ohne Furcht, denn der Geist war mit mir und ist noch in mir. Welche Ehre für uns, Brüder! Wir sollen den Erlöser sehen, zu ihm sprechen, ihn anbeten! – Ich bin zu Ende."

Der lebhafte Grieche brach in Freudenrufe aus. Hierauf sprach der Ägypter mit würdevollem Ernste:

„Eure Worte, Brüder, kamen aus dem Geiste; und der Geist wird mich lehren, sie zu verstehen, Ich will euch nun meine Geschichte erzählen. Ich bin Balthasar aus Ägypten. Die Geschichte nahm bei uns ihren Anfang. Wir waren die ersten, die verschiedene Ereignisse durch schriftliche Aufzeichnungen verewigten. Aus diesen Aufzeichnungen wissen wir, daß unsere Väter vom Schicksal der Seele nach dem Tode lehrten."

Der Ägypter tat aus einem Krug Wasser einen Zug und fuhr dann fort:

„Ich wurde zu Alexandrien als Sohn eines Priesters aus fürstlichem Geschlechte geboren und erhielt eine meinem Stande angemessene Erziehung. Aber schon früh regte sich in mir die Unzufriedenheit. Die Lehre unserer Religion, daß die Seele nach dem Tode des Menschen immer wieder aufs neue durch alle Stufen der Geschöpfe wandern müsse bis zur höchsten Stufe, dem Menschen, genügte meinem Geiste nicht. Es wurde mir zur Gewißheit, daß der Tod nur eine Scheidung zwischen Guten und Bösen bedeutete, daß die Bösen dem Verderben anheimfallen, die Guten aber zu einem höheren Leben aufsteigen, zu einem tätigen, seligen, immerwährenden Leben mit Gott! Diese Entdeckung trieb mich zu neuem Forschen an.

Ich vertraute auf das Gebet, verließ gleich euch, die Welt und wanderte den Nil aufwärts bis tief in das unbekannte Afrika hinein. Dort ragt ein Berg, der seinen Schatten weit über die Wüste wirft. Schmelzender Schnee sendet seine Wasser die Abhänge des Berges hinab, zu einem See an seinem Fuße. Dort fand ich meine neue Heimat. Die Frucht des Palmbaumes nährte meinen Leib, das Gebet meine Seele. Eines Nachts wandelte ich am Ufer des Sees und betete: Wann wirst du kommen, o Gott? – Ein Stern schien gegen die Oberfläche zu steigen: sein strahlendes Licht blendete mein Auge. Er bewegte sich nach mir und blieb über meinem Haupte stehen. Ich sank zu Boden. Eine überirdische Stimme sprach zu mir: ‚Dein Gebet ist erhört. Gesegnet bist du, denn die Erlösung naht. Mit zwei anderen, die von fernen Landen kommen, sollst du den Erlöser sehen und von ihm Zeugnis geben. Am Morgen mache dich auf und eile ihnen entgegen. Und wenn ihr nach Jerusalem kommt, fraget das Volk: Wo ist der neugeborene König der Juden? Denn wir haben seinen Stern im Morgenlande gesehen und sind gekommen, ihn anzubeten! Vertraue dem Geiste, er wird dich geleiten.' Und das Licht leuchtete auch in meiner Seele und führte mich nach Memphis, wo ich mein Kamel kaufte, und über Suez und durch das Land der Moabiter und Ammoniter bis hierher. Gott ist mit uns, Brüder!"

Er hielt inne; wie einer inneren Eingebung folgend, erhoben sich die Gefährten und reichten sich die Hände.

„Das ist eine wunderbare göttliche Fügung!" rief Balthasar. „Wenn wir den Herrn gefunden haben, werden ihm alle Völker der Erde huldigen."

Es folgte tiefes Schweigen. Dann lösten sich ihre Hände, und sie traten vor das Zelt. Stille herrschte ringsum. Die Sonne neigte sich dem Untergange zu. Die Kamele schliefen. Die Freunde brachen das Zelt ab, bestiegen die Kamele und ritten einer hinter dem anderen unter Anführung des Ägypters weiter nach Westen. Die Nacht senkte sich auf die Wüste. Die Kamele trabten munter, die Reiter schwiegen. Bald kam der Mond herauf. Vor ihnen erstrahlte, nicht höher als der Gipfel eines Hügels, ein flammendes Licht. Ihre Herzen pochten schneller, ihre Seele durchrieselte heiliger Schauer, und wie aus einem Munde riefen sie:

„Der Stern! Der Stern! Gott ist mit uns!"

II.

An der Westseite der Mauer Jerusalems befindet sich das Bethlehem- oder Joppe-Tor. Schon in den Tagen Salomons herrschte daselbst lebhafter Verkehr; Kaufleute aus Ägypten, Tyrus und Sidon boten ihre Waren feil. Was auch ein Pilger wünschte, sei es ein Pferd oder ein Maultier oder ein Kamel, Gurken oder Melonen oder Datteln – alles konnte er am Joppe-Tor kaufen.

Viele hatten den Markt schon verlassen, doch das Gedränge dauerte fast unvermindert fort. Unter den neu Angekommenen fiel eine Gruppe, die aus einem Manne, einem Weibe und einem Esel bestand, besonders auf.

Der Mann hielt das Tier am Leitriemen und stützte sich auf einen Stab. Seine Kleidung glich der der Juden, nur schien sie neu zu sein. Seine Gesichtszüge ließen ihn als fünfzigjährig erscheinen, sein schwarzer Bart war grau untermischt. Der Esel kaute gemächlich an einem Häuflein Gras und ließ sich weder von dem ihn umgebenden Lärm stören, noch schien er sich um die weibliche Gestalt zu kümmern, die auf seinem Rücken saß. Ein Oberkleid aus dunklem Wollstoff bedeckte ihren Körper, ein weißer Schleier verhüllte Kopf und Hals. Endlich wurde der Mann angesprochen.

„Bist du nicht Josef aus Nazareth?"

„So heiße ich", erwiderte Josef und wandte sich um. „Und du? – Oh, Friede sei mit dir, Rabbi Samuel!"

„Das gleiche wünsche ich dir!" Der Rabbi hielt inne, blickte auf die Frau und fügte dann hinzu: „Friede sei mit dir und den Deinigen!" Beim letzten Worte legte er seine Hand auf die Brust und verneigte sich gegen die Frauengestalt. Diese hatte den Schleier zurückgezogen, so daß ihr Antlitz teilweise sichtbar wurde; sie schien dem Mädchenalter kaum entwachsen zu sein.

„Es liegt so wenig Staub auf deinen Kleidern", sagte der Rabbi in vertraulichem Ton, „daß ich vermute, du habest die Nacht hier in der Stadt unserer Väter zugebracht."

„Nein!" entgegnete Josef. „Wir konnten vor Einbruch der Nacht nur bis Bethanien kommen, blieben in der dortigen Herberge und machten uns bei Tagesanbruch wieder auf den Weg."

„Ihr habt also einen langen Weg vor euch; doch nicht bis Joppe?"

„Nein, nur bis Bethlehem."

„Ja, ja, ich verstehe. Du bist in Bethlehem geboren und gehst nun mit deiner Tochter dahin, dich der kaiserlichen Verordnung gemäß wegen der Besteuerung einschreiben zu lassen."

Josef antwortete, ohne seine Stellung zu ändern:

„Sie ist nicht meine Tochter."

In diesem Augenblick schob die Gestalt den Schleier zur Seite, so daß man ihr Gesicht ganz sehen konnte. Der Rabbi hatte Zeit genug, ein Angesicht von seltener Schönheit zu sehen. Sie errötete und zog den Schleier wieder vor.

„Deine Tochter ist schön", sagte der Rabbi mit gedämpfter Stimme.

„Sie ist nicht meine Tochter", wiederholte Josef.

Die Neugierde des Rabbi war erregt, und Josef beeilte sich zu erklären: „Sie ist das Kind Joachims und Annas aus Bethlehem, von denen du sicher gehört hast, denn sie standen in hohem Ansehen –"

„Ja", bemerkte der Rabbi ehrerbietig, „ich weiß von ihnen, sie stammten in gerader Linie von David. Ich kannte sie gut."

„Nun, sie sind schon tot", sprach Josef weiter; „Joachim war nicht reich; doch hinterließ er seiner Tochter Maria ein Haus und einen Garten; um ihr Erbteil sicherzustellen, mußte sie nach dem Gesetz ihren nächsten Verwandten heiraten. Sie ist nun mein Weib."

„Und du warst –"

„Ihr Oheim."

„Ja, ja! Da ihr beide in Bethlehem geboren seid, zwingt dich der Römer, sie dorthin mitzunehmen, damit auch sie aufgeschrieben werde!" Der Rabbi schlug beide Hände zusammen, blickte flammenden Auges gegen den Himmel und rief: „Noch lebt der Gott Israels! Sein ist die Rache!"

Mit diesen Worten wandte er sich ab.

Eine Stunde später zog Josef mit seiner Gattin zum Tore hinaus und wandte sich der Straße nach Bethlehem zu. Den Leitriemen in der Hand, schritt Josef an ihrer Seite.

Die Sonne brannte heiß auf die steinige Straße, Maria entblößte ihr Haupt.

Sie schien nicht älter als fünfzehn Jahre zu sein. Ihr Gesicht war oval, mehr blaß als hell. Die Nase war edel, die leicht geöffneten Lippen waren voll und rot und gaben dem Mund einen Ausdruck der Zartheit und Wärme. Sie hatte große blaue Augen, mit langen

Wimpern beschattet; reiches, goldfarbenes Haar fiel über ihren Rücken lose bis zum Sattel herab. Hals und Nacken hatten eine flaumige Weiche, und die körperlichen Reize wurden noch erhöht durch einen Hauch von Reinheit, den nur die Seele verleihen kann. Oft erhob sie die tiefblauen Augen zum Himmel; oft faltete sie die Hände zum Gebete. Von Zeit zu Zeit blickte Josef nach ihr, und wenn er ihren verklärten Gesichtsausdruck sah, schritt er voll Verwunderung den beschwerlichen Weg weiter. So durchwanderten sie die Ebene und erreichten endlich die Anhöhe Mar Elias. Hier hielten sie Rast, dann stiegen sie ins Tal hinab und kamen zum Brunnen. Der enge Raum war dicht von Menschen und Tieren angefüllt. Josef begann zu befürchten, es könnte, wenn in der Stadt solches Gedränge herrschte, für die zarte Maria keine Unterkunft zu finden sein. Ohne Aufenthalt eilte er weiter, bis zur Herberge vor dem Stadttor.

Die Herbergen des Morgenlandes nannte man mit einem persischen Worte Khan; sie waren meist nur eingefriedete Räume ohne Dach. Ihre Lage wurde mit Rücksicht auf Schatten, Sicherheit oder Wasser gewählt. Ähnliche Herbergen trifft man noch heute in der Wüste. Andere waren, namentlich an den Straßen zwischen großen Städten wie Jerusalem und Alexandrien, besser eingerichtete Gebäude. Gewöhnlich waren sie aber nichts anderes als die Besitzung eines Scheiks. Neben der Beherbergung von Reisenden waren sie Markt- und Handelsplätze, boten Kaufleuten und Handwerkern Raum für Zusammenkünfte und Aufenthalt. Es gab weder Wirt noch Koch, noch Küche; nur einen Wächter am Toreingang. Die ankommenden Fremden konnten nach Belieben verweilen, ohne daß sich jemand um sie gekümmert hätte. Jeder mußte Nahrungsmittel und Küchengeräte mitbringen oder von den im Khan anwesenden Händlern kaufen. Wasser, Ruhe, Obdach und Sicherheit war das einzige, was man vom Eigentümer beanspruchte, und das wurde ohne Entgelt gewährt. Die Ruhe der Synagogen mochte bisweilen durch lärmenden Streit gestört werden, die Ruhe der Herbergen niemals. Die Gebäude waren nicht minder heilig wie die Brunnen.

Es war die Herberge zu Bethlehem, vor der Josef und sein Weib haltmachten.

Ein Ort wie Bethlehem hatte nur einen Scheik und somit auch nur eine Herberge. Die Zählung, zu der Josef nach Bethlehem gekommen war, konnte Wochen oder Monate dauern; die römischen Behörden arbeiteten in den Provinzen mit sprichwörtlicher Langsamkeit: und für einen ungewissen Zeitraum mit seinem Weibe Bekannten oder Verwandten zur Last fallen wollte er nicht. Daher steigerte sich in ihm, bevor er noch in die Nähe der Herberge kam, die Furcht, er könnte keine Unterkunft finden, denn er fand die Straße dicht gedrängt mit Männern, Vieh, Pferden und Kamelen. Und als er zum Khan gelangt war, sah er zu seinem Schrecken, wie eine dichte Menge den Eingang umlagerte.

„Wir können nicht hinein", sagte Josef. „Warten wir, ob wir erfahren können, was geschehen ist." Er schob sich durch das Gedränge. Der Hüter saß auf einem großen Zedernblock vor dem Tore. Hinter ihm lehnte ein Spieß an der Mauer; ein Hund saß zu seinen Füßen.

„Der Friede Jehovas sei mit dir!" grüßte Josef.

„Was du wünschest, werde auch dir zuteil", antwortete der Wächter ohne sich von der Stelle zu bewegen.

„Ich bin aus Bethlehem. Ist hier kein Raum für –"

„Nein, hier nicht!"

„Du dürftest von mir gehört haben; ich bin Josef aus Nazareth. Ich stamme aus dem Geschlecht Davids."

Auf diese Worte gründete Josef seine Hoffnung. Verfehlten sie ihre Wirkung, so war jedes weitere Bemühen umsonst, mochte er dem Türhüter auch noch so viele Geldstücke anbieten. Ein Sohn Judas zu sein, galt als Ehre; ein Sohn Davids zu sein, war aber die höchste Auszeichnung, deren sich ein Hebräer rühmen konnte.

Die Berufung auf seine Abstammung blieb nicht ohne Wirkung. Der Torhüter glitt vom Zedernblock herab und sagte ehrfurchtsvoll:

„Rabbi, es sind gewiß mehr als tausend Jahre, seit dieses Tor sich zuerst einem Wanderer öffnete, und in dieser Zeit ist kein rechtschaffener Mann abgewiesen worden, außer es war kein Raum für Unterkunft mehr. Dich als einen Nachkommen Davids grüße ich nochmals, und wenn du mit mir gehen willst, werde ich dir zeigen, daß nirgends im Hause ein Platz frei ist, weder in meinem Wohnzimmer, noch in einer Kammer, ja nicht einmal auf dem Dache. Darf ich fragen, wann du angekommen bist?"

„Eben jetzt. – Wer sind denn alle diese Leute?" fragte Josef, gegen die Menge gewendet. „Und was führte sie her?"

„Was dich, Rabbi, hierhergeführt hat; der kaiserliche Befehl" – der Hüter warf Josef einen fragenden Blick zu und fuhr dann fort – „Gestern aber ist noch eine Karawane von Damaskus gekommen, die auf dem Wege nach Arabien und Unterägypten ist."

Josef ließ nicht ab. „Ich bitte nicht für mich, aber ich habe mein Weib bei mir und die Nacht ist kalt, kälter als in Nazareth. Sie kann nicht unter freiem Himmel bleiben. Ist vielleicht in der Stadt noch Raum?"

„Diese Leute" – der Hüter zeigte mit der Hand auf die Menge vor dem Tore – „haben die Stadt durchsucht und, wie sie melden, alle Plätze schon besetzt gefunden."

Wieder sprach Josef halb zu sich selbst: „Sie ist so jung! Wenn ich ihr draußen auf dem Hügel ein Lager bereite, wird der Frost ihr Tod sein." Dann wandte er sich wieder zu dem Wächter:

„Vielleicht kennst du ihre Eltern, Joachim und Anna, die aus Bethlehem gebürtig und gleich mir aus dem Hause Davids waren."

„Ja, ich kannte sie, sie waren gute Leute." Der Türhüter sah gedankenvoll zu Boden. Plötzlich hob er sein Haupt. „Wenn ich dir auch keinen Platz im Hause anweisen kann, so will ich dich doch nicht abweisen", sagte er. „Rabbi, was ich kann, will ich für dich tun. Ihr sollt nicht im Freien auf dem Hügel bleiben! Beeile dich, denn du weißt, wenn die Sonne hinter dem Berge verschwindet, bricht rasch die Nacht herein."

„Empfange den Segen des obdachlosen Wanderers; der Segen des beherbergten Gastes wird nachher folgen."

Freudig eilte nun Josef zu Maria. Maria hatte den Schleier zurückgezogen.

„Blaue Augen und goldiges Haar", murmelte der Wächter, als er sie erblickte. „So sah der junge König aus, als er vor Saul trat, ihn durch seinen Gesang zu erheitern." Er nahm den Leitriemen aus Josefs Hand und sagte zu Maria: „Friede sei mit dir, Tochter Davids!" und zu den anderen: „Friede sei mit euch allen!" und zu Josef: „Rabbi, folge mir!"

Der Führer wartete, bis Josef an seine Seite gekommen war.

„Die Höhle, zu der wir gehen", sagte er zu ihm, „diente auch deinem Ahnen David zur Zufluchtsstätte. Hierher pflegte er seine Herden in Sicherheit zu bringen; auch als er schon König war, kam er zu der alten Behausung zurück und brachte ein großes Gefolge mit. Die Krippen sind noch erhalten, wie zu seiner Zeit. Besser ein Bett auf dem Boden, wo er geschlafen hat, als eines im Hofraum oder draußen am Rande der Straße."

Das Gebäude war niedrig und schmal und hatte keine Fenster; es ragte nur wenig vom Felsen hervor, an den es mit der Hinterseite gebaut war. Durch die geöffnete Tür strömte Licht auf einen unebenen Boden und ließ in der Mitte des Raumes Getreide und Heu, irdene Gefäße und andere Hausgeräte sichtbar werden. Längs der Seitenwände standen aus Stein gemauerte Krippen, die auch für die Schafe niedrig genug waren.

„Tretet ein", sagte der Führer. „Diese Vorräte sind für Wanderer wie ihr. Nehmt davon, was ihr benötigt."

Dann wandte er sich zu Maria. „Kannst du hier ruhen?"

„Diese Stätte ist heilig", antwortete sie.

„So will ich euch verlassen. Friede sei mit euch allen!"

Als er sich entfernt hatte, machten sie sich eilig daran, die Höhle wohnlich herzurichten. Auch der Lärm in der Herberge hörte auf; die Lichter wurden ausgelöscht; alles schwieg und sank in Schlaf.

Ungefähr um Mitternacht jedoch rief einer der Schäfer: „Was ist das für ein Licht am Himmel? Wachet auf, Brüder, wachet auf und schauet!"

Schlaftrunken richteten sich die Leute auf und blickten um sich; Staunen erfaßte alle, welche im Hause, am Hofe und im eingefriedeten Platze untergebracht waren, und sie starrten zum Himmel.

Ein Lichtstrahl, der über den nächsten Sternen seinen Anfang nahm, fiel schräg zur Erde. Von einem Punkt erweiterte er sich allmählich, so daß er sich auf der Erde über Meilen zu erstrecken schien; während er am Saume sich nach und nach im Dunkel der

Nacht verlor, glänzte sein mittlerer Strahl in rosigem, blendendem Lichte.

Minutenlang blieb der Strahl unverändert am Himmel. Das Staunen der Leute verwandelte sich in Scheu und Furcht; die Zaghaften zitterten, die Kühnsten sprachen nur im Flüsterton.

„Habt ihr je Ähnliches gesehen?" fragte einer.

„Es scheint gerade über dem Berge dort zu sein. Ich kann nicht sagen, was es ist; ich habe auch nie etwas Ähnliches gesehen", lautete die Antwort.

„Vielleicht ist ein Stern geborsten und herabgefallen?" fragte ein anderer mit zitternder Stimme.

„Wenn ein Stern herabfällt, löscht er aus."

„Ich weiß es!" rief einer selbstbewußt. „Die Hirten haben einen Löwen gesehen und Feuer gemacht, um ihn von den Herden fernzuhalten."

Die Umstehenden atmeten erleichtert auf.

„Ja, so ist es! Wir sahen die Herden drüben im Tale weiden", rief einer.

„Nein, nein! Wenn man alles Holz in allen Tälern Judäas auf einen Haufen zusammentrüge und in Brand steckte, könnte die Flamme kein so starkes und helles Licht geben."

Tiefes Schweigen folgte dieser Bemerkung.

„Brüder", rief ein Jude von ehrwürdigem Aussehen, „was wir hier schauen, ist die Himmelsleiter, die unser Vater Jakob im Traume gesehen. Gepriesen sei der Herr, der Gott unserer Väter!"

III.

Ungefähr zwei Meilen südöstlich von Bethlehem liegt eine Ebene, die durch einen Gebirgszug von der Stadt geschieden ist. Gegen Nordwinde geschützt, war das Tal dicht mit Maulbeer- und Feigenbäumen, Zwergeichen und Fichten bewachsen. Hier suchten die wandernden Herden von Schafen, Ziegen und Rindern Zuflucht. Am Ende des Tales befand sich eine alte Schafhürde. Am Tage vor den bereits erzählten Ereignissen zogen Hirten mit ihren Schafen die Ebene hinauf, um neue Weideplätze zu suchen. Als die Sonne unterging, trieben sie ihre Herden in die Hürde, an deren Eingang sie ein Feuer anzündeten, und nahmen ihr einfaches Mahl, dann saßen sie und plauderten, während einer Wache halten mußte. Bevor noch die erste Wache vorüber war, legte sich einer um den anderen, wo sie gerade saßen, nieder und schlief ein. Die Nacht war hell und frisch; zahllose Sterne funkelten am Himmel. Kein Lüftchen regte sich. Es herrschte eine heilige Stille.

Vor dem Eingang schritt, in seinen Mantel gehüllt, der Wächter auf und ab. Langsam verstrich die Zeit; endlich war es Mitternacht. Er ging gegen das Feuer, blieb aber stehen; ein Lichtstrahl umgab ihn wie sanftes Mondlicht. Das Licht wurde stärker; das Dunkel erhellte sich; er übersah das Land. Er blickte empor: die Sterne waren verschwunden. Schauer und Furcht durchrieselten ihn. Von Schrecken erfaßt rief er:

„Wachet auf, wachet auf!"

Die Hunde sprangen auf und liefen bellend umher. Die Herden drängten sich erschrocken zusammen. Die Männer griffen zu den Waffen.

„Was ist's?" erscholl es wie aus einem Munde.

„Seht!" rief der Wächter. „Der Himmel steht in Flammen!"

Der Glanz des Lichtes blendete sie. Von Furcht und Schrecken erfaßt, warfen sie sich mit dem Angesicht zur Erde nieder. Eine Stimme aber sprach zu ihnen:

„Fürchtet euch nicht!"

Sie horchten auf.

„Fürchtet euch nicht! Denn siehe, ich verkünde euch eine große Freude, die allen Menschen zuteil werden soll!"

Die Stimme klang so sanft und weich, sie konnte keines Menschen Stimme sein, und erfüllte sie mit Zuversicht. Sie erhoben sich voll Ehrfurcht auf die Knie und sahen in der Mitte des Lichtscheines einen Mann in glänzend weißem Gewande; über seinen Schultern leuchteten die Spitzen zusammengefalteter Flügel; über dem Haupte strahlte ein Stern in ruhigem Glanze; seine Hände streckten sich wie zum Segen gegen die Hirten aus; ein himmlisch schönes Angesicht blickte freundlich auf sie herab. Sie hatten oft von Engeln gehört und in ihrer Einfalt darüber gesprochen, und so zweifelten sie nicht, sondern sprachen in ihren Herzen: Der Herr ist zu uns gekommen, und dieser ist sein Bote.

Der Engel aber sprach:

„Denn heute ist euch in der Stadt Davids der Heiland geboren worden, welcher ist Christus, der Herr!" Er schwieg abermals, und seine Worte senkten sich tief in ihre Herzen.

„Und dies soll euch zum Zeichen sein", sagte der Engel dann: „Ihr werdet ein Kindlein finden, in Windeln gewickelt und in einer Krippe liegend."

Der Engel hatte die frohe Botschaft verkündet. Plötzlich begann das Licht sich rosig zu färben, in der Ferne erschienen strahlende Gestalten, und ihre Stimmen sangen: „Ehre sei Gott in der Höhe und Friede den Menschen auf Erden."

Dann erhob sich der Engel und entschwebte in leichtem Fluge den Blicken der Hirten; auch das Licht entschwand mit ihm.

Als die Hirten zu sich gekommen waren, blickten sie einander traumverloren an, bis einer von ihnen sagte: „Es war Gabriel, der Bote des Herrn an die Menschen."

Als keiner antwortete, fuhr er fort: „Christus, der Herr, ist geboren."

Nun erlangte ein anderer die Sprache wieder: „Und sagte er nicht auch: in der Stadt Davids? Das ist ja unser Bethlehem! Und wir würden ihn als Kind finden, in Windeln eingewickelt? Und in einer Krippe liegend!"

Der zuerst gesprochen hatte, starrte nachdenklich ins Feuer; zu einem plötzlichen Entschlusse gekommen, sagte er endlich: „Es gibt nur einen Ort in Bethlehem, wo Krippen sind; nur einen, in der Höhle dort bei der Herberge. Brüder, laßt uns hingehen und sehen, was sich zugetragen hat. Die Priester und Schriftgelehrten erwarten schon lange den Messias. Jetzt ist er geboren, und der Herr hat uns ein Zeichen gegeben, an dem wir ihn erkennen können. Laßt uns hingehen und ihn anbeten."

Sie standen auf und gingen über den Berg und durch die Stadt der Herberge zu. Am Tore angelangt, wurden sie vom Wächter angehalten. „Was wünscht ihr?" fragte er.

„Wir haben heute nacht wunderbare Dinge gesehen und gehört."

„Auch wir haben Merkwürdiges gesehen, gehört aber nichts. Was habt ihr gehört?"

„Wir gehen zur Höhle, um Gewißheit zu erlangen. Komm mit und sieh selbst!"

„Es ist ein nutzloses Beginnen!"

„Nein! Der Messias ist geboren!"

„Der Messias! Woher wißt ihr das?"

„Laßt uns erst hingehen und sehen."

Der Mann lachte verächtlich. „Der Messias! Wie wollt ihr ihn denn erkennen?"

„Er wurde heute nacht geboren und liegt in einer Krippe; so wurde uns verkündet. Es gibt in Bethlehem nur einen Ort, wo Krippen sind."

„Die Höhle?"

„Ja. Geh mit uns!"

Sie durchschritten den Hof, ohne beachtet zu werden, obgleich dort noch einige wach waren und über das wunderbare Licht sprachen. Die Tür der Höhle war offen; eine Laterne brannte. Sie traten ein. „Friede sei mit euch!" grüßte der Torwächter Josef. „Leute sind hier, die ein Kind suchen, das diese Nacht geboren wurde; sie wollen es daran erkennen, daß es in Windeln gewickelt ist und in einer Krippe liegt."

Josef war gerührt; er wandte sich um und sprach: „Das Kind ist hier", und führte sie zu einer Krippe; dort lag das Kind. Das Licht wurde herbeigebracht. In stummer Andacht betrachteten die Hirten das Kind; es war wie andere neugeborene Kinder.

„Wo ist die Mutter?" fragte der Wächter.

Maria nahm das Kind in die Arme. Die Hirten umringten sie.

„Es ist der Messias!" sagte endlich ein Hirte. „Der Messias!" wiederholten alle und fielen anbetend auf die Knie.

„Es ist der Herr, und seine Herrlichkeit erfüllt Himmel und Erde."

Die schlichten Männer küßten den Saum des Kleides der Mutter, und als sie aufblickten, ging von ihren Gesichtern ein seltsames Leuchten aus. In der Herberge weckten sie die Leute und erzählten ihnen, was sie gesehen hatten. Auf dem Wege durch die Stadt und bis zurück sangen sie das Loblied der Engel: „Ehre sei Gott in der Höhe und Friede den Menschen auf Erden!"

Die Erzählung der Hirten verbreitete sich rasch und wurde durch das Licht, das weit und breit gesehen wurde, bestätigt. An den folgenden Tagen wurde die Höhle von einer Menge Neugieriger besucht, von denen manche glaubten, die meisten aber lachten und spotteten.

Am elften Tag nach der Geburt des Kindes in der Grotte, um die Mitte des Nachmittags, näherten sich die drei Weisen von Sichem her der Stadt Jerusalem. Als sie den Bach Kidron überschritten hatten, wurde die Straße belebter; alle, denen sie begegneten, blieben stehen und blickten ihnen neugierig nach. Gegenüber den Königsgräbern saßen an der Straße einige Frauen; neben ihnen spielte ein Kind; es klatschte in die Hände, als es die Männer kommen sah, und rief: „Seht, seht! Große Kamele! Schöne Schellen!"

Die Schellen waren aus Silber, die Kamele weiß und von ungewöhnlicher Größe. Der Sattelschmuck zeugte von Wohlhabenheit. Die drei Männer hielten vor den Frauen an.

„Gute Leute", sagte Balthasar und beugte sich dabei von seinem Sitz herab, „liegt nicht Jerusalem in der Nähe?"

„Ja", antwortete die Frau, in deren Arme das Kind sich geflüchtet hatte. „Wenn die Bäume dort auf dem Hügel niedriger wären, könntet ihr die Kuppeln sehen."

Balthasar warf dem Griechen und dem Inder einen Blick zu und fragte weiter:

„Wo ist der neugeborene König der Juden?"

Die Frauen blickten einander verständnislos an.

„Habt ihr nicht von ihm gehört?"

„Nein."

„Nun, so erzählt allen, daß wir seinen Stern im Morgenlande gesehen haben und gekommen sind, ihn anzubeten."

Hierauf ritten sie weiter und richteten die Frage auch an andere, immer mit demselben Erfolg. Eine Schar Menschen, die auf dem Wege zur Jeremiasgrotte war, geriet über die Frage und die Erscheinung der Männer in solches Staunen, daß sie umkehrte und ihnen in die Stadt folgte. So kamen sie endlich zum Damaskus-Tor, wo ein römischer Soldat Wache hielt.

„Friede sei mit dir!" grüßte der Ägypter mit klarer Stimme.

Die Wache gab keine Antwort.

„Wir kommen aus weiter Ferne, um den neugeborenen König der Juden zu suchen. Kannst du uns sagen, wo wir ihn finden?"

Der Soldat hob das Visier seines Helmes und rief mit lauter Stimme. Ein Offizier erschien und schrie zur Menge, die sich immer dichter herandrängte: „Platz gemacht! Was wollt ihr?" fragte er Balthasar.

„Wo ist der neugeborene König der Juden?"
„Herodes?" fragte erstaunt der Offizier.
„Herodes hat sein Königtum vom Kaiser; nein, nicht ihn suchen wir!"
„Einen anderen König der Juden gibt es nicht!"
„Wir haben seinen Stern gesehen und sind gekommen, ihn anzubeten!"
Der Römer war erstaunt. „Geht weiter!" sagte er. „Geht weiter! Ich bin kein Jude. Fragt die Gesetzeslehrer im Tempel oder Annas, den Priester, oder noch besser Herodes selbst. Wenn es außer ihm noch einen anderen König der Juden gibt, wird er ihn zu finden wissen."
Er machte den Fremden den Platz frei, und diese zogen durch das Tor. Balthasar hielt sein Tier an und sagte zu seinen Freunden: „Der Zweck unseres Kommens ist nun bekannt. Bis Mitternacht wird die ganze Stadt von unserer Sendung gehört haben. Suchen wir die Herberge auf!"

*

An jenem Abend waren mehrere Frauen auf der oberen Stufe der Treppe, die zum Teiche Siloah hinabführte, mit Waschen beschäftigt. Eine jede kniete vor einer breiten irdenen Schüssel. Ein Mädchen, das am unteren Ende der Treppe stand, versorgte sie mit Wasser und sang, während es den Krug füllte. Während sie fleißig die Hände regten, die Wäsche in den Schüsseln rieben und wanden, traten zwei andere Frauen, jede mit einem leeren Kruge auf der Schulter, zu ihnen und grüßten: „Friede sei mit euch!"
Die anderen hielten in ihrer Arbeit inne, trockneten ihre Hände und erwiderten den Gruß.
„Es ist bald Nacht und Zeit zum Aufhören."
„Die Arbeit hat nie ein Ende."
„Man muß auch Zeit haben, zu ruhen und zu –"
„Hören, was in der Welt vorgeht", fiel die andere ein.
„Was wißt ihr Neues?"
„Ihr habt also nichts gehört?"
„Nein!"
„Man sagt, der Messias sei geboren."
Lebhafte Neugierde spiegelte sich in den Gesichtern der Frauen.
„Der Messias!" riefen alle.
„So erzählt man."
„Wer?"
„Alle; es ist Stadtgespräch."
„Glaubt es denn jemand?"
„Heute nachmittag kamen drei Männer von Sichem her", erwiderte die Erzählerin. „Jeder ritt ein weißes Kamel von solcher Größe, wie man sie bisher in Jerusalem nicht gesehen hat." Die Zuhörerinnen

sperrten Mund und Augen auf. „Es waren sicherlich vornehme und reiche Männer", fuhr sie fort; „denn sie saßen unter einem seidenen Zelte. Die Schnallen ihrer Sättel waren von Gold, auch die Borten ihrer Zäume; die Schellen waren aus Silber und machten liebliche Musik. Niemand kannte sie; sie sahen aus, wie wenn sie von den Grenzen der Erde gekommen wären. Nur einer führte das Wort, und an alle, denen sie begegneten, sogar an die Frauen und Kinder, richtete er die Frage: ‚Wo ist der neugeborene König der Juden?' – Niemand gab ihnen Antwort, niemand wußte, was sie meinten; und so zogen sie weiter mit der Erklärung: ‚Wir haben seinen Stern im Morgenlande gesehen und sind gekommen, ihn anzubeten.' – Sie legten diese Frage auch dem Römer am Tore vor, und dieser, ebenso unwissend wie das Volk am Wege, sandte sie zu Herodes."

„Wo sind sie jetzt?"

„In der Herberge. Hunderte sind hingegangen, sie zu sehen, Hunderte gehen noch immer hin."

„Wen meinten sie mit dem König der Juden?"

„Den Messias, der soeben geboren sein soll."

Eine von den Frauen lachte und ging wieder an die Arbeit, indem sie sprach: „Nur, wenn ich ihn sehe, will ich an ihn glauben."

Eine andere folgte ihrem Beispiel. „Nur, wenn ich ihn die Toten auferwecken sehe, will ich glauben."

Eine dritte sagte ruhig: „Er ist vor langer Zeit verheißen worden. Mir soll es genug sein, wenn ich ihn nur einen einzigen Aussätzigen heilen sehe." So saßen sie und plauderten, bis die Nacht einbrach und sie zwang, nach Hause zu gehen.

IV.

Am selben Abend, zu Beginn der ersten Nachtwache, fand auf Befehl des Herodes im Palaste auf Zion eine Versammlung von ungefähr fünfzig Männern statt. Es war eine Zusammenkunft der Gesetzeslehrer, der Hohenpriester, der durch Gelehrsamkeit ausgezeineten Männer, sowie der Führer der verschiedenen religiösen Anschauungen. Das Gemach, in welchem die Sitzung stattfand, lag in einem der inneren Hofräume des Palastes, es war sehr geräumig und nach römischer Weise eingerichtet. Der Fußboden war mit Marmorplatten ausgelegt; die fensterlosen Wände schmückten Freskogemälde; in der Mitte des Saales befand sich ein mit hellgelben Kissen bedeckter, hufeisenförmiger Diwan; neben dem Diwan stand ein großer dreifüßiger Sessel, über ihm hing von der Decke ein siebenarmiger Kronleuchter. Die Männer standen größtenteils in vorgerücktem Alter; ihre Kleidung hatte gleichen Schnitt, aber verschiedene Farben; lange

Bärte umwallten ihre Gesichter; die gekrümmten Nasen und die schwarzen Augen, die von dichten Brauen überschattet waren, verliehen ihnen ein strenges Aussehen; ihr Benehmen war würdevoll und patriarchalisch. Der Mann, der vor dem Dreifuß saß, war offenbar der Vorsitzende der Versammlung; zu seiner Rechten und Linken saßen die übrigen. Seine Erscheinung erregte Aufmerksamkeit. Groß von Gestalt, war er durch das Alter gebeugt und zusammengeschrumpft; ein weißes Kleid hing in losen Falten von den Schultern herab. Wenn er redete, erhob er die rechte Hand und streckte den zitternden Zeigefinger aus. Sein Haupt aber verriet noch Geistesfrische; es war von wenigen silberweißen Haaren umrahmt. Die Augen waren matt und trübe; ein lang herabwallender Bart gab ihm ein ehrwürdiges Aussehen. Es war Hillel, der Babylonier. In einem Alter von hundertundsechs Jahren war er noch Vorsitzender des Hohen Rates. Auf dem Tische vor ihm lag eine mit hebräischen Schriftzeichen beschriebene Pergamentrolle; hinter ihm stand in wartender Haltung ein reichgekleideter Knabe.

Es hatte ein lebhafter Meinungsaustausch stattgefunden, nun aber war man zu einem Schlusse gekommen. Hillel rief den Knaben zu sich: „Geh, und melde dem König, daß wir bereit sind, ihm Antwort zu geben."

Der Knabe eilte hinweg. Nach kurzer Zeit traten zwei Soldaten ein und stellten sich rechts und links vor der Tür auf. Ihnen folgte langsam eine auffallende Persönlichkeit: ein Greis in einem mit Scharlach verbrämten Purpurgewande, seine Schuhe funkelten von Edelsteinen, ein schmaler Kronreif schimmerte auf seinem Haupte, an seinem Gürtel hing ein Dolch. Ohne aufzublicken, trat er bis zum Diwan vor, richtete sich auf und blickte stolz um sich; so finster, argwöhnisch, drohend war der Blick, als suche er einen Feind.

Es war Herodes der Große: gebrochen am Leibe durch Krankheit, belastet mit schweren Verbrechen, ausgestattet mit herrlichen Geistesgaben - ein würdiger Genosse der Cäsaren - behauptete er noch in seinem siebenundsechzigsten Jahre den Thron mit wachsamer Eifersucht, despotischer Macht und unerbittlicher Grausamkeit. Eine allgemeine Bewegung ging durch die Versammlung; die älteren beugten sich zum Gruße; andere, die Hofgunst mehr zu schätzen wußten, erhoben sich von ihren Sitzen und beugten das Knie. Nachdem Herodes Umschau gehalten hatte, trat er zu Hillel, der ihn mit einer Verneigung des Hauptes begrüßte.

„Die Antwort!" gebot der König und stützte sich mit beiden Händen auf den Stab. - Die Augen des ehrwürdigen Greises leuchteten in mildem Lichte; er blickte dem König ins Gesicht und antwortete:

„Der Friede des Gottes Abrahams, Isaaks und Jakobs sei mit dir, o König!" Seine Worte klangen feierlich wie ein Gebet; dann fuhr er in gewöhnlichem Tone fort: „Du hast von uns zu wissen verlangt, wo der Messias geboren werden solle." Der König nickte, seinen finsteren Blick fest auf Hillel gerichtet. „Nun denn, o König! In meinem und im Namen meiner Brüder hier, die mit mir gleicher Meinung sind, sage ich dir: zu Bethlehem in Judäa."

Hillel blickte auf die Pergamentrolle, zeigte mit zitterndem Finger auf eine Stelle hin und fuhr fort: „Zu Bethlehem in Judäa; denn so steht es geschrieben beim Propheten: ‚Und du, Bethlehem im Lande Judäa, bist keineswegs die geringste unter den Fürstenstädten Judas; denn aus dir wird hervorgehen der Fürst, der mein Volk Israel regieren soll."

Herodes war betroffen; nachdenklich ruhte sein Blick auf dem Pergament. Die Anwesenden wagten kaum zu atmen; auch Herodes schwieg. Endlich wandte er sich um und verließ den Saal.

„Brüder", sagte Hillel, „wir sind entlassen," Die Versammelten erhoben sich und gingen gruppenweise fort. „Simeon!" sprach Hillel wieder. Ein Mann im Alter von etwa fünfzig Jahren trat zu Hillel. „Nimm das heilige Pergament, mein Sohn, und rolle es mit gebührender Sorgfalt zusammen! Nun reiche mir deinen Arm und führe mich zur Sänfte!"

Der Mann beugte sich herab, und sie schritten langsam zur Tür. So verließen der berühmte Lehrer und sein Sohn Simeon, welcher der Erbe seiner Weisheit, Gelehrsamkeit und seines Amtes sein sollte, den Sitzungssaal des Hohen Rates.

*

Am selben Abend legten sich die drei Weisen in der Herberge zur Ruhe. Sie konnten durch den offenen Eingang das Firmament erblicken und, die blinkenden Sterne betrachtend, dachten sie an die Offenbarung. Sie waren endlich in Jerusalem; sie hatten nach dem gefragt, den sie suchten; sie hatten Zeugnis abgelegt von seiner Geburt; es blieb ihnen nur noch übrig, ihn zu finden, und sie setzten ihr Vertrauen auf den Geist Gottes. Wer nach der Stimme Gottes lauscht oder ein Zeichen vom Himmel erwartet, der findet keinen Schlaf.

Da schritt ein Mann durch den Eingang. „Wachet auf!" rief er ihnen zu. „Ich bringe euch eine Botschaft, die kein Zögern duldet."

Sie richteten sich auf. „Von wem?" fragte der Ägypter.

„Vom König Herodes."

„Bist du nicht der Wächter der Herberge?" fragte Balthasar.

„Ja, das bin ich."

„Was wünscht der König von uns?"

„Sein Bote wartet draußen; er wird es euch sagen."

„Sage ihm, er möge warten; wir werden sogleich kommen."

„Du hattest recht, Bruder", sagte der Grieche, als der Wächter gegangen war. „Die Frage, die wir an die Leute auf der Straße und an die Wache am Tor richteten, hat uns schnell bekannt gemacht. Eilen wir!" Sie standen auf, legten die Sandalen an, warfen die Mäntel um und traten hinaus.

„Ich grüße euch und wünsche euch Frieden und bitte um Entschuldigung, daß ich euch belästige. Mein Gebieter, der König, hat mich gesandt, euch einzuladen, in den Palast zu kommen, wo er allein mit euch sprechen will." So entledigte sich der Bote seines Auftrages.

Eine Lampe brannte über dem Eingange; in ihrem Scheine blickten sie einander an und erkannten, daß der Geist über sie gekommen war. Der Ägypter trat nahe an den Wächter und sagte leise zu ihm, daß er von den anderen nicht gehört werden konnte: „Du weißt, wo unsere Sachen im Hofe sind und wo unsere Kamele ruhen. Während wir fort sind, bereite alles für die Abreise vor, damit wir nach unserer Rückkunft, wenn es nötig sein sollte, sogleich aufbrechen können."

„Geht unbesorgt eures Weges und verlaßt euch auf mich", erwiderte der Wächter.

„Des Königs Wille geschehe", sprach Balthasar zum Boten.

Die Straßen der Heiligen Stadt waren damals ebenso eng wie heute, aber nicht so holprig und schmutzig. Stumm folgten die drei Männer ihrem Führer. Nur ein trübes Sternenlicht erhellte ihren Weg, der sie zu einem Tore führte. In dem Scheine zweier Kohlenfeuer lehnten Wachposten regungslos auf ihre Waffen gestützt. Sie schritten durch das Tor. Dann wurden sie durch ein Labyrinth von Gängen und Hallen, sowie über mehrere Treppen bis zu einem Turm von beträchtlicher Höhe geführt. Plötzlich blieb der Führer stehen, zeigte auf eine offene Tür und sprach zu ihnen: „Tretet ein! Hier ist der König!"

Der drückende Duft des Sandelholzes erfüllte das Gemach, in welches sie jetzt traten; die Einrichtung zeugte von üppiger Prachtliebe. Ein kostbarer Teppich war in der Mitte ausgebreitet und auf ihm stand der Thron. Auf dem Throne saß Herodes in derselben Kleidung, die er in der Sitzung des Hohen Rates getragen hatte, um die Fremden zu empfangen. Sie traten näher und verbeugten sich bis zum Boden. Der König läutete. Ein Diener kam herein und stellte drei Stühle vor dem Throne auf. „Setzet euch!" sagte huldvoll der König. Als sie Platz genommen hatten, fuhr er fort: „Vom Nordtore her wurde mir heute nachmittag die Ankunft dreier Fremdlinge berichtet, die seltsam beritten und ausgerüstet waren, als seien sie aus fernen Ländern gekommen. Seid ihr diese Männer?"

Der Ägypter nahm das Wort unter einer tiefen Verbeugung: „Wären wir andere, als wir sind, so hätte uns der mächtige Herodes nicht rufen lassen."

Eine Handbewegung des Königs deutete an, daß ihn diese Worte befriedigten. „Wer seid ihr?" fragte er weiter. „Ein jeder spreche für sich selbst!"

Sie erstatteten ihm Bericht, indem sie Ort und Land ihrer Geburt sowie den Weg, auf dem sie gekommen waren, angaben. Einigermaßen enttäuscht, forschte Herodes genauer: „Wie lautet die Frage, die ihr beim Tore an den wachehabenden Offizier gestellt habt?"

„Wir fragten ihn: Wo ist der neugeborene König der Juden?"

„Ich begreife nun, warum das ganze Volk so in Bewegung kam. Gibt es denn außer mir noch einen anderen König der Juden?"

Furchtlos antwortete der Ägypter: „Ja, er wurde soeben geboren."

Ein Zug des Schmerzes flog über das finstere Antlitz des Herrschers. „Nicht mir!" rief er aus, „nicht mir wurde er geboren!" Dann fragte er weiter: „Wo ist de neugeborene König?"

„Das ist es, o König, wonach wir fragen!"

„Ihr setzt mich in Erstaunen! Ihr legt mir ein Rätsel vor. Erzählt weiter. Saget mir, was ihr über den Neugeborenen wißt, und ich will euch helfen, ihn zu suchen. Und wenn wir ihn gefunden haben, will ich ihn nach Jerusalem bringen und ihn zum König erziehen; ich will meinen Einfluß beim Kaiser verwenden, ihm zu hohen Stellungen und Ehren zu verhelfen. – Doch sagt mir, wie konntet ihr, die ihr doch durch Meere und Wüsten so weit voneinander getrennt waret, zu gleicher Zeit von ihm hören?"

„Ich will es dir in Wahrheit sagen, o König."

„Sprich!" gebot Herodes.

Balthasar richtete sich auf und sprach feierlich: „Es gibt einen allmächtigen Gott." Herodes erschrak sichtlich. „Dieser befahl uns, hierherzukommen, daß wir den Erlöser der Welt finden, ihn sehen und anbeten und von seiner Ankunft Zeugnis geben. Als Zeichen vom Himmel leuchtete einem jeden von uns ein Stern. Gottes Geist führte uns. O König, sein Geist ist mit uns!"

Herodes blickte von einem zum anderen; er war noch mehr von Argwohn erfüllt als vorher. „Ihr treibt mit mir Spott", sagte er. „Und wenn nicht, sagt mir mehr. Was soll auf die Ankunft des neuen Königs folgen?"

„Die Erlösung der Menschen."

„Wovon?"

„Von ihren Sünden."

„Wodurch?"

„Durch die Kraft Gottes; durch Glaube, Liebe und gute Werke."

„Dann –" Herodes hielt inne; sein Blick ließ in keiner Weise seine Gefühle erkennen, als er fortfuhr: „Dann seid ihr die Verkünder des Messias. Ist das alles?"

Balthasar verbeugte sich tief: „Wir sind deine Diener, o König!"

Der König läutete abermals, und der Diener erschien. „Bringe die Geschenke!" befahl der Herrscher.

Der Diener ging hinaus. In kurzer Zeit kehrte er zurück, kniete vor den Gästen nieder und reichte jedem einen Mantel in scharlachroter und blauer Farbe und einen golddurchwirkten Gürtel. Sie nahmen die Geschenke mit großen Dankesbezeugungen an. „Noch ein Wort!" sagte Herodes. „Ihr habt zum Offizier beim Tore und zu mir von einem Stern gesprochen, den ihr im Morgenlande gesehen habt."

„Ja", sagte Balthasar, „es war sein Stern, der Stern des Neugeborenen."

„Um welche Zeit erschien er?"
„Als uns befohlen wurde, hierher zu kommen."
Herodes erhob sich, ein Zeichen, daß die Audienz zu Ende sei. Er stieg vom Throne, ging ihnen entgegen und sagte huldvoll: „Wenn ihr, erlauchte Männer, die Verkünder des neugeborenen Messias seid, wie ich nicht bezweifle, so wisset, daß ich heute abend die weisesten der jüdischen Lehrer befragt habe, und sie sagten einstimmig, er solle zu Bethlehem in Judäa geboren werden. Ich sage euch also, geht dorthin! Geht hin und forschet genau nach dem Kinde; und wenn ihr es gefunden habt, so zeigt es mir an, damit auch ich komme, es anzubeten. Nichts soll euch auf dem Wege hinderlich sein. Friede mit euch!"
Und sich in seinen Mantel hüllend, verließ er das Gemach. Der Führer kam, geleitete die Weisen zur Straße und zur Herberge. Beim Tore angelangt, rief der Grieche bewegt:
„Laßt uns nach Bethlehem gehen, Brüder, wie der König uns geraten hat."
„Ja", rief der Inder, „lasset uns gehen!"
„Es sei!" sprach Balthasar. „Die Kamele stehen bereit."
Sie beschenkten den Torwächter, schwangen sich in die Sättel, ließen sich den Weg zeigen und ritten fort. Als sie auf die Ebene von Rephaim kamen, erschien am Himmel ein Licht, das rasch an Stärke zunahm. Vor seinem Glanze schlossen sie die Augen. Als sie wieder aufblickten, sahen sie den Stern über sich am Himmel. Voll Freude falteten sie die Hände. „Gott ist mit uns! Gott ist mit uns!" riefen sie den ganzen Weg entlang und folgten dem Stern, der langsam vor ihnen herzog, bis er über einem Hause, das am Hügelabhang in der Nähe der Stadt gelegen war, stillstand.
Eben begann die dritte Nachtwache; im Osten Bethlehems dämmerte bereits über den Bergen der Morgen. Der Wächter auf dem Dache der Herberge lauschte, von Kälte durchschauert, den ersten Lauten des erwachenden Lebens, als sich ein Licht dem Hause näherte. Er hielt es für eine Fackel in der Hand eines nächtlichen Wanderers; dann meinte er, einen Meteor zu sehen; der Glanz des Lichtes aber nahm zu, bis er sah, daß es ein Stern war. Aufs höchste erschreckt, schrie er auf und weckte die Leute, die im Khan schliefen; sie eilten auf das Dach. Die Erscheinung kam immer näher; die Felsen, die Bäume und die Straßen waren hell erleuchtet, das Licht wurde blendend, daß man die Augen wegwenden mußte. Die Furchtsamen fielen auf die Knie nieder, verhüllten ihr Angesicht und beteten; die Beherzten suchten, die Hände vor die Augen haltend, von Zeit zu Zeit zaghafte Blicke nach dem Lichte zu werfen. Bald erstrahlte die Herberge und die ganze Umgebung in blendendem Glanze. Wer nach dem Stern zu schauen wagte, sah ihn gerade über dem Hause vor der Höhle, wo das Kind geboren wurde, stillstehen.
Als das Licht am stärksten strahlte, langten die Weisen bei der Herberge an; vor dem Tore stiegen sie von den Kamelen und begehrten Einlaß. Erst als der Wächter sich von seinem Schrecken erholt

hatte, stieg er hinab, schob die Riegel zurück und öffnete ihnen. Die Kamele erschienen geisterhaft in dem Lichte. Das Fremdländische der drei Besucher, ihr Eifer und die Erwartung, die sich in ihrem ganzen Wesen zeigte, erregte die Furcht des Wächters noch mehr.

„Ist dies nicht Bethlehem in Judäa?"

Es traten andere hinzu und ihre Gegenwart gab ihm wieder Mut. „Nein, dies ist die Herberge; die Stadt liegt weiter drüben."

„Befindet sich hier ein neugeborenes Kind?"

Die Leute blickten einander verwundert an; einige aber antworteten: „Ja, ja!"

„Führt uns zu ihm!" sagte voll Ungeduld der Grieche. „Führt uns zu ihm!" rief auch Balthasar, „denn wir haben seinen Stern gesehen, denselben, den ihr dort über dem Stalle seht, und sind gekommen, es anzubeten." Der Inder faltete die Hände und rief aus:„ Wahrhaftig, Gott lebt! Eilet, eilet! Der Erlöser ist gefunden. Gesegnet, gesegnet sind wir vor allen Menschen!"

Die Leute auf dem Dache stiegen herab und folgten den Fremden, als sie aber noch immer den Stern über dem Stalle, wenn auch weniger strahlend, schweben sahen, wandten sich einige erschrocken um. Als die Fremden sich dem Hause näherten, erhob sich der Stern; als sie eintraten, entschwand er vollends dem Gesichtskreis. Für alle, die Zeugen dieses Schauspiels waren, stand es fest: zwischen dem Sterne und den Fremden waltete ein innerer Zusammenhang, der sich auch auf die Bewohner des Stalles erstreckte. Als die Tür geöffnet ward, drängten sie sich hinein.

Der Raum, den sie betraten, war von einer Laterne erleuchtet, so daß es den Fremden möglich war, die Mutter und das Kind, das wach in ihren Armen lag, zu sehen.

„Ist das dein Kind?" fragte Balthasar Maria.

Und sie, die alles, was das Kind betraf, in ihrem Herzen bewahrte, hielt es gegen das Licht und sprach: „Dies ist mein Sohn!"

Und sie fielen nieder und beteten ihn an.

Das Kind, das sie sahen, glich den anderen Kindern; sein Haupt umstrahlte weder ein Glorienschein noch schmückte es eine Krone; es gab kein Zeichen, ob es auch ihre Freudenrufe, ihre Lobpreisungen und Gebete hörte, es blickte nach dem Lichte.

Nachdem sie ihre Andacht vollbracht hatten, erhoben sie sich und gingen zu den Kamelen; dann kamen sie wieder mit Geschenken, Gold, Weihrauch und Myrrhen, und legten sie dem Kinde zu Füßen.

Das also war der Erlöser, den zu suchen sie aus weiter Ferne gekommen waren! Und sie beteten ihn an ohne irgendwelchen Zweifel im Herzen. Ihr Glaube gründete sich auf die Zeichen, die ihnen derjenige gesandt hatte, den auch wir als unseren Vater erkennen.

V.

Einundzwanzig Jahre sind vergangen, Herodes der Große war ein Jahr nach der Geburt des Kindes in einer so elenden Weise gestorben, daß die christliche Welt nicht ganz mit Unrecht behauptete, er sei vom göttlichen Zorn getroffen worden. Wie alle Herrscher, die nur auf Verstärkung ihrer Macht bedacht sind, träumte er davon, Krone und Reich zu vererben, eine Dynastie zu gründen. In dieser Absicht verfügte er testamentarisch, daß sein Land unter seine drei Söhne Antipas, Philipp und Archelaus geteilt werden, der Königstitel aber auf den letzten übergehen sollte. Kaiser Augustus bestätigte seine Bestimmungen mit der einzigen Ausnahme: der Königstitel sollte dem Archelaus so lange vorenthalten bleiben, bis er Beweise seiner Befähigung und loyalen Gesinnung erbracht haben würde; dafür aber wurde er zum Ethnarchen ernannt. Als solcher führte er neun Jahre hindurch die Regierung, wurde aber dann wegen schlechter Verwaltung und Unfähigkeit, der aufrührerischen Elemente, die in seinem Gebiete immer mehr an Boden gewannen, Herr zu werden, nach Gallien in die Verbannung geschickt.

Judäa wurde eine römische Provinz. Nicht ein König mit glänzendem Hofstaate führte fortan die Verwaltung, sondern ein Prokurator, der nicht in Jerusalem wohnen durfte; Cäsarea wurde der Sitz der Regierung. Am meisten aber erbitterte die Juden, daß das verachtete Samaria mit Judäa zu einer Provinz vereinigt wurde.

Bei allen diesen Demütigungen blieb dem gefallenen Volke nur ein einziger Trost: der Hohepriester wohnte im herodianischen Palast und übte dort wenigstens den Schein einer Herrschergewalt aus. Die Entscheidung über Leben und Tod war jedoch dem Prokurator vorbehalten. Die gerichtlichen Verhandlungen wurden im Namen Roms und nach römischen Gesetzen geführt. Zudem war im königlichen Palast auch die kaiserliche Steuerbehörde untergebracht, doch fanden die Juden in ihren Träumen von Freiheit und Selbständigkeit eine gewisse Genugtuung in dem Umstande, daß der oberste Beamte im Palast ein Jude war. Seine Gegenwart erinnerte sie an die Verheißungen der Propheten, an den Bund Jehovas und nährte ihre Hoffnung, daß der Löwe aus dem Stamme Juda kommen und Israel regieren werde.

Mehr als achtzig Jahre lang war Judäa römische Provinz; die römischen Herrscher hatten Zeit genug gehabt, um zur Überzeugung zu gelangen, daß das jüdische Volk leicht zu regieren sei, wenn man nur seine Religion achte. Dementsprechend hatten sich die Vorgänger des Prokurators Gratus jeder Einmengung in die religiösen Gebräuche ihrer Untertanen enthalten. Dieser aber begann seine erste Regierungshandlung mit der Absetzung des Hohenpriesters Annas, an dessen

Stelle er Ismael, den Sohn des Fabus, setzte. Sei es nun, daß Gratus mit dieser Maßregel einem Wunsche des Augustus entsprach, oder daß er dabei seiner eigenen Eingebung folgte, die Unklugheit offenbarte sich nur zu bald. Das Feuer der Unzufriedenheit, das fünfzehn Jahre lang nur unter der Asche geglommen hatte, begann in helle Flammen auszubrechen.

*

Es war um die Mittagszeit eines heißen Julitages in einem der Gärten des Palastes auf Zion. Der Garten war rings von Gebäuden eingeschlossen, die mit Veranden, am oberen Stockwerke mit Galerien versehen waren. Rasenflächen wechselten mit Gebüschen und Gruppen von Johannisbrot-, Aprikosen-, Walnußbäumen und Palmen. In der Mitte sprudelte ein Springbrunnen in einem marmornen Wasserbecken.

In der Nähe des Springquells befand sich ein kleines Gebüsch von Oleandern und Palmen. Zwischen dem Gebüsche und dem Teiche saßen, unbekümmert um die heißen Sonnenstrahlen, zwei Jünglinge im Alter von ungefähr neunzehn und siebzehn Jahren in eifrigem Gespräche nebeneinander. Sie waren beide wohlgestaltet und konnten auf den ersten Blick für Brüder gehalten werden. Beide hatten schwarzes Haar und schwarze Augen; die Gesichtsfarbe war tiefbraun. Der ältere hatte die Kopfbedeckung abgelegt. Eine lose Tunika reichte bis zu den Knien; einen lichtblauen Mantel hatte er über den Sitz gebreitet. Die Tunika aus weichem Wollstoff, mit rotem Saum am Halse, kennzeichnete ihn als Römer. Und wenn er im Gespräche von Zeit zu Zeit stolz auf seinen Gefährten herabblickte, so konnte man das einigermaßen entschuldigen; denn er stammte aus einer vornehmen Familie, die in Rom in höchstem Ansehen stand.

In den blutigen Kriegen des ersten Cäsar war ein Messala ein treuer Freund des Brutus gewesen. Und als später Oktavius um die Alleinherrschaft kämpfte, fand er an Messala eine kräftige Stütze. Als Kaiser Augustus gedachte Oktavius dieser Dienste des Messala und überschüttete die Familie mit Ehren. Als Judäa zur römischen Provinz geworden war, sandte er den Sohn seines treuen Waffengenossen nach Jerusalem und übertrug ihm die Eintreibung und Verwaltung der in dieser Provinz erhobenen Steuern; in dieser Stellung war der Sohn seitdem verblieben. Als oberster Steuerbeamter wohnte er neben dem Hohenpriester im königlichen Palaste. Der Jüngling war sein Sohn, der es nicht unterlassen konnte, bei jeder Gelegenheit an die Beziehung seines Großvaters zu dem großen Römer zu erinnern.

Sein Gefährte war schmächtiger von Gestalt; seine Kleider waren aus feinem weißem Linnen und hatten die in Jerusalem übliche Form. Ein Kenner der verschiedenen Nationalitäten hätte ihn, wenn er mehr auf seine Gesichtszüge als auf seine Tracht geachtet hätte, sogleich als einen Juden bezeichnet. Die Stirn des Römers war hoch und schmal, seine Adlernase scharf, seine Lippen dünn und gerade, seine Augen kalt und unter dichten Brauen verborgen. Der jüdische Jüngling hingegen hatte eine niedrige Stirn, eine lange Nase mit weiten Flügeln und eine kurze Oberlippe. Ein rundes Kinn und ovale Wangen verliehen seinem Antlitz jenen Zug von Weichheit, Kraft und Anmut, der seinem Volksstamm eigentümlich ist.

„Sagtest du nicht, der neue Prokurator werde morgen kommen?" fragte der jüngere der beiden in griechischer Sprache, die in den gebildeten Kreisen Judäas allgemeine Umgangssprache geworden war.

„Ja, morgen", antwortete Messala.

„Wer hat es dir gesagt?"

„Ismael, der neue Palastverwalter – ihr nennt ihn Hohenpriester – hat es gesten abend meinem Vater mitgeteilt... Doch um ganz sicher zu sein, habe ich heute morgen mit einem Hauptmann der Burg gesprochen, und dieser erzählte mir, es würden bereits Vorbereitungen zu seinem Empfange getroffen, Helme und Schilde geputzt, die Adler und Kugeln vergoldet und die Räume werden gereinigt und gelüftet."

Die Wangen des jüdischen Jünglings färbten sich röter, und stumm, wie geistesabwesend, blickte er in die Tiefe des Teiches. „In diesem Garten nahmen wir Abschied voneinander. ‚Der Friede des Herrn sei mit dir!' – das waren deine letzten Worte. – ‚Die Götter mögen dich beschützen!' erwiderte ich. Erinnerst du dich? Wieviele Jahre mögen es wohl schon sein?" fuhr der Römer fort.

„Fünf", antwortete der Jude, nachdenklich in das Wasser starrend.

„Nun, du hast Ursache zu danken – soll ich sagen den Göttern? Einerlei! Du bist prächtig herangewachsen; die Griechen würden dich schön nennen. Glückliche Wirkung der Jahre. – Doch sage mir, Judah, warum interessiert dich die Ankunft des Prokurators so sehr?"

Ernst und gedankenvoll blickte Judah den Frager an, während er antwortete: „Ja, fünf Jahre! Ich erinnere mich jenes Abschieds recht gut; du gingst nach Rom; ich sah dich abreisen und weinte, denn ich liebte dich. – Die Jahre sind dahin. Hochgebildet und weltgewandt kehrst du zurück – ich scherze nicht; und doch wünsche ich, du wärest derselbe Messala, der damals von mir geschieden ist."

„Im Ernste, mein Freund: ich bin nicht derselbe Messala, der von dir geschieden ist? Ein großer Philosoph sagte: Lerne deinen Gegner verstehen, bevor du ihm antwortest. – Gib dich mir also zu erkennen."

Der Jüngling errötete unter dem spöttischen Blicke, der ihn jetzt traf, doch antwortete er fest: „Du hast, wie ich sehe, die Jahre wohl benützt. Du sprichst mit der Gewandtheit eines Redners; aber deine Rede birgt einen Stachel. Als Messala von mir schied, hätte er die Gefühle seines Freundes um nichts in der Welt verletzt!"

Geschmeichelt lächelte der Römer und warf stolz seinen Kopf zurück: „O feierlicher Judah, wir sind nicht in Delphi! Laß deine Orakelsprüche und rede deutlich! Womit habe ich dich verletzt?"

Dieser atmete auf und antwortete: „In diesen fünf Jahren habe auch ich mancherlei gelernt. Hillel mag sich mit deinem Logiker nicht messen können, und Simeon und Schamai erreichen deine Lehrer am Forum nicht. Ihr Unterricht aber führt nicht auf verbotene Pfade; wer zu ihren Füßen sitzt, steht auf, bereichert mit der Kenntnis Gottes, des Gesetzes und Israels. Die Frucht dieser Kenntnis ist Liebe und Ehrfurcht gegen alles, was mit diesen in Zusammenhang steht. Der Besuch der hohen Schule und der Unterricht, den ich dort genoß, lehrte mich, daß Judäa heute nicht ist, was es ehedem war. Ich kenne den Abstand zwischen einem unabhängigen Königreich und einer armseligen Provinz, wie Judäa sie ist. Ich wäre niederträchtiger und verächtlicher als ein Samariter, wenn ich diese Erniedrigung meines Vaterlandes nicht fühlte. Ismael ist kein rechtmäßiger Hoherpriester und kann es nicht sein, solange der edle Annas lebt; doch ist er ein Levite, einer jener Gottgeweihten, die durch Jahrtausende treu dem Herrn, dem Gott unseres Glaubens gedient haben."

Messala unterbrach ihn mit einem höhnischen Lachen: „Oh! Ich verstehe dich jetzt! Ismael, sagtest du, ist ein Eindringling, und doch fühlst du dich verletzt, wenn ich einem Idermäer lieber glaube als Ismael. Beim trunkenen Bacchus! Was für ein Geschöpf ist doch ein Jude! Alle Menschen und alle Dinge, selbst Himmel und Erde ändern sich, ein Jude niemals! Für ihn gibt es kein Vorwärts und kein Rückwärts; er ist heute, was sein Vorfahr im Anbeginn war. In diesen Sand hier zeichne ich einen Kreis – so! Nun sage mir, was anders ist das Leben der Juden? Rundherum Abraham, hier Israel, dort Jakob, Gott in der Mitte. Und der Kreis – beim Donnergott! der Kreis ist zu groß! Ich zeichne ihn nochmals –" er hielt inne, setzte den Daumen in den Sand und fuhr mit den übrigen Fingern im Kreise herum. „Sieh, die Stelle des Daumens ist der Tempel, die Fingerstriche sind Judäa. Gibt es außerhalb des kleinen Raumes etwas von Wert für euch? Die Kunst? Herodes war ein Baumeister, darum wird er verflucht! Malerei, Bildhauerei? Ihre Werke betrachten ist Sünde! Die Dichtkunst habt ihr an eure Altäre gefesselt. Und die Beredsamkeit? Findet sie außerhalb der Synagoge eine Pflege? Im Kriege verliert ihr am siebenten Tage, was ihr in sechs erobert habt. Das ist euer Leben, euer Kreis! Wer kann es mir versagen, wenn ich über euch lache? Was ist euer Gott, der sich mit der Anbetung eines solchen Volkes begnügt, gegen unseren römischen Jupiter, der uns seinen Adler leiht, damit wir die ganze Welt erobern? Hillel, Simeon, Schamai, Abtalion – was sind diese gegen unsere Meister, die lehren, was wissenswert ist?"

Der Jude erhob sich; Zornesröte stieg ihm ins Gesicht.

„Nein, nein; bleib sitzen, Judah, bleib sitzen!"

„Du spottest meiner."

„Höre mich ein wenig weiter!" – der Römer lächelte.– „Ich danke dir, daß du hierher gekommen bist, um mich nach meiner Rückkehr zu bewillkommnen und die Freundschaft unserer Kindheit zu erneuern, wenn es möglich ist. ‚Geht', hatte mein Lehrer in der letzten Unterrichtsstunde gesagt, ‚geht, und wenn ihr euch einen berühmten Namen verschaffen wollt, bedenkt, daß Mars regiert und Eros nicht mehr blind ist.' Er wollte sagen: Die Liebe ist nichts, der Krieg ist alles! So ist es in Rom. Eheschließung ist der erste Weg zur Ehescheidung! Tugend ist nur eine Krämerware! Kleopatra hat sterbend ihre Künste als Vermächtnis hinterlassen, sie ist gerächt; sie hat im Hause jedes Römers eine Nachfolgerin. Die Welt geht immer denselben Weg; drum gelte als Losung für die Zukunft: Nieder mit Eros, hoch Mars! Ich werde Soldat; und du, mein Judah? Ja, ich bedaure dich, mein schöner Judah. Von der Schule in die Synagoge, dann in den Tempel; und dann – welch hohe Auszeichnung! – ein Sitz im Hohen Rate. Ein Leben ohne Aussichten; mögen die Götter dir gnädig sein! Aber ich –"

Judah blickte auf, gerade im rechten Augenblick, um den Ausdruck des Stolzes zu gewahren, den Messalas Gesichtszüge angenommen hatten, da er fortfuhr:

„Aber ich – Ha! Noch ist nicht die ganze Welt erobert! Das Meer birgt Inseln, die noch niemand entdeckt hat. Im Norden wohnen Völker, die noch keinen Römer gesehen haben. Der Ruhm, den Zug Alexanders nach dem fernen Osten vollendet zu haben, ist bisher noch nicht errungen. Sieh, die ganze Welt steht einem Römer offen!" Nach einer Pause fuhr er fort: „Ein Feldzug nach Afrika oder gegen die Skythen; dann eine Legion! Hiemit beenden die meisten ihre Laufbahn; nicht so ich! Ich – beim Jupiter, welch ein Einfall! – ich tausche die Legion für eine Präfektur. Denke dir, was für ein Leben in Rom mit Geld – Geld, Wein, Weiber, Spiele – Sänger an der Tafel, Intrigen am Hofe, Spiele das ganze Jahr! Ein solches Leben kann eine fette Präfektur bieten – und die muß ich haben. O, mein Judah, hier ist Syrien; Judäa ist reich. Ich will der Nachfolger des Cyrenius werden und du – sollst mein Glück mit mir teilen!"

Bei den Sophisten und Rhetorikern Roms hätte Messala Beifall gefunden, denn seine Worte entsprachen ganz dem Zeitgeist. Der jüdische Jüngling hingegen lauschte den Worten des Freundes mit wechselnden Gefühlen: einen Augenblick empört, dann wieder unsicher, wie er ihn zu verstehen habe. Seine Anmaßung verletzte ihn und erfüllte ihn, je länger er ihm zuhörte, mit um so tieferem Schmerz, doch zwang er sich zu einem Lächeln, als er entgegnete:

„Es gibt, wie ich gehört habe, Leute, die es zustande bringen, über ihre Zukunft zu scherzen; sei überzeugt, daß ich nicht zu ihnen gehöre."

Der Römer betrachtete ihn aufmerksam, dann erwiderte er: „Warum sollte man die Wahrheit in einen Scherz nicht ebensogut wie in einen Vergleich kleiden können? Eines Tages ging die große Fulvia mit anderen fischen; sie allein fing mehr Fische als die ganze übrige Gesellschaft. Man sagte, deshalb, weil ihr Angelhaken vergoldet war."

„Du hast also nicht bloß im Scherze geredet?"

„Ich sehe, mein Judah, ich habe dir noch nicht genug geboten", antwortete der Römer lebhaft, während seine Augen blitzten. „Wenn ich einmal Präfekt bin und Judäa habe, um mich zu bereichern, dann – will ich dich zum Hohenpriester machen."

Zornentflammt wandte sich Judah zum Gehen.

„Bleib doch", gebot Messala. Der andere blieb unentschlossen stehen.

„Bei den Göttern, Judah, wie heiß die Sonne scheint!" rief der Römer, da er die Erregung seines Freundes bemerkte. „Suchen wir den Schatten auf."

„Es ist besser, wir scheiden. Ich wünschte, ich wäre nicht gekommen. Ich suchte einen Freund und finde einen –"

„Römer", ergänzte Messala schnell.

Die Hände des Juden ballten sich; doch beherrschte er sich und ging fort. Auch Messala erhob sich, nahm den Mantel um und folgte dem Gefährten; als er ihn eingeholt hatte, legte er ihm die Hand auf die Schulter und schritt an seiner Seite dahin.

„In dieser Weise – meine Hand auf deiner Schulter – pflegten wir miteinander zu gehn, als wir noch Kinder waren. Gehn wir jetzt so bis zum Tore."

Messala bemühte sich, ernst und freundlich zu sein, obschon es ihm nicht gelang, den ironischen Ausdruck aus seinem Gesichte zu bannen. Judah ließ sich diese vertrauliche Annäherung gefallen.

„Du bist ein Knabe, ich bin ein Mann; als solcher will ich reden." Der Römer lächelte selbstgefällig. „Judah, warum gerietest du in Zorn, als ich davon sprach, der Nachfolger des Cyrenius werden zu wollen? Du dachtest vielleicht, ich wolle mich durch Plünderung eures Judäa bereichern. Gesetzt den Fall – irgendein Römer wird es eines Tages doch tun. Warum nicht ich?"

Judah hemmte seine Schritte. „Es haben schon vor den Römern Fremde über Judäa geherrscht", sagte er mit erhobener Hand. „Wo sind sie jetzt, Messala? Judäa hat sie alle überlebt. Was einmal war, wird wieder sein."

Messala versuchte zu scherzen:

„Die Parzen haben auch außerhalb der Essäer gläubige Anhänger gefunden. Willkommen, Judah, willkommen im neuen Glauben!"

„Nein, Messala, rechne mich nicht zu ihnen. Mein Glaube ruht auf dem Felsen, welcher den Grund des Glaubens meiner Väter bis vor Abraham bildete; er ruht auf den Bündnissen, die der Herr mit Israel geschlossen hat."

„Nur nicht zu hitzig, mein Judah! Wie hätte mein Lehrer mir gezürnt, wenn ich mich in seiner Gegenwart so hätte hinreißen lassen! Ich hätte noch anderes mit dir zu besprechen, aber ich wage es jetzt nicht!" Als sie einige Schritte gegangen waren, nahm der Römer wieder das Wort: „Ich meine, du bist jetzt stark genug, mich anzuhören, zumal das, was ich dir mitzuteilen habe, dich selbst betrifft. Ich wollte dir nützlich sein, mein schöner Judah; ich wollte dir von Herzen gerne dienen. Ich liebe dich mit aller Liebe, deren ich überhaupt fähig bin. Ich sagte dir vorhin, daß ich Soldat zu werden gedenke.

Warum nicht auch du? Warum nicht aus dem engen Kreise heraustreten, in den ihr durch Gesetz und Herkommen gebannt seid?" Judah antwortete nicht. „Wer sind die Weisen unserer Tage?" fragte Messala weiter. „Nicht jene, welche ihr Leben lang sich über Totes und Vergangenes herumzanken: über einen Baal, Jupiter und Jehova, über philosophische Systeme und Religionen. Nenne mir einen großen Namen, Judah. Es ist mir einerlei, wo du ihn suchst, sei es in Rom oder in Ägypten, im Osten oder hier in Jerusalem - Pluto soll mich holen, wenn er nicht einem Manne gehört, der sich seinen Ruhm aus dem Materiale schuf, das die Gegenwart ihm lieferte; der nichts heilig hielt, was nicht seinen Zwecken diente, und nichts verachtete, was ihnen förderlich war! War's nicht so bei Herodes? oder den Makkabäern? oder bei den römischen Kaisern? Folge ihrem Beispiel! Beginne sogleich! Sieh, Rom reicht dir ebenso bereitwillig die Hand zur Hilfe wie dem Idumäer Antipater."

Judah zitterte vor Erregung. Da sie schon dem Gartentore nahe waren, beschleunigte er seine Schritte, um dem Römer zu entrinnen. „O Rom! Rom!" murmelte er.

„Sei weise", drängte Messala weiter in ihn. „Laß die Torheiten eines Moses und die jüdischen Überlieferungen; betrachte das Leben wie es ist. Blick' den Parzen beherzt ins Gesicht, und sie werden dir sagen, daß Judäa nur ist, was Rom will."

Sie standen jetzt vor dem Tore. Judah blieb stehen, zog die Hand Messalas sanft von seiner Schulter und blickte ihn mit Tränen in den Augen an. „Ich verstehe dich; du bist ein Römer. Du kannst mich nicht verstehn - ich bin ein Israelit. Du hast mir heute bittere Qual bereitet und mich überzeugt, daß wir nie mehr die Freunde sein können, die wir waren. Hier scheiden wir. Der Friede des Gottes meiner Väter sei mit dir!"

Messala streckte ihm die Hand entgegen; der Jude aber entfernte sich durch das Tor. Der Römer blickte ihm eine Weile schweigend nach; dann schritt auch er durch das Tor und sprach kopfschüttelnd zu sich selbst:

„So sei es denn! Eros ist tot. Mars regiert!"

VI.

Von jenem Tore der Heiligen Stadt, welches heute den Namen des heiligen Stephan trägt, zog sich eine Straße längs der Burg Antonia nach Westen hin und folgte dem Tyropöischen Tale nach Süden. In dieser Straße stand ein stattliches Haus, zwei Stockwerke hoch, ein vollkommenes Viereck. Die schmucklosen, unfreundlichen, aber gewaltigen Mauern waren aus großen Felsblöcken aufgeführt, die, nach außen behauen, übereinander geschichtet waren. An der Westseite befanden sich vier, an der Nordseite nur zwei Fenster; sie ragten in der Höhe des zweiten Stockwerkes vor. Im unteren Stockwerke waren die mit eisernen Nägeln beschlagenen Tore, die einzigen von außen sichtbaren Maueröffnungen.

Bald nachdem der junge Jude von dem Römer geschieden war, erschien er vor dem Westtore dieses Hauses und klopfte. Die kleine Tür, die in einem der Torflügel hing, wurde aufgemacht. Er trat ein, ohne auf die tiefe Verneigung des Pförtners zu achten. Zu beiden Seiten des Ganges, in welchen er jetzt trat, zogen sich Steinbänke hin. Wenige Schritte brachten ihn in den Wirtschaftshof, wo sich Stallungen befanden. Das obere Stockwerk hatte Terrassen, die mit starken Geländern versehen waren. Im Osten befand sich ein Tor, das durch einen engen Gang in einen anderen Hof führte. Dieser war ganz mit Gesträuchen und Schlinggewächsen bepflanzt. Ein Springbrunnen verbreitete frische Kühle. Auf rebenumrankten Säulen erhoben sich Steinlauben. Auf der Südseite führte eine Treppe zu den Terrassen des oberen Stockwerkes hinauf. Eine zweite Treppe führte von hier zum flachen Dache empor, das rings von einer aus hellroten Backsteinen hergestellten Brustwehr umgeben war. Die Reinlichkeit, die überall herrschte und die kein gelbes Laub auf den Zierpflanzen duldete, erhöhte den günstigen Eindruck, den die ganze Umgebung machte, so daß jeder Besucher auf die hohe Stellung der Bewohner des Hauses schließen konnte.

In diesen Hof trat nun der Jüngling. Ein Pfad durch das blühende Gesträuch führte ihn zur Treppe. Er stieg die Stufen hinauf zur Terrasse und trat durch eine Tür in ein dunkles Gemach. Sicheren Schrittes ging er auf einen Diwan zu und warf sich auf ihn nieder. Die Stirn mit den Händen verbergend, lag er dann regungslos da.

Alsbald erschien eine Frau in der Tür und rief ihn mit Namen; er antwortete und sie trat ein. „Das Abendessen ist vorüber und es ist Nacht. Ist mein Sohn nicht hungrig?"

„Nein!" antwortete er.

„Bist du krank?"

„Ich bin müde und schläfrig."

„Deine Mutter hat nach dir gefragt."

„Wo ist sie?"

„Auf der Dachterrasse."

Er richtet sich auf. „Gut. Bring mir etwas zu essen."

„Was wünschest du?"

„Was du willst, Amrah. Ich bin nicht krank und doch fehlt mir etwas. Das Leben scheint nicht mehr so angenehm wie heute morgen. Eine neue Krankheit, Amrah; und du, die mich so gut kennt und mir immer geholfen hat, denk nach und bring mir etwas, das als Nahrung und Arznei dient. Bring, was du willst."

Die in ruhigem und teilnahmsvollem Ton gestellten Fragen Amrahs zeugten von einem herzlichen Verhältnis zwischen beiden. Sie legte ihre Hand auf seine Stirn und ging dann befriedigt hinaus mit den Worten: „Ich will sehen."

Nach einer Weile kam sie zurück und brachte auf einer hölzernen Platte eine Schüssel voll Milch, dünne Scheiben weißen Brotes, einen zarten Brei aus zerstoßenem Weizen, einen gebratenen Vogel, Honig und Salz, dazu einen silbernen Becher mit Wein. Eine bronzene Handlampe, die sie auf den Tisch stellte, erhellte die Einrichtung des Schlafgemaches. Amrah schob einen Stuhl vor den Diwan, stellte die Platte darauf und kniete daneben nieder, um Judah zu bedienen. Sie mochte etwa fünfzig Jahre zählen, hatte eine dunkle Hautfarbe und schwarze Augen, aus denen eine mütterliche Zärtlichkeit blickte. Ein weißes Tuch bedeckte ihren Kopf, ließ aber die Ohrläppchen frei, in welchen man das Zeichen ihrer Dienstbarkeit, ein mit einem Pfriem gebohrtes Loch erblickte. Sie war eine Sklavin von ägyptischer Abstammung, der auch das heilige fünfzigste Jahr nicht die Freiheit gebracht hatte; sie würde dieselbe auch gar nicht angenommen haben, denn der Jüngling, den sie eben bediente, war ihr lieb wie ein eigenes Kind. Sie hatte ihn von Kindheit an gepflegt und konnte den Dienst für ihn nicht entbehren; für sie konnte er nie zum Manne werden.

Nur einmal während des Essens brach Judah das Schweigen. „Du erinnerst dich, Amrah", sagte er, „des Messala, der mich oft tagelang besucht hat?"

„Ja, ich entsinne mich."

„Er ging vor einigen Jahren nach Rom; jetzt ist er zurückgekehrt. Ich habe ihn heute besucht." Ein Schauer des Abscheus durchbebte den Jüngling.

„Ich wußte gleich, daß etwas vorgefallen sei", sagte Amrah voll Teilnahme. „Ich konnte Messala nie recht leiden. Sag' mir alles."

Er versank in Nachdenken und erwiderte auf ihre wiederholten Fragen nur: „Er hat sich sehr verändert; ich will mit ihm nichts mehr zu tun haben."

Als Amrah die Platte fortgetragen hatte, ging auch er hinaus und begab sich auf das Dach, das im Morgenlande verschiedenen Zwekken zu dienen hat, zum Spielplatz, zum Schlafgemach, zum Stelldichein für die Familie; hier übt der Morgenländer Musik und Tanz, hier gibt er sich seinen Träumereien hin oder pflegt des Gebets.

An der Brustwehr konnte die Kunst des Töpfers sich erproben; darüber erhoben sich Türmchen; zu noch späterer Zeit pflegten Könige und Fürsten das Dach ihrer Paläste mit Sommerhäuschen zu krönen. In den hängenden Gärten Babyloniens endlich fand diese Idee ihre denkbar höchste Entwicklung.

Der Jüngling schritt langsam einem Turme an der norwestlichen Ecke des Palastes zu. Durch einen halb aufgezogenen Vorhang trat er in das Innere; an allen vier Seiten befanden sich bogenförmige Öffnungen, durch welche die Sterne sichtbar waren. An einer der Öffnungen ruhte in halb liegender Stellung auf einem Diwan eine

Frauengestalt. Als sie seine Schritte hörte, ließ sie den Fächer in ihrer Hand sinken und rief: „Judah, mein Sohn."

„Ich bin es, Mutter", antwortete er und eilte auf sie zu. Er kniete neben ihr nieder, und sie schlang ihre Arme um ihn, küßte ihn und zog ihn an ihre Brust. Dann lehnte sie sich wieder bequem auf den Diwan zurück, während der Sohn sich zu ihren Füßen setzte und den Kopf in ihren Schoß legte. Ihre Blicke schweiften über die niedrigen Hausdächer nach der Gebirgskette fern im Westen und dem sternenbesäten Himmelsgewölbe. Die Stadt lag in tiefer Stille, nur der Wind rauschte in den Bäumen. „Amrah erzählte mir, daß dir etwas begegnet sei", sprach sie, ihm die Wangen streichelnd. „Als mein Judah noch ein Kind war, schwieg ich, wenn Kleinigkeiten ihn in Aufregung brachten. Jetzt aber ist er ein Mann: er darf nicht vergessen" – ihre Stimme klang ungemein weich – „daß er eines Tages mein Held sein soll."

Sie redete in der Sprache, die im Lande fast unbekannt geworden war und nur mehr von wenigen, ebenso alten als reichen Familien in ihrer Reinheit gepflegt wurde, um den Unterschied zwischen Juden und Heiden desto schärfer hervortreten zu lassen, in der Sprache, in welcher Rebekka und Rachel zu Benjamin geredet hatten. Ihre Worte schienen ihn aufs neue nachdenklich zu machen; nach einer Weile indes ergriff er die Hand, mit welcher sie ihm Kühlung zugefächelt hatte, und sprach: „Heute, meine Mutter, wurden meine Gedanken auf Dinge gelenkt, an die ich bisher nicht gedacht habe. Sag' mir vor allem, was ich werden soll."

„Habe ich es dir nicht gesagt? Mein Held sollst du werden."

Er konnte ihr Gesicht nicht sehen, doch wußte er, daß sie scherze. Er wurde ernster. „Du bist so gut, so lieb, Mutter! Niemand wird mich jemals so lieben wie du." Er bedeckte ihre Hand mit Küssen und fuhr dann fort: „Ich glaube zu wissen, warum diese Frage dir unangenehm ist. Bisher hat mein Leben dir gehört. Wie mild, wie sanft war deine Leitung. Oh, könnte es immer so bleiben! Aber das kann nicht sein. Es ist des Herrn Wille, daß ich mich eines Tages auf eigene Füße stelle; es wird ein Tag der Trennung, ein Tag des Schmerzes für dich sein. Aber seien wir mutig und stark. Ich will dein Held werden, aber du mußt mir den Weg weisen. Du kennst das Gesetz: jeder Sohn Israels muß einen Lebensberuf haben. Ich bin nicht ausgenommen; darum frage ich jetzt: soll ich die Herde hüten? oder das Feld bebauen? oder die Säge führen? oder ein Schriftgelehrter oder Gesetzeskundiger werden? Was soll ich beginnen? Liebe, gute Mutter, hilf mir zu einer Antwort!"

„Gamaliel hielt heute einen Vortrag", sagte sie.

„Ich hörte ihn nicht."

„Dann warst du wohl bei Simeon, der, wie man sagt, die hohen Geistesgaben seiner Familie geerbt hat."

„Nein, auch ihn sah ich nicht. Ich war auf dem Marktplatz, nicht im Tempel. Ich habe den jungen Messala besucht."

Eine Veränderung im Klang der Stimme erregte die Aufmerksamkeit der Mutter. Eine dunkle Ahnung ließ ihr Herz schneller schlagen; „Messala!" rief sie aus. „Was konnte er denn sagen, das dich so beunruhigt?"

„Er hat sich sehr verändert."

„Du willst sagen, er ist als Römer zurückgekehrt."

„Ja!"

„Römer!" fuhr sie, halb mit sich sprechend, fort. „In der ganzen Welt bedeutet das Wort soviel wie Herrscher. Wie lange war er fort?"

„Fünf Jahre."

Sie hob ihren Kopf und blickte in die Nacht hinaus.

„Die auf dem Forum gelehrte Weltanschauung mag für die Straßen Ägyptens und Babylons taugen; in Jerusalem aber – in unserem Jerusalem – gilt der heilige Bund Gottes."

Nachdenklich sank sie auf den Diwan zurück. Der Jüngling brach zuerst das Schweigen. „Was Messala sagte, war an sich schon kränkend genug; die Art und Weise aber, wie er manches vorbrachte, war geradezu unerträglich."

„Ich glaube dich zu verstehn. Die Dichter, Redner, Senatoren und Höflinge Roms kennen heutzutage ja nur die Satire."

„Ich denke mir alle großen Völker stolz", fuhr er, ohne auf die Bemerkung der Mutter zu achten, fort; „aber der Stolz dieses Volkes ist so unerträglich, daß er selbst die Götter nicht verschont."

„Die Götter!" sagte die Mutter lebhaft. „Mehr als ein Römer hat sich schon göttliche Ehren angemaßt."

„Nun, Messala war niemals frei von dieser unangenehmen Eigenschaft. Als er noch ein Kind war, hörte ich ihn Fremde verspotten, die zu ehren selbst ein Herodes nicht unter seiner Würde hielt; Judäa aber hat er bisher stets verschont. Heute zum ersten Male hat er im Gespräch mit mir unsere Gebräuche und unseren Gottesglauben angegriffen. Ich habe, wie es dein Wunsch war, mit ihm endgültig gebrochen. Und nun, teure Mutter, möchte ich Gewißheit haben, ob die Römer wirklich Grund haben, uns zu verachten. Worin stehe ich Messala nach? Gehören wir einem minderwertigen Volke an? Warum sollte ich mich, sei es selbst in Gegenwart des Kaisers, als Sklave fühlen? Weshalb sollte ich nicht die Ehren der Welt auf allen Gebieten erstreben dürfen? Warum darf ich nicht zum Schwerte greifen und Kriegsruhm suchen? Warum als Dichter nicht alles besingen, was meine Brust bewegt? Ich kann Handwerker, Hirt, Kaufmann werden – weshalb nicht Künstler wie die Griechen? Sag mir, Mutter – hierin besteht mein Kummer –, warum darf ein Sohn Israels nicht alles tun, was ein Römer tut?"

Die Mutter, die mit reger Aufmerksamkeit zugehört hatte, spürte den Einfluß Messalas. Sie richtete sich auf; ihre Stimme klang fast scharf, als sie entgegnete: „Durch den Umgang mit Juden wurde Messala in seiner Kindheit beinahe selbst ein Jude. Wäre er hier geblieben, so hätte er uns Freund werden können. Aber die Jahre in

Rom waren zuviel für ihn. Ich wundere mich nicht über diese Veränderung. Doch", – ihre Stimme wurde sanfter – „mit dir hätte er rücksichtsvoller verfahren dürfen. Nur eine harte, grausame Natur kann schon in der Jugend den Gegenstand der ersten Liebe vergessen." Ihre Hand legte sich sanft auf seine Stirn und strich liebkosend über sein Haar, während ihre Augen die fernen Sterne suchten. Ihr Stolz war nicht minder entwickelt als der des Sohnes. Sie wollte ihm antworten, aber um alles in der Welt hätte sie keine unbefriedigende Antwort geben mögen: eine Anerkennung der Überlegenheit des Römers mußte Judah entmutigen und seine Tatkraft lähmen. Sie fürchtete, dieser Aufgabe nicht gewachsen zu sein. Sie fuhr fort: „Die Beantwortung der Fragen, die du mir vorlegst, ist für ein Weib zu schwierig. Laß mir bis morgen Zeit zur Überlegung, ich will den weisen Simeon bitten –"

„Sende mich nicht zu dem Lehrer", sagte Judah rasch.

„Ich werde ihn bitten, zu uns zu kommen."

„Nein, ich bedarf mehr als einer bloßen Belehrung. Diese könnte er mir eher geben als die Mutter; du aber kannst mir etwas verschaffen, was er nicht kann, nämlich den Entschluß, welcher die Seele der Seele eines Mannes ist."

Sie warf einen flehenden Blick zum Himmel und versuchte die ganze Bedeutung seiner Frage zu erfassen. Dann begann sie: „Wenn wir für uns selbst Gerechtigkeit beanspruchen, dürfen wir gegen andere nicht ungerecht sein. Dem besiegten Feinde die Tapferkeit abzusprechen, heißt unseren eigenen Sieg verkleinern; und ist der Feind stark genug, uns in Schach zu halten oder gar zu besiegen, dann gebietet uns die Selbstachtung seine Tapferkeit anzuerkennen." Diese Worte hatte sie mehr zu sich selbst gesprochen. Dann fuhr sie fort: „Fasse Mut, mein Sohn! Es ist wahr, Messala ist von edler Abkunft; der Ruhm seiner Familie läßt sich durch viele Geschlechter zurückverfolgen. Schon in den Tagen des republikanischen Rom – wie weit zurück, kann ich nicht sagen – haben die Vorfahren sich als Krieger und Zivilbeamte ausgezeichnet. Ich kann zwar nur einen Konsul dieses Namens nennen; aber die Familie hatte Senatorenrang und ihr Einfluß war groß. Wenn sich heute dein Freund seiner Ahnen rühmte, könntest du ihn beschämen. Wenn er, um dir seine Überlegenheit zu beweisen, auf das hohe Alter hingewiesen hätte, bis in welches sich sein Geschlecht zurückverfolgen läßt, auf ruhmvolle Taten, Rang und Reichtum – solche Anspielungen sind übrigens ein Zeichen kleinlichen Geistes –, so könntest du ohne Furcht und in jeder Hinsicht den Vergleich mit ihm aufnehmen." Sie hielt inne; nach einigem Nachsinnen sprach sie weiter: „Der Adel der Geschlechter wird heute vorzugsweise durch hohes Alter bestimmt. Ein Römer steht dem Israeliten stets nach. Er könnte höchstens bis auf die Gründung Roms zurückgehen; weiter hinauf kann selbst der vornehmste Römer sein Geschlecht nicht verfolgen. Wie steht es aber in dieser Beziehung mit uns?"

Wäre es im Gemache nicht so dunkel gewesen, so hätte Judah den Ausdruck des Stolzes bemerken müssen, der sich bei diesen Worten über ihr Gesicht verbreitete. „Dein Vater, mein Judah, ist zu seinen Vätern versammelt. Doch erinnere ich mich, als sei es gestern gewesen, des Tages, da er und ich mit einer Anzahl von Freunden zum Tempel hinaufzogen, um dich dem Herrn darzustellen. Wir opferten die Tauben; ich nannte dem Priester deinen Namen und in meiner Gegenwart schrieb er in das Register: ‚Judah, Sohn des Ithamar, aus dem Hause Hur.' Dieser Name wurde in das allgemeine Familienbuch des Volkes Israel eingetragen. Ich weiß nicht, wann man anfing, den Namen jedes Israeliten aufzuschreiben. Doch ist dieser Gebrauch gewiß älter als der aus Ägypten. Ich habe Hillel sagen hören, Abraham selbst habe das Geschlechtsregister angelegt und mit seinem und seiner Söhne Namen eröffnet, als er vom Herrn zum Stammvater bestimmt worden sei. Hillel sagte es, und keiner ist darüber so wohlunterrichtet. Unser Volk hat in manchen Dingen das Gesetz Gottes mißachtet, aber in diesem Punkte nie. Nur einmal wurden die Register unterbrochen. Als aber das Volk aus der langen Verbannung zurückgekehrt war, hielt es Zerobabel für seine erste Pflicht gegen Gott, die Bücher wieder herzustellen; so sind wir imstande, die jüdischen Geschlechter in ununterbrochener Reihe durch volle zwei Jahrtausende zu verfolgen. Was soll nun", fuhr sie fort, „das Prahlen der Römer mit ihren durch hohes Alter geadelten Familien bedeuten? Wenn hohes Alter ein Prüfstein des Adels ist, dann sind die Söhne Israels, welche dort auf den Höhen Rephaims ihre Herden weiden, edler geboren als die edelsten Römer."

„Und ich, Mutter, wer bin ich nach diesen Büchern?"

„Was ich bisher sagte, mein Sohn, bezog sich schon auf deine Frage. Folgen wir unseren Geschlechtsbüchern zurück bis zur Gefangenschaft, zum Bau des ersten Tempels und bis zum Auszug aus Ägypten, so erlangen wir unumstößliche Gewißheit, daß du in gerader Linie von Hur, dem Gefährten Josuas, abstammst. Ist durch dieses hohe Alter der Adel und die Würde deines Geschlechtes nicht vollkommen erwiesen? Willst du noch weiter gehen? Dann nimm die Thora und schlage das Buch Numeri auf, so wirst du dort unter den zweiundsiebzig Geschlechtern nach Adam den ursprünglichen Stammvater deines Hauses finden." Stille herrschte eine Zeitlang in dem Zimmer auf dem Dache.

„Ich danke dir, Mutter", sagte Judah, ihre beiden Hände ergreifend; „Ich danke dir von ganzem Herzen. Ich hatte recht, daß ich den würdigen Lehrer nicht hieher bemühte. Er hätte nicht besser Auskunft geben können. Aber begründet denn hohes Alter allein schon den Adel einer Familie?"

„Du vergißt, mein Sohn, unsere Ansprüche gründen sich nicht auf das Alter allein; die Auserwählung durch den Herrn ist unser höchster Ruhm."

„Du sprichst vom ganzen Volke, Mutter, und ich rede von der Familie, unserer Familie. Haben sich ihre Mitglieder seit der Zeit unseres Vaters Abraham irgendwie ausgezeichnet? Welche Taten haben sie vollbracht? Wie sich vor anderen hervorgetan?"

Die Mutter zögerte. Es kam ihr der Gedanke, daß sie den Sinn seiner Fragen nicht richtig erfaßt habe. Vielleicht suchte er mehr als nur Trost aus verletzter Eigenliebe. „Ich ahne, mein Sohn", sagte sie, ihm die Wange streichelnd, „ich ahne, daß ich mehr gegen einen wirklichen, als gegen einen eingebildeten Feind zu kämpfen habe. Ist Messala dieser Feind, so verheimliche mir nichts. Erzähle mir, was er gesagt hat."

Ohne ihn zu unterbrechen, hörte die Mutter zu; nun erkannte sie klar den Stand der Dinge. Die Liebe zu einem Spielgenossen der Kindheit hatte Judah zum Palaste auf dem Marktplatz geführt. Er meinte, ihn wiederzufinden, wie er ihn vor Jahren verlassen hatte; er traf aber einen Mann, der nur von Macht, künftigem Ruhm und Reichtum träumte. Mit verletztem Stolze und von einem leicht erklärlichen Ehrgeiz erfüllt, war Judah heimgekehrt. Die wachsame Mutter aber sah es, und da sie nicht wußte, wohin ihn dieser Drang führen könne, erwachte in ihr die Jüdin. Wie, wenn diese Gedanken ihn dem Glauben der Väter entfremdeten? In ihren Augen wäre dies schrecklicher als alles andere, was sonst daraus folgen konnte. Sie wollte diese Gefahr abwenden. Daher nahmen ihre Worte einen feierlichen Ausdruck an, als sie sprach: „Es hat nie ein Volk gegeben, das nicht davon überzeugt war, jedem anderen ebenbürtig zu sein; nie eine bedeutende Nation, die sich nicht für die größte hielt. Wenn der Römer mit Verachtung auf Israel herabsieht, so wiederholt er nur die Torheit der Ägypter, Assyrer und Makedonier. Es gibt kein Gesetz, das einem Volke einen Vorrang vor anderen zugesteht; daher ist jeder derartige Anspruch eitel und der Streit hierüber vergeblich. Hat ein Volk sich zur Macht erhoben und seine Aufgabe vollbracht, so geht es zugrunde, um einem anderen Platz zu machen, das seine Macht erbt und neue Namen auf die alten Denkmäler schreibt. Das ist die Weltgeschichte. Wenn man mich aufforderte, Gott und die Menschheit darzustellen, so würde ich einen geraden Strich und einen Kreis zeichnen. Vom Strich würde ich sagen: das ist Gott, denn er allein bewegt sich immer gerade vorwärts; und vom Kreise: das ist der Mensch; sein Fortschritt gleicht einem Kreise. Ich will nicht behaupten, daß es im Fortschritt der Nationen keinen Unterschied gibt. Das größte Volk ist jenes, das Gott am nächsten steht. Es gibt gewisse Zeichen, nach welchen sich seine Nähe zu Gott bestimmen läßt. Nach diesen wollen wir die Hebräer und die Römer miteinander vergleichen. Das einfachste Zeichen ist das tägliche Leben des Volkes. Hierüber will ich nur dies sagen: Israel hat zu Zeiten Gott vergessen, die Römer haben ihn nie gekannt; folglich ist ein Vergleich hier unmöglich. Dein ehemaliger Freund hat, wenn ich dich recht verstehe, behauptet, wir hätten keine Dichter, Künstler und Krieger; damit wollte er, glaube ich, sagen, wir hätten überhaupt keine großen Männer. Fehlt uns wirklich dieses zweite und sicherste Zeichen für die Größe eines Volkes, wie der Römer uns vorwirft? Ein großer Mann, mein Kind, ist derjenige, dessen Leben den Beweis liefert, daß er von Gott, wenn nicht ausdrücklich berufen, so doch in seinem Wirken geleitet wurde. Ein Perser wurde das Werkzeug Gottes zur Bestrafung unserer Väter, da sie von ihm abfielen; er führte sie in die Gefangenschaft. Ein anderer Perser wurde auserwählt, ihre Kinder in das Heilige Land zurückzuführen. Größer als beide indes war der Makedonier, durch den der Herr die Verwüstung Judäas und die Zerstörung des Tempels rächte. Der besondere Vorzug dieser Männer bestand darin, daß sie von Gott zur Vollstreckung seines Willens auserlesen wurden; daß sie Heiden waren, kann ihren Ruhm nicht schmälern. Allgemein herrscht die Ansicht, daß der Krieg die edelste Beschäftigung des Mannes sei. Laß dich durch sie nicht täuschen. Der Mensch muß etwas Höheres über sich anerkennen: das ist ein Gesetz, das solange gelten wird, als es Dinge gibt, die seinem Verstande unfaßbar sind. Das Gebet des Barbaren ist ein Aufschrei der Furcht vor einer überlegenen Kraft, der einzigen göttlichen Eigenschaft, die er klar erkennt; daher der Glaube an Heroen. Den Griechen gebührt der Ruhm, zuerst den Verstand an die Stelle der rohen Kraft gesetzt zu haben. In Athen wird der Redner und Philosoph höher geachtet als der Krieger. An die Stelle der rohen Kraft setzen unsere Väter Gott; der Ausdruck der Furcht wich in unserem Kult dem Hosannagesange und den Psalmen. So würden die Hebräer und die Griechen die Menschheit vorwärts und aufwärts geführt haben. Aber ach! Man hat den Krieg als eine unerläßliche Voraussetzung für die Regierung der Völker angesehen. Deshalb hat der Römer über den Verstand und über Gott den Kaiser gesetzt.

Die Herrschaft der Griechen war die Blütezeit des Geistes. Auf jedem Gebiete ernteten die Griechen Ruhm und erreichten einen so hohen Grad der Vollkommenheit, daß selbst die Römer sich beugen mußten, in allem, mit Ausnahme der Kriegskunst, von ihnen zu lernen. Die Griechen sind heute noch auf dem Forum die Muster der Redner; lausche einem römischen Gesange, und in jedem wirst du griechischen Rhythmus hören; wenn ein Römer seinen Mund öffnet, um über Moral, Philosophie oder über die Geheimnisse der Natur gelehrt zu sprechen, so hat er entweder eine griechische Schule besucht oder entlehnt seine Gedanken griechischen Schriftstellern. Nur im Krieg hat Rom Vorsprung. Seine Spiele und Schauspiele sind griechischen Ursprungs, denen die Römer den Charakter der Grausamkeit gegeben haben. Roms Religion – wenn man von einer solchen überhaupt sprechen kann – setzt sich aus Gebräuchen und Lehren aller anderen Nationen zusammen; seine Götter – Mars und Jupiter nicht ausgenommen – entstammen dem griechischen Olymp. So kann also, mein Sohn, unser Israel allein unter allen Völkern mit den Griechen um den Vorrang streiten, um die Palme des echten Genius ringen. Der Römer ist gegen die Vorzüge anderer Völker blind; seine Selbstsucht verhüllt sein Auge wie mit einem dichten Schleier, der ebenso undurchdringlich ist wie sein Brustpanzer. O die ruchlosen Räuber! Unter ihrem Tritte erdröhnt die Erde wie eine mit Dreschflegeln bearbeitete Tenne. Unter anderen Völkern – ach, daß ich es dir sagen muß, mein Sohn! – sind auch wir gefallen. Sie haben unsere heiligsten Stellen besetzt, und niemand kann sagen, wie das alles noch enden wird. Allein das ist gewiß: mögen sie Judäa zermalmen, wie man Mandeln zerstampft, und sein Öl, Jerusalem, verzehren – der Ruhm Israels wird in unerreichbarer Höhe zum Himmel leuchten; denn Israels Geschichte ist Gottes Geschichte. Durch seine Hände schrieb er, durch seinen Mund redete er. Er weilte unter uns als Gesetzgeber auf Sinai, als Führer in der Wüste, als Feldherr im Kriege, als Herrscher und König. Mehr als einmal ließ er sich hernieder und redete zu uns wie ein Mensch zum Menschen, zeigte uns den rechten Weg zu einem glücklichen Leben und gab uns Verheißungen. Ist es möglich, mein Sohn, daß jene, mit denen Jehova in solcher Weise verkehrte, nichts von ihm lernten, daß in ihrem Leben und Wirken die gewöhnlichen menschlichen Eigenschaften nicht von der Göttlichkeit durchdrungen wurden, daß ihr Geist nicht – selbst nach Jahrhunderten noch – ein schwaches Abbild des Göttlichen bewahrte?"

Eine Zeitlang war das Rauschen des Fächers allein vernehmbar in der Stille, die diesen Worten folgte. „Beschränkt man", sprach sie weiter, „die Kunst auf Bildhauerei und Malerei, dann ist es allerdings wahr, daß Israel keine Künstler hat. Will man jedoch gerecht sein", fuhr sie fort, „dann darf man nicht vergessen, daß die Kunstfertigkeit unserer Hände unterbunden wurde durch das Verbot: ‚Du sollst dir kein Bildnis machen noch irgendein Gleichnis von dem, was im Himmel oben oder auf der Erde unten oder was unter der Erde im Wasser ist!' Ein Verbot, welches die Sopherim über seinen Zweck und seine Geltung hinaus ausgedehnt haben. Noch darf man vergessen, daß lange bevor Dädalus durch seine aus Holz geschnitzten Statuen die Bildhauerei in neue Bahnen lenkte, die erst die Schulen in Korinth und Ägina möglich machten, daß lange vor Dädalus, sage ich, zwei Israeliten die Cherubim zu beiden Seiten des Gnadentores über der Bundeslade schufen. Sie waren aus getriebenem Gold, nicht gemeißelt. Wer wagt es zu behaupten, daß sie nicht schön, oder daß sie nicht die ersten Statuen waren?"

„Oh, ich begreife jetzt", fiel Judah lebhaft ein, „warum die Griechen uns übertroffen haben. Und die Bundeslade – Fluch über die Babylonier, welche sie zerstörten!"

„Nein, Judah. Nicht zerstört wurde sie, sondern in irgendeine Bergeshöhle versteckt. Eines Tages wird sie, wie Hillel und Schamai versichern, wieder gefunden und ans Tageslicht gebracht werden; dann wird Israel wieder vor ihr tanzen und singen wie in der alten Zeit. Und jene, welche dann das Antlitz der Cherubim schauen werden, werden die Hand jedes Israeliten küssen wollen aus Ehrfurcht vor dem Genie seines Volkes, das durch Jahrtausende untätig schlummerte." Die Mutter war ganz in Eifer geraten. Nun machte sie eine Pause, um sich zu sammeln und ihre Gedanken zu ordnen.

„Du bist so gut, Mutter", sprach Judah. „Ich werde niemals ermüden, es zu sagen. Schamai und Hillel hätten nicht besser reden können. Ich bin jetzt wieder ein wahrer Sohn Israels."

„Schmeichler!" entgegnete sie. „Du weißt freilich nicht, daß ich bloß wiederholte, was ich von Hillel hörte, als er eines Tages in meiner Gegenwart mit einem römischen Sophisten stritt."

„Nun, die Herzlichkeit der Sprache ist doch dein Eigentum?"

Sie wurde wieder ernst. „Wo bin ich stehengeblieben? Ja, ich beanspruche für unsere Vorfahren die Statuen. Die Fertigkeit des Bildschnitzers ist aber nicht die einzige Kunst, gleichwie die Kunst selbst nicht die einzige Größe ist. Ich denke mir immer die großen Männer aller Jahrhunderte als einen langen Heereszug, der nach den verschiedenen Nationen und Gruppen abgeteilt ist: hier Inder, dort Ägypter, dort Assyrer; unter Trompetengeschmetter und fliegenden Fahnen ziehen sie einher, während all die zahllosen Geschlechter vom Anbeginn an als ehrfurchtsvolle Zuschauer zu ihrer Rechten und Linken stehen. Während Griechen und Römer um den Vorrang streiten, ergießt sich über die ganze Reihe von grauer Vorzeit bis in die ferne Zukunft ein Licht, das den Streitenden den Weg weist, ohne daß sie es kennen – das Licht der Offenbarung! Und wer ist sein Träger? Unser Volk, Judah! Wie schwillt die Brust bei diesem Gedanken! An diesem Lichte erkennen wir sie. Dreimal selig ihr, unsere Väter, ihr Diener Gottes und Hüter des Bundes! Dort ist auch dein Platz, Judah; und wäre auch jeder Römer ein Cäsar, du sollst ihn nicht verlieren."

Judah war tief bewegt. „Fahre fort, Mutter, deine Worte sind für mich wie Siegesgesang. Ich warte auf Miriam und die Frauen, die ihr singend und tanzend folgten."

„Nun gut, mein Sohn! Kannst du den Siegesgesang der Propheten hören, dann kannst du auch weiter meinem Gedankengang folgen. Stelle dich im Geiste mit mir an den Wegrand, während die Auserwählten Israels an uns vorüberschreiten. Sieh, sie kommen! Zuerst die Patriarchen, dann die Väter der Stämme. Es dünkt mich, ich höre die Glöckchen ihrer Kamele und das Blöken ihrer Herden. Wer ist der, der dort allein und abgesondert zwischen den Gruppen geht? Es ist ein Greis, doch ungetrübt ist sein Auge und ungebrochen seine Kraft. Er sah den Herrn von Angesicht zu Angesicht. Er war Krieger, Dichter, Redner, Gesetzgeber und Prophet. Er überragte an Ruhm selbst den ersten und edelsten der Cäsaren. Auf ihn folgen die Richter. Danach kommen die Könige: der Sohn Jesses, ein Held im Kriege und ein Sänger unsterblicher Gesänge; und sein Sohn, der reichste und weiseste aller Könige, der die Wüste bewohnbar machte und während er auf ihren öden Flächen Städte baute, doch auch Jerusalem nicht vergaß, das der Herr zu seinem Sitze auf Erden auserwählt hatte. Neige dein Haupt tiefer, mein Sohn! Die jetzt kommen, sind einzig in ihrer Art. Ihr Gesicht ist zum Himmel gewandt, als ob sie Gottes Stimme hörten.

Ihr Leben war voll des Kummers. Ihr Gewand riecht nach Grab und Verwesung! Horch! Hörst du nicht die Stimme einer Frau: ‚Singet dem Herrn, denn er hat glorreich triumphiert!' Neige dich vor ihnen in den Staub! Sie waren Gottes Herolde, seine Diener, die in den Himmel blickten und die Zukunft schauten; und was sie sahen, schrieben sie nieder und hinterließen ihre Schriften der Nachwelt, auf daß spätere Zeiten deren Wahrheit bewiesen. Könige erbleichten, wenn sie ihnen nahten, und Völker zitterten beim Klang ihrer Stimme. Die Elemente waren ihnen dienstbar. In ihren Händen hielten sie Fluch und Segen. Sieh hier den Thespiter und seinen Diener Elisäus! Und dort, mein Sohn, sieh dort den Sohn des Amos, aus dessen Mund die Welt die herrliche Weissagung über den kommenden Messias vernahm!

Ich habe dir, Judah", sprach sie nach einer Pause weiter, „so gut ich es vermochte, unsere großen Männer, die Patriarchen, Gesetzgeber, Krieger, Sänger und Propheten vor Augen geführt. Betrachten wir nun die besten Männer Roms. Stelle unseremMoses einen Cäsar, unserem David einen Tarquinius, den Makkabäern einen Sulla, den Richtern die besten Konsuln, dem Salomon einen Augustus entgegen." Sie lachte verächtlich. „Entschuldige", sprach sie, „ich gedachte soeben des Auguren, der den Julius Cäsar vor den März-Iden warnte, und ich stelle mir vor, wie er in den Eingeweiden eines Huhnes nach den Anzeichen eines drohenden Unheils suchte. Und nun betrachten wir Elias, wie er auf dem Hügel am Wege nach Samaria mitten unter den rauchenden Leichnamen der Obersten und ihrer Rotten sitzt und den Sohn des Ahab vor dem Zorne Gottes warnt. Und schließlich, Judah, wäre es nicht unehrerbietig, Jehova und Jupiter miteinander zu vergleichen, wie könnte es anders geschehen als durch die Taten, welche ihre Diener in deren Namen vollbrachten? Und was deine Zukunft betrifft" – sie sprach die letzten Worte langsam und mit zitternder Stimme – „was deine Zukunft betrifft, mein Sohn, so diene dem Herrn, dem Gotte Israels, nicht Rom. Für ein Kind Israels gibt es keinen Ruhm außer im Dienste des Herrn; darin aber findet es hohen Ruhm."

„Ich darf also Soldat werden?" fragte Judah.

„Warum nicht? Nannte nicht Moses Gott einen Herrn der Heerscharen?"

Es herrschte wieder tiefe Stille im Zimmer auf dem Dache. Endlich sprach die Mutter: „Du hast meine Erlaubnis; nur diene dem Herrn und nicht dem Cäsar!"

Judah ging auf diese Bedingung ein und sank allmählich in Schlummer. Die Mutter erhob sich, schob ihm das Kissen unter den Kopf, breitete eine Decke über ihn aus, küßte ihn zärtlich und ging hinaus.

VII.

Als Judah erwachte, stand die Sonne hoch über den Bergen. Tauben flogen mit dem schimmernden Glanz ihres weißen Gefieders durch die Luft. Gegen Südosten ragten die vergoldeten Zinnen der Tempel gegen den blauen Himmel. Neben ihm saß auf dem Diwan ein kaum fünfzehnjähriges Mädchen, das auf einer Harfe spielte und mit leiser Stimme sang. Judah betrachtete sie liebevoll. Als sie bemerkte, daß er wach geworden war, hielt sie inne, legte die Hände in den Schoß und blickte ihn erwartungsvoll an. Dies Mädchen war Tirzah, die Schwester Judahs, und wie er ein Abkömmling eines Fürsten von Jerusalem. Herodes hatte nämlich bei seinem Tode viele Personen zurückgelassen, die durch seine Gunst zu Besitz und Reichtum gekommen waren. Befand sich solcher Reichtum in der Hand eines Mannes, der zudem unzweifelhaft ein gerader Abkömmling eines Stammvaters des israelitischen Volkes, besonders des Stammes Juda, war, so galt dieser Glückliche als Fürst von Jerusalem, eine Auszeichnung, welche ihm die Ehrfurcht seiner minder begünstigten Landsleute und die Achtung der Heiden, mit denen ihn der gesellschaftliche Verkehr oder Handelsgeschäfte zusammenbrachten, sicherte. Keiner unter ihnen genoß im öffentlichen oder privaten Leben höheres Ansehen als der Vater Judahs. Bei seiner Treue für sein Volk und seine Religion war er auch dem König aufrichtig ergeben und hatte sich in der Heimat und im Auslande als sein treuer Diener erwiesen. Wiederholt mit wichtigen Botschaften nach Rom gesandt, hatte er durch sein Auftreten die Aufmerksamkeit des Kaisers Augustus erregt und dessen Freundschaft gewonnen. Er besaß manches Geschenk, wie Fürsten sie zu spenden pflegen, um der eigenen Eitelkeit zu schmeicheln, Purpurtogen, elfenbeinerne Sessel, goldene Trinkschalen und ähnliche Gegenstände, die hauptsächlich dadurch hohen Wert erhalten, daß sie von kaiserlicher Hand stammen. Ein solcher Mann mußte reich sein; allein sein Reichtum gründete sich nicht allein auf Fürstengunst. Ihm war das Gesetz, das ihn zur Ausübung eines bestimmten Berufs verpflichtete, willkommen; ja, er begnügte sich nicht mit einem Geschäft. Viele der Hirten, die auf den Ebenen und Hügeln bis zum fernen Libanon hin die Herden hüteten, nannten ihn ihren Herrn; in den Seestädten und im Binnenlande gründete er Handelshäuser; seine Schiffe brachten ihm Silber aus den Bergwerken Spaniens, seine Karawanen kehrten zweimal im Jahre reichbeladen mit Seidenstoffen und Gewürzen aus dem fernen Osten heim.

Er beobachtete das Gesetz und alle wesentlichen Bräuche gewissenhaft, fleißig besuchte er die Synagoge und den Tempel. Er kannte die Heilige Schrift und verkehrte mit den Lehrern des Gesetzes; die

Achtung, die er vor Hillel hegte, grenzte an Verehrung. Dabei war er nicht ehrgeizig; Gastfreundlichkeit zeigte er den Fremden aus allen Ländern; die Pharisäer beschuldigten ihn sogar, er habe mehr als einmal Samariter zu Tische geladen. Wäre er ein Heide gewesen und hätte er länger gelebt, so wäre dem Herodes Atticus in ihm vielleicht ein Nebenbuhler aufgestanden; allein er fand ungefähr zehn Jahre vorher im besten Alter und betrauert von ganz Judäa auf dem Meere den Tod. –

Wer nun die beiden Geschwister betrachtete, dem konnte ihre Ähnlichkeit nicht entgehen, nur lag auf dem Gesicht des Mädchens noch der Reiz kindlicher Unschuld. Tirzah trug einen auf der rechten Schulter befestigten Überwurf, der lose über Brust und Rücken herabfiel und sich unter dem linken Arm schloß, er verhüllte ihren Oberkörper nur zum Teil und ließ die Arme sichtbar. Ein Gürtel hielt das Gewand, das kaum bis zu den Knien reichte, fest. Ihr Kopfschmuck bestand in einem purpurfarbenen seidenen Häubchen und einem gestreiften, reichgestickten Tuche; von der Spitze des Häubchens hing eine Quaste herab. In den Ohren und an den Fingern trug sie goldene Ringe, an den Armen und Knöcheln Spangen. Das goldene Halsband war mit einem zierlichen Netzwerk von zarten Kettchen besetzt, woran Perlengeschmeide hingen. Die Augenlider und die Spitzen ihrer Finger waren gefärbt. Das Haar fiel in zwei langen Flechten über den Rücken. Gekräuselte Locken betonten ihre Anmut, Zierlichkeit und Schönheit.

„Sehr schön, meine Tirzah, sehr schön!" rief Judah.

„Das Lied?" fragte sie.

„Ja, und die Sängerin auch. Es hat griechische Anklänge. Woher hast du es?"

„Erinnerst du dich des Griechen, der vorigen Monat im Theater sang? Es heißt, er sei früher am Hofe des Herodes gewesen und habe vor ihm und dessen Schwester Salome gesungen. Er trat nach einem Ringkampfe auf, während das Haus noch vom Lärm widerhallte; allein beim ersten Tone, den er sang, wurde es so still, daß ich jedes Wort vernehmen konnte. Von ihm habe ich das Lied."

„Er sang doch in griechischer Sprache!"

„Und ich in hebräischer."

„Ja; ich bin deshalb auch stolz auf meine kleine Schwester. Hast du noch mehr so schöner Lieder?"

„Noch viele, aber lassen wir das jetzt. Amrah schickt mich, dir zu sagen, daß sie das Frühstück heraufbringen will, damit du dich nicht hinabzubemühen brauchst. Sie meint, du seist krank, es sei dir gestern etwas zugestoßen. Was war es denn, erzähle es mir und ich will Amrah helfen, dich gesund zu machen. Sie kennt alle Heilmittel der Ägypter; aber ich habe auch viele Rezepte von den Arabern, die –"

„– noch einfältiger sind als die der Ägypter", sagte er kopfschüttelnd.

„Meinst du? Nun gut, dann wollen wir mit ihnen nichts zu tun haben", antwortete sie und griff mit beiden Händen an ihr linkes

Ohr. „Hier aber habe ich etwas, das viel sicherer und besser ist, ein Amulett, das vor langer Zeit jemand aus unserer Familie von einem persischen Magier erhalten hat. Sieh, die Inschrift ist durch den langen Gebrauch fast ganz verwischt." Sie reichte ihm den Ohrring. Er betrachtete ihn kurz und gab ihn lachend zurück. „Und läge ich auch im Sterben, Tirzah, so könnte ich das Amulett nicht brauchen. Es ist ein Überbleibsel des Götzendienstes und jedem gläubigen Kinde Abrahams verboten. Nimm es zurück, aber trage es nicht mehr."

„Verboten? Ach nein!" erwiderte sie. „Unseres Vaters Mutter trug es an vielen Sabbaten ihres Lebens. Es hat wenigstens drei Kranken Heilung gebracht."

„Ich glaube nicht an Amulette."

Sie blickte ihn erstaunt an. „Was würde Amrah sagen?"

„Amrahs Vater und Mutter trugen Wasser für einen Garten am Nil."

„Aber Gamaliel!"

„Er nennt sie gottlose Erfindungen der Ungläubigen."

Tirzah betrachtete zweifelnd den Ring. „Was soll ich damit tun?"

„Trage ihn nur, Schwesterchen. Er steht dir gut, obwohl du einer solchen Beihilfe nicht bedarfst."

Sie hing das Amulett wieder an ihr Ohr. Eben trat Amrah in das Zimmer und brachte Wasserschüssel, Wasser und Handtücher und entfernte sich, während Tirzah das Haar des Bruders ordnete.

„Was sagst du, Tirzah? Ich gehe fort."

Erschreckt ließ sie die Hände sinken. „Fort? Wann? Wohin? Warum?"

„Drei Fragen in einem Atem! Wie neugierig du doch bist!" Er wurde ernst. „Du weißt, daß das Gesetz es mir zur Pflicht macht, einen Beruf zu ergreifen. Unser Vater gab mir das beste Beispiel. Selbst du würdest mich verachten, wenn ich die Früchte seines Fleißes und Wissens im Müßiggang verzehren würde. Ich gehe nach Rom."

„Oh, ich gehe mit!"

„Du mußt bei der Mutter bleiben. Wenn wir beide sie verlassen, wird sie sterben."

Trauer malte sich auf ihrem Gesichte. „Ach ja! Aber mußt du denn fort? Hier in Jerusalem kannst du alles lernen, was ein Kaufmann zu wissen nötig hat."

„Daran denke ich nicht. Das Gesetz gebietet nicht, daß der Sohn den Beruf des Vaters wähle."

„Was willst du denn sonst werden?"

„Soldat!" antwortete er mit einem gewissen Stolze.

Tränen traten ihr in die Augen. „Du willst getötet werden."

„Wenn es Gottes Wille ist, so sei es denn! Aber, Tirzah, nicht alle Soldaten werden getötet."

Sie schlang ihre Arme um seinen Nacken, als ob sie ihn zurückhalten wollte. „Wir sind so glücklich! Bleib zu Hause, Bruder!"

„Das Vaterhaus kann für uns nicht immer das sein, was es bisher war. Auch du wirst in nicht ferner Zeit fortgehen."

„Niemals!"

Er lächelte über diese Entschlossenheit. „Bald wird ein Fürst Judas oder eines anderen Stammes kommen, um meine Tirzah werben und sie mit sich nehmen, damit sie einem anderen Hause als Stern leuchte. Was wird dann aus mir werden?"

Ein Schluchzen war ihre Antwort.

„Der Krieg ist ein Gewerbe", fuhr Judah mit noch mehr Ernst fort. „Um es vollständig zu erlernen, muß man in die Schule gehen. Es gibt aber keine bessere Kriegsschule als ein römisches Lager."

„Du wirst doch nicht für Rom kämpfen?" fragte sie mit angehaltenem Atem.

„Auch du, selbst du hassest Rom. Die ganze Welt haßt es. Hierin, Tirzah, suche den Grund. Ja, ich will für Rom kämpfen, wenn ich dadurch lerne, einst gegen Rom zu kämpfen."

„Wann willst du abreisen?"

„Still!" sagte er, als sie Amrahs Schritte hörten. „Laß sie nicht wissen, woran ich denke."

Die treue Dienerin kam mit dem Frühstück und setzte die Platte auf einen Stuhl vor beide hin. Dann blieb sie stehen, um die Geschwister zu bedienen. Da erregte Lärm auf der Straße ihre Aufmerksamkeit. Sie horchten auf die kriegerische Musik, die von der nördlichen Straße erklang. „Soldaten aus dem Prätorium! Ich muß sie sehen!" rief Judah aufspringend und eilte hinaus. Er lehnte sich über die Brustwehr und war so in den Anblick versunken, daß er nicht merkte, wie Tirzah an seine Seite trat und die Hand auf seine Schulter legte. Da das Dach alle umliegenden Gebäude überragte, konnten sie ostwärts bis zum gewaltigen Turm der Burg Antonia, wo die Garnison lag und der Prokurator sein militärisches Hauptquartier hatte, alles überblikken. Die Straße war an vielen Stellen mit Brücken überspannt, die sich jetzt ebenso wie die benachbarten Dächer mit Männern, Weibern und Kindern zu füllen begannen, welche von dem Trompetengeschmetter angelockt wurden, den schrillen, den römischen Soldaten vertrauten Tönen jener hölzernen Blasinstrumente, die man *litui* nannte. Zuerst kam ein Vortrab Leichtbewaffneter; es waren Schleuderer und Bogenschützen, die in weiten Abständen marschierten; dann eine Abteilung Schwerbewaffneter zu Fuß mit großen Schilden und langen Speeren; darauf folgten die Musiker; dann ein alleinreitender Offizier, dem eine berittene Leibwache folgte; dann eine endlose lange Abteilung schwerbewaffneter Fußsoldaten, die, eng gedrängt marschierend, die Straße von Mauer zu Mauer ausfüllte. Die sehnigen Gliedmaßen der Männer, die taktmäßige Bewegung ihrer Schilde, der Glanz der blankgeputzten Waffen, die wehenden Federbüsche, die Feldzeichen, all das machte auf Judah einen überwältigenden Eindruck. Seine Aufmerksamkeit fesselte vor allem der Adler der Legion, der auf einer hohen Stange getragen wurde. Der in der Mitte allein reitende Offizier war in voller Rüstung; sein Haupt war unbedeckt. An seiner Seite hing ein kurzes Schwert, in der Hand hielt er den

Kommandostab. Sein Pferd trug eine purpurne Decke; der Zaum war mit Gold bestickt. Sein Erscheinen versetzte die Zuschauer in zornige Erregung. Sie ballten die Fäuste gegen ihn, folgten ihm unter lautem Geschrei und spuckten auf ihn herab, während er unter den Brücken hindurchritt. Die Weiber warfen ihm ihre Sandalen nach, deutlich konnte man das Geschrei vernehmen: „Räuber! Tyrann! Römischer Hund! Nieder mit Ismael! Gebt uns unsern Annas zurück!"

Als Judah seine Gesichtszüge unterscheiden konnte, bemerkte er, daß der Mann die von den Soldaten zur Schau getragene Gleichgültigkeit nicht teilte. Sein Gesicht war finster und drohend, Blicke, die er von Zeit zu Zeit nach seinen Verfolgern schleuderte, so wild und feindselig, daß die Furchtsamen davor zurückschreckten. Judah erkannte, daß der Offizier niemand anderer war als Valerius Gratus, der neue Prokurator von Judäa. Judah fühlte Mitleid mit dem Römer, der so unter dem Sturme der Volkswut zu leiden hatte. Als er die Ecke des Hauses erreicht hatte, beugte sich der Jüngling über die Brustwehr vor, um ihn besser sehen zu können, und dabei stützte er sich mit der Hand auf einen vorstehenden Ziegel. Dieser war wohl im Laufe der Zeit schadhaft geworden. Der Druck war stark genug, ein Stück des Ziegels loszulösen. Ein jäher Schreck durchzuckte Judah. Er streckte die Hand aus, um das fallende Stück zu ergreifen. Diese Bewegung erweckte den Anschein, als ob er etwas werfen würde. Er erreichte jedoch seine Absicht nicht, sondern stieß dabei das Ziegelstück über die Mauer hinaus. Er schrie mit lauter Stimme. Die Soldaten der Leibwache und der Prokurator blickten hinauf; da traf letzteren das Stück auf den Kopf und er fiel vom Pferde.

Der Zug geriet ins Stocken. Die Wachen sprangen von ihren Pferden und beeilten sich, ihren Befehlshaber mit den Schildern zu decken. Die Menge, die Zeuge des Vorfalls war, glaubte, daß der Wurf absichtlich geschehen sei, und jubelte dem Jüngling zu, der sich noch immer über die Brustwehr beugte. Das Unheil, das durch ihn entstanden war, und die Erwägung der Folgen, die ihm nur zu deutlich vor die Augen traten, hatten ihn fast betäubt. Ein böser Geist erfaßte die Volksmenge entlang der Dächer. Die Leute legten Hand an die Brustwehren, rissen Ziegel und Holz aus den Hausgiebeln, und begannen sie in blinder Wut nach den Legionären zu schleudern. Es entspann sich ein hitziger Kampf. Wie es vorauszusehen war, behielten aber die Soldaten die Oberhand. Mit schreckensbleichem Antlitz richtete sich Judah von der Brustwehr auf. „Tirzah, Tirzah", rief er aus, „was wird aus uns werden!"

Sie hatte nicht gesehen, was vorgefallen war; sie hörte nur das Geschrei und sah die wilden Bewegungen der Leute auf den umliegenden Dächern. Es mußte etwas Schreckliches vor sich gegangen sein, das erkannte sie; aber was es sei, das konnte sie sich nicht vorstellen, doch ahnte sie, daß sie selbst oder jemand, der ihr teuer war, in Gefahr schwebte. „Was ist vorgefallen? Was hat das alles zu bedeuten?" fragte sie.

„Ich habe den römischen Statthalter getötet! Der Ziegel traf ihn."

Ihr Gesicht wurde im Augenblick aschfahl. Sie schlang ihren Arm um ihn und blickte ihm stumm in die Augen. Furcht hatte ihn erfaßt, der Anblick der besorgten Schwester gab ihm wieder Mut.

„Ich tat es nicht absichtlich! Es war ein Zufall!" sprach er ruhiger.

„Was werden sie uns antun?" fragte sie.

Er blickte nach dem immer ärger werdenden Tumult auf den Dächern und in der Straße und dachte an die drohende Miene des Gratus. War er nicht tot, wo würde seine Rache innenhalten? Und war er aber tot, zu welchen Wutausbrüchen würden die Ausschreitungen des Volkes die Legionäre aufreizen? Er beugte sich abermals über die Brustwehr und sah, wie die Leibwache dem Römer wieder auf das Pferd half. „Er lebt, Tirzah, er lebt! – Gepriesen sei der Gott unserer Väter!" Mit diesem Ausrufe trat er zurück und antwortete nun mit mehr Ruhe auf ihre Frage: „Sei unbesorgt, Tirzah! Ich werde ihnen erklären, wie es kam, und sie werden sich an unseren Vater und seine Verdienste erinnern und uns nichts tun."

Er führte sie in das Turmzimmer. Da erbebte das Dach unter ihren Füßen, und man vernahm das Krachen von stürzenden Balken und gleich darauf Schreckensrufe vom Hof. Dann hörte man das Geräusch vieler Schritte, Wutgeheul und angstvolles Flehen, das Jammern geängstigter Frauen. Die Soldaten hatten das nördliche Tor eingeschlagen und waren nun im Haus. Judah erkannte zu seinem Schrecken, daß man ihn suchte. Sein erster Gedanke war Flucht; aber wohin? – Flügel allein hätten ihn retten können! Angstvoll blickte Tirzah um sich und ergriff den Arm des Bruders. „Judah, was bedeutet das?"

Er antwortete nicht, er hörte, wie die Dienstboten niedergemetzelt wurden – und seine Mutter! – war das nicht ihre Stimme? Er mußte den Rest seiner Willenskraft aufbieten, um sich zu beherrschen, als er sprach: „Bleib hier, Tirzah, und warte auf mich. Ich will hinabgehen und sehen, was es gibt."

Seine Stimme klang trotzdem unsicher. Tirzah hing sich noch fester an ihn. Lauter, durchdringender erklang die Stimme seiner Mutter; es war keine Täuschung mehr möglich. Nun zögerte er nicht länger. „So komm mit! Eilen wir hinab!"

Die Terrasse am Fuße der Treppe war voll von Soldaten. Andere rannten mit gezückten Schwertern die Zimmer aus und ein. In einer Ecke kauerte dicht zusammengedrängt eine Gruppe von Frauen, die um Schonung baten. An einer anderen Stelle rang eine Frau mit einem der Soldaten und suchte sich von ihm loszureißen, so daß dieser seine ganze Kraft anwenden mußte, um sie festzuhalten. Ihr Kleid war zerrissen; das Haar hing ihr in langen Strähnen über das Gesicht; ihre Rufe übertönten jeden anderen Lärm. Die Angst beflügelte Judahs Schritte; mit einem Satze war er bei ihr. „Mutter, Mutter!" rief er aus. Sie streckte die Hand nach ihm, aber eben als er sie fassen wollte, wurde er ergriffen und zurückgerissen. Dann hörte er, wie jemand rief: „Das ist er!"

Judah schaute um sich und erblickte – Messala.

„Was, der Knabe ist der Meuchler?" fragte ein Legionär in prächtigem Waffenschmucke.

„Bei den Göttern!" entgegnete Messala, „als ob ein Mensch alt sein müsse, um tödlich hassen zu können? Der ist es und dort ist seine Mutter und jene seine Schwester! Ihr habt da die ganze Familie."

Die Liebe zu den Seinigen ließ Judah den Streit vergessen, den er mit dem Jugendfreunde gehabt hatte. Er bat: „Hilf ihnen, Messala! Gedenke unserer Knabenzeit und hilf ihnen! Ich – Judah – bitte dich!"

Messala tat, als hörte er ihn nicht. „Ich kann hier nicht weiter von Nutzen sein", sagte er, zum Offizier gewendet. „Auf der Straße unten gibt es mehr zu tun." Mit diesen Worten entfernte er sich.

Judah verstand ihn, und in der Bitterkeit seiner Seele flehte er zum Himmel: „In der Stunde deiner Rache, o Herr, sei mein die Hand, die ihn treffen soll!" –

Mit Mühe bahnte er sich einen Weg zum Offizier. „Herr", rief er, „jene Frau ist meine Mutter. Verschone sie; verschone meine Schwester dort! Gott ist gerecht; er wird Barmherzigkeit mit Barmherzigkeit vergelten!"

Der Mann schien bewegt. „In den Turm mit den Frauen", rief er, aber tut ihnen kein Leid! Ihr seid für sie verantwortlich." Dann wandte er sich zu denen, die Judah festhielten, und sprach: „Holet Stricke und bindet ihn, dann führt in auf die Straße hinab. Seiner Strafe soll er nicht entgehen."

Die Mutter wurde hinweggetragen. Die kleine Tirzah war betäubt von Furcht und ging in ihrem Hauskleide ohne Widerstreben mit den Soldaten. Judah warf einen letzten Blick auf beide und barg dann das Gesicht in seine Hände, als ob er sich ihre Züge unaustilgbar einprägen wolle. Vielleicht vergoß er auch Tränen, doch niemand sah es.

Die Ereignisse dieses Tages hatten in Judah eine Umwandlung bewirkt. Er besaß ein sehr zartes Gemüt. Andere, mehr männliche Eigenschaften seines Charakters waren bisher wenig hervorgetreten. Jetzt aber war er ein anderer geworden. Als er seinen Kopf erhob, und seine Arme den Fesseln darbot, hatten seine Lippen jene weichen Linien verloren, die ihnen früher eigen waren. Er hatte die Kindheit abgestreift und war zum Manne geworden.

Ein Trompetensignal im Hofe leerte die Galerie von Soldaten. Einige von ihnen warfen, was sie sich angeeignet hatten, hinweg, da sie es nicht wagen durften, mit Beutestücken in den Händen in den Reihen zu erscheinen; so war der Boden ringsum mit Sachen aller Art und von hohem Werte bedeckt. Als Judah hinabstieg, standen die Legionäre schon in Reihen.

Seine Mutter und Schwester sowie das gesamte Gesinde wurden durch das nördliche Eingangstor geführt, dessen Trümmer den Weg versperrten. Herzzerbrechend war das Weinen der Dienstpersonen, deren manche im Hause geboren waren. Als auch die Pferde und der gesamte Viehstand fortgetrieben wurde, begriff Judah den Umfang der Rache des Prokurators. Das Gebäude selbst war ihr verfallen. Nichts Lebendiges sollte innerhalb seiner Mauern zurückbleiben. Wenn es in Judäa noch andere gab, die so verwegen waren, die Ermordung eines römischen Statthalters zu erwägen, so sollte ihnen das Schicksal der fürstlichen Familie Hur zur Warnung dienen und die Zerstörung ihrer Wohnung die Erinnerung daran stets lebendig erhalten.

Auf der Straße hatte der Kampf beinahe aufgehört; auf den Dächern deuteten hier und dort Staubwolken an, wo noch vereinzelte Angriffe stattfanden. Die Legionäre standen ruhig in Reih und Glied; sie hatten nichts von ihrem Glanz und ihrer Stärke eingebüßt. Judah spähte vergebens nach seiner Mutter und Schwester. Da erhob sich plötzlich ein Weib von der Erde, wo sie sich niedergekauert hatte, und rannte zurück nach dem Tore. Einige der wachhaltenden Soldaten wollten sie fassen, aber sie entkam ihnen. Vor Judah sank sie nieder und umfaßte seine Knie; ihr Gesicht war vom staubbedeckten schwarzen Haar, das wirr vom Kopfe herabfiel, fast ganz verhüllt.

„O Amrah, gute Amrah", sprach er, „helfe dir Gott; ich kann es nicht!" Sie konnte nicht sprechen. Er beugte sich zu ihr herab und flüsterte: „Lebe, Amrah, für Tirzah und meine Mutter! Sie werden zurückkehren und –"

Ein Soldat zog sie weg. Sie sprang behende auf und eilte durch das Tor in den leeren Hof.

„Laßt sie nur!" rief der Offizier. „Wir werden Siegel an das Haus legen und es verriegeln; dann muß sie verhungern." Die Soldaten nahmen ihre Arbeit wieder auf und begaben sich nach der Westseite und verriegelten auch den dortigen Eingang. Der Palast der Familie Hur stand nun leer und verödet.

Die Kohorte marschierte nach der Burg zurück. Hier traf der Prokurator, sobald er sich von seiner Verletzung erholt hatte, über die Gefangenen seine Verfügungen.

*

Am folgenden Tag kam eine Abteilung Soldaten zum Palast. Die Eingänge wurden mit Wachs versiegelt und an die Mauern ein Plakat geheftet, auf welchem in lateinischer Sprache die Worte standen: „Dies ist Eigentum des Kaisers."

Wiederum einen Tag später zog ein Trupp von zehn Berittenen unter Anführung eines Hauptmanns von Jerusalem gegen Nazareth und näherte sich um die Mittagszeit dem Orte. Nazareth war damals ein unbedeutendes Dorf mit wenigen Häusern, die an einem Hügelabhang standen; die einzige Straße war kaum mehr als ein von den Herden ausgetretener Pfad. Im Süden breitete sich die große Ebene von Esdrelon aus, und von einer Anhöhe im Westen aus konnte man die Gestade des Mittelländischen Meeres, die Gegend jenseits des

Jordan und den Berg Hermon erblicken. Im Tal traf man Obst- und Gemüsegärten, Weinberge und Weideplätze. Vereinzelte Palmen- und Olivenhaine gaben der Landschaft ein orientalisches Gepräge. Die Häuser des Dorfes waren ärmlich – einstöckig, viereckig, mit flachem Dach und von grünen Reben überrankt. Die von der sengenden Hitze ausgebrannten und mit einer braunen, leblosen Kruste überzogenen Felder Judäas verloren sich an der Grenze von Galiläa.

Als der Reitertrupp sich dem Dorfe näherte, erscholl ein Trompetenstoß, der wie ein Zauber auf die Einwohner wirkte. Sie stürzten in Gruppen aus den Häusern heraus, da jeder den Grund des ungewöhnlichen Besuches zuerst erfahren wollte. Auch hier hegte man keine freundschaftlichen Gefühle für die römischen Legionäre. Als sie die Anhöhe heraufgekommen waren und über die Straße ritten, wurde es klar, daß der Trupp beim Brunnen nordöstlich vom Dorfe haltmachen werde, und die Leute schlossen sich daher dem Zuge an.

Ein Gefangener bei den Reitern hatte die Neugierde der Dorfbewohner erregt. Er ging zu Fuß, mit bloßem Kopf, zerrissenen Kleidern und auf den Rücken gebundenen Händen. An seinen Handgelenken war ein Riemen befestigt, der um den Hals eines Pferdes geschlungen war. Der Reiterzug wirbelte Staub auf, der Gefangene war fast beständig in eine gelbliche Wolke gehüllt. Völlig kraftlos und wund an den Füßen taumelte er mehr als er ging. Man konnte erkennen, daß er sehr jung war. Am Brunnen angelangt, machte der Zug halt. Der Hauptmann und die meisten Reiter stiegen vom Pferde. Der Gefangene sank in den Staub der Straße. Er bat um keine Labung, seine Erschöpfung war offensichtlich. Gern hätten die Dorfbewohner, die nähergekommen waren, ihm geholfen, allein sie wagten es nicht. Während sie neugierig und ratlos umherstanden und die Wasserkrüge unter den Soldaten von Mund zu Mund gingen, kam ein Mann die Straße von Sapphoris herab. Eine Frau rief, als sie ihn bemerkt hatte: „Seht, da kommt der Zimmermann! Jetzt werden wir wohl etwas erfahren."

Der Mann hatte ein ehrwürdiges Aussehen. Dünne weiße Locken quollen unter dem Rande seines Turbans hervor, während ein weißer Bart auf sein grobes graues Gewand herabwallte. Er kam langsamen Schrittes heran, denn außer der Last der Jahre trug er noch einige schwere Werkzeuge: ein Beil, eine Säge und ein Zugmesser; offensichtlich hatte er schon eine bedeutende Strecke Weges zurückgelegt, ohne sich Ruhe gegönnt zu haben. Beim Brunnen angelangt, blieb er stehen und musterte die Versammlung. „O Rabbi, guter Rabbi Josef!" rief eine Frau und eilte ihm entgegen. „Hier ist ein Gefangener! Frage doch die Soldaten, wer er ist, was er verbrochen hat und was sie mit ihm tun werden." Das Antlitz des Rabbi blieb unverändert. Doch warf er einen Blick auf den Gefangenen und trat dann zum Hauptmann. „Der Friede des Herrn sei mit dir!" sprach er mit unvermindertem Ernst.

„Und derjenige der Götter mit dir!" entgegnete der Hauptmann.
„Kommt ihr aus Jerusalem?"
„Ja."
„Euer Gefangener ist noch jung!"
„An Jahren, ja."
„Darf ich fragen, was er verbrochen hat?"
„Er ist ein Meuchelmörder!"

Erstaunt wiederholten die Leute das Wort. Rabbi Josef aber fuhr fort zu fragen: „Ist er ein Sohn Israels?"

„Er ist ein Jude", antwortete der Römer trocken. Das bereits im Schwinden begriffene Mitleid der Umstehenden wurde wieder rege.

„Ich weiß nichts von euren Stämmen", sprach der Römer weiter; „ich kann euch aber von seiner Familie erzählen. Ihr habt vielleicht schon von einem Fürsten Jerusalems gehört. Ben Hur nannte man ihn. Er lebte in den Tagen des Herodes."

„Ich kannte ihn", sagte Josef.

„Nun, dieser ist sein Sohn."

Von allen Seiten hörte man bei dieser Nachricht Ausrufe des Staunens und des Mitleids, doch der Hauptmann gebot Ruhe. „Vorgestern hätte er beinahe in den Straßen Jerusalems den edlen Gratus ermordet, indem er ihm vom Dach des Palastes seines Vaters einen Ziegel auf den Kopf warf."

Schweigend staunten die Nazarener den Jüngling wie ein wildes Tier an.

„Hat er ihn getötet? fragte der Rabbi.
„Nein!"
„Er ist verurteilt?"
„Ja, zu den Galeeren auf Lebenszeit."

„Der Herr steh' ihm bei", sagte Josef bewegt. Ein Jüngling, der mit Josef gekommen, aber bisher unbemerkt hinter ihm stehengeblieben war, legte nun das Beil, das er trug, neben sich auf die Erde, ging zum großen Stein neben dem Brunnen und ergriff einen der dort stehenden Krüge mit Wasser. Das ging so ruhig vor sich, daß der Jüngling bereits über den Gefangenen gebeugt stand und ihm zu trinken gab, ehe seine Wächter es hindern konnten, wenn dieses überhaupt in ihrer Absicht lag. Die sanft auf seine Schulter gelegte Hand weckte den unglücklichen Judah aus seinem dumpfen Brüten, und aufblickend sah er in ein Antlitz, das er niemals mehr vergaß; – in das Antlitz eines Jünglings seines eigenen Alters, das von goldig-braunen Locken überschattet war; in ein Antlitz voll Sanftmut und Milde, dessen tiefblaue Augen ihn voll Liebe und heiligem Ernst anblickten. Alle bitteren Gefühle der Rachsucht schwanden in der Brust des Juden, und sein Herz, das durch Tage und Nächte des Leidens verhärtet war, wurde weich unter dem warmen Blick des Fremden und sanft wie das eines Kindes. Er setzte seine Lippen an den ihm dargebotenen Krug und trank lang und in vollen Zügen. Kein Wort wurde zwischen beiden gewechselt. Als Judah getrunken hatte, legte sich die Hand, die bisher auf seiner Schulter gelegen war, auf sein Haupt und ruhte wie segenspendend einen Augenblick auf den staubbedeckten Lokken. Dann brachte der fremde Jüngling den Krug zum Brunnen zurück, stellte ihn auf den Stein daneben, nahm das Beil und ging zu Rabbi Josef zurück, indes aller Augen auf ihn gerichtet waren. Nachdem die Männer getrunken hatten und auch die Pferde getränkt waren, wurde der Marsch wieder aufgenommen. Im Verhalten des Hauptmannes war eine Änderung eingetreten, denn er selbst hob den Gefangenen aus dem Staube empor und setzte ihn hinter einen der Soldaten auf das Pferd. Die Bewohner Nazareths gingen nach Hause, mit ihnen auch Josef und sein Gehilfe.

VIII.

Einige Meilen südwestlich von Neapel lag die Stadt Misenum an der Spitze des Vorgebirges gleichen Namens. Einmal war sie sogar einer der wichtigsten Punkte an der Westküste Italiens.

Die Stadtmauer an der Seeseite war von einem Tore durchbrochen; man gelangte zu einem breiten Damm, der sich weit in das Meer hinaus erstreckte. Auf der Mauer über dem Tore lehnte an einem kühlen Septembermorgen nachlässig der Wächter, als plötzlich lärmende Stimmen an sein Ohr drangen; er sah eine Gesellschaft, die in lebhafter Unterhaltung die Straße herabkam. Diese Gesellschaft zählte etwa zwanzig bis dreißig Personen, die Mehrzahl Sklaven. Diese trugen Fackeln, aber schlecht brennende, die einen starken Nardengeruch in der Luft zurückließen. Die Herren gingen Arm in Arm voraus. Einer, ein Mann im Alter von ungefähr fünfzig Jahren und fast kahlköpfig, trug in seinem spärlichen Haar einen Lorbeerkranz. Er schien der Mittelpunkt der Gesellschaft und der Gegenstand irgendeiner Feier zu sein. Alle waren mit weiten Togen aus weißem Wollstoff bekleidet, die mit einem breiten Purpursaume besetzt waren. Der Wächter hatte mit einem Blick erkannt, daß sie von hohem Range waren und nach einer Abschiedsfeier einen Freund zum Schiff begleiteten.

„Nein, Quintus", sagte einer zu dem Manne mit dem Kranze, „es ist nicht recht, daß Fortuna dich so schnell von uns hinwegnimmt. Erst gestern bist du vom Meere zurückgekehrt. Du hast dir ja noch nicht einmal den Landschritt wieder angewöhnt."

„Beim Kastor! Wenn es einem Manne gestattet ist, zu schwören", rief ein anderer, der dem Weine mehr als nötig zugesprochen hatte, „laßt das Klagen. Unser Quintus will nur zurückgewinnen, was er heute Nacht verloren hat. Würfel auf rollendem Schiff sind nicht Würfel auf festem Lande, nicht wahr, Quintus?"

„Lästere Fortuna nicht", rief ein dritter, „sie ist weder blind noch launisch. Sie nimmt ihn aus unserer Mitte, aber bringt sie ihn nicht jedesmal mit neuen Siegen zurück?"

„Die Griechen sind es, die ihn uns entführen", warf ein anderer ein. „Sie laßt uns schmähen, nicht die Götter."

Mit diesen Worten schritt die Gesellschaft durch das Tor und trat auf den Damm hinaus, zur Bucht, die im Lichte der Morgensonne herrlich vor ihnen lag. Dem alten Seemann klang das Plätschern der Wellen wie ein Willkommengruß. In tiefen Zügen holte er Atem, als ob der Duft des Wassers ihn lieblicher dünkte als der Geruch der Narden, er hielt die Hand in die Luft und sagte: „Der Wind weht aus den Masten. Dank dir, Fortuna, meine Mutter!"

Die Freunde wiederholten den Ausruf, und die Sklaven schwangen die Fackeln. „Sie kommt – seht dort!" fuhr er fort, auf eine Galeere außerhalb des Dammes deutend. „Hat ein Seemann eine andere Herrin nötig? Ist deine Lukretia anmutiger, Cajus?" Er betrachtete stolz das nahende Schiff. Ein weißes Segel blähte sich am Maste. Die Ruder senkten und hoben sich, schwebten in der luft und senkten sich wiederum in regelmäßigem Takte.

„Ja, schonet der Götter", sagte er feierlich, die Augen auf das Schiff gerichtet. „Sie senden uns günstige Gelegenheiten. Es ist unsere eigene Schuld, wenn wir sie nicht benützen. Und was die Griechen betrifft, Lentulus, so vergissest du, daß die Seeräuber, die zu züchtigen ich ausziehe, Griechen sind. Ein Sieg über sie ist mehr wert als über hundert Afrikaner."

„Dann führt dich also dein Weg nach dem Ägäischen Meere?"

Der Seemann wandte kein Auge vom Schiffe. „Welche Anmut! Welche Freiheit! Ein Vogel kann nicht sorgloser sein gegen die schäumenden Wogen. Sieh!" sagte er, doch dann setzte er hinzu: „Verzeih, Lentulus. Ich fahre allerdings nach dem Ägäischen Meere; und da meine Abreise so nahe bevorsteht, will ich euch die Veranlassung nennen, nur behaltet alles für euch. Ich möchte nicht, daß ihr dem Duumvir Vorwürfe macht, wenn ihr in kurzem mit ihm zusammentrefft. Er ist mein Freund. Wie ihr wißt, ist der Handel zwischen Griechenland und Alexandrien kaum weniger bedeutend als der zwischen Alexandrien und Rom. Nun vergaß das Volk in jenem Weltteil das Fest der Cerealien zu feiern, und Triptolemus vergalt ihnen mit einer Ernte, die kaum des Einbringens wert war. Jedenfalls hat der Handel derart zugenommen, daß er keinen Tag Unterbrechung duldet. Ihr habt vielleicht auch von den chersonesischen Seeräubern gehört, die am Euxinus sich festgesetzt haben; es gibt, beim Bacchus, keine verwegeneren Piraten. Gestern kam die Nachricht nach Rom, daß sie mit einer Flotte den Bosporus herabruderten, die Galeeren von Byzanz und Chalcedon in den Grund bohrten, die Propontis durchstreiften und, noch immer beutegierig, in das Ägäische Meer einbrachen. Die Kornhändler, welche im östlichen Mittelmeer Schiffe unter Segel haben, sind voll Furcht und Sorge. Sie wandten sich an den Kaiser selbst, und von Ravenna segeln heute hundert Galeeren ab und von Misenum" – er hielt inne, wie um die Neugierde seiner Freunde noch mehr zu erregen, und endigte den Satz, indem er mit besonderem Nachdruck hinzufügte – „auch eine."

„Glücklicher Quintus! Wir gratulieren dir!"

„Dieser Auszeichnung folgt die Beförderung. Wir begrüßen dich als Duumvir; nichts Geringeres wartet deiner."

„Quintus Arrius, Duumvir, klingt besser als Quintus Arrius, Tribun."

„Ich freue mich mit den anderen", sagte der weinselige Freund, „aber man muß praktisch sein, mein Duumvir, und bevor ich nicht weiß, ob die Beförderung dir zu einer besseren Kenntnis der Würfel verhilft, kann ich mir kein Urteil darüber bilden, ob die Götter dir wohl oder übelwollen in diesem – diesem Geschäft."

„Dank, vielen Dank!" antwortete Arrius, sich an alle zugleich wendend. „Hättet ihr nur Laternen, so würde ich euch Auguren nennen. Ja, ich will noch weiter gehn und euch beweisen, was für Meisterpropheten ihr seid. Seht hier – und leset!" Er zog aus den Falten seiner Toga eine Pergamentrolle hervor und reichte sie ihnen mit den Worten: „Dies erhielt ich gestern abend bei Tisch von Sejanus."

Dieser Name hatte damals in der römischen Welt guten Klang. Noch haftete an ihm nicht die Schmach späterer Zeiten. „Sejanus!" riefen alle und drängten sich hinzu, um zu lesen, was der Minister geschrieben hatte. Das Schriftstück lautete:

Sejanus an C. Cäcilius Rufus
Rom, den 14. August

Der Kaiser erhielt guten Bericht über den Tribun Arrius. Im besonderen hörte er von dessen Tapferkeit in den westlichen Gewässern: daher ist es sein Wille, daß der bereits besagte Quintus sofort nach dem Osten versetzt werde.

Ferner ist es des Kaisers Wille, daß Du unverzüglich hundert Dreiruderer erster Klasse mit vollständiger Ausrüstung gegen die Seeräuber im Ägäischen Meere sendest, und daß Quintus den Befehl über diese Flotte übernehme.

Einzelheiten bleiben Dir, Cäcilius, überlassen.

Der Fall ist dringend, wie Du aus den Berichten ersehen wirst, die zu Deiner und Quintus Unterweisung beigeschlossen sind.

Sejanus."

Arrius schenkte dem Vorlesen des Schriftstückes wenig Aufmerksamkeit. Das Schiff zog seine Blicke auf sich. Er schwang einen Zipfel seiner Toga in der Luft; als Antwort auf dieses Zeichen wurde auf dem Schiffe eine purpurne Fahne entfaltet; an Bord erschienen Matrosen und zogen das Segel ein. Der Bug wurde landeinwärts gedreht und der Takt der Ruderschläge beschleunigt.

„Bei den Nymphen!" rief einer der Freunde, „wir dürfen nicht mehr von künftiger Größe unseres Freundes sprechen; er ist schon groß. Hast du noch mehr Neuigkeiten für uns?"

„Nein!" erwiderte Arrius. „Was ich euch über die Sache mitgeteilt habe, ist um diese Zeit in Rom bereits veraltet, besonders im Palast und auf dem Forum. Der Duumvir aber ist verschwiegen. Was ich tun soll und wo ich meine Flotte finden werde, das werde ich erst auf dem Schiffe erfahren, wo ein versiegeltes Paket meiner wartet. Wenn ihr indes heute auf irgendeinem Altar Gaben darbringen wollt, so bittet die Götter für einen Freund, der irgendwo in der Richtung nach Sizilien rudert und segelt. Aber da ist das Schiff. Seine Führer interessieren mich, denn mit ihnen muß ich segeln und an ihrer Seite kämpfen. Es ist keine leichte Aufgabe, an einem Ufer wie diesem zu landen. So wollen wir denn ihre Gewandtheit und Fertigkeit kennenlernen."

„Wie, ist das Schiff dir denn neu?"

„Ich habe es nie vorher gesehen und weiß auch nicht, ob ich einen einzigen Bekannten auf demselben finden werde."

„Ist das nicht unangenehm?"

„Es liegt wenig daran; wir Seeleute werden schnell miteinander bekannt. Gefahren zeitigen Liebe wie Haß."

Das Schiff gehörte zur Klasse der *naves Liburnicae;* es war lang und schmal und war daher für schnelle Fahrten und plötzliche Bewegungen berechnet. Der kunstvolle Bug teilte das Wasser, daß es als sanfter Sprühregen auf das anmutig gebogene Vorderteil niederfiel, das sich über das Verdeck erhob. An den gewölbten Seiten des Vorderteiles waren Tritonen mit Muscheltrompeten abgebildet. Unterhalb des Buges ragte der Schiffsschnabel im Wasser vor; so nannte man eine am Kiel befestigte Vorrichtung aus starkem, eisenbeschlagenem Holze, die, mit eisernen Spitzen versehen, im Gefecht als Ramme diente. Ein starkes Gesims zog sich vom Bug an den Seiten des Schiffes entlang und begrenzte die zinnengeschmückte Brustwehr. Unter dem Gesims befanden sich drei Öffnungen, in denen sich die Ruder, sechzig auf jeder Seite, bewegten: jede Öffnung war mit einem Schutzleder aus Ochsenhaut bedeckt. Eine weitere Zierde des hohen Vorderteiles bildete eine Reihe Stäbe, *caducei* genannt. Zwei starke Taue liefen quer über den Bug; sie zeigten die Zahl der Anker an, die das Vorderdeck barg. Die einfache Einrichtung des Oberdecks bekundete, daß die Schiffsmannschaft sich hauptsächlich auf die Ruder verließ. In der Mitte des Schiffes, doch mehr gegen das Vorderteil, stand ein Mast, der durch Taue gehalten wurde und die Rah trug. Außer den Matrosen, welche das Segel gerefft hatten und sich noch auf der Rah befanden, konnte man vom Damme aus nur einen Mann sehen; dieser stand am Bug und trug Helm und Schild. Die hundertzwanzig eichenen Ruder, welche durch die beständige Bewegung im Wasser glänzend weiß waren, hoben und senkten sich, als würden sie von einer einzigen Hand geführt. Daher schoß die Galeere mit großer Schnelligkeit vorwärts. Das Fahrzeug kam mit einer solchen waghalsigen Geschwindigkeit heran, daß die Freunde des Tribuns von Besorgnis befallen wurden. Da erhob plötzlich der Mann am Bug mit eigentümlicher Gebärde die Hand; sofort hoben sich die Ruder, schwebten einen Augenblick in der Luft und fielen dann senkrecht nieder. Das Wasser schäumte und zischte neben ihnen auf; die Galeere erzitterte in allen Fugen und stand still. Wieder eine Handbewegung, und abermals hoben sich die Ruder, schwebten und senkten sich; aber diesmal fielen die Ruder der rechten Seite gegen das Hinterteil und trieben so das Schiff vorwärts, jene der linken hingegen senkten sich gegen den Bug und bewegten es rückwärts. Dreimal arbeiteten so die Ruder gegeneinander. Das Schiff drehte sich wie um die eigene Achse nach rechts, fing Wind und legte langsam mit der Breitseite am Damme an.

Ein kurzer, schriller Trompetenstoß erscholl; aus den Luken strömten die Schiffssoldaten in stattlicher Rüstung, mit bronzenen Helmen und blanken Schilden und Wurfspießen, auf das Verdeck. Während die Soldaten sich wie zum Gefecht ordneten, erklommen die eigentlichen Matrosen die Wanten und setzten sich in einer Reihe auf die Segelstange. Die Offiziere und Musikanten nahmen ihre Plätze ein; alles vollzog sich ruhig, ohne unnötigen Lärm. Als die Ruder den Damm streiften, wurde vom Steuermannsdeck aus eine Brücke an das Ufer gelegt. Dann wandte sich der Tribun mit einem Ernst, den er bisher noch nicht gezeigt hatte, an seine Gesellschaft und sprach:

„Nun ruft die Pflicht, meine Freunde!"

Er nahm den Kranz von seinem Haupte und reichte ihn dem Würfelspieler. „Nimm du den Lorbeer, Günstling der Würfel", sprach er. „Im Falle ich zurückkehre, will ich meine Sesterzien wieder zu gewinnen suchen; bin ich nicht Sieger, so werde ich auch nicht zurückkehren. Hänge den Kranz in dein Atrium." Dann umarmte er der Reihe nach seine Freunde zum Abschiede.

„Die Götter mögen dich geleiten, Quintus!" sagten diese.

„Lebt wohl!" entgegnete er.

Den Sklaven, die ihre Fackeln schwangen, winkte er mit der Hand. Dann wandte er sich dem harrenden Schiffe zu. Als er die Brücke betrat, schmetterten die Trompeten, und über dem Bug entfaltete sich die purpurne Fahne, der Wimpel des Flottenkommandanten.

IX.

Der Tribun stand auf dem Steuermannsdeck. Er hielt das Schreiben des Duumvirs in seiner Hand und sprach mit dem Aufseher der Ruderer. „Wie stark ist deine Mannschaft?"

„Zweihundertfünfzig Ruderer und zehn Ersatzmänner."

„Ablösungen?"

„Vierundachtzig. Alle zwei Stunden wird an- und abgetreten."

Der Tribun sann einen Augenblick nach. „Diese Einteilung ist anstrengend; ich will sie ändern. Die Ruderer können Tag und Nacht nicht ruhen." Dann wandte er sich an den Segelmeister und sprach: „Der Wind ist günstig. Laß die Segel die Ruder unterstützen." Als die beiden sich entfernt hatten, wandte er sich an den ersten Steuermann mit der Frage: „Wie lange dienst du?"

„Zweiunddreißig Jahre."

„Auf welchen Meeren warst du hauptsächlich?"

„Zwischen Rom und dem Osten."

„Du bist der Mann, den ich brauche." Der Tribun warf wieder einen Blick auf die Weisungen des Duumvirs. „Haben wir das Kap von Camponella hinter uns, so nehmen wir den Kurs auf Messina, von da folge der kalabrischen Küste, bis Melito, dann – kennst du die Sterne, welche das Jonische Meer regieren?"

„Ich kenne sie genau."

„Dann steuere von Melito ostwärts gegen Kythera. So die Götter wollen, werden wir in der Bucht von Antemona vor Anker gehen. Die Pflicht drängt. Ich verlasse mich auf dich."

Um die Mittagszeit fuhr die Galeere an Paestum vorüber. Der Wind kam noch immer aus dem Westen und füllte das Segel. Die Wachen waren verteilt. Auf dem Vorderdeck war ein Altar hergerichtet und mit Salz und Gerste bestreut worden. Der Tribun hatte feierliche Gebete zu Jupiter, Neptun und zu allen Meeresgöttern gesprochen und Gelübde getan, während er Wein ausgoß und Weihrauch verbrannte. Und jetzt saß er in der großen Kajüte und beobachtete die ihm untergebene Mannschaft. Die Kajüte befand sich in der Mitte der Galeere und war fünfundsechzig Fuß lang und dreißig breit. Sie wurde durch drei breite Luken erhellt. Am hinteren Ende der Kajüte war eine Plattform, zu der man über einige Stufen gelangte. Hier hatte der Aufseher der Ruderer seinen Platz. Vor ihm stand ein Resonanztisch, auf dem er mit einem hölzernen Hammer den Takt für die Ruderer schlug. Zu seiner Rechten hatte er eine Wasseruhr, nach welcher die Ablösung der Wachen geregelt wurde. Über ihm hatte auf einer noch höheren Plattform, die von einem vergoldeten Geländer umgeben war, der Tribun sein Quartier, von dem aus er alles überblicken konnte. Es war mit einem Ruhebett, einem Tische und einem gepolsterten Armsessel, und dank der kaiserlichen Freigiebigkeit mit verschwenderischer Pracht ausgestattet. Hier lehnte Arrius gemächlich im großen Armsessel. Am Gürtel hing ein Schwert; der Waffenrock war über die Tunika geworfen. Sein musternder Blick überschaute alles, blieb aber am längsten auf den Ruderern haften. Die Kajüte entlang waren an den Schiffswänden Bänke befestigt, deren jede drei stufenartig aufsteigende Sitze hatte. Die Ruderer auf der ersten und zweiten Sitzreihe saßen, jene auf der dritten standen, da sie längere Ruder hatten. Die Ruder waren am Griff mit Blei beschwert und hingen in geschmeidigen Riemen. Durch die Ruderöffnungen strömte reichlich frische Luft zu. Licht fiel durch das Gitterwerk ein, welches das Verdeck mit der Brustwehr verband. Aller Verkehr untereinander war den Ruderern untersagt. Stumm nahmen sie Tag für Tag ihre Plätze ein; während der Arbeit konnten sie einander nicht ins Gesicht sehen; nur zum Essen und zum Schlafen waren ihnen kurze Ruhepausen zugestanden. Nie sah man einen lachen, nie hörte man je einen singen. Was nützt dem Menschen die Zunge, wenn sie nur zum Seufzen und Stöhnen da ist, da er zum Schweigen verurteilt ist? Das Leben dieser Unglücklichen glich einem unterirdischen Strome, der langsam und mühevoll seinem unbestimmten Ausgange zufließt. Söhne fast aller Nationen saßen hier, Kriegsgefangene, die man wegen ihrer Körperkraft und Ausdauer zu diesem Dienst ausgewählt hatte. Lybier, Skythen, Gallier, Athener, römische Verbrecher saßen neben Goten und Langobarden, Juden, Äthiopiern, Barbaren und Cimbern. Die Arbeit des Ruderns genügte nicht, ihren Geist zu beschäftigen, mochte er auch noch so stumpf und unentwickelt sein. Das Ruder vorwärts stoßen, ziehen, es schweben und sinken lassen bildete die ganze Arbeit; sie wurde selbst bei Stürmen vollkommen automatisch ausgeführt. Mit der Zeit wurden die Unglücklichen infolge ihrer langen Knechtschaft apathisch und stumpfsinnig; der Geist war erschöpft und zehrte nur noch an den meist spärlichen Erinnerungen. Schließlich verfielen sie in den Zustand halber Bewußtlosigkeit, in welchem das Elend zur Gewohnheit wurde.

Stunde um Stunde saß der Tribun in seinem Armstuhl, aber er dachte an alles andere eher als an das Elend der Sklaven an den Ruderbänken. Die Gleichförmigkeit ihrer Bewegungen langweilte ihn und nun begann er einzelne unter den Ruderern zu betrachten. Fand er etwas zu tadeln, so machte er mit dem Griffel auf einer Tafel Bemerkungen.

Die Sklaven wurden nicht mit ihren Namen weitergeführt. Man bezeichnete sie mit den Nummern, welche an den Sitzen angebracht waren. Als der Tribun seine Augen von Bank zu Bank schweifen ließ, blieb sein scharfer Blick auf Nummer 60 ruhen. der Sitz gehörte zur letzten Ruderbank der linken Seite. Der Ruderer stand aufrecht und war, wie alle seine Genossen, bis auf ein Lendentuch unbekleidet. Er war sehr jung, nicht über zwanzig Jahre alt. Doch Arrius, nicht bloß ein Freund der Würfel, war auch ein Kenner körperlicher Wohlgestalt. Er pflegte, wenn er auf dem Festlande war, regelmäßig die Kampfschule zu besuchen, um die berühmten Athleten zu sehen und zu bewundern. Das Ebenmaß, die Harmonie im Körperbau und in den Bewegungen des Ruderers, das alles erregte in ihm Neugierde und lebhaftes Interesse.

„Bei den Göttern!" sprach er zu sich selbst, „der Bursche macht Eindruck! Er verspricht etwas. Ich muß mehr über ihn erfahren!" In diesem Augenblick wandte ihm der Ruderer das Gesicht zu.

„Ein Jude!" rief Arrius, „und fast noch ein Knabe!" Unter seinem Blick wurden die Augen des Sklaven größer; das Blut stieg ihm bis zu den Schläfen hinauf; er zögerte einen Augenblick mit dem Ruder. Da fiel der Hammer des Aufsehers dröhnend auf den Tisch. Der Ruderer zuckte wie betroffen, wandte den Blick ab und ließ das Ruder sinken. Als er wieder nach dem Tribun blickte, war er noch mehr erstaunt, denn dieser sah ihn mit einem freundlichen Lächeln an.

Indessen bog die Galeere in die Meeresenge von Messina ein, fuhr an der Stadt dieses Namens vorbei und nahm dann, die Rauchwolken des Ätna hinter sich lassend, den Kurs nach Osten. Sooft Arrius auf die Plattform in der Kajüte zurückkehrte, suchte sein Blick den Ruderer und er sagte immer wieder zu sich selbst: „Der Mann ist nicht wie die anderen. Ein Jude ist kein Barbar. Ich will mehr über ihn wissen."

Am vierten Tage nach der Abfahrt segelte die „Asträa" durch das Jonische Meer. Der Himmel war klar und der Wind so günstig, als ob alle Götter die Fahrt fördern wollten. Da Arrius es für möglich hielt, die Flotte zu erreichen, bevor sie in die Ostbucht der Insel Kythera einlief, den Ort, wo er sie erwarten sollte, brachte er die meiste Zeit in ungeduldiger Erwartung auf dem Verdeck zu. Er schenkte allem, was sein Schiff betraf, die vollste Aufmerksamkeit und war im allgemeinen recht zufrieden. Saß er auf seinem Sessel in der Kajüte, so kehrten seine Gedanken immer wieder zum Ruderer Nummer sechzig zurück.

„Kennst du den Mann, der sich eben von jener Bank erhoben hat?" fragte er endlich den Aufseher, als gerade seine Ablösung stattfand.

„Nummer sechzig?"

„Ja."

Der Aufseher musterte den Ruderer. „Wie du weißt", erwiderte er, „befand sich das Schiff vor einem Monat noch beim Baumeister, und die Mannschaft ist mir ebenso neu wie das Schiff."

„Er ist ein Jude", bemerkte Arrius nachdenklich.

„Der edle Arrius hat ein scharfes Auge."

„Er ist sehr jung", fuhr Arrius fort.

„Aber unser bester Ruderer", sagte der andere. „Ich sah das Ruder unter dem Druck seines Armes sich krümmen, daß es beinahe zerbrach."

„Was für ein Gemüt hat er?"

„Er ist gehorsam: weiter weiß ich nichts. Einmal richtete er eine Bitte an mich."

„Was für eine?"

„Er wünschte, daß ich ihn abwechselnd auf der rechten und linken Seite rudern lasse."

„Gab er einen Grund dafür an?"

„Er habe die Beobachtung gemacht, daß die Männer, die stets auf derselben Seite arbeiten, mißgestaltet würden. Er sagte auch, es könne eines Tages bei einem Sturme oder einer Schlacht plötzlich die Notwendigkeit zu wechseln eintreten, und dann wäre er dienstunfähig."

„Wahrhaftig, die Idee ist neu. Was hast du sonst an ihm bemerkt?"

„Er ist reinlicher als seine Gefährten."

„Darin ist er ein Römer", sagte Arrius beifällig. „Weißt du nichts von seinem Geschicke?"

„Nicht ein einziges Wort."

Der Tribun überlegte einen Augenblick und kehrte zu seinem Sitze zurück. Er war in der Stimmung eines Menschen, der einem wichtigen Ereignis entgegensieht und nichts anderes tun kann als warten. Der Steuermann saß auf seinem Platze. Im Schatten des Segels schliefen einige Schiffssoldaten, und oben auf der Rah befand sich ein Ausguckposten. Sein Auge vom *solarum*, dem Sonnenzeiger, welcher zur Bestimmung der Richtung diente, erhebend, sah Arrius den Ruderer herankommen.

„Der Aufseher nannte dich den edlen Arrius und sagte, es sei dein Wille, daß ich dich hier aufsuche. Hier bin ich."

Arrius betrachtete die schlanke, sehnige Gestalt, die im Lichte der Sonne glänzte, und dachte an die Arena. Sein Auftreten machte auf ihn Eindruck. Die Art seines Sprechens bewies, daß er sein früheres Leben in vornehmer Umgebung zugebracht hatte; seine Augen blickten ihn voll und offen, mehr neugierig als trotzend an. Unter dem scharf forschenden, gebieterischen Blicke verlor der Jüngling nichts von seiner Anmut; er hatte nichts Klagendes, Trotziges oder Drohendes an sich, nur ein tiefer, anhaltender Schmerz hatte Spuren in sein Gesicht geprägt. In stummer Anerkennung sprach der Römer mit ihm mehr wie ein älterer Mann zu einem jüngeren Gleichgestellten, als wie ein Gebieter zu seinem Sklaven.

„Der Aufseher sagte mir, du seiest sein bester Ruderer. Dienst du schon lange?"

„Etwa drei Jahre."

„Am Ruder?"

„Ich erinnere mich nicht, daß ich es auch nur einen Tag verlassen hätte."

„Es ist schwere Arbeit. Wenige Männer ertragen sie ein Jahr lang, ohne zusammenzubrechen, und du – du bist noch ein Knabe."

„Der edle Arrius vergißt, daß der Wille die Ausdauer erhöht. Mit seiner Hilfe gelingt manches dem Schwachen, was die Starken überwältigt."

„Deiner Sprache nach bist du ein Jude."

„Meine Vorfahren, die lange vor dem ersten Römer lebten, waren Hebräer."

„Der Stolz deiner Nation hat sich in dir nicht verloren", sagte Arrius, da der Ruderer errötete.

„Der Stolz offenbart sich nie so sehr, als wenn er in Ketten liegt."

„Welche Ursache hast du, stolz zu sein?"

„Ich bin ein Jude."

Arrius lächelte. „Ich war nie in Jerusalem", sagte er; „aber ich habe von seinen Fürsten gehört. Ich kannte einen von ihnen. Er war ein Kaufmann und durchsegelte die Meere. Er hätte ein König sein können! Welchem Range gehörst du an?"

„Ich muß dir von der Ruderbank aus antworten. Ich bin ein Sklave. Mein Vater aber war ein Fürst von Jerusalem und durchsegelte als Kaufherr die Meere. Er war im Empfangssaale des großen Augustus bekannt und geehrt."

„Sein Name?"

„Ithamar, aus dem Hause Hur."

Erstaunt hob der Tribun die Hand. „Du – ein Sohn Hurs?" Er schwieg. Nach einer Weile fragte er weiter. „Was hat dich hierhergebracht?"

Judah senkte sein Haupt; seine Brust arbeitete schwer. Als er seine Gefühle gemeistert hatte, blickte er dem Tribun offen ins Auge und antwortete:

„Man beschuldigte mich des Mordversuches an dem Prokurator Valerius Gratus."

„Du!" rief Arrius, noch mehr erstaunt, und trat einen Schritt rückwärts. „Du bist jener Meuchler! Ganz Rom kam über die Geschichte in Aufregung. Ich erfuhr sie auf meinem Schiffe bei Lodium. Ich glaubte die Familie Hur von der Erde vertilgt."

Eine Flut zarter Erinnerungen fegte den Stolz des jungen Mannes fort. Tränen glänzten auf seinen Wangen. „Mutter, Mutter! Und meine kleine Tirzah! Wo sind sie? O Tribun, edler Tribun, wenn du etwas von ihnen weißt" – er rang flehend die Hände –, „so sag' mir alles, was du weißt. Sag' mir, ob sie noch leben, und wenn sie noch leben, wo sie sind und in welcher Lage! Oh, ich bitte dich, sag' es mir!" Er trat so nahe an Arrius heran, daß seine Hände dessen Mantel berührten. „Drei Jahre sind seit jenem schrecklichen Tage verflossen", fuhr er fort, „drei Jahre, o Tribun, und jede Stunde derselben war für mich ein ganzes Leben voll Qual – ein Leben, das elender ist als der Tod, ohne andere Erleichterung als die Arbeit –, und in dieser ganzen Zeit kein Wort, keine Silbe mit jemandem sprechen! O könnten wir im Vergessensein doch selbst vergessen! Könnte ich wenigstens jene Szene aus meiner Erinnerung auslöschen, da meine Schwester von meiner Seite gerissen ward und meine Mutter mir den letzten

Blick zuwarf! Ich fühlte den Hauch der Pest und die Erschütterung des Schiffes in der Schlacht; ich hörte den Sturm heulen und die Wogen peitschen – und lachte, während andere beteten; der Tod wäre mir eine Erlösung gewesen. Mit jedem Ruderschlag suche ich die Erinnerung an jenen Tag zu bannen. Wenig würde genügen, mir zu helfen. Sag' mir wenigstens, daß sie tot sind; denn glücklich können sie nicht sein, solange ich ihnen verloren bin. Ich hörte sie nachts nach mir rufen, ich sah sie auf dem Meere wandeln. Oh, nichts ist so treu wie die Liebe meiner Mutter! Und Tirzah – ihr Atem war wie der Duft weißer Lilien. Sie war der jüngste Zweig der Palme – so frisch, so zart, so anmutig, so schön! Sie war die Sonne meiner Tage; sie erheiterte mein Leben wie liebliche Musik. Und meine Hand war es, die sie in den Abgrund schleuderte! Ich –"

„Gestehst du deine Schuld ein?" fragte Arrius streng.

Diese Frage bewirkte eine vollständige Veränderung in Ben Hur. Seine Stimme wurde scharf, seine Hände ballten sich, jede Fiber in ihm erbebte, seine Augen flammten. „Du hast vom Gott meiner Väter, dem unendlichen Jehova, gehört", sagte er. „Bei seiner Wahrhaftigkeit und Allmacht und bei der Liebe, die er von Anbeginn gegen Israel gezeigt hat, schwöre ich dir: Ich bin unschuldig!"

„O edler Römer", fuhr Ben Hur fort, „schenke mir nur ein wenig Glauben und sende einen Lichtstrahl in meine Finsternis, die mit jedem Tag sich noch mehr verdüstert!"

Arrius wandte sich um und schritt auf dem Verdeck auf und nieder. „Wurdest du nicht verhört?" fragte er, plötzlich stehenbleibend.

„Nein!"

Der Römer hob verwundert das Haupt. „Kein Verhör! Keine Zeugen! Wer sprach dein Urteil?"

„Sie banden mich mit Stricken und schleppten mich in ein Verlies des Turmes. Ich sah niemanden. Niemand sprach mit mir. Am folgenden Tage brachten mich Soldaten an die Küste. Seitdem bin ich Galeerensklave."

„Was hättest du zum Beweis deiner Unschuld vorbringen können?"

„Ich war noch ein Knabe, zu jung, um ein Verschwörer zu sein. Wäre es meine Absicht zu töten, so war dort weder der geeignete Ort noch die rechte Zeit. Der Prokurator ritt inmitten einer Legion, und es war heller Tag. Ich hätte unmöglich entkommen können. Ich gehörte einer Klasse an, die den Römern wohlgesinnt ist. Mein Vater ist wegen der Dienste, die er dem Kaiser geleistet hat, ausgezeichnet worden. Wir hatten ein großes Vermögen zu verlieren. Mir, meiner Mutter und Schwester stand der sicherste Untergang bevor. Ich hatte keinen Grund zu einer feindlichen Gesinnung, während anderseits Eigentum, Familie, Leben, Gewissen, das Gesetz, der Lebensatem jedes wahren Israeliten, meine Hand zurückgehalten hätten, so mächtig auch der böse Drang in mir gewesen wäre. Ich war von Sinnen. Der Tod war der Schande vorzuziehen und ist es, glaube mir, auch jetzt noch."

„Wer war bei dir, als der Wurf geschah?"

„Ich war auf dem Dach meines Vaterhauses. Tirzah stand bei mir, an meiner Seite. Wir beugten uns zusammen über die Brustwehr, um die Legion vorbeimarschieren zu sehen. Unter meiner Hand gab ein Ziegel nach und fiel auf Gratus. Ich glaubte, ihn getötet zu haben. Ach, wie groß war mein Entsetzen!"

„Wo war deine Mutter?"

„Unten in ihrem Zimmer."

„Was geschah mit ihr?"

Ben Hur ballte die Hände und rang mühsam nach Atem. „Ich weiß es nicht. Ich sah, wie man sie hinwegschleppte – das ist alles, was ich weiß. Sie trieben jedes lebende Wesen aus dem Hause, selbst das unvernünftige Vieh, und verriegelten die Tore. Sie sollte jedenfalls nie wieder zurückkehren. Ich bitte nur für sie. Oh, nur ein Wort! Sie wenigstens war unschuldig. Ich kann vergeben – doch verzeiht, edler Tribun! Ein Sklave wie ich sollte nicht von Vergebung und Rache reden. Ich bin zeitlebens an das Ruder gebunden."

Arrius hatte aufmerksam zugehört. Er nahm alle seine Erfahrungen, die er mit Sklaven gemacht hatte, zu Hilfe. War das von Ben Hur gezeigte Gefühl ein erheucheltes, dann war die Verstellung eine vollkommene; war es hingegen wahr und echt, dann konnte man an der Unschuld des Juden nicht mehr zweifeln. War er aber unschuldig, mit welch blinder Wut war dann die Macht ausgeübt worden! Eine ganze Familie vernichtet, um einen Zufall zu rächen. Der Gedanke erschütterte ihn. Er konnte auch gerecht sein; es genügte ihm, ein Unrecht zu erkennen, um dasselbe nach Möglichkeit abzustellen. Das ihm untergebene Schiffspersonal nannte ihn nur den guten Tribun.

Den Tribun nahmen manche Umstände für den jungen Mann ein. Möglicherweise kannte er den Prokurator und hatte keine Ursache, ihn zu lieben. Vielleicht hatte er auch den älteren Hur gekannt. Im Laufe des Gespräches hatte Judah diese Frage berührt und keine Antwort erhalten.

Der Tribun konnte zu keinem Entschlusse kommen. Seine Macht war groß; er war unbeschränkter Herr des Schiffes. Die Eindrücke, die er empfangen hatte, stimmten ihn zur Milde. Sein Glaube war gewonnen. Aber, sagte er sich, es hat keine Eile, oder vielmehr, er hatte Eile, nach Kythera zu kommen; den besten Ruderer konnte er daher nicht entbehren. Er wollte warten, er konnte noch mehr erfahren; er wollte wenigstens Gewißheit haben, daß dieser Jüngling wirklich der Fürst Ben Hur und daß er offen und aufrichtig sei. Sklaven waren gewöhnlich Lügner. „Es ist gut!" sagte er laut. „Geh an deinen Platz zurück."

Ben Hur verneigte sich; noch einmal blickte er in das Gesicht seines Gebieters, sah aber dort nichts, was ihm Hoffnungen machen konnte. Er wandte sich langsam zum Gehen, drehte sich wieder um: „Wenn du meiner abermals gedenken solltest, Tribun, so erinnere ich dich, daß ich dich nur um Nachricht von meinen Angehörigen, von meiner Mutter und Schwester, bat", sagte er und ging weiter.

Bewundernd folgten ihm Arrius' Blicke. Bei den Göttern! dachte er. Welch ein Mann für die Arena! Welch ein Läufer! Welch ein Arm für das Schwert oder für den Ringkampf! „Halt!" rief er laut.

Ben Hur blieb stehen, während der Tribun auf ihn zuschritt. „Was würdest du tun, wenn du frei wärst?"

„Der edle Arrius spottet meiner", sagte Judah mit bebenden Lippen.

„Bei den Göttern, nein!"

„Dann will ich gern antworten. Meine erste Sorge wäre die Erfüllung meiner Pflicht. Ich könnte nicht ruhen, bis meine Mutter und Tirzah der Heimat wiedergegeben wären. Jeden Tag und jede Stunde würde ich ihrem Glücke weihen. Ich würde ihnen dienen, so treu, wie nie ein Sklave gedient hat. Sie haben durch mich vieles verloren, aber, beim Gott meiner Väter, ich würde ihnen mehr gewinnen!"

Diese Antwort kam dem Römer unerwartet und brachte ihn für einen Augenblick aus seinen Gedanken. „Ich wandte mich an deinen Ehrgeiz", fuhr er dann fort. „Wenn deine Mutter und deine Schwester tot oder nicht auffindbar wären, was würdest du dann tun?"

Eine tiefe Blässe bedeckte Ben Hurs Gesicht. Er blickte hinaus auf das Meer. Er hatte mit einem mächtigen Gefühl zu kämpfen; als er seiner Herr geworden war, wandte er sich an den Tribun: „Welchen Beruf ich wählen würde?"

„Ja."

„Ich will dir aufrichtig antworten, Tribun. Eben in der Nacht vor jenem schrecklichen Tage, von dem ich sprach, erhielt ich die Erlaubnis, Soldat zu werden. Ich hege noch die gleiche Absicht; und da es in der ganzen Welt nur eine Schule des Krieges gibt, würde ich sie durchmachen."

„Aber du mußt zuerst den Gebrauch der Waffen kennenlernen." Ein Gebieter soll seinem Sklaven niemals Ratschläge erteilen. Arrius merkte seinen Fehler, sein Benehmen und seine Stimme wurden kälter. „Geh jetzt", sagte er, „und baue nicht auf das, was zwischen uns gesprochen wurde. Vielleicht treibe ich mit dir nur ein Spiel. Oder" – er blickte nachdenklich seitwärts – „oder, wenn du daran einige Hoffnungen knüpfen willst, so wähle zwischen dem Ruhme eines Gladiators und dem Dienste eines Soldaten. Zum ersten kann dir die Gunst des Kaisers verhelfen, im letzteren kannst du nie auf Anerkennung hoffen. Du bist kein Römer. Geh!"

Ben Hur saß wieder auf seiner Ruderbank. Die Pflicht wird dem Menschen leicht, wenn sein Herz leicht ist. Die Handhabung des Ruders schien Judah nicht mehr so mühevoll. Die Warnung des Tribuns: Vielleicht treibe ich nur ein Spiel mit dir! – schlug er sich aus dem Sinn, so oft er an sie dachte. Daß der mächtige Mann ihn zu sich gerufen und um seine Lebensgeschichte gefragt hatte, war nun die Nahrung, woran sein hungriger Geist sich sättigte. Die Hoffnung mit ihren Verheißungen strahlte helles Licht auf seine Ruderbank herab und er betete: „O Gott, ich bin ein wahrer Sohn Israels, das du so sehr geliebt hast. Ich bitte dich, hilf mir!"

X.

In der Bucht von Antimona, östlich von der Insel Kythera, sammelten sich die hundert Galeeren. Der Tribun widmete einen Tag der Besichtigung der Schiffe. Dann segelte er nach Naxos, der größten der Zykladeninseln, welche auf halbem Wege zwischen Griechenland und Asien wie ein Felsblock aus dem Meere ragt. Von hier konnte er alles beherrschen, was vorüberkam, und er war auch in der Lage, den Seeräubern nachzusetzen, mochten sie nun im Ägäischen oder im Mittelländischen Meere auftauchen. Als die Flotte in schönster Ordnung nach dem gebirgigen Ufer der Insel ruderte, nahte von Norden ein Transportschiff, das von Byzanz kam. Arrius fuhr ihm entgegen. Von dem Befehlshaber erfuhr er die Einzelheiten, die er notwendig wissen mußte. Die Seeräuber stammten von den entlegenen Gestaden des Schwarzen Meeres. Selbst Tanais an der Mündung des Flusses, der den Sumpf Mäotis gespeist haben soll, war unter ihnen vertreten. Ihre Vorbereitungen hatten sie mit der größten Heimlichkeit getroffen. Man erfuhr von ihnen erst, als sie vor der Thrakischen Meerenge erschienen und die dort liegende Flotte zerstörten. Bis zum Ausgange des Hellespont war ihnen alles, was auf See war, zur Beute gefallen. Das Geschwader zählte an die sechzig wohlbemannte und gut ausgerüstete Galeeren. Ein Grieche führte den Oberbefehl und die Lotsen, die im Rufe standen, alle Meere des Ostens genau zu kennen, waren ebenfalls Griechen. Sie hatten unermeßliche Beute gemacht. Sie verbreiteten solchen Schrecken, daß sogar die Städte ihre Tore schlossen und ihre wehrfähigen Männer allnächtlich auf die Wälle sandten, um Wache zu halten. Der Handel stockte fast gänzlich. Die Seeräuber hatten vor kurzem Hephästia auf der Insel Lemnos geplündert und waren schließlich in die Buchten zwischen Euböa und Hellas verschwunden. So lautete der Bericht.

Der Tribun fühlte sich seinem Glücke zum Dank verpflichtet. Er hatte zuverlässige Nachricht erhalten, wußte den Feind in einem Gewässer, in welchem seine Vernichtung fast sicher war. Er beschloß ihn von Norden und Süden einzuschließen. Er segelte daher ohne Unterbrechung oder Änderung der Richtung, bis kurz vor Einbruch der Nacht die Umrisse des Berges Ocha am Horizont auftauchten und der Lotse die euböische Küste meldete. Eine Abteilung von fünfzig Galeeren ruderte unter Anführung des Arrius den Kanal hinauf, eine andere, gleich starke Abteilung erhielt Befehl, sich nach der Seeseite der Insel zu wenden, um in möglichst beschleunigter Fahrt den oberen Eingang zu erreichen und dann den Kanal herabzusegeln. Keine Abteilung war an Zahl den Seeräubern gewachsen, doch wurde dieser Mangel durch strenge Manneszucht einigermaßen aufgewogen. Zudem berechnete der kluge Tribun, daß, wenn auch eine Abteilung geschlagen würde, die andere den siegesbewußten Feind in seiner Sorglosigkeit überraschen und leicht überwinden könne. Ben Hur saß unterdessen auf seiner Ruderbank und wurde alle sechs Stunden abgelöst. Als die letzten Strahlen der untergehenden Sonne entschwanden, segelte die Galeere noch immer nordwärts. Die Nacht brach herein, aber Ben Hur konnte keine Änderung bemerken. Jetzt drang der Duft von brennendem Weihrauch durch die Luken vom Verdeck herab. Der Tribun ist am Altar, dachte er. – Gehen wir vielleicht einer Schlacht entgegen? Er hatte manche Schlacht mitgemacht. Von seinem Sitze aus hatte er den Kampf über und um sich toben hören, bis der Schlachtenlärm seinem Ohre bekannt war wie einem Sänger die Melodie eines Liedes. Die Vorbereitungen zum Gefecht hatte er kennengelernt, zu denen Opfer, die man den Göttern brachte, gehörten. Dabei wurden dieselben Gebräuche beobachtet wie beim Beginne einer Fahrt. Eine Schlacht hatte für ihn und seine Rudergefährten ein besonderes Interesse, weil eine Niederlage den Sklaven oft die Freiheit bringen konnte.

Zur bestimmten Zeit wurden die Laternen angezündet und neben den Treppen aufgehängt. Der Tribun kam vom Deck herab. Auf seinen Befehl legten die Schiffssoldaten ihre Rüstungen an. Es wurden Speere, Wurfspieße und Pfeile in großen Bündeln herbeigebracht und auf den Boden gelegt. Daneben stellte man Krüge mit Öl und Körbe voll Baumwollballen. Und als Ben Hur sah, daß der Tribun auf die Plattform stieg und seine Rüstung anlegte, und Helm und Schild hervorholte, da konnte er an der Bedeutung der Vorbereitungen nicht länger zweifeln und er machte sich auf die größte Schmach, die seine Dienstbarkeit mit sich brachte, gefaßt. An jedem Sitz der Ruderbänke war eine Kette mit schweren Fußfesseln angebracht. Von Nummer zu Nummer schreitend, begann der Aufseher die Ruderer anzuschließen. Sie mußten gehorchen, im Falle eines Unglücks blieb ihnen keine Möglichkeit sich zu retten. Jeder Ruderer fühlte die Schmach, die ihm angetan wurde. Ben Hur aber bitterer als seine Genossen. Er hätte sie gern um jeden Preis von sich abgewendet. In kurzem mußte die Reihe an ihn kommen; aber vielleicht machte der Tribun bei ihm eine Ausnahme? Er hoffte auf ein Einschreiten des Römers zu seinen Gunsten. Erinnerte er sich seiner jetzt, da der Gedanke an die Schlacht ihn ganz in Anspruch nahm, so hatte er Grund zu hoffen. Ben Hur wartete mit Ungeduld. Die Zwischenzeit schien ihm eine Ewigkeit. Bei jeder Bewegung des Ruders blickte er nach dem Tribun, der sich auf sein Lager geworfen hatte, um der Ruhe zu pflegen. Nummer sechzig machte sich Vorwürfe, lachte bitter und nahm sich vor, nicht mehr hinzublicken. Der Aufseher nahte.

Das Klirren der eisernen Ketten klang schauerlich. Mit der Ruhe der Verzweiflung hielt Ben Hur das Ruder in der Schwebe und streckte seinen Fuß den Fesseln entgegen. Da regte sich der Tribun, richtete sich auf und winkte dem Aufseher.

Eine heftige Bewegung erfaßte den Israeliten. Der Tribun wandte seine Blicke vom Aufseher zu ihm; und als er das Ruder senkte, erschien ihm das ganze Schiff verklärt. Er hörte nicht, was gesprochen wurde. Die Kette hing unbenützt von der Krampe, der Aufseher begab sich wieder an seinen Platz, um auf dem Resonanztisch den Takt zu schlagen. Die Schläge des Hammers klangen ihm lieblich. Er stemmte seine Brust gegen das bleibeschwerte Ende des Ruders und schob es so kraftvoll vorwärts, daß es sich bog, als wollte es brechen.

Der Aufseher trat zum Tribun und zeigte auf Nummer sechzig. „Welche Kraft!" sagte er.

„Und welch ein Geist!" erwiderte der Tribun. „Bei den Göttern, er ist besser ohne die Eisen! Lege sie ihm nie mehr an!"

Mit diesen Worten streckte er sich wieder auf das Ruhebett. Stunde um Stunde eilte das Schiff vorwärts, nur von den Rudern bewegt; der Wind war ruhig, daß er kaum die Wasserfläche kräuselte. Die nichtbeschäftigten Leute schliefen, Arrius auf seinem Lager, die Soldaten auf dem Boden.

*

Auf dem Meere lag das der Dämmerung vorhergehende tiefere Dunkel, als ein Mann vom Deck herabkam, eilig der Plattform zuschritt, auf welcher der Tribun schlief, und diesen weckte. Arrius erhob sich, setzte den Helm auf, nahm Schwert und Schild und trat zum Befehlshaber der Soldaten. „Die Seeräuber sind in nächster Nähe. Auf! Macht euch bereit!"

Das ganze Schiff wurde lebendig. Die Offiziere begaben sich auf ihre Posten, die Soldaten griffen zu den Waffen. Ölbehälter und Feuerballen wurden in Bereitschaft gestellt. Laternen wurden angezündet und Eimer mit Wasser gefüllt. Die abgelösten Ruderer sammelten sich vor dem Aufseher. Die Vorsehung wollte es, daß Ben Hur einer von ihnen war. Über sich hörte er das gedämpfte Getöse der letzten Vorbereitungen der Matrosen, welche das Segel festmachten. Und dann herrschte wieder die Ruhe der bangen Erwartung, alles war kampfbereit. Auf ein Zeichen hielten auf einmal alle Ruderer inne.

Für die hundertzwanzig an die Bänke geketteten Ruderer gab es nichts, was ihnen ein Ansporn sein konnte. Vaterlandsliebe, Ehrgeiz, Pflichtgefühl flößten ihnen keine Begeisterung ein. Sie fühlten nur den Schauder, der jene überkommt, die hilflos und blindlings in eine Gefahr gestürzt werden. Denn ein Sieg würde ihre Ketten nur noch fester schließen, das Schicksal des Schiffes war auch das ihrige; sank oder verbrannte es, waren sie zum gleichen Los verurteilt.

Ein Geräusch, das dem Ruderschlag der Galeeren glich, drang von der Hinterseite des Schiffes her an das Ohr Ben Hurs. Die „Asträa" schaukelte, wie von mächtigen Wogen hin- und hergeworfen. Das Schiff selbst schien sich wie ein Tiger, der sich zum Sprung anschickt, zu ducken, Ben Hur konnte sich kein Urteil über die Strecke bilden, die sie zurückgelegt hatten. Endlich erscholl auf dem Deck ein lautes, langgezogenes Trompetensignal. Der Aufseher schlug auf den Resonanztisch, daß es widerhallte; die Ruderer streckten den Oberkörper vor, senkten die Ruder tiefer und zogen sie mit allem Kraftaufwand zurück. Die Galeere krachte in allen Fugen und schoß im Sprunge vorwärts. Andere Trompeter fielen von der Rückseite ein. Auf der Vorderseite war wachsendes Stimmengewirr hörbar. Es folgte ein wuchtiger Schag; die Ruderer taumelten, einige stürzten zu Boden; das Schiff schoß rückwärts, erholte sich und stieß wieder mit unwiderstehlicher Kraft vorwärts. Schrille, laute Schreckensrufe übertönten das Schmettern der Trompeten und das Lärmen und Dröhnen des Zusammenstoßes; dann hörte Ben Hur unter dem Kiel ein Krachen und Bersten. Vom Verdeck erscholl Triumphgeschrei – die Römer hatten ein Schiff in den Grund gebohrt. Wen aber hatte das Meer verschlungen?

Keine Pause, kein Aufenthalt! Vorwärts drang die „Asträa". Männer eilten die Treppe herab, tauchten die Baumwollballen in Ölbehälter und warfen sie den Gefährten zu. Das Feuer sollte die Schrecken des Kampfes erhöhen. Jetzt legt die Galeere sich tief auf die Seite, die obersten Ruderer behaupten nur mit Mühe ihre Plätze. Wieder erscholl das Triumphgeschrei der Römer und der Verzweiflungsruf der Gegner. Ein feindliches Schiff war von dem Enterhaken am Vorderteil gefaßt und in die Luft gehoben, dann fallen gelassen und versenkt worden. Rechts und links nahm das Geschrei zu; vorne und hinten schwoll der Lärm zu einem unbeschreiblichen Tumulte an. Von Zeit zu Zeit ertönte ein Krach, dem plötzliche Schreckensrufe folgten. Wieder war ein Schiff in den Grund gebohrt und seine Mannschaft im Wellenstrudel begraben worden. Noch war der Kampf nicht entschieden. Dann und wann wurde ein Römer durch die Luken in den unteren Raum getragen und blutend, sterbend auf den Boden gelegt. Rauchwolken drangen vermengt mit dem Geruche brennenden Menschenfleisches in die Kajüte und verwandelten das trübe Dämmerlicht in gelbliche Dunkelheit. Dann rang Ben Hur nach Atem und sagte sich, daß sie durch den Qualm eines brennenden Schiffes fuhren, das samt seinen angeketteten Ruderern ein Opfer der Flammen wurde.

Die „Asträa" war die ganze Zeit in Bewegung. Plötzlich hielt sie inne. Die Ruder wurden den Händen der Mannschaft entrissen und nach vorne geschleudert, die Ruderer stürzten von den Bänken. Auf Deck hörte man wildes Gepolter und das Krachen aneinander stoßender Schiffe. Das Dröhnen des Takthammers ging im allgemeinen Lärm unter. Männer sanken schreckerfüllt zu Boden oder suchten mit ängstlichen Blicken ein sicheres Versteck. Inmitten dieses Tumultes stürzte ein menschlicher Körper kopfüber die Luken herab und fiel zu Ben Hurs Füßen. Er betrachtete den halbnackten Leichnam mit dem reichen Haar, das das Gesicht verdeckte, und dem Schild aus Rindsleder und Flechtwerk an der Brust; es war ein Sohn der blonden Barbarenvölker des Nordens. Eine eiserne Hand hatte ihn vom Deck des feindlichen Schiffes gerissen - nein, die Feinde befanden sich auf dem Deck der „Asträa"! Die Römer kämpften auf dem eigenen Schiff gegen den eindringenden Feind. Schreck befiel den jungen Israeliten. Arrius war in Gefahr, kämpfte um sein eigenes Leben! Wenn er getötet würde! Der Gott Abrahams verhüte es! Die eben erwachten Hoffnungen und Träume von Mutter und Schwester, Vaterhaus, Heimat, dem Heiligen Land - sollte er sie doch nicht wiedersehen? Über ihm tobte der Lärm fort; er blickte um sich. In der Kajüte war alles in Verwirrung - die Ruderer waren wie gelähmt, die Mannschaft rannte blind umher; nur der Aufseher bewahrte seine Ruhe und Fassung, schlug vergebens den Takt auf dem Resonanztisch und harrte der Befehle des Tribuns - ein lebender Beweis für die unvergleichliche Disziplin, welche die Welt unterjocht hatte. Noch einmal blickte Ben Hur um sich. Auf dem Dache der Kajüte wütete noch immer der Kampf. Noch immer stießen feindliche Schiffe knirschend und polternd an die Wände der „Asträa". Auf den Ruderbänken zerrten die Sklaven an den Ketten und heulten, die Vergeblichkeit ihrer Bemühungen erkennend, wie Wahnsinnige. Die Soldaten waren auf Deck geeilt, der Schrecken herrschte, der Aufseher saß unbeweglich und ruhig wie immer an seinem Platze, den Takthammer als einzige Waffe in der Hand. Vergeblich dröhnte der Hammer, wenn der Lärm sich auf Augenblicke dämpfte. Ben Hur warf einen letzten Blick nach ihm; dann stürzte er fort, nicht um zu fliehen, sondern um den Tribun aufzusuchen. Arrius durfte nicht sterben. Besser, mit ihm unterzugehen, als noch länger Galeerensklave zu sein. Mit einem Sprunge war er an der Treppe, schon stand er auf halber Höhe - hoch genug, um einen flüchtigen Blick auf den feuergeröteten Himmel, die feindlichen Schiffe, die einherschwimmenden Trümmer und wenigen Verteidiger zu werfen - da verlor er den Halt unter den Füßen und stürzte rückwärts auf den Boden, der sich zu heben und zu krümmen schien, als wollte er in Stücke brechen. Das ganze Hinterteil des Rumpfes brach auseinander, und zischend und schäumend schoß das Wasser hinein. Um Ben Hur wurde es finster, und er versank im strudelnden Wasser. Die Wasserfluten warfen ihn rückwärts in den Raum der Kajüte. Er wäre hier ertrunken, wenn ihn nicht eine aufwärts strebende Welle erfaßt hätte. Er wurde mit losen Schiffstrümmern in die Höhe getrieben. Dabei erfaßte er einen Gegenstand und hielt sich an ihm fest. Die Augenblicke, die er unter Wasser zugebracht hatte, schienen ihm eine Ewigkeit zu sein. Endlich erreichte er die Oberfläche; er schöpfte tief Atem, schüttelte das Wasser aus Haar und Augen und blickte um sich. Über dem Meer lag der Rauch wie Nebel, durch den da und dort ein blutrotes Licht schimmerte, das von brennenden Schiffen herrührte. Die Schlacht dauerte fort. Alle, die sich auf Deck befanden, Römer und Feinde, waren von den Wogen in die Tiefe gerissen worden. Nun kamen manche von ihnen an die Oberfläche und setzten auf einem Brette oder einem anderen Gegenstand, woran sie sich klammerten, den Kampf fort. In tödlicher Umarmung ringend, mit Spieß und Schwert kämpfend, hielten sie um sich das Wasser in Aufruhr, das hier tiefschwarz, dort vom Widerschein des Feuers gerötet war. Ein jeder konnte Ben Hur um des Brettes willen, auf dem er schwamm, töten. Er eilte hinwegzukommen und begann das schwere und unlenksame Brett vor sich herzuschieben. Während er alle seine Kräfte anspannte, blitzte es ungefähr eine Armeslänge vor ihm goldig aus dem Wasser auf – es war ein Helm. Ihm folgten zwei Hände mit ausgestreckten Fingern, große und starke Hände, die das, was sie einmal festhielten, nicht leicht loslassen würden. Der Helm hob sich höher und nun wandte sich der Kopf nach rückwärts und ließ das Gesicht sehen. Der Mund stand weit offen, die Augen blickten starr und glanzlos, das Gesicht hatte die Blässe eines Ertrinkenden, alles Blut schien gewichen – ein grausiger Anblick! Doch Ben Hur stieß einen Schrei der Freude aus, und als der Kopf wieder zu sinken begann, faßte er den Ertrinkenden an der Kette, die den Helm unter dem Kinn festhielt, und zog ihn gegen das Brett hin. Es war Arrius, der Tribun. Das Wasser schäumte und strudelte um Ben Hur mit solcher Heftigkeit, daß er seine ganze Kraft aufbieten mußte, um sich und den Kopf des Römers auf dem Brette über Wasser zu halten. Eine Galeere fuhr hart an ihnen vorüber und ließ sie kaum außerhalb des Bereiches ihrer Ruder. Ihre Spur war wie vom Feuer gerötet. Ein dumpfer Krach, dem lautes Geschrei folgte, veranlaßte Ben Hur aufzuschauen. Wilde Freude durchzuckte sein Herz, die „Asträa" war gerächt!

Der Kampf wütete fort. Widerstand wurde zur Flucht. Aber wer war Sieger? Ben Hur war sich wohl bewußt, daß seine Freiheit und das Leben des Tribuns vom Ausgange der Schlacht abhingen. Er schob das Brett unter den Römer, bis es ihn trug, und richtete nun seine ganze Sorge darauf, ihn dort festzuhalten. Langsam dämmerte der Morgen. Halb von Hoffnung, halb von Furcht erfüllt, erwartete er den kommenden Tag. Was mochte er bringen? Den Sieg der Römer oder der Seeräuber? Endlich wurde es Tag; kein Lufthauch regte sich. Zur Linken erblickte er Land in solcher Ferne, daß er unmöglich den Versuch machen konnte, es zu erreichen. Hier und da schwammen Schiffbrüchige gleich ihm. An manchen Stellen war das Wasser von verkohlten und qualmenden Trümmern geschwärzt. So verging eine Stunde. Wenn nicht bald Hilfe kam, mußte Arrius sterben. Manchmal schien er tot, so regungslos lag er da. Er nahm ihm den Helm ab und dann mit vieler Mühe den Brustharnisch. Das Herz schlug unregelmäßig. Er schöpfte wieder neue Hoffnung, er konnte nichts anderes tun, als warten und beten.

Arrius erholte sich endlich, und nach und nach kam er von unzusammenhängenden Fragen, wo er sich befinde, von wem und wie er gerettet worden sei, auf die Schlacht zu sprechen. Die Frage, wer gesiegt habe, wirkte anregend auf seine geistigen Kräfte und förderte die Wiederkehr des vollen Bewußtseins. Nach einer Weile wurde er gesprächig.

„Unsere Rettung hängt vom Ausgang des Kampfes ab. Du hast mir das Leben gerettet, und zwar mit Gefahr deines eigenen. Ich erkenne es uneingeschränkt an; dafür hast du, was auch kommen mag, meinen Dank. Wenn das Glück uns hold ist und wir dieser Gefahr heil entrinnen, will ich es dir in einer Weise vergelten, wie es einem Römer geziemt, der Macht und Gelegenheit hat, seine Dankbarkeit zu erweisen. Indes muß sich erst zeigen, ob du mir bei aller guten Absicht wirklich eine Wohltat erwiesen hast; oder vielmehr", fuhr er zögernd fort, „da ich von deiner guten Absicht überzeugt bin, möchte ich dir ein Versprechen abfordern, daß du mir in einem gewissen Falle die größte Wohltat, die ein Mann dem andern erweisen kann, tun wirst – und dieses Versprechen gib mir jetzt."

„Wenn es nicht etwas Unerlaubtes ist, will ich es tun", erwiderte Ben Hur.

Arrius schwieg wieder. „Bist du wirklich ein Sohn Hurs, des Juden?" fragte er dann.

„Es ist, wie ich gesagt habe."

„Ich kannte deinen Vater –"

Judah rückte näher zum Tribunen, da dessen Stimme schwach war, und horchte gespannt, denn er hoffte Nachrichten von der Heimat zu hören.

„Ich kannte ihn und gewann ihn lieb", fuhr Arrius fort. Wieder trat eine Pause ein, während welcher die Gedanken des Sprechers sich auf einen anderen Gegenstand zu lenken schienen. „Es ist unmöglich", begann er wieder, „daß du, sein Sohn, nicht von Cato und Brutus gehört hast. Sie waren große Männer, am größten im Tode. Sterbend hinterließen sie das Gesetz, daß ein Römer sein Glück nicht überleben soll. – Hörst du mir zu?"

„Ich höre."

„Es ist bei den Edlen Roms Sitte, einen Ring zu tragen. Hier an meiner Hand ist einer. Nimm ihn!" Er hielt Judah seine Hand hin. „Nun stecke ihn an deine eigene Hand!"

Ben Hur tat ihm den Willen.

„Das Kleinod hat seinen Zweck", sagte Arrius dann. „Ich habe Vermögen und Geld. Ich gelte für reich – sogar in Rom. Ich habe keine Familie. Zeige den Ring dem Verwalter, der während meiner Abwesenheit die Aufsicht führt; du wirst ihn in einer Villa bei Misenum finden. Erzähle ihm, wie du dazugekommen bist, und fordere irgend etwas oder alles, was er hat; er wird dir das Verlangte nicht abschlagen. Wenn ich am Leben bleibe, will ich mehr für dich tun. Ich will dich frei machen, deinem Vaterlande und den Deinen wiedergeben; oder du kannst dir selbst die Lebensbahn wählen, die dir am besten gefällt. Hörst du wohl?"

„Ich kann nicht anders als hören."

„Gelobe mir also: Bei den Göttern –"

„Nein, guter Tribun, ich bin ein Jude."

„Bei deinem Gott also oder in der Form, die deinen Glaubensgenossen am heiligsten ist, gelobe mir zu tun, was ich von dir verlangen werde. Ich warte, gib mir das Versprechen!«

„Edler Arrius, dein Drängen läßt mich eine Sache von schwerwiegender Bedeutung erwarten. Sag' mir zuerst, was du verlangst!"

„Willst du mir dann das Versprechen geben?"

„Das hieße sich im voraus verpfänden und –" er blickte auf das Meer hinaus, „gepriesen sei der Gott meiner Väter! Dort kommt ein Schiff!"

„Aus welcher Richtung?"

„Von Norden."

„Kannst du das Abzeichen seiner Nationalität erkennen?"

„Nein. Mein Dienst war bisher auf der Ruderbank."

„Hat es eine Flagge?"

„Ich sehe keine."

„Auch kein anderes Kennzeichen?"

„Es hat ein Segel und drei Ruderbänke und fährt sehr schnell. Das ist alles, was ich darüber sagen kann."

„Ein siegreiches Römerschiff hätte viele Flaggen gehißt. Es muß ein feindliches sein. Höre nun", fuhr Arrius mit dem früheren Ernste fort, „höre, solange ich noch sprechen kann. Gehört die Galeere den Seeräubern, so ist dein Leben sicher; sie werden dir wahrscheinlich nicht die Freiheit schenken; sie mögen dich wieder an das Ruder ketten, aber töten werden sie dich nicht. Ich hingegen–" Der Tribun stockte. Entschlossen sprach er dann: „Ich bin doch wahrhaftig zu alt, um eine Schmach zu überleben. Laß die Leute in Rom erzählen, daß Quintus Arrius, wie es einem römischen Tribun geziemt, mit seinem Schiff inmitten der Feinde unterging. Das ist's, was du sollst: Ist die Galeere eine feindliche, so stoße mich vom Brett und laß mich ertrinken. Hörst du? Schwöre, daß du es tun willst!"

„Ich werde nicht schwören", sagte Ben Hur entschieden, „noch will ich die Tat vollbringen. Das Gesetz, dem ich diene, Tribun, würde mich für dein Leben verantwortlich machen. Nimm den Ring zurück –"

Arrius rührte sich nicht.

„Du willst nicht?" fuhr Judah fort. „Nicht aus Zorn noch aus Verachtung, sondern um mich von einer verhaßten Verpflichtung zu befreien, will ich dein Geschenk ins Meer werfen. Sieh, Tribun!"

Er warf den Ring in die Tiefe. Arrius hörte den Ring auf das Wasser fallen, wo er versank.

„Du hast töricht gehandelt", sagte er dann, „in der Lage, in der du dich befindest, doppelt töricht. Das Leben ist ein Faden, den ich ohne deine Hilfe zerreißen kann; und wenn ich es tue, was wird aus dir werden? Wer zu sterben entschlossen ist, zieht den Tod aus der Hand eines anderen vor aus dem Grunde, weil die Seele sich gegen den Gedanken der Selbstvernichtung auflehnt; das ist alles. Wenn das Schiff ein feindliches ist, will ich aus der Welt scheiden. Mein Entschluß steht fest. Ich bin ein Römer. Erfolg und Ehre sind alles. Doch wäre ich dir gerne nützlich gewesen; du wolltest nicht. Der Ring war in dieser Lage der einzige Zeuge meines Willens. Wir sind beide verloren. Ich sterbe mit Bedauern, daß Sieg und Ruhm mir entrissen wurden; du wirst leben, um etwas später zu sterben und zu bereuen, daß du wegen dieser Torheit deine kindlichen Pflichten unerfüllt lassen mußtest."

Ben Hur sah die Folgen seiner Handlung deutlicher als zuvor; dennoch schwankte er nicht. „Während der drei Jahre meiner Knechtschaft warst du, Tribun, der erste, der für mich einen freundlichen Blick hatte. Nein, nein, es war noch einer!" Seine Stimme sank, seine Augen wurden feucht, und deutlich sah er das Antlitz des Jünglings, der ihm am alten Brunnen bei Nazareth zu trinken gegeben hatte. „Wenigstens", fuhr er fort, „du warst der erste, der mich nach meiner Herkunft fragte, und wenn ich auch, als ich die Hand ausstreckte und dich beim letzten Untersinken aus dem Wasser zog, daran dachte, wie du mir in meinem Elende nützlich sein könntest, so handelte ich doch nicht aus bloßer Selbstsucht. Gott gibt mir deutlich zu verstehen, daß die Ziele, die ich mir vorgesteckt habe, nur durch rechtliche Mittel erreicht werden sollen. Das Gewissen verpflichtet mich, lieber mit dir zu sterben, als dein Mörder zu werden. Mein Entschluß steht ebenso fest wie der deine; und wolltest du mir ganz Rom mit seinen Reichtümern anbieten und stände es in deiner Macht, das Angebot zu verwirklichen, ich würde dich nicht töten. Dein Cato und Brutus waren Kinder im Vergleiche zu jenem Hebräer, dessen Gesetz ein Jude beobachten muß."

„Aber wenn ich dich bitte. Hast du –"

„Ein Befehl von dir würde für mich schwerer wiegen und doch würde ich nicht gehorchen. Ich habe mein letztes Wort gesprochen."

Beide schwiegen und warteten. Ben Hur blickte oft nach dem nahenden Schiffe. Arrius lag, die Augen geschlossen, wieder gleichgültig da.

„Bist du sicher, daß es ein feindliches Schiff ist?" fragte Ben Hur.

„Ich glaube", war die Antwort.

„Es hält an und setzt ein Boot aus."

„Siehst du seine Flagge?"

„Gibt es kein anderes Zeichen, woran man erkennen kann, ob es ein römisches Schiff ist?"

„Ist es ein römisches, so trägt es einen Helm auf der Mastspitze."

„Dann fasse Mut, ich sehe den Helm."

Arrius war noch nicht überzeugt.

„Die Bemannung des kleinen Bootes nimmt Schiffbrüchige auf. Seeräuber sind nicht so menschlich."

„Vielleich benötigen sie Ruderer", erwiderte Arrius, wohl der Zeiten gedenkend, da er zu demselben Zwecke Schiffbrüchige rettete.

Ben Hur folgte aufmerksam allen Bewegungen des fremden Schiffes. „Es fährt weiter", sagte er.

„Wohin?"

„Uns zur Rechten liegt eine Galeere, die verlassen zu sein scheint. Dieser steuert es zu. Jetzt legt es seitwärts an. Jetzt sendet es Männer an Bord."

Da schlug Arrius die Augen auf und legte seine gleichmütige Ruhe ab.

„Danke deinem Gott", sagte er zu Ben Hur, nachdem er seinen Blick auf die Galeere geworfen hatte, „danke deinem Gott, wie ich meinen Göttern danke. Ein Seeräuber würde jenes Schiff versenken. Daran und am Helm auf dem Mastbaume erkenne ich den Römer. Der Sieg ist mein. Das Glück ist mir nicht untreu geworden. Wir sind gerettet. Winke mit der Hand! Rufe sie! Laß sie kommen! Ich werde Duumvir, und du! Ich kannte deinen Vater und liebte ihn. Er war in der Tat ein Fürst. Er überzeugte mich, daß ein Jude kein Barbar ist. Ich will dich mit mir nehmen, dich als meinen Sohn erklären lassen. Sage Dank deinem Gott und rufe die Seeleute. Schnell. Die Verfolgung muß fortgesetzt werden. Nicht ein Räuber darf entkommen. Eile!"

Judah richtete sich auf dem Brette auf, winkte mit der Hand und rief aus Leibeskräften. Endlich vermochte er die Aufmerksamkeit der Bootsleute auf sich zu lenken. Sie nahten schnell und nahmen sie auf. Arrius wurde auf der Galeere mit allen Ehrenbezeigungen empfangen, die einem vom Glücke so begünstigten Helden gebührten. Auf Deck warf er sich auf ein Ruhebett und ließ sich den Schluß des Kampfes in seinen Einzelheiten erzählen. Als die noch lebenden Schiffbrüchigen alle gerettet und die Beute in Sicherheit gebracht war, entfaltete er seine Kommandoflagge und eilte gegen Norden, um sich seiner Flotte anzuschließen und den Sieg zu vervollständigen. Zur rechten Zeit trafen die fünfzig Schiffe, die den Kanal herabkamen, auf die flüchtigen Seeräuber und rieben sie vollends auf: kein einziger entkam. Zwanzig erbeutete Galeeren der Feinde erhöhten den Ruhm des Tribuns.

Bei der Rückkehr von seiner Fahrt wurde ihm auf dem Damm von Misenum ein herzlicher Empfang zuteil. Der ihn begleitende Jüngling erregte sehr bald die Aufmerksamkeit seiner Freunde. Auf ihre Fragen, wer er sei, erzählte ihnen der Tribun mit Worten warmer Anerkennung die Geschichte seiner Rettung und stellte ihnen den Fremden vor, vermied es aber, sein früheres Lebensschicksal zu erwähnen. Am Schlusse seiner Erzählung rief er Ben Hur an seine Seite und sagte, seine Hand zärtlich auf dessen Schulter legend:

„Liebe Freunde! Dieser ist mein Sohn und Erbe, der einst mein Vermögen besitzen soll – wenn es der Wille der Götter ist, daß ich solches hinterlasse – und meinen Namen führen wird. Ich bitte euch, seid seine Freunde, wie ihr die meinen seid!"

Die Adoption wurde nach der Form des Gesetzes vollzogen.

Einen Monat nach des Arrius Rückkehr wurde im Theater des Scaurus eine glänzende Siegesfeier gehalten. Die eine Seite des Gebäudes war mit Kriegstrophäen bedeckt, unter denen die zwanzig Schiffsschnäbel der erbeuteten Galeeren Bewunderung erregten; über denselben war, lesbar für achtzigtausend Zuschauer, die die Sitze des Theaters füllten, die Inschrift angebracht: Den Seeräubern im Golf von Euripus entrissen durch Quintus Arrius, Duumvir.

XI.

Wir befinden uns im Monat Juli des Jahres 23 unserer Zeitrechnung, und zwar in Antiochien, damals Königin des Ostens und nach Rom die mächtigste, wenn nicht die volksreichste Stadt der Welt.

Ein Transportschiff fuhr aus den blauen Gewässern des Meeres in die Mündung des Orontes ein. Es war Vormittag. Die Hitze war groß; dennoch befanden sich alle, die von diesem Vorrechte Gebrauch machen konnten, auf Deck, unter anderen auch Ben Hur. Die letzten fünf Jahre hatten den jungen Israeliten zum Manne herangereift. Wenn auch das weiße Linnengewand die Umrisse seiner Gestalt verhüllte, zeigte seine Erscheinung doch etwas ungewöhnlich Anziehendes. Über eine Stunde war er im Schatten des Segels gesessen. Während dieser Zeit hatten mehrere Reisegenossen vergebens versucht, mit ihm ein Gespräch anzuknüpfen. Er hatte auf ihre Fragen kurz und ernst, wenn auch höflich, in lateinischer Sprache geantwortet. Die Reinheit seiner Sprache, sein vornehmes Auftreten, seine Zurückhaltung dienten nur dazu, ihre Neugierde noch mehr zu erregen. Denen, die ihn genauer beobachteten, fielen gewisse Eigentümlichkeiten auf, die von seinen feinen, patriziermäßigen Umgangsformen zu sehr abstanden. Seine Arme waren unverhältnismäßig lang; und wenn er irgendeinen Gegenstand erfaßte, bemerkte man die Größe und Kraft seiner Hände. So gesellte sich zur Neugier, wer und was er sei, der Wunsch, nähere Umstände seines Lebens zu erfahren. Die Galeere hatte unterwegs an einem der Häfen von Cyprus angelegt und einen Juden von ehrwürdigem Aussehen aufgenommen. Dieser war ruhig, zurückhaltend und gegen alle väterlich wohlwollend. Ben Hur richtete einige Fragen an ihn; die Antworten führten zu einem längeren Gespräche. Während die Galeere in die Landungsbucht des Orontes einlief, traf sie auf zwei andere Schiffe, die schon auf hoher See in Sicht gekommen waren und in die Flußmündung segelten und nur kleine Flaggen von hellgelber Farbe aufzogen, über deren

Bedeutung verschiedene Vermutungen ausgesprochen wurden. Endlich wandte sich ein Mitreisender an den Hebräer und bat ihn um Auskunft hierüber.

„Ja, ich kenne die Bedeutung der Flaggen", erwiderte er; „sie bezeichnen nicht die Nationalität, sie sind nur ein Kennzeichen des Eigentümers."

„Hat er viele Schiffe?"

„Ja."

„Kennst du ihn?"

„Ich habe geschäftlichen Verkehr mit ihm."

Die Blicke der Reisenden waren auf den Sprecher gerichtet und schienen ihn zu bitten, fortzufahren. Ben Hur hörte aufmerksam zu. „Er wohnt in Antiochien", fuhr der Jude fort. „Sein unermeßlicher Reichtum hat die allgemeine Aufmerksamkeit auf ihn gelenkt, und was über ihn gesprochen wird, ist nicht immer gut. In Jerusalem lebte vor Jahren ein Fürst aus uralter Familie, namens Hur." Judah zwang sich zur Ruhe, sein Herz aber begann schneller zu schlagen. „Der Fürst war ein Kaufmann mit ausgesprochenem Geschäftstalent. Er setzte verschiedene Unternehmungen ins Werk, die nach dem fernen Osten und nach dem Westen reichten. In großen Städten gründete er Zweiggeschäfte. Jenes in Antiochien stand unter der Leitung eines Mannes namens Simonides, der, trotz seines griechischen Namens, ein Israelite ist; einige behaupteten, er sei früher Leibeigener des Fürsten gewesen. Der Fürst kam auf dem Meere um. Seine Geschäfte wurden weitergeführt und standen nach wie vor in Blüte. Nach einiger Zeit brach das Unglück über die Familie herein. Der einzige Sohn des Fürsten versuchte, kaum erwachsen, den Prokurator Gratus in den Straßen zu töten. Der Versuch mißlang. Der Zorn des Römers traf das ganze Haus; nicht ein Träger des Namens Hur blieb am Leben. Ihr Palast wurde versiegelt und dient jetzt den Tauben als Nistplatz. Das Vermögen wurde eingezogen; nichts, was als Eigentum der Familie ermittelt werden konnte, entging diesem Schicksal. Der Prokurator heilte seine Wunde mit einer goldenen Salbe."

Die Zuhörer lachten. „Du willst sagen, er behielt das Vermögen für sich", sagte einer unter ihnen.

„So sagt man", entgegnete der Jude, „ich erzähle nur nach dem Hörensagen. Dieser Simonides, der Geschäftsleiter des Fürsten hier in Antiochien war, begann bald darauf auf eigene Rechnung Handel zu treiben und wurde in kurzer Zeit der erste Handelsmann der Stadt. Wie sein Herr sandte er Karawanen nach Indien, und auf dem Meere hat er so viele Schiffe, daß sie eine königliche Flotte bilden könnten. Man sagt, nichts mißlinge ihm. Seine Kamele gehen nur an Altersschwäche zugrunde; seine Schiffe versinken nie; und würfe er einen Holzsplitter in den Fluß, käme er ihm als Gold zurück."

„Wie lange betreibt er seine Geschäfte?"

„Keine zehn Jahre."

„Er muß einen guten Anfang gehabt haben."

„Ja! Es heißt, der Prokurator habe von des Fürsten Vermögen nur das eingezogen, was greifbar war; die Pferde, das Vieh, die Häuser, Ländereien, Schiffe oder sonstige Güter. Das Geld wurde nicht gefunden, obschon ungeheure Summen vorhanden gewesen sein mußten. Was damit geschah, ist bis jetzt ein ungelöstes Rätsel."

„Mir nicht", bemerkte einer der Zuhörer mit eigentümlichem Lächeln.

„Ich verstehe dich", entgegnete der Jude. „Andere hatten den gleichen Gedanken; daß der alte Simonides damit sein Geschäft begründete, ist allgemeine Meinung. Der Prokurator war derselben Ansicht, denn zweimal in fünf Jahren ließ er den Kaufmann vor Gericht schleppen und der Folter unterwerfen." Judah preßte das Tau, welches er hielt, mit aller Kraft. „Man sagt", fuhr der Erzähler fort, „daß kein Knochen im Leibe des Mannes ganz blieb. Als ich ihn das letzte Mal sah, saß er, ein formloser Krüppel, in den Kissen eines Armsessels."

„So hat man den Armen gefoltert!" riefen mehrere Zuhörer gleichzeitig aus.

„Krankheit hätte ihn nicht so entstellen können. Doch hatte die Folter keinen Erfolg. Was er besaß, gehörte ihm von Rechts wegen und er machte davon Gebrauch – das war alles, was sie aus ihm herauspressen konnten. Jetzt ist er vor der Verfolgung sicher, er besitzt eine von Tiberius selbst unterschriebene Vollmacht zum Betriebe des Handels."

„Die ist ihm sicher teuer zu stehen gekommen."

„Diese Schiffe gehören ihm", fuhr der Jude, die Bemerkung scheinbar überhörend, fort. „Es ist bei seinen Schiffsleuten Sitte, sich beim Begegnen durch Aufziehen gelber Flaggen zu begrüßen, es bedeutet: ‚Wir hatten eine glückliche Fahrt!'"

Hier endete die Erzählung.

Als sie allein waren und das Transportschiff bereits den Fluß aufwärts fuhr, wandte sich Ben Hur an den Juden: „Wie hieß der Herr des Simonides?"

„Ben Hur, Fürst von Jerusalem."

„Was wurde aus der Familie des Fürsten?"

„Der Sohn wurde zu den Galeeren verurteilt. Ihn darf man wohl zu den Toten zählen. Das Leben unter einem solchen Urteilsspruche dauert kaum länger als ein Jahr. Von der Witwe und der Tochter hat man nichts mehr gehört; jene, die um ihr Schicksal wissen, dürfen darüber nicht reden. Ohne Zweifel starben sie in dem Verlies einer der Burgen, denen der Wanderer in Judäa auf jedem Wege begegnen kann."

Judah begab sich in die Steuermannskajüte. Er war in Gedanken vertieft und achtete kaum auf die Ufer mit ihren herrlichen Obst- und Weingärten, die sich vom Meere bis zur Stadt hinzogen, die Villen, die an Pracht mit denen Neapels wetteiferten, noch bemerkte er die vorübersegelnden Schiffe. Am wolkenlosen Himmel strahlte die Sonne und sandte ihre wärmenden Strahlen über Land und Meer, aber über seinem Leben lag tiefer Schatten.

*

Als die ersten Häuser der Stadt auftauchten, eilten die Reisenden an Deck, um sich nichts von dem herrlichen Anblick entgehen zu lassen.

Ben Hur suchte den vornehmen Juden. „Erlaube, daß ich dich noch einen Augenblick belästige, bevor ich Lebewohl sage." Der Mann verneigte sich zustimmend.

„Deine Erzählung von dem Kaufmann hat in mir Neugierde erregt, ihn kennenzulernen. Du nanntest ihn Simonides?"

„Ja. Er ist ein Jude mit einem griechischen Namen."

„Wo kann ich ihn finden?"

„Ich möchte dir eine Unannehmlichkeit ersparen. Er ist kein Geldverleiher."

„Und ich kein Geldborger", entgegnete Ben Hur lächelnd.

Der Mann dachte nach und sagte dann: „Man sollte meinen, der reichste Kaufmann in Antiochien müsse ein seiner Wohlhabenheit entsprechendes Haus bewohnen. Wenn du ihn bei Tage treffen willst, so folge dem Flusse bis zur Seleukischen Brücke; darunter befindet sich seine Wohnung in einem Gebäude, das wie ein Strebepfeiler an der Mauer aussieht. Vor dem Eingange ist ein großer Landungsplatz, der stets mit Waren überfüllt ist. Die Flotte, welche dort vor Anker liegt, gehört ihm."

„Ich danke dir."

„Der Friede unserer Väter sei mit dir!"

„Und mit dir." Hiemit trennten sie sich. Mit dem Gepäck Ben Hurs beladen, nahmen zwei Lastträger auf der Werft seine Weisungen entgegen. Die Geschichte des Simonides verfolgte ihn. „Ich werde heute abend nicht zur Zitadelle gehen", sagte er zu den Trägern. „Führet mich in die Herberge, die der Brücke am Wege nach Seleukia zunächst liegt." Sie wandten sich um, und in kurzer Zeit wurde er in eine öffentliche Herberge gebracht, die, einfach aber geräumig gebaut, nahe der Brücke lag, unter welcher Simonides wohnte. Während der Nacht ruhte er auf dem Dache der Herberge. Ihn beschäftigte der Gedanke: Nun werde ich endlich von der Heimat hören – von der Mutter, von der lieben kleinen Tirzah. Wenn sie noch am Leben sind, werde ich sie finden.

*

Am folgenden Tage suchte Ben Hur das Haus des Simonides auf. Der Weg führte ihn durch ein mit Zinnen geschmücktes Tor an einer Reihe von Werften vorbei, weiter den Fluß hinauf durch eine geschäftige, dicht gedrängte Menge bis zur Seleukischen Brücke. Hier blieb er stehen, um die Umgebung zu betrachten.

Unmittelbar unter der Brücke stand das Haus des Kaufmanns: eine Masse grauer, unbehauener Steine, zwei große Tore an der Vorderseite, als Fenster mehrere vergitterte Löcher nahe dem Giebel. In den Mauerspalten wucherte Unkraut, und die Steine waren da und dort von dunklem Moos befleckt.

Als er entschlossen zur Tür trat, gab er sich das Versprechen: Er erzählt mir von der Mutter und von Tirzah, und ich werde ihm bedingungslos die Freiheit schenken. Er trat beherzt in das Haus. Das Innere stellte ein geräumiges Warenlager dar, wo Güter aller Art aufgehäuft und verwahrt waren. Trotz des trüben Lichtes und der dumpfen Luft bewegten sich Leute des Handelsmannes geschäftig hin und her, während andere mit Hammer und Säge Kisten zum Versand anfertigten. Während er langsam zwischen den aufgestapelten Waren hindurchschritt, schien es ihm unglaublich, daß der Mann, dessen Genie sich hier so glänzend erprobte, ein Leibeigener seines Vaters gewesen sein sollte. Zu welcher Klasse hatte er gehört? War er, wenn ein Jude, der Sohn eines Leibeigenen? Oder war er ein Schuldner oder der Sohn eines Schuldners? Oder war er wegen Diebstahl verurteilt und verkauft worden?

Endlich trat ein Mann auf ihn zu und redete ihn an: „Was wünschest du?"

„Ich will den Handelsmann Simonides sprechen."

„Folge mir!"

Durch enge Pfade zwischen den Warenballen schreitend, gelangten sie zu einer Treppenflucht; nachdem sie diese erstiegen hatten, betrat Ben Hur das Dach des Warenlagers und sah vor sich ein Haus, welches über dem anderen erbaut war, und das, vom Landungsplatz aus unsichtbar, sich westlich von der Brücke unter dem freien Himmel erhob. Das von einer niedrigen Mauer umsäumte Dach glich einer Terrasse, die zu seinem Erstaunen mit lieblichen Blumen geschmückt war. Wie ein viereckiger Block lag das Haus in der reichen Umgebung; es hatte nur einen Eingang an der Vorderseite. Blühende Rosenbüsche umgaben den rein gehaltenen Pfad, der zur Tür führte. Den süßen Duft einatmend, folgte Ben Hur dem Führer. Am Ende eines dunklen Ganges blieben sie vor einem halb aufgezogenen Vorhang stehen. Der Führer rief hinein: „Ein Fremder, welcher den Herrn zu sprechen wünscht!"

Eine helle Stimme antwortete: „Laß ihn in Gottes Namen eintreten."

In der Mitte des Zimmers befanden sich zwei Personen: in einem hochlehnigen, mit weichen Kissen belegten Armstuhl ruhte ein Mann; zu seiner Linken stand, auf die Rücklehne gestützt, ein Mädchen, das bereits zur Jungfrau herangereift war. Beim Anblick der beiden fühlte Ben Hur, wie das Blut ihm die Stirne rötete, er verbeugte sich, um die Fassung zu gewinnen, und bemerkte dabei nicht das Erheben der Hände, womit der Sitzende ihn empfing, sah nicht, wie er zusammenzuckte und leise erzitterte. Diese Bewegung verschwand aber so rasch, wie sie gekommen war. Als Ben Hur seine Augen erhob, fand er die beiden in der gleichen Stellung, nur war die Hand des Mädchens von der Lehne herabgesunken und ruhte leicht auf der Schulter des Mannes. Beide betrachteten ihn aufmerksam.

„Wenn du der Handelsherr Simonides und ein Jude bist" – Ben Hur hielt einen Augenblick inne – „dann sei der Friede des Gottes unseres Vaters Abraham mit dir und – den Deinigen." Das letzte Wort war an das Mädchen gerichtet.

„Ich bin Simonides, von dem du sprichst, und ein Jude", antwortete der Mann mit auffallend klarer Stimme. „Ich, der Jude Simonides, erwidere den Gruß mit der Bitte, mir zu sagen, wer mich besucht."

Ben Hur betrachtete den Mann. Wo seine Figur eine gesunde Fülle hätte zeigen sollen, war nur eine formlose Masse, in die Tiefe der Kissen begraben und mit einer Seidendecke von dunkler Farbe bedeckt. Ein edel geformter Kopf – der Kopf eines Staatsmannes und Eroberers mit hochgewölbter Stirn, krönte den zerstörten Körper. Weißes Haar fiel in dünnen Locken über die breite Stirn und ließ das tiefe Schwarz der Augen, die mit unheimlichem Glanz leuchteten, noch mehr hervortreten. Das Gesicht war blutleer und voll von Falten. Es war der Kopf und das Gesicht eines Mannes, der eher die Welt nach seinem Willen lenkte, als daß sie ihn beugte; der sich bis zum formlosen Krüppel, der er war, foltern ließ, ohne zu stöhnen oder gar ein Geständnis abzulegen; ein Mann, der eher sein Leben als sein Vorhaben aufgab; der, von Natur gegen Gewalt gegürtet, nur durch Liebe zu besiegen war.

Ben Hur streckte ihm seine offenen Hände entgegen, als wolle er ihm den Frieden bieten, den er doch zu holen gekommen war. „Ich bin Judah, der Sohn Ithamars, des letzten Hauptes der Familie Hur, und ein Fürst von Jerusalem."

Des Kaufherrn rechte Hand, schmal, dünn, durch Leiden bis zur Entstellung abgemagert, lag auf der Decke. Sie schloß sich krampfhaft; nicht das geringste Zeichen irgendeines Gefühles konnte man sonst an ihm bemerken, nichts, was auf Überraschung oder Neugierde schließen ließ. Ruhig antwortete er: „Die Fürsten Jerusalems aus edlem Geblüt sind stets willkommen in meinem Hause; du bist willkommen! Esther, bringe dem jungen Manne einen Sessel!"

Das Mädchen brachte einen und stellte ihn vor Ben Hur. Dabei begegneten sich ihre Augen. „Der Friede des Herrn sei mit dir!" sprach sie sittsam. „Setze dich und ruhe!" Dann begab sie sich wieder an ihren Platz neben dem Armstuhl.

Ben Hur setzte sich nicht, sondern sagte höflich: „Ich bitte den guten Herrn Simonides, mich nicht für einen Eindringling zu halten. Als ich gestern den Fluß herauffuhr, hörte ich, er habe meinen Vater gekannt."

„Ich kannte den Fürsten Hur. Wir waren Geschäftsfreunde. Doch ich bitte, setze dich! Und, Esther, bringe Wein für den jungen Mann! Nehemias spricht von einem Sohne Hurs, der einst über halb Jerusalem herrschte, eine alte Familie, wahrscheinlich, sehr alt! Schon in den Tagen des Moses und Josua fanden einige ihrer Mitglieder Gnade vor dem Herrn und wurden vom Volke geehrt. Es ist kaum denkbar, daß ihr direkter Nachkomme einen Becher Wein von den echten Trauben Soreks, gereift auf der Südseite des Hügels Hebron, verschmähen wird."

Esther hatte Wein aus einem Kruge eingeschenkt und reichte mit gesenktem Blick dem Jüngling einen silbernen Becher. Dabei berührte er leicht ihre Hand. Wieder begegneten sich ihre Augen. Er sah, daß sie klein von Gestalt war und ihm kaum bis an die Schultern reichte; aber sie war anmutig und hatte ein schönes, reizendes Gesicht mit schwarzen, unaussprechlich sanften Augen. Sie ist gut und schön, dachte er; Tirzah würde ihr ähnlich sein, wenn sie noch lebte. Die arme Tirzah! Dann sagte er laut:

„Nein, dein Vater – er ist doch dein Vater?" – Er hielt inne.

„Ich bin Esther, des Simonides Tochter", antwortete sie mit Würde.

„Dein Vater also, schöne Esther, wird, wenn er mich weiter angehört hat, es mir nachsehen, daß ich jetzt seinen vorzüglichen Wein noch nicht koste; auch in deinen Augen hoffe ich nicht an Gnade zu verlieren. Stelle dich jetzt einen Augenblick hierher an meine Seite!"

Beide standen nun nebeneinander, wie in gemeinsamem Anliegen, vor dem Kaufmann.

„Simonides", sprach der Jüngling fest, „bei seinem Tode hatte mein Vater einen vertrauten Diener deines Namens; man sagte mir, du seiest es."

Eine jähe Bewegung durchzuckte den Körper unter der Decke; die magere Hand ballte sich. „Esther, Esther!" rief der Kaufherr streng, „hierher komm, hierher, als mein und deiner Mutter Kind. Hier ist dein Platz und nicht dort!"

Esther warf einen erstaunten und erschreckten Blick vom Vater auf den jungen Mann; dann stellte sie den Becher wieder auf den Tisch und ging gehorsam an ihren Platz. Simonides hob seine linke Hand und legte sie in die des Mädchens, die zärtlich auf seiner Schulter lag. Dann sprach er in ruhigem Tone weiter: „Ich bin im Verkehr mit den Menschen alt geworden. Wenn jener, der dir erzählte, wovon du eben sprachst, einer meiner Freunde war, der meine Geschichte kennt und auch nicht unbillig darüber sprach, so wird er dich überzeugt haben, daß ich nicht anders als mißtrauisch gegen die Mitmenschen sein kann. Der Gott Israels stehe dem bei, der am Ende seines Lebens sich zu diesem Geständnis gezwungen sieht. Es gibt nur wenige, die ich liebe. Zu diesen gehört eine Seele, die", – er führte die Hand des Mädchens zärtlich an die Lippen – „eine Seele, die bis zu dieser Stunde mir gehörte, und mir so süßer Trost war, daß ich sterben müßte, wenn sie mir jetzt entrissen würde."

Esther senkte den Kopf, bis ihre Wange die seinige berührte. „Meine andere Liebe ist nur noch eine Erinnerung, ich kann von ihr nur sagen, daß sie wie ein Segen des Herrn eine ganze Familie umfaßt, wenn ich nur" – seine Stimme sank und zitterte – „wenn ich nur wüßte, wo sie sind."

Ben Hurs Gesicht rötete sich vor Erregung, einen Schritt vortretend, rief er ungestüm: „Meine Mutter, meine Schwester! Sie sind es, von denen du redest!"

Esther blickte auf, als ob diese Worte an sie gerichtet wären. Simonides aber bewahrte seine Ruhe und sagte kalt: „Höre mich zu Ende! Weil ich bin, der ich bin, und um der Liebe willen, von der ich gesprochen habe, erbringe zuerst wie es recht und billig ist, Beweise für deine Abkunft; dann erst werde ich auf deine Frage über mein Verhältnis zum Fürsten Hur Antwort geben. Hast du schriftliche Beweise? Oder hast du Zeugen in Person?"

Ben Hur errötete, rang die Hände, stockte und wandte sich verlegen ab. Simonides drängte ihn. „Die Beweise, die Beweise! Gib sie mir in die Hand!"

Ben Hur antwortete nicht. Ein solches Verlangen hatte er nicht vorausgesehen. Jetzt, da es an ihn gestellt wurde, kam ihm die erschrekkende Einsicht, daß die drei auf der Galeere zugebrachten Jahre alle Beweise seiner Persönlichkeit vernichtet hatten. Da seine Mutter und Schwester verschwunden waren, lebte er in keines Menschen Erinnerung mehr. Er hatte wohl Bekannte, aber was wußten die über ihn? Wäre Quintus Arrius zugegen gewesen, was hätte er anderes über ihn aussagen können, als wie er ihn gefunden hatte, und daß er glaube, er sei der Sohn Hurs, wie er behauptete? Der tapfere römische Seemann aber war bereits tot. Judah hatte sein Verlassensein schon früher gefühlt; bis tief in sein Innerstes empfand er es jetzt. Die Hände ringend, das Gesicht abgewandt, stand er wie versteinert da. Simonides achtete seinen Kummer und schwieg.

„Simonides", begann Ben Hur endlich, „ich kann nur meine Geschichte erzählen; ich werde es aber nur tun, wenn du mich wohlwollend anhören willst."

„Sprich", sagte Simonides, jetzt Herr der Lage, „sprich und ich werde um so lieber hören, da ich nicht geleugnet habe, daß du der bist, für den du dich ausgibst."

Ben Hur erzählte kurz, aber mit Wärme, seine Lebensgeschichte, bis er endlich an jenen Punkt gelangte, da er und Arrius in Misenum landeten. „Mein Wohltäter genoß die Liebe und das Vertrauen des Kaisers, der ihn mit Ehren und Auszeichnungen überhäufte. Die Kaufleute des Orients machten ihm kostbare Geschenke und er wurde doppelt reich unter den Reichen Roms. Kann ein Jude seine Religion vergessen oder die Stätte seiner Geburt, wenn sie das heilige Land unserer Väter ist? Der edle Mann nahm mich in gesetzlicher Form an Sohnes Statt an, und ich war nach Kräften bestrebt, ihm dankbar zu sein. Kein Sohn ehrte seinen Vater mehr, als ich ihn. Er wollte mich zum Gelehrten ausbilden lassen; er hätte mir die berühmtesten Lehrer der Kunst, der Philosophie, der Rhetorik verschafft. Ich lehnte sein dringendes Anerbieten ab, denn ich war Jude und konnte den

Herrn, unseren Gott, den Ruhm der Propheten und die Heilige Stadt, von David und Salomo auf den Hügeln erbaut, nicht vergessen. Du fragst dich, warum ich überhaupt die Wohltaten des Römes annahm? Ich liebte ihn, und ich hoffte, mit seiner Hilfe das Geheimnis zu entsiegeln, das über dem Schicksal meiner Mutter und Schwester liegt. Er bestimmte mich, mich den Waffen zu widmen und alles zu lernen, was zur Kenntnis der Kriegskunst unerläßlich ist. Ich mühte mich ab in der Ringschule, im Zirkus und in den Feldlagern; und überall habe ich mir einen Namen errungen, aber er ist nicht der meiner Väter. Die Siegeskränze, die ich gewann – an den Wänden der Villa zu Misenum hängen ihrer viele – ich errang sie alle als Sohn des Duumvirs Arrius. Nur unter diesem Namen bin ich den Römern bekannt ... In beharrlicher Verfolgung meines Zieles verließ ich Rom und kam nach Antiochien, um den Konsul Maxentius auf dem Feldzuge gegen die Parther, den er soeben vorbereitet, zu begleiten. In der Handhabung aller Waffen ein Meister geworden, will ich mir jetzt jene höheren Kenntnisse erwerben, die zur Führung von Mannschaften auf dem Schlachtfelde befähigen. Der Konsul hat mich in seine nächste Umgebung aufgenommen. Als nun gestern unser Schiff in den Orontes einlief, begegneten uns zwei andere Schiffe, die gelbe Flaggen gehißt hatten. Ein Reisegenosse und Landsmann aus Cypern erklärte uns, daß die Schiffe Simonides, dem ersten Handels-Herrn von Antiochien, gehörten. Er erzählte uns noch Näheres über den Kaufmann, über seine Erfolge im Handel, seine Flotten und Karawanen, ihr Kommen und Gehen; und ohne zu wissen, daß ich an seinem Bericht ein höheres Interesse hatte als die übrigen Zuhörer, bemerkte er, daß Simonides ein Jude sei, der einst in Diensten des Fürsten Hur gestanden habe. Auch ließ er die Grausamkeit des Gratus und deren Ursache nicht unerwähnt."

Bei dieser Bemerkung beugte Simonides sein Haupt, und die Tochter barg, als ob sie ihm behilflich sein wollte, seine Gefühle und ihr eigenes tiefes Mitgefühl zu verbergen, ihr Haupt an des Vaters Brust. Bald aber erhob er wieder die Augen und sagte mit fester Stimme:

„Ich höre."

„O guter Simonides", sagte dann Ben Hur in einem Tone, der sein ganzes Seelenleid zum Ausdruck brachte, „ich sehe, du bist nicht überzeugt; noch stehe ich im Schatten deines Mißtrauens!"

Der Kaufmann schwieg; seine Züge blieben kalt und unbeweglich wie Marmor.

„Und nicht minder klar sehe ich die Schwierigkeit meiner Lage", fuhr Ben Hur fort. „Meine römischen Verbindungen kann ich beweisen; ich darf mich nur an den Konsul wenden, der gegenwärtig Gast des Prätors dieser Stadt ist; aber die Beweise, die du verlangst, kann ich nicht erbringen; ich kann nicht beweisen, daß ich der Sohn meines Vaters bin. Jene, die mir dazu behilflich sein könnten – ach, sie sind tot oder verschollen!" Er verbarg sein Gesicht in den Händen. Nun stand Esther auf, nahm den Becher und reichte ihn dem Jüngling mit den Worten: „Der Wein stammt aus dem Lande, das wir alle lieben. Ich bitte dich, trinke!"

Ihre Stimme klang lieblich wie die Rebekkas, als sie am Brunnen bei Nahor den Trank darbot. Er bemerkte Tränen in ihren Augen und er trank und sagte: „Tochter des Simonides, dein Herz ist voll der Güte und du bist barmherzig, daß du einen Fremdling neben dem Vater an dieser Güte teilnehmen läßt. Der Herr, unser Gott, segne dich! Ich danke dir!"

Dann wandte er sich wiederum an den Kaufmann: „Da ich keine Beweise habe, daß ich der Sohn meines Vaters bin, will ich von meinem Verlangen absehen, mich entfernen und dich nicht weiter belästigen. Nur erlaube mir zu sagen, daß ich weder deine Rückkehr in die Dienstbarkeit noch Rechenschaft über dein Vermögen suchte. In jedem Falle hätte ich gesagt, was ich jetzt sage: „Alles, was die Früchte deines Geistes und deiner Arbeit sind, ist dein; besitze es in Frieden. Ich bedarf dessen nicht. Ehe der edle Arrius, mein zweiter Vater, jene Fahrt unternahm, die seine letzte ward, setzte er mich zum Erben seines Vermögens ein; ich wurde fürstlich reich. Wenn du in Zukunft meiner gedenken solltest, so erinnere dich auch an die Frage, die ich jetzt an dich stelle, und die – ich schwöre es bei den Propheten und bei Jehova, deinem und meinem Gotte – der Anlaß meines Kommens war: Was weißt, was kannst du mir mitteilen von meiner Mutter und von Tirzah, meiner Schwester, von ihr, die an Schönheit und Anmut jetzt diesem Mädchen hier, der Freude und Wonne deines Lebens, gleichen würde? Oh, was kannst du mir von ihnen erzählen?"

Tränen rannen über Esthers Wangen herab; der Kaufmann aber blieb hart; mit fester Stimme sprach er: „Ich sage, ich kannte den Fürsten Hur. Ich erinnere mich, von dem Unglück gehört zu haben, welches seine Familie traf. Ich erinnere mich des Schmerzes, den diese Nachricht mir bereitete. Derjenige, der die Witwe meines Freundes in solches Elend stürzte, ist derselbe, der, von gleichem Geiste getrieben, seither auch mich verfolgte. Ich gehe noch weiter und sage dir, daß ich die sorgfältigsten Nachforschungen über die Familie angestellt habe; allein ich habe nichts über sie zu berichten."

Ben Hur seufzte tief auf und sprach: „Dann – dann ist wieder eine Hoffnung zunichte. Ich bin an Enttäuschungen gewöhnt. Ich bitte dich, meine Zudringlichkeit zu verzeihen; und wenn ich dich belästigt habe, vergib es um meines Kummers willen. Mein Leben kann fürder nur noch einen Zweck haben – die Rache. Lebet wohl!"

Beim Türvorhang angekommen, wandte er sich nochmals um und sagte: „Ich danke euch beiden!"

„Der Friede begleite dich!" erwiderte der Kaufmann. Esther versagte vor Schluchzen die Stimme. So schied er.

XII.

Kaum hatte Ben Hur sich entfernt, als Simonides wie aus einem Traume zu erwachen schien. Sein Gesicht erglänzte, seine Augen strahlten, und fröhlich rief er: „Esther, läute schnell!"

Esther ging zum Tisch und gab mit der Glocke ein Zeichen. Eines der Wandfelder öffnete sich und ein Mann kam herein, trat vor den Kaufmann hin und grüßte ihn mit einer tiefen Verneigung.

„Hierher, Malluch, näher zum Stuhle!" gebot der Herr. „Ich habe einen Auftrag, der erfüllt werden muß. Höre! Soeben geht ein junger Mann durch die Warenräume; er ist schlank gewachsen, von anmutiger Gestalt und trägt die Kleidung der Israeliten. Folge ihm wie sein Schatten; und jede Nacht sende mir Bericht, wo er sich aufhält, was er tut und in welcher Gesellschaft er sich befindet. Kannst du, ohne entdeckt zu werden, seine Gespräche belauschen, so berichte sie Wort für Wort, wie überhaupt alles, was du über seine Person, seine Gewohnheiten, seine Absichten und seinen Lebenslauf in Erfahrung bringst. Verstehst du? Geh schnell! Warte, Malluch! Wenn er die Stadt verläßt, so folge ihm – und merke es dir wohl, Malluch, begegne ihm freundlich! Knüpft er mit dir ein Gespräch an, sage ihm, was du für passend findest, nur nicht, daß du in meinen Diensten stehst, davon kein Wort! Eile, schnell!"

Der Mann grüßte wie zuvor und ging.

Darauf rieb sich Simonides lachend die mageren Hände. „Was für ein Tag ist heute, Tochter?" fragte er in seiner fröhlichen Stimmung. „Was für einen Tag haben wir? Ich will ihn mir als einen Tag des Glückes merken. Sieh nach, Esther, und lachend sag' es mir!" Seine Fröhlichkeit schien ihr unnatürlich, und sie antwortete traurig: „Wehe mir, Vater, wenn ich jemals diesen Tag vergessen sollte!"

Er ließ die Hände sinken; das Haupt fiel auf die Brust herab. „Du hast recht, meine Tochter", sagte er, ohne aufzublicken. „Heute ist der zwanzigste Tag des vierten Monates; es sind gerade fünf Jahre, seit meine Rachel, deine Mutter, starb. Man brachte mich, zerschlagen, wie du mich siehst, nach Hause, und wir fanden sie gestorben vor Kummer. Oh, sie war mir eine Traube aus den Weingärten Engaddis! Wir bestatteten sie an einsamer Stätte, in einem Felsengrabe am Bergesabhang; niemand liegt in ihrer Nähe. Sie ließ mir aber in meiner Finsternis ein kleines Licht zurück, das die Jahre zu strahlendem Glanze der Morgensonne entfalteten." Er hob seine Hand und legte sie auf das Haupt der Tochter. „O Gott, ich danke dir, daß in meiner Esther meine verlorene Rachel wieder auflebt!"

Nun hob er seinen Kopf und sagte, wie von einem plötzlichen Gedanken erfüllt: „Ist nicht heller Tag draußen?"

„Es war hell, als der junge Mann eintrat."

„Dann laß Abimelech kommen, daß er mich in den Garten führe, wo ich den Fluß und die Schiffe sehen kann; und ich will dir, teure Esther, erzählen, weshalb ich eben erst so fröhlich war und mein Herz frohlockte gleich einem jungen Hirsche auf den Bergen."

Auf ein Glockenzeichen kam ein Diener und schob den auf kleinen Rädern ruhenden Armsessel auf das Dach des unteren Hauses, das Simonides seinen Garten nannte. Zwischen Rosenbüschen und Blumenbeeten wurde er an eine Stelle geschoben, wo er die Zinnen des Palastes auf der gegenüberliegenden Insel, die Brücke bis zum jenseitigen Ufer, und den Fluß mit den zahllosen Schiffen, die im zitternden Glanze der Morgensonne auf dem kräuselnden Wasser sich bewegten, überschauen konnte. Hier ließ ihn der Diener mit Esther allein.

Die lärmenden Stimmen und das Hämmern der Arbeiter störte ihn ebensowenig wie das Geräusch der Brücke über ihm; denn es war seinen Ohren so vertraut wie der Anblick vor seinem Auge und für ihn nur beachtenswert, als es ihm künftigen Gewinn verhieß.

Esther setzte sich auf die Lehne des Sessels und wartete, seine Hand liebkosend. Endlich fand er seine Ruhe wieder und sprach: „Während der junge Mann redete, beobachtete ich dich, Esther, und es schien mir, du ließest dich von ihm gewinnen."

Mit gesenktem Blicke antwortete sie: „Meinst du damit, daß ich seinen Worten glaubte, so hast du recht."

„Er ist also in deinen Augen der verschollene Sohn des Fürsten Hur?"

„Wenn er es nicht ist –" Sie hielt inne.

„Und wenn er es nicht ist, Esther?"

„Ich war deine Dienerin, Vater, seit meine Mutter dem Rufe des Herrn gefolgt ist. An deiner Seite sah und hörte ich dich weise handeln mit gewinnsüchtigen Menschen jeder Art, gerechten und ungerechten; und nun sage ich dir: Wenn der junge Mann wirklich nicht der Fürst ist, für den er sich ausgibt, dann hat in meiner Gegenwart noch nie die Falschheit so gut die Rolle der Rechtschaffenheit und Wahrheit gespielt!"

„Bei dem Ruhme Salomons, Tochter, du sprichst ein ernstes Wort. Glaubst du, daß dein Vater Leibeigener seines Vaters war?"

„Wie ich ihn verstand, erkundigte er sich danach als nach einer Sache, von der er nur reden gehört."

Eine Zeitlang schweiften Simonides' Blicke über seine schaukelnden Schiffe, doch seine Gedanken lagen fern. „Nun, Esther, du bist ein gutes Kind und besitzest echt israelitischen Scharfsinn; auch bist du alt und stark genug, um eine traurige Geschichte anzuhören. Merk' also auf! Ich will dir von mir, von deiner Mutter und von vielen anderen Dingen erzählen, die der Vergangenheit angehören – von Dingen, die ich vor den römischen Verfolgern nicht eingestand, um einer Hoffnung willen, und auch dir verschwieg. Meine Eltern waren jüdische Leibeigene und pflegten die Feigen- und Olivenbäume und

Weinstöcke in den königlichen Gärten beim Teiche Siloa. Als Knabe half ich ihnen. Sie verkauften mich an den Fürsten Hur, der damals nach dem Könige Herodes der reichste Mann Jerusalems war. Dieser sandte mich nach Alexandrien in Ägypten. Ich diente ihm sechs Jahre; im siebenten wurde ich nach dem Gesetz Moses' frei."

Esther klatschte leicht in die Hände. „Du bist also nicht seines Vaters Leibeigener!"

„Höre nur weiter, Tochter! Der Fürst Hur war in allen Dingen ein gerechter Mann. Er setzte mich durch versiegelte Urkunden, die noch immer in meinem Besitze sind, frei."

„Und meine Mutter?" fragte Esther.

„Du sollst alles hören, Esther, gedulde dich. Als meine Dienstzeit abgelaufen war, kam ich nach Jerusalem, um das Osterfest zu feiern. Mein Gebieter gewährte mir gastliche Aufnahme. Ich liebte ihn und bat ihn, mich in seinem Dienste zu belassen. Er willigte ein und ich diente ihm weitere sieben Jahre. In seinem Namen leitete ich den Handelsverkehr zu Wasser und auf dem Lande; ich führte Karawanen in den Osten und in die noch ferneren Seidenländer. Der Herr segnete alles, was ich unternahm. Ich brachte dem Fürsten unermeßlichen Gewinn nach Hause. Eines Tages war ich Gast des Fürsten in seinem Hause in Jerusalem. Eine Dienerin trat ein und brachte auf einer Platte einige Schnitten Brotes. Sie kam zuerst zu mir. Damals sah ich deine Mutter zum ersten Male und liebte sie. Es kam die Zeit, da ich den Fürsten besuchte, um sie zum Weibe zu begehren. Sie war eine Leibeigene auf Lebenszeit, er erklärte sich aber bereit, sie freizulassen. Sie erwiderte meine Liebe, nahm aber die angebotene Freiheit nicht an. Ich bat und flehte. Ihre Antwort lautete stets, sie wolle mein Weib werden, wenn ich ihr Genosse in der Dienstbarkeit würde. Unser Vater Jakob diente zweimal sieben Jahre um seine Rachel. Konnte ich nicht ein gleiches tun? Deine Mutter aber wollte, daß ich gleich ihr lebenslänglich dienen sollte. Ich ging fort, kehrte aber wieder zurück. Sieh her, Esther!" Er zeigte auf sein linkes Ohrläppchen. „Siehst du die Narbe?"

„Ich sehe sie", antwortete sie. „Oh, nun erkenne ich, wie sehr du meine Mutter liebtest!"

„Wie sollte ich sie nicht lieben! Sie war mir wie eine Quelle im Garten, wie ein Brunnen lebendigen Wassers, wie die Ströme des Libanon! Mein Herr brachte mich auf meine Bitte zu den Richtern, führte mich dann an die Tür seines Hauses, stach den Pfriem durch mein Ohr in den Türpfosten, und ich war sein Leibeigener auf Lebenszeit. So gewann ich meine Rachel. War jemals eine Liebe der meinigen gleich?"

Esther beugte sich zu ihm herab und küßte ihn. Schweigend gedachten sie der Toten.

„Mein Gebieter ertrank im Meere", fuhr der Kaufmann fort. „Das war der erste Schmerz, der über mich kam. Trauer herrschte in seinem Hause und in dem meinigen hier in Antiochien. Nun, Esther, merk auf! Als der gute Fürst verunglückte, war ich bereits erster

Verwalter seines Vermögens; alles, was er besaß, stand unter meiner Leitung und Obsorge. Urteile danach, wie sehr er mich liebte und mir vertraute! Ich eilte nach Jerusalem, um der Witwe Rechenschaft abzulegen. Sie beließ mich in meiner Stellung. Ich wandte nun noch größeren Fleiß auf. Das Geschäft blühte und wuchs von Jahr zu Jahr. Zehn Jahre vergingen; dann kam das Unglück, von dem, wie du hörtest, der junge Mann erzählte – der Zufall, wie er ihn nannte, der den Prokurator Gratus traf. Der Römer behauptete, es sei ein Versuch gewesen, ihn meuchlings zu ermorden. Unter diesem Vorwand zog er mit Roms Erlaubnis das ganze unermeßliche Vermögen der Witwe und der Kinder für sich ein und beseitigte alle Beteiligten. Von jenem schrecklichen Tage an ist die Familie Hur verschollen. Der Sohn, den ich als Kind sah, wurde zu den Galeeren verurteilt. Die Witwe und die Tochter schmachten wohl in einem der vielen Kerker Judäas, die, einmal hinter den Unglücklichen geschlossen, wie Gräber versiegelt sind. Sie entschwanden dem Gedächtnis der Menschen, als hätte das Meer sie verschlungen. Wir konnten nicht erfahren, wie sie starben, ja nicht einmal, ob sie starben."

In Esthers Augen glänzten Tränen.

„Du hast ein gutes Herz, Esther, wie deine Mutter, und ich flehe zu Gott, daß es nicht das Schicksal der meisten guten Herzen teile, von Unbarmherzigkeit mit Füßen getreten zu werden. Doch höre weiter! Ich ging nach Jerusalem, um nach meiner Wohltäterin zu forschen. Am Stadttor wurde ich ergriffen und in ein Verlies der Burg Antonia gebracht; weshalb, wußte ich nicht, bis Gratus kam und von mir die dem Hause Hur gehörigen Gelder verlangte. Er wußte, daß sie nach jüdischem Geschäftsbrauche auf meine Anweisung hin auf allen Handelsplätzen der Welt ausgefolgt wurden. Er befahl mir, ein Schriftstück zu unterzeichnen. Ich weigerte mich. Er hatte bereits Häuser, Ländereien, Waren, Schiffe und das ganze bewegliche Eigentum derer, denen ich diente, an sich gerissen; ihr Geld aber sollte er nicht bekommen. Er wußte, daß ich zerstörtes Glück wieder aufbauen könne, wenn der Herr mir gnädig war. Ich widersetzte mich dem Verlangen des Tyrannen. Er ließ mich foltern, mein Wille blieb fest; er setzte mich wieder in Freiheit, ohne etwas erreicht zu haben. Ich kam nach Hause und begann von neuem unter dem Namen Simonides von Antiochien, nicht unter dem des Fürsten Hur von Jerusalem. Du weißt, Esther, wie das Glück mir günstig war und die Millionen des Fürsten in meinen Händen sich wunderbar vermehrten. Du weißt auch, wie ich drei Jahre später auf der Reise nach Cäsarea abermals von Gratus gefangen und zum zweiten Male auf die Folter gespannt wurde, damit ich bekenne, daß meine Güter und die Gelder seinem Konfiskationsbefehle unterworfen seien. Er erreichte seinen Zweck sowenig wie das erste Mal. Gebrochenen Körpers kam ich nach Hause und fand meine Rachel aus Furcht und Angst um mich gestorben. Der Herr, unser Gott, lenkte – und ich lebte. Vom Kaiser selbst erkaufte ich mir die Freiheit von Verfolgung und die Erlaubnis, in der ganzen Welt Handel treiben zu dürfen. Heute – gepriesen sei der Herr – heute, Esther, ist das, was meinen Händen zur Verwaltung anvertraut wurde, so angewachsen, daß es einen Kaiser bereichern könnte." Stolz hob er das Haupt. Ihre Augen begegneten sich.

„Was soll mit dem Schatze geschehen, Esther?" fragte er, ohne den Blick zu senken.

„Vater", antwortete sie mit leiser Stimme, „hat nicht der rechtmäßige Eigentümer sich eben gemeldet?"

Noch immer war sein Blick auf sie gerichtet. „Und du, mein Kind, soll ich dich als Bettlerin zurücklassen?"

„Aber Vater, bin ich denn nicht als dein Kind seine Leibeigene? Und von welchem Weibe steht geschrieben: Kraft und Anmut ist ihr Kleid; in den letzten Tagen wird sie lachen?"

Ein Strahl unaussprechlicher Liebe verklärte sein Antlitz, als er sprach:

„Der Herr hat sich in mannigfacher Weise mir gnädig gezeigt; aber du, Esther, bist das herrlichste Geschenk seiner Güte!" Er zog sie an die Brust und küßte sie wiederholt.

„Höre nun", sagte er mit lauter Stimme, „höre, weshalb ich heute morgen so heiter war. Als der junge Mann vor mich hintrat, glaubte ich seinen Vater in der Anmut und Kraft seiner Jugend zu sehen. Es drängte mich, ihn zu begrüßen, ich fühlte, daß die Tage der Prüfung vorüber und meine Mühen zu Ende seien. Ich konnte mich kaum enthalten, aufzujubeln. Ich sehnte mich, ihn bei der Hand zu nehmen und ihm die Schätze zu zeigen, die ich erworben, und ihm zu sagen: Sieh, das alles ist dein! Ich bin dein Diener, bereit, jetzt abberufen zu werden! Und ich hätte es getan, Esther, aber in diesem Augenblicke stürmten drei Gedanken auf mich ein und hielten mich zurück. Ich will Gewißheit haben, daß er der Sohn meines Herrn ist – das war der erste Gedanke. Ist er der Sohn meines Herrn, so will ich seine Art und Gesinnung näher kennenlernen. Beachte, Esther, wie viele es unter denen, die reich geboren werden, gibt, in deren Händen der Reichtum zum Fluch und Verderben wird!" Er hielt inne, seine Hände ballten sich und seine Stimme zitterte vor Erregung, als er fortfuhr: „Esther, gedenke der Schmerzen, die ich durch Römerhand erduldet, nicht durch Gratus allein; die herzlosen Schergen, die seine Befehle vollzogen, waren Römer, und alle lachten, als sie mich stöhnen hörten. Betrachte meinen gebrochenen Körper und gedenke der Jahre, die ich ohne Gestalt und Kraft verlebt habe; gedenke deiner Mutter in ihrem einsamen Grabe und ihres gebrochenen Herzens; erwäge den Kummer der Angehörigen meines Herrn, wenn sie noch leben, und die grausame Art ihres Todes, wenn sie gestorben sind; denk an all das und um der Liebe des Himmels willen, sag' mir, Tochter, soll nicht ein Haar fallen und ein Blutstropfen fließen zur Sühne? Rede mir nicht, wie öfters die Prediger, davon, daß die Rache des Herrn sei. Läßt er nicht seinen Willen, sei es in Strenge oder in Liebe, durch Werkzeuge erfüllen? Sind seine Krieger nicht zahlreicher als seine Propheten?

Lautet nicht sein Gesetz: Aug' um Auge, Hand um Hand, Fuß um Fuß? Oh, in all diesen Jahren habe ich von Rache geträumt, um sie gebetet, für sie vorgesorgt. Ich schöpfte Geduld aus dem Anwachsen meines Vermögens, da ich dachte und hoffte, dasselbe werde mir, so wahr der Herr lebt, das Mittel sein, die Übeltäter zu bestrafen. Und da der junge Mann von seiner Ausbildung im Waffenhandwerk sprach und ihren Zweck mir nicht nennen wollte, wußte ich, während er noch redete, daß er Rache heiße. Und das, Esther, war der dritte Gedanke, der mich ruhig und hart bleiben ließ, während er für sich sprach, und mich freudig stimmte, als er gegangen war."

Esther liebkoste die welken Hände des Vaters und sagte, als ob sie gleich im Geiste die kommenden Ereignisse voraussähe: „Er ist fort. Wird er wiederkommen?"

„Ja! Malluch, der treue Diener, folgt ihm und wird ihn zurückbringen, sobald ich bereit bin."

„Und wann wird das sein, Vater?"

„In nicht ferner Zeit. Er glaubt, alle Zeugen seien tot. Aber es ist noch einer am Leben, der ihn bestimmt erkennen wird, wenn er wirklich der Sohn meines Herrn ist."

„Seine Mutter?"

„Nein, Tochter! Ich werde ihm den Zeugen vorführen; bis dahin überlassen wir die Sache getrost dem Herrn. Ich bin müde. Rufe Abimelech!"

Esther rief den Diener und sie gingen in das Haus zurück.

XIII.

Als Ben Hur das große Warenlager verließ, hatte er das Bewußtsein, daß er zu den vielen Enttäuschungen, die er auf der Suche nach den Seinigen bereits erlebt hatte, noch eine neue hinzufügen müsse; so teuer ihm Mutter und Schwester waren, so niederdrückend war für ihn diese Erfahrung. Er bahnte sich durch die Volksmenge und die aufgestapelten Waren einen Weg zum Landungsplatz. Ein kühler Schatten lag auf dem Fluß und lockte ihn an. Der träge Strom schien stillzustehen. Da kam ihm das Wort eines Mitreisenden in den Sinn: Besser ein Wurm sein und sich von den Maulbeeren Daphnes nähren, als Gast an eines Königs Tische. Er kehrte um und begab sich in die Herberge. „Der Weg nach Daphne!" sagte der Türhüter. „Du kannst den Weg nicht verfehlen. Die nächste Straße zur Linken führt südwärts geradewegs auf den Berg Sulpius. Folge dieser Richtung bis zur Säulenhalle des Herodes. Dann wende dich rechts bis zu den bronzenen Toren des Epiphanes. Dort nimmt die Straße nach Daphne ihren Anfang. Die Götter mögen dich behüten." Ben Hur machte sich auf den Weg.

Die Säulenhalle des Herodes war bald gefunden. Es war ungefähr um die vierte Tagesstunde, als er aus dem Tore trat und sich inmitten eines scheinbar endlosen Zuges von Menschen befand, der sich nach dem berühmten Haine bewegte. Die Straße hatte Wege für Fußgänger, Reiter und Wagen, und diese wiederum für Gehende und Kommende. Die Wege waren durch niedrige Geländer getrennt; diese waren in Zwischenräumen durch massive Säulensockel unterbrochen, worauf Statuen standen. Zur Rechten und Linken der Straße zog sich ein Streifen wohlgepflegten Rasens hin, der da und dort in Gruppen mit Eichen und Maulbeerbäumen bepflanzt war; dazwischen standen rebenumrankte Sommerhäuschen und boten den Ermüdeten, deren es auf dem Rückweg stets viele gab, Ruhe und Erholung. Die für die Fußgänger bestimmten Wege waren mit roten Steinplatten gepflastert, jene für Reiter und Gefährte mit weißem, festgerolltem Sand bestreut, so daß kein Lärm der Hufe oder Räder verursacht wurde. Die Springbrunnen waren Geschenke besuchender Könige und nach ihnen benannt. So zog sich diese herrliche Straße in westlicher Richtung von der Stadt meilenweit bis zum Eingang des Hains hin.

In seiner gedrückten Stimmung beachtete Ben Hur weder, mit welcher Kunst und Verschwendung die Straße gebaut war, noch schenkte er der ihn umgebenden Volksmenge Aufmerksamkeit. Er war zu sehr mit sich selbst beschäftigt und er besaß auch in nicht geringem Grade die Selbstzufriedenheit des Römers, der eben erst Zeuge der Herrlichkeit war, welche sich in Rom Tag für Tag bei der von Augustus als Mittelpunkt der Welt errichteten goldenen Säule entfaltete, und dem die Provinz kaum etwas Neues oder Vollkommeneres bieten konnte. Er drängte sich durch die vielen Menschen, die für seine Ungeduld zu langsam gingen. Als er Herakleia erreichte, eine kleine Ortschaft zwischen der Stadt und dem Haine, fühlte er sich müde und begann seine Umgebung aufmerksamer zu betrachten. Er sah da Menschen jeden Alters, Geschlechtes und Standes, und alle trugen Festtagsgewänder. Eine Gesellschaft war weiß gekleidet, eine andere schwarz; einige trugen Fahnen, andere dampfende Rauchfässer, diese gingen langsam, Hymnen singend, jene marschierten nach der Musik von Flöten und dem Takte von Handtrommeln. Wenn in dieser Weise Tag für Tag das Volk nach Daphne strömte, welche Wunderdinge mußten da zu sehen sein! Endlich vernahm man Händeklatschen und freudige Rufe. Er blickte auf, am Abhang eines Hügels sah er ein tempelartiges Gebäude, den Eingang zu dem heiligen Haine. Der Gesang erscholl lauter und stärker, die Musik wurde lebhafter. Er wurde vom Menschenstrome mitgerissen und trat, die ungestüme Erwartung aller teilend, ein. Obschon von römisch-verfeinertem Geschmack, fühlte er sich vom Anblick des Ortes überwältigt. Als Ben Hur den Bau, der in rein griechischem Stil den Eingang zierte, durchschritten hatte, befand er sich auf einem breiten, ebenen Platze, der mit polierten Steinplatten belegt war. Rund um ihn wogte eine unruhige, laute Menge, deren farbenreiche Gewandung sich lebhaft gegen den kristallhellen Strahl der zahlreichen Springbrunnen abhob. Vor ihm führten reinlich gehaltene Pfade in südwestlicher Richtung nach einem Garten, um sich in einem Wald zu verlieren, über dem blaßblauer Nebel lag. Ben Hur blickte sinnend vor sich hin, unschlüssig, wohin er sich wenden solle. In diesem Augenblick rief eine Frau: „Herrlich! Aber wohin jetzt?"

Ihr Begleiter, ein Mann mit einem Lorbeerkranze, antwortete lachend: „Geh, du schöne Fremde! Diese Frage beweist deine Furcht. Haben wir nicht vereinbart, all das hinter uns in Antiochien zu lassen? Die Lüfte, die hier wehen, sind ein Hauch der Götter. Überlassen wir uns dem Wehen der Winde!"

„Aber wenn wir verlorengehen?"

„O du Furchtsame! Noch nie ging in Daphne jemand verloren, außer denen, hinter welchen sich die Tore für immer geschlossen haben."

„Wen meinst du damit?" fragte sie, noch immer ängstlich.

„Jene, die den Reizen des Ortes nicht widerstanden. Horch! Bleiben wir hier und ich werde dir zeigen, von wem ich spreche."

Auf dem marmornen Boden hörte man eilige Schritte sandalenbekleideter Füße; die Menge teilte sich und eine Schar von Mädchen rauschte um den Sprecher und seine schöne Freundin herum und begann nach dem Takte der Trommeln, die sie selbst rührten, zu tanzen und zu singen. Erschreckt schmiegte sich die Frau noch enger an den Mann, der einen Arm um sie schlang. Die Haare der Tänzerinnen flatterten in der Luft; das leichte Kleid, das sie trugen, verhüllte kaum ihre Gliedmaßen. Nach einem kurzen Rundtanze verschwanden sie, so schnell und flüchtig wie sie gekommen waren, durch die auseinanderweichende Volksmenge.

„Nun, was sagst du?" rief der Mann.

„Wer sind sie?" fragte seine Begleiterin.

„Devadasi, Priesterinnen im Dienste des Apollo. Ihrer ist eine ganze Armee. Sie bilden den Chor bei Festlichkeiten. – Wollen wir nun weitergehen?"

Ben Hur schöpfte Mut aus der Versicherung, daß in Daphne noch nie jemand verlorenging; nun wandte sich auch er zum Gehen – wohin, wußte er nicht.

Mit den anderen trat er in das Wäldchen. Zu gleichgültig, um zu fragen, wohin der Weg führe, glaubte er, daß sich der Zug nach den Tempeln bewege, die als Mittelpunkt des Haines auf die Besucher am meisten Anziehungskraft ausübten, und er begann ganz unbewußt die Worte zu wiederholen: Besser ein Wurm sein und sich von den Maulbeeren Daphnes nähren, als Gast an eines Königs Tische. Dabei drängte sich ihm die Frage auf: War das Leben im Haine wirklich so angenehm? Worin bestand dessen Reiz? Etwa in der geheimnisvollen

Tiefe einer unergründlichen Philosophie? Oder in etwas offen zutage Liegendem, das für jeden Besucher wahrnehmbar war? Jedes Jahr verließen Tausende die Welt und kamen hierher, um sich hier dem Dienste des Schönen und Angenehmen zu widmen. Fanden sie das Geheimnis des Zaubers? War derselbe stark genug, um sie völlig von der Vergangenheit abzuschließen? Lernten sie die mannigfachen Wechselfälle des Lebens, die freudigen und bitteren, die Hoffnungen einer nahen Zukunft und Sorgen, die die Vergangenheit zeugte, vergessen? War der Hain so segensvoll für sie, warum sollte er es nicht auch für ihn sein? Er war ein Jude; konnte es denn wirklich sein, daß das Herrliche und Schöne für alle anderen da war, nur nicht für die Kinder Abrahams? Er wollte um jeden Preis das Geheimnis ergründen, unbekümmert um den Gesang der Gabenspender und den Spott der Mitmenschen.

Er ging weiter; aus dem Wäldchen zu seiner Rechten strömte ihm, von einem leisen Lüftchen getragen, eine Welle süßer Gerüche von Rosen und brennenden Gewürzen entgegen. Er blieb gleich vielen anderen stehen und blickte nach der Richtung, aus der das Lüftchen wehte. „Ist da drüben ein Garten?" fragte er einen Mann an seiner Seite.

„Ich glaube eher, es wird eben ein Gottesdienst vollzogen, etwa zu Ehren der Diana oder des Pan oder einer Waldgottheit." Die Antwort wurde in seiner Muttersprache gegeben. Ben Hur blickte den Sprecher überrascht an. „Ein Hebräer?" fragte er ihn.

„Ich wurde innerhalb eines Steinwurfes Weite vom Marktplatze in Jerusalem geboren", antwortete der Mann mit verbindlichem Lächeln.

Ben Hur wollte weitersprechen, als der Menschenstrom vorwärts wogte und ihn auf die andere Seite des Weges nach dem Haine zu schob, wodurch er von dem Fremden getrennt wurde. Die äußere Erscheinung, das herkömmliche Kleid und der Stab, ein braunes Tuch auf dem Kopfe, das durch eine Schnur festgehalten wurde, ein typisch jüdisches Gesicht, prägte sich dem jungen Mann ein. Die Begegnung fand an einer Stelle statt, wo ein Pfad in das Wäldchen abzweigte. Ben Hur benutzte diesen Pfad, um dem lärmenden Gedränge zu entgehen. Er kam in ein Dickicht, welches, von der Straße aus gesehen, wie ein natürliches, undurchdringliches Gebüsch erschien, aber schon nach einigen Schritten konnte er auch hier die ordnende Hand des Meisters erkennen. Die Sträuche standen in der Blüte oder trugen Früchte; unter den niederhängenden Zweigen prangte der Boden von den herrlichsten Blumen, über ihnen breitete Jasmin seine zarten Ästchen aus. Flieder und Rosensträuche, Lilien und Tulpen sowie Oleander und Erdbeerbäume erfüllten die Luft, bald schwächer, bald stärker, Tag und Nacht mit ihren Wohlgerüchen; und damit dem Glücke der Nymphen und Najaden nichts fehle, schlängelte sich, leise murmelnd, ein Bächlein in vielen Windungen durch den Rasen dahin. Als er weiterschritt, hörte er aus dem Dickicht das Girren von Tauben; Amseln ließen ihn nahe herankommen, eine Nachtigall blieb furchtlos auf ihrem Platze sitzen, obschon er auf Armeslänge an ihr vorüberging; eine Wachtel lief vor ihm her und lockte die ihr folgenden Jungen.

Er setzte sich unter einen Zitronenbusch, der seine grauen, verworrenen Wurzeln bis an den Rand des Baches ausbreitete. Dicht über dem gurgelnden Wasser hing das Nest einer Meise. Das niedliche Tierlein blickte ihn aus der Öffnung des Nestes zutraulich an. Wahrhaftig, dachte er, der Vogel gibt mir die Erklärung! Er spricht: „Ich fürchte dich nicht, denn das Gesetz dieses glücklichen Ortes ist die Liebe!"

Der Zauber des Haines schien ihm nun offenbar. Er war freudig bewegt. Sollte er die stürmischen Tage seines bisherigen Lebens für immer beschließen, vergessend und vergessen? Nach und nach begann sich in ihm der Jude zu regen. Der Zauber mochte für manche genügen. Aber was für Menschen waren es? Es bestand ein Unterschied zwischen ihm und denen, die sich hier freiwillig begruben und ihr Glück fanden. Sie hatten keine Pflichten zu erfüllen, konnten keine haben; doch er –

„Gott Israel!" rief er laut, mit brennenden Wangen sich rasch erhebend – „Mutter! Tirzah! Verflucht sei der Augenblick, verflucht der Ort, wo ich ohne euch glücklich sein könnte!"

Er eilte durch das Dickicht und kam zu einem Wasser, das zwischen gemauerten Ufen dahinfloß und da und dort durch Schleusen in seinem Laufe gehemmt wurde. Eine Brücke führte ihn auf seinem Wege über den Strom. Auf dieser stehend, erblickte er andere Brücken, eine jede in einem verschiedenen Stil gebaut. Unter ihm lag das Wasser ruhig und klar wie in einem tiefen Teiche, weiter abwärts stürzte es tosend über Felsen hinab, dann kam wieder ein Teich und abermals ein Wasserfall und so fort, soweit das Auge reichte. Brücken, Teiche und Wasserfälle erzählten ihm deutlich, wie leblose Dinge es nur vermögen, daß der Fluß dem Willen eines Herrn folgte. Jenseits der Brücke sah er eine Landschaft weiter Täler und unregelmäßiger Anhöhen mit Grotten, Seen und niedlichen Häusern, die durch schimmernde Pfade und silberglänzende Ströme untereinander verbunden wurden. Die Täler glichen grünen, mit Blumen besäten Teppichen, auf denen Herden schneeweißer Schafe weideten. Man hörte die Stimmen der den Herden folgenden Schäfer. Unter freiem Himmel erhoben sich zahllose Altäre, vor denen weißgekleidete Gestalten den Opferdienst versahen. Scharen von Menschen zogen in Prozessionen langsam von einem Altar zum andern, und der Rauch der Opfer schwebte in blassen Wolken über den heiligen Stätten langsam zum Himmel. Da wurde es ihm klar: Der Hain war ein Tempel, ein ungeheurer, mauerloser Tempel. Der Baumeister hatte sich mit Säulen, Hallen, mit Raum und Maß nicht abgemüht. Er hatte die Natur zur Dienerin gemacht; Höheres kann die Kunst nicht erstreben. So hatte der erfahrene Sohn Jupiters und der Kallisto das alte Arkadien geschaffen; und hier wie dort war ein Grieche der schöpferische Geist.

Von der Brücke weiterschreitend, begab sich Ben Hur in das zunächstgelegene Tal hinab. Das Gras war frisch und wohlgepflegt. Die Bäume standen nicht allzudicht; alle im Morgenlande heimischen Baumarten waren vertreten und wechselten angenehm mit fremden, aus weiter Ferne hergebrachten ab. Hier standen Palmen in stolzer Absonderung wie Königinnen in einer Gruppe beisammen, dort ragten Sykomoren über dunkle Lorbeerbäume empor, weiterhin erhoben sich immergrüne Eichen mit reichem Blätterschmuck neben mächtigen Zedern, die eine Zierde des Libanons gebildet hätten, dann Maulbeerbäume und Terebinthen, so schön, daß sie aus dem Paradiesgarten hierherverpflanzt schienen. Tiefer in den schattigen Bezirk eindringend, hörte er das fröhliche Geschmetter einer Trompete, und kurz darauf sah er den Landsmann, welchen er auf dem Wege zu den Tempeln getroffen hatte, in nächster Nähe im Grase liegen. Der Mann erhob sich und trat auf ihn zu. „Ich wünsche dir abermals den Frieden", sagte er freundlich.

„Ich danke dir", entgegnete Ben Hur und fragte dann: „Gehst du denselben Weg wie ich?"

„Ich gehe nach der Rennbahn, wenn das dein Weg ist."

„Nach der Rennbahn?"

„Ja. Der Trompetenstoß, den du soeben gehört hast, war das Zeichen für die Bewerber."

„Guter Freund", sagte Ben Hur aufrichtig, „ich gestehe meine Unwissenheit in betreff des Haines, ich wäre daher dankbar, wenn du mein Führer sein wolltest."

„Das wird mir eine Freude sein. Horch, ich höre das Rollen der Wagen. Sie fahren nach der Bahn."

Ben Hur horchte einen Augenblick, dann legte er, um die Vorstellung zu beenden, seine Hand auf den Arm des Mannes und sprach: „Ich bin der Sohn des Duumvirs Arrius, und du?"

„Ich bin Malluch, ein Kaufmann aus Antiochien."

„Nun, guter Malluch, der Trompetenstoß, das Knirschen der Räder und die Aussicht auf Zerstreuung haben meine Sinne angeregt. Ich besitze eine Fertigkeit in dergleichen Übungen. In den Kampfschulen Roms bin ich nicht unbekannt. Laßt uns zur Bahn!"

Malluch zögerte; um dann schnell zu sagen: „Der Duumvir war ein Römer, und seinen Sohne sehe ich im Gewande eines Juden."

„Der edle Arrius war mein Adoptivvater", antwortete Ben Hur.

„Ach, ich verstehe; entschuldige die Bemerkung."

Den Saum des Waldes überschreitend, kamen sie an ein Feld, auf welchem eine Rennbahn angelegt war; sie glich an Gestalt und Umfang vollständig den römischen Stadien. Die eigentliche Bahn bestand aus feiner, festgewalzter Erde und war mit Wasser besprengt; sie wurde zu beiden Seiten durch Seile, die man lose über pfahlartig aufgestellte Wurfspieße gespannt hatte, abgeschlossen. Zur Bequemlichkeit der Zuschauer waren verschiedene, mit starken Zelttüchern überdachte Räumlichkeiten mit aufsteigenden Sitzreihen angebracht. In einem dieser Räume fanden die beiden Neuangekommenen Platz. Ben Hur zählte die Wagen, als sie vorüberkamen; es waren im ganzen neun.

„Ich wünsche den Männern Glück", sagte er wohlwollend. „Ich dachte, hier im Osten würden sie sich mit zwei Pferden begnügen, aber sie haben Ehrgeiz und spielen mit dem königlichen Viergespann. Wir wollen sehen, was sie leisten."

Acht der Viergespanne zogen vorüber, einige im Schritt, andere im Trab, alle vorzüglich gelenkt. Darauf kam das neunte im Galopp. Ben Hur konnte einen Ausruf des Erstaunens nicht unterdrücken. „Ich war in den Marställen des Kaisers, Malluch, aber bei unserem Vater Abraham gesegneten Andenkens, solche Pferde habe ich noch nie gesehen!"

Das letzte Viergespann sauste eben vorüber. Auf einmal geriet es in Verwirrung. Im Zuschauerraum stieß jemand einen lauten Schrei aus. Ben Hur wandte sich um und erblickte an einem der oberen Sitzplätze einen Greis mit langem, weißem Barte, der, halb aufgerichtet, mit geballten Fäusten und wild funkelnden Augen, zitternd dastand. Einige der ihm zunächst sitzenden Zuschauer begannen zu lachen. „Sie sollten wenigstens vor seinem Barte Ehrfurcht haben. Wer ist es?" fragte Ben Hur.

„Ein mächtiger Mann aus der Wüste, irgendwo hinter Moab her, und Besitzer ganzer Herden von Kamelen; seine Pferde, sagt man, stammen von den Rennern des ersten der Pharaonen ab. Scheik Ilderim ist sein Name und Titel."

Inzwischen bemühte sich der Lenker, sein Gespann zu beruhigen, aber vergebens. Jeder erfolgte Versuch regte den Scheik um so mehr auf.

„Abaddon hole ihn!" schrie der Patriarch mit gellender Stimme. „Lauft, fliegt! Hört ihr, Kinder!" Dieser Ruf galt seinen Begleitern, die augenscheinlich von seinem Stamme waren. „Hört ihr? Sie sind Kinder der Wüste wie ihr selbst. Fangt sie, schnell!" Die Tiere wurden immer wilder und schlugen heftig aus.

„Verfluchter Römer!" schrie der Scheik und ballte seine Faust gegen den Lenker. „Hat er nicht geschworen, daß er sie zu lenken verstehe, geschworen bei der Brut seiner lateinischen Götzen? – Nein, laßt mich, zurück, sag' ich! Schnell wie der Adler im Fluge und lenksam wie ein Lamm sollten sie dahinrennen, schwor er. Verflucht sei er – verflucht die Mutter von Lügnern, die ihn Sohn nennt! Seht sie, die Unbezahlbaren! Er berührte nur eines derselben mit der Peitsche und –" Der Schluß des Satzes ging unter einem furchtbaren Zähneknirschen verloren. „Eilt, tretet vor sie hin und sprecht zu ihnen! Ein Wort, ein einziges Wort aus dem Zeltliede, das eure Mütter euch sangen, genügt. O Tor, Tor, der ich war, einem Römer zu vertrauen!" Der Atem ging ihm aus. Einige von den Freunden des Greises waren klug genug, sich zwischen ihn und die Pferde zu stellen. Ben Hur glaubte die Gefühle des Scheiks zu verstehen. Die Ursache seiner Erregung war nicht so sehr der verletzte Stolz des Eigentümers, nicht bloß Besorgnis wegen des ungewissen Ausganges des Rennens: nach seiner Überzeugung entsprach es ganz der Denkart und den Anschauungen des Patriarchen, solche Tiere mit einer Zärtlichkeit zu lieben, die an Leidenschaft grenzte. Die Pferde waren von rötlichbrauner Farbe, einander gleichend und von solchem Ebenmaß, daß sie kleiner schienen als sie wirklich waren. Zarte Ohren krönten die kleinen Köpfe; die Stirn zwischen den Augen war breit und voll; die Nüstern zeigten inwendig eine Haut von tiefem Rot; der schön gebogene Hals war von einer feinen, dichten Mähne bedeckt, die über Brust und Schultern herabfiel; die Stirnlocken glichen Seidenbüscheln. Zwischen den Knien und dem Hufhaar waren die Beine flach wie eine offene Hand, über den Knien aber durch starke Muskeln gerundet, die zum Tragen der schöngeformten, gedrungenen Leiber nötig waren; die Hufe glichen Schalen von poliertem Achat. Wenn sie ausschlugen oder sich bäumten, peitschten sie die Luft und bisweilen die Erde mit ihren glänzend schwarzen, dichten und langen Schweifen. Der Scheik nannte sie unbezahlbar und er hatte recht. Bei dieser genauen Betrachtung der Pferde lernte Ben Hur die Geschichte ihres Verhältnisses zu ihrem Eigentümer kennen. Unter seinen Augen aufgewachsen, waren sie bei Tag der Gegenstand seiner besonderen Sorgfalt und bei Nacht der Stolz seiner Träume gewesen; mit seiner Familie hatten sie fern in der schattenlosen Wüste das dunkle Zelt geteilt und waren ihm teuer wie Kinder. Der alte Mann hatte seine Lieblinge in die Stadt gebracht, damit sie ihm einen Triumph errängen über die hochmütigen und verhaßten Römer, und er hatte nie gezweifelt, daß sie ihn erringen würden, wenn er nur einen zuverlässigen Lenker fände, dem er sie anvertrauen könnte, einen, der nebst Geschicklichkeit und Übung auch einen Geist besaß, dem sie sich fügen würden. Von lebhafterem Temperament als die gleichmütigen Bewohner des Westens, konnte er sich nicht damit begnügen, den Lenker der Unfähigkeit zu beschuldigen und ihn höflich zu entlassen; als Araber und Scheik mußte er seinen Zorn sich austoben lassen und die Luft mit seinem Geschrei erfüllen.

Noch ehe der Patriarch mit seinen Ausrufen zu Ende war, hatte ein Dutzend Hände nach den Zügeln der Pferde gegriffen und diese zur Ruhe gebracht. Um diese Zeit erschien noch ein Wagen auf der Rennbahn; unähnlich den anderen, waren Lenker und Pferde ganz so aufgeputzt, wie sie am Tage des Rennens selbst im Zirkus erscheinen sollten.

Die bisherigen Wettkämpfer waren mit Stillschweigen empfangen worden; der letze Ankömmling war glücklicher. Während er sich dem Standplatz näherte, von dem aus Ben Hur die Szene beobachtete, wurde seine Ankunft durch laute Rufe, durch Händeklatschen und Beifallsgeschrei angekündigt, so daß die allgemeine Aufmerksamkeit ausschließlich auf ihn gelenkt wurde. Seine Jochpferde waren schwarz, die Strangpferde rein weiß. Dem römischen Geschmacke entsprechend waren ihre Schweife gestutzt und die Mähnen kurz geschnitten und durch gerollte, gelbe Bänder zu Büscheln gebunden.

Endlich erreichte der Fremde einen Punkt, wo der Wagen vom Zuschauerraum aus gesehen werden konnte; des Wagens Aussehen rechtfertigte für sich allein den Beifallssturm, womit er empfangen wurde. Die Räder waren kleine Wunderwerke. Starke Bänder aus polierter Bronze verliehen den sonst leichten Naben Festigkeit. Die Speichen waren aus Elefantenstoßzähnen, mit ihrer natürlichen Krümmung nach außen eingesetzt, um die Stürzung zu vervollkommnen, die man damals wie heute für wichtig hielt; die Felgen waren aus glänzendem Ebenholz gemacht und wurden durch Bronzereifen gehalten. Die Achse, nicht minder kunstvoll als die Räder, war mit zähnefletschenden Tigerköpfen aus Messing verziert. Das Wagenbett war aus vergoldeten Weidenruten geflochten. Das Erscheinen des glänzenden Wagens mit den prächtigen Pferden veranlaßte Ben Hur, mit erhöhtem Interesse nach dem Lenker zu schauen.

Wer war der Lenker?

Er kam näher. Die Pferde gingen im Trabe. Die Beifallsrufe und der Glanz des Aufzuges ließen in ihm einen Günstling der Regierung oder einen berühmten Fürsten vermuten. Ben Hur drängte sich nach unten bis nahe an die Brustwehr. Sein Gesicht war ernst, sein ganzes Wesen verriet lebhafte Erregung. Jetzt wurde die Gestalt des Lenkers sichtbar. Er hatte einen Begleiter bei sich, einen Myrtilus nach der klassischen Bezeichnung, wie es Männern von hohem Range, die dem Wettrennen huldigen, gestattet war. Ben Hur konnte nur den Lenker sehen; dieser stand aufrecht im Wagen und hatte die Leitseile mehrmals um den Leib geschlungen – eine schöne Gestalt, nur leicht mit einer blaßroten Tunika bekleidet, in der Rechten hatte er eine Peitsche, in der Linken, die er erhoben und etwas ausgestreckt hielt, die vier Leitseile. Die Stellung war anmutig und voll Leben. Mit der Ruhe einer Bildsäule nahm er das Beifallsjauchzen und Händeklatschen entgegen. Ben Hur stand wie angewurzelt; seine Ahnung hatte ihn recht geführt, sein Gedächtnis sich treu erwiesen: der Lenker war Messala!

An der Auswahl der Pferde, der Pracht des Wagens, der Haltung und dem Auftreten, vor allem aber an den kalten, scharfen Adlerzügen erkannte Ben Hur, daß Messala noch derselbe war, ebenso hochmütig, kühn und selbstbewußt wie damals, und daß sein Ehrgeiz, seine Menschenverachtung und spöttische Sorglosigkeit sich nicht geändert hatten.

Während Ben Hur die Stufen des Zuschauerraumes hinabstieg, erhob sich unten auf der letzten Stufe ein Araber und rief: „Hört ihr Männer des Ostens und Westens! Der edle Scheik Ilderim sendet euch seinen Gruß. Mit vier Pferden, Abkömmlingen von Salomons des Weisen Lieblingspferden, kam er hierher, um mit ihnen gegen die besten Renner anzutreten. Er bedarf vor allem eines geschickten Lenkers. Wer immer diese Pferde zu seiner Zufriedenheit lenken wird, den verspricht er auf immer reich zu machen. Verkündet dieses Anerbieten hier, dort in der Stadt und auf der Rennbahn, wo immer sich tapfere Männer zu versammeln pflegen! So spricht mein Herr, Scheik Ilderim der Gütige."

Die Ankündigung verursachte lebhafte Bewegung. Bis zum Abend wurde sie sicher in Antiochien bekannt und besprochen. Als Ben Hur sie hörte, blieb er stehen und blickte unschlüssig bald auf den Herold, bald auf den Scheik. Malluch glaubte, er sei im Begriffe das Anerbieten anzunehmen, und fühlte sich erleichtert, als jener sich plötzlich an ihn mit der Frage wandte: „Wohin jetzt, guter Malluch?"

Der würdige Mann antwortete lächelnd: „Willst du dem Beispiel anderer folgen, die den Hain zum ersten Male besuchen, dann mußt du dir deine Zukunft verkünden lassen."

„Meine Zukunft, sagst du? Die Sache hat zwar etwas Heidnisches an sich, aber gehen wir immerhin zuerst zur Göttin."

„Nein, Sohn des Arrius, diese Apollodiener haben eine bessere Methode als die bekannte. An Stelle eines Gespräches mit einer Pythia oder Sibylle verkaufen sie dir ein gewöhnliches, frisch vom Stengel gerissenes Papyrusblatt. Dieses mußt du in das Wasser einer gewissen Quelle tauchen; dann wird es dir einen Vers zeigen, in dem du deine Zukunft lesen kannst."

Der erwartungsvolle Ausdruck schwand aus Ben Hurs Gesicht. „Es gibt Menschen, die es nicht nötig haben, sich wegen ihrer Zukunft zu quälen", sagte er düster.

„Du ziehst es also vor, nach den Tempeln zu gehen?"

„Die Tempel sind griechisch, nicht wahr?"

„Man nennt die Bauart so."

„Die Hellenen waren Meister des Schönen in der Kunst; aber im Bau opferten sie der starren Schönheit die Mannigfaltigkeit und Abwechslung. Ihre Tempel sind einander alle gleich. Wie heißt die Quelle?"

„Castalia."

„Oh, sie ist in der ganzen Welt bekannt. Gehen wir hin?"

Auf dem Wege dahin beobachtete Malluch seinen Gefährten und bemerkte, daß für den Augenblick wenigstens die gute Laune von ihm gewichen war. Den Vorübergehenden schenkte er keine Aufmerksamkeit; für die vielen Herrlichkeiten, die sie unterwegs sahen, hatte er kein Wort der Bewunderung; schweigsam, ja mürrisch ging er langsam seines Weges. Es war das Wiedersehen mit Messala, das ihn so nachdenklich stimmte. Es schien ihm kaum eine Stunde her, seit gewalttätige Hände ihn von der Seite seiner Mutter gerissen, kaum eine Stunde, seit die Römer Siegel an das Haus seines Vaters gelegt hatten. Er ging nochmals im Geiste durch, wie er während seines hoffnungslos elenden Lebens auf der Galeere neben seiner Arbeit wenig anderes zu tun hatte, als von Rache zu träumen, und

Messala war der Mittelpunkt all dieser Träume. Es mag vielleicht für Gratus, pflegte er sich selbst zu sagen, eine Entschuldigung geben, für Messala niemals. Und um sich in seinem Entschlusse zu bestärken, wiederholte er sich dann immer und immer wieder: Wer zeigte uns den Verfolgern? Und als ich ihn um Hilfe anflehte – nicht für mich – wer spottete über mich und ging lachend fort? Und immer kam er zu demselben Schluß. Am Tage, da ich ihm begegne, hilf du mir, gütiger Gott meines Volkes, zu einer besonderen, angemessenen Rache!

Und nun hatte er ihn getroffen. Vielleicht wären Ben Hurs Gefühle andere gewesen, hätte er Messala arm und elend wiedergesehen. Er fand ihn aber glücklich, umgeben von Glanz und Reichtum, glitzernd wie Gold im Sonnenstrahl. Was Malluch für eine vorübergehende Verstimmung hielt, war in Wahrheit ein Nachdenken darüber, wann das Zusammentreffen stattfinden solle und wie er es gestalten könne, daß es seiner Rache entsprach.

Nach einer Weile bogen sie in eine belebte Eichenallee ein. Gruppen von Menschen kamen und gingen, hier Fußgänger und Reiter, dort Frauen, von Sklaven in Sänften getragen. Am Ende der Allee führte die Straße in sanfter Senkung in eine kleine Ebene hinab, die rechts von einer steilen Felswand aus grauem Gestein abgeschlossen wurde, während sich links das frische Grün einer Wiese ausbreitete. Bald konnten sie auch die berühmte Quelle Castalia sehen. Sich durch die dort versammelte Gruppe drängend, erblickte Ben Hur einen Wasserstrahl, der sich aus einem Felsen in ein Becken aus schwerem Marmor ergoß, wo er nach vielem Zischen und Schäumen durch ein Rohr verschwand.

Neben dem Becken saß in einer in die Felswand gehauenen Nische ein alter Priester mit langem Bart, faltigem Gesicht und einer Kapuze, das vollkommene Bild eines Einsiedlers. Aus dem Betragen der Anwesenden konnte man schwer ersehen, was größere Anziehungskraft ausübte, die immer sprudelnde Quelle oder der Priester, der immer hier saß. Er hörte, sah, wurde gesehen, aber er sprach nie. Dann und wann hielt ihm ein Besucher die Hand mit einem Geldstück hin. Mit einem listigen Augenblinzeln nahm er das Geld und gab dafür ein Papyrusblatt. Der Empfänger beeilte sich, den Papyrus in das Becken zu tauchen. Hielt er dann das triefende Blatt in das Sonnenlicht, so fand er darauf zum Lohne einen Spruch in Versen. Noch ehe Ben Hur das Orakel befragen konnte, sah er andere Besucher über die Wiese kommen und sich der Quelle nähern. Ihr Erscheinen erregte die Neugierde aller Anwesenden und Ben Hurs nicht minder.

Er sah zuerst ein großes weißes Kamel, das von einem Führer zu Pferde geleitet wurde. Auf dem Rücken des Tieres befand sich ein Zelt von ungewöhnlicher Größe, mit Karmin und Gold verziert. Dem Kamel folgten noch zwei Reiter mit langen Speeren in den Händen.

„Welch wunderschönes Kamel!" rief einer aus der Gruppe.

„Ein Fürst aus fernen Landen", vermutete ein anderer.

„Wahrscheinlich ein König!"

„Wenn er auf einem Elefanten käme, möchte ich ihn für einen König halten."

Ein dritter war ganz anderer Meinung.

„Ein Kamel - und ein weißes Kamel!" sagte er belehrend. „Beim Apollo, Fremde, die Abkömmlinge - und es sind, wie ihr sehen könnt, ihrer zwei - sind weder Könige noch Fürsten; es sind Frauen!"

Indessen waren die Fremden herangekommen. Das Kamel täuschte die Erwartungen, die es in der Ferne erregt hatte, nicht. Ein größeres, stattlicheres Tier seiner Art hatte noch kein Besucher der Quelle je gesehen, und mochte er auch aus weiter Ferne gekommen sein. Große schwarze Augen! Weißes, seidenweiches Haar! Starke Beine, die doch so elastisch sich bewegten, so geräuschlos den Boden berührten! Keiner hatte je ein Kamel wie dieses gesehen. Und wie gut zierte es seine seidene Schabracke mit all den goldenen Fransen und Quasten! Der Klang silberner Glöckchen begleitete es, während es leicht dahinschwebte.

Wer aber waren der Mann und die Frau unter dem Zelte? Neugierig ruhten aller Augen auf ihnen. Betrachtete man das schmale, eingefallene Gesicht, das unter einem ungeheuren Turban begraben war und die Farbe einer Mumie hatte, so konnte man unmöglich die Nationalität des Mannes erkennen. Das einzige Bemerkenswerte an seiner Person war der Schal, in den er gewickelt war. Die weibliche Gestalt war in Schleier und Spitzen eingehüllt. Oberhalb der Ellenbogen trug sie Spangen in Form sich ringelnder Nattern, die mit den Armbändern am Handgelenk durch feine Goldfäden verbunden waren. Sonst aber waren die Arme unbedeckt, die Hände zart und klein wie die eines Kindes. Sie saß nach orientalischer Sitte, und man sah ihre zierlichen, mit Ringen geschmückten Finger, deren Spitzen etwas gerötet waren und wie Perlmutter glänzten. Das mit Korallenperlen und Münzen behangene Netz, das sie auf dem Kopfe trug, schmückte die Stirn und hielt das über den Nacken herabfallende, bläulichschwarze Haar zusammen. Von ihrem hohen Sitz aus blickte sie ruhig und heiter auf die Menschen vor der Quelle, in deren Beobachtung scheinbar so vertieft, daß sie die Neugierde nicht bemerkte, welche ihre Erscheinung erregte. Ganz ungewöhnlich, in offenem Widerspruche mit der Haltung vornehmer Frauen, die in der Öffentlichkeit erscheinen, war ihr Gesicht unverschleiert. Es war ein liebliches Gesicht. Die Lider über den großen Augen waren schwarz gefärbt. Die leicht geöffneten Lippen ließen durch ihr Scharlachrot glänzendweiße Zähne erblicken. Edel war die Haltung des kleinen Kopfes, der auf einem schlanken, anmutigen Nacken ruhte. Die Dame wandte sich jetzt an den Führer, einen Äthiopier von mächtiger Gestalt, und sprach einige Worte zu ihm. Er führte das Kamel an die Quelle heran und ließ es niederknien. Dann reichte sie ihm einen Becher, welchen er im Becken füllte. In diesem Augenblick wurde das Schweigen, das ihre Ankunft verursacht hatte, durch das Getrappel schnell hineilender Pferde unterbrochen. Mit lautem Geschrei stoben die Umstehenden auseinander.

„Der Römer will uns überfahren, gib acht!" rief Malluch Ben Hur zu, mit einem schnellen Sprung zur Seite weichend. Ben Hur sah nach der Richtung, aus welcher der Lärm kam, und erblickte Messala, der mit seinem Viergespann gerade auf die Menge zujagte. Diesmal sah er ihn deutlich in der Nähe. Durch das Auseinanderlaufen der Menge blieb das Kamel ohne Deckung. Es mochte sonst wohl beweglicher sein als andere Tiere; aber jetzt waren ihm die Hufe der Pferde schon ganz nahe und es lag noch ruhig auf den Knien, sorglos wiederkäuend. Der Äthiopier rang erschreckt die Hände. Der Greis im Sattelzeug machte eine Bewegung, um abzuspringen; aber er war zu gebrechlich und konnte, selbst angesichts der Gefahr, die würdevolle Haltung, die ihm zur Gewohnheit geworden, nicht vergessen. Für die weibliche Gestalt war es zu spät, sich zu retten. Ben Hur stand ihnen zunächst und rief Messala zornig zu:

„Halt! Schau, wohin du fährst! Zurück, zurück!"

Der Patrizier lachte verächtlich. Ben Hur, welcher sah, daß es nur eine Möglichkeit der Rettung gab, sprang entschlossen vor das Gespann und fiel dem linken Jochpferde und seinem Strangpferde in den Zaum. „Hund von einem Römer! Gilt dir ein Menschenleben so wenig?" rief er und hielt mit dem ganzen Aufgebot seiner Kraft die Pferde auf. Diese bäumten sich und rissen auch die anderen mit, der Wagen drohte umzustürzen. Messala konnte sich nur mit Mühe halten, während sein treuer Myrtilus wie ein Klotz rückwärts zur Erde fiel. Die Umstehenden brachen, als sie dies sahen, in ein lautes Hohngelächter aus.

Als die Gefahr abgewandt war, zeigte sich das beispiellose Selbstbewußtsein des Römers. Er löste die Leitseile von seinem Leibe und warf sie zur Seite; dann stieg er ab, ging um das Kamel herum, sah Ben Hur an und sprach zum Greise und zur Dame gewandt: „Verzeihet, ich bitte euch beide! Ich bin Messala und, bei der alten Mutter Erde schwöre ich es, ich sah weder euch noch das Kamel. Was die guten Leute hier betrifft, so vertraute ich vielleicht zu sehr meiner Geschicklichkeit. Ich wollte über sie lachen. Das Lachen ist jetzt auf ihrer Seite. Wohl bekomm' es ihnen!"

Der gleichgültige Blick und die Gebärden, die seine Worte begleiteten, paßten vortrefflich zu ihrem Inhalt. In der Erwartung, er werde noch mehr zu sagen haben, wurden die Anwesenden nach und nach still. Er wandte sich wieder an die Dame: „Du stehst dem guten Manne hier nahe? Seine Verzeihung werde ich, wenn sie mir jetzt nicht gewährt wird, später mit um so größerem Eifer zu erlangen suchen. – Du bist wohl seine Tochter?" Sie antwortete nicht. „Bei Pallas, du bist schön! Sei auf der Hut, daß Apollo dich nicht für seine verlorene Geliebte hält! Welches Land sich wohl einer solchen Tochter rühmen darf! Wende dich nicht ab, sondern höre mich an! Die Sonne Indiens leuchtet aus deinen Augen; in deine Mundwinkel hat Ägypten seine

Lebenszeichen eingegraben. Beim Apollo! Wende dich nicht zu jenem Sklaven, schöne Gebieterin, bevor du dich mir gnädig gezeigt hast."

Jetzt unterbrach sie ihn, indem sie anmutig den Kopf gegen Ben Hur neigte: „Möchtest du nicht herkommen? Ich bitte dich, nimm diesen Becher und fülle ihn", setzte sie hinzu, „mein Vater ist durstig."

„Ich bin dein ergebener Diener!" Mit diesen Worten wandte sich Ben Hur, um ihre Bitte zu erfüllen, und stand Aug' in Auge Messala gegenüber. Ihre Blicke trafen sich; jene des Juden waren herausfordernd trotzig, die des Römers strahlten vor heiterer Laune.

„O Fremde, du bist ebenso grausam wie schön!" sagte Messala, ihr mit der Hand winkend. „Wenn Apollo dich nicht holt, sollst du mich wiedersehen. Da ich dein Vaterland nicht kenne, kann ich keinen Gott nennen, dem ich dich empfehlen soll; so will ich dich, bei allen Göttern, mir selbst empfehlen!" Da der Myrtilus inzwischen die Pferde wieder beruhigt hatte, kehrte Messala zu seinem Wagen zurück. Die Dame blickte ihm nach, und was immer sonst in ihren Blicken lag, Mißfallen sprach nicht aus ihnen. Ben Hur reichte ihr jetzt das Wasser; ihr Vater trank. Dann führte sie den Becher an ihre Lippen und gab ihn, sich niederbeugend, mit einer überaus anmutigen Gebärde Ben Hur. „Behalte ihn, wir bitten dich darum! Er ist voll von Segenswünschen für dich."

Auf einen Zuruf erhob sich das Kamel und wollte eben weiterschreiten, als der Greis ausrief: „Komm hierher!"

Ben Hur nahte sich ihm ehrfurchtsvoll. „Du hast uns Fremden heute einen großen Dienst erwiesen. Es ist nur ein Gott; in seinem heiligen Namen danke ich dir. Ich bin Balthasar aus Ägypten. Im großen Palmenhain jenseits des Dorfes Daphne, im Schatten der Palmen, wohnt Scheik Ilderim der Edle in seinen Zelten, und wir sind seine Gäste. Suche uns dort auf und du wirst mit dem herzlichen Willkommengruß dankbarer Menschen aufgenommen werden."

Voll Verwunderung über des Greises klare Stimme und sein ehrfurchtgebietendes Wesen blieb Ben Hur zurück. Wie er den beiden nachblickte, traf sein Auge Messala, dieser fuhr, wie er gekommen war, fröhlich, sorglos und spöttisch lächelnd davon.

XIV.

Der Zwischenfall, dessen Zeuge Malluch soeben gewesen war, hob Ben Hur in seiner Achtung, da er ihm Mut und Gewandtheit nicht absprechen konnte; gelang es ihm nun, in die Geschichte des jungen Mannes einigen Einblick zu gewinnen, so war der Tag für ihn nicht ohne allen Erfolg verlaufen. Zwei Tatsachen hatte er bisher in Erfahrung gebracht: Ben Hur war ein Jude und der Adoptivsohn eines berühmten Römers. Daneben begann eine andere Vermutung, die von Wichtigkeit sein konnte, im scharf beobachtenden Geiste des geheimen Abgesandten eine bestimmte Gestalt zu gewinnen: zwischen Messala und dem Sohne des Duumvirs bestand irgendein Zusammenhang. Aber welcher Art? Wie konnte er sich darüber Gewißheit verschaffen? So sehr er sich bemühte, die Lösung dieser Frage wollte sich nicht finden. In dieser Verlegenheit kam ihm Ben Hur zu Hilfe. Er legte seine Hand auf Malluchs Arm und zog ihn aus der Menge, die ihre Aufmerksamkeit bereits wieder dem ergrauten Priester und der geheimnisvollen Quelle zuzuwenden begann.

„Guter Malluch", sagte er stehenbleibend, „kann ein Mensch seine Mutter vergessen?" Die Frage kam so plötzlich und unvermittelt, daß sie den Angeredeten in Verwirrung brachte. Malluch blickte Ben Hur an, um in seinem Gesichte eine Andeutung über den Sinn der Frage zu lesen, aber er sah nur zwei rote Punkte, einen auf jeder Wange, und in seinen Augen Spuren zurückgehaltener Tränen. Er antwortete mechanisch: „Nein", und fügte mit Wärme hinzu: „Niemals!" Als er die Fassung wieder gewann, ergänzte er: „Wenn er ein Israelit ist, niemals!" Als er endlich ganz zu sich gekommen war, sprach er: „Das erste, was ich in der Synagoge lernte, war das Schema; das nächste der Ausspruch des Sohnes Sirachs: ‚Ehre deinen Vater von ganzem Herzen und vergiß niemals die Schmerzen deiner Mutter!'"

Die roten Punkte auf Ben Hurs Wangen wurden dunkler. „Diese Worte führten mich in die Zeit meiner Kindheit zurück; sie beweisen auch, Malluch, daß du ein wahrer Jude bist. Ich glaube, ich kann dir vertrauen." Ben Hur ließ den Arm, den er hielt, sinken und griff nach dem Herzen, wie um einen Schmerz zu unterdrücken. „Mein Vater", sagte er, „hatte einen guten Namen und war in Jerusalem, wo er wohnte, nicht ohne Ansehen. Meine Mutter war bei seinem Tode in ihrem besten Alter. Ich hatte eine kleine Schwester. Wir waren die einzigen Kinder und lebten mit der Mutter sehr glücklich. Eines Tages traf einen höheren römischen Beamten ein Unfall, als er an der Spitze einer Kohorte an unserem Hause vorbeiritt. Die Soldaten sprengten das Tor, drangen ein und ergriffen uns. Seitdem habe ich weder meine Mutter noch meine Schwester wiedergesehen. Ich weiß nicht, ob sie schon tot sind oder noch leben oder was überhaupt aus ihnen geworden ist. Nun, Malluch, jener Mann dort im Wagen war zugegen, als man uns so gewaltsam trennte; er übergab uns den Feinden zur Gefangennahme; er hörte das Flehen meiner Mutter für ihre Kinder und lachte, als man sie fortschleppte. Es läßt sich schwer sagen, was sich tiefer in das Gedächtnis gräbt, die Liebe oder der Haß. Heute erkannte ich ihn von ferne und, Malluch – " Er ergriff wieder den Arm seines aufmerksam zuhörenden Gefährten. „Und, Malluch, er kennt und bewahrt das Geheimnis, für das ich mein Leben hingeben würde; er könnte mir sagen, ob sie lebt, wo und in welchem Zustand sie sich befindet. Im Falle sie tot ist, könnte er mir mitteilen, wo ihre Gebeine meiner harren."

„Und er will nicht?"

„Nein."

„Warum?"

„Ich bin ein Jude und er ist ein Römer."

„Aber Römer haben Zungen, und Juden, seien sie auch noch so verachtet, finden Mittel und Wege, sie zum Sprechen zu bringen."

„Bei seinesgleichen? Nein! Zudem ist es ein Staatsgeheimnis. Das ganze Vermögen meines Vaters wurde mit Beschlag belegt und geteilt."

Malluch nickte langsam mit dem Kopfe, wie zum Zeichen, daß er die Beweiskraft dieses Grundes anerkenne; dann fragte er von neuem: „Hat er dich nicht erkannt?"

„Er konnte nicht. Ich wurde zu einem lebendigen Tode verurteilt und werde schon längst zu den Toten gerechnet."

„Es wundert mich, daß du ihn nicht gezüchtigt hast", sagte Malluch, einer augenblicklichen Aufwallung nachgebend.

„Dadurch wäre mir auf immer die Möglichkeit genommen, ihn meinen Zwecken dienstbar zu machen. Ich hätte ihn töten müssen, und der Tod bewahrt, wie du weißt, Geheimnisse noch besser als selbst ein schuldbewußter Römer. Doch möchte ich ihn immerhin strafen, und wenn du mir Hilfe leistest, will ich es versuchen."

„Er ist ein Römer", sagte Malluch ohne Zögern, „und ich bin aus dem Stamme Juda. Ich will dir beistehen. Nimm mir einen Eid ab, den feierlichsten Eid, wenn du es für gut findest."

„Gib mir die Hand darauf, das genügt." Dann sagte Ben Hur mit leichterem Herzen: „Was ich dir auftragen möchte, ist leicht zu vollbringen, auch beschwert es nicht das Gewissen."

Sie schlugen den Weg rechts über die Wiese ein. Ben Hur brach zuerst das Schweigen. „Kennst du den Scheik Ilderim den Edlen?"

„Ja."

„Wo ist der Palmenhain, oder vielmehr, wie weit ist er vom Dorfe Daphne entfernt?"

Malluch stieg ein Zweifel auf. Er erinnerte sich der fast zärtlichen Freundlichkeit, welche die Dame seinem Begleiter an der Quelle bezeigt hatte, und wunderte sich, daß er den Schmerz um die Mutter so schnell vergessen sollte, um den Lockungen der Liebe zu folgen. Gleichwohl antwortete er: „Der Palmenhain liegt jenseits des Dorfes und kann zu Pferde in zwei Stunden, mit einem schnellen Kamel in einer Stunde erreicht werden."

„Ich danke dir und nehme nochmals deine Kenntnis in Anspruch. Sind die Wettrennen, von denen du mir erzählt hast, öffentlich bekanntgemacht? Und wann werden sie stattfinden?"

Die Fragen lenkten Malluchs Gedanken wieder auf einen anderen Gegenstand, und konnten sie auch sein Vertrauen nicht völlig wiederherstellen, so regten sie wenigstens seine Neugierde an. Er antwortete: „O ja, und sie werden sehr glanzvoll sein. Der Präfekt ist reich. Allein seine Liebe zum Reichtum hat sich mit seiner Vermehrung nicht vermindert. Um nun am Hofe des Kaisers einen Freund zu gewinnen, muß er dem Konsul Maxentius, der hierher kommt, um die letzten Vorbereitungen zu einem Feldzuge gegen die Parther zu treffen, mit seinen Mitteln die Wege ebnen. Wie viel Geld diese Vorbereitungen nach Antiochien bringen, wissen die Bürger der Stadt aus Erfahrung. Daher machen sie gern von der Erlaubnis Gebrauch, den Präfekten in der Veranstaltung der Festlichkeiten zu Ehren des großen Mannes zu unterstützen. Zu diesem Zwecke gingen schon vor einem Monat Herolde nach allen vier Himmelsrichtungen aus, um die Eröffnung des Zirkus anzukündigen. Der Name des Präfekten wäre allein schon, namentlich im Orient, eine Bürgschaft für die Mannigfaltigkeit und Pracht der Spiele; fügt aber diesem Namen noch Antiochien sein Ansehen hinzu, so haben alle Bewohner der Inseln und Städte am Meere die Gewißheit, daß etwas Außerordentliches geboten wird, und sie werden persönlich erscheinen oder ihre berühmten Wagenlenker als Teilnehmer senden. Die ausgesetzten Preise sind wahrhaft königlich."

„Und der Zirkus? – Ich habe gehört, er stände kaum dem Zirkus Maximus nach."

„Du meinst in Rom? Nun, der unsrige hat Raum für zweimalhunderttausend Zuschauer, der eurige für fünfundsiebzigtausend mehr; der eurige ist aus Marmor, der unsrige auch; in der Anlage und Bauart sind die beiden einander vollkommen gleich."

„Gelten auch dieselben Regeln?"

Malluch lächelte. „Würde Antiochien es wagen, eigene Wege zu gehen, Sohn des Arrius, so wäre Rom nicht mehr die Herrin der Welt. Die Gesetze des Zirkus Maximus gelten auch hier, mit einer einzigen Ausnahme: dort dürfen bloß vier Wagen zu gleicher Zeit abfahren, hier fahren alle, ohne Rücksicht auf die Anzahl, gleichzeitig ab."

„Das ist griechischer Brauch", sagte Ben Hur.

„Ja, Antiochien ist mehr griechisch als römisch."

„Ich kann also, Malluch, meinen eigenen Wagen wählen?"

„Deinen eigenen Wagen und die Pferde. In diesem Punkt gibt es keine Beschränkungen." Bei dieser Antwort nickte, wie Malluch beobachtete, Ben Hur sehr befriedigt.

„Noch eins, Malluch! Wann werden die Festlichkeiten stattfinden?"

Laut vor sich hinzählend sagte er: „Morgen – übermorgen – am Tage darauf kommt der Konsul, wenn, wie die Römer sagen, die Meeresgötter gnädig sind. Ja, am sechsten Tage von heute ab finden die Spiele statt."

„Die Zeit ist kurz, Malluch, aber sie reicht." Die letzten Worte wurden in entschiedenem Tone gesprochen. „Bei den Propheten unseres alten Israel! Ich will wieder zu den Zügeln greifen. Doch halt! Noch eins: Ist es sicher, daß Messala als Bewerber auftreten wird?"

Malluch begriff nun den Plan und die Gelegenheit, die er bot, den Römer zu demütigen. Aber er wäre kein wahrer Nachkomme Jakobs gewesen, hätte er nicht bei seiner aufrichtigen Teilnahme für Ben Hur sofort auch die Aussichten des Gelingens in Rechnung gezogen. Seine Stimme zitterte merklich, als er sprach: „Besitzest du die nötige Übung?"

„Fürchte nichts, mein Freund! Im Zirkus Maximus haben die Sieger in den letzten drei Jahren ihre Kränze nach meinem Belieben erhalten. Frage sie, frage die Besten, und sie werden es bestätigen. Bei den letzten großen Spielen bot mir der Kaiser selbst seine Huld an, wenn ich seine Pferde übernehmen und gegen die Wettbewerber der ganzen Welt zum Rennen führen würde."

„Du tatest es nicht?" fragte Malluch voll Eifer.

„Ich – ich bin ein Jude", entgegnete Ben Hur; „und wenn ich auch einen römischen Namen trage, wollte ich doch nicht berufsmäßig etwas tun, was meines Vaters Namen in den Hallen und Vorhöfen des Tempels beflecken könnte. In den Kampfschulen konnte ich mich Übungen widmen, die, im Zirkus betrieben, mir zur Schmach gereichen würden; und wenn ich mich hier auf die Rennbahn begebe, so schwöre ich, daß es nicht des Preises oder des Siegeskranzes wegen geschieht."

„Halt, schwöre nicht!" rief Malluch. „Der Preis beträgt zehntausend Sesterzien, ein ganzes Vermögen!"

„Nicht für mich, und wenn ihn der Präfekt auch fünfzigmal verdreifachte. Mehr als das, als alle kaiserlichen Einkünfte ist für mich die Demütigung meines Feindes, und nur zu dem Zwecke will ich mich am Rennen beteiligen. Das Gesetz gestattet die Rache."

Malluch lächelte, als wollte er sagen: Du hast recht; ja, ein Jude versteht einen Juden! „Messala wird fahren", sagte er dann. „Die Umstände nötigen ihn dazu, die Ankündigungen auf den Straßen, in den Bädern und Theatern, im Palaste und in den Kasernen, überdies – und das macht ihm den Rücktritt geradezu unmöglich – steht sein Name auf den Notiztäfelchen eines jeden jungen Verschwenders in Antiochien."

„Sprichst du von Wetten, Malluch?"

„Ja."

„Und das ist der Wagen, das sind die Pferde, womit er auf der Rennbahn erscheinen wird? Dank, Malluch, Dank! Du hast mir bereits gute Dienste geleistet. Ich bin zufrieden. Nun zeige mir den Weg zum Palmenhain und führe mich bei Ilderim dem Edlen ein.'

„Wann?"

„Heute. Seine Pferde könnten morgen vergeben sein."

„Sie gefallen dir also?"

„Ich sah sie nur vom Zuschauerraum aus, dann erschien Messala mit seinem Wagen, und ich konnte auf nichts anderes mehr achten; doch erkannte ich, daß sie zu jenen edlen Vollblutpferden gehören, die den Ruhm und Stolz der Wüste bilden. Ich habe nie ähnliche Tiere gesehen, nur in den Ställen des Kaisers; hat man sie aber einmal gesehen, so erkennt man sie immer wieder. Wenn wir uns morgen begegnen, so werde ich dich erkennen, Malluch; ich werde dich erkennen an deinem Gesichte, an deiner Gestalt, an deinem ganzen Benehmen. Ebenso und mit der nämlichen Gewißheit werde ich auch sie erkennen. Ist alles wahr, was man von ihnen erzählt, und verstehe ich es, ihren Geist richtig zu beherrschen, so kann ich –"

„Die Sesterzien gewinnen!" unterbrach ihn Malluch lachend.

„Nein!" entgegnete Ben Hur schnell. „Ich werde tun, was einem Nachkommen und Erben Jakobs besser geziemt – ich will meinen Feind an öffentlicher Stätte demütigen. Aber", fügte er ungeduldig hinzu, „wir verlieren Zeit. Wie können wir die Zelte des Scheiks am schnellsten erreichen?"

Malluch überlegte einen Augenblick. „Am besten gehn wir geradewegs in das Dorf, das in nächster Nähe liegt; können wir dort zwei schnelle Kamele mieten, so werden wir in einer Stunde auf dem Wege sein."

„Tun wir es also!"

Das Dorf bestand aus einer Anzahl von Palästen inmitten schöner Gärten, da und dort von Khans fürstlicher Art unterbrochen. Sie erhielten Kamele, und nun ging es auf ihnen dem Palmenhaine zu. Als sie das Dorf hinter sich hatten, kamen sie in eine wellenförmige, wohlbebaute Landschaft; es war in der Tat der Garten Antiochiens; kein Fuß Boden blien ungenützt. Die steilen Abhänge der Hügel waren terrassenförmig abgestuft, selbst die Hecken boten einen freundlicheren Anblick durch die Weinreben, die sich an ihnen emporrankten und den Wanderer nicht nur durch den kühlen Schatten lockten, sondern ihm auch köstlichen Wein und eine Fülle von Trauben in purpurner Reife versprachen. Über Melonenfelder, zwischen Gruppen von Aprikosen- und Feigenbäumen, zwischen Orangen- und Zitronenwäldchen schimmerten die weißen Häuser der Landleute hervor; überall verkündete Fruchtbarkeit, die lächelnde Tochter des Friedens, daß sie hier ihr Heim habe, und erfüllte die Brust des hochgemuteten Wanderers mit Freude. Dann und wann bot sich auch ein Ausblick auf den Taurus und Libanon, zwischen denen sich der Orontes wie ein Silberfaden ruhig und friedlich hinzog. Ihren Weg fortsetzend, gelangten die Freunde an den Fluß und folgten ihm die Windungen der Straße entlang, bald über steile Abhänge, bald in Täler, überall an niedlichen Landhäusern vorbei. Prangte die Landschaft im vollen Blätterschmucke der Eichen, Sykomoren und Myrten, des Lorbeer- und Erdbeerbaumes, des duftenden Jasmins, so glänzte der Fluß im schräg einfallenden Sonnenlichte. Schiffe in endloser Reihe glitten sanft mit der Strömung hinab, jene gegen den Wind kreuzend oder durch starke Ruderschläge fortgestoßen, den Fluß hinauf; sie erinnerten an die Nähe des Meeres, an ferne Völkerschaften, berühmte Orte und an Dinge, die ihrer Seltenheit wegen begehrenswert erschienen. Immer noch ritten die Freunde das Ufer entlang stromabwärts, bis sie an einen See kamen; er war klar und tief und lag bewegungslos da; ein alter Palmbaum beherrschte das Bild. Sich am

Fuße des Baumes zur Linken wendend, klatschte Malluch in die Hände und rief:

„Sieh, sieh! Der Palmenhain!"

Ein ähnlich herrlicher Anblick wie hier findet sich sonst nirgends unter den schönsten Oasen Arabiens oder den ptolemäischen Landgütern am Nil. Das Erstaunen Ben Hurs über das Bild, das sich ihm zeigte, wuchs noch, als er dann eine Fläche betrat, die ohne Grenzen schien und eben wie ein Fußboden war. Unter seinen Füßen breitete sich frisches Gras, das seltenste und schönste Bodenerzeugnis in Syrien, wie ein endloser Teppich aus; blickte er aufwärts, so sah er durch das Laubwerk zahlloser Dattelpalmen den blaßblauen Himmel. Unberechenbar alt, von mächtigem Umfange, hochgewachsen und mit breiter Blattkrone standen diese Bäume wie Patriarchen ihrer Art dicht gedrängt nebeneinander. Hier das grüne Gras, das selbst der Atmosphäre Färbung verlieh, dort der kühle, klare See, der sich nur wenige Fuß tief kräuselte und den Bäumen zu ihrem hohen Alter verhalf: konnte der Hain Daphnes schöner sein als dieser? Wie wenn die Palmen Ben Hurs Gedanken errieten und ihn auf ihre eigene Art für sich gewinnen wollten, schienen sie sich zu bewegen und ihm tauige Kühle zuzuwehen, als er unter ihrem Blättergewölbe hinschritt. Dann wandte er sich wieder an seinen Begleiter.

„Als ich heute, guter Malluch, auf der Rennbahn den Scheik Ilderim zum ersten Mal sah, schien er mir durchaus kein außergewöhnlicher Mann zu sein. Die Rabbiner Jerusalems würden, fürchte ich, auf ihn als einen Sohn des gehaßten Edom mit Verachtung blicken. Wie kam er in den Besitz des Haines? Und wie vermochte er ihn gegen die Habgier römischer Statthalter zu behaupten?"

„Wenn der Adel eines Geschlechtes durch das Alter bedingt ist, dann, Sohn des Arrius, ist Ilderim ein Mann von hohem Adel, obschon er ein unbeschnittener Edomite ist." Malluch hatte diese Worte mit Wärme gesprochen.

„Alle seine Vorfahren waren Scheiks. Einer von ihnen rettete einst einen König, den eine Schar bewaffneter Feinde verfolgte. Er stellte ihm, wie erzählt wird, tausend Reiter zur Verfügung, die die Pfade und Verstecke der Wildnis kannten, wie eben Hirten die kahlen Anhöhen kennen, die sie mit ihren Herden bewohnen. Diese führten ihn von Ort zu Ort, bis sich eine günstige Gelegenheit bot, die Feinde zu überfallen; sie erschlugen dieselben und setzten den König wieder auf seinen Thron. Und der König, sagt man, vergalt den ihm erwiesenen Dienst, brachte den Sohn der Wüste hierher und lud ihn ein, hier sein Zelt aufzuschlagen und mit seiner Familie und seinen Herden sich niederzulassen; der See und die Bäume und alles Land vom Flusse bis zu den nächsten Bergen seien sein und seiner Kinder Eigentum für immer. Und sie wurden in ihrem Besitze niemals gestört. Die nachfolgenden Herrscher hielten es für klug, mit dem Stamme gute Beziehungen zu pflegen. Der Herr gab dem Stamme Wachstum, vermehrte seine Pferde, Kamele und Reichtümer und machte seine

Männer zu Herren mehr als einer Straße zwischen den Städten, so daß es in ihrem Belieben steht, jederzeit den Kaufleuten zuzurufen: Ziehet in Frieden! oder: Halt, nicht weiter! Und was sie sagen, geschieht. Sogar der Präfekt in der Zitadelle, die Antiochien beherrscht, preist den Tag glücklich, an welchem Ilderim, der wegen seiner vielfach bewiesenen Hochherzigkeit der Gütige genannt wird, mit seinen Frauen und Kindern, Pferden und Kamelen und dem ganzen großen Gefolge eines Scheiks nach der Weise unserer Väter Abraham und Jakob auszieht und heraufkommt, um seine freudlose Einsamkeit auf kurze Zeit mit den Annehmlichkeiten zu vertauschen, die uns hier umgeben."

„Wie ist es denn möglich? Ich sah doch den Scheik an seinem Barte zerren, während er sich selbst verwünschte, daß er einem Römer sein Vertrauen geschenkt habe. Hätte ihn der Kaiser gehört, so würde er wohl gesagt haben: ‚Einen solchen Freund liebe ich nicht, fort mit ihm!'"fragte Ben Hur.

„Das wäre zutreffend", entgegnete Malluch lächelnd. „Ilderim ist kein Freund Roms; er hat allen Grund, Klage zu führen. Vor drei Jahren erschienen die Parther und überfielen eine Karawane, welche unter anderem die in einem angrenzenden Bezirke eingehobenen Steuern mit sich führte. Sie machten jeden nieder, der in ihre Hände fiel; doch hätten dies die Beamten in Rom nachgesehen, wenn nur der kaiserliche Schatz geschont und abgeliefert worden wäre. Die Pächter der Steuern, die für den Verlust verantwortlich waren, führten Klage beim Kaiser. Der Kaiser hielt Herodes zur Zahlung an; dieser wiederum beschlagnahmte einen Teil von Ilderims Eigentum, den er der verräterischen Vernachlässigung seiner Pflicht beschuldigte. Der Scheik appellierte an den Kaiser und dieser gab ihm eine Antwort, wie sie etwa von der Sphinx erwartet werden konnte. Seit dieser Zeit nährt der Greis bitteren Groll in seinem Herzen und wartet auf eine Gelegenheit zur Befriedigung seiner Rache."

„Er kann nichts tun, Malluch."

„Doch", entgegnete Malluch. „Aber sieh, des Scheiks Gastfreundschaft beginnt zeitig! Die Kinder reden dich an."

Die Kamele hielten, und Ben Hur blickte auf einige kleine Mädchen in der Tracht des syrischen Landvolkes herab, die ihm ihre mit Datteln gefüllten Körbchen entgegenhielten. Die Früchte waren frisch gepflückt und konnten nicht zurückgewiesen werden. Er beugte sich hinab und nahm davon; da rief ein Mann von dem Baume, unter dem sie hielten: „Friede sei mit euch! Willkommen!"

Die Freunde dankten den Kindern und ließen die Tiere weiterschreiten, ohne sie indes zur Eile anzutreiben.

„Du mußt wissen", fuhr Malluch fort, dann und wann sich unterbrechend, um eine Dattel zu essen, „daß der Handelsherr Simonides mir sein Vertrauen schenkt und mich bisweilen sogar zu Rate zieht; und da ich ihn zu Hause bediene, wurde ich mit vielen seiner Freunde bekannt, die, meine Stellung im Hause kennend, in meiner Gegenwart offen mit ihm sprechen. Auf diese Weise wurde ich mit Scheik Ilderim einigermaßen befreundet."

Für einige Augenblicke wurde Ben Hurs Aufmerksamkeit abgelenkt. Das reine, zarte, flehende Bild Esthers, der Tochter des Kaufmannes, trat ihm lebhaft vor die Seele. Ihre dunklen Augen mit dem eigentümlichen jüdischen Glanze trafen die seinen mit bescheidenem Blicke. Es war ihm, als hörte er ihren Schritt, wie sie sich ihm mit dem Weine nahte, und ihre Stimme, wie sie ihm den Becher anbot; und dankbar empfand er es aufs neue, welches Mitgefühl sie ihm bezeigt hatte, und zwar so deutlich, daß es keiner Worte bedurfte, und so hold und mild, daß Worte es nur abgeschwächt hätten. Das Bild verschwand jedoch, als Malluch wieder begann:

„Vor einigen Wochen", fuhr er fort, „besuchte der greise Araber Simonides und traf auch mich. Ich bemerkte, daß er heftig erregt war, und wollte mich rücksichtsvoll entfernen; er ließ es aber nicht zu. Da du ein Israelite bist, sagte er, so bleibe, denn ich habe eine sonderbare Geschichte zu erzählen. Der Nachdruck, den er auf das Wort Israelite legte, machte mich neugierig. Ich blieb. Der Inhalt seiner Geschichte – ich kürze sie ab, weil wir uns dem Zelte nähern und ich es dem guten Manne selbst überlassen kann, die Einzelheiten zu erzählen – ist folgender: Vor ziemlich vielen Jahren erschienen drei Männer vor Ilderims Zelt draußen in der Wüste. Sie waren Fremde, ein Inder, ein Grieche und ein Ägypter; und sie waren auf Kamelen gekommen, den größten, die er je gesehen hatte, und alle ganz weiß. Er bewillkommte sie und ließ sie ausruhen. Am nächsten Morgen standen sie auf und verrichteten ein Gebet, das dem Scheik ganz neu war – ein Gebet zu Gott und seinem Sohne – und sie sprachen geheimnisvolle Worte. Nachdem sie mit ihm gegessen hatten, erzählte der Ägypter, wer sie seien und woher sie gekommen waren. Ein jeder von ihnen hatte einen Stern gesehen, und eine Stimme aus dem Sterne hatte ihnen aufgetragen, nach Jerusalem zu gehen und zu fragen: Wo ist der neugeborene König der Juden? Sie gehorchten. Von Jerusalem hatte sie der Stern nach Bethlehem geführt, wo sie in einer Höhle ein neugeborenes Kind fanden, vor dem sie anbetend in die Knie sanken. Nachdem sie ihre kostbaren Geschenke dargebracht und so für seine Würde Zeugnis abgelegt hatten, bestiegen sie wieder ihre Kamele und flohen ohne Unterbrechung zum Scheik, da Herodes sie sicherlich getötet hätte, wenn es ihm gelungen wäre, sie in seine Gewalt zu bringen. Seiner Gewohnheit treu, nahm sie der Scheik gastlich auf und hielt sie ein Jahr lang verborgen; dann reisten sie, wertvolle Geschenke zurücklassend, wieder ab."

„Das ist in der Tat eine höchst sonderbare Geschichte", rief Ben Hur nach dieser Erzählung aus. „Wie sagtest du, sollten sie in Jerusalem fragen?"

„Sie sollten fragen: Wo ist der neugeborene König der Juden?"

„War das alles?"

„Es war noch mehr, aber ich kann mich nicht mehr entsinnen."

„Und sie fanden das Kind?"
„Ja, und sie beteten es an."
„Es ist ein Wunder, Malluch!"
„Ilderim ist ein ernster Mann, obgleich leicht erregbar wie alle Araber. Eine Lüge auf seiner Zunge ist undenkbar." Malluch sprach im Ton der Überzeugung. Im Eifer des Gespräches hatte man nicht auf die Kamele geachtet, die vom Wege abgewichen waren, um das frische Gras zu fressen.
„Weiß Ilderim nicht mehr über die drei Männer?" fragte Ben Hur. „Was wurde aus ihnen?"
„Ja, das eben war die Ursache seines Besuches bei Simonides an dem Tage, von dem ich soeben sprach. Am Abend vor jenem Tage war der Ägypter wieder bei ihm erschienen."
„Wo?"
„Hier, am Eingang des Zeltes, zu dem wir auf dem Wege sind."
„Wie erkannte er den Mann?"
„An seinen Zügen und an seinem ganzen Wesen."
„An sonst nichts?"
„Er ritt dasselbe große weiße Kamel und gab denselben Namen an – Balthasar, der Ägypter."
„Es ist ein Wunder des Herrn!" Ben Hur war tief bewegt.
Verwundert fragte Malluch: „Weshalb ein Wunder?"
„Balthasar, sagtest du?"
„Ja, Balthasar, der Ägypter."
„Das war der Name, den der fremde Greis uns heute an der Quelle angab."
Bei dieser Erinnerung wurde auch Malluch erregt. „Es ist wahr", sagte er; „und das Kamel war dasselbe – und du hast dem Manne das Leben gerettet!"
„Und die Jungfrau", sagte Ben Hur gleichsam zu sich selbst, „war seine Tochter." Er wurde nachdenklich. Er schaute im Geiste wieder das Bild des Mädchens, und es erschien ihm noch lieblicher als das Esthers; doch nein – „Sag mir nochmals", begann er wieder, „sollten die drei Männer fragen: Wo ist der geboren, der König der Juden werden soll?"
„Der neugeborene König der Juden. Dies waren die Worte, wie sie der greise Scheik zuerst in der Wüste gehört hatte, und seitdem erwartet er immer die Ankunft des Königs; und niemand kann in ihm den Glauben erschüttern, daß er erscheinen werde."
„Wie? Als König?"
„Ja, und das Schicksal Roms besiegelnd – so sagt der Scheik."
Ben Hur schwieg eine Weile, in Gedanken versunken und bemüht, seiner Gefühle Herr zu werden. „Der alte Mann ist einer aus vielen Millionen", sagte er nachdenklich, „von denen ein jeder ein erlittenes Unrecht zu rächen hat; und dieser sonderbare Glaube, Malluch, ist die beste Nahrung für seine Hoffnung, denn wer anders als Herodes kann König der Juden sein, solange Roms Herrschaft dauert? Doch

erzähle weiter! Hast du gehört, was Simonides daraufhin zu ihm sagte?"

„Wenn Ilderim ein ernster Mann ist, so ist Simonides ein weiser", erwiderte Malluch. „Ich hörte aufmerksam zu und er sprach - doch horch! Es holt uns jemand ein."

Das Geräusch wurde lauter. Bald konnten sie das Rollen von Rädern und den Hufschlag von Pferden unterscheiden. Einen Augenblick später erschien Scheik Ilderim zu Pferde, gefolgt von seinen Dienern und vier rotbraunen Araberpferden, die den Wagen zogen. Der Scheik hielt den vom langen weißen Barte umwallten Kopf tief auf die Brust gesenkt. Als er die Reiter erblickte, hob er den Kopf und sprach in freundlichem Tone:

„Der Friede sei mit euch! - Ah, mein Freund Malluch! Willkommen! Und sage, daß du nicht gehst, sondern erst kommst und daß du mir Nachricht bringst vom guten Simonides - möge der Gott seiner Väter ihn noch viele Jahre am Leben erhalten! Nehmt die Zügel und folget mir beide! Ich habe Brot und Milch oder, wenn ihr dieses vorzieht, Reisbranntwein und zartes Fleisch von jungen Antilopen. Kommt!"

Sie folgten ihm zum Zelte. Nachdem sie abgestiegen waren, hieß sie der Scheik, im Eingange stehend, nochmals willkommen und bot ihnen Becher mit einem süßen Getränke an, das er einer großen, rauchgeschwärzten Lederflasche, die am Mittelpfosten hing, entnommen hatte. „Trinket", sprach er herzlich; „trinket, das ist der Labetrunk der Zeltbewohner."

Sie nahmen jeder einen Becher und leerten ihn bis auf die Neige.

„Und tretet ein in Gottes Namen!"

Als sie im Zelte waren, nahm Malluch den Scheik beiseite und redete leise mit ihm. Dann trat er zu Ben Hur und entschuldigte sich. „Ich habe mit dem Scheik", sagte er, „in deiner Angelegenheit gesprochen. Er wird dir morgen seine Pferde zur Verfügung stellen, damit du dich mit ihnen versuchen kannst. Er ist dein Freund. Nachdem ich für dich alles getan habe, was in meinen Kräften steht, mußt du das übrige tun und mir nur gestatten, nach Antiochien zurückzukehren. Ich habe dort jemandem versprochen, ihn heute abend zu treffen. Morgen komme ich wieder und werde an deiner Seite bleiben, bis die Rennen vorüber sind."

Nachdem sie sich unter Segenswünschen verabschiedet hatten, trat Malluch den Rückweg an.

XV.

Hinter dem festungsartigen Gebäude auf dem Berge Sulpius kam eben der Mond herauf. Die Einwohner Antiochiens weilten auf ihren Hausdächern und erfrischten sich im Nachtwind, wenn derselbe wehte, oder fächelten sich selbst Kühlung zu, wenn der Luftzug ausblieb. Auch Simonides saß in seinem Lehnstuhl und blickte von der Terrasse über den Fluß und seine Schiffe hin, die dort vor Anker liegend schaukelten. Die Mauer in seinem Rücken warf einen breiten Schatten über das Wasser bis zum jenseitigen Ufer. Von der Brücke über ihm tönte der Lärm vieler Schritte an sein Ohr. Vor ihm stand Esther, eine Platte mit dem Abendessen haltend.

„Malluch verspätet sich heute", sagte er und verriet dadurch, wo seine Gedanken weilten.

„Glaubst du, daß er noch kommen wird? fragte Esther.

„Wenn er sich nicht auf das Meer oder in die Wüste begeben hat, wird er kommen." Simonides sprach im Tone ruhiger Zuversicht.

„Vielleicht schreibt er", bemerkte seine Tochter.

„Nein, Esther! Wenn er erkannt hätte, daß er nicht kommen könne, hätte er geschrieben; weil ich keinen solchen Brief erhielt, weiß ich, daß er kommen kann und kommen wird."

„Ich hoffe es", sagte sie leise. Es lag etwas in ihren Worten, das seine Aufmerksamkeit erregte, mochte es nun der Klang der Stimme oder auch der geäußerte Wunsch selbst sein.

„Du wünschest, Esther, daß er komme?" fragte er.

„Ja!" antwortete sie, ihre Augen zu den seinigen erhebend.

„Warum? Kannst du mir den Grund sagen?" drang er in sie.

„Weil . . ." Sie zögerte, dann begann sie wieder: „Weil der junge Mann –" Sie beendete den Satz nicht.

„Unser Herr ist – ist das das Wort?"

„Ja!"

„Und du meinst noch immer, ich solle ihn nicht fortgehen lassen, ohne ihm zu sagen, er möge kommen, wenn es ihm gefalle, und uns alles, was wir haben, nehmen?"

Sie antwortete nicht.

„Läßt dies dich unberührt?" fragte er mit einem leisen Anflug von Bitterkeit. „Nun, nun, Esther, die Erfahrung lehrt mich, daß die härteste Wirklichkeit niemals unerträglich ist, wenn sie aus den Wolken, durch die wir sie zuerst dunkel erblickten, hervorgetreten ist, selbst die Folter nicht. Ich hoffe, es wird auch mit dem Tode so sein. Von solchen Anschaungen geleitet, kann selbst die Dienstbarkeit, in welche wir uns begeben, nach einer Weile süß werden. Es bereitet mir ein Vergnügen, jetzt daran zu denken. Welch ein Glückskind ist unser Herr! Sein Vermögen kostet ihn nichts – keine Sorge, keinen Tropfen

Schweiß, nicht einen Gedanken! Es fällt ihm ganz unerwartet in der Blüte der Jugend in den Schoß. Und, Esther – laß mich ein wenig Eitelkeit bei dem Gedanken fühlen – er erhält, was er mit seinem ganzen Reichtum auf keinem Markte kaufen könnte – dich, mein Kind, meinen Liebling, dich, die Blüte vom Grabe meiner verlorenen Rachel!" Er zog sie an sich und küßte sie zweimal. Der eine Kuß galt ihr selbst, der andere ihrer Mutter.

„Sprich nicht so", bat sie, während seine Hände sich von ihrem Nacken lösten. „Denken wir besser von ihm; er weiß, was Sorge ist, und wird uns freilassen."

„Du hast ein feines Gefühl, Esther, und ich richte mich danach in zweifelhaften Fällen, wie du weißt, wenn es gilt, ein richtiges Urteil über den Charakter eines Menschen zu bilden, der vor mir steht, wie jener heute morgen. Aber, aber" – seine Stimme hob sich und klang hart – „diese Glieder, die meinen Körper nicht mehr tragen, dieser zur Unförmlichkeit verzerrte und zerschlagene Leib ist nicht alles, was ich ihm bringe. O nein, nein! Ich bringe ihm eine Seele, die über Folter und römische Bosheit, die noch schlimmer ist als jede Folter, gesiegt hat; ich bringe ihm einen Geist, der Augen hat, Gold auf weitere Entfernungen zu sehen, als einst Salomons Schiffe segelten, und der die Macht hat, es herbeizuschaffen, Esther, ja es hier in meine Hand zu legen, daß es meine Finger greifen und festhalten und es nicht auf das Wort irgendeines Menschen Flügel bekomme; ich bringe ihm einen Geist der es versteht, Pläne zu entwerfen" – er hielt inne und lachte –, „ja, Esther, ehe der neue Mond, den sie in diesem Augenblick in den Hallen des Tempels auf dem heiligen Berge feiern, in sein nächstes Viertel tritt, könnte ich die Welt erschüttern, daß selbst der Kaiser von seinem Throne erschreckt auffahren würde. Denn wisse, mein Kind, ich besitze jene Fähigkeit, die besser ist als irgendeiner der Sinne, besser als ein gesunder Leib, besser als Mut und Willenskraft, besser als Erfahrung, diese sonst beste Frucht eines langen Lebens, die bewunderungswürdige Fähigkeit des Menschen, die zwar" – wieder hielt er inne und lachte, nicht bitter, sondern mit wirklichem Behagen –, „die zwar selbst die Großen der Welt nicht gebührend würdigen, während sie der gewöhnlichen Menge ganz unbekannt ist: die Fähigkeit, die Menschen meinem Willen dienstbar zu machen. Dadurch vervielfältige ich mich selbst für meine Unternehmungen in die Hunderte und Tausende. So durchfahren die Kapitäne meiner Schiffe die Meere und bringen mir ehrlichen Gewinn; so folgt Malluch dem Jüngling, unserm Herrn, und wird" – in diesem Augenblick hörte man auf der Terrasse Fußtritte – „ha, Esther, habe ich es nicht gesagt? Er ist da – und wir werden Nachrichten erhalten. Um deinetwillen, süßes Kind, meine eben aufgeblühte Lilie, bitte ich Gott den Herrn, der die irrenden Schafe Israels nicht vergessen hat, daß sie gut und tröstlich seien. Jetzt werden wir erfahren ob er dich mit all deiner Schönheit und mich mit all meinen Fähigkeiten freilassen wird."

Malluch trat zu dem Lehnstuhl. „Friede sei mit dir, guter Herr", sagte er mit einer tiefen Verbeugung, „und mit dir, Esther, du beste aller Töchter!" Er stand ehrerbietig vor ihnen. Haltung und Worte ließen sein Verhältnis zu ihnen schwer bestimmen; die eine war die eines Dieners, die andere offenbarte den Vertrauten und Freund.

Simonides kam nach Erwiderung des Grußes sofort zur Sache. „Was weißt du von dem jungen Manne, Malluch?"

Ruhig und mit einfachen Worten erzählte Malluch die Ereignisse des Tages. Sein Zuhörer im Lehnstuhl unterbrach die Erzählung nicht und bewegte sich nicht. Hätten nicht seine weitgeöffneten, glänzenden Augen und ein gelegentliches tiefes Atemholen Leben verraten, hätte man ihn für eine Bildsäule halten können.

„Dank, Dank, Malluch", sprach er zum Schlusse der Erzählung in herzlichem Tone. „Du hast richtig gehandelt; niemand hätte es besser machen können. Nun, was sagst du über die Nationalität des jungen Mannes?"

„Er ist ein Israelite, guter Herr, und zwar aus dem Stamme Juda."

„Bist du dessen sicher?"

„Ganz sicher!"

„Er scheint dir nur wenig aus seinem Leben erzählt zu haben?"

„Er hat gelernt, vorsichtig zu sein. Ich möchte ihn mißtrauisch nennen. Alle meine Versuche, sein Vertrauen zu gewinnen, blieben vergeblich, bis wir von der Quelle Castalia aufbrachen, um nach dem Dorfe Daphne zu gehn."

„Eine Stätte des Greuels! Warum ging er dahin?"

„Ich möchte sagen, aus Neugier, dem Beweggrund, der die meisten hinführt; aber er schenkte den Dingen, die er dort sah, keine Aufmerksamkeit. Er fragte nur, ob der Tempel griechisch sei. Guter Herr, der junge Mann hat ein Seelenleid, das er verbergen möchte, und er suchte, glaube ich, den Hain auf, wie wir mit unsern Toten zur Begräbnisstätte gehn – er ging hin, um seinen Schmerz zu begraben."

„Gut, wenn dem so wäre", sagte Simonides leise; dann fuhr er lauter fort: „Malluch, der Fluch unserer Zeit ist die Verschwendungssucht. Die Armen machen sich ärmer, indem sie die Reichen nachäffen, und die bloß Reichen leben wie die Fürsten. Sahst du beim Jüngling Anzeichen dieser Schwäche? Ließ er Geld sehen – römische oder jüdische Münze?"

„Nein, guter Herr, nein!"

„Aber, Malluch, wo es so viele Verlockungen zur Torheit gibt – ich meine so viel zu essen und zu trinken –, hat er dir sicher irgendein großmütiges Anerbieten gemacht? Schon seine Jugend würde es erwarten lassen."

„Er nahm in meiner Gesellschaft weder Speise noch Trank zu sich."

„Konntest du aus dem, was er sprach und tat, in irgendeiner Weise den Grundgedanken seines Handelns entdecken? Du weißt, man kann diesen im Ungang mit Menschen nicht selten durch einen engen Spalt durchschimmern sehen."

„Wie soll ich dich verstehen?" fragte Malluch zweifelnd.

„Nun, du weißt, daß wir nichts tun und reden und noch weniger wichtige Fragen entscheiden, ohne uns durch einen Beweggrund leiten zu lassen. Was hast du in dieser Hinsicht an ihm beobachtet?"

„Darüber kann ich dir, guter Simonides, eine bestimmte Antwort geben. Seine Hauptsorge ist, seine Mutter und Schwester zu finden. Zudem trägt er einen tiefen Groll gegen Rom in seinem Herzen, und da Messala, von dem ich dir erzählte, an dem ihm zugefügten Unrecht in irgendeiner Weise beteiligt ist, so ist sein erstes großes Ziel, ihn zu demütigen. Das Zusammentreffen an der Quelle bot ihm dazu eine gute Gelegenheit; er ließ sie jedoch vorübergehen, weil sie ihm nicht öffentlich genug war."

„Messala ist einflußreich", sagte Simonides nachdenklich.

„Ja; doch das nächste Zusammentreffen wird im Zirkus stattfinden."

„Nun - und?"

„Der Sohn des Arrius wird siegen!"

„Woher weißt du das?"

Malluch lächelte. „Ich urteile nach seinen Worten."

„Ist das alles?"

„Nein, ich habe noch eine bessere Bürgschaft - seinen Mut."

„Gut; aber, Malluch, sein Rachgedanke - wie weit geht er? Beschränkt er ihn auf die wenigen, die ihm das Unrecht zugefügt haben, oder dehnt er ihn auf die Gesamtheit aus? Und ist sein Gefühl nur die Grille eines empfindsamen Knaben oder hat es die Reife duldender Männlichkeit, um Bestand zu haben? Du weißt, Malluch, der Rachegedanke, der bloß im Gefühl seine Wurzeln hat, gleicht nur einem flüchtigen Traum, den das Tageslicht verscheucht, während die Rache, zur Leidenschaft geworden, eine Krankheit des Herzens ist, die Seele und Gehirn erfaßt." Hier verriet Simonides zum ersten Male, daß er auch Gefühle habe, er sprach rasch, mit geballten Händen und mit dem Eifer eines Mannes, der die Krankheit, die er beschreibt, zugleich veranschaulicht.

„Mein guter Gebieter", erwiderte Malluch, „einer der Gründe, die mich in dem jungen Manne einen Juden erkennen lassen, ist eben die Stärke seines Hasses. Es war mir klar, daß er sich Selbstbeherrschung auferlegte, wie es natürlich ist, da er so lange in der Umgebung mißtrauischer Römer lebte; dennoch sah ich seinen Haß auflodern: einmal, da er sich über Ilderims Gesinnung gegen Rom erkundigte, und als ich ihm die Geschichte des Scheiks und jene des Weisen erzählte und von der Frage sprach: ‚Wo ist der neugeborene König der Juden?'"

Simonides beugte sich in gespannter Erwartung nach vorne. „Seine Antwort, Malluch? Berichte mir seine Worte ausführlich, damit ich ersehe, welchen Eindruck das Geheimnis auf ihn machte."

„Er verlangte den genauen Wortlaut zu wissen, ob es hieß: ‚Der König werden soll', oder: ‚Der neugeborene König'. Es schien, als ob er einen erheblichen Unterschied in der Bedeutung der beiden Ausdrucksweisen fände."

Simonides sank wieder in die Stellung eines aufmerksamen Zuhörers zurück.

„Dann", fuhr Malluch fort, „teilte ich ihm Ilderims Ansicht über das Geheimnis mit: daß die Ankunft des Königs das Schicksal Roms besiegeln werde. Dem jungen Manne stieg das Blut in die Wangen und er sagte ernst: „„Wer anders als ein Herodes kann König sein, solange Roms Herrschaft dauert?""

„Was meinte er damit?"

„Daß das Kaiserreich zerstört werden müßte, ehe eine andere Regierung möglich sei."

Simonides blickte eine Weile auf die Schiffe, die sich im Mondschein langsam auf dem Flusse schaukelten. Als er wieder aufsah, brach er die Unterredung ab. „Gut, Malluch", sagte er, „nimm einen Imbiß und mache dich bereit, nach dem Palmenhain zurückzukehren; du mußt dem jungen Manne in seinem Unternehmen beistehen. Morgen früh will ich dir ein Schreiben an Ilderim mitgeben." Dann fügte er halblaut, wie mit sich selbst sprechend, hinzu: „Ich könnte selbst den Zirkus besuchen."

Als sich Malluch unter den üblichen gegenseitigen Segenswünschen entfernt hatte, nahm Simonides einen kräftigen Schluck Milch und schien erfrischt und zufriedenen Gemütes. „Nimm die Platte weg, Esther", sprach er; „das Mahl ist vorüber." – Sie gehorchte. „Komm hieher!" Sie nahm wieder ihren Platz ein.

„Gott ist gütig gegen mich, sehr gütig", sagte er innig. „Für gewöhnlich ist sein Walten geheimnisvoll, doch bisweilen gestattet er uns, zu glauben, wir sähen und verständen ihn. Ich bin alt, teures Kind, und muß bald von der Erde scheiden. Aber jetzt, in dieser elften Stunde, da meine Hoffnung zu ersterben begann, sendet er mir einen verheißungsvollen Lichtstrahl, und ich bin wieder aufgerichtet. Ich sehe meinen Weg zu einem großen Teil in einem Umstande, der an sich selbst so groß ist, daß er wie eine Wiedergeburt der ganzen Welt erscheint. Und ich sehe den Grund, warum mir dieser Reichtum zuteil wurde, und den Zweck, für den er bestimmt ist. Wahrlich, mein Kind, das Leben gewinnt aufs neue Wert für mich. Der König ist geboren", fuhr er unbeirrt fort, „und muß nahe in der Mitte des gewöhnlichen Lebens stehen. Balthasar sagte, er sei ein Kind auf dem Mutterschoß gewesen, als er ihn sah, ihm Geschenke brachte und ihn anbetete: und Ilderim ist der Meinung, es seien im vergangenen Dezember siebenundzwanzig Jahre gewesen, daß Balthasar und seine Gefährten zu seinem Zelte kamen, um vor Herodes Schutz zu suchen. Daher kann das Erscheinen des Königs nicht mehr lange auf sich warten lassen. Heute nacht, morgen kann er kommen. Heilige Väter Israels, welch eine Glückseligkeit liegt in diesem Gedanken! Es ist mir, als hörte ich bereits den krachenden Zusammensturz der Mauern und den Aufruhr, den die Welterneuerung im Gefolge haben wird. Ja, zur unbeschreiblichen Freude der Menschheit öffnet sich die Erde, um Rom zu verschlingen; die Völker erheben das Haupt, frohlocken und singen: Rom ist nicht mehr, aber wir sind!" Er lachte in sich hinein: „Nun, Esther, hast du dergleichen je gehört? Ich fühle in mir die leidenschaftliche Glut eines Sängers, Miriams und Davids Feuer der Begeisterung. In meinen Gedanken, die sich nur um trockene Zahlen und Geschäfte drehen sollten, klingt es wirr von tönenden Zimbeln, rauschenden Harfen und jubelnden Stimmen einer einen neuerrichteten Thron umdrängenden Menge. Ich will meinen Gedanken nicht länger freien Lauf lassen: Doch, teures Kind, wenn der König kommt, wird er Geld und Männer benötigen; denn da er als Kind von einer menschlichen Mutter geboren wurde, wird er auch als Mensch erscheinen und menschlicher Mittel bedürfen wie du und ich. Siehst du den Weg für uns beide, den Jüngling, unsern Gebieter, und mich, den wir zu gehen haben? Er führt uns beide zu Ruhm und Rache, und – und –" er hielt betroffen inne, dann fügte er, sie küssend, hinzu: „und das Kind deiner Mutter zum Glück."

Sie schwieg noch immer. Da erinnerte er sich der menschlichen Naturen und daß nicht alle Menschen an denselben Dingen Freude empfinden; er erinnerte sich, daß seine Tochter ein Mädchen war. „Woran denkst du, Esther?" fragte er. „Haben deine Gedanken die Form eines Wunsches, so sprich ihn aus, meine Kleine, solange mir noch die Macht bleibt, ihn zu erfüllen. Denn die Macht ist, wie du weißt, ein gar scheues Ding und hat die Flügel stets zur Flucht ausgebreitet."

Sie antwortete mit fast kindlicher Unbefangenheit: „Sende nach ihm, Vater! Sende noch heute nach ihm und laß ihn nicht in den Zirkus!"

„Ah!" rief er gedehnt, und wiederum fielen seine Blicke auf den Fluß, wo die Schatten sich immer mehr verdunkelten, da der Mond hinter den Sulpius hinabgesunken war und nur mehr das schwache Licht der Sterne über der Stadt leuchtete. Er fühlte den Stachel der Eifersucht. Liebte sie wirklich den jungen Herrn? Nein, es konnte nicht sein, sie war zu jung! Allein der Gedanke kam wieder und ließ sich nicht abwehren. Sie war sechzehn Jahre alt; er wußte es wohl. An ihrem letzten Geburtstag war er mit ihr zur Schiffswerft gegangen, wo ein Schiff vom Stapel gelassen wurde, und auf dem gelben Wimpel, den das Schiff zu seiner Vermählung mit den Wellen trug, stand das Wort „Esther"; so hatten sie den Tag zusammen gefeiert. Und nun, – nicht genug, daß sie als Leibeigene in ihr reiferes Alter treten sollte, sie mußte ihrem Herrn ihre Gefühle weihen, die bisher ihm allein ungeteilt zugewendet waren. Er zwang sich zur Selbstbeherrschung und fragte ruhig: „Ihn nicht in den Zirkus lassen? Warum, mein Kind?"

„Der Zirkus ist kein Ort für einen Sohn Israels, Vater!"

„Rabbinerlehre, Esther, Rabbinerlehre! Ist das alles?" Der Ton der Frage war forschend und ging ihr ins Herz, das laut zu hämmern begann – so laut, daß sie nicht antworten konnte. Eine ihr ganz neue, sonderbar beseligende Verwirrung kam über sie.

„Der junge Mann soll das Vermögen erhalten", sagte, noch zärtlicher im Tone, ihr Vater, ihre Hand ergreifend, „die Schiffe und das Geld, alles soll er erhalten, Esther, alles. Trotzdem fühlte ich mich nicht arm, denn du bliebest mir und deine Liebe, die der Liebe meiner verstorbenen Rachel so ähnlich ist. Sag' mir, soll er auch diese erhalten?" Sie beugte sich über ihn und lehnte ihre Wange an sein Haupt. „Sprich, Esther! Ich werde stark sein, wenn ich die Wahrheit weiß. In der Erkenntnis liegt Kraft!"

Sie richtete sich auf und sprach im Tone innerster Wahrheit: „Tröste dich, Vater, ich werde dich nie verlassen, ob ich ihn auch liebe, ich werde stets, wie bisher, deine Dienerin bleiben." Sie beugte sich herab und küßte ihn. „Und ferner", fuhr sie fort, „sein Äußeres ist einnehmend und der Klang seiner Stimme zog mich zu ihm hin; ich schaudere bei dem Gedanken, daß er in Gefahr ist. Vater, es würde mir Freude bereiten, ihn wiederzusehen. Indes kann eine unerwiderte Liebe niemals vollkommene Liebe sein; ich will also eine Zeitlang zuwarten, dessen eingedenk, daß ich deine und meiner Mutter Tochter bin."

„Ein wahrer Himmelssegen bist du, Esther, ein Segen, der mich reich macht, sollte ich auch alles andere verlieren! Und bei Gottes heiligem Namen und beim ewigen Leben schwöre ich es, es soll dir nie ein Leid widerfahren!"

Auf seinen Befehl kam später der Diener und rollte den Stuhl in das Zimmer zurück. Dort saß er noch einige Zeit und gedachte des kommenden Königs, während Esther, die sich bald zurückgezogen hatte, bereits den Schlaf der Unschuld schlief.

XVI.

Der Palast jenseits des Flusses, und dem Hause des Simonides beinahe gegenüber, soll durch den berühmten Epiphanes vollendet worden sein. Er war mit allem ausgestattet, was man in einem solchen Palaste nur suchen kann, mochte auch der Geschmack seines Erbauers mehr dem Kolossalen als dem zuneigen, was man heutzutage den klassischen Stil nennt. Die Mauer, welche die ganze Insel den Uferrand entlang umschloß und als Schutzwehr gegen die Macht des Wassers und gegen die Angriffe einer gewalttätigen Menge gebaut war, machte den Palast für die dauernde Bewohnung ungeeignet; deshalb hatten ihn die Legaten aufgegeben und eine andere Residenz am Westabhang des Sulpius bezogen. Es fehlte indes nicht an Leuten, welche den gegen die alten Legatensitze erhobenen Vorwurf rundweg leugneten. Sie behaupteten, der wirkliche Grund des Umzuges sei nicht so sehr das Bedürfnis einer gesünderen Wohnung, als vielmehr die größere Sicherheit gewesen, welche die großen Kasematten am Osthange des Berges gewährten. Diese Vermutung hatte manches für sich. So wurde behauptet, daß der Palast fortwährend zum Gebrauche bereitgehalten werde; und wenn ein Konsul, Feldherr, König oder irgendein Machthaber zu Besuche nach Antiochien kam, wurde ihm auf der Insel eine Wohnung angewiesen. – In einem der vielen Gemächer dieses Baues befanden sich nun um die Tische, teils sitzend oder stehend, teils ruhelos von einem zum anderen wandelnd, ungefähr hundert Personen. Alle waren jung, einige von ihnen fast noch Knaben. Sie waren offenbar aus Italien und größtenteils Römer. Alle sprachen ein reines Latein und jeder trug eine Tunika mit kurzen Ärmeln und Schößen, eine Bekleidungsart, die dem Klima Antiochiens sehr angemessen und besonders in der schwülen Atmosphäre des Salons bequem erschien. Auf dem Diwan lagen, da und dort hingeworfen, Togen und Oberkleider, einige von ihnen mit Purpurverbrämung. Auch Schläfer lagen, bequem ausgestreckt, auf dem Diwan, von der Hitze und Anstrengung des schwülen Tages oder vom Bacchus übermannt. Lautes Stimmengewirr erfüllte den Saal, bisweilen von einem lärmenden Lachen, bisweilen von einem Ausbruch des Zornes oder Jubels unterbrochen; doch alles übertönte ein anhaltendes Würfelgeklapper.

„Guter Flavius", sagte einer der Spieler, mitten im Ziehen des Steinchens innehaltend, „du siehst jenes Oberkleid dort auf dem Diwan, uns gegenüber. Es ist eben erst vom Laden gekommen und hat eine goldene Schulterschnalle, die so breit ist wie eine Handfläche."

„Nun", sagte Flavius, ohne vom Spiele aufzublicken, „ich habe ähnliche Mäntel bereits gesehen; daher mag der deinige zwar nicht alt sein, aber, beim Gürtel der Venus, neu ist er nicht! Was soll damit sein?"

„Nichts! Nur würde ich ihn gern hingeben, wenn man mir einen Menschen zeigte, der alles weiß."

„Haha! Ich will dir auch um ein Billiges hier unter den Purpurverbrämten mehrere zeigen, die dein Anerbieten annehmen werden. Doch spiele!"

„Da, gewonnen!"

„Wirklich, bei allen Jupitern! Nun, was sagst du? Nochmals?"

„Es sei!"

„Und der Einsatz?"

„Eine Sesterze."

Jeder nahm sein Täfelchen und machte mit dem Griffel darauf eine Notiz. Während sie dann die Steine wieder ordneten, kam Flavius auf die Bemerkung des Freundes zurück. „Einen Menschen, der alles weiß! Beim Herkules, dann würden ja die Orakel aussterben! Was willst du mit einem solchen Monstrum?"

„Eine einzige Frage müßte er mir beantworten, Flavius, dann, beim Apollo, würde ich ihm die Kehle durchschneiden."

„Und die Frage?"

„Er soll mir die Stunde nennen – Stunde, sagte ich? – nein, die Minute, wann Maxentius morgen ankommt."

„Ein leichter Zug! Ich habe dich! Und warum die Minute?"

„Bist du schon einmal unbedeckten Hauptes in der syrischen Sonne auf dem Kai gestanden, wo er landen wird? Die Feuer der Vesta sind nicht so heiß! Wenn ich sterben soll, möchte ich, bei unserm Vater Romulus, im Rom sterben. Hier ist die reine Hölle. Ha, bei der Venus, du hast mich in die Falle gelockt, Flavius, ich habe verloren! O launenhafte Fortuna!"

„Nochmals?"

„Ich muß meine Sesterze zurückgewinnen."

„Es sei!" Und sie spielten wieder und wieder; und als der Tag sich durch die Deckenfenster stahl und das Lampenlicht nach und nach erbleichen machte, fand er die beiden an demselben Tische, immer noch beim Spiele. Sie gehörten zum militärischen Gefolge des Konsuls, sie erwarteten seine Ankunft und gaben sich in der Zwischenzeit verschiedenen Vergnügungen hin.

Inzwischen hatte eine andere Gesellschaft das Gemach betreten und begab sich unbeachtet an den mittleren Tisch. Man merkte es, daß sie von einem soeben beendeten Gelage kamen. Einige von ihnen konnten sich nur mit Mühe auf den Füßen halten. Um die Stirn des Anführers wand sich ein Kranz, der ihn als den Vorsitzenden des Festes erkennen ließ, wenn er nicht selbst der Festgeber war. Der Wein hatte auf ihn nur die Wirkung gehabt, daß er seine Schönheit noch erhöhte. Er trug den Kopf stolz erhoben; das Blut hatte seine Lippen und Wangen lebhaft gerötet; seine Augen strahlten. In eine weiße faltige Toga gehüllt, schritt er aufdringlich, selbstbewußt und hochfahrend einher. Mit wenig Umständen und ohne Entschuldigung für sich und seine Begleiter Platz machend, blieb er endlich stehen und ließ seine Blicke über die Spieler schweifen. Alle wandten sich ihm zu und begrüßten ihn mit lauten Zurufen: „Messala, Messala!"

Die weiter entfernt waren und den Ruf hörten, nahmen ihn auf; sofort lösten sich die Gruppen auf, die Spiele wurden unterbrochen und alles drängte nach der Mitte des Saales. Messala nahm die Ehrenbezeigungen gleichmütig als etwas Selbstverständliches hin und ließ alsbald den Grund seiner Beliebtheit erkennen. „Auf dein Wohl, mein Freund Drusus", reif er dem Spieler zu seiner Rechten zu; „auf dein Wohl – laß mich auf einen Augenblick dein Täfelchen sehen!" Er nahm die Wachstafel, überblickte die darauf verzeichneten Einsätze und warf sie wild auf den Tisch.

„Denare, nichts als Denare, die Münzen der Kärrner und Schlächter!" sprach er mit verächtlichem Lachen. „Bei der trunkenen Semele, wohin soll Rom kommen, wenn ein Cäsar nächtelang dasitzt und auf Fortunas Gunst wartet, ob sie ihm einen bettelhaften Denar zuwirft!"

Der Sprößling aus dem Gechlechte der Drusier errötete bis an die Schläfen, aber die Umstehenden drängten sich enger um den Tisch und übertönten seine Antwort mit dem Rufe: „Messala! Messala!"

„Männer vom Tiber", fuhr Messala fort, indem er einem der Umstehenden den Würfelbecher aus der Hand nahm – „wer ist der von den Göttern am meisten Begünstigte? Der Römer! Wer ist es, der den Völkern Gesetze gibt? Der Römer! Wer ist nach dem Rechte des Schwertes der Beherrscher der Welt?"

Die Gesellschaft war der Begeisterung leicht zugänglich, so riefen alle, ihm die Antwort aus dem Munde nehmend: „Der Römer, der Römer!"

„Dennoch – dennoch –" er hielt inne, um seine Zuhörer gespannt zu machen – „dennoch gibt es einen Besseren als den besten Mann Roms!" Er schüttelte stolz sein Patrizierhaupt und schwieg, als wollte er sie mit seinem höhnischen Lachen reizen. „Hört ihr?" fragte er. „Es gibt einen Besseren als den besten Mann Roms!"

„Ja, Herkules!" rief einer.

„Bacchus!" schrie ein Satiriker.

„Jupiter, Jupiter!" donnerte die Menge.

„Nein", antwortete Messala, „unter den Menschen!"

„Nenne ihn, nenne ihn!" drangen sie in ihn.

„Ich werde es", sagte er nach eingetretener Stille. „Es ist derjenige, welcher zur Vollkommenheit Roms die Vollkommenheit des Ostens hinzufügt; derjenige, welcher neben dem welterobernden Schwerte, das der Westen hat, auch die Kunst kennt, die Herrschaft zu genießen; und diese lehrt der Osten."

„Beim Apollo! Sein Bester ist also doch ein Römer!" rief einer der Umstehenden; es folgte lautes Lachen und anhaltendes Händeklatschen, ein Beweis, daß Messala Beifall fand.

„Im Osten", fuhr er fort, „haben wir keine Götter, nur Wein, Weiber und Glück, und das beste von allem ist das Glück; daher ist unser Wahlspruch: Wer wagt, was ich wage? – ein Wahlspruch, passend für den Senat, passend für das Schlachtfeld, am passendsten aber für den, der das Beste sucht und dem Schlimmsten dabei Trotz bietet." Seine Stimme sank in einen leichten, vertraulichen Ton, ohne indes von ihrer Eindringlichkeit etwas zu verlieren. „In der großen Kiste oben in der Zitadelle habe ich fünf Talente in gangbarer Münze; hier sind die Quittungen dafür." Er zog eine Papierrolle aus seiner Tunika, warf sie auf den Tisch und fuhr unter lautloser Stille fort, während aller Augen auf ihn gerichtet waren und jedes Ohr lauschte: „Die Summe hier ist das Maß dessen, was ich wage. Wer von euch wagt ebensoviel? Ihr schweigt. Ist die Summe zu groß? Ich will ein Talent streichen. Wie, ihr schweigt noch immer? Nun denn, so würfelt mir einmal um diese drei Talente – nur drei! Um zwei, um eins – wenigstens eins – eins zur Ehre des Flusses, an dem ihr geboren seid – Rom im Osten gegen Rom im Westen! – Der barbarische Orontes gegen den heiligen Tiber!" Er schüttelte den Würfelbecher und wartete. „Der Orontes gegen den Tiber!" wiederholte er mit steigendem Nachdruck und in spöttischem Tone.

Niemand rührte sich; da warf er den Becher auf den Tisch und nahm lachend die Quittungen wieder an sich. „Hahaha! Beim olympischen Jupiter! Jetzt weiß ich es, ihr müßt erst euer Glück machen oder verbessern; darum seid ihr nach Antiochien gekommen. He, Cäcilius!"

„Hier, Messala!" rief ein Mann hinter ihm; „hier sitz' ich im Elend unter dem Pöbel und bettle um eine Drachme, daß ich mich mit dem lumpigen Fährmann abfinden kann. Aber Pluto hole mich! Diese Neulinge haben nicht so viel wie einen Obolus bei sich." Dieser Witz hatte ein schallendes Gelächter zur Folge, von dem der ganze Saal widerhallte. Nur Messala bewahrte seinen Ernst.

„Geh", sagte er zu Cäcilius, „und sage den Dienern, daß sie Weinkrüge, Becher und Trinkschalen bringen. Haben unsere glücksuchenden Landsleute hier auch keine Beutel, so will ich, beim syrischen Bacchus, doch sehen, ob sie mit Mägen nicht besser gesegnet sind! Beeile dich!" Dann wandte er sich zu Drusus und sagte unter lautem Lachen, daß man es im ganzen Saale hören konnte: „Haha, mein Freund! Sei nicht ungehalten, daß ich den Cäsar in dir bis zu den Denaren erniedrigte. Wie du siehst, brauchte ich nur den Namen, um diese netten, kaum flügge gewordenen Jünglinge unseres alten Rom auf die Probe zu stellen. Komm, mein Drusus, komm!" Er nahm den Becher wieder zur Hand und schüttelte lustig die Würfel. „Hier, versuchen wir unser Glück, um welche Summe du willst!" Seine Stimme klang offen und herzlich.

„Bei den Nymphen, ja!" sprach er lachend. „Ich will mit dir würfeln, Messala, aber – um einen Denar."

Ein Jüngling von fast knabenhaftem Aussehen blickte aufmerksam über den Tisch hin, die Szene beobachtend. Messala wandte sich plötzlich zu ihm. „Wer bist du?" fragte er.

Der Jüngling wich zurück.

„Nein, bei Kastor und seinem Bruder! Ich wollte dich nicht beleidigen. Es ist unter Männern Regel, gerade im kleinen genau Buch zu führen. Ich benötige einen Schreiber; willst du mir als solcher dienen?"

Der Jüngling zog seine Täfelchen hervor und machte sich bereit, die Anschreibungen zu machen: er konnte der Einladung nicht widerstehen.

„Halt, Messala, halt!" rief Drusus. „Es mag zwar von übler Vorbedeutung sein, einen Wurf durch eine Frage aufzuhalten; aber es fällt mir ein und ich muß sie stellen."

„Nun gut, ich will den Wurf tun und ihn indessen gegen einen Unfall schützen. So –" Er stürzte den Becher auf dem Tisch um und hielt ihn, die Würfel damit deckend, fest.

Und Drusus fragte: „Hast du je einen gewissen Quintus Arrius gesehen?"

„Den Duumvir?"

„Nein, seinen Sohn!"

„Ich wußte nicht, daß er einen Sohn hatte."

„Nun, es hat nichts zu bedeuten", setzte Drusus gleichgültig hinzu; „nur sah Pollux seinem Bruder Kastor nicht ähnlicher als Arrius dir, Messala, ähnlich sieht."

Diese Bemerkung wirkte wie ein Signal, zwanzig Stimmen nahmen sie auf. „Wirklich, wirklich!" riefen sie. „Seine Augen - sein Gesicht!"

„Wie!" entgegnete ein anderer unwillig. „Messala ist ein Römer, Arrius ein Jude!"

„Du hast recht", rief ein Dritter, „er ist ein Jude."

Es drohte ein Streit zu entstehen; Messala trat vermittelnd ein. „Der Wein ist noch nicht da, Drusus. Was Arrius betrifft, so erzähle mir mehr über ihn."

„Nun, mag er Jude oder Römer sein - und beim großen Pan, ich sage es nicht in Mißachtung deiner Gefühle, Messala! - dieser Arrius ist schön, tapfer und klug. Der Kaiser bot ihm Huld und Gunst an, er aber schlug sie aus. Er trat auf geheimnisvolle Weise auf und hält sich abseits, als ob er sich für besser hielte als wir übrigen sind. In den Kampfschulen war ihm niemand ebenbürtig; er spielte mit den blauäugigen Riesen vom Rhein und den ungehörnten Stieren aus Sarmatien, als ob sie Weidenbüschel seien. Er liebt leidenschaftlich die Waffen und denkt an nichts anderes als an den Krieg. Maxentius zog ihn in seine Umgebung, und er hätte sich mit uns einschiffen sollen, allein in Ravenna verloren wir seine Spur. Gleichwohl kam er wohlbehalten hier an. Wir hörten heute morgen von ihm. Aber, bei Apollo, statt zum Palast zu kommen oder in die Zitadelle zu gehen, gab er sein Gepäck in der Herberge ab und ist wieder verschwunden."

Anfangs hörte Messala mit vornehmer Gleichgültigkeit zu; im weiteren Verlaufe wurde er aufmerksam, am Schlusse erhob er seine Hand vom Würfelbecher und rief: „He, Cajus, hörst du?"

Ein Jüngling an seiner Seite, sein Myrtilus, über diese Aufmerksamkeit erfreut, antwortete: „Täte ich es nicht, so wäre ich dein Freund nicht, Messala!"

„Erinnerst du dich des Mannes, dem du heute deinen Sturz zu verdanken hattest?"

„Bei den Locken des Bacchus! Habe ich nicht eine gequetschte Schulter, mein Gedächtnis zu unterstützen?" Er zog bei diesen Worten die Schultern in die Höhe.

„Nun, so danke den Schicksalsgöttinnen - ich habe deinen Feind gefunden. Höre!" Jetzt wandte sich Messala an Drusus. „Erzähl uns mehr von ihm - von ihm, der Jude und Römer zugleich ist - bei Phöbus, eine Zusammenstellung, die selbst einen Zentauren lieblich erscheinen läßt! Was für Kleidung trägt er mit Vorliebe, Drusus?"

„Die der Juden."

„Hörst du, Cajus?" sagte Messala. „Der Mensch ist jung - eins; er hat das Gesicht eines Römers - zwei; er trägt die Kleidung eines Juden - drei; in den Kampfschulen findet er Ruhm und Glück, wirft ein Pferd nieder oder stürzt einen Wagen um, je nachdem es notwendig ist - vier. Nun, Drusus, hilf du meinem Freund weiter. Ohne

Zweifel ist dieser Arrius auch ein Sprachenkünstler, sonst könnte er sich nicht heute in einen Juden, morgen in einen Römer verwandeln, aber die reiche Sprache der Athene - spricht er auch diese geläufig?"

„Mit einer Reinheit, Messala. Der Mensch ist befähigt, eine Dame - auf Griechisch zu grüßen, und nach meiner Zählung ist das fünf. Was sagst du?"

„Du hast ihn gefunden, Messala", antwortete Cajus, „oder ich bin nicht mehr ich selbst."

„Verzeihe, Drusus, verzeiht ihr alle, daß ich so in Rätseln zu euch spreche", sagte Messala in seiner gewinnenden Weise. Bei allen züchtigen Göttern, Drusus, du sprachst, glaube ich, von Geheimnissen in Verbindung mit dem Erscheinen dieses Sohnes des Arrius. Erzähle mir davon!"

„Es ist weiter nichts, Messala", erwiderte Drusus; „nur eine Kindergeschichte. Als Arrius, der Vater, zur Verfolgung der Piraten absegelte, hatte er weder Weib noch Kind; er kehrte mit einem Jüngling - von dem eben die Rede ist - heim und adoptierte ihn am folgenden Tage."

„Adoptierte ihn?" wiederholte Messala. „Bei den Göttern, Drusus, du machst mich neugierig! Wo hat der Duumvir den Jüngling gefunden und wer war er?"

„Wer kann deine Frage beantworten, Messala, außer dem jungen Arrius selbst? In der Schlacht verlor der Duumvir - damals noch Tribun - seine Galeere. Ein zurückkehrendes Schiff fand ihn und noch einen, die einzigen, die von der Schiffsmannschaft gerettet wurden, auf demselben Brett im Wasser treibend. Ich wiederhole euch nur die Erzählung der Retter, die wenigstens den einen Vorzug hat, daß ihr niemals widersprochen wurde. Sie sagen, der Gefährte des Duumvir auf dem Brett sei ein Jude gewesen -"

„Ein Jude!" wiederholte Messala.

„Und ein Sklave."

„Wie, Drusus, ein Sklave?"

„Als die beiden auf Deck gebracht wurden, trug der Duumvir seine Rüstung als Tribun, der andere die Kleidung eines Ruderers."

Messala, der bisher an den Tisch gelehnt gestanden war, richtete sich auf. „Ein Galeerensklave!" - Es kostete ihn sichtlich Überwindung, das erniedrigende Wort auszusprechen, und wohl zum ersten Male in seinem Leben blickte er verlegen um sich. In diesem Augenblicke erschienen Sklaven, in einer Reihe hintereinander gehend, im Saale und brachten große Krüge mit Wein, andere Körbe mit Früchten und Konfekt, wieder andere Becher und Flaschen, größtenteils aus Silber. Messala sprang alsbald auf einen Stuhl. Der Anblick brachte neues Leben in die Gesellschaft. „Männer vom Tiber", rief er mit klarer Stimme, „laßt uns dieses Warten auf unsern Feldherrn in ein Bacchusfest verwandeln. Wen wählt ihr zum Vorsitzenden?"

Drusus erhob sich. „Wer anders als der Festgeber soll den Vorsitz führen?" sagte er. „Antwortet, Römer!"

Sie antworteten mit lautem Beifallsgeschrei.

Messala nahm den Kranz von seinem Kopfe herab und reichte ihn Drusus, der auf den Tisch stieg und ihn feierlich im Angesichte aller auf Messalas Kopf zurücksetzte, ihn so zum Vorsitzenden des Gelages krönend.

„Es kamen mit mir", sprach dieser, „einige Freunde hierher, die eben von einem Mahle aufgestanden waren. Damit unser Fest einen ehrwürdigen Brauch wahre, bringt denjenigen hieher, der am meisten vom Wein überwältigt ist."

Als Antwort hörte man verschiedene Stimmen durcheinanderrufen: „Hier ist er, hier ist er!"

Man hob einen Jüngling vom Boden auf, wo er in seiner Trunkenheit liegengeblieben war, und brachte ihn herbei; wegen seiner Schönheit und seines verweichlichten Aussehens hätte er als der Gott des Weines selbst gelten können – nur wäre der Kranz von seinem Kopfe gesunken und der Thyrsusstab seiner Hand entfallen.

„Hebt ihn auf den Tisch!" befahl der Vorsitzende.

Man fand, daß er nicht sitzen konnte.

„Hilf ihm, Drusus, wie die schöne Nymphe dir helfen möge!" Drusus nahm den Berauschten in seine Arme. Dann rief Messala unter dem tiefsten Schweigen, zu dem Berauschten gewendet: „O Bacchus, größter der Götter, sei uns diese Nacht gnädig! Für mich und diese deine Verehrer weihe ich dir diesen Kranz" – er nahm ihn erfurchtsvoll vom Kopfe ab – „und widme ihn deinem Altar im Haine der Daphne."

Er machte eine Verbeugung, setzte den Kranz wieder auf seine Locken und deckte, sich über den Tisch neigend, die Würfel ab, indem er lachend sprach: „Sieh, Drusus, beim Esel des Silen, der Denar ist mein!"

Es folgte ein Beifallssturm, daß der Boden erzitterte und die grimmigen Atlasgestalten wankten; die Orgie hatte begonnen.

XVII.

Scheik Ilderim war ein Mann von zu großer Bedeutung, als daß er mit bescheidenem Aufzug hätte erscheinen können. Er mußte sein Ansehen wahren, wie es einem Fürsten und dem mächtigsten Patriarchen der ganzen Wüste östlich von Syrien geziemte. Anders war sein Ruf bei den Bewohnern der Städte; diesen galt er als einer der reichsten Männer von nicht königlichem Range im ganzen Osten; und da er in der Tat reich war, an Geld sowohl wie an Dienern, Kamelen, Pferden und Herden aller Art, hatte er eine besondere Vorliebe für einen gewissen Prunk und Staat, der nicht nur sein Ansehen bei Fremden erhöhte, sondern auch seinen persönlichen Stolz befriedigte und ihm ein behagliches Leben gewährte. Auch im Palmenhain hatte er ein ansehnliches Zeltdorf errichtet, drei große Zelte, eines für sich selbst, eines für Besucher und eines für seine Lieblingsfrau und ihre Dienerinnen, dann sechs oder acht kleinere für seine Diener und Dienerinnen und seine Leibwache. Es waren lauter kräftige Männer von erprobtem Mute, die es wohl verstanden, mit Bogen, Speeren und Pferden umzugehen.

Sein Leben im Haine war nur die Fortsetzung seines Lebens in der Wüste; noch mehr, es war die treue Verwirklichung der patriarchalischen Sitten der Vorzeit, das echte Hirtenleben des alten Israel.

Am Eingange seines Zeltes hatte der Scheik Ben Hur willkommen geheißen. Als sich Malluch entfernt hatte, geleitete er Ben Hur zum Diwan und sprach herzlich in der Sprache des Marktplatzes von Jerusalem zu seinem Gaste: „Ich will mich hierher setzen", mit der Hand hinzeigend, „und der Fremdling mag da Platz nehmen."

Eine Dienerin entsprach dem Winke und ordnete mit flinker Hand die Kissen und Polster zur Stütze für den Rücken; dann ließen sie sich zu beiden Seiten des Diwans nieder. Indes brachte ein Diener frisches Wasser vom See, wusch ihnen die Füße und trocknete sie mit Tüchern ab.

„In der Wüste", begann Ilderim, seinen Bart ergreifend und mit den schlanken Fingern seiner Hand kämmend, „pflegt man zu sagen: ‚Ein guter Appetit verspricht ein langes Leben.' Hast du solchen Appetit."

„Nach diesem Spruche, guter Scheik, werde ich hundert Jahre alt. Ich bin wie ein hungriger Wolf vor deiner Tür", erwiderte Ben Hur.

„Nun, du sollst nicht fortgeschickt werden wie ein Wolf; ich werde dir das Beste meiner Herde geben."

Ilderim klatschte in die Hände. Ein Diener kam.

„Suche den Fremden im Gastzelt auf und sage ihm, ich Ilderim, wünsche ihm Frieden. Melde ihm ferner", fuhr Ilderim fort, „daß ich mit einem Gaste zurückgekehrt bin, der mit mir Brot brechen wird; und wenn Balthasar der Weise erscheinen will, werden wir unser drei das Brot teilen; der Anteil der Vögel wird darum nicht geringer sein." Der Diener entfernte sich. „Nun wollen wir der Ruhe pflegen." Ilderim streckte sich auf dem Diwan aus und als er bequem saß, sprach er in ernstem Tone: „Daß du mein Gast bist und meinen Leban getrunken hast und bald auch mein Salz kosten wirst, sollte mir nicht verbieten zu fragen: Wer bist du?"

„Scheik Ilderim", entgegnete Ben Hur, ruhig seinen festen Blick aushaltend, „ich bitte dich, nicht von mir zu denken, daß ich deine Frage unberechtigt finde; allein gab es in deinem Leben nie eine Zeit, wo die Beantwortung einer solchen Frage ein Verbrechen an dir selbst gewesen wäre?"

„Beim Glanze Salomons, ja!" antwortete Ilderim. „Verrat an sich selbst ist bisweilen ebenso verächtlich wie Verrat am ganzen Stamme."

„Dank, Dank, guter Scheik!" rief Ben Hur aus. „Nie hat eine Antwort dir mehr Ehre gemacht als diese. Nun weiß ich, daß du zur Rechtfertigung des Vertrauens, um das ich dich bitte, nur eine feierliche Versicherung von meiner Seite verlangst und daß diese Versicherung dir mehr gilt, als die Geschichte meines traurigen Lebens." Der Scheik machte eine Verbeugung und Ben Hur beeilte sich, seinen Vorteil wahrzunehmen: „So beliebe es dir denn", sagte er, „zu hören: Erstens, ich bin kein Römer, wie der Name, der dir als der meinige angegeben wurde, vermuten läßt."

Ilderim umfaßte mit der Hand seinen wallenden Bart und blickte unter den dichten, zusammengezogenen Brauen, mit den Augen blinzelnd, scharf auf den Sprecher.

„Zweitens", fuhr Ben Hur fort, „ich bin ein Israelite aus dem Stamme Juda."

Der Scheik zog die Brauen in die Höhe.

„Nicht nur das, Scheik! Ich bin ein Jude, der gegen Rom Klage zu führen hat, der gegenüber die deinige nur wie der Kummer eines Kindes erscheint."

Der Greis strich mit nervöser Hast seinen Bart und senkte die Brauen so tief, daß seine Augen darunter verschwanden.

„Ich schwöre dir ferner, Scheik Ilderim – ich schwöre es beim Bunde, den der Herr mit meinen Vätern geschlossen – wenn du mir nur zur Rache hilfst, die ich suche, so soll der Gewinn und der Ruhm des Rennens dein sein."

Ilderims Brauen verloren den strengen Ausdruck, sein Kopf hob sich, sein Antlitz begann zu strahlen; man konnte die Befriedigung sehen, die ihn erfüllte.

„Genug!" sagte er. „Wenn an der Wurzel deiner Zunge eine Lüge verborgen liegt, dann wäre selbst Salomo vor dir nicht sicher gewesen. Daß du kein Römer bist, daß du als Jude eine Klage gegen Rom hast und mit Racheplänen umgehst, glaube ich dir; und in dieser Hinsicht sage ich: Genug! Aber was deine Fertigkeit betrifft: welche Erfahrung hast du im Wagenrennen? Und die Pferde – verstehst du sie zu gefügigen Werkzeugen deines Willens zu machen? Kannst du sie lehren, dich zu kennen, auf deinen Ruf zu kommen, zu rennen, bis Kraft und Atem sie verläßt? Und zumal, kannst du sie in Augenblicken der Gefahr durch einen schrillen Laut anspornen, daß sie auch das Unmögliche vollbringen? Diese Gabe, mein Sohn, ist nicht jedem gegeben! – Ah, bei der Herrlichkeit Gottes! Ich kannte einen König, der über Millionen von Menschen regierte und sie vollkommen beherrschte, aber einem Pferde vermochte er keine Achtung abzuringen. Merke wohl, ich rede nicht von jenen stumpfsinnigen Tieren, deren tägliche Aufgabe es ist, Sklave von Sklaven zu sein, die, entartet in Blut und Gestalt, ohne Geist sind; sondern von Tieren wie die meinigen, Königen ihrer Art, deren Stamm bis zu den Pferden der ersten Pharaonen zurückreicht, die meine Gefährten und Freunde sind und mit mir das Zelt bewohnen, die das lange Zusammenleben mit mir zu mir emporgehoben hat, die zu ihrem Instinkt, möchte ich sagen, unseren Geist und zu ihren Sinnen unsere Seele fügen, so daß sie all unseren Ehrgeiz, unsere Liebe, unseren Haß und unsere Abneigung mitfühlen. Die im Kriege Helden, in der Treue hingebend sind wie Frauen. Heda!"

Ein Diener trat ein. „Laß meine Araber kommen!" Der Mann schob den Vorhang, der das Zelt teilte, etwas zurück. Dadurch wurde eine Gruppe Pferde sichtbar, die einen Augenblick unschlüssig an ihrem Platz stehenblieben, wie um sich der Einladung zu vergewissern.

„Kommt", rief Ilderim ihnen zu. „Was steht ihr dort? Was habe ich, das nicht auch euer ist? Kommt, sag' ich." Sie schritten langsam herein.

„Sohn Israels", nahm der Scheik wieder das Wort, „dein Moses war ein mächtiger Mann, aber – hahaha! – ich muß lachen, wenn ich daran denke, daß er deinen Vätern den schwerfälligen Ochsen und den stumpfsinnigen, trägen Esel gestattete, den Besitz von Pferden aber untersagte! Hahaha! Glaubst du, er hätte es getan, wenn er nur eines von diesen hier gesehen hätte?" Bei diesen Worten legte er dem ihm zunächst stehenden Pferde die Hand auf die Stirn und streichelte es mit unendlichem Stolz und voll Zärtlichkeit.

„Du urteilst falsch, Scheik, ganz falsch!" sagte Ben Hur mit Wärme. „Moses ist ein Krieger ebensogut wie ein gottgeliebter Gesetzgeber; und in den Krieg ziehen – ah, was heißt es anderes als alle ihm dienenden Geschöpfe lieben, diese da mit den anderen?"

Ein edel geformter Kopf mit großen, sanften Rehaugen, die halb von der Stirnlocke verdeckt waren, und mit kleinen, scharfgespitzten, vorwärtsstehenden Ohren nahte sich ihm bis dicht an die Brust, die Nüstern öffnend und die Oberlippe bewegend. Wer bist du? – fragte das Tier, so deutlich, wie nur ein Mensch fragen kann. Ben Hur erkannte in ihm einen der vier Renner, die er auf der Bahn gesehen hatte, und hielt dem schönen Tiere die offene Hand hin. Der Scheik klatschte in die Hände. „Bring mir die Register des Stammes", befahl er dem eintretenden Diener. Bis diese gebracht wurden, spielte der Scheik mit den Pferden, streichelte sie am Kopfe, kämmte ihre Stirnlocken mit seinen Fingern und gab jedem ein Zeichen des Wohlwollens. Bald erschienen sechs Diener mit Kisten aus Zedernholz, die mit starken Messingbändern beschlagen und mit ebensolchen Scharnieren und Schlössern versehen waren.

„Nein", sprach Ilderim, „ich meinte nicht alle; nur das der Pferde – jene Kiste dort! Öffnet sie und tragt die anderen wieder zurück." Die Kiste wurde geöffnet. Sie enthielt eine Menge von Elfenbeintäfelchen, die an Ringen aus Silberdraht aufgereiht waren. Da die Täfelchen kaum dicker als Oblaten waren, hielt jeder Ring mehrere hundert.

„Ich weiß", sprach Ilderim, einige Ringe in die Hand nehmend, „ich weiß, mein Sohn, mit welcher Sorgfalt und Gewissenhaftigkeit die Schriftgelehrten des Tempels in der Heiligen Stadt die Namen der Neugeborenen eintragen, daß jeder Sohn Israels sein Geschlecht bis zum Anfang zurückverfolgen kann, wenn es auch bis in die Zeit vor den Patriarchen reichen sollte. Meine Väter – möge ihr Andenken stets lebendig bleiben! – hielten es nicht für sündhaft, diese Idee auf ihre stummen Gehilfen zu übertragen. Sieh diese Täfelchen!"

Ben Hur nahm die Ringe und legte die Täfelchen auseinander. Er sah, daß sie arabische Schriftzeichen trugen, die eine ungeübte Hand mit einer glühenden Metallspitze auf die glatte Fläche eingebrannt hatte.

„Kannst du sie lesen, Sohn Israels?"

„Nein, du mußt mir ihre Bedeutung erklären."

„So wisse denn; jedes Täfelchen bewahrt den Namen eines Füllens reiner Rasse, das seit Hunderten von Jahren meinen Vätern geboren wurde; ebenso die Namen der Eltern. Nimm sie in die Hand und beachte ihr Alter, damit du um so williger glaubst."

Einige der Täfelchen waren beinahe ganz abgenutzt und unleserlich; alle waren gelb vor Alter.

„In der Kiste hier bewahre ich die vollständige Geschichte meiner Pferde auf; ich sage vollständige Geschichte, weil sie beglaubigt ist, wie selten die Menschengeschichte. Sie zeigt die Abstammung aller dieser Tiere. – Wie diese hier zu uns kommen, so kamen ihre Vorfahren unter ein Zelt wie dieses, um ihr Maß Gerste aus offener Hand zu fressen und angeredet zu werden wie Kinder. Sohn Israels, wenn ich ein Herr der Wüste bin, sieh da meine Diener! Nimm sie mir und ich bin wie ein Kranker, der von der Karawane zurückgelassen wird, daß er sterbe. Ich könnte dir Wunder erzählen, die ihre Vorfahren vollbrachten. Zu gelegener Zeit werde ich es vielleicht tun; für jetzt mag es genügen zu sagen, daß sie noch nie auf der Flucht eingeholt worden und, beim Schwerte Salomons, auch nie in der Verfolgung zurückgeblieben sind! Das war im Wüstenlande unter dem Sattel. Aber jetzt bin ich besorgt, denn sie sind das erstemal eingespannt und der Vorbedingungen des Erfolges gibt es so viele. Den nötigen Ehrgeiz, die Schnelligkeit und Ausdauer besitzen sie. Finde ich nur für sie einen Meister, so gewinnen sie. Sohn Israels! Bist du der Mann, so schwöre ich, es soll ein glücklicher Tag sein, der dich hieher führte. Nun sprich von dir selbst!"

„Jetzt begreife ich", sagte Ben Hur, „warum bei dem Araber gleich nach den Kindern das Pferd als nächster Gegenstand seiner Liebe kommt, und weiß auch, warum die arabischen Pferde die besten der Welt sind. Doch, guter Scheik, du sollst mich nicht nach den Worten allein beurteilen. Gestatte, daß ich vorerst auf einer der Wiesen hier die Probe mache; überlaß mir also morgen die vier Pferde!"

Ilderims Gesicht strahlte wieder und er wollte sprechen; allein Ben Hur fuhr fort: „Einen Augenblick noch, guter Scheik, laß mich ausreden. Von meinen Lehrern in Rom erwarb ich mir manche Kenntnisse, ohne damals zu ahnen, welchen Nutzen sie mir bringen würden. Diese deine Kinder der Wüste mögen einzeln die Schnelligkeit des Adlers und die Ausdauer des Löwen besitzen, aber ich sage dir, sie werden deine Erwartungen täuschen, wenn sie nicht gewöhnt werden, zusammen unter dem Joche zu laufen. Denn bedenke, Scheik, daß bei jedem Viergespann ein Pferd das schnellste und eines das langsamste ist, und während das Rennen sich immer nach dem langsamsten entscheidet, bereitet das schnellste stets die Schwierigkeit. So war es heute: der Lenker konnte das beste nicht zu einem gleichmäßigen Zusammenwirken mit dem langsamsten bringen. Mein Versuch mag keinen besseren Ausgang nehmen, aber in diesem Falle werde ich es dir offen eingestehen: das schwöre ich dir. Und ebenso bestimmt kann ich daher versichern: gelingt es mir, die Tiere meinem Willen zu unterwerfen und dahin zu bringen, daß alle vier wie eines laufen, dann sollst du die Sesterzien und den Siegeskranz, ich aber werde meine Rache haben."

Ilderim hörte aufmerksam zu und strich sich den Bart. Als Ben Hur geendet hatte, antwortete er lachend: „Ich denke besser von dir, Sohn Israels. Wir haben in der Wüste ein Sprichwort, welches lautet: ‚Willst du das Essen mit Worten kochen, so verspreche ich dir einen Ozean von Butter.' Morgen sollst du die Pferde haben."

In diesem Augenblick entstand am hinteren Eingange des Zeltes eine Bewegung. „Das Mahl wird bereitet, und dort kommt mein Freund Balthasar, mit dem du bekannt werden sollst. Er hat eine Geschichte zu erzählen, die anzuhören ein Israelite niemals müde werden dürfte." Zu den Dienern sprach er: „Bringt die Register weg und führet meine Schätze an ihren Platz zurück." Sie taten, wie ihnen befohlen war.

Inzwischen wurde Balthasar zum Diwan geleitet, wo ihn Ilderim und Ben Hur stehend empfingen. Ein loses schwarzes Gewand umhüllte seine ganze Gestalt. Sein Schritt war unsicher, seine Bewegungen langsam und bedächtig; er konnte offenbar die Hilfe eines langen Stockes und den stützenden Arm des Dieners nicht entbehren.

„Friede sei mit dir, mein Freund", sprach Ilderim ehrfurchtsvoll, „Friede und Willkommen!"

Der Ägypter hob das Haupt und antwortete: „Und mit dir, guter Scheik, mit dir und den Deinigen, Friede und Segen eines Gottes – des wahren und lebendigen Gottes!"

Das würdevolle Auftreten erfüllte Ben Hur mit Ehrfurcht. Auch war der Segenswunsch zum Teil an ihn gerichtet worden, und dabei hatte der greise Gast seine tiefliegenden, aber leuchtenden Augen lange auf ihm ruhen lassen. Ben Hur mußte während des Mahles immer wieder auf das faltige, bleiche Gesicht blicken, um in dessen Zügen zu lesen. Aber es zeigte immer denselben milden, sanften, vertrauensvollen Ausdruck wie das Antlitz eines Kindes.

„Hier, Balthasar", sprach der Scheik, seine Hand auf Ben Hurs Arm legend, „hier ist der Mann, der heute abend mit uns Brot brechen wird."

Der Ägypter blickte lange forschend auf den Jüngling; er schien überrascht und im Zweifel. Dies bemerkend, fuhr der Scheik fort: „Ich habe ihm für morgen meine Pferde zu einem Versuche versprochen; wenn alles gut geht, wird er sie in den Zirkus führen." Balthasars Blick ruhte noch immer auf dem Jüngling.

„Er wurde mir gut empfohlen", sprach Ilderim befremdet weiter. „Du magst ihn als den Sohn des Arrius, eines edlen römischen Seefahrers, kennenlernen, obwohl" - der Scheik stockte, fuhr aber dann lächelnd fort - „obwohl er sich für einen Israeliten aus dem Stamme Juda erklärt; und, bei der Herrlichkeit Gottes, ich glaube, was er sagt."

Balthasar durfte mit einer Erklärung seines Benehmens nicht länger zurückhalten. „Heute, edler Scheik, war mein Leben in Gefahr, und ich wäre verloren gewesen, wenn nicht ein Jüngling, das vollkommene Ebenbild deines Gastes, wenn er nicht derselbe ist, dazwischen getreten wäre und mich gerettet hätte." Dann wandte er sich an Ben Hur und fragte ihn: „Warst nicht du es?"

„Ich kann auf diese Frage nur zum Teil antworten", erwiderte Ben Hur mit rücksichtsvoller Bescheidenheit. „Ich war es, der die Pferde eines übermütigen Römers anhielt, als sie an der Quelle Castalia auf dein Kamel losstürmten. Deine Tochter gab mir einen Becher." Er zog den Becher aus seiner Tunika hervor und gab ihn Balthasar.

Das welke Antlitz des Ägypters färbte sich lebhafter. „Der Herr sandte dich mir heute an der Quelle", sprach er mit bebender Stimme und streckte seine Hand gegen Ben Hur aus, „und er sendet dich mir auch jetzt. Ihm danke ich; preise auch du ihn, denn seine Güte macht es mir möglich, dich reichlich zu belohnen, und ich werde es tun. Der Becher ist dein, behalte ihn." Ben Hur nahm das Geschenk zurück und Balthasar erzählte, den fragenden Ausdruck auf Ilderims Gesicht bemerkend, den Vorfall an der Quelle.

„Wie!" rief der Scheik, zu Ben Hur gewandt. „Du sagtest mir nichts davon, da du doch keine bessere Empfehlung hättest bringen können! Bin ich nicht ein Araber und Scheik eines Stammes von Zehntausenden? Und ist er nicht mein Gast? Und verpflichtet mich nicht mein Gastrecht, das Gute oder Üble, das ihm zugefügt wird, als mir getan zu betrachten? Wo anders solltest du deine Belohnung empfangen, wenn nicht hier, und wessen Hand sollte sie reichen, wenn nicht die meinige?"

„Guter Scheik, ich bitte dich, schone meiner! Ich suche keine Belohnung, weder große noch kleine; und um jeden Gedanken daran fernzuhalten, erkläre ich, daß ich die Hilfe, die ich diesem edlen Mann leistete, ebenso dem geringsten deiner Diener erwiesen hätte."

„Aber er ist mein Freund, mein Gast, und nicht mein Diener. Siehst du nicht in dem Unterschied die Gunst des Glücks?" Und zu Balthasar gewandt, fügte der Scheik hinzu: „Ah, bei der Herrlichkeit Gottes, ich sage dir nochmals: er ist kein Römer!" Hiemit kehrte er sich um und wandte sich den Dienern zu, die die Mahlzeit beinahe vollendet hatten.

Balthasar wandte sich an Ben Hur und sprach in seiner offenherzigen Weise zu ihm: „Wie sagte der Scheik, daß ich dich nennen soll? Es war, glaube ich, ein römischer Name."

„Arrius, Sohn des Arrius."

„Und doch bist du kein Römer?"

„Alle meine Angehörigen waren Juden."

„Waren sagst du; sind sie nicht mehr am Leben?" Die Frage war ebenso verfänglich wie einfach; aber Ilderim ersparte Ben Hur die Antwort.

„Kommt!" sprach er zu ihnen, „das Mahl ist bereit."

Ben Hur reichte Balthasar seinen Arm und führte ihn zum Tische, wo sie sich nach morgenländischer Sitte auf die Wolldecken niederließen. Es wurden die Wasserschüsseln gebracht und sie wuschen und trockneten sich die Hände. Dann gab der Scheik ein Zeichen, die Diener standen still; und zitternd vor heiliger Ehrfurcht erklang die Stimme des Ägypters: „O Gott und Vater aller! Was wir haben ist von dir; nimm hin unseren Dank und segne uns, daß wir auch fürderhin stets deinen Willen tun."

Es war das Tischgebet, das vor Jahren Balthasar gleichzeitig mit seinen Gefährten Kaspar, dem Griechen, und Melchior, dem Inder, in der Wüste verrichtet hatte und das, in verschiedenen Sprachen gesprochen und doch von allen verstanden, durch dieses Wunder die geheimnisvolle Gegenwart Gottes bezeugt hatte.

Das Mahl, das sie einnahmen, bot die nahrhaftesten und feinsten Gerichte des Morgenlandes in reichlicher Auswahl: Kuchen, heiß vom Ofen, Gemüse aus den Gärten, verschiedene Fleischgerichte, allein und mit Gemüse, Milch, Honig und Butter. Sie aßen und tranken. Bei der Mahlzeit wurde wenig gesprochen, denn sie waren hungrig; beim Nachtisch erst lösten sich ihre Zungen zu einer lebhaften Unterhaltung.

Bei einer solchen Gesellschaft – einem Araber, einem Juden und einem Ägypter, die alle an einen Gott glaubten – konnte es zu jener Zeit nur einen Gegenstand des Gespräches geben, und wer anders sollte von den dreien der Sprecher sein als der, dem sich Gott so nahe geoffenbart hatte, der seinen Stern gesehen, seine Stimme gehört, seine Weissagungen vernommen hatte und von seinem Geiste so weit und wunderbar geführt worden war? Und wovon sollte er reden, wenn nicht von dem, wofür Zeugnis zu geben er berufen war?

XVIII.

Die Schatten, die bei Sonnenuntergang sich von den Bergen über den Palmenhain ausbreiteten, ließen keine Dämmerung, die sonst den Tag von der Nacht scheidet, aufkommen. Die Nacht brach rasch herein; Diener brachten vier Leuchter aus Messing in das Zelt und stellten sie an den vier Ecken auf den Tisch. Jeder Leuchter hatte vier Arme, und auf jedem Arm befanden sich eine brennende Lampe aus

Silber und ein Gefäß mit Olivenöl. Im hellen Lichte setzten die Tischgenossen ihre Unterhaltung fort. Sie sprachen die syrische Mundart, die allen Völkern in jenem Weltteil geläufig war.

Der Ägypter erzählte die Geschichte der Begegnung der drei Männer in der Wüste und pflichtete dem Scheik bei, daß er und seine Gefährten auf der Flucht vor Herodes in seinem Zelte Unterkunft gesucht hatten. Ben Hur nahm die Erzählung wie eine Offenbarung auf, die von höchster Bedeutung für die ganze Menschheit und insbesondere für das Volk Israel war. In seinem Geiste begann ein Gedanke Gestalt anzunehmen, der seine ganze Lebensbahn ändern sollte.

Der Eindruck, den Balthasar auf den jungen Israeliten gemacht hatte, überwältigte seine Gefühle, daß ihm keine Zweifel an der Wahrheit des Gehörten aufkommen konnten. Nur schien ihm noch wünschenswert,nähere Aufschlüsse über die Folgen jenes Ereignisses zu erhalten. Dem Scheik war die Erzählung nicht neu. Er hatte sie schon von den drei Weisen und unter Umständen gehört, die dem Zweifel keinen Raum ließen. Er hatte sich selbst in Gefahr begeben; denn es war gefährlich, einen Flüchtling vor dem Zorne des Herodes in Schutz zu nehmen. Nun saß wieder einer dieser Männer an seinem Tisch. Scheik Ilderim glaubte die Erzählung; aber sie traf ihn nicht mit derselben Macht und überwältigenden Wirkung wie Ben Hur. Er war ein Araber; für Ben Hur aber, den Israeliten, war die Wahrheit von höchster Bedeutung. Er legte sich das Ereignis in rein jüdischem Sinne zurecht. Von der Wiege an hatte er vom Messias gehört; in den Schulen hatte man ihn mit allem vertraut gemacht; die Propheten hatten ihn geweissagt; seine Ankunft war stets der Gegenstand endloser Erörterungen unter den Rabbinern gewesen. In den Synagogen, in den Schulen, im Tempel, an Fast- und Festtagen, öffentlich und vor einzelnen Personen redeten die jüdischen Lehrer vom kommenden Messias, bis alle Kinder Abrahams, wohin immer ihr Los sie geführt haben mochte, die Erwartung des Erlösers im Herzen trugen und danach mit eiserner Strenge ihr Leben regelten. Aber die Hauptfrage drehte sich immer um einen Punkt: Wann würde er kommen?

Solcher Art waren die Gefühle, mit welchen Ben Hur Balthasars Worten lauschte. Seine Erzählung hatte zwei der empfindlichsten Saiten in seinem Inneren berührt. Sein Herz schlug schnell – und schneller noch, nachdem er nicht mehr zweifeln konnte, daß der Bericht in allen Einzelheiten wahr und das so wunderbar gefundene Kind der Messias sei. Während er sich wunderte, daß sich Israel gegen die Offenbarung so gleichgültig verhielt und daß er bis jetzt von derselben nichts gehört hatte, drängten sich ihm zwei Fragen auf, die alles, was ihm für den Augenblick wissenswert erschien, umfaßten. Wo war das Kind jetzt? Worin bestand seine Aufgabe? Er fuhr fort, Balthasar zu befragen; dieser zeigte sich keineswegs abgeneigt, zu sprechen.

„Könnte ich dir antworten", sagte Balthasar in seiner bedächtigen

Weise, „wüßte ich nur, wo er ist, wie schnell würde ich zu ihm eilen! Weder Berge noch Meere sollten mich zurückhalten!"

„Du hast also versucht ihn zu finden?" fragte Ben Hur.

Ein Lächeln überflog das Gesicht des Ägypters, als er antwortete: „Die erste Aufgabe, die ich mir stellte, nachdem ich die gastliche Zufluchtsstätte in der Wüste verlassen hatte" – Balthasar warf Ilderim einen dankbaren Blick zu – „war, zu erfahren, was aus dem Kinde geworden ist. Ich wagte nicht, mich persönlich nach Judäa zu begeben, denn noch hatte Herodes den Thron inne. Nach Ägypten zurückgekehrt, fand ich einige Freunde, die meiner Erzählung von den wunderbaren Dingen, die ich gesehen und gehört hatte, Glauben schenkten, einige wenige, die sich mit mir freuten, daß der Erlöser geboren sei, und nicht müde wurden, meine Erzählung anzuhören. Mehrere derselben machten sich auf, an meiner Statt nach dem Kinde zu forschen. Sie kamen zuerst nach Bethlehem und fanden dort die Herberge und die Höhle; aber der Wächter, der in der Nacht der Geburt und in der Nacht, als wir, dem Sterne folgend, ankamen, am Eingang saß, war fort. Der König hatte ihn entfernen lassen, und er wurde nicht mehr gesehen."

„Aber sie fanden gewiß Beweise?" sagte Ben Hur.

„Ja, mit Blut geschriebene Beweise: eine Stadt in Trauer, Mütter, die noch um ihre Kleinen weinten. Herodes hatte, als er von unserer Flucht hörte, nach Bethlehem gesandt und die jüngstgeborenen Kinder ermorden lassen. Keines entging seiner Grausamkeit. Meine Boten waren im Glauben bestärkt, aber sie kamen zu mir mit der Kunde zurück, daß das Kind mit den anderen Unschuldigen erschlagen worden sei."

„Tot!" rief Ben Hur aus. „Tot, sagst du?"

„Nein, mein Sohn, so sagte ich nicht. Ich sagte nur, daß meine Boten mir berichteten, das Kind sei tot. Ich glaubte es damals nicht; ich glaube es auch jetzt nicht."

„Du hast also andere Nachrichten erhalten."

„Nein, nicht so", versetzte Balthasar, den Blick senkend. „Der Geist des Herrn geleitete uns nur bis zum Kinde. Kaum traten wir aus der Höhle, nachdem wir das Kind gesehen, und ihm unsere Gaben gebracht hatten, so suchten unsere Augen wieder den Stern; aber er war verschwunden und wir wußten, daß wir nun uns selbst überlassen seien. Die letzte Offenbarung des Heiligen Geistes – die letzte, deren ich mich erinnern kann – war die, welche uns zu Ilderim sandte, um Schutz zu suchen."

„Ja", bestätigte der Scheik, mit nervöser Hast den Bart streichend. „Ihr erzähltet, daß ein Geist euch zu mir gesandt habe; ich erinnere mich dessen genau."

Balthasar fuhr fort, die Niedergeschlagenheit Ben Hurs bemerkend: „Aber mein Sohn, ich habe der Sache jahrelang vom Glauben beseeltes Nachdenken gewidmet. Mein Glaube ist noch ebenso fest wie zur Stunde, da ich am Ufer des Sees die rufende Stimme des Geistes hörte. Willst du mich anhören, so werde ich dir sagen, warum ich glaube, daß das Kind lebt."

Beide, Ilderim und Ben Hur, gaben durch ihre Blicke ihre Zustimmung zu erkennen und schienen ihren ganzen Geist zu sammeln, um nicht nur zu hören, sondern auch zu verstehen. Das Interesse hatte auch die Diener ergriffen, welche sich dem Diwan näherten und horchten. Tiefe Stille herrschte im ganzen Zelte.

„Wir drei glauben an Gott." Er hatte in unbeschreiblich feierlichem Tone gesprochen. „Und er ist die Wahrheit", fuhr er fort. „Die Berge mögen in Staub zerfallen und die Meere austrocknen, aber sein Wort wird bestehen, denn es ist die Wahrheit. Die Stimme, die am See zu mir sprach, sagte: ‚Selig bist du, Sohn Mizraims! Die Erlösung naht. Mit zwei anderen, die von den Grenzen der Erde kommen, sollst du den Erlöser sehen.' Ich habe den Erlöser gesehen – gepriesen sei sein Name! – aber die Erlösung, welche den zweiten Teil der Verheißung bildet, muß erst kommen. Begreifst du nun? Ist das Kind tot, wer soll dann die Erlösung vollbringen? Dann ist das Wort nichts und Gott – nein, ich wage nicht, es auszusprechen." Er streckte wie abwehrend beide Hände empor. „Die Erlösung ist das Werk, für welches das Kind geboren wurde, und solange die Verheißung besteht, kann selbst der Tod es nicht von seinem Werk entbinden, bis es erfüllt oder wenigstens auf dem Wege der Erfüllung ist. Das ist der Grund meines Glaubens. Nun höre mich weiter an! Der Erlöser, den ich sah, war vom Weibe geboren, der Natur nach uns gleich und allen Schwächen des menschlichen Leibes, den Tod nicht ausgenommen, unterworfen. Betrachtet sodann das Werk, das er vollbringen soll. Ist es nicht eine Aufgabe, die nur ein Mann lösen kann? Ein Mann, weise, fest und klug, ein Mann und nicht ein Kind? Um ein solcher zu werden, mußte das Kind wachsen. Bedenkt nun die Gefahren, denen sein Leben in den langen Jahren zwischen der Kindheit und dem reifen Mannesalter ausgesetzt war. Die herrschenden Mächte waren seine Feinde, Herodes war sein Feind; und was konnte ihm Rom sein? Und Israel – daß er von Israel nicht anerkannt werde, war der Beweggrund, ihn beiseite zu schaffen. Seht nun, konnte es einen besseren Weg geben, sein Leben in der hilflosen Jugendzeit zu schützen, als ihn in der Verborgenheit zu halten? Deshalb sagt mir mein unerschütterlicher Glaube, den das Sehnen der Liebe belebt: er ist nicht tot, sondern verborgen; da sein Werk noch nicht vollbracht ist, wird er wieder kommen."

Ilderims kleine Araberaugen leuchteten voll Verständnis. Auch Ben Hur hatte wieder Hoffnung gewonnen und sprach herzlich: „Ich wage nicht, zu widersprechen. Nun, was weiter?"

„Ist dir das nicht genug, mein Sohn? Nun", begann er wieder in ruhigem Tone, „da ich diese Gründe für gut fand oder vielmehr, da ich es als Gottes Willen erkannte, daß das Kind verborgen bleibe, faßte ich mich mit meinem Glauben in Geduld und wartete. Ich warte jetzt noch. Er lebt und hütet sein großes Geheimnis. Er lebt, sei es nun wie die Frucht in der Blüte oder wie die schon reifende Frucht; aber bei der Gewißheit, die die Verheißung und Weisheit Gottes gewährt, weiß ich es, daß er lebt."

Ein Gefühl der Ehrfurcht durchschauerte Ben Hur, ein Gefühl, vor dem sein Zweifel schwand. „Wo glaubst du, daß er sich jetzt befindet?" fragte er mit leiser Stimme.

Balthasar sandte ihm einen freundlichen Blick und antwortete halb in Gedanken. „In meinem Haus am Nil, welches nahe am Flusse steht, saß ich vor einigen Wochen, in Nachdenken versunken. Ein dreißigjähriger Mann, sagte ich mir, sollte das Feld seines Lebens bereits bebaut und bepflanzt haben; denn nachher ist Sommerszeit und sie ist kaum lang genug, daß die Saat reife. Das Kind, sagte ich mir ferner, ist jetzt siebenundzwanzig Jahre alt – die Zeit der Aussaat ist für ihn da. Ich fragte mich ebenso, wie du, mein Sohn, mich hier fragtest, und meine Antwort war, daß ich hierher zog als an einen passenden Ruheplatz nahe dem Lande, das deine Väter von Gott empfangen haben. Wo anders sollte er erscheinen, wenn nicht in Judäa? In welcher Stadt sollte er sein Werk beginnen, wenn nicht in Jerusalem? Wer sollte zuerst seine Segnung empfangen, wenn nicht die Kinder Abrahams, Isaaks und Jakobs? Würde mir der Auftrag gegeben, ihn zu suchen, so würde ich die Weiler und Dörfer an den Abhängen der Berge Judäas und Galiläas, die nach Osten zum Jordantale abfallen, durchforschen. Dort befindet er sich jetzt. Dort, unter einer Tür oder auf einem Berggipfel stehend, sah er wohl heute abend die Sonne untergehen und sagte sich, daß er wieder einen Tag näher der Zeit sei, da er selbst das Licht der Welt sein wird."

Balthasar schwieg; seine Hand hielt er noch immer erhoben und die Finger ausgestreckt, nach Judäa hinzeigend. Alle Zuhörer, selbst die Diener vor dem Diwan, empfanden, von seinem Eifer ergriffen, einen heiligen Schauer.

Endlich unterbrach Ben Hur die Stille: „Ich sehe, guter Balthasar", sprach er, „daß du außerordentlich begnadet worden bist, Ebenso erkenne ich, daß du in Wahrheit ein weiser Mann bist. Ich bin nicht imstande, in Worten auszudrücken, wie dankbar ich dir für deine Erzählungen bin. Ich bin nun auf den Eintritt großer Ereignisse vorbereitet und teile deinen Glauben. Erzähle weiter von der Sendung dessen, den du erwartest und den auch ich von diesem Abend an erwarten werde, wie es einem gläubigen Sohn Judas ziemt. Er soll der Erlöser sein, sagtest du; wird er nicht auch der König der Juden sein?"

„Mein Sohn", entgegnete Balthasar, „die Sendung liegt noch im Ratschluß Gottes verborgen. Alles, was ich hierüber denke, entnehme ich den Worten der Stimme und aus Gebeten, dessen Antwort sie war. Sollen wir nochmals darauf zurückkommen?"

„Du bist der Lehrer."

„Was mich zum Prediger in Alexandrien und in den Dörfern des Nils machte und mich in die Einsamkeit führte, wo der Geist mich fand, war der Zustand der Menschheit, den meiner Meinung nach der Verlust der Gotteserkenntnis verursacht hatte. Ich trauerte über das Elend meiner Mitmenschen. So tief waren sie gefallen, daß es mir schien, es könne keine Rettung mehr geben, wenn nicht Gott selbst sie als sein Werk übernehme; und ich flehte zu ihm, daß er komme und sich offenbare. „Deine guten Werke haben gesiegt. Die Erlösung naht; du wirst den Erlöser sehen!" – so sprach die Stimme, und mit dieser Antwort eilte ich voll Freude nach Jerusalem hinauf. Nun, wem soll die Erlösung zuteil werden? Der ganzen Welt! Und wie soll sie geschehen? Stärke deinen Glauben, mein Sohn! Ich weiß, daß die Menschen sagen, es könne kein Glück geben, bis Rom nicht von seinen Hügeln verschwunden sei; das heißt, das Elend der Zeit habe seinen Grund nicht in der Unkenntnis Gottes, wie ich glaubte, sondern in der schlechten Regierung der Herrscher. Ist es notwendig, uns erst zu sagen, daß menschliche Regierungen niemals um der Religion willen bestehen? Von wie vielen Königen hast du gehört, daß sie besser waren als ihre Untertanen? O nein, nein! Die Erlösung kann nicht politische Zwecke haben, sie soll nicht Herrscher und Gewalthaber stürzen, damit andere ihre Plätze einnehmen. Wenn das der ganze Zweck wäre, würde die Weisheit Gottes aufhören, unendlich zu sein. Ich sage dir, und sei mein Wort auch nur das Wort eines Blinden zu einem Blinden, daß derjenige, der da kommen soll, ein Heiland der Seelen sein wird. Die Erlösung bedeutet, daß Gott wieder auf Erden weilen und Rechtschaffenheit unter den Menschen herrschen wird, damit ihm der Aufenthalt möglich werde."

Enttäuschung malte sich auf Ben Hurs Gesicht. Er ließ den Kopf sinken, er fühlte sich für einen Augenblick unfähig, die Ansicht des Ägypters zu widerlegen. „Bei der Herrlichkeit Gottes!" rief jedoch Ilderim, „diese Ansicht stößt alles Herkömmliche um. Die Bräuche der Welt stehen fest und können nicht abgeändert werden. In jedem Staate muß es einen Führer geben, der mit der Macht ausgerüstet ist."

Balthasar nahm den Einwurf mit Ernst hin. „Deine Weisheit, guter Scheik, kommt von der Welt; aber du vergißt, daß es eben die Gewohnheiten der Welt sind, von denen wir erlöst werden sollen. Menschen als Untertanen zu besitzen, ist der Ehrgeiz der Könige; die Seele des Menschen zu erlösen, ist Gottes Verlangen."

Ilderim schwieg, schüttelte aber ungläubig den Kopf. Ben Hur nahm statt seiner die Entgegnung auf und sprach: „Vater, erlaube, daß ich dich so nenne, nach wem solltest du an den Toren Jerusalems fragen?"

Der Scheik warf ihm einen dankbaren Blick zu.

„Ich sollte", entgegnete Balthasar ruhig, „die Leute fragen: Wo ist der neugeborene König der Juden?"

„Und du sahst ihn in der Höhle zu Bethlehem?"

„Wir sahen ihn und beteten ihn an und brachten ihm Geschenke dar: Melchior Gold, Kaspar Weihrauch, ich Myrrhen."

„Wenn du von Tatsachen redest, Vater, so heißt dich hören – glauben", sagte Ben Hur, „aber wenn es sich um Ansichten handelt, kann ich dich nicht verstehen. Was für einen König willst du aus dem Kinde machen? Ich kann den Herrscher nicht von seinen Rechten und Pflichten trennen."

„Sohn", versetzte Balthasar, „du siehst jetzt nur den Titel König der Juden; richte deine Augen auf das Geheimnis. Dein Israel hat einst Tage gesehen, da Gott dein Volk sein Volk nannte und durch seine Propheten mit ihm sprach. Wenn er ihm in jenen Tagen den Erlöser verhieß als König der Juden, so muß seine Erscheinung der Verheißung entsprechen, wenn auch nur um des Wortes willen. Nun begreifst du den Grund meiner Frage am Tore! Du magst an die Würde des Kindes denken: sollte es ein Nachfolger des Herodes sein? Hatte Gott nichts Besseres für seinen Auserwählten? Kannst du dir denken, daß der Allmächtige in Ermangelung eines passenden Titels auf die Erde herabsteigen werde, um sich eine Erfindung der Menschen zu erborgen? Warum wurde mir dann nicht der Auftrag, gleich nach dem Kaiser zu fragen? Blicke höher! Frage, was für ein Reich der verheißene König sein eigen nennen soll; denn ich sage dir, mein Sohn, das ist der Schlüssel zum Geheimnis, und ohne diesen Schlüssel wird es kein Mensch verstehen." Balthasar blickte andachtsvoll zum Himmel. „Es gibt ein Reich auf Erden, obschon es nicht von dieser Erde ist – ein Reich, ausgedehnter als die Erde, größer als das Meer und alle Länder. Sein Dasein ist eine Tatsache, wie unsere Herzen eine Tatsache sind; wir durchwandeln es von der Wiege bis zum Grabe, ohne es zu sehen; und kein Mensch wird es sehen, bis er nicht seine Seele erkannt hat, denn das Reich ist nicht für ihn, sondern für seine Seele. Und die Herrlichkeit dieses Reiches kann keines Menschen Geist sich vorstellen, sie ist einzig und unvergleichbar."

„Was du da sagst, Vater, ist mir ein Rätsel", sprach Ben Hur. „Von einem solchen Reich habe ich noch nie gehört."

„Ich auch nicht", bestätigte Ilderim.

„Und mehr kann ich darüber nicht sagen", fügte Balthasar hinzu, demütig die Augen senkend. „Was es ist, zu welchem Zwecke es ist, wie man es erreichen kann, kann niemand wissen, bis das Kind kommt, um es als sein Eigentum in Besitz zu nehmen. Er bringt den Schlüssel zur unsichtbaren Pforte, die er für seine Auserwählten öffnen wird; und zu diesen werden alle gehören, die ihn lieben, denn nur solche werden die Erlösten sein." Es trat eine lange Pause ein.

„Guter Scheik", sprach Balthasar in seiner sanften Weise, „morgen oder am darauffolgenden Tag werde ich mich dann für einige Zeit zur Stadt begeben. Meine Tochter wünscht die Vorbereitungen zu den Spielen zu sehen. Und dich, mein Sohn, hoffe ich wiederzusehen. Friede sei mit euch beiden!"

Alle erhoben sich. Der Scheik und Ben Hur blickten dem Ägypter nach, bis er aus dem Zelte geleitet war.

„Scheik Ilderim", sprach Ben Hur, „ich habe heute abend sonderbare Dinge gehört. Ich bitte, erlaube mir am Ufer des Sees zu wandeln, damit ich darüber nachdenke."

„Geh, ich werde dir folgen."

Sie wuschen sich nochmals die Hände; dann brachte auf ein Zeichen des Scheiks ein Diener Ben Hurs Schuhe, und dieser ging hinaus.

Abseits von den Zelten stand eine Palmengruppe, die ihren Schatten halb über das Wasser, halb über das Land warf. Eine persische Nachtigall sang in den Zweigen ihr Lied. Ben Hur blieb stehen, um zu lauschen. Zu jeder anderen Zeit hätte der Gesang des Vogels seine Gedanken verscheucht; allein die Erzählung des Ägypters mit ihrem wunderbaren Inhalte war wie eine Last, die er zu ertragen hatte, und wie andere Lastenträger fand auch er in den süßesten Tönen keine Musik, ehe nicht Geist und Körper durch Ruhe harmonisch gestimmt waren. Ben Hurs Phantasie war erhitzt, seine Gefühle lebhaft erregt, sein Wille schwankend. So viel er auch über seinen Lebensplan nachdachte, immer fand er eine Lücke, die er nicht zu überbrücken vermochte. Wenn er Soldat und auch Feldherr geworden war, welchem Zwecke sollte er dienen? Er hatte an einen Aufstand gedacht; aber der Verlauf aller Aufstände war bisher der gleiche gewesen, und um dafür Menschen zu gewinnen, war es erforderlich, einen Vorwand zu finden, um Anhänger zu werben, es mußte aber auch ein Ziel in Aussicht stehen. In der Regel kämpft gut, wer ein Unrecht zu rächen hat, aber ungleich besser kämpft der, dem ein erlittenes Unrecht als Ansporn dient und ein ruhmreicher Erfolg vor Augen schwebt – ein Erfolg, in dem er Balsam für seine Wunden, Lohn für seine Tapferkeit, Dank und rühmliches Andenken im Falle des Todes finden kann. Um einen Aufstand zu rechtfertigen, mußte sich Ben Hur über die Anhänger klar werden, auf welche er im entsprechenden Augenblick rechnen konnte. Die Beschwerden Israels waren die eines jeden Sohnes Abrahams, und jede war hinreichend, sein Volk zur Begeisterung für eine heilige Sache zu entflammen. Aber welches sollte das Ziel sein? Stunden und Tage hatte er der Erwägung dieses Teiles seines Planes gewidmet, aber stets war der Schluß derselbe – eine dunkle, unbestimmte, allgemeine Vorstellung nationaler Freiheit. Genügte diese? Nein sagen konnte er nicht, denn damit hätte er seine Hoffnung begraben; er wagte auch nicht Ja zu sagen, denn sein Urteil belehrte ihn eines Besseren. Er kannte die Mittel jenes mächtigen Feindes, er wußte, daß seine Kunst die Mittel noch übertraf. Ein allgemeines Völkerbündnis mochte ihm gewachsen sein, aber ein solches war undenkbar, es sei denn, es stand in einem der unterdrückten Völker ein Held auf, der durch seine Kriegserfolge die ganze Erde mit seinem Ruhme erfüllte. Unter den Rabbinern war wohl Tapferkeit, aber keine Manneszucht zu erhoffen. Und dann der Spott Messalas im Garten des Herodes: „Was ihr in sechs Tagen erobert, verliert ihr wieder am siebenten!" – war er nicht berechtigt? Der König setzte ein Reich voraus. Er würde ein Krieger sein, ruhmreich wie David, ein Herrscher, weise und glanzvoll wie Salomo. Das Reich würde eine Macht sein, an der Rom zerschellen mußte. Es würde ein gewaltiger Krieg mit Todesnöten und Geburtswehen entbrennen, und dann würde der Friede kommen und mit ihm die immerwährende Herrschaft der Juden. Ben Hurs Herz schlug schneller; er sah im Geiste Jerusalem schon als die Hauptstadt der Welt und Zion als die Stätte des Thrones des Weltherrschers. Es schien dem Begeisterten ein seltenes Glück, daß der Mann, der den König gesehen, sich in dem Zelte befand, dem er seine Schritte zulenkte. Dort konnte er ihn sehen, ihn hören, von ihm alles erfahren, was er über die Zeit der kommenden Umgestaltung wußte. War diese da, so würde er den Zug mit Maxentius aufgeben und die Stämme organisieren und bewaffnen, damit Israel bereit sei, wenn der große Tag der Welterneuerung anbräche.

Inmitten seiner Träumereien legte sich eine Hand auf seine Schulter. „Ich habe ein Wort mit dir zu reden, Sohn des Arrius", sprach Ilderim, an seiner Seite stehen bleibend: „Nur ein Wort, und dann muß ich zurückkehren, denn die Nacht schreitet vor."

„Ich heiße dich willkommen, Scheik!"

„In betreff der Dinge, die du eben gehört hast", fuhr Ilderim schnell fort, „glaube alles, mit Ausnahme dessen, was das Reich betrifft, das das Kind aufrichten wird, wenn es kommt. Hierüber halte dein Urteil zurück, bis du den Handelsherrn Simonides, einen trefflichen Mann hier in Antiochien, mit dem ich dich bekannt machen werde, gesprochen hast. Der Ägypter bietet dir die Münze seiner Träume an, die für die Erde zu gut ist. Simonides ist weiser, er wird dir die Aussprüche eurer Propheten vorführen und Buch und Seite nennen, so daß du nicht leugnen kannst, daß das Kind in der Tat der König der Juden sein wird, ja, bei der Herrlichkeit Gottes! ein König, wie Herodes war, nur besser und glanzvoller. Und dann, hörst du, werden wir die Süßigkeit der Rache kosten. Ich habe gesprochen. Friede sei mit dir!"

„Warte noch, Scheik!" Wenn Ilderim seinen Ruf gehört hatte, so setzte er seinen Weg doch fort.

„Wieder Simonides!" sagte Ben Hur bitter. „Simonides hier, Simonides dort! Jetzt von diesem, dann von jenem! Ich werde wohl die Macht von meines Vaters Diener noch gehörig fühlen müssen; wenigstens versteht er festzuhalten, was mein ist, und deshalb ist er reicher, wenn vielleicht auch nicht weiser als der Ägypter. Nicht zum Treulosen sollte man gehen, um die Wahrheit zu finden. Ich werde es nicht tun. Aber horch, es singt jemand! Eine Frauenstimme – oder die eines Engels. Sie kommt aus dieser Richtung."

Den See herab und den Zelten zu fuhr singend eine Frauengestalt. Ihre Stimme schwebte hell wie Flötenschall über das reglose Wasser und kam mit jedem Augenblick näher, und man konnte nun auch die Worte verstehen, Worte im reinsten Griechisch, in jener Sprache, die unter allen anderen jener Zeit sich am besten eignete, leidenschaftlichen Schmerz auszudrücken.

Bald war das Boot an ihm vorübergeschwebt. Ben Hur tat einen tiefen Atemzug, der von einem Seufzer kaum zu unterscheiden war. „Ich erkenne sie am Gesang – die Tochter Balthasars; wie schön war ihr Lied! Und wie schön ist sie selbst!"

Fast im selben Augenblick trat ein anderes Gesicht vor sein geistiges

Auge, wie wenn es aus dem Wasser emporgetaucht wäre; dieses war jünger und ebenso schön, aber kindlicher und zarter, wenn auch nicht so leidenschaftlich im Ausdruck.

„Esther!" sprach er lächelnd, „ein Stern wurde mir gesandt." Er wandte sich um und kehrte langsam zum Zelte zurück. Sein Herz war bisher zu sehr von Kummer und Rachegedanken erfüllt gewesen, als daß die Liebe Raum darin gefunden hätte. War das nun der Anfang einer glücklichen Änderung?

XIX.

Am Morgen nach den Bacchanalien im Saale des Palastes lagen auf dem Diwan die jungen Patrizier. Mochte Maxentius kommen und die Stadt hinausströmen, ihn zu empfangen; mochte die Legion im strahlenden Waffenschmucke vom Berg Sulpius herabsteigen; mochte sich vom Nymphäum bis zum Omphalos eine Festespracht entfalten, die alles übertraf, was man bisher im prachtliebenden Osten je gesehen oder gehört hatte; sie würden auf dem Diwan schlafen, wie sie hingefallen oder von den gleichgültigen Dienern nachlässig hingelegt worden waren. - Nicht alle, die an der Orgie teigenommen hatten, befanden sich in diesem schmählichen Zustand. Als durch die Deckenfenster der neue Tag in den Saal hineinzudämmern begann, erhob sich Messala und nahm den Kranz vom Kopfe zum Zeichen, daß das Gelage zu Ende sei. Dann hüllte er sich in sein Oberkleid, warf einen letzten Blick auf die Szene und begab sich, ohne ein Wort zu sprechen, nach seiner Wohnung. Cicero hätte nicht mit mehr Ernst und Würde eine nächtliche Senatorendebatte verlassen können.

Drei Stunden später erschienen zwei Eilboten in seiner Wohnung und empfingen aus seiner Hand je ein versiegeltes Päckchen mit der gleichlautenden Abschrift eines Briefes an den Prokurator Valerius Gratus, der sich noch immer in Cäsarea befand. Daß an der schnellen und zuverlässigen Beförderung der Schriftstücke viel gelegen war, läßt sich denken. Der eine Bote sollte über Land, der andere zur See reisen; beide sollten sich der größten Eile befleißigen.

Der Inhalt des also beförderten Schreibens lautete:

„Antiochien, XII. Kal. des Julius.
Messala an Gratus

Mein Midas! Ich habe Dir etwas Überraschendes mitzuteilen, eine Begebenheit, die, wenn sie auch bisher noch mehr auf Vermutungen beruht, dennoch ohne Zweifel Deiner sofortigen Beachtung wert ist. Erlaube, daß ich vorher Dein Gedächtnis auffrische. Erinnere Dich an die Familie eines jüdischen Fürsten namens Ben Hur, die, von hohem Alter und unermäßlich reich, vor vielen Jahren in Jerusalem wohnte. Sollte Dein Gedächtnis an irgendwelcher Schwäche leiden, so hast Du, wenn ich nicht irre, eine Narbe an Deinem Kopfe, die Dir behilflich sein mag, jenen Vorfall wieder in Erinnerung zu bringen. Zur Strafe für den Angriff auf dein Leben – um der süßen Ruhe des Gewissens willen mögen die Götter verhüten, daß er sich jemals als ein Zufall erweise! – wurde die Famile ergriffen, beiseite geschafft und ihr Vermögen eingezogen. Und da das Verfahren die Billigung des Kaisers gefunden hat, der ebenso gerecht als weise ist – mögen auf seinem Altar immer Blumen blühen! – sollte im Hinblick auf die Summen, die uns beiden aus jener Quelle zuflossen, keine Schmach uns treffen, und ich werde niemals aufhören, Dir dafür dankbar zu sein, jedenfalls so lange nicht, als ich mich des Genusses des mir zugefallenen Teiles erfreue. Als Beweis Deiner Weisheit erinnere ich Dich daran, wie Du über die Familie Hurs Verfügungen trafst, die wir damals beide für die wirksamsten zur Erreichung unserer Absichten hielten, nämlich die Familie zum Stillschweigen und zum unvermeidlichen, aber natürlichen Tod zu verurteilen. Du wirst Dich dessen entsinnen, was Du über die Mutter und Schwester des Übeltäters bestimmtest, und wenn ich jetzt dem Verlangen nachgebe, zu erfahren, ob sie noch leben oder tot sind, so kenne ich Deine angeborene Liebenswürdigkeit, mein Gratus, und weiß, daß Du dem Wunsche Deines kaum minder liebenswürdigen Freundes willfahren wirst. Weil es aber unseren Gegenstand unmittelbar berührt, nehme ich mir die Freiheit, Dir in Erinnerung zu bringen, daß der wirkliche Verbrecher auf die Galeeren geschickt wurde, um auf Lebenszeit an die Ruder gekettet zu werden – so lautete der Befehl; und es mag dazu dienen, den Vorfall um so staunenerregender erscheinen zu lassen, wenn ich hier erkläre, daß ich die Bestätigung einer ordnungsgemäßen Ablieferung an den kommandierenden Tribun einer Galeere selbst gesehen und gelesen habe. Du magst nun meinem Berichte größere Aufmerksamkeit schenken. Zieht man die Durchschnittsdauer des Lebens am Ruder in Betracht, so müßte der gerechterweise beseitigte Verbrecher bereits seit fünf Jahren tot sein. In dieser Überzeugung, daß er tot sei, lebte ich fünf Jahre lang in ruhigem und unschuldigem Genusse des Vermögens, wofür ich in gewissem Grade ihm zu Dank verpflichtet bin. Wenn ich dieses Zugeständnis mache, will ich keineswegs die Verpflichtung schmälern, die ich Dir gegenüber habe. Jetzt bin ich beim Hauptpunkt angelangt. Letzte Nacht, da ich Vorsitzender des Festgelages war, das zu Ehren einiger eben aus Rom Angekommener gegeben wurde – ihre Jugend und Unerfahrenheit erregten mein Mitleid –, hörte ich eine sonderbare Geschichte. Wie Du weißt, kommt heute der Konsul Maxentius hier an, um einen Feldzug gegen die Parther zu leiten. Unter den Ehrgeizigen, welche ihn dabei begleiten wollen, befindet sich ein Sohn des verstorbenen Duumvirs Quintus Arrius. Ich nahm die Gelegenheit wahr, mich über ihn genauer zu erkundigen.

Als Arrius zur Verfolgung der Seeräuber absegelte, deren Besiegung ihm die höchsten Ehren einbrachte, hatte er keine Familie. Als er von seinem Zug zurückkehrte, brachte er einen Erben mit. Bewahre nun Deine Fassung, wie es dem Besitzer so vieler Talente in baren Sesterzien geziemt! Der Sohn und Erbe, von dem ich rede, ist derselbe, den Du zu den Galeeren gesandt hast - derselbe Ben Hur, der schon vor fünf Jahren an seinem Ruder hätte den Tod finden sollen. Er ist nun zurückgekehrt, reich und angesehen, auch ist er römischer Bürger, und - nun, Du stehst zu fest, um in Aufregung zu geraten, aber ich, mein Midas, ich bin in Gefahr; ich brauche Dir nicht zu sagen, weshalb. Wer sollte es wissen, wenn Du es nicht weißt? Was sagst Du zu alldem? Als Arrius mit den Seeräubern kämpfte, sank sei Schiff, und nur zwei von seiner Bemannung entgingen dem Tode - Arrius selbst und dieser sein Erbe. Die Männer, welche die beiden retteten, als sie auf einem Brett im Meere schwammen, behaupten, sein Gefährte sei ein junger Mann gewesen, der, als er auf das Verdeck gebracht wurde, die Kleidung eines Galeerensklaven trug. Das sollte überzeugend sein. Damit Du aber nicht lächelst, teile ich Dir mit, mein Freund, daß ich gestern das Glück hatte, den Sohn des Arrius von Angesicht zu Angesicht zu sehen, und ich erkläre, daß er, obwohl ich ihn gestern nicht erkannte, derselbe Ben Hur ist, der jahrelang mein Spielgenosse war, derselbe Ben Hur, der, wenn er ein Mann ist, und wäre er auch aus der niedersten Klasse, jetzt im Augenblick, da ich dieses schreibe, Rache brüten muß - ich an seiner Stelle täte es -, Rache, die nur durch Menschenblut zu sättigen ist, Rache für sein Vaterland, für seine Mutter, seine Schwester, sich selbst und - ich nenne es zuletzt, obschon Du es an erster Stelle nennen würdest - für sein verlorenes Vermögen.

Jetzt, mein lieber Gönner und Freund, in Erwägung Deiner gefährdeten Sesterzien, deren Verlust das Schwerste wäre, was einem Manne von Deinem hohen Range zustoßen könnte, habe ich Grund zu glauben, daß Du anfängst, nachzudenken, was in einem solchen Falle zu geschehen hat. Ich wage nicht, Dir einen Rat zu geben. Laß mich vielmehr erklären, daß ich Dein Schützling bin, oder noch besser, daß Du mein Odysseus bist, dessen Aufgabe es ist, mir weise Ratschläge zu erteilen. Es macht mir Vergnügen, Dich mir in dem Augenblick vorzustellen, da Du diesen Brief in der Hand hast. Ich sehe Dich, wie Du ihn mit ernstem Gesicht, dann noch einmal mit einem Lächeln durchliest; Du bist ein wenig unschlüssig, aber bald fassest Du Deinen Plan, so oder so, mit der Weisheit Merkurs und der Entschlossenheit Cäsars.

Die Sonne steht bereits am Himmel. In einer Stunde werden zwei Boten meine Tür verlassen, jeder mit einer versiegelten Abschrift hievon; der eine wird zu Lande, der andere zur See reisen, so wichtig erachte ich es, daß Du frühzeitig vom Erscheinen unseren Feindes in diesem Teile der römischen Welt unterrichtet werdest. Deine Antwort werde ich hier abwarten. Ben Hurs Kommen und Gehen wird natürlich von seinem Gebieter, dem Konsul, abhängen, der, wenn er sich auch Tag und Nacht anstrengt, nicht vor einem Monat fortkommen kann. Du weißt ja, welche Arbeit es kostet, ein Heer, das in einem öden, städtelosen Lande kämpfen soll, zu sammeln und mit dem Nötigen auszurüsten. Ich sah den Juden gestern im Daphnehain, und wenn er jetzt nicht dort ist, so ist er doch in der Nähe und macht es mir leicht, ihn im Auge zu behalten. Ja, würdest Du mich fragen, wo er jetzt ist, so würde ich mit der größten Bestimmtheit antworten, daß er im alten Palmenhain zu finden sei, unter dem Zelte des verräterischen Scheiks Ilderim, der in nicht langer Zeit erfahren wird, daß er unserer starken Hand nicht entrinnen kann. Sei also nicht überrascht, wenn die erste Maßregel, die Maxentius ergreift, die ist, daß er den Araber auf ein Schiff bringen läßt, um ihn nach Rom zu senden. Ich spreche so ausführlich über den Aufenthalt des Juden, weil es für Dich, Erlauchter, von Wichtigkeit ist, wenn Du die zu unternehmenden Schritte in Erwägung ziehen wirst. Denn so viel weiß ich bereits, und ich schmeichle mir wegen dieser Erkenntnis, an Weisheit zugenommen zu haben, daß bei jedem Unternehmen drei Umstände in Betracht kommen: Zeit, Ort und handelnde Personen. Hältst Du dafür, daß hier der Ort sei, so zögere nicht, die Sache Deinem ergebenen Freund, der Dein gelehriger Schüler sein wird, zu überlassen.

Messala."

XX.

Um die gleiche Zeit, da die Eilboten Messala mit den Briefen verließen, es war noch früh am Morgen, betrat Ben-Hur Ilderims Zelt. Er hatte sich durch ein Bad im See erfrischt und dann gefrühstückt und erschien nun in einer ärmellosen Tunika, deren Saum kaum unter die Knie reichte. Der Scheik begrüßte ihn vom Diwan aus. „Ich wünsche dir Frieden, Sohn des Arrius", rief er, ihn voll Bewunderung betrachtend, denn er hatte noch nie ein vollkommeneres Bild blühender, kraftvoller, selbstbewußter Männlichkeit gesehen. „Ich biete dir Frieden und Willkommen! Die Pferde sind bereit; ich auch. Und du?"

„Den Frieden, den du mir wünschest, guter Scheik, wünsche ich dir auch. Ich bin bereit."

Ilderim klatschte in die Hände. „Ich will die Pferde vorführen lassen. Setze dich!"

„Sind sie angeschirrt?"

„Nein."

„Dann erlaube, daß ich es selbst besorge", sprach Ben Hur. „Es ist notwendig, daß ich mit deinen Arabern Bekanntschaft mache. Ich muß sie beim Namen rufen können, damit ich zu jedem einzelnen sprechen kann; ich muß ihren Charakter kennenlernen, denn sie sind wie die Menschen; sind sie mutig, muß man sie zurückhalten, sind sie zaghaft, bedürfen sie des Lobes und der Ermunterung. Laß die Diener das Riemenzeug bringen!"

„Und der Wagen?" fragte der Scheik.

„Den Wagen werde ich heute nicht brauchen. Laß mir ein fünftes Pferd bringen, wenn du eines hast; es soll ohne Sattel sein und so schnell wie die anderen."

Ilderims Neugierde war erregt. Er rief sogleich einen Diener. „Sag ihnen, sie sollen die Geschirre für das Viergespann bringen", befahl er – „und den Zaum für Sirius."

Ilderim erhob sich. „Sirius ist mein Liebling und ich der seinige, Sohn des Arrius. Einundzwanzig Jahre hindurch waren wir Genossen im Zelte, in der Schlacht und in der Wüste. Ich werde ihn dir zeigen." Er ging zum Vorhang in der Mitte des Zeltes und zog ihn zurück, während Ben Hur hindurchschritt. Die Pferde kamen gleichzeitig auf ihn zu. Eines mit einem kleinen Kopf, feurigen Augen, einem Hals wie der Ausschnitt eines gespannten Bogens, mit mächtiger Brust und überaus reicher Mähne, wieherte tief und freudig, als es ihn erblickte.

„Braves Pferd", sagte der Scheik, den dunkelbraunen Kopf des Tieres streichelnd. „Braves Pferd, guten Morgen!" Sich zu Ben Hur wendend, setzte er dann hinzu: „Dieses Tier ist Sirius, der Vater der vier hier. Mira, die Mutter, wartet auf unsere Rückkehr, denn sie ist zu kostbar, als daß man sie einer Gefahr aussetzen dürfte. Und ich zweifle sehr", fuhr er lächelnd fort, „ich zweifle sehr, Sohn des Arrius, ob der Stamm ihre Abwesenheit ertragen könnte. Sie ist sein Ruhm; alle verehren sie; mit Freuden würden sie sich von ihr niederrennen lassen. Zehntausend Reiter, Söhne der Wüste, fragen heute: Hast du von Mira gehört? und auf die Antwort: Sie ist wohlauf! sagen sie: Gott ist gut; gepriesen sei Gott!"

„Mira – Sirius – sind das nicht Namen von Sternen, Scheik?" fragte Ben Hur, von Pferd zu Pferd gehend und jedes streichelnd.

„Und warum nicht?" erwiderte Ilderim. „Warst du jemals während der Nacht fern in der Wüste?"

„Nein."

„Dann kannst du auch nicht wissen, wie sehr wir Araber auf die Sterne angewiesen sind. Zum Dank legen wir ihre Namen unseren Lieblingen bei. Jeder meiner Väter hatte seine Mira, wie ich die meinige habe, und diese ihre Kinder sind nicht minder Sterne. Dort, siehst du, ist Rigel, und dort Antares, das ist Attair, und dieses, zu dem du jetzt hingehst, ist Aldebaran, das jüngste der vier, aber deshalb nicht das geringste – nein, durchaus nicht! Es wird dich gegen den Wind tragen, bis er in deinen Ohren saust wie Akaba; und es wird gehen, wohin du willst, Sohn des Arrius – ja, bei der Herrlichkeit Salomons! es wird dich in den Rachen des Löwen tragen, wenn du es wagst!"

Das Riemenzeug wurde gebracht. Mit eigener Hand legte Ben Hur den Pferden die Zügel an. „Bring mir Sirius!" sprach er.

Ein Araber hätte sich nicht mit mehr Gewandtheit auf den Rücken des Renners schwingen können.

„Und nun die Zügel!" Sie wurden ihm gereicht. „Guter Scheik", sprach er, „ich bin bereit. Laß einen Führer zum Zelt vorausgehen und sende einige deiner Männer mit Wasser."

Die Pferde waren nicht scheu. Schon schien ein stummes Einverständnis zwischen ihnen und dem neuen Lenker zu herrschen, der sich seiner Aufgabe mit Ruhe und jenem Selbstbewußtsein hingab, die stets Vertrauen erwecken. Ben Hur ließ die Pferde genau in derselben Ordnung gehen, die sie, an den Wagen gespannt, einhalten sollten, nur daß er auf Sirius ritt, anstatt im Wagen zu stehen. Ilderims Vertrauen nahm zu. Er strich sich den Bart, lächelte befriedigt und murmelte: „Er ist kein Römer, bei der Herrlichkeit Gottes, nein!" Er folgte zu Fuß; alle Bewohner der Zelte, Männer, Frauen und Kinder strömten ihm nach. Das Feld erwies sich für die Übungen wie geschaffen. Ben Hur ließ das Gespann zuerst langsam und in gerader Linie, dann in weiten Kreisen ausschreiten. Hierauf mußte es den Schritt beschleunigen, bis es im Trab und endlich im Galopp dahinlief. Zuletzt zog er die Kreise enger, und später trieb er die Pferde regellos dahin und dorthin, rechts, links, vorwärts, ohne Unterbrechung. So verstrich eine Stunde. Dann mäßigte er ihren Lauf und lenkte sie auf Ilderim zu.

„Das Werk ist getan, es fehlt nur noch die Übung", sprach er. „Ich wünsche dir Glück, Ilderim, daß du Diener besitzest wie diese. Sieh", fuhr er fort, indem er abstieg und zu den Pferden trat, „sieh, der Glanz ihrer rötlichen Haut ist ohne Makel; sie atmen so leicht wie beim Beginn. Ich wünsche dir viel Glück und es müßte schlimm gehen, wenn" – er richtete seine strahlenden Augen auf das Antlitz des Greises – „wenn wir nicht den Sieg und unsere – " er hielt inne, errötete und verbeugte sich. Erst jetzt hatte er an des Scheiks Seite Balthasar, auf einen Stab gestützt, und zwei tiefverschleierte Frauen bemerkt. Die eine blickte er ein zweites Mal an und sprach pochenden Herzens zu sich selbst: Da ist sie – die Ägypterin! – Ilderim nahm seinen abgebrochenen Satz auf – „den Sieg und unsere Rache erringen!" Dann setzte er hinzu: „Ich fürchte nichts, Sohn des Arrius, du bist mein Mann. Ist das Ende wie der Anfang, dann sollst du erfahren, mit welchem Stoff die Handfläche des Arabers gefüttert ist, der die Mittel besitzt, zu belohnen!"

„Ich danke dir, guter Scheik", erwiderte Ben Hur bescheiden. „Laß die Diener Wasser für die Pferde bringen."

Er reichte ihnen mit eigener Hand das Wasser. Dann bestieg er Sirius wieder und setzte die Übungen fort, wie vorher von Schritt zu Trab, von Trab zu Galopp übergehend; schließlich spornte er die unermüdlichen Renner zu noch größerer Eile an, bis sie im vollen Laufe dahinsausten. Das Schauspiel wurde aufregend und es fehlte nicht an Beifallsrufen für die kundige Handhabung der Zügel und an Worten der Bewunderung für das Gespann, das sich stets gleich blieb, ob es nun wie im Fluge geradeaus eilte oder in verschiedenartigen Wendungen gelenkt wurde. Inmitten der Übungen erschien Malluch auf dem Platze und suchte den Scheik.

„Ich habe eine Botschaft für dich, Scheik", sprach er, als er Gelegenheit zum Reden gefunden hatte, „eine Botschaft vom Handelsherrn Simonides."

„Von Simonides!" rief der Araber aus. „Ah, gut! Möge Abaddon alle seine Feinde verderben!"

„Er trug mir auf, dir zuerst den heiligen Frieden Gottes zu wünschen", fuhr Malluch fort, „und dir dann dieses Schreiben zu überreichen mit der Bitte, es gleich nach dem Empfang zu lesen."

Ilderim erbrach das Siegel des ihm überreichten Päckchens und entnahm diesem zwei Briefe, die er sogleich zu lesen begann.

„Simonides an den Scheik Ilderim.

Mein Freund! Sei zuerst versichert, daß Du einen Platz im Innersten meines Herzens einnimmst. In Deinen Zelten ist ein Jüngling von angenehmem Äußeren, der sich Sohn des Arrius nennt, er ist es auch durch Adoption. Er ist mir sehr teuer. Er hat eine wunderbare Geschichte. Komm heute morgen zu mir, daß ich sie Dir erzähle und Deinen Rat hören kann. In der Zwischenzeit willfahre allen seinen Wünschen, solange sie nicht gegen die Ehre verstoßen. Sollte eine Entschädigung notwendig sein, so bin ich dazu verpflichtet. Daß ich an dem Jüngling Interesse nehme, behalte für Dich.

Grüße Deinen anderen Gast von mir. Er, seine Tochter, Du selbst und alle, die Du als Deine Gesellschaft mitbringen willst, sind mir am Tage der Spiele im Zirkus willkommen. Ich habe bereits Sitze bestellt.

Friede sei mit Dir und den Deinigen! Was könnte ich, mein Freund, anderes sein als Dein Freund!

Simonides."

„Simonides an den Scheik Ilderim.

Mein Freund! Aus dem Schatze meiner Erfahrung sende ich Dir ein Wort. Es gibt ein Zeichen, das alle Nichtrömer, die Geld oder Gut besitzen, das dem Raube ausgesetzt ist, als Warnung auffassen: es ist die Ankunft eines hochgestellten, mit Macht bekleideten Römers an einem Sitze römischer Gewalt. Heute kommt der Konsul Maxentius an. Laß Dich warnen! Noch ein Wort des Rates.

Soll ein feindseliger Anschlag gegen Dich, mein Freund, von Erfolg sein, muß die Familie des Herodes daran beteiligt sein. Du hast große Besitzungen in ihrem Gebiet. Deshalb sei auf Deiner Hut! Sende morgen zu Deinen treuen Wächtern an den Straßen, die von Antiochien südwärts führen, und befiehl ihnen, jeden abgehenden und ankommenden Boten zu untersuchen. Finden sie Briefe, die Dich oder

Deine Geschäfte betreffen, so solltest Du dieselben sehen. Du hättest dieses Schreiben schon gestern empfangen sollen, obschon es noch nicht zu spät ist, wenn Du schnell handelst. Falls heute morgen Boten aus Antiochien abgegangen sind – die Deinigen kennen ja die Seitenwege und können ihnen daher mit Deinen Befehlen zuvorkommen. Zögere nicht! Verbrenne dieses Schreiben, sobald Du es gelesen hast. Dein Freund

Simonides."

Ilderim las die Briefe ein zweites Mal, legte sie dann wieder in die Umhüllung und verbarg das Päckchen unter seinem Gürtel.

Die Übungen im Feld waren beendet, Ben Hur brachte das Gespann wieder in Schritt, lenkte es auf Ilderim zu und fragte: „Mit deiner Erlaubnis, Scheik, will ich die Araber ins Zelt zurückbringen und sie heute nachmittag wieder ausführen."

Ilderim trat auf Ben Hur zu, der noch auf Sirius saß, und sprach: „Ich überlasse sie, Sohn des Arrius, ganz deiner Verfügung bis nach den Spielen. Du hast in zwei Stunden mit ihnen erreicht, was der Römer – mögen Schakale seine Beine benagen! – in ebenso vielen Wochen nicht vermochte. Wir werden siegen, bei der Herrlichkeit Gottes, wir werden siegen!"

Im Zelt blieb Ben Hur bei den Pferden, während sie versorgt wurden. Nach einem Bad im See und einem Trunk Reisbranntwein mit dem Scheik, der von guter Laune überschäumte, zog er wieder seine jüdische Kleidung an und schritt mit Malluch dem Haine zu.

„Ich werde dir", sprach er, „einen Auftrag betreffs meines Gepäckes mitgeben, das sich in der Herberge diesseits des Flusses bei der seleukischen Brücke befindet. Bringe es mir heute, wenn du kannst. Und, guter Malluch – wenn es dir nicht zu viel Ungelegenheiten macht –"

Malluch versicherte ihn mit herzlichen Worten seiner Bereitwilligkeit, ihm zu dienen.

„Ich danke dir, Malluch, ich danke", sprach Ben Hur. „Ich will dich beim Wort nehmen. Wir sind ja Brüder desselben alten Stammes und der Feind ist ein Römer. Zunächst also, da du ein Geschäftsmann bist, was Scheik Ilderim, wie ich fürchte, nicht ist –"

„Araber sind es selten", unterbrach ihn Malluch ernst.

„Nein, ich bestreite nicht ihre Schlauheit, Malluch. Dennoch ist es gut, wenn man vorsichtig ist. Um alle Fehler und Hindernisse beim Rennen zu vermeiden, würde es mir zu großer Beruhigung dienen, wenn du dich zur Leitung der Zirkus begeben und nachsehen wolltest, ob der Scheik allen Vorbedingungen richtig nachgekommen ist. Ist es dir

von großem Nutzen sein. Ich muß die Farben kennen, die ich tragen soll, und die Nummer des Standplatzes, den ich beim Beginn des Rennens einzunehmen habe. Befindet er sich neben dem Messalas, sei es rechts oder links, so ist es gut, wenn nicht, so versuche eine Abänderung zu veranlassen, sodaß ich neben den Römer komme. Hast du ein gutes Gedächtnis, Malluch?"

„Es versagt wohl schon, Sohn des Arrius, aber niemals, wenn ihm das Herz zu Hilfe kommt, wie jetzt."

„So will ich es wagen, dich mit einem weiteren Auftrage zu belästigen. Ich bemerkte gestern, daß Messala stolz auf seinen Wagen ist, und er hat ein Recht dazu, denn der beste Wagen des Kaisers dürfte seinen schwerlich übertreffen. Kannst du nicht herausfinden, ob er leicht oder schwer ist? Ich möchte gern sein genaues Maß und Gewicht haben - und, Malluch, sollten deine Versuche in allem anderen fehlschlagen, ermittle mir wenigstens die genaue Höhe, in der seine Achse über dem Boden steht, du verstehst mich, Malluch? Ich wünsche nicht, daß er einen wesentlichen Vorteil über mich habe. Um seine Pracht kümmere ich mich nicht. Wenn ich ihn schlage, wird sie seine Niederlage umso schlimmer und meinen Triumph umso vollständiger machen. Besitzt er aber wirklich erhebliche Vorteile, so möchte ich sie kennen."

„Ich verstehe, ich verstehe", versicherte Malluch. „Das Maß vom Mittelpunkt der Achse bis zum Boden wünschest du."

„Du hast es erraten; und nun freue dich, Malluch, dies ist der letzte meiner Aufträge. Wir wollen jetzt zu den Zelten zurückkehren."

Bald darauf begab sich Malluch in die Stadt zurück. Während seiner Abwesenheit war ein berittener Bote mit Weisungen, wie Simonides sie angedeutet hatte, abgesandt worden. Es war ein Araber; Schriftliches trug er nicht bei sich. Scheik Ilderim hatte sich, Simonides' Einladung zufolge, in die Stadt begeben.

XXI.

Ilderim kam ungefähr um die dritte Stunde des folgenden Tages in das Zeltdorf zurück. Als er abstieg, trat ein Mann, den er als ein Mitglied seines Stammes erkannte, auf ihn zu und sprach: „Scheik, ich wurde beauftragt, dir dieses Päckchen zu geben und dich zu bitten, den Inhalt sogleich zu lesen. Falls eine Antwort erforderlich sei, soll ich auf dein Belieben warten."

Ilderim nahm das Päckchen und betrachtete es aufmerksam. Das Siegel war bereits erbrochen. Die Adresse lautete: „An Valerius Gratus in Cäsarea." „Abaddon hole ihn!" knurrte der Scheik, als er einen Brief in lateinischer Sprache fand. Wäre das Schreiben griechisch oder arabisch gewesen, so hätte er es lesen können. So aber war das einzige, was er entziffern konnte, der in kühnen römischen Lettern unterzeichnete Name Messala. Ilderims Augen funkelten. „Wo ist der junge Israelite?" fragte er.

„Er ist mit den Pferden auf dem Felde", antwortete der Diener.

Der Scheik legte das Schriftstück in seine Umhüllung zurück, steckte das Päckchen unter seinen Gürtel und bestieg das Pferd. In diesem Augenblick erschien ein Fremder, der, wie es schien, aus der Stadt kam.

„Ich suche den Scheik Ilderim mit dem Beinamen der Gütige", sprach der Fremde. Sprache und Kleidung verrieten den Römer.

Die Sprache, die der greise Araber nicht lesen konnte, konnte er doch sprechen; er antwortete daher mit Würde: „Ich bin der Scheik Ilderim."

Der Mann ließ die Augen sinken; dann erhob er sie wieder und sprach: „Ich hörte, daß du einen Lenker für die Wettspiele brauchst."

Ilderims Lippen zogen sich unter dem weißen Schnurrbart verächtlich zusammen. „Geh deines Weges", sprach er. „Ich habe einen Lenker." Er wandte sich um, um fortzureiten; aber der Mann blieb stehen und sprach abermals: „Scheik, ich bin ein Liebhaber von Pferden und man sagt, du habest die schönsten in der Welt."

Der Greis hielt die Zügel an, als wolle er der Schmeichelei nachgeben; aber schließlich erwiderte er: „Heute nicht, heute nicht; zu einer anderen Zeit werde ich sie dir zeigen. Ich bin jetzt sehr beschäftigt." Er ritt auf das Feld, während der Fremde sich mit lächelnder Miene entfernte, um in die Stadt zurückzukehren. Er hatte seinen Auftrag erfüllt.

Und jeden Tag kam von nun an bis zum großen Tag der Spiele ein Mann – manchmal waren es deren zwei oder drei – nach dem Palmenhain zum Scheik unter dem Vorwande, eine Beschäftigung als Wagenlenker zu suchen. So ließ Messala Ben Hur überwachen.

Der Scheik wartete voll Zufriedenheit, bis Ben Hur mit seinen Pferden vom Felde kam, denn er hatte bemerkt, daß sie in vollem Laufe in einer Weise dahinflogen, als seien alle vier eins.

„Heute nachmittag, Scheik, werde ich dir Sirius zurückgeben." Ben Hur streichelte bei diesen Worten den Hals des Pferdes. „Ich werde es mit dem Wagen versuchen."

„So bald schon?" fragte Ilderim.

„Bei Tieren wie diesen, guter Scheik, genügt ein Tag. Sie sind nicht furchtsam; sie haben Menschenverstand und lieben die Übungen. Dieses da" – er schüttelte das Leitseil über dem Rücken des Jüngsten des Viergespanns – „du nanntest es, glaube ich, Aldebaran, ist das schnellste; auf einer Runde um die Rennbahn würde es die anderen um das Dreifache seiner Körperlänge überflügeln."

Ilderim wühlte in seinem Bart und sprach mit leuchtenden Augen: „Aldebaran ist das schnellste; aber welches ist das langsamste?"

„Dieses hier." Ben Hur schüttelte das Leitseil über Antares. „Dieses hier; aber es wird siegen, denn, siehst du, Scheik, es wird mit äußerster Anstrengung den ganzen Tag rennen – den ganzen Tag; und wenn die Sonne untergeht, wird es seine größte Schnelligkeit erreichen."

„Du hast wieder recht!" sprach Ilderim.

„Ich habe nur eine Besorgnis, Scheik. In seiner Gier nach Sieg kann ein Römer die Ehre nicht rein bewahren. Ihre Kniffe bei den Spielen – merke, bei allen – sind unzählbar; im Wagenrennen erstreckt sich ihre Hinterhältigkeit auf alles, vom Pferd bis auf den Lenker, vom Lenker bis auf den Herrn. Deshalb, guter Scheik, hab wohl acht auf alles, was du hast. Laß von heute an, bis das Rennen vorüber ist, keinen Fremden die Pferde auch nur sehen. Willst du vollkommen sicher sein, so tue noch mehr: bewache sie mit bewaffneter Hand und mit schlaflosem Auge; dann will ich für den Ausgang nichts fürchten."

Am Zelteingang stiegen sie ab.

„Deine Worte sollen beachtet werden. Bei der Herrlichkeit Gottes! Niemand soll ihnen nahekommen und keine Hand sie berühren, außer sie gehöre einem meiner Getreuen. Heute nacht werde ich Wachen aufstellen. Doch, Sohn des Arrius", – Ilderim zog das Päckchen hervor und öffnete es langsam, während sie an den Diwan traten und sich setzten – „sieh hier und hilf mir mit deinem Latein. Da, lies: lies laut und übertrage, was du liest, in die Sprache deiner Väter. Latein ist mir ein Greuel."

Ben Hur war in guter Laune und begann zu lesen: „Messala an Gratus!" er hielt inne. Eine Ahnung trieb ihm das Blut zum Herzen. Ilderim bemerkte seine Erregung: „Nun, ich warte."

Ben Hur bat um Entschuldigung und begann wieder zu lesen. Als er zu den Stellen kam, die des Gratus Gedächtnis auffrischen sollten, zitterte seine Stimme und er setzte zweimal ab, um seine Fassung wiederzugewinnen. Mir großer Anstrengung las er weiter: „– erinnere ich Dich daran, wie Du über die Familie Hurs Verfügungen trafst –" hier hielt er abermals inne und holte tief Atem – „die wir damals beide für die wirksamsten zur Erreichung unserer Absichten hielten, nämlich die Familie zum Stillschweigen und zum unvermeidlichen, aber natürlichen Tode zu verurteilen." Hier versagte Ben Hur die Stimme. Das Papier entfiel ihm und er barg sein Gesicht in den Händen. „Sie sind tot – tot! Ich allein bin übrig!"

Der Scheik hatte schweigend, aber nicht teilnahmslos den Schmerz des jungen Mannes mitangesehen. Nun erhob er sich und sprach: „Sohn des Arrius, es ist an mir, dich um Entschuldigung zu bitten. Lies den Brief für dich allein. Wenn du stark genug bist, mir den Rest mitzuteilen, so laß es mich wissen und ich werde wieder kommen."

Ben Hur warf sich auf den Diwan und ließ seinen Gefühlen freien Lauf. Einigermaßen Herr seiner selbst geworden, erinnerte er sich, daß er den Schluß des Briefes noch nicht gelesen habe. Er nahm ihn auf und begann wieder zu lesen. „Du wirst Dich dessen entsinnen", lautete das Schreiben weiter, „was Du über Mutter und Schwester des Übeltäters bestimmtest, und wenn ich jetzt dem Verlangen nachgebe zu erfahren, ob sie noch leben oder schon tot sind" – Ben Hur fuhr auf, las die Stelle wieder und wieder und brach endlich in Rufe des Erstaunens aus. „Er weiß nicht, ob sie tot sind, er weiß es nicht! Gepriesen sei der Name des Herrn! Noch ist Hoffnung!" Er vollendete den Satz, und neugestärkt las er den Brief zu Ende.

„Sie sind nicht tot", sprach er nach einigem Nachdenken; „sie sind nicht tot, sonst hätte er davon gehört." Ein nochmaliges aufmerksames Durchlesen des Briefes bestärkte ihn in dieser Meinung. Dann sandte er nach dem Scheik.

„Als ich dein gastliches Zelt aufsuchte, Scheik", sprach er ruhig, als der Araber sich gesetzt hatte und sie allein waren, „wollte ich über mich selbst nicht mehr sagen, als ich für nötig hielt, um dich davon zu überzeugen, daß ich hinlängliche Übung besitze, deine Pferde zu lenken. Ich lehnte ab, dir meine Geschichte zu erzählen. Aber die Fügung, die mir dieses Papier in die Hand gab, ist so merkwürdig, daß ich mich genötigt fühle, dir alles zu offenbaren. Und um so mehr bestimmt mich dazu die Erkenntnis, die ich aus diesem Schreiben schöpfe, daß wir beide von demselben Feinde bedroht sind, gegen den es notwendig ist, gemeinsame Sache zu machen. Ich werde dir den Brief vorlesen und die nötigen Erklärungen geben; du wirst dich dann nicht länger wundern, daß ich so tief bewegt war. Wenn du mich für schwach und kindisch hieltest, so wirst du mich dann entschuldigen."

Der Scheik schwieg und hörte aufmerksam zu, bis Ben Hur zu der Stelle kam: „Ich sah den Juden gestern im Daphnehain, und wenn er jetzt nicht dort ist, so ist er doch in der Nähe und macht es mir leicht, ihn im Auge zu behalten. Ja, würdest Du mich fragen, wo er jetzt ist, so würde ich mit der größten Bestimmtheit antworten, daß er im alten Palmenhain zu finden sei."

„Ah!" rief Ilderim in einem Tone, der mehr erstaunt als ärgerlich war; zugleich griff er sich an den Bart.

„Im alten Palmenhain", wiederholte Ben Hur, „unter dem Zelte des verräterischen Scheiks Ilderim."

„Ein Verräter! – Ich?" schrie zornentbrannt der Greis. Seine Lippen zogen sich kraus, sein Bart wogte und die Adern an seiner Stirn und seinem Halse schwollen und pochten, als ob sie bersten wollten.

„Einen Augenblick noch, Scheik", sagte Ben Hur mit bittender Gebärde. „Das ist Messalas Meinung über dich. Höre seine Drohung." Und er las weiter: „– unter dem Zelt des verräterischen Scheiks Ilderim, der in nicht langer Zeit erfahren wird, daß er unserer starken Hand nicht entrinnen kann. Sei also nicht überrascht, wenn die erste Maßregel, die Maxentius ergreift, die ist, daß er den Araber auf ein Schiff bringen läßt, um ihn nach Rom zu senden."

„Nach Rom! Mich – Ilderim – den Scheik von zehntausend bewaffneten Reitern – mich nach Rom!" Er sprang auf, die Arme ausgebreitet, die Finger wie Krallen gekrümmt, die Augen glänzend wie die einer Schlange. „O Gott! Nein, bei allen Göttern außer denen Roms! Wann wird diese Unverschämtheit enden? Ein freier Mann bin ich, frei ist mein Volk. Müssen wir als Sklaven sterben, oder, noch schlimmer, muß ich wie ein Hund leben, der zu den Füßen seines Herrn kriecht? Soll ich seine Hand lecken, daß er mich nicht schlägt? Was mein ist, ist nicht mehr mein; ich bin nicht mehr mein eigener Herr; für jeden Atemzug soll ich einem Römer dankbar sein! Oh, daß ich wieder jung wäre! Oh, könnte ich zwanzig Jahre abschütteln oder zehn – oder fünf!" Er knirschte mit den Zähnen und schlug die Hände über dem Kopf zusammen. Dann ging er plötzlich, von einem anderen Gedanken erfüllt, einige Schritte fort, kehrte aber schnell wieder zu Ben Hur zurück und faßte ihn mit kräftigem Griff bei der Schulter: „Wäre ich an deiner Stelle, Sohn des Arrius, und so jung, so stark, so geübt in den Waffen wie du, hätte ich einen Beweggrund, der mich zur Rache spornte, einen Beweggrund wie den deinigen, hinreichend, den Haß zu heiligen – hinweg mit aller Verstellung zwischen mir und dir! Sohn Hurs, Sohn Hurs, sage ich –"

Bei diesem Namen stockte Ben Hurs Blut in allen Adern; überrascht, verwirrt blickte er in des Arabers wildfunkelnde Augen.

„Sohn Hurs, sage ich, wäre ich an deiner Stelle, hätte ich halb so viel Unrecht erduldet, trüge ich Erinnerungen wie die deinigen in mir: ich würde, ich könnte nicht ruhen!" Wie die Wasser eines Gießbaches stürzten die Worte unaufhaltsam aus dem Munde des Greises. „Zu all den selbsterlittenen Unbilden würde ich jene der ganzen Welt fügen und mich ausschließlich der Rache widmen. Von Land zu Land würde ich ziehen und die ganze Menschheit entflammen. Keinen Freiheitskrieg sollte es geben, der mich nicht beteiligt fände, keinen Kampf gegen Rom, in dem ich nicht mitkämpfen würde. Ich würde, wenn ich nichts Besseres tun könnte, ein Parther werden. Wenn ich bei den Menschen keine Unterstützung fände, ich würde dennoch mein Vorhaben nicht aufgeben, ich würde mich zu den Wölfen gesellen, Löwen und Tiger mir zu Freunden machen, in der Hoffnung sie gegen den gemeinsamen Feind zum Kampfe führen zu können. Ich würde jede Waffe ergreifen. Wären meine Opfer Römer, so würde ich an einem Blutbade meine Freude haben. Um Schonung würde ich nicht bitten, Schonung würde ich nicht gewähren. Den Flammen überliefern würde ich alles, was römisch heißt, dem Schwerte opfern jeden, der einen Römer zum Vater hat. Nachts würde ich zu den Göttern, den guten wie den bösen, beten, daß sie mir ihre besonderen Schrecken leihen: Sturm, Dürre, Hitze, Kälte und all die namenlosen Gifte, mit denen sie die Luft erfüllen, all die tausend Dinge, an denen die Menschen sterben auf dem Wasser und auf dem Lande. Oh, ich könnte keine Stunde schlafen. Ich – ich –"

Keuchend, die Hände ringend, hielt er inne; der Atem war ihm ausgegangen. Von diesem ganzen leidenschaftlichen Ausbruch hatte Ben Hur nur wenig verstanden; er hörte nur eine durchdringende Stimme und sah zwei wildfunkelnde Augen und die Zeichen äußerster Wut, die keiner zusammenhängenden Worte mehr fähig ist. Zum ersten Male seit Jahren hatte sich der verlassene Jüngling bei seinem Namen nennen gehört. Wenigstens ein Mann also kannte ihn und glaubte es, ohne Beweise zu verlangen; und dieser war ein Araber aus der Wüste! Wie war er zu dieser Erkenntnis gekommen? Durch den Brief? Nein. Dieser berichtete die Grausamkeiten, die seine Familie erduldet hatte; er erzählte die Geschichte seines eigenen Unglückes, aber er sagte nicht, daß er das Opfer sei. Das war jener Punkt, den er dem Scheik noch nicht hatte erklären wollen. Er war erregt und mit neuer Hoffnung erfüllt, suchte aber die Ruhe zu bewahren. „Guter Scheik, erzähle mir nun, wie du zu diesem Brief kamst."

„Meine Leute bewachen die Wege zu den Städten", antwortete Ilderim kurz. „Sie nahmen ihn einem Boten ab."

„Weiß man, daß es deine Leute sind?"

„Nein. Der Welt gelten sie als Räuber, die zu fangen und zu töten meine Aufgabe ist."

„Noch eines, Scheik, du nanntest mich Sohn Hurs – so hieß mein Vater. Ich dachte nicht, daß ich einem einzigen Menschen auf der ganzen Welt bekannt sei. Woher hast du diese Kenntnis?"

Ilderim zögerte; nach kurzer Überlegung antwortete er aber: „Ich kenne dich, dennoch darf ich nicht mehr sagen."

„Es hat dir also jemand Stillschweigen auferlegt?"

Der Scheik schwieg und wandte sich zum Gehen. Als er aber Ben Hurs Enttäuschung bemerkte, kehrte er um und sprach: „Laß uns jetzt nicht weiter darüber reden. Ich werde mich in die Stadt begeben; nach meiner Rückkehr kann ich vielleicht offen mit dir reden. Gib mir den Brief." Ilderim rollte das Schriftstück sorgfältig zusammen, legte es in seine Umhüllung zurück und war wieder ganz Eifer. „Ich sagte dir, was ich an deiner Stelle tun würde, und du gabst mir keine Antwort."

„Ich wollte antworten, Scheik, und ich werde es." Ben Hurs Gesicht und Stimme verrieten die Erregung, die sich seiner wieder bemächtigte. „Alles, was du gesagt hast, will ich tun – alles wenigstens, was in eines Menschen Macht liegt. Schon seit langem habe ich mich ganz der Rache gewidmet. Keine Stunde während der letzten fünf Jahre ließ anderen Gedanken Raum. Ich gönnte mir keine Ruhe. Die Vergnügungen der Jugend, Roms Herrlichkeiten und Reize berührten mich nicht. Ich suchte mich dort nur für die Rache auszubilden. Ich ging zu den berühmtesten Meistern und Lehrern – nicht der Beredsamkeit und Philosophie; dafür hatte ich keine Zeit. Die Künste, die ein Mann der Waffen kennen muß, zu erlernen, war mein einziges Streben. Ich gesellte mich zu den Gladiatoren und den sieggekrönten Zirkuskämpfern; diese waren meine Lehrer. Die Exerziermeister auf dem großen Feldlager nahmen mich als Schüler an und waren stolz auf meine Leistungen in ihrem Fache. Scheik, ich bin Soldat; aber die Aufgabe, die ich mir gesetzt habe, fordert einen Feldherrn. Dieser Gedanke bewog mich, am Zug gegen die Parther teilzunehmen. Wenn dieser vorüber ist und der Herr mir Kraft und Leben erhält, dann" – er erhob die geballten Fäuste zum Himmel und sprach im Tone leidenschaftlichen Feuers – „dann werde ich ein in jeder Hinsicht römisch geschulter Feind sein; dann soll mir Rom das Unrecht mit Römerblut bezahlen! Das ist meine Antwort, Scheik."

Ilderim schlang seinen Arm um Ben Hurs Schultern und küßte ihn. „Wenn dein Gott dir nicht beisteht, Sohn Hurs", sagte er leidenschaftlich, „dann ist er tot. Und diese Versicherung nimm von mir entgegen – feierlich beschworen, wenn du willst –: meine Hände und mein Eigentum, Männer, Pferde, Kamele sollen dir zur Verfügung stehen, sowie die Wüste zur Vorbereitung. Ich schwöre es! Für jetzt genug. Du sollst mich noch vor Nacht sehen oder von mir hören."

Der aufgefangene Brief gab über verschiedenes Aufschluß, das für Ben Hur von großer Wichtigkeit war. Er enthielt das Geständnis, daß der Schreiber an der in mörderischer Absicht erfolgten Beseitigung der Familie beteiligt war, daß er den für diesen Zweck entworfenen Plan gutgeheißen und selbst einen Teil der eingezogenen Güter erhalten hatte, in dessen Besitz er sich noch befand, daß ihn das unerwartete Auftauchen des „Verbrechers" beunruhigte und ihm wie eine Drohung erschien, daß er versuchte, sich zu sichern, und daß er zu diesem Zweck bereit war, alles zu tun, was sein Helfershelfer in Cäsarea raten würde. Und nun, da der Brief in die Hände dessen geraten war, von dem er hauptsächlich handelte, war er sowohl eine Warnung vor künftiger Gefahr als ein Bekenntnis der Schuld. Daher galt für Ben Hur, nachdem Ilderim das Zelt verlassen hatte, rasches Handeln. Seine Feinde waren schlau und mächtig. Fürchteten sie ihn, so hatte er noch mehr Ursache, sie zu fürchten. Er gab sich alle Mühe, sich über seine Lage klar zu werden; er konnte seiner Gefühle nicht Herr werden. Die dunkle Hoffnung, daß seine Mutter und Schwester noch lebten, erfüllte ihn mit einer gewissen Freude, und es lag ihm wenig daran, daß die Grundlage dieser Hoffnung eine bloße Schlußfolgerung war. Diese Erwägungen vermochten zwar nur auf das Gefühl zu wirken; wenn er ihnen trotzdem nachgab, so geschah es, weil er eine leise Ahnung hatte, daß Gott im Begriffe stehe, zu seinen Gunsten einzugreifen, und in diesem Fall flüsterte ihm der Glaube zu, sich ruhig zu verhalten.

Nach dem Mittagsmahle ließ Ben Hur den Wagen zur Besichtigung herausrollen. Er unterwarf ihn einer sorgfältigen Prüfung. Nichts entging ihm. Mit Befriedigung bemerkte er, daß er nach griechischem Muster gebaut war, dem der Vorzug vor dem römischen gebührte. Er war zwischen den Rädern niedriger und stärker; der Nachteil des größeren Gewichtes wurde durch die stärkere Ausdauer seiner arabischen Pferde mehr als ausgeglichen.

Dann führte er die Pferde heraus, spannte sie an den Wagen und fuhr auf das Übungsfeld, wo er sie stundenlang im Lauf unter dem Joche dressierte. Mit neuem Mut kehrte er des Abends zurück, fest entschlossen, sein Vorgehen gegen Messala bis nach dem Rennen zu verschieben. Er wollte nicht auf das Vergnügen verzichten, seinen Gegner im Angesicht des ganzen Ostens zu besiegen; daß noch andere Bewerber auftreten könnten, schien ihm nicht in den Sinn zu kommen. Sein Vertrauen auf einen guten Ausgang stand unerschütterlich fest; an seiner eigenen Geschicklichkeit zweifelte er nicht und in den Pferden besaß er verständnisvolle Genossen.

„Er mag sich vorsehen, er mag sich vorsehen! Ha, Antares, Aldebaran! Nicht wahr, treuer Rigel? Und du, Attair, König der Renner, soll er sich nicht vor uns in Acht nehmen? Haha, meine Lieben!" so ging er in den Ruhepausen von Pferd zu Pferd und sprach mit ihnen.

Nach Einbruch der Nacht saß Ben Hur am Eingang des Zeltes, auf Ilderim wartend, der noch nicht aus der Stadt zurückgekehrt war. Er war keineswegs ungeduldig, noch fühlte er Unruhe oder Zweifel. In jedem Falle würde der Scheik von sich hören lassen. War es nur Befriedigung über den Verlauf der Übungen oder die Erfrischung, die nach einem kühlen Bad oder nach einem mit ausgezeichnetem Appetit genossenen Mahl nach jeder Niedergeschlagenheit einzutreten pflegt – der junge Mann war in gehobener Stimmung. Er hatte das Gefühl, daß die Vorsehung schützend ihre Arme über ihn ausbreitete. Endlich hörte er rasche Hufschläge eines Pferdes; Malluch ritt heran.

„Sohn des Arrius", sagte dieser nach der Begrüßung, „Scheik Ilderim sendet dir seinen Gruß und bittet dich, zu Pferde zu steigen und in die Stadt zu kommen. Er erwartet dich."

Ben Hur stellte keine Frage, sondern begab sich in den Raum, wo die Pferde gefüttert wurden. Aldebaran kam auf ihn zu, als wollte er ihm seine Dienste anbieten. Er streichelte ihn zärtlich, ging aber weiter, um ein anderes zu wählen, das nicht zum Viergespann gehörte; denn dieses sollte seine Kräfte für das Rennen sparen. In kurzer Zeit saßen beide auf den Pferden und ritten schnell und schweigend der Stadt zu. Eine Strecke unterhalb der seleukischen Brücke setzten sie auf einer Fähre über den Fluß, ritten dann in einem weiten Bogen auf der rechten Seite des Flusses weiter, kehrten auf einer zweiten Fähre an das andere Ufer zurück und gelangten von Westen her in die Stadt. Der Umweg war beträchtlich, aber Ben Hur sah darin eine Vorsicht, die ihre guten Gründe hatte. Sie ritten zum Landungsplatz des Simonides, und vor dem großen Warenlager unter der Brücke hielt Malluch an. „Wir sind am Ziele", sprach er. „Steige ab."

Ben Hur erkannte die Stelle. „Wo ist der Scheik?" fragte er.

„Kommt mit mir, ich werde dich führen."

Ein Diener übernahm die Pferde, und ehe Ben Hur sich dessen bewußt ward, stand er zum zweiten Male an der Tür des auf dem größeren Gebäude ruhenden Hauses und hörte von innen die Einladung: „Tritt ein im Namen Gottes!"

XXII.

Malluch blieb an der Tür zurück. Ben Hur trat allein ein. Es war dasselbe Gemach, in welchem er die erste Unterredung mit Simonides gehabt hatte. Es zeigte keine Veränderung, nur stand neben dem Armsessel in einem breiten hölzernen Gestell eine polierte Messingstange, die auf beweglichen Armen ein halbes Dutzend silberner Lampen trug. Ihr helles Licht ließ die Felder in den Wänden, den Fries mit seiner Reihe vergoldeter Kugeln und die schillernde Kuppelwölbung erkennen. Drei Personen waren anwesend und blickten ihm entgegen: Simonides, Ilderim und Esther. Er blickte sie der Reihe nach verlegen an, als ob er Antwort auf die sich ihm aufdrängende Frage suche: was können sie von mir wollen? Er bewahrte die Ruhe und hielt seine Sinne gespannt, denn an die erste Frage reihte sich die zweite: sind sie Freunde oder Feinde? Seine Augen blieben auf Esther haften. Die Männer erwiderten seinen Blick freundlich; in ihrem Blick aber lag etwas für ihn Unerklärbares, das sich dennoch tief in seinem Innern einprägte.

„Sohn Hurs", sprach Simonides, langsam und mit Nachdruck die Anrede wiederholend, als wollte er deren ganze Bedeutung ihm zum Bewußtsein bringen, „empfange den Frieden des Herrn, des Gottes unserer Väter! Empfange ihn von mir!" Nach einer Pause fügte er hinzu: „Von mir und den Meinigen." Er saß in seinem Sessel. Betrachtete man diesen ausdrucksvollen Kopf, das bleiche Gesicht und die ehrfurchtgebietende Miene, so vergaß man die gebrochenen Glieder und den verunstalteten Leib des Mannes. Seine großen, schwarzen Augen blickten fest, jedoch nicht streng, unter den weißen Brauen hervor. Einen Augenblick saß er so da, dann kreuzte er die Hände auf der Brust.

„Simonides", antwortete Ben Hur tief bewegt, „den heiligen Frieden, den du mir bietest, nehme ich an. Wie ein Sohn seinem Vater, so erwidere ich ihn dir, nur laß uns gegenseitig vollkommen verstehen." In so zarter Weise suchte er jede Demütigung des Handelsherrn zu vermeiden und an die Stelle des Verhältnisses zwischen Gebieter und Untergebenen ein höheres und heiligeres setzen.

Simonides ließ die Hände sinken und sprach, zu Esther gewendet: „Tochter, bring einen Sitz für unseren Gebieter." Sie eilte sofort, brachte einen niedrigen Sessel und stand errötend da, von Ben Hur zu Simonides, von Simonides zu Ben Hur blickend und einen Befehl erwartend; doch diese schwiegen, da jeder den Vorrang, den ein Befehl in sich geschlossen hätte, dem anderen überlassen wollte. Als die Stille peinlich zu werden begann, trat Ben Hur vor, nahm den Sessel höflich aus ihrer Hand und stellte ihn vor den Lehnstuhl zu den Füßen des Handelsherrn.

„Ich will mich hierher setzen", sprach er. Seine Augen trafen die ihrigen, indes nur für einen Augenblick, und dennoch verstanden sie sich. Er erkannte ihre tiefe Dankbarkeit, sie seine Großmut und Nachsicht.

Simonides verneigte sich zum Zeichen der Anerkennung. „Esther, mein Kind, bringe mir die Papiere", sprach er, erleichtert aufatmend.

Sie ging zu einer der Abteilungen in der getäfelten Wand, nahm eine Rolle Papyrusstreifen heraus und brachte sie ihm. „Du hast ein gutes Wort gesprochen, Sohn Hurs", begann Simonides, die Bogen aufrollend. „Laß uns gegenseitig verstehen. In Erwartung dieses Verlangens – welches ich übrigens selbst gestellt hätte, wenn du dem aus dem Wege hättest gehen wollen, habe ich hier einen Bericht zusammengestellt, der alles umfaßt, was zu einer Verständigung notwendig ist. Der Bericht umfaßt zwei Punkte: zunächst das Vermögen und dann unser Verhältnis zueinander. Willst du ihn jetzt durchlesen?" Ben Hur nahm die Papiere in die Hand, blickte aber auf Ilderim. „Nein", sagte Simonides, „der Scheik soll dich vom Lesen nicht abhalten. Die Rechnung, eine solche wirst du im Bericht finden, ist derart, daß sie einen Zeugen erfordert. Am Schluß des Berichtes, wo sich die Zeugen zu unterfertigen pflegen, wirst du daher, wenn du so weit gelesen hast, den Namen ‚Ilderim, Scheik', gezeichnet finden. Er weiß alles. Er ist dein Freund. Alles, was er mir war, wird er auch dir sein." Simonides blickte, sich freundlich verbeugend, den Araber an und dieser erwiderte die Verbeugung und sprach: „Es ist, wie du sagst."

Ben Hur entgegnete: „Ich habe den hohen Wert seiner Freundschaft erfahren und werde mich ihrer würdig zeigen." Dann fuhr er fort: „Später, Simonides, will ich die Papiere sorgfältig lesen, für jetzt nimm sie zurück und gib mir, wenn es dich nicht zu sehr ermüdet, nur einen Überblick."

Simonides nahm die Rolle zurück. „Hier, Esther, stelle dich neben mich und nimm die Bogen in die Hand, daß sie nicht in Unordnung geraten." Sie nahm ihren Platz neben seinem Stuhle ein und legte ihren rechten Arm leicht auf seine Schulter. „Dies", sprach Simonides, das erste Blatt herausnehmend, „enthält das Geld verzeichnet, das ich von deinem Vater hatte; es ist die Summe, die ich vor den Römern rettete. Anderes Eigentum konnte nicht gerettet werden, nur Geld, und auch dieses hätten die Räuber sich verschafft, hätte ihnen nicht unser jüdisches Wechselsystem im Wege gestanden. Die gerettete Summe, bestehend aus Geldern, die ich aus Rom, Alexandrien, Damaskus, Karthago und aus anderen Handelsplätzen bezog, betrug einhundertzwanzig Talente in jüdischem Gelde."

Er reichte den Bogen Esther und nahm den nächsten. „Jene Summe, einhundertzwanzig Talente, habe ich übernommen. Höre nun, welchen Gewinn ich aus jenem Gelde zog."

Er las nun von verschiedenen Bogen die Summen ab, die folgendermaßen lauteten:

„An Schiffen	60 Talente
An Waren auf Lager	110 Talente
An Waren im Transport	75 Talente
An Kamelen, Pferden usw.	20 Talente
An Warenniederlagen	10 Talente
An fälligen Rechnungen	54 Talente
An barem Geld und an Anweisungen	224 Talente
Summa	553 Talente"

„Zu diesen fünfhundertunddreiundfünfzig gewonnenen Talenten rechne nun das ursprüngliche Kapital, das ich von deinem Vater hatte, und du hast sechshundertunddreiundsiebzig Talente, und alles ist dein Eigentum, wodurch du, Sohn Hurs, der reichste Untertan auf Erden bist." Er nahm die Bogen aus Esthers Hand, rollte sie, nachdem er einen beiseite gelegt hatte, zusammen und reichte sie Ben Hur hin. Der in seinem Wesen sich offenbarende Stolz hatte nichts Verletzendes; er mochte dem Bewußtsein treuer Pflichterfüllung entsprungen sein oder auch Ben Hur gelten. „Und", setzte er hinzu, die Stimme senkend, „es gibt nunmehr nichts, was du nicht tun kannst." Er ließ ihn dabei nicht aus den Augen. Alle Anwesenden waren sich der Wichtigkeit des Augenblickes bewußt. Simonides kreuzte abermals die Hände auf der Brust, Esther war in angstvoller Sorge, Ilderim aufgeregt. Der Charakter eines Mannes erprobt sich in der Stunde überschwenglichen Glückes.

Ben Hur nahm die Rolle und erhob sich; seine Bewegung niederkämpfend, sprach er dann mit weicher Stimme: „Alles ist ein Licht vom Himmel, die Nacht zu verscheuchen, die so lange dauerte, daß ich fürchtete, sie würde nie enden, und so dunkel war, daß ich die Hoffnung aufgab, je wieder einen Lichtstrahl zu sehen. Den ersten Dank sage ich dem Herrn, der mich nicht verlassen hat, und den zweiten dir, Simonides. Deine Treue macht die Grausamkeit anderer gut und gibt mir den Glauben an die Menschen wieder. ‚Es gibt nichts, was ich nicht tun kann.' Sei dem so! Soll ich mich in dieser für mich so erhabenen Stunde an Großmut übertreffen lassen? Sei jetzt mein Zeuge, Scheik Ilderim! Höre meine Worte, so wie ich sie sprechen werde, höre sie und bleibe ihrer eingedenk! Und du, Esther, guter Engel dieses guten Mannes, höre auch du!"

Er streckte die Hand mit der Rolle gegen Simonides hin. „Die in diesen Papieren verrechneten Dinge – Schiffe, Häuser, Waren, Kamele, Pferde und Geld gebe ich dir zurück, Simonides, erkläre sie als dein Eigentum und bestätige dich und die Deinen für immer in ihrem Besitze." Esther lächelte durch ihre Tränen. Ilderim zupfte aufgeregt an seinem Bart, seine schwarzen Augen glänzten. Simonides allein bewahrte seine Ruhe. „Ich bestätige dich und die Deinen für immer als ihre Besitzer", fuhr Ben Hur, seine Gefühle beherrschend, fort, „mit einer einzigen Ausnahme und unter einer Bedingung."

Atemlos warteten die Zuhörer auf seine Worte. „Die einhundertzwanzig Talente, die meinem Vater gehörten, sollst du mir zurückerstatten.“ Ilderims Gesicht erhellte sich. „Und du sollst mich im Suchen nach meiner Mutter und Schwester unterstützen, bereit, all das Deinige an ihre Entdeckung zu wenden, wie ich all das Meinige zu opfern bereit bin.“

Simonides war tief bewegt. Seine Hand ausstreckend, sagte er: „Ich sehe deinen hohen Sinn, Sohn Hurs, und danke dem Herrn, daß er dich zu mir geführt hat, so wie du bist. Wie ich deinem Vater während seines Lebens und nachher seinem Andenken treu gedient habe, will auch ich dir gegenüber meine Pflicht nie vernachlässigen.“ Dann den zurückgehaltenen Bogen vorweisend, setzte er hinzu: „Du hast nicht den ganzen Bericht gehört. Nimm hier und lies – lies laut!“

Ben Hur nahm den Nachtragsbericht und las: „Bericht über die Leibeigenen Hurs, erstattet von Simonides, Verwalter des Vermögens:

1. Amrah, Ägypterin, im Palaste zu Jerusalem;
2. Simonides, Verwalter in Antiochien;
3. Esther, Simonides' Tochter.“

Es war Ben Hur nicht ein einziges Mal in den Sinn gekommen, daß nach dem Gesetz die Tochter dem Vater in der Leibeigenschaft folgt. Sooft er an Esther gedacht hatte, war sie stets als das Gegenbild der Ägypterin erschienen. Er erschrak über diese Entdeckung und blickte Esther errötend an; und errötend senkte sie vor ihm die Augen. Dann sprach er, den Papyrusbogen zusammenrollend:

„Ein Mann im Besitz von sechshundert Talenten ist in der Tat reich und kann tun, was ihm beliebt. Aber wertvoller als das Geld ist der Geist, der das Vermögen gesammelt hat, und das Herz, das durch den Reichtum nicht verdorben werden konnte. Simonides, und du, schöne Esther, fürchtet euch nicht! Scheik Ilderim soll Zeuge sein, daß ich in demselben Augenblick, da ich euch als meine Leibeigenen erkannte, euch frei erklärt habe; und was ich mündlich ausspreche, will ich schriftlich niederlegen. Ist das nicht genug? Kann ich mehr tun?“

„Sohn Hurs“, sagte Simonides, „wahrlich, du machst die Knechtschaft leicht. Ich war im Unrecht; es gibt Dinge, die du nicht kannst: du kannst uns nicht vor dem Gesetz freilassen. Ich bin dein Leibeigener auf Lebenszeit, denn ich folgte eines Tages deinem Vater zum Türpfosten, und an meinem Ohr sind noch die Pfriemenzeichen zu sehen.“

„Mein Vater hätte das getan?“

„Richte ihn nicht“, rief Simonides schnell. „Er machte mich zu einem Diener jener Klasse, weil ich ihn darum bat. Ich habe den Schritt niemals bereut. Es war der Preis, den ich für Rachel, die Mutter meines Kindes, bezahlte; denn Rachel wollte nicht mein Weib werden, wenn ich nicht wurde, was sie war.“

„War sie eine Leibeigene auf Lebenszeit?“

„Ja.“

Ben Hur schritt im schmerzlichen Gefühl seines Unvermögens im Gemach auf und ab. „Ich war schon vorher reich“, sagte er, stehenbleibend. „Ich war reich durch das Vermächtnis des edlen Arrius; nun kommt dieses unermeßliche Vermögen noch dazu und der Geist, der es zu erwerben verstand. Liegt darin nicht eine Absicht Gottes verborgen? Sei mein Ratgeber, Simonides! Hilf mir, das Rechte zu erkennen und zu tun. Hilf mir, meines Namens würdig zu sein, und das was du vor dem Gesetz mir bist, das will ich dir in der Tat und in Wahrheit sein. Ich will dein Diener sein, für immer."

Simonides' Antlitz strahlte. „Sohn meines verstorbenen Gebieters! Ich will mehr tun, als dir helfen. Ich werde dir mit der ganzen Kraft meines Geistes und Herzens dienen. Einen Leib habe ich nicht; er ging in deinem Dienste zu Grunde; aber mit Geist und Herz will ich dir dienen. Ich schwöre es dir bei dem Altare unseres Gottes und bei den Opfergaben auf dem Altar! Nur mache mich in gesetzlicher Form zu dem, was ich in der Tat bin."

„Nenne es", drängte Ben Hur.

„Bestelle mich zum Verwalter, daß ich für das Vermögen Sorge tragen kann."

„Betrachte dich von jetzt ab als Verwalter, oder willst du es schriftlich?"

„Dein Wort genügt vollständig; so war es bei deinem Vater und ich will nicht mehr vom Sohne. Und nun, wenn das Verständnis vollkommen ist" – Simonides hielt inne.

„Meinerseits ist es", versicherte Ben Hur.

„Und du, Tochter Rachels, sprich!" sagte Simonides, ihren Arm von seiner Schulter nehmend. Esther stand einen Augenblick verwirrt da. Ihr Gesicht wechselte die Farbe. Dann trat sie auf Ben Hur zu und sprach mit weiblicher Anmut: „Ich bin nicht besser, als meine Mutter war, und da sie uns verlassen hat, bitte ich dich, mein Gebieter, laß mich für meinen Vater sorgen!"

Ben Hur ergriff ihre Hand und führte sie zum Lehnstuhl des Vaters zurück, indem er sprach: „Du bist ein gutes Kind. Es geschehe nach deinem Willen." Simonides legte ihren Arm wieder um seinen Hals, und eine Zeitlang herrschte Stille im Gemache. Simonides blickte auf, noch immer ein Gebieter.

„Esther", sprach er ruhig, „die Nacht ist vorgerückt. Laß Erfrischungen bringen, damit wir nicht zu müde werden für das, was wir noch vor uns haben."

Sie gab ein Zeichen. Eine Dienerin brachte Brot und Wein und reichte jedem davon.

„Die Verständigung, mein Gebieter", fuhr Simonides fort, „ist in meinen Augen noch nicht vollständig. Von nun an wird unser Leben zusammenfließen wie zwei Ströme, die ihre Wasser vereinigt haben. Ihr Lauf wird umso ruhiger sein, wenn alle Wolken vom Himmel über ihnen verschwunden sind. Du verließest kürzlich die Tür meines Hauses mit dem Gefühle, daß ich deine Ansprüche, die ich jetzt uneingeschränkt anerkannt habe, zurückweise; das war aber nicht der Fall, nein, durchaus nicht! Esther wird bezeugen, daß ich dich anerkannte; und daß ich dich nicht im Stiche ließ, laß dir von Malluch bestätigen."

„Malluch!" rief Ben Hur aus.

„Wer an den Stuhl gefesselt ist wie ich, muß viele und weitreichende Hände haben, wenn er die Welt, von der er so grausam abgeschlossen ist, in Bewegung setzen will. Ich besitze deren viele, und Malluch gehört zu den besten. Und manchmal", er sandte dem Scheik einen dankbaren Blick, „manchmal bediene ich mich auch des gütigen und tapferen Ilderim. Er mag dir sagen, ob ich dich verleugnet oder vergessen habe."

Ben Hur blickte auf Ilderim. „Hast du von mir gehört?" Ilderims Augen glänzten, als er bejahend nickte.

„Wie, mein Gebieter", sprach Simonides, „könnten wir ohne Probe sagen, welchen Charakters ein Mann ist? Ich erkannte dich; ich sah in dir deinen Vater. Aber deine Art und Gesinnung kannte ich nicht. Es gibt Menschen, für die Reichtum ein geheimer Fluch ist. Gehörtest du zu diesen? Ich sandte Malluch dir nach, es zu ergründen. Rechne es ihm nicht an. Der Bericht, den er mir brachte, lautete in jeder Hinsicht gut."

„Ich nehme es gewiß nicht übel", sagte Ben Hur herzlich. „Du handeltest weise und gütig."

„Deine Worte erfreuen mich", sagte der Handelsherr gerührt. „Meine Besorgnis, mißverstanden zu werden, ist geschwunden. Nun mögen die Ströme zusammen weiterfließen, wohin der Herr ihren Lauf richten mag."

Nach einer Pause fuhr er fort: „Die Wahrheit öffnet mir jetzt den Mund. Der Weber sitzt am Webstuhl, und wie das Schiffchen hin und her fliegt, wächst das Tuch, die Figuren wachsen, er aber träumt indessen seine Träume. So wuchs unter meinen Händen das Vermögen und ich wunderte mich über das Wachstum. Eine fremde Macht begleitete alle Unternehmungen. Die Sandstürme, die so vielen Verderben brachten, verschonten meine Karawanen, die Stürme, die Meeresküste mit Schiffstrümmern bedeckend, trieben meine Schiffe nur umso früher in den Hafen. Und was das Seltsamste ist – ich, der ich so von anderen abhänge und wie ein toter Gegenstand an eine Stelle gebannt bin, ich hatte durch einen Untergebenen niemals Verlust. Die Elemente dienten mir, und meine Diener waren mir treu."

„Das ist wirklich wunderbar", bemerkte Ben Hur.

„So sagte ich mir und sage es noch immer. Mein Gebieter, ich gelangte zu derselben Ansicht wie du: Das ist Gottes Hand. Und gleich dir fragte ich mich: was kann Gottes Absicht sein? Gottes Geist ordnet nicht ohne weise Absicht. Seit vielen Jahren trage ich diese Frage in meinem Herzen, auf Antwort harrend, davon überzeugt: waltet hier Gottes Hand, so wird er sich mir eines Tages in seiner Weise offenbaren. Und ich glaube, er hat es getan." Ben Hur lauschte mit gespannter Aufmerksamkeit. „Vor vielen Jahren saß ich mit den Meinigen – deine Mutter, Esther, war bei mir, strahlend in Schönheit, am Wege nördlich von Jerusalem, nahe bei den Gräbern der Könige, als drei Männer auf großen, weißen Kamelen, wie man sie in der Heiligen Stadt noch nie gesehen hatte, vorüber kamen. Die Männer waren Fremde und kamen aus fernen Ländern. Der erste hielt an und stellte an mich die Frage: ‚Wo ist der neugeborene König der Juden?' Wie um meine Verwunderung zu beschwichtigen, fügte er hinzu: ‚Wir haben seinen Stern im Morgenlande gesehen und sind gekommen, ihn anzubeten.' Ich verstand die Worte nicht, aber ich folgte den Männern bis zum Damaskustore; und an alle, denen sie begegneten, selbst an die Wache am Tore, richteten sie die Frage. Alle, die sie hörten, verwunderten sich wie ich. Mit der Zeit vergaß ich den Vorfall, obschon davon viel geredet wurde und man darin ein Zeichen der Ankunft des Messias erblickte. Ach, was für Kinder sind doch wir Menschen, selbst die weisesten unter uns! Wenn Gott über die Erde wandelt, sind seine Schritte oft Jahrhunderte weit auseinander. Du hast Balthasar gesehen?"

„Und von ihm selbst seine Geschichte gehört", sagte Ben Hur.

„Ein Wunder, ein wahres Wunder!" rief Simonides. „Als er sie mir erzählte, mein Gebieter, glaubte ich die Antwort zu hören, auf die ich solange harrte; Gottes Absicht schien mir plötzlich klar. Arm wird der König sein, wenn er kommt, arm und ohne Freunde, ohne Gefolge, ohne Heere, ohne Städte oder Burgen; ein neues Königreich soll aufgerichtet, Rom gestürzt und vom Erdboden vertilgt werden. Sieh, mein Gebieter, du, strotzend von Kraft, gewandt in den Waffen, überhäuft mit Reichtum, siehst du die Gelegenheit, die der Herr dir gestellt hat? Könnte ein Mensch zu herrlicherem Ruhm geboren sein?" Simonides hatte seine ganze Kraft und Begeisterung in die Worte gelegt.

„Aber das Reich, das Reich!" antwortete Ben Hur eifrig. „Balthasar sagt, es werde ein Reich der Seelen sein."

Der jüdische Nationalstolz war in Simonides stark ausgebildet, mit verächtlicher Miene antwortete er: „Mein Gebieter, Balthasar war Zeuge wirklicher Wunder; und wenn er davon redet, beuge ich mich im Glauben. Aber er ist der Sohn Mizraims und nicht einmal ein Proselyte. Es läßt sich schwer annehmen, daß er besondere Kenntnisse hat von den Dingen, die Gottes Ratschlüsse mit Israel betreffen. Die Propheten waren vom Himmel erleuchtet, ebenso wie er: so stehen viele gegen einen, und Jehova ist ewig derselbe. Ich muß den Propheten glauben. Bringe mir die Thora, Esther." Esther kam mit einer Anzahl Rollen zurück, die sorgfältig in dunkelbraunes, mit altertümlichen goldenen Lettern umschriebenes Linnen gehüllt waren. Er nahm die Rolle und las: „Sieh, es kommt die Zeit, spricht der Herr, daß ich dem David einen gerechten Sprößling erwecke; als ein König wird er herrschen, der weise ist und Recht und Gerechtigkeit übet auf Erden. In jenen Tagen wird Juda erlöst werden und Israel sicher wohnen. Als ein König wird er herrschen, als ein König, mein Gebieter! – Glaubst du den Propheten? – Nun, Tochter, die Rolle der

Weissagungen jenes Sohnes Judas, an dem kein Makel war!" Sie reichte ihm das Buch Daniel. „Höre, mein Gebieter!" sprach er. „Und siehe, es kam einer in des Himmels Wolken wie eines Menschen Sohn, und kam bis zu dem Altbetagten und ward vor sein Angesicht gebracht. Und er gab ihm Gewalt und Ehre und das Reich, daß alle Völker, Geschlechter und Zungen ihm dienten. Seine Gewalt ist ewige Gewalt, die nicht genommen, und sein Reich ein Reich, das nicht zerstört wird. – Glaubst du den Propheten, mein Gebieter?"

„Es ist genug, ich glaube!" rief Ben Hur.

„Was nun?" fragte Simonides. „Wenn der König in Armut kommt, wird ihm mein Gebieter nicht mit seinem Überfluß zu Hilfe kommen?"

„Ihm zu Hilfe kommen? Mit dem letzten Schekel und bis zum letzten Atemzuge! Aber warum glaubst du, daß er arm erscheinen werde?"

„Gib mir, Esther, das Wort des Herrn, wie es Zacharias erging", sagte Simonides. Sie reichte ihm eine der Rollen. „Höre, wie der König in Jerusalem einziehen wird." Dann las er: „,Freue dich doch, du Tochter Sions! . . . Siehe, dein König kommt zu dir, gerecht und als Heiland; er ist arm und reitet auf einer Eselin, auf dem jungen Füllen einer Eselin.'" Ben Hur blickte zur Seite. „Was siehst du, mein Gebieter?"

„Rom!" antwortete er trübe – „Rom und seine Legionen. Ich habe unter ihnen im Lager gelebt. Ich kenne sie."

„Oh!" sagte Simonides, „du wirst Legionen für den König zum Kampfe führen und unter Millionen wählen können."

„Unter Millionen!" rief Ben Hur.

Simonides saß einen Augenblick nachdenklich. „Die Frage der Macht sollte dich nicht beunruhigen", sagte er dann. Ben Hur sah ihn fragend an. „Du sahst eben im Geiste den König, wie er in Demut zu den Seinen kommt", antwortete Simonides, „sahst ihn sozusagen zu deiner Rechten, und zu deiner Linken sahst du die erzgepanzerten Legionen des Kaisers und fragtest dich: Was kann er tun?"

„Ja, das waren meine Gedanken."

„Oh, mein Gebieter", fuhr Simonides fort, „du weißt nicht, wie stark unser Israel ist. Du stellst es dir als einen sorgenvollen Greis vor, der an den Flüssen Babylons weint. Aber geh zum nächsten Osterfeste nach Jerusalem und stelle dich unter die Säulenhalle oder auf den Marktplatz und betrachte Israel, wie es ist. Die Verheißung des Herrn an unseren Vater Jakob, als er aus Haran auszog, war ein Gesetz, unter dem unser Volk niemals aufhörte, sich zu vermehren, selbst nicht in der Gefangenschaft; es wuchs unter dem Fußtritt der Ägypter; der Druck der Römer war ihm wie eine kräftige Nahrung, und jetzt ist es ‚ein Volk und eine Schar von Völkern'. Noch mehr, mein Gebieter! Um die Stärke Israels zu bemessen, darfst du dich nicht mit dem Maßstabe der natürlichen Vermehrung allein begnügen, du mußt noch mit der Ausbreitung des Glaubens rechnen, und dieser führt dich bis in die fernsten Gegenden der Erde. Auch ist es Gewohnheit, von Jerusalem als Israel zu denken, aber Jerusalem ist nur ein Stein im Tempel oder wie das Herz im Leibe. Wende deinen Blick von den Legionen, so stark sie auch sein mögen, hinweg und zähle die Scharen der Gläubigen. Zähle die Scharen in Persien; zähle die Brüder, die sich auf den Marktplätzen Ägyptens und des fernen Afrika drängen; zähle die hebräischen Ansiedler, die im Westen, in Lodinum und in den Handelsstädten Spaniens ihren Unterhalt suchen; zähle die Stammesgenossen und die Proselyten in Griechenland und auf den Inseln des Meeres, droben in Pontus und hier in Antiochien und meinetwegen auch jene der Stadt, die fluchbeladen im Schatten der befleckten Mauern Roms liegt; zähle die Anbeter des Herrn in den Zelten der hier angrenzenden Wüsten jenseits des Nils und in den Gegenden über dem Kaspischen Meere und droben in den alten Ländern von Gog und Magog. Sondere jene aus, die alljährlich zum Zeichen ihrer Treue gegen Gott dem heiligen Tempel Gaben senden, daß auch sie gezählt werden. Und wenn du mit der Zählung fertig bist, dann hast du, mein Gebieter, die Zahl der Schwertträger, die deiner warten; ein Reich ist bereit für den, der ‚Recht und Gerechtigkeit üben wird auf der ganzen Erde' – in Rom nicht minder wie in Sion."

Simonides hatte das Bild in glühenden Farben entworfen. Auf Ilderim wirkte es wie ein Posaunenstoß. „O daß ich meine Jugend zurück hätte!" rief er.

Ben Hur saß schweigsam. Die Rede war eine Einladung, sein Leben und sein Vermögen dem geheimnisvollen Wesen zu weihen, das für Simonides ebenso den Mittelpunkt einer großen Hoffnung bildete wie für den gottesfürchtigen Ägypter.

„Laß uns alles zugeben, was du sagst, Simonides", sprach Ben Hur, „daß der König kommen und daß sein Reich gewaltig wie das Salomons sein wird; zugeben, daß auch ich bereit bin, mich selbst und alles, was ich besitze, für ihn und seine Sache hinzugeben; was Gott mit der Fügung der Ereignisse in meinem Leben und der erstaunlichen Vermehrung meines Reichtums beabsichtigte – was dann? Sollen wir bauen wie Blinde? Sollen wir warten, bis der König kommt? Oder bis er nach mir sendet? Alter und Erfahrung stehen dir zur Seite, antworte!"

Simonides antwortete sogleich. „Wir haben keine Wahl" – er zog Messalas Schreiben hervor – „dieser Brief ist das Zeichen, daß wir handeln müssen. Wir sind nicht stark genug, der Verbindung zwischen Messala und Gratus zu widerstehen; wir haben weder den Einfluß in Rom noch die nötige Macht. Sie werden dich töten, wenn wir warten. Willst du wissen, wie gnädig sie sind, so sieh mich an." Er schauderte bei der schrecklichen Erinnerung. „O mein Gebieter", fuhr er fort, „wie stark bist du – an Willenskraft, meine ich?"

Ben Hur verstand ihn nicht.

„Ich erinnere mich, wie schön mir die Welt in meiner Jugend schien", fuhr Simonides fort.

„Dennoch", sagte Ben Hur, „warst du eines großen Opfers fähig."

„Ja, aus Liebe."

„Hat das Leben nicht andere, ebenso starke Beweggründe?"

Simonides schüttelte den Kopf.

„Ehrgeiz?"

„Ehrgeiz ist einem Sohne Israels verboten."

„Oder etwa Rache?" Der Funke zündete. Die Augen des Mannes glühten, seine Hände zitterten; rasch antwortete er: „Die Rache ist ein Recht des Juden; sie ist das Gesetz."

„Ein Kamel, selbst ein Hund erinnert sich des zugefügten Unrechtes", rief Ilderim.

Simonides nahm den unterbrochenen Gedanken wieder auf. „Es gibt ein Werk, das vor der Ankunft unseres Königs getan werden sollte. Wir dürfen nicht zweifeln, daß Israel berufen ist, seine rechte Hand zu sein; aber ach! Sie ist eine Hand des Friedens und kennt die Künste des Krieges nicht. Unter den Millionen ist nicht eine geübte Kriegsschar, nicht ein Anführer. Die Söldner des Herodes zähle ich nicht, denn sie werden nur unterhalten, uns zu unterdrücken. Die Lage ist, wie die Römer sie wünschten. Ihre Tyrannei hat Früchte getragen. Nun ist die Zeit des Umschwunges gekommen, die Zeit, da der Hirt die Rüstung anzieht und zu Speer und Schwert greift und das Weiden der Herden mit dem Kampf gegen den Löwen tauscht. Irgend jemand, mein Sohn, muß den nächsten Platz zur Rechten des Königs einnehmen. Wer soll es sein, wenn nicht der, der dieses Werk gut vollendet?"

Ben Hurs Wangen erglühten bei dieser Aussicht, gleichwohl sprach er: „Ich verstehe; doch sprich deutlicher. Daß ein Werk getan werden soll, sehe ich wohl, doch wie es tun, das weiß ich nicht."

Simonides trank von dem Weine, den Esther ihm reichte, und antwortete: „Der Scheik und du, mein Gebieter, ihr sollt die Hauptanführer sein, jeder mit einer besonderen Aufgabe. Ich werde hier bleiben und mein Geschäft betreiben wie bisher, sorgsam darüber wachen, daß die Quelle nicht versiege. Du sollst dich nach Jerusalem und von da in die Wüste begeben und die waffenfähigen Männer Israels zählen, sie in Abteilungen von zehn und hundert reihen, Führer wählen und ausbilden und an geheimen Orten Waffen sammeln; für die nötigen Mittel werde ich sorgen. Drüben in Peräa beginnend, sollst du dann nach Galiläa gehen, von wo aus nur ein Schritt bis nach Jerusalem ist. In Peräa wirst du die Wüste im Rücken haben und Ilderim in nächster Nähe. Er wird die Straßen besetzt halten, so daß nichts ohne dein Wissen sich ereignen kann. Er wird dich in mancher Hinsicht unterstützen. Bis die Zeit gekommen ist, soll niemand erfahren, was wir hier verabredet haben. Meine Rolle ist nur eine untergeordnete. Ich habe mit Scheik Ilderim gesprochen; was sagst du dazu?"

Ben Hur sah den Scheik an. „Es ist, wie er sagt, Sohn Hurs", antwortete der Araber. „Ich habe mein Wort gegeben und er ist zufrieden; du aber sollst meinen Eid haben, der mich bindet und die willigen Hände meines Stammes und was immer ich habe, das dir nützen kann."

Alle drei, Simonides, Ilderim und Esther, blickten gespannt auf Ben Hur. „Für jedermann", antwortete er traurig, „ist ein Freudenbecher gefüllt, und früher oder später kommt er ihm in die Hände und er kostet und trinkt – jedermann, nur ich nicht. Ich sehe, Simonides, und du, edler Scheik, wohin der Vorschlag zielt. Nehme ich ihn an und betrete ich die neue Laufbahn, dann lebe wohl, Friede und alle Hoffnungen, die ihn begleiten. Die Türen, durch die ich eingehen könnte, die Pforten des ruhigen Lebens werden sich hinter mir schließen, um sich nie wieder zu öffnen; denn Rom bewacht sie alle; Roms Bannstrahl wird mich treffen und seine Häscher werden mir an der Ferse sein. In den Grabmälern außerhalb der Städte und in den finsteren Höhlen der entlegensten Berge muß ich mein Brot essen und meine Ruhe suchen." Ein Schluchzen unterbrach seine Worte. Alle wandten sich zu Esther, die ihr Gesicht weinend an des Vaters Schulter barg.

„Ich dachte nicht an dich, Esther", sagte Simonides zärtlich, denn er war selbst tief bewegt.

„Es ist gut so, Simonides", sprach Ben Hur. „Ein Mann trägt sein hartes Los leichter, wenn er weiß, daß er bemitleidet wird. Laßt mich weitersprechen." Sie wandten ihre Aufmerksamkeit wieder ihm zu. „Ich wollte sagen", fuhr er fort, „daß ich keine andere Wahl habe, als mich der Aufgabe zu unterziehen, die ihr mir zuweist; und da hierbleiben einen unrühmlichen Tod verheißt, so will ich sogleich ans Werk gehen."

„Sollen wir darüber eine Schrift aufsetzen?" fragte Simonides, auch hier den Geschäftsmann nicht verleugnend.

„Ich verlasse mich auf dein Wort", sagte Ben Hur.

„Auch ich", antwortete Ilderim.

In so einfacher Weise wurde der Vertrag geschlossen, der Ben Hurs Lebenslauf ändern sollte.

„Möge der Gott Abrahams uns beistehen!" rief Simonides aus.

„Ein Wort noch, meine Freunde!" sprach Ben Hur in freudigem Tone. „Mit eurer Erlaubnis werde ich die Zeit bis nach den Spielen frei für mich verwenden. Es ist nicht wahrscheinlich, daß Messala etwas für mich Gefährliches unternehmen wird, ehe er dem Prokurator Zeit gelassen hat, ihm zu antworten; und das kann nicht unter sieben Tagen von der Absendung seines Briefes an geschehen. Ihm im Zirkus zu begegnen, ist ein Vergnügen, das ich um keinen Preis vermissen möchte."

Ilderim gab, sehr befriedigt, gern seine Zustimmung, und Simonides, nur auf die geschäftliche Seite der Sache bedacht, setzte hinzu: „Es ist gut, denn siehst du, mein Gebieter, der Aufschub wird mir Zeit geben, dir einen guten Dienst zu erweisen. Ich hörte dich von einem Erbe sprechen, das dir Arrius hinterlassen hat. Besteht es in liegendem Gut?"

„Eine Villa bei Misenum und Häuser in Rom."

„Ich möchte dir raten, das Eigentum zu verkaufen und den Erlös sicher anzulegen. Gib mir einen Bericht darüber und ich werde Vollmachten ausstellen und einen Vertreter zur Ordnung dieser Angelegenheit entsenden. Wenigstens dieses eine Mal wollen wir dem kaiserlichen Räuber zuvorkommen."

„Du sollst den Ausweis darüber bis morgen haben."

„So wäre also die Arbeit dieser Nacht getan."

Ilderim strich zufrieden seinen Bart, indem er hinzusetzte: „Und gut getan!"

„Nochmals Brot und Wein, Esther! Wir werden uns glücklich schätzen, wenn Scheik Ilderim bis morgen, oder so lange es ihm beliebt, unser Gast bleibt; und du, mein Gebieter –"

„Laß die Pferde bringen", sprach Ben Hur. „Ich will nach dem Hain zurück. Wenn ich jetzt gehe, wird mich mein Feind nicht entdecken und" – er wandte sich an Ilderim – „die vier Renner werden sich freuen, mich zu sehen."

Als der Tag anbrach, stiegen er und Malluch vor dem Eingang des Zeltes ab.

XXIII.

Ungefähr um die vierte Stunde der folgenden Nacht stand Ben Hur mit Esther auf der Terrasse des großen Warenlagers. Auf dem Landungsplatz wurden Kisten und Ballen hin und her getragen, Männer riefen sich Weisungen zu und waren unter dem Schein der knisternden Fackeln wie die geschäftigen Geister der phantastischen orientalischen Märchen anzusehen. Eine Galeere wurde beladen. Simonides befand sich noch immer in seinem Geschäftszimmer, wo er dem Befehlshaber des Schiffes Weisungen gab, ohne Aufenthalt nach Ostia, dem Hafen Roms, zu fahren, dort einen Mitreisenden an Land zu setzen und dann in langsamer Fahrt nach Valencia an der Küste Spaniens weiterzusegeln. Der Reisende war der Bevollmächtigte, welcher das vom Duumvir Arrius stammende Eigentum Ben Hurs veräußern sollte. Sobald die Taue des Schiffes gelöst waren und dieses seine Fahrt begonnen hatte, war Ben Hur unwiderruflich an das in der vorhergegangenen Nacht übernommene Werk gebunden.

Ben Hur stand mit verschränkten Armen und blickte auf das Bild unter ihm, ganz mit sich selbst beschäftigt. Jung, schön, reich, in den vornehmen Kreisen der römischen Gesellschaft beliebt, war er den Lockungen der Welt ausgesetzt. Es gab Gründe genug, die ihn drängten, von seinem Vorhaben abzustehen: die Hoffnungslosigkeit eines Kampfes gegen den Kaiser, die Ungewißheit, die alles, was den König und sein Erscheinen betraf, in einen undurchdringlichen Schleier hüllte, das Bewußtsein, eine Heimat gefunden zu haben und Freunde, sie angenehm zu machen. Dazu kam noch ein Umstand: Die Welt, die dem Schwachen zuruft: bleibe, genieße deine Ruhe! fand eine mächtige Bundesgenossin in Ben Hurs Gefährtin.

„Warst du schon in Rom?" fragte er.

„Nein", entgegnete Esther.

„Möchtest du einmal hingehen?"

„Ich glaube nicht."

„Warum?"

„Ich fürchte Rom", antwortete sie mit schrecklichem Beben der Stimme.

Er blickte sie an, vielmehr auf sie herab, denn an seiner Seite erschien sie kaum größer als ein Kind. Im trüben Licht konnte er ihre Züge nicht deutlich sehen, selbst ihre Gestalt war schattenhaft. Doch erinnerte sie ihn wieder an Tirzah und eine Zärtlichkeit überkam ihn – gerade so hatte seine verlorene Schwester neben ihm auf dem Dache des Hauses gestanden an jenem Unglücksmorgen, der den Unfall des Prokurators brachte. Arme Tirzah, wo war sie jetzt? Die Gefühle, die durch Esther in ihm erweckt wurden, kamen ihr wieder zugute. War sie auch nicht seine Schwester, so konnte er sie doch niemals als seine Dienerin betrachten; aber daß sie seine Dienerin war, dieser Umstand würde ihn stets rücksichtsvoll und freundlich gegen sie stimmen.

„Ich kann mir Rom nicht vorstellen", fuhr sie in ihrer ruhigen Art fort, „als eine Stadt mit Palästen und Tempeln und vielen Einwohnern; es dünkt mich ein Ungeheuer, das von einem schönen Lande Besitz genommen hat und darin auf der Lauer liegt, die Menschen in Tod und Verderben zu locken, ein Ungeheuer, dem zu widerstehen unmöglich ist, ein gieriges Raubtier, das sich mit Blut sättigt. Warum –" Sie stockte und blickte zu Boden. „Sprich weiter!" sprach Ben Hur aufmunternd. Sie trat ihm einen Schritt näher, blickte auf und sprach: „Warum mußt du Rom dir zum Feinde machen? Warum nicht lieber mit ihm Frieden schließen und zur Ruhe kommen? Du hast viel Übles erfahren; du bist den Schlingen, die deine Feinde dir legten, heil entgangen. Schmerz und Kummer haben deine Jugend verzehrt; ist es recht, ihnen auch den Rest deiner Tage zu opfern?"

Das mädchenhafte Antlitz schien bleicher zu werden, während sie ihre Gründe vorbrachte. Er beugte sich zu ihr hinab und fragte sanft: „Was würdest du mir raten, Esther?"

Sie zögerte einen Augenblick und fragte dann: „Ist dein Eigentum bei Rom ein Haus?"

„Ja."

„Und schön?"

„Es ist reizvoll: ein Palast inmitten von Gärten, Springbrunnen, Statuen, in schattigen Winkeln weinbepflanzte Hügel von solcher Höhe, daß man von ihnen Neapel und den Vesuv erblicken kann, davor die weite Meeresfläche, deren tiefe Bläue durch die Segel wie mit weißen Punkten übersät erscheint. Der Kaiser hat in der Nähe einen Landsitz, aber in Rom sagt man, die Villa des Arrius sei die schönste."

„Und ist das Leben dort ruhig und angenehm?"

„Nie war ein Sommertag, nie eine Mondnacht ruhiger; nur wenn Besucher kommen, wird die Stille unterbrochen. Jetzt, da der frühere Besitzer tot ist und ich hier bin, gibt es dort nichts, das das Zwitschern munterer Vögel oder das plätschernde Spiel der Springbrunnen stört; kein Wechsel, außer daß Tag für Tag die alten Blumen verwelken und abfallen und neue aufknospen und erblühen und daß von Zeit zu Zeit das Sonnenlicht dem Schatten einer vorüberziehenden Wolke weichen muß. Das Leben dort, Esther, war für mich zu ruhig. Es verursachte mir Unruhe, mich einem müßigen Leben hinzugeben und mich selbst wie mit seidenen Fesseln zu binden, um nach einer Zeit zu sterben, ohne eine ernste Arbeit getan zu haben." Sie ließ ihren Blick über den Fluß streifen. „Warum fragtest du?" sprach er.

„Mein guter Gebieter –"

„Nein, nein Esther, nicht so! Nenne mich Freund – Bruder, wenn du willst; ich bin nicht dein Gebieter und will es nicht sein. Nenne mich Bruder!"

Er sah das freudige Erröten ihres Antlitzes nicht, noch den strahlenden Glanz ihrer Augen, deren Blick sich jenseits des Flusses in der Ferne verlor. „Ich kann nicht begreifen", sagte sie, „daß du es vorziehst, ein Leben zu führen wie jenes, dem du dich hingeben willst, ein Leben – der –"

„Der Gewalttätigkeit und des Blutvergießens", ergänzte er.

„Ja", setzte sie hinzu, „ein Gemüt, das ein solches Leben dem in der schönen Villa vorziehen mag!"

„Esther, du irrst. Es gibt keine andere Wahl. Ach, so gnädig ist der Römer nicht! Ich gehe, weil ich muß. Hier bleiben heißt hier sterben; und gehe ich dorthin, so wird das Ende dasselbe sein: ein vergifteter Becher, der Dolch eines Meuchelmörders oder ein durch Meineid erschlichener Richterspruch. Messala und der Prokurator Gratus sind durch den Raub der Güter meines Vaters reich geworden, und es ist für sie von größerer Wichtigkeit, ihren Gewinn jetzt festzuhalten, als es früher war, ihn sich anzueignen. An eine friedliche Beilegung der Angelegenheit kann nicht gedacht werden, wegen des Bekenntnisses, das sie in sich schließen würde. Und dann – dann – oh, Esther, könnte ich auch ihre Freundschaft erkaufen, ich weiß nicht, ob ich es täte. Ich glaube nicht, daß es für mich einen Frieden geben kann; nein, nicht einmal im einschläfernden Schatten und in der sanften Luft der Marmorhallen, in der schönen Villa, wer immer auch an meiner Seite stände, mir die Last des Tages tragen zu helfen, und durch geduldige Liebe zu versüßen. Es kann für mich keinen Frieden geben, solange die Meinigen verloren sind. Wenn ich sie finde, soll der Schuldige nicht dafür büßen? Falls sie eines gewaltsamen Todes gestorben sind, sollen die Mörder entkommen? Oh, die Träume würden mir den Schlaf verscheuchen! Selbst die heiligste Liebe vermöchte durch keine List mir Ruhe zu geben, daß die Vorwürfe des Gewissens verstummten!"

„Steht es denn so schlimm?" fragte sie und ihre Stimme zitterte vor Mitgefühl. „Läßt sich nichts, gar nichts tun?"

Ben Hur ergriff ihre Hand. „Nimmst du solchen Anteil an mir?"

„Ja", antwortete sie einfach. Ihre Hand war warm und verlor sich ganz in der seinigen. Er fühlte, daß sie zitterte. Da kam ihm die Ägypterin in den Sinn, wie sie so ganz anders war als die kleine Esther: so schlank, so kühn, so einschmeichelnd im Benehmen, so witzig und wortgewandt, so wunderbar schön, von so bezaubernder Art. Er führte die Hand an seine Lippen und ließ sie frei.

„Du sollst mir eine zweite Tirzah sein, Esther!"

„Wer ist Tirzah?"

„Die kleine Schwester, die der Römer mir geraubt hat und die ich finden muß, ehe ich zur Ruhe kommen oder glücklich werden kann."

In diesem Augenblick strahlte ein Licht über die Terrasse und fiel auf sie. Um sich blickend, sahen sie einen Diener, der Simonides in seinem Sessel zur Tür herausrollte. Sie traten zu ihm hin.

Bald darauf wurden die Taue der Galeere gelöst, sie drehte sich herum und glitt unter dem Schein der Fackeln und unter den fröhlichen Rufen der Schiffsleute aufs Meer hinaus. Ben Hur war an die Sache des Königs gebunden, der da kommen sollte.

XXIV.

Am Nachmittag vor den Spielen wurden die Pferde und der Wagen nach der Stadt geschafft und in der Nähe des Zirkus in einem sicheren Raume untergebracht. Ilderim führte seine ganze Habe mit sich –, seine Zelte waren abgebrochen. Eine ganze Karawane von Dienern, berittenen und bewaffneten Begleitern, Pferden, die an der Leine geführt wurden, Herdenvieh und mit Gepäck beladenen Kamelen bildete sein Gefolge, so daß sein Auszug aus dem Hain der Wanderung eines ganzen Stammes nicht unähnlich war. Die Leute auf der Straße lachten über den bunten Zug. Bei all seiner sonstigen Reizbarkeit zeigte sich Ilderim durch diese Ungezogenheit nicht im mindesten verletzt. Stand er unter Überwachung, so würde der Spion den Auszug schildern. Die Römer würden lachen; aber was kümmerte es ihn? Am nächsten Morgen schon würde der Zug fern auf dem Wege zur Wüste sein und mit ihm alles bewegliche Gut. In zwölf Stunden würde sein Eigentum aus dem Bereiche jedes Verfolgers sein. Der Mensch ist nie sicherer, als wenn er Gegenstand des Spottes ist, und der schlaue Araber wußte es.

Weder er noch Ben Hur unterschätzten den Einfluß Messalas; sie waren indes der Meinung, daß er erst nach dem Rennen im Zirkus gegen sie vorgehen werde. Wurde er hier besiegt, und besonders von Ben Hur besiegt, so durften sie sofort des Schlimmsten von seiner Seite gewärtig sein; vielleicht wartete er nicht einmal auf die Nachricht von Gratus. Nach dieser Erwägung richteten sie ihre Pläne und waren auf alles gefaßt. Guten Mutes ritten sie nebeneinander und vertrauten auf den Erfolg am kommenden Tage. Unterwegs trafen sie auch Malluch, der sie erwartet hatte. Der treue Mann gab durch kein Zeichen zu erkennen, daß er um das so kürzlich in aller Form anerkannte Verhältnis Ben Hurs zu Simonides oder um ihren Vertrag mit Ilderim wußte. Er grüßte wie gewöhnlich und zog ein Papier hervor, während er zum Scheik sprach: „Ich habe hier die soeben ausgegebene Bekanntmachung des Leiters der Spiele, worin du deine Pferde für das Rennen verzeichnet finden wirst. Auch die Ordnung der Spiele wirst du darin angegeben finden. Ich wünsche dir, guter Scheik, Glück zum Siege!" Er reichte ihm das Papier und wandte sich an Ben Hur.

„Auch dir, Sohn des Arrius, wünsche ich Glück. Jetzt kann nichts mehr dein Zusammentreffen mit Messala verhindern. Jede Vorbereitung für das Rennen ist erfüllt. Ich habe diese Versicherung vom Leiter der Spiele selbst."

„Ich danke dir, Malluch", sagte Ben Hur.

Malluch fuhr fort: „Deine Farbe ist Weiß, Messalas Scharlach und Gold. Knaben rufen in den Straßen weiße Bänder zum Verkaufe aus, morgen wird jeder Araber und Jude in der Stadt ein weißes Band tragen. Im Zirkus wirst du sehen, daß Weiß ziemlich gleichmäßig mit Rot die Galerien teilen wird."

„Die Galerien, aber nicht die Tribüne über der Porta Pompae."

„Nein, dort wird Scharlach und Gold vorherrschen. Aber wenn wir gewinnen" – Malluch konnte dabei ein vergnügtes Lachen kaum unterdrücken – „wie werden die hohen Herren zittern! Sie werden natürlich in ihrer Verachtung alles Nichtrömischen entsprechende Wetten eingehen und zwei, drei, fünf gegen eins auf Messala setzen, weil er ein Römer ist." Seine Stimme noch mehr dämpfend, fügte er hinzu: „Es steht einem Juden, der im Tempel einen guten Platz einnimmt, schlecht an, sein Geld in dieser Weise aufs Spiel zu setzen, doch im Vertrauen gesagt, ich werde einen Freund unmittelbar hinter dem Sitz des Konsuls haben, der Wetten von drei oder fünf oder zehn gegen eins annehmen wird – bis zu welcher Höhe immer ihre Tollheit steigen mag. Ich habe ihm zu diesem Zwecke eine Anweisung auf sechstausend Schekel ausgestellt."

„Nein, Malluch", sprach Ben Hur, „ein Römer wettet nur in seiner römischen Münze. Solltest du deinen Freund heute abend treffen, so gib ihm eine Anweisung auf Sesterzien, auf welchen Betrag du willst. Und höre, Malluch, veranlasse ihn, Wetten mit Messala und seinen Angehörigen zu suchen: Ilderims Gespann gegen Messalas."

Malluch überlegte einen Augenblick. „Das wird die allgemeine Aufmerksamkeit auf euren Wettstreit lenken."

„Das ist es, was ich wünsche, Malluch."

„Ich verstehe, ich verstehe."

„Ja, Malluch, willst du mir einen ganz besonderen Dienst erweisen, so hilf mir, das öffentliche Interesse unserem Rennen, dem Messalas und meinem, zuzulenken."

„Es kann geschehen", lautete Malluchs rasche Antwort. „Ich werde die höchsten Wetten anbieten; werden sie angenommen – um so besser."

„Sollte ich nicht versuchen, für das geraubte Gut eine Entschädigung zu erlangen?" sprach Ben Hur mehr zu sich selbst, „wer weiß, ob sich eine so günstige Gelegenheit noch einmal bietet? Wenn ich seinen Stolz demütigen und sein Vermögen zu Grunde richten könnte! Unser Vater Jakob könnte es nicht übelnehmen." Ein Ausdruck der Entschlossenheit prägte sich auf seinem Gesichte aus und gab den Worten Nachdruck: „Ja, es sei! Höre, Malluch! Bleibe nicht beim Angebot von Sesterzien stehen. Biete Talente, wenn sich jemand findet, der so hoch zu gehen wagt. Fünf, zehn, zwanzig Talente; ja fünfzig, wenn die Wette mit Messala selbst gilt!"

„Das ist eine ungeheure Summe", sprach Malluch. „Ich müßte Bürgschaft stellen."

„Das sollst du. Geh zu Simonides und sage ihm, daß ich die Sache geordnet wünsche. Sage ihm, daß es mein Wunsch und Wille ist, meinen Feind zu richten, und daß die Gelegenheit günstig ist, um es auf ein solches Wagnis ankommen zu lassen. Der Gott unserer Väter möge mit uns sein! Geh, guter Malluch, laß die Gelegenheit nicht entschlüpfen."

Erregt nahm Malluch Abschied und wandte sich zum Fortreiten, kehrte aber wieder um. „Vergebung!" sprach er zu Ben Hur. „Ich habe noch etwas mitzuteilen. Ich konnte Messalas Wagen nicht selbst in der Nähe sehen, ließ ihn aber durch einen anderen messen, seine Radnabe steht eine ganze Handbreite höher über dem Boden als die deinige."

„Eine Handbreite! So viel!" rief Ben Hur voll Freude. Er beugte sich zu Malluch hinüber. „Da du ein Sohn Judas und deinem Stamme treu bist, so verschaffe dir einen Sitz oberhalb des Triumphtores, in der Nähe des Balkons gegenüber den Säulen, und gib gut acht, wenn wir dort herumbiegen; halte deine Augen offen, denn wenn ich überhaupt Glück habe, werde ich – Nein, Malluch, lassen wir es lieber ungesagt! Nur stelle dich dorthin und habe ein wachsames Auge!"

In diesem Augenblick brach Ilderim in laute Rufe des Erstaunens aus. „Ha, bei der Herrlichkeit Gottes! Was ist das?" Er trat zu Ben Hur und zeigte mit dem Finger auf die Stelle der Bekanntmachung.

„Lies!" sprach Ben Hur.

„Nein, lies lieber du!"

Ben Hur nahm das Papier, das vom Präfekten der Provinz als Veranstalter der Spiele unterschrieben war und eine genaue Aufzählung dessen enthielt, was bei dieser Gelegenheit in Aussicht genommen war. An erster Stelle ein Aufzug von außergewöhnlicher Pracht, dann sollten die Feierlichkeiten zu Ehren des Gottes Consus, hierauf die Spiele, Wettlaufen, Springen, Ring- und Faustkämpfe, folgen. Auch die Namen der Bewerber waren angegeben, ihre Nationalität, die Schulen, in denen sie sich ausgebildet, die Wettspiele, an denen sie bisher teilgenommen, die Preise, die sie gewonnen hatten, sowie die Preise, die jetzt ausgesetzt waren. Bei den letzteren waren die Geldsummen in farbiger Schrift geschrieben, ein Zeichen, daß die Tage vorbei waren, da ein einfacher Lorbeerkranz als Preis für den Sieger galt und der Ruhm höheren Wert hatte als der Reichtum. Über diesen Teil des Programmes eilte Ben Hur mit flüchtigem Blicke hinweg. Endlich kam er zu der Stelle, welche die Rennen ankündigte. Er las langsam. Es wurde den Liebhabern dieser Spiele die Versicherung gegeben, daß ein in Antiochien noch nie gesehener Wettkampf geboten werde. Die Stadt veranstaltete das Schauspiel zu Ehren des Konsuls. Der Preis bestand in hunderttausend Sesterzien und einem Lorbeerkranz. Die Einzelheiten folgten. Es waren sechs Viergespanne für das Rennen eingetragen. Die Bewerber sollten zusammen auftreten. Dann folgte eine Beschreibung der einzelnen Gespanne.

„1. Viergespann des Korinthers Lysippus: Zwei Grauschimmel, ein Brauner, ein Rappe; Sieger im vorigen Jahr in Alexandrien und ebenso in Korinth. Lenker: Lysippus. Farbe: Gelb.

2. Viergespann des Römers Messala: Zwei Schimmel, zwei Rappen; Sieger bei den vorjährigen Wettspielen im Zirkus Maximus, Lenker: Messala. Farben: Scharlach und Gold.

3. Viergespann des Atheners Kleanthes: Drei Grauschimmel, ein Brauner; Sieger bei den Isthmischen Spielen im vorigen Jahr. Lenker: Kleanthes. Farbe: Grün.

4. Viergespann des Byzantiners Dikaios: Zwei Rappen, ein Grauschimmel, ein Brauner; im heurigen Jahr Sieger in Byzanz. Lenker: Dikaios. Farbe: Schwarz.

5. Viergespann des Sidoniers Admetus: Vier Grauschimmel; dreimal Sieger in Cäsarea. Lenker: Admetus. Farbe: Blau.

6. Viergespann Ilderims, Scheiks der Wüste. Alle vier braun; erstes Rennen. Lenker: Ben Hur, ein Jude. Farbe: Weiß."

Lenker: Ben Hur, ein Jude! Weshalb dieser Name statt Arrius. Ben Hur blickte Ilderim an. Nun wußte er, was den Ausruf des Arabers veranlaßt hatte. Beide kamen zu demselben Schlusse. Das war die Hand Messalas!

*

Kaum hatte sich der Abend über Antiochien herabgesenkt, als sich die Säulengänge des Herodes entlang, ostwärts und westwärts, Ströme von Menschen ergossen. Daß die verschiedensten Völkerschaften hier vertreten waren, war keine Eigentümlichkeit Antiochiens. Es scheint vielmehr eine der verschiedenen Aufgaben des römischen Weltreiches gewesen zu sein, die Völker zu verschmelzen und die Fremden einander näher zu bringen; ganze Völker erhoben sich und zogen dahin und dorthin, ihre Tracht, ihre Sitten und Gebräuche, ihre Sprache und ihre Götter mit sich nehmend; und wo es ihnen beliebte, ließen sie sich nieder, fingen Geschäfte an, bauten Häuser und fühlten sich auch am neuen Wohnsitz wie zu Hause.

Indes fiel in dieser Nacht in Antiochien eine Eigentümlichkeit besonders auf. Beinahe jedermann trug die Farbe des einen oder anderen der Wagenlenker, die als Teilnehmer an dem Rennen angekündigt waren; der eine hatte eine Schärpe, der andere ein kleines Abzeichen, ein Band oder eine Feder, immer bezeichnete sie die Parteizugehörigkeit des Trägers; so offenbarte Grün einen Freund des Atheners Kleanthes und Schwarz einen Anhänger des Byzantiners. Drei Farben herrschten vor: Grün, Weiß und Scharlach-Gold.

Die fünf großen Kronleuchter im Saale des Palastes auf der Insel sind eben angezündet worden. Auf dem Diwan liegen wieder Schläfer und Kleiderbündel und von den Tischen her ertönt das Geklapper der Würfel. Der größere Teil der Gesellschaft ist untätig. Die einen gehen auf und nieder, andere bleiben stehen, um nichtssagende Redensarten zu tauschen. Wird das Wetter morgen schön sein? Sind die Vorbereitungen zu den Spielen beendet? Weichen die Zirkusregeln in Antiochien von den römischen ab? Es ist nicht zu leugnen, die jungen Leute leiden Langeweile. Ihre schwerste Arbeit ist getan, das heißt ihre Notiztäfelchen sind mit Eintragungen von Wetten bedeckt, von Wetten auf jede Art Kampf, auf das Wettlaufen, Ringen und die Faustkämpfe, nur nicht auf das Wagenrennen. Und warum nicht auf dieses?

Weil sich niemand findet, der auch einen Denar gegen Messala mit ihnen zu wetten wagte. Im Saale sind außer den seinigen keine anderen Farben zu sehen. Hat er denn nicht die beste Ausbildung erhalten? Besuchte er denn nicht die kaiserliche Schule? Waren nicht seine Pferde Sieger im Zirkus Maximus? Und dann – ist er nicht ein Römer?

In einer Ecke des Saales ruht Messala, bequem auf den Diwan hingestreckt. Um ihn herum bestürmen ihn seine schmeichelnden Bewunderer mit Fragen. Selbstverständlich gibt es hier nur einen Gegenstand des Gespräches. Eben treten Drusus und Cäcilius ein.

„Oh!" ruft der junge Fürst, sich zu Messalas Füßen auf den Diwan werfend, „beim Bacchus, ich bin müde!"

„Wo warst du denn?" fragte Messala.

„Auf der Straße, oben beim Omphalus und weiter - wie kann ich sagen, wo noch? Überall Ströme von Menschen; und noch nie waren so viele in der Stadt. Man sagt, morgen werden wir die ganze Welt im Zirkus sehen."

Messala lachte verächtlich. „Dummköpfe! Ha, sie haben eben noch nie vom Kaiser selbst veranstaltete Zirkusspiele gesehen. Aber, mein Drusus, was hast du gesehen?"

„Nichts."

„Ei, du vergißt", sprach Cäcilius.

„Was?" fragte Drusus.

„Den Aufzug der Weißen."

„Richtig!" rief Drusus, sich halb aufrichtend. „Wir begegneten einer Schar Weißer und sie trugen eine Fahne. Aber – hahaha!" Er sank träge auf seinen Diwan zurück.

„Wie grausam von dir, Drusus, nicht weiter zu erzählen!" sprach Messala.

„Abschaum der Wüste war es, mein Messala, und Bettelvolk vom Jakobstempel in Jerusalem."

„Ha", sprach Cäcilius, „Drusus fürchtet, ausgelacht zu werden, ich aber nicht, Messala."

„So sprich du."

„Nun, wir hielten die Leute an und –"

„Boten ihnen eine Wette", sprach Drusus, seinem unzertrennlichen Begleiter die Worte vom Munde nehmend. „Und – hahaha! – ein Gesell, der kaum soviel Haut am Gesicht hat, um daraus einen Köder für einen Karpfen zu machen, trat vor und – hahaha! – sagte ja. Ich zog mein Täfelchen hervor. ‚Wer ist dein Mann?' fragte ich. ‚Ben Hur, der Jude', entgegnete er. Und ich: ‚Was soll es gelten? Wieviel?' Er antwortete ‚Ein – ein –' Entschuldige mich, Messala. Beim Donnerkeil Jupiters, ich kann vor Lachen nicht weiter sprechen! Hahaha!" Die Zuhörer beugten sich vor. Messala blickte auf Cäcilius.

„Ein Schekel", sagte dieser.

„Ein Schekel, ein Schekel!" Ein schallendes Gelächter der Verachtung folgte diesem Ausruf.

„Und was tat Drusus?" fragte Messala.

Laute Rufe ertönten aus der Nähe der Tür; und da der Lärm andauerte, begab sich Cäcilius dorthin, nachdem er zuvor noch bemerkt hatte: „Der edle Drusus, mein Messala, steckte sein Täfelchen wieder ein –"

„Ein Weißer, ein Weißer!" – „Er soll hereinkommen! – Hieher, Hieher!" Rufe durchschwirrten den Saal und machten jedes andere Gespräch verstummen. Die Würfelspieler verließen die Tische; die Schläfer erwachten, rieben sich die Augen, zogen ihre Täfelchen hervor und eilten zu dem Kreis, der sich um den Ankömmling gebildet hatte.

„Ich biete –"

„Und ich –"

„Ich –"

Der so stürmisch Empfangene war der Jude, den Ben Hur auf der

Fahrt von Cypern nach Antiochien kennengelernt hatte. Er trat gemessen, aufmerksam die Umgebung musternd ein. Sein Kleid war fleckenlos weiß, das Tuch seines Turbans von gleicher Farbe. Mit einer Verbeugung den Empfang erwidernd, schritt er langsam auf den in der Mitte des Saales stehenden Tisch zu. Dort zog er sein Gewand enger um sich, nahm Platz und winkte mit der Hand. Der an seinem Finger funkelnde Edelstein unterstützte seine Handbewegung und es trat Stille ein. „Römer, hochedle Römer, seid mir gegrüßt!" sprach er.

„Ruhig beim Jupiter! Wer ist es?" fragte Drusus.

„Ein Hund von Israelit, Sanballat mit Namen, Heereslieferant, wohnhaft in Rom, unermeßlich reich geworden durch Lieferungen, die er niemals liefert. Gleichwohl spinnt er Ränke feiner, als die Spinne ihr Gewebe spinnt. Kommt! Bei der Venus, wir wollen ihn diesmal fangen!" Messala erhob sich, indes er diese Worte sprach, und schloß sich mit Drusus den anderen an, die sich um den Lieferanten drängten.

„Ich hörte zufällig auf der Straße", sagte dieser, seine Täfelchen hervorziehend und sie mit der Miene des Geschäftsmannes auf dem Tisch auseinanderlegend, „daß man im Palast nicht wenig verdrießlich sei, weil niemand Wettangebote auf Messala machen will. Die Götter wollen, wie ihr wißt, ihre Opfer, und hier bin ich. Ihr seht meine Farbe; laßt uns also zur Sache kommen. Zuerst das Verhältnis der Einsätze, dann die Höhe! Was wollt ihr mir bieten?"

Seine Kühnheit verblüffte die Zuhörer. „Macht schnell!" sprach er. „Der Konsul wartet auf mich."

„Zwei gegen eins!" riefen ein halbes Dutzend Stimmen zugleich.

„Wie?" rief der Lieferant verwundert aus. „Nur zwei gegen eins und euer Mann ist ein Römer!"

„Nun denn, drei!"

„Drei, sagt ihr, nur drei? Und mein Mann ist nur ein Hund von einem Juden! Gebt mir vier!"

„Nun gut, vier!" sprach ein Jüngling, durch den Spott gereizt.

„Fünf, bietet fünf!" rief augenblicklich der Lieferant. Tiefe Stille senkte sich über die Versammlung.

„Der Konsul, unser Herr, wartet auf mich." Das Schweigen begann unangenehm zu werden. „Es sei also fünf!" rief eine Stimme. Es folgten Beifallsrufe, eine Bewegung entstand und Messala trat vor. „Es sei: fünf!" sagte er.

Sanballat lächelte und machte sich zum Schreiben bereit: „Wenn der Kaiser morgen stirbt, wird Rom nicht ganz verwaist sein. Wenigstens einen Mutigen gibt es noch, der seine Stelle einnehmen kann. Biete sechs!"

„Also sechs!" wiederholte Messala. Es erhob sich ein noch lauteres Beifallsgeschrei als vorher. „Sechs gegen eins – der Unterschied zwischen einem Römer und einem Juden! Da wir nun diesen kennen, so laßt den Betrag festsetzen, und zwar rasch! Es könnte der Konsul nach dir senden und ich wäre verlassen!"

Sanballat nahm das Hohngelächter gleichmütig auf und schrieb, dann reichte er das Täfelchen Messala.

„Lies, lies!" bestürmten ihn alle.

Und Messala las: „Notiz. – Wagenrennen. Messala aus Rom wettet mit Sanballat, ebenfalls aus Rom, daß er Ben Hur, den Juden, besiegen werde. Betrag der Wette: Zwanzig Talente. Einsatz gegen Sanballat: Sechs gegen Eins.

Zeugen:
Sanballat."

Kein Laut, keine Bewegung störte die tiefe Stille im Saale. Ein jeder schien in seiner Stellung versteinert zu sein. Messala starrte auf das Täfelchen, während die Anwesenden ihn anstarrten. Er fühlte die Blicke und überlegte rasch. Weigerte er sich zu unterzeichnen, so war es mit seinem Heldentum vorbei; und unterzeichnen konnte er nicht, er besaß keine hundert Talente, ja nicht den fünften Teil dieser Summe. Sprachlos stand er da; die Farbe wich aus seinem Gesicht. Endlich kam ihm ein Gedanke zu Hilfe. „Du Jude!" rief er, „wo hast du zwanzig Talente? Beweise es!"

Sanballats Lächeln wurde noch herausfordernder. „Hier", erwiderte er, Messala ein Papier reichend.

„Lies, lies!" erscholl es von allen Seiten.

Und wiederum las Messala:

Antiochien, den 16. Tammuz.

„Für den Inhaber dieses, Sanballat aus Rom, liegen bei mir fünfzig Talente in kaiserlicher Münze und werden auf Verlangen gezahlt.

Simonides."

„Fünfzig Talente, fünfzig Talente!" wiederholte die ganze Schar voll Staunen. Da trat Drusus als Retter auf. „Beim Herkules!" rief er, „das Papier lügt und der Jude ist ein Lügner. Wer als der Kaiser kann über fünfzig Talente verfügen? Hinaus mit dem unverschämten Weißen!"

Zornig hatte er die Worte gesprochen und zornig wurden sie wiederholt; doch Sanballat blieb ruhig sitzen und sein Lächeln wurde um so schärfer und verletzender, je länger er warten mußte. Endlich nahm Messala das Wort.

„Still! Einer gegen einen, meine Landsleute, einer gegen einen um unseres alten römischen Namens willen! Du Hund von Jude!" fuhr er, zu Sanballat gewendet, fort, „Ich bot dir sechs gegen eins, oder nicht?"

„Ja", bestätigte dieser ruhig.

„Nun, so überlaß jetzt die Festsetzung des Betrages mir."

„Du sollst deinen Willen haben, wenn der Betrag nur nicht zu klein ist", antwortete Sanballat.

„So schreibe fünf statt zwanzig."

„Besitzest du so viel?"
„Bei der Mutter der Götter, ich werde dir die Quittungen zeigen!"
„Nicht nötig, das Wort eines so tapferen Römers muß gelten. Nur mache die Summe zu einer geraden, sage sechs, und ich schreibe."
„Schreibe es!"
Und sofort tauschten sie die Unterschriften aus. Sanballat erhob sich jetzt und blickte um sich, den Ausdruck des Hohnes an der Stelle des Lächelns im Gesichte. Niemand wußte besser als er, mit wem er es zu tun hatte.
„Römer", sprach er, „noch eine Wette, wenn ihr den Mut habt! Fünf Talente gegen fünf Talente, daß der Weiße Sieger sein wird. Ich fordere euch alle zusammen heraus."
Wieder waren alle überrascht.
„Wie", rief er mit lauter Stimme. „Soll es morgen im Zirkus heißen, ein Hund von Jude sei in den Saal des Palastes gekommen, wo die edelsten der Römer, unter ihnen ein Sprößling des kaiserlichen Hauses, versammelt waren, und habe fünf Talente hingelegt, um sie zur Wette herauszufordern, und keiner habe den Mut gehabt, die Wette anzunehmen?" Der Stachel verwundete zu tief.
„Genug, Unverschämter!" sprach Drusus. „Schreibe die Herausforderung und lasse sie auf dem Tische liegen; und wenn wir finden, daß du wirklich so viel Geld auf ein hoffnungsloses Spiel zu setzen hast, so verspreche ich, Drusus, daß sie angenommen werden soll."
Sanballat schrieb wieder und sich erhebend sprach er, ruhig wie immer: „Sieh, Drusus, ich lasse das Wettangebot zurück. Sobald es unterschrieben ist, schicke es mir zu irgendeiner Zeit, bevor die Rennen beginnen. Ich werde beim Konsul, auf einem Sitz über der Porta Pompae zu finden sein. Friede sei mit dir, und Friede mit euch allen!" Er verbeugte sich und ging, unbekümmert um das Hohngelächter, das ihm nachhallte.
In der Nacht noch lief die Kunde von der ungeheuerlichen Wette durch die Straßen und verbreitete sich in der ganzen Stadt. Auch Ben Hur, der bei seinem Gespann ruhte, wurde davon erzählt, und auch, daß Messalas ganzes Vermögen auf dem Spiele stehe.
Und er hatte in dieser Nacht einen tieferen Schlaf denn je.

XXV.

Der Zirkus von Antiochien stand am südlichen Ufer des Flusses der Insel gegenüber. Die Spiele waren ein Geschenk an das Volk; jedermann hatte freien Zutritt. So ausgedehnt und weitläufig auch das Gebäude war, das Volk fürchtete, es könnte Mangel an Raum eintreten, und belagerte schon früh am Tage vor Beginn der Spiele den freien

Raum vor dem Zirkus, so daß er bald den Anblick eines Feldlagers bot. Um Mitternacht wurden die Eingänge geöffnet, die Menge strömte hinein und besetzte die Plätze, von denen sie nur ein Erdbeben hätte vertreiben können. Den Rest der Nacht brachten die Leute auf den Bänken schlafend zu; dort frühstückten sie; dort fand sie der Schluß der Spiele, geduldig und schaulustig wie am Beginne. Die höheren Stände, die sich ihre Plätze vorher schon gesichert hatten, begaben sich um die erste Morgenstunde nach dem Zirkus. Um die zweite Stunde zog die Legion in glänzender Rüstung und mit allen Feldzeichen vom Berg Sulpius herab, und als die Nachhut der letzten Kohorte auf der Brücke verschwand, war Antiochien buchstäblich verlassen – nicht daß der Zirkus die Menge fassen konnte, aber hinausgezogen war die ganze Einwohnerschaft dennoch. Eine große Menschenmenge wartete am Flußufer auf den Konsul. Als der mächtige Mann landete und von der Legion empfangen wurde, ließ der kriegerische Aufzug für einen kurzen Augenblick das Interesse am Zirkus vergessen.

Um die dritte Stunde hatten sich die Zuschauer versammelt. Ein Trompetenstoß gebot Stillschweigen und die Blicke von über hunderttausend Menschen waren auf einen Bau gerichtet, der die östliche Abteilung des Zirkus bildete. Dort erhob sich ein breiter, gewölbter Eingang, Porta Pompae genannt. Über dem Eingang befand sich eine mit Abzeichen und Legionsfahnen geschmückte erhöhte Tribühne, der Ehrenplatz des Konsuls. Zu beiden Seiten des Einganges war das Gebäude in kleinere Räume, die sogenannten Carceres, geteilt, die mit massiven in Pfeilern hängenden Toren verschlossen waren. Der über den Carceres laufende Sims war mit einer niedrigen Brustwehr gekrönt, hinter welcher sich stufenförmig aufsteigende Sitze erhoben. Hier hatten die zahlreichen Würdenträger Platz genommen. Das Gebäude nahm die ganze Breite des Zirkus ein.

Aus der Porta Pompae im Osten ertönt Musik. Bald erscheint der Festzug, die Leiter der Spiele und die Vertreter der Stadtverwaltung in Prachtgewändern und mit Kränzen geschmückt, die Götterbilder, einige von den Männern auf Bahren getragen, andere auf großen vierrädrigen Wagen; endlich die Bewerber des Tages in ihrer Tracht. Langsam bewegt sich der Zug durch die Arena und bietet ein großartiges Bild. Lauter Beifall begrüßt die Wettkämpfer, denn es gibt nicht einen Mann in der versammelten Menge, der nicht gewettet hätte. Die Namen der Lieblinge unter den Kämpfern werden durch den Lärm gerufen, und diese werden mit Blumen überschüttet.

Die Wagenlenker erfreuen sich größter Beliebtheit. Jedem Wagen folgt ein Begleiter zu Pferde, nur Ben Hur hatte es vorgezogen, allein zu gehen. Wie sie nahen, steigen die Zuschauer auf die Bänke. Ein Blumenregen füllt, die Lenker überschüttend, die Wagen. Selbst die Pferde erhalten ihren Teil, und sie scheinen der ihnen gewordenen Auszeichnung nicht weniger bewußt zu sein als ihre Lenker. Auch unter den Wagenlenkern stehen einige mehr in Gunst als andere;

beinahe jeder Zuschauer trägt eine Farbe. Die Aufregung nimmt zu, je näher die Wagenlenker dem zweiten Ziele kommen; dort, besonders auf den Galerien, wo Weiß die vorherrschende Farbe ist, erschöpfen die Zuschauer ihren Blumenvorrat, die Luft erzittert vom Beifallsgeschrei.

„Messala, Messala!" – „Ben Hur, Ben Hur!" Die Rufe übertönen den Lärm.

Sobald der Zug vorüber ist, nehmen die Zuschauer wieder ihre Plätze ein und setzen ihre Unterhaltung fort. „Ah, beim Bacchus, war er nicht schön?" ruft eine Frau, an welcher das im Haar flatternde Band sofort die Römerin erkennen läßt. „Und wie herrlich ist sein Wagen!" bemerkt darauf ein Nachbar. „Er ist ganz aus Gold und Elfenbein. Gebe Jupiter, daß er gewinne!"

Ganz andere Bemerkungen kann man auf der Bank hinter ihnen hören. „Hundert Schekel auf den Juden!" ruft eine hohe, durchdringende Stimme.

„Sei doch nicht voreilig!" flüstert ein Freund dem Sprecher beschwichtigend zu. „Die Kinder Jakobs befassen sich wenig mit heidnischen Kampfspielen; diese sind in den Augen des Herrn ein Greuel."

„Allerdings, aber hast du jemals einen so kaltblütig und selbstbewußt auftreten sehen? Und was für einen Arm er hat!"

„Und was für Pferde!" fällt ein Dritter ein.

„Es heißt, er stehe keinem Römer im Pferdelenken an Gewandtheit und Übung nach", fügt ein vierter hinzu.

Ein Weib setzt dem Lobe die Krone auf:

„Und schöner ist er auch als der Römer."

Hiedurch ermutigt, ruft der begeisterte Anhänger Ben Hurs abermals aus: „Hundert Schekel auf den Juden!"

„Du Tor!" antwortet ein Antiochier, der seinen Sitz vorn hat, „weißt du nicht, daß fünfzig Talente gegen ihn, sechs gegen eins, auf Messala gesetzt sind! Stecke deine Schekel ein, daß nicht Abraham aufstehe und dich strafe!"

„Haha, du Esel von Antiochier! Laß das Schreien! Weißt du nicht, daß Messala auf sich selbst gewettet hat?" lautet die Entgegnung.

Und so nahm die Unterhaltung, nicht immer in höflicher Form, ihren Fortgang. Als endlich der Aufzug nach Beendigung des Umzuges durch die Porta Pompae verschwand, wußte Ben Hur, daß sein Wunsch erfüllt sei. Alles blickte gespannt auf seinen Kampf mit Messala.

*

Als um drei Uhr nachmittags nach heutiger Zeitbestimmung das Programm zu Ende war, wurde vor dem Wagenrennen eine Erholungspause eingeschaltet. Die Ausgänge öffneten sich, und alles strömte nach dem äußeren Säulengange, wo die Speisewirte ihre Buden hatten. Die Zurückbleibenden plauderten und zogen ihre Täfelchen zu Rate. Alle Unterschiede vergessend, teilten sie sich in zwei Klassen, in die glücklichen Gewinner und in die verdrießlichen Verlierer. Die eingetretene Unterbrechung benützte eine andere Gruppe von Zuschauern, die nur dem Wagenrennen beiwohnen wollten, um ihre reservierten Plätze aufzusuchen. Zu diesen gehörten Simonides und seine Gesellschaft, ihre Plätze befanden sich in der Mitte des nördlichen Haupteinganges, dem Sitz des Konsuls gegenüber. Als die vier Diener den Handelsherrn in seinem Lehnstuhle hinauftrugen, wurde lebhafte Neugierde rege. Sein Name wurde gerufen. Die in der Nähe Sitzenden griffen ihn auf, und so erscholl er schnell von Bank zu Bank. Viele stiegen rasch auf die Sitze, um den Mann zu sehen, über den das Gerücht die wunderlichsten Mären von unerhörtem Glück und Unglück in Umlauf gesetzt hatte. Auch Ilderim wurde erkannt und begrüßt; doch niemand kannte Balthasar und die zwei tiefverschleierten Frauen, die ihm folgten. Die Frauen waren Iras und Esther.

Nachdem sie Platz genommen hatten, blickte Esther furchtsam über den Zirkus und zog den Schleier über ihr Gesicht. Die Ägypterin ließ ihren Schleier auf die Schulter herabfallen und sah, die auf sie gerichteten Blicke nicht beachtend, mit Unbefangenheit um sich.

Noch hatten die Neuangekommenen nicht alles überblickt, angefangen vom Konsul und seinen Begleitern, als einige Diener hereinkamen und von den Säulen des ersten Zieles ein mit Kreide bestrichenes Seil von einer Mauer zur anderen quer über die Arena zu spannen anfingen.

Gleichzeitig traten durch die Porta Pompae sechs Männer ein und stellten sich einzeln vor den Carceres auf. Auf allen Seiten erhob sich ein anhaltendes Stimmengewirr.

„Sieh, sieh! Grün geht nach Nummer vier zur Rechten; dort ist der Athener."

„Und Messala – ja, er ist in Nummer zwei."

„Der Korinther –"

„Seht, dort ist Weiß; er geht auf die andere Seite hinüber, er bleibt stehen; es ist Nummer eins – Nummer eins zur Linken."

„Nein, Schwarz bleibt dort und Weiß bei Nummer zwei."

„Du hast recht."

Die Torhüter trugen Tuniken von der Farbe der Bewerber, denen sie zugeteilt waren; so wußte, nachdem sie ihre Plätze eingenommen hatten, jedermann, in welchem Verschlage in diesem Augenblick sein Liebling des Beginnes harrte.

„Hast du Messala schon einmal gesehen?" fragte die Ägypterin Esther.

„Nein", antwortete die Jüdin mit gelindem Schauder; war ja der Römer, wenn nicht ihres Vaters, so doch Ben Hurs Feind.

„Er ist schön wie Apollo!" Iras' Augen glänzten, und sie entfaltete ihren edelsteinbesetzten Fächer. Esther blickte sie verwundert an und fragte sich im Gedanken: Ist er denn schöner als Ben Hur? Da hörte sie Ilderim zu ihrem Vater sagen: „Ja, er ist in Nummer zwei zur Linken der Porta Pompae."

Sie wandte ihre Augen dahin, zog aber gleich ihren Schleier wieder vor und murmelte ein kurzes Gebet.

Jetzt erschien Sanballat. „Ich komme eben von den Carceres, Scheik", sprach er mit einer Verbeugung vor Ilderim. „Die Pferde sind in vorzüglicher Verfassung."

Ilderim entgegnete: „Werden sie besiegt, so hoffe ich, daß es durch einen anderen als Messala geschehe."

Sich dann zu Simonides wendend, zog Sanballat ein Täfelchen hervor und sprach: „Ich bringe auch dir wichtige Nachricht. Ich erzählte, wie du dich erinnern wirst, von der Wette, die ich heute nacht mit Messala eingegangen bin, und daß ich das Angebot zu einer anderen zurückgelassen habe, deren Annahme mir heute vor Beginn des Rennens schriftlich übergeben werden sollte. Hier ist sie."

Simonides nahm das Täfelchen und las die Notiz mit Aufmerksamkeit. „Ja", sagte er, „sie sandten zu mir und ließen mich fragen, ob du wohl so viel Geld bei mir stehen habest. Verwahre das Täfelchen sorgfältig. Verlierst du, so weißt du, an wen du dich zu halten hast. Verlierst du aber nicht" - sein Gesicht wurde streng - „dann Freund, sieh zu, daß die Unterzeichner nicht entwischen! Laß sie nicht los, bis du den letzten Schekel erhalten hast. Mit uns würden sie es ebenso machen."

„Verlaß dich auf mich!" antwortete Sanballat.

„Willst du nicht bei uns Platz nehmen?" fragte Simonides.

„Du bist sehr gütig", erwiderte der andere; „aber wenn ich den Konsul verlasse, wird das junge Rom dort allzu übermütig. Friede sei mit dir, Friede mit euch allen!"

Die Pause war zu Ende. Die Trompeter bliesen ihre Instrumente, und alle eilten auf ihre Plätze zurück. In der Arena erschienen Männer und begaben sich nach dem westlichen Ende zu einem simsartigen Aufbau in der Nähe des zweiten Zieles, wo sie sieben hölzerne Kugeln aufstellten. Dann kehrten sie zum ersten Ziel zurück und stellten dort sieben Holzfiguren auf, die Delphine darstellten.

„Was bedeuten die Kugeln und die Fische, Scheik?" fragte Balthasar.

„Hast du noch nie einem Rennen beigewohnt?"

„Nein, und ich weiß auch nicht recht, warum ich hier bin."

„Nun, sie sind zum Zählen. Am Ende jeder Rundfahrt wird, wie du sehen wirst, eine Kugel und ein Fisch herabgenommen."

Die Vorbereitungen waren beendet, und ein Trompeter erhob sich, das Zeichen zum Beginn zu geben. Die Unruhe legte sich, und das Stimmengesumme verstummte. Jeder wandte sich nach Osten, und aller Augen waren auf die Tore der sechs Carceres gerichtet, worin die Bewerber warteten. Die ungewöhnliche Röte auf Simonides' Gesicht verriet, daß auch er die allgemeine Erregung teilte. Ilderims Finger fuhren in unruhiger Hast durch seinen Bart.

„Gib auf den Römer acht!" sagte die schöne Ägypterin zu Esther.

Diese hörte sie nicht, denn dichtverschleiert und mit klopfendem Herzen wartete sie auf Ben Hurs Auftreten.

Ein kurzer, schriller Trompetenstoß erscholl, und die Aufseher – einer für jeden Wagen –, die hinter den Säulen gestanden waren, sprangen herbei, bereit, Hilfe zu leisten, falls eines der Gespanne ihrer bedürfen sollte.

Noch ein Trompetenstoß, und die Torhüter öffneten gleichzeitig die Tore der Carceres.

Die berittenen Begleiter der Wagenlenker erschienen. Das bekreidete Seil wurde niedergelassen, damit sie vorüber könnten, und dann sofort wieder aufgezogen. Sie waren vorzüglich beritten, wurden aber trotzdem wenig beachtet; denn von den Carceres erscholl das Stampfen der Pferde und die Stimme der Lenker.

Als das Seil wieder fiel, sausten die sechs Gespanne wie ein Sturmwind aus den Carceres. Die ungeheure Zuschauermenge erhob sich, sprang auf die Bänke und erfüllte den Zirkus mit Beifallsrufen und Geschrei. Darauf hatten sie so ungeduldig gewartet!

„Dort ist er! Sieh, dort!" rief Iras, auf Messala deutend.

„Ich sehe ihn", antwortete Esther, nach Ben Hur blickend. Ihren Schleier hatte sie zurückgezogen. In diesem Augenblick begriff sie, daß, vor den Augen einer großen Volksmenge eine mutige Tat zu vollbringen, einen Mann in solche Begeisterung versetzen kann, daß er den Tod verachtet oder seiner ganz vergißt. Die Bewerber waren nun von allen Teilen des Zirkus aus sichtbar, das Rennen hatte aber noch nicht begonnen. Das Seil war zu dem Zweck ausgespannt, um einen gleichmäßigen Start zu erzielen. Lief das Gespann in das noch nicht ganz niedergelassene Seil hinein, so konnte das für Lenker und Pferde verhängnisvoll werden; wenn der Lenker aber zaghaft war, so blieb er schon am Beginne des Rennens zurück, und das hieß auf den großen, von allen Lenkern erstrebten Vorteil, den Platz an der inneren Seite der Bahn zunächst der Mauer, zu verzichten.

Bis zur Schranke waren ungefähr zweihundertfünfzig Fuß zurückzulegen. Ein klarer Blick, eine sichere Hand und ruhige Überlegung waren notwendig. Die Gespanne näherten sich dem Seile zu gleicher Zeit, da blies der Trompeter ein kräftiges Signal. Die Diener senkten das Seil; und keinen Augenblick zu früh, denn schon hatte der Huf eines der Pferde Messalas das fallende Seil berührt. Ohne sich dadurch beirren zu lassen, schwang Messala seine lange Peitsche, ließ die Zügel schießen, beugte sich nach vorn und eroberte mit einem Triumphrufe die Bahn an der Mauer.

„Jupiter mit uns, Jupiter mit uns!" schrien die Römer in ihrem Begeisterungstaumel.

Als Messala die Wendung nach innen machte, erfaßte der bronzene Löwenkopf am Ende seiner Achse das Vorderbein des rechten Außenpferdes des Atheners und warf das Tier gegen seinen Jochgenossen. Beide Pferde wankten, sträubten sich und blieben zurück.

„Jupiter mit uns!" schrie Drusus.

„Er gewinnt! Jupiter mit uns!" antworteten seine Gefährten, da sie Messala vorwärtseilen sahen.

Nachdem Messala vorangekommen war, blieb der Korinther als einziger Rivale zur Rechten des Atheners, und nach dieser Seite suchte er sein wieder beruhigtes Gespann zu lenken. Da wollte es das Unglück, daß das Rad des Byzantiners zu seiner Linken seinen Wagen traf. Ein Krachen, ein Wutgeschrei, und der unglückliche Kleanthes fiel unter die Hufe seiner eigenen Pferde. Esther verhüllte ihre Augen. Vorwärts sauste der Korinther, vorwärts der Byzantiner, vorwärts der Sidonier.

Sanballat sah nach Ben Hur und wandte sich an Drusus und seine Begleiter. „Hundert Sesterzien auf den Juden!" rief er.

„Angenommen!" antwortete Drusus.

„Nochmals hundert Sesterzien auf den Juden!" erscholl Sanballats Stimme.

Niemand schien ihn zu hören. Er wiederholte die Herausforderung. Allein das Schauspiel in der Arena war zu fesselnd, so daß sie nur Zeit fanden zu den Rufen: „Messala, Messala! Jupiter mit uns!"

Als Esther wieder hinabzublicken wagte, war eine Gruppe Arbeiter um die Pferde und den zerbrochenen Wagen beschäftigt, um die Bahn wieder frei zu machen; andere trugen den verunglückten Lenker hinaus. Die Griechen stießen Verwünschungen und Racheschwüre aus. Plötzlich ließ Esther ihre Hände sinken; Ben Hur jagte an der Seite des Römers dahin! Ihnen folgte in einer Gruppe der Sidonier, der Korinther und der Byzantiner. Das Rennen war im Gang; die Wettfahrer waren mit Leib und Seele dabei; die Blicke der Tausende im Zuschauerraum waren unverwandt auf sie gerichtet.

Als der Kampf um die Stellung begann, befand sich Ben Hur auf der äußersten Linken der sechs Bewerber. Einen Augenblick war er gleich den anderen vom Lichtglanz der Arena geblendet, doch gelang es ihm, seinen Gegner zu erkennen und seine Absicht zu erraten. Messala warf er einen prüfenden Blick zu. Seine Miene zeigte den Stolz wie ehedem. Schnell hatte er den Blick wieder auf das eigene Gespann gerichtet. Koste es, was es wolle, er mußte seinen Feind demütigen! Selbst die Rücksicht auf das Leben sollte ihn nicht zurückhalten. Er fühlte sich frei von jeder leidenschaftlichen Erregung. Er fühlte keine Versuchung, sich blind dem Glück in die Arme zu werfen. Er hatte seinen Plan und ging, nur auf sich selbst vertrauend, mit ruhiger Überlegung und voll Geistesgegenwart wie nie zuvor an seine Ausführung. Schon auf halbem Wege zur Schranke erkannte er, daß Messala, falls kein Zusammenstoß erfolgte und das Seil rechtzeitig fiel, die Mauer gewinnen würde. Die Schranke fiel, und sämtliche Gespanne stürmten, durch lauten Zuruf und Peitschenhiebe angespornt, in die Bahn. Ben Hur lenkte sein Gespann nach rechts und fuhr mit der ganzen Geschwindigkeit seiner Pferde quer über die Wagenspuren seiner Gegner. Während noch die Zuschauer über den Unfall des Atheners schauderten und der Sidonier, der Byzantiner und der

Korinther ihre ganze Geschicklichkeit aufboten, hatte Ben Hur eine Biegung gemacht und befand sich, als er die Bahn erreicht hatte, wenn auch auf der Außenseite, mit seinem Gespann Kopf an Kopf neben Messala. Diese Wendung, die er von der äußersten Linken nach rechts gemacht hatte, war den aufmerksamen Beobachtern im Zuschauerraum keineswegs entgangen: der Zirkus schien immer wieder vom anhaltenden Beifallssturm zu erbeben. Da klatschte Esther freudig überrascht in die Hände; Sanballat lächelte. Und jetzt näherten sich beide, Seite an Seite dahinfahrend und nur durch einen kleinen Zwischenraum getrennt, dem zweiten Ziele.

Der Unterbau, auf dem die drei Säulen ruhten, war eine halbkreisförmige Steinmauer, um die die Bahn herumbog. Erst da bemerkte Messala Ben Hur, seine Verwegenheit flammte auf:

„Nieder mit Eros, hoch Mars!" rief er, die Peitsche schwingend. „Nieder mit Eros, hoch Mars!" wiederholte er und versetzte den braven Arabern Ben Hurs einen Hieb, wie sie ihn wohl noch nie empfangen hatten.

Das Erstaunen über Messalas Tat war allgemein. Die Stille nahm zu; alle hielten den Atem an, den Ausgang erwartend! Doch schon im nächsten Augenblick brach im Zuschauerraum ein Entrüstungssturm los. Das Gespann Ben Hurs tat erschreckt einen Sprung vorwärts. Noch nie hatte sie eine Hand anders als in Liebe berührt. Was konnten sie bei so schmählicher Behandlung anders als entsetzt beiseite springen. Vorwärts sausten sie in Sturmeseile, und vorwärts schoß der Wagen.

Jede Übung kann einmal im Leben nützlich werden. Wem verdankte Ben Hur die große Hand und den mächtigen Griff, die ihm jetzt zustatten kamen? Ben Hur verdankte sie der Handhabung des Ruders. Und was war das Springen des Wagens, auf dem er stand, gegen die gewaltigen Erschütterungen, denen das Schiff im Kampf gegen die Wogen ausgesetzt war? Er behauptete seinen Platz, ließ den Pferden die Zügel und rief ihnen liebevolle Worte zu, darauf bedacht, sie um die gefährliche Biegung herumzulenken. Bald hatte er sie wieder völlig in seiner Gewalt. Und nicht nur das; als er sich dem ersten Ziele näherte, befand er sich abermals neben Messala und hatte die Bewunderung jedes Nichtrömers auf seiner Seite. So deutlich zeigten sich diese Gefühle, daß Messala es nicht geraten fand, den vorigen Streich zu wiederholen.

Jetzt stieg ein Mann auf das Gesims am westlichen Ende der Zwischenmauer und nahm eine der hölzernen Kugeln herab. Gleichzeitig wurde auch ein Delphin am östlichen Ende der Mauer fortgenommen. Das wiederholte sich auch nach der zweiten und der dritten Runde.

Drei Runden waren vollendet, aber noch immer hatte Messala die innere Seite der Mauer inne, noch immer fuhr Ben Hur neben ihm und die übrigen Bewerber folgten. Der Wettstreit schien eines jener Doppelrennen zu werden, die in der späteren Kaiserzeit in Rom so beliebt wurden: Messala und Ben Hur im ersten, der Korinther, der Sidonier und der Byzantiner im zweiten Rennen. In der fünften Runde gelang es dem Sidonier, den Platz neben Ben Hur an der Außenseite zu erobern, er mußte ihn aber alsbald wieder aufgeben. Der Anfang der sechsten Runde zeigte keine Veränderung. Die Schnelligkeit hatte zugenommen. Lenker und Pferde schienen sich in gleicher Weise bewußt, daß die Entscheidung nahte, jeder Augenblick den Sieg bringen mußte.

Das Interesse, das sich von Anfang an hauptsächlich dem Kampf zwischen dem Römer und dem Juden zugewendet hatte, begann sich, Ben Hur betreffend, bald in Besorgnis zu verwandeln. Den Oberkörper vorgebeugt, saßen die Zuschauer bewegungslos da, die Gesichter den Rivalen zugewandt.

„Hundert Sesterzien auf den Juden." rief Sanballat den Römern in der Umgebung des Konsuls zu. Er erfolgte keine Antwort.

„Ein Talent - fünf Talente - oder zehn! Wählet!" Er schüttelte herausfordernd seine Täfelchen.

„Deine Sesterzien will ich annehmen", antwortete ein römischer Jüngling und bereitete sich zum Schreiben.

„Tu es nicht!" sprach ein Freund warnend dazwischen.

„Warum nicht?"

„Messala hat seine äußerste Schnelligkeit erreicht. Sieh, wie er sich über den Rand seines Wagens beugt und den Pferden die Zügel läßt! Dann sieh den Juden an!"

Der erste blickte hin. „Beim Herkules!" antwortete er, seinen Mut sinken lassend. „Der Hund hält die Zügel mit aller Kraft. Wenn die Götter unserem Freund nicht helfen, wird er besiegt werden. Nein, noch nicht! Sieh. Jupiter mit uns! Jupiter mit uns!" Von jeder lateinischen Zunge aufgenommen, schwoll der Ruf mächtig an, so daß das Zeltdach erbebte.

Messala hatte seine größte Schnelligkeit erreicht; langsam, aber merklich gewann er einen Vorsprung. Seine Pferde hielten die Köpfe gesenkt; vom Zuschauerraum aus gesehen, schienen ihre Leiber den Boden zu berühren; die geöffneten Nüstern schimmerten blutigrot; ihre Augen traten aus den Höhlen. Wie lange konnten sie ausdauern? Als sie dem zweiten Ziele nahe waren, lenkte Ben Hur sein Gespann hinter den Wagen des Römers. Die Freude der Anhänger Messalas erreichte ihren Höhepunkt: sie schrien und brüllten und schwenkten ihre Farben; und Sanballat füllte sein Täfelchen mit den von ihnen angebotenen Wetten. Malluch, der in der Galerie ober dem Triumphtore saß, fiel es schwer, den guten Mut zu bewahren. Er hatte auf die unbestimmte Andeutung Ben Hurs, daß an der Biegung bei den westlichen Säulen sich etwas ereignen werde, seine Hoffnung gegründet. Die fünfte Runde war vorüber, aber noch nichts hatte sich ereignet. Ben Hur behauptete mit Mühe den Platz hinter dem Wagen seines Feindes.

Simonides und seine Gesellschaft verhielten sich ruhig. Der Handelsherr hatte seinen Kopf tief gesenkt. Ilderim zog an seinem Barte und nur die Augen leuchteten aus den zusammengezogenen Brauen hervor. Esther atmete kaum. Iras allein schien freudig gestimmt. Auf dem Rückwege der sechsten Runde war Messala voran, Ben Hur hart hinter ihm. So ging es zum ersten Ziele und um dieses herum. In der Furcht, seinen Platz zu verlieren, fuhr Messala in gefährlicher Nähe an der Mauer hin; ein Fuß weiter nach links und der Wagen wäre an der Mauer zerschellt. Als die Biegung zurückgelegt war, ließen die beiden Wagen nur eine Spur zurück. Als sie vorübersausten, sah Esther wieder Ben Hurs Gesicht: es war blasser als vorhin. Simonides, ein schärferer Beobachter als Esther, sprach zu Ilderim, als die beiden Gegner eben in die Bahn bogen: „Ben Hur führt etwas im Schilde, guter Scheik, oder ich habe kein Urteil mehr. Ich lese es in seinem Gesichte."

Ilderim antwortete ihm: „Hast du bemerkt, wie rein und frisch die Pferde sind? Bei der Herrlichkeit Gottes, Freund, noch sind sie nicht gelaufen! Aber gib nur acht!"

Eine Kugel und ein Delphin blieben noch auf dem Gesimse. Alle Zuschauer holten tief Atem, denn der Anfang des Endes war da. Der Sidonier gab seinem Gespanne die Peitsche und es schoß in verzweifelter Anstrengung vorwärts. Eine kurze Zeit schien es, als werde es vorankommen; aber die Erwartung wurde nicht erfüllt. Dann machten mit gleichem Erfolg der Byzantiner und der Korinther denselben Versuch. Sie kamen beim Rennen in Wirklichkeit nicht mehr in Betracht. Nun hofften alle mit Ausnahme der Römer auf Ben Hur.

„Ben Hur, Ben Hur!" riefen sie, und der Schall der tausend und abertausend Stimmen dröhnte. Von den Bänken, an denen er vorüberkam, erschollen ungestüme Aufforderungen: „Beeile dich!" – „Jetzt nimm die Mauer!" – „Nur zu! Laß deine Araber los! Gib ihnen Zügel und Peitsche!" Sie beugten sich weit über die Brustwehr vor und streckten wie beschwörend die Hände gegen ihn aus.

Entweder hörte er sie nicht, oder er konnte nicht anders, denn schon hatten sie die Bahn halb durchmessen, und noch immer fuhr er hinterher. Sie kamen zum zweiten Ziel und noch keine Änderung!

Um die Biegung zu machen, begann Messala die Pferde einwärts zu lenken, was notwendigerweise ihre Schnelligkeit verminderte. Er befand sich in gehobener Stimmung; noch behauptete der römische Geist die Oberhand. Nur sechshundert Fuß von den drei Säulen dort winkten ihm Ruhm, Reichtum, Beförderung und durch Haß unaussprechlich versüßter Triumph! In diesem Augenblick sah Malluch von der Galerie aus, wie sich Ben Hur über seine Araber beugte und ihnen die Zügel ließ. In weitem Bogen flog die Peitsche hinaus und zischte und wand sich über den Rücken der Tiere, doch berührte sie diese nicht. Augenblicklich schossen sie, alle vier wie eins, vorwärts und waren mit einem Sprunge an der Seite des Wagens des Römers. Messala hörte sie wohl, wagte aber an der gefährlichen Biegung des Zieles nicht umzublicken. Von den Zuschauern erhielt er keinen Wink.

Aus dem lärmenden Geräusch, das Wagen und Pferde verursachten, tönte nur eine Stimme heraus, und diese war Ben Hurs Stimme. In der alten aramäischen Sprache rief er den Arabern zu, wie es der Scheik selbst zu tun pflegte:

„Auf, Attair! Vorwärts, Rigel! Wie, Antares, du willst jetzt zurückbleiben? Braves Pferd – ei, Aldebaran! Ich höre sie in den Zelten singen. Ich höre die Kinder singen und die Frauen von ihrem Sieg. – Wohlgetan! Morgen geht es heimwärts unter das schwarze Zelt. Der Stamm wartet, und der Herr wartet! Es ist geschehen, es ist geschehen! Haha! Wir haben den Stolzen bezwungen! Die Hand, die uns schlug, liegt im Staube! Unser ist der Ruhm! Haha! – Das Werk ist getan – Halt!"

Ben Hur hatte zum Ansturm angesetzt, als Messala um das Ziel lenkte. Um an ihm vorbeizukommen, mußte er die Bahn mit einem engen Kreise kreuzen. Die Tausende auf den Bänken begriffen es; sie sahen ihn das Zeichen geben; sie beobachteten, wie das Gespann hart am äußeren Rade Messalas vorbeisauste, während das innere Rad von Ben Hurs Wagen sich hinter dem Wagen seines Gegners befand. Dann hörten sie einen lauten Krach. Der Wagen des Römers senkte sich auf die rechte Seite, die Achse stieß auf den Boden und der Wagen ging in Trümmer. Messala stürzte, in die Zügel verwickelt, kopfüber nach vorn. Das Schreckliche des Anblicks wurde noch dadurch vermehrt, daß der Sidonier, der unmittelbar hinter Messala an der Mauer fuhr, sein Gespann weder aufhalten noch zur Seite lenken konnte. Mit voller Schnelligkeit fuhr er in die Trümmer, über den Römer und in sein wildgewordenes Gespann hinein. Bald arbeitete er sich aus dem Getümmel der sich sträubenden und stampfenden Pferde und einer finsteren Wolke von Sand und Staub heraus und sah gerade noch, wie der Korinther und der Byzantiner hinter Ben Hur, der keinen Augenblick aufgehalten worden war, die Bahn hinabstürmten. Die Zuschauer erhoben sich, sprangen auf die Bänke, schrien und lärmten. Messala lag unbeweglich unter dem herrenlosen Wagen; man hielt ihn für tot. Alle Blicke folgten Ben Hur. Kein Mensch hatte das leichte Anziehen der Zügel bemerkt, wodurch er das Gespann nach links lenkte und mit der eisenbeschlagenen Spitze seiner Wagenachse an Messalas Rad stieß und es zertrümmerte. Nur die Veränderung in seinem Wesen war aufgefallen. Die kühne Entschlossenheit, der wilde Ungestüm, die er durch Worte, Blicke und Gebärden seinen Arabern einflößte. Das war ein Rennen! Das Gespann schien zu fliegen. Der Byzantiner und der Korinther hatten die Bahn erst zur Hälfte zurückgelegt, da hatte Ben Hur bereits das Ziel erreicht. Der Konsul erhob sich. Die Volksmenge schrie sich heiser. Der Leiter der Spiele kam von seinem Sitz herab und krönte die Sieger. Unter den Siegern der Faustkämpfer war ein blondhaariger Sachse mit niedriger Stirn und einem wilden Gesichtsausdruck. Ben Hur erkannte in ihm einen Fechtmeister, dessen Schüler er in Rom gewesen war. Von ihm wandte er seinen Blick zu den Tribünen und sah Simonides und seine Gesellschaft im Zuschauerraum. Sie winkten ihm mit beiden Händen. Esther blieb ruhig auf ihrem Sitze; Iras aber erhob sich, sandte ihm ein freundliches Lächeln und winkte ihm mit dem Fächer – Gunstbeweise, die für ihn deshalb nicht minder erquickend waren, weil sie Messala zugedacht waren, falls er gesiegt hätte. Dann ordnete sich der Festzug und bewegte sich unter den Beifallsrufen der Menge durch das Triumphtor.

*

Ben Hur und Ilderim verweilten bis Mitternacht im Hause Simonides. Der Scheik war glücklich. Königliche Geschenke hatte er Ben Hur angeboten; dieser aber hatte alles zurückgewiesen und versichert, daß er mit der Demütigung seines Feindes vollständig zufrieden sei. Der großmütige Streit wurde lange fortgesetzt. „Bedenke", wiederholte immer wieder der Scheik, „was du für mich getan hast! In jedem Wüstenzelte bis zum Golf von Akaba und zum Meere hinauf bis zum Euphrat und weiter bis zum Meere der Skyten wird der Ruhm meiner Mira und ihrer Sprößlinge verkündet werden, und die ihn verkünden, werden mich preisen und vergessen, daß ich am Abend meines Lebens stehe: und alle jetzt herrenlosen Schwertträger werden sich um mich sammeln, und meine Schwertträger werden sich bis ins Zahllose vermehren. Du weißt nicht, was es heißt, Herr der Wüste zu sein. Ich sage dir, diese Herrschaft würde unberechenbare Einkünfte von den Händlern und große Vorrechte von den Königen erhalten. Ja, beim Schwerte des Salomons; wollte mein Abgesandter für mich die Gunst des Kaisers suchen, so wird er sie erhalten. Und du willst nichts, gar nichts annehmen?"

Ben Hur antwortete: „Doch, Scheik, hab' ich nicht deine Hand und dein Herz? Laß die Zunahme deiner Macht und deines Einflusses dem König zugute kommen, der erscheinen soll. Wer kann sagen, ob dir dies alles nicht gerade für ihn gewährt wurde? In dem Werke, an dessen Ausführung ich jetzt gehe, werde ich der Hilfe vielleicht sehr bedürftig sein. Schlage ich jetzt deine Geschenke aus, so werde ich mich später mit um so mehr Recht an dich wenden können."

Während ihres Gespräches kam Malluch. Der gute Mann machte kein Hehl aus seiner Freude über den Ausgang des Tages.

„Herr", sprach er, „Simonides läßt dir mitteilen, daß nach Schluß der Spiele die Römer sich beeilt haben, gegen die Auszahlung des Preises Einspruch zu erheben."

Ilderim fuhr auf und rief mit gellender Stimme: „Bei der Herrlichkeit Gottes! Der ganze Osten soll entscheiden, ob das Rennen nicht ehrlich gewonnen wurde."

„Guter Scheik", beschwichtigte Malluch, „der Leiter der Spiele hat das Geld bereits ausbezahlt."

„Also doch!"

„Als sie darauf hinwiesen, daß Ben Hur Messalas Rad zertrümmert habe, lachte der Leiter der Spiele und erinnerte sie an den Peitschenhieb, den die Araber an der Biegung des Zieles erhalten hatten."

„Und was ist mit dem Athener?"

„Er ist tot!"

„Tot?" rief Ben Hur.

„Tot!" wiederholte Ilderim. „Was für ein Glück diese Römer haben! Messala ist heil davongekommen!"

„Davongekommen - mit dem Leben ja, Scheik; aber es wird ihm zur Last sein. Die Ärzte sagen, er werde am Leben bleiben, aber niemals wieder den Gebrauch seiner Füße erlangen können."

Ben Hur blickte schweigend zum Himmel. Er sah im Geiste Messala an den Stuhl gefesselt wie Simonides und von Dienern getragen. Der edle Mann hatte sich in sein Schicksal gefunden; wie aber würde es Messala mit seinem Hochmut und Ehrgeiz ertragen können?

„Simonides läßt ferner melden", fuhr Malluch fort, „daß Sanballat Unannehmlichkeiten hat. Drusus und die anderen, die mit ihm unterzeichnet haben, brachten die Frage wegen Bezahlung der fünf Talente, die sie verloren, vor den Konsul, und dieser hat die Sache an den Kaiser geleitet. Auch Messala weigerte sich, seine Verluste anzuerkennen, und Sanballat wandte sich ebenfalls an den Konsul. Die besser gesinnten Römer halten die Einsprache für unstatthaft, und alle übrigen Parteien, die Gegner der Römer, schließen sich der Meinung an. Die ganze Stadt redet von der Sache."

„Was sagt Simonides?" fragte Ben Hur.

„Der Gebieter lacht und ist zufrieden. Zahlt der Römer, so ist er zu Grunde gerichtet; weigert er sich zu zahlen, so ist er ehrlos. Der Kaiser wird die Sache entscheiden. Eine Beleidigung des Morgenlandes wäre ein schlechter Anfang für einen Feldzug gegen die Parther; den Scheik Ilderim beleidigen hieße aber die Wüste gegen sich aufbringen, und eben durch diese führen alle Operationen des Konsuls. Darum läßt dich Simonides bitten, unbesorgt zu sein, Messala wird zahlen."

Ilderim hatte seine gute Laune mit einem Male wiedergefunden. „Laßt uns jetzt aufbrechen", sprach er, sich die Hände reibend. „Das Geschäftliche kann niemand besser ordnen als Simonides. Der Ruhm ist unser. Ich will die Pferde bestellen."

„Wartet noch", bat Malluch. „Ich ließ einen Boten vor der Tür zurück. Willst du mit ihm sprechen?"

„Bei der Herrlichkeit Gottes, ich dachte nicht mehr an ihn!"

Malluch zog sich zurück, und nach ihm kam ein Jüngling von feinem Anstand und zarten Gesichtszügen, der sich auf ein Knie niederließ und in gewinnender Art sprach: „Iras, die Tochter Balthasars, sendet mich mit einer Botschaft an den Scheik. Sie bittet den guten Scheik Ilderim, dem Jüngling Ben Hur melden zu lassen, daß ihr Vater auf einige Zeit im Palaste Idernea Wohnung genommen hat, wo sie morgen nach der vierten Stunde den Jüngling empfangen wolle. Und wenn Scheik Ilderim mit ihren Glückwünschen auch ihren Dank annehmen wolle, werde sie sich sehr glücklich schätzen."

Der Scheik blickte fragend auf Ben Hur, dessen Gesicht sich freudig rötete, und der antwortete: „Mit deiner Erlaubnis, Scheik, werde ich die schöne Ägypterin besuchen." Dann sagte Ben Hur zum Boten: „Melde deiner Auftraggeberin, ich, Ben Hur, werde sie morgen um die Mittagszeit im Palaste Idernea besuchen."

Um Mitternacht schlug Ilderim die Straße nach der Wüste ein, nachdem er für Ben Hur, der ihm folgen sollte, ein Pferd und einen Führer zurückgelassen hatte.

XXVI.

Am folgenden Tage machte sich Ben Hur auf den Weg nach dem Palast Idernea. Der Vorhof, an dessen beiden Seiten gedeckte Treppen zu einer Säulenhalle führten, erinnerte an Ägypten; alles, selbst das Treppengeländer, war aus massivem, grauem Stein. Die Säulenhalle, aus weißem Marmor gearbeitet, war von solcher Anmut, wie damals nur die Griechen zu bauen verstanden.

Langsam schritt Ben Hur weiter, bis zu einer Tür, durch die er in das geräumige Atrium eines römischen Hauses blickte, das von einer wahrhaft märchenhaften Pracht war. Traumverloren schlenderte Ben Hur umher und wartete. Sobald Iras bereit war, würde sie kommen oder einen Diener schicken. Doch niemand kam, und er wunderte sich, daß Iras so lange säumte. Wieder betrachtete er die Figuren auf dem Boden. Oft blieb er stehen und horchte: Ungeduld überkam ihn; und endlich kam ihm die drückende, unheimliche Stille zum Bewußtsein, die über dem Hause lag, und ein Gefühl des Unbehagens und Mißtrauens befiel ihn. Der Palast war still wie das Grab. Er ging zur Tür hin. So leise er auch auftreten wollte, der Hall seiner Schritte klang laut und dröhnend. Das schwerfällige Schloß widerstand seinem Versuch, es zu öffnen; das Blut erstarrte ihm in den Wangen; er mühte sich mit seiner ganzen Kraft ab: die Tür blieb unbeweglich. Es überkam ihn das Gefühl einer drohenden Gefahr, und er stand unentschlossen da. Wer in Antiochien hatte Grund ihm Übles zu tun? Messala! Der Palast stand in der belebtesten Straße der Stadt und schien für eine Gewalttat zu öffentlich gelegen; aber das entsprach dem verwegenen Charakter seines Feindes. Das Atrium war nichts anderes als eine Falle. Der Gedanke entfachte Ben Hurs Zorn. Er war ein Gefangener.

Eine halbe Stunde verging, und die Tür, durch die er eingetreten war, öffnete und schloß sich geräuschlos, ohne daß er es bemerkte. Der Hall von schweren Tritten störte ihn auf. Er hörte Männerstimmen. Was sie sagten, konnte er nicht verstehen, denn es war keine Sprache des Ostens oder europäischen Südens. Ben Hur sah zwei überaus kräftig gebaute, hochgewachsene Männer, die mit kurzen Tuniken bekleidet waren. Sie hatten nicht das Aussehen von Bedienten des Hauses, denn alles, was sie sahen, erregte ihre Bewunderung; jeden Gegenstand prüften und betasteten sie. Sie waren wohl aus der niedrigsten Volksklasse, doch sie schritten mit einer Sicherheit durch den Raum, daß sie nur eine bestimmte Aufgabe hieher geführt haben konnte.

Ben Hur erkannte in dem hochgewachsenen, stämmigen Fremden den Nordländer, dessen Schüler er in Rom gewesen und der am Tage vorher im Zirkus als Sieger im Faustkampfe gekrönt worden war. Als er das mit zahlreichen Narben bedeckte Gesicht des Mannes und die Züge tierischer Leidenschaften, die es entstellten, sah, seine sehnigen, kraftstrotzenden und kampfgeübten Glieder und die breiten, wahrhaft herkulischen Schultern, überlief ihn ein kalter Schauer bei dem Gedanken an die Gefahr, in der er schwebte; die Gelegenheit zum Morde war zu günstig, als daß sie vom Zufall herbeigeführt sein könnte. Er warf einen besorgten Blick auf den Gefährten des Nordländers, einen noch jungen Mann mit schwarzen Augen und schwarzen Haaren, er sah wie ein Jude aus. Beide waren wie Kämpfer in der Arena gekleidet. Ben Hur war nicht länger im Zweifel, daß man ihn mit Absicht hieher gelockt habe. Sollte er also in diesem Palaste sterben müssen? War er bisher das Opfer von Gewalttätigkeiten gewesen, so wollte er in Zukunft Angreifer sein. Erst gestern hatte er ein erstes Opfer gefunden.

Er löste die Schärpe, die seinen Leib umgab, entblößte das Haupt, warf sein weißes, jüdisches Gewand ab und stand in einer Tunika da, wie sie seine Feinde trugen. Die Arme kreuzend, lehnte er sich mit dem Rücken gegen eine Säule und wartete, bis die beiden auf ihn zutraten.

„Wer seid ihr?" fragte er.

Der Nordländer verzog das Gesicht und antwortete: „Barbaren."

„Dies ist der Palast Idernea. Wen sucht ihr?"

Die Fremden standen still; und nun fragte der Nordländer seinerseits: „Wer bist du?"

„Ein Römer."

Der Riese warf den Kopf in den Nacken zurück: „Hahaha! Ich habe wohl gehört, daß einst ein Gott erstand, indem eine Kuh einen Salzstein leckte; aber selbst ein Gott kann aus einem Juden keinen Römer machen."

Er sprach dann wieder mit seinem Genossen und beide traten näher.

„Halt!" rief Ben Hur, die Säule verlassend. „Ein Wort!" Sie standen wieder still.

„Du bist Thord, der Nordländer." Des Riesen Augen öffneten sich weit. „Du warst Fechtmeister in Rom." Thord nickte. „Ich war dein Schüler."

„Nein", sagte Thord mit einem Kopfschütteln. „Beim Barte Irmins, ich hatte niemals einen Juden in der Fechtkunst zu unterrichten."

„Aber ich werde dir meine Worte beweisen."
„Wie?"
„Ihr kamt hieher, mich zu töten."
„Das ist wahr."
„Dann laß diesen Mann allein mit mir kämpfen, und ich werde dir den Beweis an seinem Leibe führen."
Ein Schimmer glitt über des Nordländers Gesicht. Er sprach mit seinem Gefährten; dann sagte er: „Wartet, bis ich sage, daß ihr beginnen sollt."
Er stieß mit seinem Fuß ein Ruhebett herbei und streckte mit aller Gemächlichkeit seinen schweren Körper darauf aus. Als er sich behaglich fühlte, sagte er einfach: „Jetzt beginnet!"
Ben Hur schritt ruhig auf seinen Gegner zu. Wie sie beide gegenüberstanden, waren sie einander ähnlich wie Brüder. Dem selbstbewußten Lächeln des Fremden stellte Ben Hur einen Ernst entgegen, der als Warnung hätte aufgefaßt werden können. Beide wußten, daß es einen Kampf auf Leben und Tod galt. Ben Hur stieß seine rechte Hand vor. Der Fremde deckte sich, den linken Arm vorhaltend. Ehe er noch auf Ben Hurs Bewegung achten konnte, hatte ihn dieser mit einem Griff, dessen Druck die jahrelange Arbeit am Ruder furchtbar wie den eines Schraubstockes gemacht hatte, am Handgelenk erfaßt. Er warf sich auf den Mann, zog ihm den Arm um die Kehle und über die rechte Schulter, drehte ihn auf die linke Seite, holte mit der freien Hand zum Schlage aus und traf ihn unter dem Ohr am Halse: Alles das war das Werk eines Augenblickes. Schwer und lautlos fiel der Scherge zu Boden und rührte sich nicht mehr.
„Ha, was! Beim Barte Irmins!" rief Thord erstaunt, sich aufrichtend. Dann lachte er. „Hahaha! Ich selbst hätte es nicht besser machen können." Er musterte Ben Hur kalt von Kopf bis Fuß; dann erhob er sich und sah ihn mit ungeheuchelter Bewunderung an. „Das war mein Kunstgriff – der Kunstgriff, den ich zehn Jahre lang in den Kampfschulen Roms geübt habe. Du bist kein Jude. Wer bist du?"
„Du kanntest den Duumvir Arrius?"
„Quintus Arrius? Ja, er war mein Schutzherr."
„Er hatte einen Sohn."
„Ja", sagte Thord und seine rauhen, abgelebten Züge leuchteten auf. „Ich kannte ihn; es hätte ein ausgezeichneter Gladiator aus ihm werden können. Der Kaiser bot ihm seine Gunst an. Ich lehrte ihn eben jenen Kunstgriff, der nur einer Hand und einem Arme wie dem meinigen möglich ist. Er hat mir manchen Siegeskranz errungen."
„Ich bin jener Sohn des Arrius."
Thord trat näher und betrachtete ihn aufmerksam; dann begannen seine Augen in aufrichtiger Freude zu glänzen und lachend streckte er ihm seine Hand entgegen. „Hahaha! Er sagte mir, ich würde hier einen Juden – einen Juden – einen Hund von Juden finden, den zu töten den Göttern ein wohlgefälliges Werk sei."
„Wer sagte dir das?" fragte Ben Hur, seine Hand ergreifend.

„Er – Messala – hahaha!"
„Wann, Thord?"
„Gestern nacht."
„Ich dachte, er sei verletzt."
„Er wird nie wieder gehen können. Er sagte es unter Stöhnen auf seinem Bette liegend."

Ben Hur bedachte, daß der Römer noch immer mächtig und gefährlich sei und sein Grimm ihm unerbittlich folgen würde. Warum sollte er nicht zu den Listen des Römers seine Zuflucht nehmen? Der zu seiner Ermordung gedungene Mann konnte wieder gedungen werden, den Schlag zurückzugeben. Er konnte eine höhere Belohnung bieten. Die Versuchung war groß; und schon war er daran, ihr nachzugeben, als sein Blick seinen toten Gegner traf, der mit bleichem Gesicht regungslos dalag und ihm so ähnlich war. Ein Gedanke fuhr ihm durch den Kopf, und er fragte: „Thord, was wollte dir Messala geben, wenn du mich tötest?"

„Tausend Sesterzien."

„Du sollst sie bekommen; und wenn du genau tust, was ich dir sagen werde, so will ich dir zu der Summe schließlich noch dreitausend dazugeben.

Der Riese überlegte laut: „Fünftausend gewann ich gestern, vom Römer eintausend – sind sechs. Gib mir vier, guter Arrius, noch vier, und ich werde fest und treu zu dir stehen, sollte mich auch der alte Thor, mein Namensvetter, mit seinem Hammer treffen. Versprich mir vier, und ich will den im Bette liegenden Patrizier töten, wenn du befiehlst. Ich darf nur seinen Mund mit einer Hand bedecken – so." Er veranschaulichte den Vorgang, indem er sich mit der flachen Hand auf den Mund schlug.

„Ich verstehe", sagte Ben Hur. „Zehntausend Sesterzien ist ein Vermögen, das es dir ermöglicht, nach Rom zurückzukehren, beim großen Zirkus eine Weinschenke zu eröffnen und ein Leben zu führen, wie es dem ersten der Fechtmeister ziemt. Ich will dir viertausend geben", fuhr Ben Hur fort; „und was du für das Geld tun sollst, Thord, wird deine Hand nicht mit Blut beflecken. Höre mich jetzt! Sieht nicht dein Freund hier mir ähnlich?"

„Ich möchte sagen, er war ein Apfel von demselben Baume."

„Nun gut, wenn ich also seine Tunika anziehe und ihn mit meinem Gewande bekleide und wenn du und ich mitsammen fortgehen und ihn hier liegen lassen, kannst du nicht auch dann deine Sesterzien von Messala bekommen? Du mußt ihn nur glauben machen, daß ich der Tote sei."

Thord lachte, bis ihm die Tränen zum Munde rannen. „Haha! Nie wurden zehntausend Sesterzien so leicht gewonnen! Und eine Weinschenke beim großen Zirkus! – Das alles für eine Lüge, an der kein Blut klebt! Hahaha! Gib mir deine Hand, Sohn des Arrius, und wenn du je wieder nach Rom kommst, versäume nicht, nach der Schenke Thords des Nordländers zu fragen. Beim Barte Irmins! Den besten

Wein werde ich dir vorsetzen, und sollte ich ihn vom Kaiser borgen müssen!"

Sie schüttelten sich wieder die Hände; dann wurden die Kleider getauscht. Sie vereinbarten, daß in der Nacht ein Bote nach Thords Wohnung gehen sollte, um ihm die viertausend Sesterzien zu überbringen. Als alles geordnet war, pochte der Riese an die vordere Tür; sie öffnete sich ihm; und aus dem Atrium tretend, führte er Ben Hur in ein anstoßendes Zimmer, wo dieser sich mit dem Gewande des toten Faustkämpfers bekleidete. Beim Verlassen des Atriums hatte Ben Hur einen letzten Blick auf den im jüdischen Gewande daliegenden Toten geworfen; er war befriedigt. Die Ähnlichkeit fiel in die Augen. Hielt Thord sein Wort, so mußte der Betrug ein immerwährendes Geheimnis bleiben.

Beim Omphalos schieden sie. „Vergiß nicht, Sohn des Arrius, die Weinschenke beim großen Zirkus. Hahaha! Beim Barte Irmins, so wohlfeil wurde noch nie ein Vermögen erworben! Die Götter mögen dich geleiten."

Des Nachts erzählte Ben Hur in Simonides' Hause, was im Palaste Idernea vorgefallen war. Sie kamen überein, nach Verlauf einiger Tage nach dem Verbleib des Sohnes des Arrius herumzufragen und unter Umständen auch die Sache vor Maxentius zu bringen; kam das Geheimnis auch dann nicht ans Licht, so konnte daraus geschlossen werden, daß Messala und Gratus wieder beruhigt und sorglos seien, und Ben Hur konnte sich ungefährdet nach Jerusalem begeben, um nach seinen verlorenen Angehörigen zu forschen. Als sich Ben Hur verabschiedete, saß Simonides in seinem Lehnstuhl auf der Terrasse. Mit der Zärtlichkeit eines Vaters sprach er sein Lebewohl. Esther begleitete den Jüngling bis zur Treppe.

„Finde ich meine Mutter wieder, dann sollst du zu ihr nach Jerusalem kommen und meiner Tirzah eine Schwester sein." Und mit diesen Worten küßte er sie.

Er begab sich zunächst nach der Wohnung Ilderims jenseits des Flusses; hier traf er den Araber, der ihm als Führer dienen sollte. Die Pferde wurden herausgeführt.

„Dieses ist dein", sagte der Araber.

Freudig überrascht sah Ben Hur, daß es Aldebaran war, der schnellste und herrlichste der Sprößlinge Miras und neben Sirius der Liebling des Scheiks; er erkannte an diesem Geschenke, daß das Herz des Greises für ihn schlug.

Der Leichnam im Atrium wurde noch in der Nacht fortgeschafft und begraben; und auch zu Gratus wurde ein Bote abgesandt mit der Meldung, daß Ben Hur tot, diesmal unzweifelhaft tot sei. Bald nachher wurde nahe dem Zirkus Maximus eine Weinschenke eröffnet, deren Schild die Aufschrift trug: Thord der Nordländer.

XXVII.

Dreißig Tage sind seit jener Nacht verflossen, da Ben Hur Antiochien verließ, um mit Scheik Ilderim in die Wüste zu ziehen. Eine große Veränderung hat stattgefunden – groß wenigstens, was das Schicksal unseres Helden betrifft! Valerius Gratus wurde durch Pontius Pilatus ersetzt! Die Erwirkung der Abberufung kostete Simonides ganze fünf Talente in römischer Münze, die er bar an Sejanus, den damals einflußreichsten Günstling des Kaisers, zahlte. Er tat dies, um die Gefahren zu verringern, denen Ben Hur ausgesetzt war, während er in Jerusalem nach seinen Angehörigen forschte. Zu diesem Zwecke verwendete der treue Diener seine Gewinne aus den Wetten mit Drusus und dessen Gefährten. Die Zahlungsverweigerung Messalas war in Rom noch nicht entschieden.

So kurze Zeit erst seit dem Wechsel der Regierung Palästinas verstrichen war, so wußten die Juden doch bereits, daß er für sie keine Änderung zum Besseren bedeutete. Die Kohorten, welche die Besatzung der Burg Antonia ablösen sollten, zogen bei Nacht in die Stadt ein. Das erste, was den Bewohnern der umliegenden Häuser am nächsten Morgen in die Augen fiel, war, daß die Mauern der alten Burg mit militärischen Abzeichen geschmückt waren. Zum Unglück bestanden diese in Büsten des Kaisers und aus römischen Adlern. Eine erregte Menge zog nach Cäsarea zu Pilatus und beschwor ihn, die verhaßten Bilder zu entfernen. Fünf Tage und Nächte hielten sie die Tore seines Palastes besetzt; endlich ließ er sich herbei, sie zu einer Besprechung in den Zirkus zu bescheiden. Als sie versammelt waren, ließ er sie von Soldaten umringen; statt Widerstand zu leisten, boten sie ihm ihr Leben dar und erreichten ihren Willen. Er ließ die Bilder und Abzeichen nach Cäsarea bringen, wo Gratus die verhaßten Gegenstände während der elf Jahre seiner Amtszeit aufbewahrt hatte.

Der böseste Mann vollbringt zuweilen eine gute Tat, so auch Pilatus. Er verfügte eine genaue Untersuchung aller Gefängnisse in Judäa sowie die Anfertigung einer Liste der Gefangenen mit Angabe der Vergehen. Ohne Zweifel war der Beweggrund seines Handelns das Bewußtsein der übernommenen schweren Verantwortung; das Volk aber, das sich von der Maßregel manches Gute erhoffte, rechnete sie ihm zum Verdienste an und war zufrieden. Die Untersuchung brachte überraschende Enthüllungen. Hunderte von Personen wurden in Freiheit gesetzt, gegen die überhaupt keine Anklage vorlag; viele andere kamen ans Licht, die man längst unter die Toten gezählt hatte. Es wurden Kerker aufgetan, die selbst von den Gefängnisbehörden vergessen worden waren.

Der Befehl des neuen Prokurators über die Gefangenen war auch in der Burg Antonia vollzogen worden; zwei Tage waren verflossen, seit der letzte Unglückliche zur Untersuchung heraufgeholt wurde. Die Liste lag zur Absendung an den Prokurator bereit auf dem Tisch des kommandierenden Tribuns; in fünf Minuten konnte sie auf dem Wege zu Pilatus sein, der seinen Sitz auf dem Berge Sion hatte.

Die Amtsstube des Tribuns war geräumig, ihre Einrichtung zeigte den der Würde des Befehlshabers eines so wichtigen Postens entsprechenden vornehmen Reichtum. Um die siebente Stunde betrat der Tribun müde und ungeduldig das Zimmer, um den Bericht abzufertigen, dann wollte er sich auf das Dach des Säulenganges begeben, um sich in der frischen Luft zu erholen und das Treiben der Juden in den Vorhöfen des Tempels zu beobachten. Seine Untergebenen und der Schreiber teilten seine Ungeduld.

Da erschien ein Mann in der Tür, einen rasselnden Schlüsselbund in seinen Händen.

„Ah, Gesius, tritt ein!" sagte der Tribun.

Während der Ankömmling sich dem Tische näherte, hinter dem der Tribun in seinem Lehnstuhle saß, wandten ihm alle Anwesenden ihre Blicke zu, da sie Unruhe in seinem Gesichte bemerkten.

„O Tribun!" begann er, sich tief verbeugend; „ich fürchte auszusprechen, was ich dir zu sagen habe."

„Wieder ein Versehen - Gesius?"

„Wäre ich überzeugt, daß es sich nur um ein Versehen handelt, so würde ich mich nicht fürchten."

„Also ein Verbrechen – oder, noch schlimmer, eine Pflichtverletzung? Du magst den Kaiser verspotten oder die Götter lästern und leben; beleidigst du aber den Adler - ah, du weißt, Gesius - fahre fort!"

„Es sind jetzt etwa acht Jahre, seit mich Valerius Gratus zum Gefängnisschließer hier in der Burg machte", sagte der Mann bedachtsam. „Ich erinnere mich noch des Morgens, da ich die Pflichten meines Amtes übernahm. Tags zuvor hatte ein Aufruhr in den Straßen stattgefunden. Wir erschlugen viele Juden, hatten aber auch auf unserer Seite Verluste. Die Ursache des Aufruhrs war, wie man erzählte, ein Mordanschlag gegen Gratus, der durch einen von einem Dache geschleuderten Stein getroffen wurde und vom Pferde stürzte. Ich fand ihn hier sitzen, wo du sitzest, Tribun, mit verbundenem Kopfe. Er teilte mir meine Ernennung mit und gab mir diese Schlüssel. Sie waren mit Ziffern nach den Nummern der Zellen bezeichnet. Ich sollte sie, sagte er, als Abzeichen meines Amtes betrachten und nie aus den Händen lassen. Auf dem Tische lag eine Pergamentrolle. Er rief mich heran und öffnete die Rolle. ‚Hier sind die Pläne der Zellen', sagte er. ‚Dieser', fuhr er fort, ‚zeigt die Zellen des oberen Stockwerks, der andere des mittleren Stockwerks und der dritte des unteren Stockwerks. Ich vertraue sie dir an.' Ich nahm sie aus seiner Hand in Empfang, und er setzte hinzu: ‚Jetzt hast du die Schlüssel und die Pläne; geh nun und mache dich gleich mit dem Gefängnis bekannt, besichtige jede Zelle. Läßt die Sicherheit irgendeiner Zelle zu wünschen übrig, so ordne das Erforderliche nach eigenem Ermessen an, denn du bist dort nach mir der Herr und niemand sonst.' Ich grüßte und wandte mich zum Gehen; er rief mich zurück. ‚Ah, ich vergaß', sprach er. ‚Gib mir den Plan des oberen Stockwerkes.' Ich reichte ihm diesen, und er breitete ihn auf dem Tische aus. ‚Hier, Gesius', sprach er, ‚sieh diese Zelle.' Er legte den Finger auf Nummer V. ‚In dieser Zelle werden drei Männer gefangen gehalten, verwegene Leute, die auf irgendeine Weise in den Besitz eines Staatsgeheimnisses zu gelangen wußten und jetzt ihre Neugierde büßen, und Neugierde in solchen Dingen' – er warf mir einen strengen Blick zu – ‚ist schlimmer als ein Verbrechen. Deshalb haben sie Augen und Zungen verloren und sind auf Lebenszeit dort eingekerkert. Nahrung und Wasser sollen sie durch eine Öffnung in der Mauer, die mit einem Schieber verschlossen ist, erhalten; du wirst sie leicht finden. Hörst du, Gesius?' Ich bejahte. ‚Gut!' fuhr er fort. ‚Noch eins darfst du nicht vergessen, oder' – er blickte mich drohend an – ‚die Tür zu ihrer Zelle – die Zelle Nummer V – hier, Gesius' – er legte seinen Finger auf den Plan, um sie meinem Gedächtnis einzuprägen – ‚soll nie geöffnet werden, niemand darf hinein- oder herausgelassen werden, auch du selbst darfst die Zelle nicht betreten.' ‚Aber wenn sie sterben?' fragte ich. ‚Wenn sie sterben', erwiderte er, ‚soll die Zelle ihr Grab sein. Sie sollen dort sterben und begraben sein. Die Zelle ist aussätzig. Verstehst du?' Damit entließ er mich."

Gesius hielt inne und zog aus der Brusttasche seiner Tunika drei durch Alter und Gebrauch schon sehr vergilbte Pergamentblätter hervor. Eines breitete er auf dem Tische vor dem Tribun aus und sagte dabei: „Dies ist das obere Stockwerk. Es ist der Plan, Tribun, den mir Gratus gab. Sieh, hier ist Zelle Nummer V."

„Ich sehe", entgegnete der Tribun. „Fahre nun fort. Die Zelle ist aussätzig, hatte er gesagt."

„Ich möchte gerne eine Frage an dich stellen", bemerkte der Schließer bescheiden.

Der Tribun nickte.

„Mußte ich unter diesen Umständen den Plan nicht für richtig halten?"

„Was hättest du anders tun können?"

„Nun, er ist nicht richtig."

Der Tribun blickte überrascht auf.

„Er ist nicht richtig", wiederholte der Schließer. „Er zeigt nur fünf Zellen, es sind aber sechs vorhanden."

„Sechs, sagst du?"

„Ich will dir zeigen, wie das Stockwerk aussieht – oder vielmehr, wie ich glaube, daß es aussieht."

Auf einem Notiztäfelchen zeichnete Gesius den Plan und reichte ihn dem Tribun.

„Gut", sagte der Tribun, die Zeichnung prüfend, und glaubte, daß die Erzählung zu Ende sei. „Ich will den Plan richtigstellen oder, noch besser, einen neuen zeichnen lassen und ihn dir geben. Morgen früh kannst du ihn holen."

Er erhob sich.

„Höre weiter, Tribun!"

„Morgen, Gesius, morgen!"

„Was ich noch zu sagen habe, duldet keinen Aufschub."

Der Tribun ließ sich wieder auf seinen Stuhl nieder.

„Ich will mich kurz fassen, nur laß mich noch eine Frage stellen. Hatte ich nicht ein Recht, dem Glauben zu schenken, was mir Gratus über die Gefangenen in Zelle Nummer V sagte?"

„Ja, es war deine Pflicht, zu glauben, daß drei Gefangene in der Zelle seien – Staatsgefangene – blind und ohne Zungen."

„Auch das ist nicht wahr!" sprach der Schließer.

„Wie?" rief der Tribun mit erneutem Interesse.

„Höre und urteile selbst, Tribun. Wie mir befohlen war, besichtigte ich alle Zellen. Die Weisung, daß die Tür zu Nummer V nicht geöffnet werden sollte, hatte ich während der ganzen acht Jahre genau eingehalten; Speise und Trank war den drei Männern durch eine Öffnung in der Mauer verabreicht worden. Gestern ging ich an diese Tür, neugierig, die Unglücklichen zu sehen, die wider alles Erwarten so lange gelebt hatten. Das Schloß widerstand dem Schlüssel. Wir rüttelten ein wenig, und die Tür stürzte aus den verrosteten Angeln. Ich trat ein, fand aber nur einen Mann – alt, blind, ohne Zunge und nackt. Das Haar fiel ihm in steifen Strähnen über den Oberkörper herab. Seine Haut glich dem Pergament dort. Er streckte seine Hände aus; die Fingernägel waren gekrümmt und verschlungen wie die Krallen eines Vogels. Ich fragte ihn, wo seine Gefährten seien. Er schüttelte verneinend den Kopf. In der Erwartung, daß wir die anderen finden würden, durchsuchten wir die Zelle. Der Fußboden war trocken, ebenso die Wände. Waren die Männer dort eingeschlossen gewesen und zwei von ihnen gestorben, so hätten wenigstens die Gebeine noch vorhanden sein müssen."

„Deshalb glaubst du –"

„Ich glaube, daß überhaupt nur ein Gefangener während der acht Jahre dort war."

Der Tribun blickte den Schließer scharf an und sprach: „Nimm dich in acht! Was du sagst, bedeutet mehr, als den Prokurator einer Lüge beschuldigen!"

Gesius verneigte sich, sagte aber: „Er mag sich geirrt haben."

„Nein, er hatte recht", sagte der Tribun eifrig. „Deine eigenen Angaben geben ihm recht. Sagtest du nicht eben erst, daß für drei Männer acht Jahre lang Speise und Trank verabreicht worden sei?"

Die Anwesenden zollten dem Scharfsinn ihres Vorgesetzten Beifall, doch Gesius schien hiedurch nicht eingeschüchtert.

„Du kennst die Geschichte erst zur Hälfte, Tribun. Sobald du alles weißt, wirst du mir beistimmen. Du weißt, was ich mit dem Mann tat: ich sandte ihn ins Bad, ließ ihn scheren und kleiden, an das Tor der

Burg führen und sagte ihm, daß er frei sei und gehen könne. Heute kam er zurück und gab mir zu verstehen, daß er in seine Zelle zurückzukehren wünsche; ich ordnete es an. Als man ihn fortführen wollte, riß er sich los, küßte meine Füße und bat mich mit Zeichen mitzugehen und ich ging. Das Geheimnis der drei Männer wollte mir nicht aus dem Sinn. Jetzt bin ich froh, daß ich seiner Bitte nachgab." Die ganze Gesellschaft hörte in atemloser Stille zu. „Als wir wieder in der Zelle waren, erfaßte der Gefangene meine Hand und führte mich an eine Öffnung, ähnlich jener, durch welche wir ihm die Nahrung gereicht hatten. Sie war gestern meinen Augen entgangen. Noch immer meine Hand haltend, brachte er sein Gesicht nahe an die Öffnung und ließ einen tierischen Schrei hören. Ein schwacher Laut kam als Antwort zurück. Ich zog ihn hinweg und rief hinein: ‚Wer da?' Anfangs erfolgte keine Antwort. Ich rief abermals, und nun vernahm ich die Worte: ‚Sei gepriesen, o Herr!' Zu meinem höchsten Erstaunen war es die Stimme einer Frau. Ich fragte: ‚Wer bist du?' und erhielt zur Antwort: ‚Eine Frau aus Israel, die hier mit ihrer Tochter begraben ist. Hilf uns schnell, oder wir müssen sterben!' Ich hieß sie guten Mutes sein und eilte hierher, um deinen Willen zu vernehmen."

Der Tribun erhob sich hastig. „Du hattest recht, Gesius", sprach er. „Der Plan war falsch und die Geschichte von den drei Männern eine Lüge. Es hat bessere Römer gegeben als Valerius Gratus."

„Ja", sprach der Schließer. „Ich brachte aus dem Gefangenen heraus, daß er das ihm gereichte Essen regelmäßig den Frauen weitergegeben hat."

„So läßt sich alles erklären", erwiderte der Tribun. Wie sein Blick auf seine Untergebenen fiel, kam ihm der Gedanke, wie gut es sei, seine Untergebenen als Zeugen zu haben, und er setzte hinzu: „Laßt uns die Frauen befreien. Kommt alle!"

„Wir werden die Mauer durchbrechen müssen", sagte Gesius: „Ich fand wohl die Stelle, wo sich die Tür befunden hat, aber sie ist mit Steinen zugemauert."

Der Tribun wandte sich an einen Schreiber und sprach: „Laß Arbeiter mit Werkzeugen kommen. Beeile dich; den Bericht halte zurück, denn ich sehe, daß er abgeändert werden muß."

XXVIII.

„Eine Frau aus Israel, die hier mit ihrer Tochter begraben ist. Hilf uns schnell, oder wir müssen sterben."

Diese Antwort hatte der Schließer Gesius aus der Zelle erhalten, die er auf seinem verbesserten Plane mit VI bezeichnet hatte.

Am Morgen ihrer Gefangennahme hatte Gratus vor acht Jahren

Ben Hurs Mutter und seine Schwester Tirzah in die Burg schleppen lassen, wo er sie aus dem Wege zu räumen gedachte. Er hatte die Burg gewählt, weil sie unmittelbar unter seiner Aufsicht stand, und die Zelle VI, weil diese leichter als jede andere in Vergessenheit geraten konnte und weil sie mit Aussatz behaftet war; denn die Gefangenen sollten nicht nur gut verwahrt, sondern auch dem sicheren Tod ausgesetzt werden. Sie wurden deshalb bei Nacht, da keine Zeugen in der Nähe waren, von Sklaven in ihre Zelle hineingebracht; dieselben Sklaven vermauerten die Tür, worauf sie getrennt und in ferne Gebiete geschickt wurden. Damit erreichte Gratus Schutz und Sicherung für den Fall der Entdeckung, da er es vorzog, seine Opfer an einem Orte einzukerkern, wo sie einen natürlichen, wenn auch langsamen Tod finden mußten. Um ihnen die Möglichkeit zu lassen, ihr Leben fortzufristen, suchte er einen Sträfling, der geblendet und seiner Zunge beraubt worden war, und setzte ihn in die einzige mit der ihrigen in Verbindung stehende Zelle, damit er ihnen Nahrung und Wasser reiche. Unter keinen Umständen konnte dieser Unglückliche das Geheimnis verraten. Dieses schlaue Verfahren, das zum Teil von Messala ausging, bahnte, unter dem Schein einer über eine Mörderbande verhängten Strafe, dem Römer und ihm selbst den Weg zur Einziehung des Vermögens der Familie Hur, von dem auch nicht ein Teil in die kaiserliche Schatzkammer gelangte. Als letzten Schritt entließ Gratus den früheren Gefängnisschließer, nicht weil er um das Geschehene wußte – denn das war nicht der Fall – sondern weil es bei seiner genauen Kenntnis der oberen Kerkerräume fast unmöglich schien, die Tat auf die Dauer vor ihm geheimzuhalten. Mit meisterhafter Schlauheit ließ dann der Prokurator neue Pläne zeichnen, auf denen die Zelle VI ausgelassen war, und übergab sie dem neuen Schließer. Die ihm gegebene Weisung, die Zelle niemals zu betreten, bildete den Schluß des wohldurchdachten Anschlages: die Zelle und ihre unglücklichen Bewohner waren in Vergessenheit geraten.

Will man sich einen Begriff von dem qualvollen Leben der Mutter und Tochter während der acht Jahre bilden, so muß man sich an das heitere, glückliche, sorgenfreie Leben im fürstlichen Hause erinnern.

Die Zelle VI war genau so, wie Gesius sie auf seinem Plane gezeichnet hatte. Das Innere war geräumig, kahl und rauh. Die Wände und der Boden zeigten zahlreiche Vorsprünge und Unebenheiten: Mehrere schmale, schräge Öffnungen in der Mauer dienten der Zuführung frischer Luft. Als Herodes vom Tempel und der Burg Besitz nahm, ließ er die Mauer verstärken und alle Öffnungen bis auf eine einzige verschließen, so daß nur wenig frische Luft und ein ganz schwacher Lichtstrahl, kaum genug, um die Dunkelheit etwas zu erhellen, in das Innere drang.

Die beiden Frauen befinden sich eng nebeneinander in der Nähe der Öffnung, die eine in sitzender Stellung, die andere halb an die erste gelehnt. Der kahle Fels ist ihr Ruhelager. Das schräg auf sie fallende Licht gibt ihnen ein geisterhaftes Aussehen, und sie sind ohne Bekleidung. Beide halten sich umschlungen. Reichtum flieht, die Freuden schwinden hin, die Hoffnung stirbt, aber die Liebe bleibt. Gott ist die Liebe.

Wo die beiden sich befinden, ist der felsige Boden glatt. Wer kann sagen, wieviele Stunden sie während der acht Jahre dort vor der Öffnung zubrachten und ihre Hoffnung auf Befreiung an jenem schwachen und doch freundlichen Lichtstrahl nährten? Stahl sich ein Schimmer der Helle herein, so wußten sie, daß der Morgen anbrach; begann er zu entschwinden, so wußten sie, daß sich das Schweigen der Nacht herabsenkte. Durch jenen Spalt wanderten sie in Gedanken hinaus in die Welt und verbrachten dort die langsam schleichende Zeit, suchend und fragend, die eine nach ihrem Sohne, die andere nach ihrem Bruder. Sie suchten ihn auf allen Meeren und auf den Inseln der Meere; heute in dieser Stadt, morgen in jener; überall und allezeit war er ein flüchtiger Wanderer; denn wie sie in der Sehnsucht nach ihm lebten, so war sein Leben gewiß nur dem Zwecke gewidmet, sie zu finden. Wie oft begegneten sich ihre Gedanken in diesem endlosen Suchen, die seinen kommend, die ihrigen gehend! Es gewährte ihnen Trost, daß sie sich sagen konnten: „Solange er lebt, sind wir nicht vergessen; solange er unser gedenkt, ist Hoffnung!"

Tirzah, an die Mutter gelehnt und sie halb umschlingend, stöhnt in mitleiderregender Weise.

„Sei ruhig, Tirzah! Sie werden kommen. Gott ist gut. Wir haben seiner gedacht und nicht vergessen zu beten, sooft drüben im Tempel die Trompeten erschollen. Das Licht ist noch hell, die Sonne steht noch am südlichen Himmel. Es wird gewiß jemand kommen. Haben wir Vertrauen! Gott ist gut!"

„Ich werde mich bemühen stark zu sein, Mutter", spricht sie. „Deine Leiden sind ebenso groß wie die meinen, und ich habe ein solches Verlangen, für dich und meinen Bruder zu leben! Aber meine Zunge ist ausgedorrt und meine Lippen brennen. Wo er wohl sein mag und ob er uns jemals finden wird?"

Es liegt etwas Fremdes in ihrer Stimme; ihr Klang ist scharf, trocken, metallisch, unnatürlich.

Die Mutter drückt die Tochter an die Brust und spricht: „Gestern nacht träumte ich von ihm, und so deutlich sah ich ihn, wie ich dich sehe, Tirzah. Unsere Väter glaubten an Träume. Der Herr redete so oft mit ihnen im Traume. Es war mir, als seien wir im Vorhofe der Frauen gerade vor der schönen Pforte; viele Frauen waren bei uns, und er kam und blieb im Schatten des Tores stehen und blickte hierhin und dorthin. Mein Herz pochte laut. Ich wußte, daß er uns suchte. Ich streckte meine Arme nach ihm aus, eilte auf ihn zu und rief ihn beim Namen. Er hörte und sah mich, aber er erkannte mich nicht. Im nächsten Augenblick war er verschwunden."

„Würde es uns nicht gerade so ergehen, wenn wir ihm wirklich begegneten? Wir sind so verändert."

„Es wäre möglich, aber –" Die Mutter läßt den Kopf sinken, und tiefer Schmerz prägt sich in ihrem Gesichte aus; sich wieder fassend, fährt sie fort: „Aber wir könnten uns ihm zu erkennen geben."

Tirzah hob flehend die Hände und stöhnte wieder. „Wasser, Mutter, Wasser, nur einen Tropfen!"

Die Mutter blickte hilflos umher.

„Geduld, Tirzah, sie kommen, bald werden sie hier sein." Es kam ihr vor, als hörte sie ein Geräusch in der Nähe des kleinen Schiebers, der für sie die einzige Verbindung mit der Welt war. Und sie täuschte sich nicht. Gleich darauf tönte der Schrei des Sträflings durch die Zelle. Auch Tirzah hörte ihn, und beide standen auf, sich noch immer umschlungen haltend. „Gepriesen sei der Herr in Ewigkeit!" rief die Mutter mit der Inbrunst wiedererwachender Hoffnung.

„Wer da?" hörte sie jetzt fragen, und dann: „Wer bist du?" Die Stimme war ihnen fremd. Es waren die ersten und einzigen Worte, die seit acht Jahren zu ihnen gedrungen waren. Der Umschwung war mächtig, vom Tod zum Leben!

„Eine Frau aus Israel, die hier mit ihrer Tochter begraben ist. Hilf uns schnell, oder wir müssen sterben!"

„Seid guten Mutes, ich werde sogleich wiederkommen!"

Die Frauen schluchzten laut. Sie waren gefunden; Hilfe nahte, sie würden befreit werden. Ihr glückliches Leben würde wiederkehren, was sie verloren hatten, würde ihnen wieder gegeben werden: Heimat, Freunde, Vermögen, Sohn und Bruder! Das spärliche Licht der Zelle leuchtete ihnen wie der strahlende Tag, und alle Leiden, Hunger und Durst und drohende Todesnähe vergessend, sanken sie zu Boden und weinten, noch immer eng umschlungen.

Und diesmal sollten sie nicht lange warten. Gesius, der Schließer, brachte seinen Bericht mit umständlicher Genauigkeit vor. Der Tribun hatte schnell gehandelt. Bald stand er vor der Zellentür.

„He, da drinnen!" rief er durch die Öffnung.

„Hier!" sagte die Mutter, sich erhebend.

Schläge hallten gegen die Mauer. Sie sprachen kein Wort. Der Weg zur Freiheit wurde ihnen gebahnt. Jeden Augenblick wurde der Hall der Schläge deutlicher; dann und wann fiel ein Stein polternd zu Boden; die Freiheit kam näher und näher. Jetzt konnte man auch die Stimmen der Arbeiter vernehmen. Dann schimmerte durch einen Spalt der rötliche Schein von Fackeln und durchdrang das Dunkel der Zelle wie der freundliche Strahl der Morgensonne.

„Er ist es, Mutter, er ist es! Endlich hat er uns gefunden!" rief Tirzah mit jugendlicher Begeisterung. Aber die Mutter entgegnete ruhig: „Gott ist gut!"

Jetzt fiel ein Stein, und noch einer, und die Tür war offen. Ein mit Staub und Mörtel bedeckter Mann trat ein und blieb, eine Fackel emporhaltend, stehen. Es folgten noch zwei oder drei Männer mit Fackeln und stellten sich an die Seite, um den Tribun einzulassen.

Die Achtung vor dem weiblichen Geschlechte ist nicht nur eine

Förmlichkeit. Der Tribun blieb stehen, denn die Frauen flohen vor ihm - nicht aus Furcht, sondern aus Schamgefühl; aber nicht aus Schamgefühl allein! Denn aus dem Dunkel der Ecke, in der sie sich zu verbergen suchten, drangen die Worte an sein Ohr, die traurigsten, verzweiflungsvollsten, die eine menschliche Zunge sprechen kann: „Nahe dich uns nicht - unrein, unrein!"

Die Männer hielten die flackernden Fackeln und sahen einander starr an. „Unrein, unrein!" erscholl es wieder.

So erfüllte die Witwe und Mutter ihre Pflicht, und in dem Augenblick erkannte sie deutlich, daß die so heiß erflehte Freiheit, die ihr aus der Ferne wie eine köstliche goldene Frucht winkte, in ihrer Hand nur ein Sodomsapfel war. Sie und Tirzah waren - Aussätzige.

Ein Aussätziger galt nach dem Gesetz jener Zeit als tot. Jeder Aussätzige sollte als Toter behandelt werden; wie ein Leichnam mußte er aus der Stadt gewiesen werden, die Angehörigen durften nur von ferne mit ihm sprechen; er war von den Gebräuchen des Tempels und der Synagoge ausgeschlossen; in zerrissenen Kleidern mußte er einhergehen und den Mund verhüllt halten, außer wenn er den Warnungsruf: „Unrein, unrein!" ausstieß; eine Wohnung mußte er sich in der Wüste oder in verlassenen Grabhöhlen suchen, sich selbst zur Qual und anderen ein lebendiger Anstoß, den Tod fürchtend und doch ohne andere Hoffnung als den Tod.

Einst - den Tag oder das Jahr hätte sie nicht angeben können, denn unten im schaurigen Grabe hatte sie auch die Zeitrechnung verloren - fühlte die Mutter einen trockenen Schorf in der Fläche der rechten Hand, einen unbedeutenden Ausschlag, den sie abzuwaschen versuchte. Er blieb hartnäckig an der Stelle haften; indes beachtete sie kaum das Anzeichen der beginnenden Krankheit, bis Tirzah sich beklagte, daß auch sie von dem nämlichen Übel befallen sei. Wasser hatten sie wenig in der Zelle, und sie versagten es sich oft, damit ihren Durst zu löschen, um es zu ihrer Heilung zu gebrauchen. Mit der Zeit war die ganze Hand ergriffen, die Haut sprang auf, die Fingernägel lösten sich vom Fleische. Sie fühlten dabei nicht so sehr Schmerzen als vielmehr ein beständig zunehmendes Unbehagen. Später begannen ihre Lippen auszudorren und aufzuspringen. Eines Tages führte die Mutter, die an die peinlichste Reinlichkeit gewöhnt war und gegen den Schmutz des Kerkers ankämpfte, Tirzah an das Licht, da sie fühlte, daß sich das Übel auf ihrem Gesichte festzusetzen beginne. Ein jäher Schreck durchfuhr ihre Glieder beim Anblick des Mädchens: seine Augenbrauen waren weiß wie Schnee. Wie furchtbar war diese Erkenntnis. Sprachlos und unbeweglich saß die Mutter da; ihr Geist war wie gelähmt und nur eines Gedankens fähig: Aussatz, Aussatz. Als sie ihrer Gedanken wieder mächtig war, dachte sie in ihrer Mutterliebe nur an ihr Kind. Sie begrub zunächst ihre Entdeckung in ihrem Herzen, verdoppelte ihre hingebende Sorge für Tirzah und wußte ihrer Tochter zu verheimlichen, von welchem Übel sie befallen waren. Immer wieder erzählte sie ihr Geschichten, erfand neue und hörte mit unverminderter Freude den Liedern zu, die Tirzah singen mußte, während von ihren verwelkenden Lippen die Psalmen erklangen, damit diese den Trost des Vergessens brächten und das Vertrauen auf Gott lebendig erhielten.

Langsam bereitete sich die Krankheit aus, bleichte ihre Haare, bedeckte ihren Körper mit Schuppen und zerstörte jede Hoffnung auf Genesung. Immer unerträglicher wurde ihr Zustand mit dem Fortschritt der Krankheit, den erst der Tod beenden konnte. Doch die Macht der Gewohnheit und die Zeit brachte diese so unglücklichen Frauen dahin, daß sie nicht nur ruhig von ihrer Krankheit sprachen; sie betrachteten die entsetzliche Veränderung ihres Körpers wie einen natürlichen Vorgang und klammerten sich an das Leben. Ein Band knüpfte sie noch an die Erde: sie redeten und träumten von Ben Hur und der Hoffnung, einst wieder mit ihm vereint zu werden. Beide zweifelten keinen Augenblick, daß auch er ihrer gedenke und das Wiedersehen ersehne.

Der rötliche Schein der Fackeln erhellte den Kerker, die Stunde der Befreiung war gekommen.

Der Tribun trat näher; aus der Ecke der Zelle, wohin sie sich geflüchtet hatten, erscholl der Warnungsruf: „Unrein, unrein!"

Welche Überwindung kostete die Mutter die Erfüllung dieser Pflicht. Selbst die Freude über die Erlösung machte sie gegen die Folgen nicht blind. Das ehemals so glückliche Leben konnte niemals wiederkehren. Ruhelos würden sie umherirren müssen. Der Sohn mußte von ferne stehen bleiben, wenn er ihr begegnete. Streckte er die Arme nach ihr aus und rief er: „Mutter, Mutter!" so mußte sie ihm antworten: „Unrein, unrein!" Und dieses andere Kind, dessen fehlende Kleidung sie mit dem langen, wirren, unnatürlich weißen Haaren zu ersetzen suchte – mußte ihre einzige Gefährtin bleiben. Und doch nahm das starke Weib das harte Los auf sich und machte sich den Ruf zu eigen, der seit unvordenklicher Zeit das Kennzeichen der von diesem Schicksal Befallenen war und der von nun an ihr einziger Gruß sein sollte: „Unrein, unrein!"

Mit Schauder vernahm ihn der Tribun, aber er blieb. „Wer seid ihr?" fragte er.

„Zwei vor Hunger und Durst sterbende Frauen. Aber nahe dich uns nicht und berühre nicht den Boden noch die Wände!"

„Erzähle mir deine Geschichte, Weib – wie du heißt, wann du hierhergebracht wurdest, durch wen und warum!"

„Einst lebte in Jerusalem ein Fürst Ben Hur, der Freund des Kaisers und aller edlen Römer. Ich bin seine Witwe und diese hier ist mein Kind. Wie soll ich dir sagen, warum wir hier eingekerkert wurden, da ich es selbst nicht weiß, wenn es nicht etwa unseres Reichtums wegen geschah? Valerius Gratus kann dir sagen, wer unser Feind war und wann unsere Gefangenschaft ihren Anfang nahm. Ich weiß es nicht. Sieh, was aus uns geworden ist, o sieh und hab' Erbarmen!"

Die Luft war infolge von Pestgeruch und Fackelrauch drückend schwer. Der Römer rief einen Fackelträger an seine Seite und schrieb die Antwort nieder. Sie enthielt eine Geschichte, eine Anklage und eine Bitte. Eine ungebildete Person hätte sie unmöglich so geben können; er konnte nicht anders als Mitleid haben und glauben. „Dir soll geholfen werden, Weib. Ich werde dir Speise und Trank bringen lassen."

„Und Kleidung und Wasser zur Reinigung, bitten wir, edler Römer!"

„Wie du willst", erwiderte er.

„Gott ist gut!" sagte die Mutter unter Schluchzen. „Möge sein Friede stets mit dir sein!"

„Noch eins", fügte er hinzu; „ich werde dich nicht mehr sehen können. Macht euch bereit, denn heute nacht werde ich euch an das Tor bringen und in Freiheit setzen lassen. Das Gesetz kennst du. Lebe wohl!" Er sprach noch mit den Männern und verließ die Zelle. Bald danach erschienen Sklaven und brachten einen großen Steinkrug mit Wasser, ein Waschbecken und Handtücher, eine Platte mit Brot und Fleisch und Kleidungsstücke. Nachdem sie alles in einiger Entfernung von den Gefangenen auf den Boden gestellt hatten, liefen sie eilig hinaus.

Ungefähr um die Mitte der ersten Nachtwache wurden die beiden an das Tor gebracht und auf die Straße gesetzt. So befreite sich der Römer von ihrer Gegenwart, und sie waren in der Stadt ihrer Väter wieder in Freiheit. Sie blickten zu den Sternen empor, die freundlich wie vor alter Zeit am Himmel funkelten; dann fragten sie sich: Was nun? Und wohin?

XXIX.

Um die Stunde, da der Schließer Gesius in der Burg Antonia sich zum Tribun begab, stieg ein Fußgänger den östlichen Abhang des Ölberges hinan. Der Weg war rauh und staubig und der Pflanzenwuchs verbrannt, denn es war in Judäa die trockene Jahreszeit. Der Wanderer war jung und stark, er trug ein leichtes Gewand. Er ging langsam, blickte nach rechts und links, wie jemand, der nach langer Abwesenheit sich einem alten Bekannten nähert – mit halb freudiger, halb fragender Miene, als wollte er sagen: ich freue mich, dich wieder zu treffen; doch laß mich sehen, worin du dich verändert hast!

Der Wanderer war Ben Hur; vor ihm lag Jerusalem. Er ließ sich auf einen Stein nieder und betrachtete mit Muße die Stadt.

Die Sonne neigte sich zum Untergang. Eine Zeitlang schwebte sie über den Gipfeln des Gebirges im Westen, den Himmel über der Stadt und die Mauern und Türme mit feuriger Glut übergießend. Die tiefe Stille lenkte Ben Hurs Gedanken heimwärts. Sein Auge suchte einen Punkt nördlich des Tempels: dort lag sein Vaterhaus.

Die Abendstimmung beruhigte auch seine Gefühle, und seiner ehrgeizigen Pläne vergessend, gedachte er der Pflicht, die ihn nach Jerusalem geführt hatte.

Als er mit Ilderim in der Wüste weilte, um sich mit der Gegend vertraut zu machen, wie der Feldherr das Land kennenlernt, in dem er einen Krieg zu führen beabsichtigt, kam eines Abends ein Bote mit der Nachricht, daß Gratus abberufen und Pontius Pilatus an seine Stelle gesetzt worden sei.

Messala war als Krüppel unfähig ihm zu schaden und glaubte ihn tot; Gratus hatte keine Macht mehr und war abgesetzt; weshalb sollte Ben Hur noch länger zögern, nach Mutter und Schwester zu forschen? Er hatte nichts mehr zu fürchten. Konnte er die Gefängnisse auch nicht selbst durchsuchen, so konnte er es doch durch andere. Wurden die Verlorenen gefunden, so hatte Pilatus keinen Grund, sie im Gefängnis zurückzuhalten – keinen, der sich nicht durch Geld überwinden ließ. Fand er sie, so würde er sie in Sicherheit bringen, und dann konnte er sich dem König weihen, der da kommen sollte. Sein Entschluß war rasch gefaßt. Drei Araber begleiteten ihn bis Jericho, wo er sie mit den Pferden zurückließ, um allein und zu Fuß weiter zu wandern. Malluch sollte in Jerusalem mit ihm zusammentreffen. Er hielt es für ratsam, sich vor den Behörden, namentlich den römischen, zu verbergen. Malluch war schlau und zuverlässig, gerade der Mann, den er mit der Nachforschung betrauen konnte. Wo der Anfang gemacht werden sollte, war er sich noch nicht klar. Er wollte mit der Burg Antonia beginnen. In dem Labyrinth von Kerkerzellen unter dem düsteren Mauerwerk war es möglich, ein solches Grab zu finden, wie man es seinen Angehörigen bestimmt hatte, und er hatte auch nicht vergessen, daß er die geliebten Personen zum letztenmal gesehen hatte, wie sie von den Soldaten in der Richtung nach der Burg durch die Straßen geführt wurden. Waren sie nicht mehr dort, aber doch dort gewesen, so mußte irgendeine Erinnerung an das Geschehnis vorhanden sein, eine Spur, der er nur zu folgen brauchte. Von Simonides hatte er erfahren, daß Amrah, die ägyptische Dienerin, noch lebe. Die treue Person hatte sich an jenem Morgen, da das Unglück über die Familie Hur hereinbrach, von den Soldaten losgerissen und war in den Palast zurückgerannt, wo sie eingeschlossen worden war. Während der folgenden Jahre hatte Simonides sie mit Lebensmitteln versehen lassen, und sie war die einzige Bewohnerin des großen Hauses geblieben, das Gratus trotz aller Bemühungen nicht hatte verkaufen können. Die Geschichte der rechtmäßigen Eigentümer genügte, um jeden Fremden abzuhalten, das Haus zu kaufen oder auch nur zu mieten. Das Haus stand im Rufe, daß es darin spuke; wahrscheinlich war das Gerücht durch die gute Amrah entstanden, die man auf dem Dache oder hinter einem vergitterten Fenster flüchtig gesehen hatte. Ben Hur hoffte durch sie Nachrichten über seine Mutter und Schwester zu erhalten. Er wollte also vor allem das Vaterhaus aufsuchen, um Amrah zu finden.

Mit diesem Entschluß erhob er sich kurz nach Sonnenuntergang und stieg den Berg hinab. Am Fuße des Berges, dicht neben dem Bache Kidron, kreuzte sein Weg die Straße, die nach dem Dorfe Siloa und dem Teiche führt. Dort traf er einen Hirten, der Schafe zu Markte trieb. Er gesellte sich zu ihm und gelangte in seiner Gesellschaft in die Stadt. Es war schon dunkel, als Ben Hur sich vom Hirten trennte und in eine enge, nach dem Süden führende Gasse bog. Nur wenige grüßten ihn. Das Pflaster war holprig. Die Häuser waren finster und unfreundlich; die Türen alle geschlossen. Die Einsamkeit, die Nacht, die Ungewißheit, in der er sich befand, stimmten ihn traurig. Mit Wehmut im Herzen erblickte er die Burg Antonia, eine schwarze, düstere Masse, die weit in den stahlgrauen Himmel ragte. Wie von der drohenden Stimme einer Wache angerufen, blieb er plötzlich stehen. Hoch und gewaltig stand die Burg vor ihm und auf so festem Grunde gebaut, daß sie ihm unbezwingbar schien. War seine Mutter dort lebendig begraben, was konnte er für sie tun? Nichts mit Gewalt! Ein ganzes Heer würde mit Wurfmaschinen und Sturmböcken vergeblich gegen die felsigen Mauern anstürmen. Er aber war allein. Und, dachte er, List wird leicht vereitelt und Gott – die letzte Zuflucht der Hilflosen – Gott ist oft langsam in seiner Hilfe!

Voll Zweifel und Besorgnis folgte er der an der Burg vorüberführenden Straße weiter gegen Westen. Drüben in Bezetha wußte er eine Herberge; dort dachte er für die Zeit seines Aufenthaltes in Jerusalem Unterkunft zu suchen, aber jetzt konnte er der Versuchung nicht widerstehen, nach seinem Vaterhause zu gehen. Sein Herz zog ihn mit aller Macht dorthin.

Nie hatte ihm der altgewohnte Gruß der wenigen, die an ihm vorübergingen, so freundlich geklungen. Der Himmel erglänzte im silbernen Mondlicht. Die hohen Türme auf dem Berge Sidon tauchten aus schattiger Tiefe empor und zeigten sich in gespensterhafter Deutlichkeit. Endlich kam er an sein Vaterhaus. Vor dem Tor an der Nordseite des alten Hauses blieb er stehen. Man konnte noch das Siegel sehen und quer über den Torflügel das Brett mit der Inschrift: „Eigentum des Kaisers". Seit dem schrecklichen Tage der Trennung war durch das Tor niemand ein- oder ausgegangen. Sollte er wie ehedem klopfen? Es war zwecklos, das wußte er; dennoch konnte er der Versuchung nicht widerstehen. Vielleicht hörte ihn Amrah und blickte aus einem Fenster heraus. Er hob einen Stein auf, stieg die breiten steinernen Stufen hinan und pochte dreimal. Ein dumpfes Echo war die Antwort. Er klopfte nochmals, lauter als zuvor, dann hielt er inne, um zu horchen. Tiefe Stille war um ihn. Auf die Straße zurücktretend, blickte er auf die Fenster; auch sie zeigten kein Leben. Die Brustwehr auf dem Dache hob sich scharf gegen den hellen Himmel ab; hätte sich etwas bewegt, er hätte es bemerken müssen. Jetzt begab er sich nach der

Westseite, wo vier Fenster waren; auch diese beobachtete er lange und aufmerksam. Amrah gab kein Zeichen, nichts regte sich.

Still schlich er sich dann zur Südseite. Auch dort war das Tor versiegelt und mit derselben Inschrift versehen. Von Wut erfüllt riß er das Brett herab und warf es auf die Straße. Dann ließ er sich auf die Schwelle nieder und betete, der neue König möge kommen. Müde von der Sonnenhitze, sank sein Haupt tiefer herab, und endlich schlief er ein.

Um diese Zeit kamen zwei Frauen von der Burg herab und näherten sich dem Palste der Familie Hur. Verstohlen und zaghaft schritten sie dahin, öfter stehen bleibend, um zu horchen. An der Ecke des düsteren Gebäudes sagte die eine leise zur anderen: „Da ist es, Tirzah!"

Und Tirzah warf einen raschen Blick auf das Haus, ergriff die Hand ihrer Mutter und lehnte sich leise schluchzend an ihre Brust.

„Laß uns weiter gehen, mein Kind" – die Mutter hielt inne und zitterte; sich zur Ruhe zwingend, fuhr sie dann fort – „denn sobald der Morgen anbricht, werden sie uns zum Stadttor hinaustreiben, und dann gibt es keine Rückkehr mehr."

Tirzah sank auf die Straße nieder. „Ach ja!" sagte sie schluchzend; „ich vergaß es. Ich dachte, daß wir heimgingen. Aber wir sind Aussätzige und haben kein Heim; wir gehören zu den Toten!"

Die Mutter beugte sich zu ihr nieder, hob sie sanft empor und sagte tröstend: „Wir haben nichts zu befürchten. Gehn wir jetzt." Durch das Aufheben der leeren Hände hätte sie eine Legion in die Flucht schlagen können. Längs der rauhen Mauer glitten sie wie zwei Geister weiter, bis zum Tore, wo sie abermals stillstanden. Das Brett erblickend, stiegen sie die Stufen, die eben erst Ben Hurs Fuß betreten hatte, hinan und lasen die Inschrift: „Eigentum des Kaisers".

Da rang die Mutter die Hände und stöhnte, die Augen zum Himmel erhebend, in unaussprechlichem Schmerze.

„Was nun, Mutter? Du erschreckst mich!"

Und sie antwortete rasch: „Oh, Tirzah, die Armen sind tot! Er ist tot!"

„Wer, Mutter?"

„Dein Bruder! Alles haben sie ihm geraubt – alles – selbst dieses Haus! Er wird nie imstande sein, uns zu helfen."

„Und dann, Mutter?"

„Morgen, mein Kind, müssen wir uns einen Platz am Wege suchen, wo wir um Almosen bitten, wie es die Aussätzigen tun. Betteln oder –"

Tirzah lehnte sich wieder an sie und flüsterte: „Laß uns – laß uns sterben."

„Nein!" sagte die Mutter fest. „Der Herr hat unsere Zeit bestimmt, und wir glauben an den Herrn. Wir wollen selbst hierin seine Zeit abwarten. Komm, gehn wir!" Mit diesen Worten nahm sie Tirzah bei der Hand und eilte nach der westlichen Ecke des Hauses, sich nahe an die Mauer haltend. Da dort niemand zu sehen war, gingen sie zur nächsten Ecke und schraken vor dem Mondlicht zurück, das die ganze Südseite des Hauses und die Straße hell beleuchtete. Der Wille der Mutter war stark. Einen Blick nach rückwärts und zu den Fenstern der Westseite hinauf werfend, trat sie in das Licht hinaus, Tirzah an der Hand. Man konnte jetzt deutlich sehen, welche Verheerungen die furchtbare Krankheit angerichtet hatte - die Lippen und Wangen, die trübe blickenden Augen und aufgesprungenen Hände, aber besonders die langen mit einer eitrigen Flüssigkeit bedeckten Haarsträhne, die wie die Augenbrauen geisterhaft weiß waren. Man konnte Mutter und Tochter kaum unterscheiden, beide erschienen gleich abschreckend alt.

„Still!" sagte die Mutter. „Dort liegt jemand auf der Schwelle - ein Mann." Sie gingen schnell im Schatten weiter bis zum Tore.

„Er schläft, Tirzah!" Der Mann lag ganz still. „Bleib hier, ich will das Tor öffnen."

So sprechend drückte die Mutter beherzt an den Türflügeln; ob er nachgegeben habe, wußte sie nicht, denn in diesem Augenblick seufzte der Mann und bewegte sich unruhig. Sein den Kopf bedeckendes Tuch verschob sich, daß das nach oben gewandte Gesicht vom Monde beschienen wurde. Sie blickte darauf nieder und fuhr zusammen; sich vorbeugend, sah sie nochmals hin, dann richtete sie sich auf, rang die Hände und erhob die Augen in stummem Flehen zum Himmel. Einen Augenblick blieb sie in dieser Stellung, dann eilte sie zu Tirzah zurück. „So wahr der Herr lebt, der Mann ist mein Sohn - dein Bruder!" flüsterte sie.

„Mein Bruder? - Judah?"

Die Mutter ergriff rasch ihre Hand. „Komm!" sagte sie, „laß ihn uns zusammen ansehen - einmal noch - nur einmal -, dann steh du deinen Dienerinnen bei, o Herr!" Hand in Hand schritten sie über die Straße. Als ihr Schatten auf ihn fiel, blieben sie stehen. Eine seiner Hände lag, die innere Fläche nach oben, auf der Schwelle. Tirzah fiel auf die Knie und würde sie geküßt haben, aber die Mutter hielt sie zurück. „Auf keinen Fall, nicht um dein Leben! Unrein, unrein!" flüsterte sie. Tirzah bebte vor ihm zurück, als sei er der Aussätzige.

Ein Bild männlicher Schönheit, lag Ben Hur da. Wangen und Stirn waren tiefbraun, unter dem leichten Schnurrbart zeigten sich rote Lippen und glänzend weiße Zähne; der weiche Bart bedeckte nur teilweise das runde Kinn und den schöngeformten Hals. Wie schön erschien er dem Mutterauge! Wie mächtig drängte es sie, ihren Arm um ihn zu schlingen, sein Haupt auf ihren Schoß zu nehmen und ihn zu küssen, wie sie es in seiner glücklichen Kindheit getan hatte. Was gab ihr die Kraft, diesem Drange zu widerstehen? Um nichts in der Welt würde sie ihre aussatzbehafteten Lippen auf seine Wange gedrückt haben! Aber berühren mußte sie ihn; in dem Augenblick, da sie ihn wiederfand, mußte sie auf immer von ihm Abschied nehmen! Sie kniete nieder, kroch zu seinen Füßen hin und berührte mit ihren Lippen die Sohle einer seiner Sandalen, ungeachtet des schmutziggelben Straßenstaubes, der daran haftete - und berührte sie wieder und wieder; und ihre ganze Seele lag in diesen Küssen.

Er wurde unruhig und bewegte seine Hand. Sie zogen sich zurück, hörten ihn aber noch im Traume murmeln: „Mutter! Amrah! Wo ist –" Er fiel wieder in tiefen Schlaf.

Sinnend blickte Tirzah auf ihn. Die Mutter kämpfte ein Schluchzen nieder; sie glaubte, ihr Herz müsse zerspringen. Fast wünschte sie, daß er erwache.

Er hatte nach ihr gefragt; sie waren nicht vergessen. War das nicht genug? Die Mutter winkte Tirzah, sie erhoben sich, und mit einem letzten Blick auf ihn, als wollten sie sich sein Bild unauslöschlich einprägen, gingen sie Hand in Hand im Schatten der Mauer zurück, knieten nieder und warteten auf sein Erwachen. Nach einiger Zeit erschien eine andere Frauengestalt an der Ecke des Palastes. Sie war im Mondlicht deutlich zu sehen; eine kleine, tiefgebeugte Person mit grauen Haaren im Gewande einer Dienerin; sie trug einen Korb mit Gemüse. Als sie den Mann auf der Schwelle erblickte, blieb sie stehen; dann schritt sie leise näher an den Schläfer heran. Um ihn herumgehend trat sie an das Tor und schob einen Riegel zur Seite. Ein breites Brett im linken Flügel ging geräuschlos auf. Sie schob ihren Korb hinein und wollte folgen, als sie, der Neugierde nachgebend, einen Blick auf den Fremden unter ihr warf. Die Zuschauerinnen auf der anderen Seite der Straße hörten einen leisen Ausruf und sahen, wie das Weib sich die Augen rieb, sich tief hinabbeugte, die Hände rang, erregt um sich blickte, den Schläfer ansah, sich bückte, die ausgestreckte Hand aufhob und sie zärtlich küßte.

Durch die Berührung aufgeweckt, zog Ben Hur die Hand zurück; dabei begegneten seine Augen denen des Weibes. „Amrah! O Amrah, bist du es?" Das gute Wesen fiel ihm um den Hals und weinte vor Freude. Sanft schob er ihre Arme zurück, und ihr tränenfeuchtes braunes Gesicht emporziehend, küßte er es mit einer Freude, die kaum geringer war als die ihre. „Mutter – Tirzah – o Amrah, erzähle mir von ihnen! Sprich, sprich, ich bitte dich!" rief er aus. Amrah weinte nur aufs neue. „Du hast sie gesehen, Amrah. Du weißt, wo sie sind: sag mir, daß sie zu Hause sind!"

Tirzah machte eine Bewegung, die Mutter, ihre Absicht erratend, hielt sie zurück und flüsterte: „Geh nicht – nicht um alles in der Welt! Unrein, unrein!" Mochte ihnen beiden das Herz brechen, er durfte nicht werden, was sie waren.

Amrah, so mit Bitten bestürmt, weinte nur umso heftiger.

„Wolltest du hineingehen?" fragte er jetzt. „Komm, ich gehe mit dir. Die Römer lügen, – der Fluch des Herrn komme über sie! – Das Haus ist mein. Steh auf, Amrah, und gehen wir hinein!" Sie verschwanden durch das Tor, durch das Mutter und Schwester nie mehr eintreten sollten. Sie ließen sich aneinander geschmiegt im Staube nieder. Sie hatten ihre Pflicht getan. Ihre Liebe hatte die Probe bestanden.

Am anderen Morgen wurden sie mit Steinwürfen zur Stadt hinausgetrieben. „Fort von hier! Ihr gehört zu den Toten, geht zu den Toten!" Von diesen Rufen gejagt, eilten sie aus der Stadt.

XXX.

Zwischen dem Berg des Ärgernisses und dem Berg des bösen Rates westlich von Jerusalem befindet sich in einem Tal die Begräbnisstätte der Juden. Die schroffen Abhänge sind mit Grabhöhlen überfüllt, die ganzen Gemeinschaften von Aussätzigen als Wohnstätte dienen.

Am zweiten Morgen nach dem Zusammentreffen mit Ben Hur begab sich Amrah zum alten Brunnen, der in der Nähe der Grabstätten liegt, und setzte sich auf einen Stein. Sie hatte einen Wasserkrug und einen Korb bei sich, der mit einem schneeweißen Tuche bedeckt war. Beides stellte sie neben sich auf den Boden, löste ihr Kopftuch, so daß es zurückfiel, faltete die Hände auf den Knien und blickte sinnend nach der Richtung, wo der Berg sich steil gegen Hakeldama, das einstige Töpferfeld, senkte. Es war sehr früh, und sie war die erste beim Brunnen. Bald aber kam ein Mann mit einem Seil und einem ledernen Wassereimer. Das kleine dunkelfarbige Weib grüßend, rollte er das Seil auseinander, knüpfte es an den Eimer und wartete auf Kunden. Wer selbst Wasser schöpfen wollte, konnte es tun; er war Wasserschöpfer von Beruf und füllte den größten Krug, den das stärkste Weib tragen konnte, für einen Gera. Amrah saß wartend da. Nach einer Weile fragte der Mann, als er ihren Krug bemerkte, ob sie ihn gefüllt wünsche; sie antwortete: „Noch nicht!" worauf er sie nicht weiter beachtete. Als über dem Ölberg die Dämmerung zu weichen begann, fanden sich seine Kunden ein, und er hatte vollauf zu tun, sie zu bedienen. Während dieser ganzen Zeit blieb Amrah ruhig auf ihrem Sitz, den Blick unverwandt nach dem Berge gerichtet. Die Sonne stieg herauf, aber noch immer saß sie spähend und wartend da. Sie ging jeden Tag erst nach Eintritt der Dunkelheit auf den Markt. Sie schlich unbemerkt aus dem Hause, suchte die Läden auf, machte ihre Einkäufe an Fleisch und Gemüse, kehrte zurück und schloß sich wieder ein.

Über die Anwesenheit Ben Hurs im alten Familienhaus empfand sie große Freude. Über ihre Herrin oder über Tirzah wußte sie nichts mitzuteilen. Er bat sie, eine weniger einsame Wohnung zu beziehen, sie lehnte es ab. Sie wünschte, daß er wieder in seinem Zimmer wohne, das noch so war, wie er es verlassen hatte; aber die Gefahr der Entdeckung war zu groß, und er mußte jedes Aufsehen vermeiden. Er versprach ihr, sie so oft als möglich zu besuchen. Nur in der Nacht könne er kommen und werde er kommen. Sie mußte sich damit zufrieden geben und begann darüber nachzudenken, wie sie sein Leben glücklicher machen könnte. Daß er nun ein Mann sei, daran dachte sie nicht, noch kam es ihr in den Sinn, daß er seine knabenhaften Wünsche aufgegeben oder verloren habe; um ihn zu erfreuen, wollte sie ihm wie früher dienen. Er hatte gern Süßigkeiten gegessen, und sie beschloß, sie wieder zu bereiten, damit sie einen Vorrat davon habe, wenn er komme. Sie schlich nächste Nacht früher als gewöhnlich mit ihrem Korbe fort und begab sich nach dem Fischtormarkte. Während sie umherlief und nach dem besten Honig suchte, traf sie auf einen Mann, der eine Geschichte erzählte.

Der Erzähler war einer der Fackelträger, die den Befehlshaber der Burg Antonia begleitet hatten. Der Mann erzählte alle Umstände der Auffindung, und Amrah hörte zu. Der Mann gab die Namen der Gefangenen an und wiederholte auch die Aussage der Mutter über ihr Schicksal. Atemlos lauschte Amrah der Erzählung. Sie machte ihre Einkäufe und kehrte wie im Traume nach Hause zurück. Welch eine freudige Nachricht hatte sie für ihren Judah! Sie hatte seine Mutter gefunden! Sie lachte und weinte. Plötzlich hielt sie inne und dachte nach. Es würde Ben Hur töten, wenn er erfuhr, daß seine Mutter und Tirzah Aussätzige waren. Er würde die Höhlen der Aussätzigen drüben auf dem Berg des bösen Rates durchschreiten, in jedes aussatzbehaftete Grab treten und nach ihnen suchen, die Krankheit würde auch ihn ergreifen und ihr Los das seinige werden. Sie rang ratlos die Hände. Sie wußte, daß die Aussätzigen jeden Morgen von ihren Grabhöhlen am Bergabhang herabkamen und von dem Brunnen En-Rogel Wasser holten. Sie brachten ihre Krüge, stellten sie auf die Erde und warteten in der Ferne, bis sie gefüllt waren. Auch ihre Herrin und Tirzah mußten kommen, denn das Gesetz war unerbittlich und gestattete keine Ausnahmen. Ein reicher Aussätziger war nicht besser dran als ein armer.

Sie entschloß sich, Ben Hur nicht mitzuteilen, was sie über seine Angehörigen gehört hatte, sondern allein zum Brunnen zu gehen und dort zu warten. Hunger und Durst würden die Unglücklichen zwingen, dorthin zu kommen, und sie glaubte, sie würde sie auf den ersten Blick erkennen.

Inzwischen kam Ben Hur, und sie hatten viel miteinander zu sprechen. Morgen würde Malluch ankommen, dann sollten die Nachforschungen beginnen. Er konnte seine Ungeduld kaum beherrschen. Um sich zu zerstreuen, würde er die heiligen Stätten in der Nähe besuchen. Schwer lag das Geheimnis der treuen Magd auf der Seele, aber sie schwieg und machte sich eifrig daran, nahrhafte Speisen zu bereiten und verwandte ihren ganzen Fleiß darauf. Schon in der Dämmerung füllte sie ihren Korb, nahm einen Krug und schlug den Weg zum Brunnen En-Rogel ein. Durch das Fischtor, das zuerst geöffnet wurde, verließ sie die Stadt.

Kurz nach Sonnenaufgang wurde der Brunnen am meisten in Anspruch genommen, und der Wasserschöpfer hatte die größte Arbeit. Jeder beeilte sich, fortzukommen. Bevor die Hitze des Tages drückend wurde, kamen auch die Bewohner des Berges ans Tageslicht. Ganze Gruppen kamen zum Brunnen; Frauen mit Krügen auf den Schultern und Greise auf Stäben und Krücken, auf die Schultern anderer gestützt, oder, einem Bündel Lumpen ähnlich, auf Tragbahren liegend.

Auch in dieser Gesellschaft des Elends machte die Liebe das Leben einigermaßen erträglich und angenehm.

Aufmerksam beobachtete Amrah von ihrem Sitze am Brunnen aus die gespensterhafte Gruppe. Sie bewegte sich kaum. Mehr als einmal glaubte sie die zwei Frauen zu erkennen, welche sie suchte. Sie zweifelte nicht, daß sie sich auf dem Berg aufhielten; daß sie zum Brunnen herabkommen würden, wußte sie; wenn alle anderen befriedigt waren, würden sie gewiß kommen.

Am Fuße des Abhanges war eine Grabhöhle, die schon mehrmals Amrahs Aufmerksamkeit erregt hatte. Ein großer Stein lag neben dem Eingang. Die Sonne schien gerade während der heißen Stunden des Tages in die Höhle, die ganz unbewohnbar schien. Zu ihrer größten Überraschung sah sie jedoch zwei Frauen aus der Höhle kommen. Eine stützte die andere. Beide hatten weiße Haare, beide sahen alt aus, aber ihre Kleider waren nicht zerrissen, und sie blickten um sich, als sei ihnen die Gegend fremd. Amrahs Herz schlug schneller, und sie blickte aufmerksam auf die Frauen.

Beide blieben beim Steine stehen, dann bewegten sie sich langsam und zaghaft dem Brunnen zu; schon erhoben sich Stimmen, sie aufzuhalten; sie setzten indes ihren Weg fort. Der Wasserschöpfer hob einige Steinchen auf und schickte sich an, sie damit zurückzutreiben. Die Anwesenden fluchten und schrien mit gellender Stimme: „Unrein, unrein!" Gewiß, dachte Amrah, als sie beide unbekümmert weitergehen sah, sind es Fremde, die den Gebrauch der Aussätzigen nicht kennen! Sie erhob sich, nahm Korb und Krug und ging ihnen entgegen. Der Lärm am Brunnen hörte auf. „Wie töricht", sprach einer, „diesen Toten dort gute Speisen zu geben!"

„Und welch weiten Weg sie zu diesem Zwecke machte!" sagte ein anderer. „Ich würde sie mir wenigstens bis ans Stadttor entgegenkommen lassen."

Amrah schritt weiter. Ihr Herz pochte heftig. Je weiter sie kam, desto größer wurden ihre Zweifel und ihre Verwirrung. Einige Schritte vor den Frauen blieb sie stehen. Das sollte ihre geliebte Herrin sein, deren Hände sie so oft dankbar geküßt hatte, und deren Bild sie in ihrem Gedächtnis so treu bewahrte! Und das Tirzah, welche sie von der zartesten Kindheit an gepflegt, deren Kummer sie gestillt, deren Speise sie geteilt hatte! Das die lachende, süße Tirzah, das Licht des großen Hauses, der Segen ihres Alters! Diese beiden – ihre Herrin und ihr Liebling? – Die gute Seele konnte ein Gefühl des Abscheues nicht überwinden. Das sind alte Frauen, sprach sie bei sich selbst, – ich habe sie nie zuvor gesehen. Ich will zurückkehren. Sie wandte sich um.

„Amrah!" rief eine der Aussätzigen.

Die Ägypterin stellte den Krug nieder und blickte sich zitternd um. „Wer rief mich?" fragte sie zitternd.

„Amrah!"

Die Dienerin heftete ihre erstaunten Augen auf das Gesicht der Sprechenden. „Wer seid ihr?" fragte sie.

„Wir sind jene, die du suchst."

Amrah fiel auf die Knie. „O meine Herrin, meine Herrin! Dein Gott, den ich zu dem meinigen gemacht habe, sei gepriesen, er hat mich zu dir geführt!" Und überwältigt von ihren Gefühlen, bewegte sie sich auf den Knien vorwärts.

„Halt, Amrah, komm nicht näher! Unrein, unrein!"

Die Worte genügten. Amrah fiel auf ihr Gesicht und schluchzte laut, daß die Leute am Brunnen aufschauten. Plötzlich richtete sie sich wieder auf. „O meine Herrin, wo ist Tirzah?"

„Hier bin ich, Amrah, hier! – Willst du mir nicht ein wenig Wasser bringen?"

In Amrah erwachte wieder die Dienerin. Das über das Gesicht herabgefallene Haar zurückstreichend, erhob sie sich, ging zum Korbe und deckte ihn ab. „Sieh", sprach sie, „hier ist Brot und Fleisch!" Sie wollte das Tuch auf dem Boden ausbreiten, aber die Herrin sprach:

„Tu es nicht, Amrah! Die dort könnten dich steinigen und uns den Trunk verweigern. Laß den Korb hier, nimm den Krug und fülle ihn und bringe ihn her. Wir werden beides mit in die Höhle nehmen. Heute hast du alles getan, was das Gesetz gestattet. Beeile dich, Amrah!"

Die Leute, unter deren Augen all das geschehen war, machten der Dienerin Platz und halfen ihr den Krug füllen, so schmerzvoll und mitleiderregend war der Ausdruck ihres Gesichtes.

„Wer sind sie?" fragte ein Weib.

„Sie waren einst gut gegen mich", antwortete Amrah bescheiden. Den Krug auf die Schulter hebend, eilte sie zurück. In ihrer Verwirrung hätte sie sich ihnen genaht, wenn nicht der Ruf: „Unrein, unrein! Nimm dich in acht" – sie angehalten hätte. Den Krug neben den Korb stellend, trat sie zurück und blieb in einiger Entfernung stehen.

„Ich danke dir, Amrah!" sprach die Herrin. „Das ist sehr gütig von dir."

„Kann ich sonst nichts für euch tun?" fragte Amrah.

Die Mutter hatte den Krug ergriffen, sie verschmachtete fast vor Durst; dennoch hielt sie inne und sprach, sich aufrichtend: „Ich weiß, daß Judah heimgekehrt ist. Ich sah ihn die vorletzte Nacht vor dem Tore auf der Schwelle schlafen. Ich sah auch, wie du ihn wecktest."

Amrah schlug die Hände zusammen. „O meine Herrin, du hast alles gesehen und bist nicht gekommen!"

„Das wäre sein Tod gewesen. Ich kann ihn nie mehr in meine Arme schließen. Ich kann ihn nie mehr küssen. O Amrah, Amrah, du liebst ihn, ich weiß es!"

„Ja", antwortete sie, wieder in Tränen ausbrechend. „Ich würde für ihn sterben!"

„Beweise mir die Wahrheit deiner Worte, Amrah!"

„Ich bin bereit."

„Dann sage ihm nicht, wo wir sind oder daß du uns gefunden hast – nur das eine hast du zu tun, Amrah!"

„Aber er sucht nach euch! Er ist aus weiter Ferne gekommen, um euch zu finden."

„Er darf uns nicht finden. Er soll nicht werden, was wir sind. Höre, Amrah! Du sollst uns dienen, wie du es jetzt getan hast. Du sollst uns das Wenige bringen, dessen wir bedürfen; es wird nicht mehr lange dauern. Du sollst jeden Morgen und Abend hierherkommen und – und" – ihre Stimme zitterte, ihre Willenskraft drohte zu erlahmen –, „du sollst uns von ihm erzählen, Amrah, aber ihm darfst du nichts von uns sagen. Hörst du?"

„Oh, es wird schwer sein, von euch sprechen zu hören und zu sehen, wie er nach euch sucht – all seine Liebe zu sehen und ihm nicht sagen zu dürfen, daß ihr lebt!"

„Kannst du ihm sagen, daß es uns gut geht, Amrah?"

Die Dienerin barg ihr Gesicht in den Händen.

„Nein", fuhr die Herrin fort, „also schweige. Geh jetzt und komme heute abend wieder. Wir werden dich erwarten. Bis dahin lebe wohl!"

„Die Last wird kaum zu tragen sein, meine Herrin", sprach Amrah, sich zu Boden werfend.

„Wie viel schwerer würde es sein, ihn so zu sehen, wie wir sind", antwortete die Mutter und reichte den Korb Tirzah. „Komm heute abend", wiederholte sie; dann nahm sie den Krug, und beide machten sich auf den Weg nach der Höhle.

Amrah blieb auf den Knien liegen, bis sie verschwunden waren, dann trat sie schweren Herzens den Heimweg an.

Am Abend kehrte sie zurück, und von nun an kam sie jeden Morgen und Abend, um ihnen das Notwendige zu bringen. Die Höhle war, wenn auch steinig und öde, doch weniger trostlos als die Kerkerzelle in der Burg. Die Sonne leuchtete ihnen wieder, über ihnen war der Himmel, um sie die schöne freie Natur. Hier war es leichter, dem Tod entgegenzusehen.

XXXI.

Am Morgen des ersten Tages des siebenten Monats, dem unser Oktober entspricht, erhob sich Ben Hur, mit der Welt unzufrieden, von seinem Lager.

Nur kurze Zeit hatte die Beratung mit Malluch nach dessen Ankunft gedauert. Dieser begann die Nachforschungen in der Burg Antonia, indem er sich an den kommandierenden Tribun um Auskunft wandte. Er erzählte die Geschichte der Familie Hur und die Einzelheiten des Unfalles, der Gratus zugestoßen war, und daß niemand ein Verschulden traf. Der Zweck der Nachforschung sei, falls jemand aus der unglücklichen Familie lebend entdeckt würde, eine Bittschrift dem Kaiser zu Füßen zu legen und um die Rückerstattung des Vermögens und Wiedereinsetzung in die bürgerlichen Rechte anzusuchen. Eine solche Bittschrift würde, daran zweifle er nicht, den Erfolg haben, daß auf kaiserlichen Befehl eine neue Untersuchung eingeleitet werde, deren Ausgang die Freunde der Familie nicht zu fürchten hätten.

Der Tribun berichtete über die Entdeckung der Frauen in der Burg und ließ Malluch die Aufzeichnung lesen, die er nach der Aussage der Frauen gemacht hatte; die Bitte, davon eine Abschrift machen zu dürfen, wurde gewährt.

Malluch eilte zu Ben Hur zurück. Der schreckliche Bericht erschütterte den jungen Mann. Keine Tränen erleichterten seinen Schmerz. Lange Zeit saß er stumm, mit bleichem Antlitz und pochendem Herzen. Nur dann und wann murmelte er: „Aussätzige! Sie – meine Mutter und Tirzah – Aussätzige! Wie lange, o Herr, wie lange!" Der rasende Schmerz des Mitleids brannte in der Seele, dann wieder quälte ihn glühender Rachedurst. Endlich erhob er sich. „Ich muß sie aufsuchen. Sie sind vielleicht dem Tode nahe."

„Wo willst du sie suchen?" fragte Malluch.

„Es gibt nur einen Ort, wohin sie gehen konnten."

Malluch machte Einwendungen und erreichte, daß die weiteren Nachforschungen ihm überlassen wurden. Sie gingen zusammen zum Tore, das dem Berg des bösen Rates gegenüber lag, denn dort war der Ort, wo die Aussätzigen ihren Unterhalt erbettelten. Dort blieben sie den ganzen Tag, gaben Almosen, fragten nach den beiden Frauen und boten für ihre Entdeckung reiche Belohnungen. Das wiederholten sie Tag für Tag bis zum Ende des fünften und während des ganzen sechsten Monats. Wieder und wieder forschten sie die Bewohner der Grabhöhle unten beim Brunnen aus, aber diese bewahrten ihr Geheimnis. Alle Bemühungen waren umsonst. Endlich, am Morgen des ersten Tages des siebenten Monats erhielten sie die Nachricht, daß vor nicht langer Zeit aussätzige Frauen mit Steinen vom Fischtor verjagt worden seien. Sie gelangten zur Gewißheit, daß jene Unglücklichen die Gesuchten waren.

„Nicht genug, daß die Meinigen zu Aussätzigen gemacht wurden", sagte Ben Hur immer wieder. „Sie mußten auch aus ihrer Vaterstadt hinausgesteinigt werden! Meine Mutter ist tot! Sie hat sich in die Wüste geflüchtet! Sie ist tot! Tirzah ist tot! Ich allein bin übrig geblieben! Und warum? Wie lange, o Herr, du Gott meiner Väter, wie lange soll dieses Rom noch bestehen?" Zornerfüllt, ohne Hoffnung und Rache brütend, trat er in den Hof der Herberge und fand ihn mit Menschen angefüllt, die während der Nacht gekommen waren. Während er sein Frühstück aß, horchte er auf die Gespräche. Besonders eine Gesellschaft zog ihn an. Es waren junge, kräftige, lebhafte und wetterharte Männer, deren Sprache und Benehmen auf ländliche Herkunft wiesen.

Es waren Galiläer, die in die Stadt gekommen waren, um am Feste des Posaunenschalles teilzunehmen. Sie erregten Ben Hurs Interesse, denn in der Gegend, aus welcher sie stammten, hoffte er die kräftigste Unterstützung zu finden, sobald er das Werk in Angriff nehmen würde. Während er sie beobachtete und an die Waffentaten dachte, die eine Legion solcher Männer, wenn sie nur einmal an die strenge römische Manneszucht gewöhnt waren, vollbringen konnte, erglühten seine Wangen. Da erschien ein Mann im Hofe und fragte die Galiläer: „Warum seid ihr hier? Die Rabbiner und Ältesten kommen eben vom Tempel, um zu Pilatus zu gehen. Kommt, beeilt euch, schließen wir uns ihnen an!" Sie umringten ihn. „Zu Pilatus? Warum?" – „Man hat eine Verschwörung entdeckt. Des Pilatus neue Wasserleitung soll mit Geld aus dem Tempel bezahlt werden."

„Wie, mit Geld aus dem heiligen Schatz?" Sie wiederholten die Frage mit blitzenden Augen. „Es ist Korban – Gottesgeld. Er rühre nur einen Schekel davon an, wenn er es wagt!"

„Kommt!" rief der Bote. „Der Zug hat bereits die Brücke überschritten. Die ganze Stadt geht mit. Vielleicht benötigt man uns. Beeilt euch!" Schnell wurden die überflüssigen Kleidungsstücke abgeworfen, und die Männer standen barhäuptig da in den kurzen, ärmellosen Untertuniken, die sie als Schnitter auf dem Felde, als Schiffer auf dem See zu tragen pflegten, und in denen sie ihren Herden über die Hügel folgten.

Da redete Ben Hur sie an. „Männer von Galiläa, ich bin ein Sohn Judas. Wollt ihr mich in eure Gesellschaft nehmen?"

„Es wird vielleicht zum Kampfe kommen", erwiderten sie.

„Nun, in diesem Falle werde ich nicht der erste sein, der davonläuft!"

Sie nahmen die Entgegnung gutmütig auf, und der Bote sprach: „Stark genug scheinst du zu sein. Komm mit!"

Ben Hur legte seine Oberkleider ab. „Ihr glaubt, es kann zum Kampfe kommen?" fragte er ruhig, seinen Gürtel fester anziehend.

„Ja."

„Mit wem?"

„Mit der Wache."

„Legionssoldaten?"

„Auf wen sonst kann ein Römer sich verlassen?"

„Was für Waffen habt ihr?" Sie blickten einander schweigend an. „Nun", fuhr er fort, „wir wollen tun, was wir können; es wäre gut, einen Anführer zu wählen! Die Legionäre haben immer einen, und deshalb handeln sie wie ein Mann."

Die Galiläer starrten ihn verwundert an, als sei ihnen der Vorschlag etwas Neues.

„Laßt uns wenigstens beisammen bleiben", sprach er. „Ich bin bereit, wenn ihr es seid."

„Ja, laßt uns gehen."

Die Herberge befand sich in Bezetha, der Neustadt, und um zum Prätorium zu gelangen, wie die Römer hochtrabend den Palast des

Herodes auf dem Berge Sion nannten, mußten die Männer die Niederung nördlich und westlich des Tempels überschreiten. Vom Turme Mariamne war es nur eine kurze Strecke bis zum Haupttore der ummauerten Höhen. Auf dem Wege dahin stießen sie auf viele andere, welche von der beabsichtigten Entweihung des Tempels gehört hatten. Als sie das Tor des Prätoriums erreichten, war der Zug der Ältesten und Rabbiner schon eingetreten. Eine große Volksmenge war ihnen gefolgt, eine noch größere lärmte außen. Ein Tribun bewachte den Eingang mit einem Trupp Soldaten in voller Rüstung, er blieb unbekümmert um die brennenden Sonnenstrahlen wie um das Geschrei der Menge. Durch das offene Bronzetor wogte ein Menschenstrom hinein.

„Was geht da drinnen vor?" fragte einer der Galiläer einen Heraustretenden. „Nichts!" war die Antwort. „Die Rabbiner stehen vor der Tür des Palastes und verlangen Pilatus zu sehen. Er hat sich geweigert, herauszukommen. Sie haben einen hineingeschickt, ihm zu sagen, sie würden nicht fortgehen, bis er sie gehört habe. Nun warten sie."

„Gehn wir hinein", sprach Ben Hur ruhig.

Sich rechts wendend, schritt die Gesellschaft eine kurze Strecke weiter bis zu einem geräumigen Platze, an dessen Westseite sich die Wohnung des Prokurators befand. Eine aufgeregte Masse füllte den Platz. Aller Augen waren nach einer Säulenhalle gerichtet, die sich über einem breiten, geschlossenen Tor erhob. Unter der Halle war eine zweite Abteilung Legionäre aufgestellt. Das Gedränge war so groß, daß die Galiläer nicht vorwärts kommen konnten, falls dieses ihr Wunsch war; sie blieben also stehen und beobachteten die Vorgänge. Um die Säulenhalle herum erblickten sie die hohen Turbane der Rabbiner. Öfters wurden die Rufe laut, wie: „Pilatus, willst du unser Prokurator sein, so komme heraus! Komm heraus!" Einmal trat ein Mann heraus, das Gesicht rot vor Zorn, und drängte sich durch die Menge. „Israel gilt hier nichts", sprach er mit lauter Stimme. „Auf diesem heiligen Boden sind wir nicht mehr als die Hunde von Rom!"

„Glaubst du, daß er nicht herauskommen wird?"

„Herauskommen? Hat er es nicht zum dritten Male abgeschlagen?"

„Was werden die Rabbiner tun?"

„Hier warten, bis er ihnen Gehör gibt."

„Wird er es wohl wagen, den Schatz anzugreifen?" fragte einer der Galiläer.

„Wer kann es sagen? Hat nicht ein Römer das Allerheiligste entweiht?"

Eine Stunde verging, und obschon Pilatus die Rabbiner keiner Antwort würdigte, blieben sie und auch die Volksmenge. Der Mittag kam und es regnete, aber es trat keine Änderung in der Lage ein, die Menge nahm zu, der Lärm wurde größer und die Stimmung erregter. Ununterbrochen erschollen, mit zornigen Bemerkungen untermischt, die Rufe: „Komm heraus, komm heraus!" Ben Hur hielt seine galiläischen Freunde zusammen. Er war der Ansicht, daß der Stolz des Römers den Sieg über seine Klugheit davontragen werde und das Ende nicht mehr fern sein könnte. Pilatus wartete nur, daß das Volk ihm einen Anlaß gebe, mit Gewalt einzuschreiten.

Und endlich kam der Schluß. In der Mitte des Gedränges hörte man den dumpfen Hall von Schlägen, Schmerzens- und Wutschreie, ein unbeschreiblicher Lärm entstand. Die Rabbiner vor der Säulenhalle blickten starr vor Schrecken um sich. Das Volk im Hintergrunde drängte nach vorn, die anderen strebten hinaus, und es entstand eine furchtbare Verwirrung. Tausende Stimmen fragten, was es gebe; niemand antwortete. Ben Hur verlor seine Sinne nicht. „Kannst du nichts sehen?" fragte er einen der Galiläer.

„Nein."

„Ich will dich emporheben." Er faßte den Mann um die Mitte und hob ihn auf.

„Was gibt es?"

„Einige sind mit Knütteln bewaffnet und schlagen auf das Volk los. Sie sind wie Juden gekleidet."

„Wer sind sie?"

„Römer, so wahr der Herr lebt, verkleidete Römer! Ihre Knüttel sausen wie Dreschflegel nieder! Jetzt haben sie einen Rabbiner zu Boden geschlagen – einen Greis! Sie verschonen niemand!"

Ben Hur ließ den Mann nieder. „Männer aus Galiläa", sprach er, „es ist eine List des Pilatus. Wenn ihr tun wollt, was ich euch sage, so werden wir mit den Knüttelmännern abrechnen."

Der galiläische Geist regte sich: „Ja, ja!" riefen sie.

„Gehen wir zurück zu den Bäumen am Tore, und wir werden finden, daß die Pflanzung des Herodes doch etwas Gutes hat. Kommt."

Sie eilten, so schnell sie konnten, auf die Bäume zu und rissen die Äste von den Stämmen. In kurzer Zeit waren sie bewaffnet. Die Menge drängte nach dem Ausgange. Der Lärm dauerte unvermindert an, es war ein wirres Durcheinander, Schmerzensrufe, Verwünschungen und Gestöhne.

„An die Mauer", rief Ben Hur, „an die Mauer! Laßt die Menge vorbei!" Sie wichen dem sich heranwälzenden Menschenstrom aus und kamen langsam vorwärts, bis an die Säulenhalle.

„Haltet euch beisammen und folgt mir!"

Willig erkannten sie Ben Hurs Führerschaft an. Er bahnte sich einen Weg durch die tobende Menge, und sie folgten geschlossen nach. Als die Römer mit den gelenkigen, von Kampfgeist brennenden Galiläern zusammenstießen, entstand ein wilder Kampf. Schlag fiel auf Schlag. Ben Hur verstand es nicht nur, Hiebe auszuteilen und abzuwehren; sein langer Arm, seine große Gewandtheit und Kraft ließen ihn jeden Gegner überwinden. Er war Kämpfer und Führer. Sein Kampfruf weckte Begeisterung und erfüllte seine Feinde mit Schrecken. So von ebenbürtigen Gegnern angegriffen, wichen die Römer langsam zurück und ergriffen die Flucht nach der Säulenhalle. Die hitzigen Galiläer wollten zur Treppe folgen, aber Ben Hur hielt sie zurück. „Halt, ihr Männer!" rief er. „Dort kommt der Tribun mit der

Wache. Sie haben Schwerter und Schilde. Gegen sie können wir nicht kämpfen. Wir haben uns tapfer gehalten; wir kehren um und suchen den Ausgang, solange es noch möglich ist."

Sie gehorchten ihm und zogen sich langsam zurück; oft mußten sie über die Leiber ihrer Landsleute hinwegschreiten, die, wo man sie niedergeschlagen hatte, noch dalagen: die einen sich krümmend und stöhnend vor Schmerzen, andere um Hilfe flehend, einige stumm und tot. Aber nicht alle Gefallenen waren Juden, darin lag ein Trost.

Der Tribun rief ihnen Schmähungen nach; Ben Hur verlachte ihn und erwiderte: „Sind wir jüdische Hunde, so seid ihr römische Hyänen. Bleibt nur hier, wir kommen wieder zurück!"

Die Galiläer brachen in Beifallsrufe aus und zogen weiter. Außerhalb des Tores hatte sich eine große Menschenmenge angesammelt, wie sie Ben Hur selbst im Zirkus zu Antiochien nicht gesehen hatte. Auf den Dächern, auf den Straßen, am Bergesabhang drängte sich das Volk Kopf an Kopf. Geschrei und Verwünschungen erfüllten die Luft. Die Galiläer schritten durch das Tor, ohne von der Wache angehalten zu werden. Kaum waren sie im Freien, da erschien der Tribun im Tore und rief Ben Hur nach:

„He, Unverschämter! Bist du ein Römer oder ein Jude?"

Ben Hur antwortete: „Ich bin ein Sohn Judas, hier geboren. Was willst du von mir?"

„Steh und kämpfe!"

„Einzeln?"

„Wie du willst!"

Ben Hur lachte höhnisch. „O tapferer Römer! Ich habe keine Waffe!"

„Du sollst meine haben", antwortete der Hauptmann. „Ich werde eine andere nehmen."

Das Volk wurde still. Im Zirkus hatte Ben Hur vor dem Angesichte Antiochiens einen Römer geschlagen, gelang es ihm jetzt, einen zweiten Römer unter den Augen Jerusalems zu besiegen, so konnte die Ehre eines solchen Sieges der Sache des neuen Königs nur dienen. Er zögerte nicht. Unerschrocken trat er vor den Hauptmann und sprach: „Ich bin einverstanden. Leihe mir dein Schwert und deinen Schild."

„Und Helm und Brustpanzer?" fragte der Römer.

„Behalte sie, sie möchten mir nicht passen. Ich sagte dir, daß ich ein Sohn Judas bin, und ich füge jetzt hinzu, daß ich meine Ausbildung in der Gladiatorenschule erhielt. Verteidige dich."

Einen Augenblick standen beide Gegner unbeweglich und blickten einander mit wildfunkelnden Augen an. Dann ging der Römer zum Angriff über und tat einen Scheinstoß. Ein Stoß nach dem Gesichte folgte. So schnell der Stoß war, Ben Hurs Bewegung war schneller. Er fuhr mit dem Schilde unter den erhobenen Arm seines Feindes, bis dessen Schwert und rechter Arm auf der Oberfläche des Schildes lagen; dann noch ein Schritt links vorwärts, und die rechte Seite des Mannes war wehrlos dem Stoße ausgesetzt. Der Hauptmann fiel auf die Brust, Ben Hur hatte gesiegt. Den Fuß auf des Feindes Rücken setzend, hob er seinen Schild nach der Sitte der Gladiatoren hoch über den Kopf und grüßte die Soldaten am Tore, die unbeweglich stehenblieben.

Das Volk gebärdete sich wie toll. Auf allen Häusern und weit und breit, wohin sich die Kunde verbreitete, erbrauste ein Beifallssturm und wurden Tücher geschwenkt; und hätte es Ben Hur zugelassen, würden ihn die Galiläer auf ihren Schultern vom Kampfplatz getragen haben. Zu einem Soldaten, der vom Tore herbeikam, sprach er: „Dein Kamerad starb wie ein Soldat. Ich nehme ihm keine Beute ab. Nur sein Schwert und Schild sind mein." Hiemit ging er. Nach einigen Schritten wandte er sich an die Galiläer. „Brüder", sprach er, „ihr habt euch gut gehalten. Suchet mich heute nacht in der Herberge zu Bethanien auf. Ich habe euch einen Vorschlag zu machen, der für Israel von großer Wichtigkeit ist."

„Wer bist du?" fragten sie ihn.

„Ein Sohn Judas", antwortete er einfach. „Werdet ihr kommen?"

„Ja, wir wollen kommen!"

„Dann bringt dieses Schwert und den Schild mit, damit ich euch erkenne." Er bahnte sich einen Weg durch die wartende Menge und eilte hinweg.

Auf Befehl des Pilatus wurden die Toten und Verwundeten hinweggeschafft. Bei den Juden erhob sich laute Klage. Den Schmerz linderte jedoch der Sieg des unbekannten Helden. Sein Lob war in aller Munde. Der gesunkene Mut der Juden wurde durch die tapfere Tat wieder geweckt; auf den Straßen und in den Hallen des Tempels wurden die alten Heldentaten der Makkabäer erzählt, und Tausende wiegten die Köpfe und flüsterten verständnisvoll: „Nur noch eine kurze Zeit, und Israel wird zu seinem Rechte kommen. Setzen wir Vertrauen auf den Herrn, und haben wir Geduld!" So gewann Ben Hur Einfluß in Galiläa und ebnete sich den Weg zu größeren Taten im Dienste des Königs, der da kommen sollte.

XXXII.

Die verabredete Zusammenkunft fand in der Herberge zu Bethanien statt. Ben Hur folgte den Galiläern in ihre Heimat. Bevor der Winter zu Ende war, hatte er drei Legionen gesammelt und nach römischem Vorbild ausgebildet. Er hätte noch einmal soviel sammeln können, denn der kriegerische Geist des Volkes war erwacht. Doch äußerste Vorsicht gegenüber Rom und Herodes Antipas war geboten. Er begnügte sich vorläufig mit den drei Legionen und trachtete sie zu einem planmäßigen Handeln heranzubilden. Zu diesem Zwecke begab er sich mit den Anführern in das Lavagebiet von Trachonitis und unterrichtete sie dort im Gebrauch der Waffen, des Wurfspeeres und des Schwertes. Dann sandte er sie als Lehrer in die Heimat zurück. Diese Aufgabe erforderte viel Geduld, Geschicklichkeit und Eifer; und niemand besaß sie in höherem Grade als Ben Hur. Doch wäre seine Anstrengung umsonst gewesen, wenn ihn nicht Simonides mit Waffen und Geld versorgt und Ilderim Proviant herbeigeschafft hätte. Und seine Bemühungen wären auch fruchtlos geblieben ohne den kriegerischen Geist der Galiläer.

So vergingen für Ben Hur die Wintermonate, und der Frühling kam. Um diese Zeit hatte er solche Erfolge erzielt, daß er zu sich und seinen Anhängern sagen konnte: „Der gute König mag kommen. Er braucht uns nur zu sagen, wo er seinen Thron aufrichten will. Wir haben das Schwert bereit, ihm denselben zu behaupten." Die Männer, unter denen er tätig war, kannten ihn nur als einen Sohn Judas und nannten ihn mit diesem Namen.

Eines Abends saß Ben Hur in Trachonitis mit einigen seiner Galiläer am Eingang der Höhle, in der er seine Wohnung aufgeschlagen hatte, als ein Araber auf ihn zutrat und ihm einen Brief überbrachte. Das Siegel erbrechend, las er:

Jerusalem, 4. Nisan.

Ein Prophet ist erschienen, von dem die Menschen sagen, er sei Elias. Er hat jahrelang in der Wüste gelebt, und in unseren Augen ist er ein Prophet und prophetisch ist auch seine Rede; alle seine Worte weisen auf einen anderen hin, der, wie er sagt, bald kommen soll und auf den er am Ostufer des Jordans wartet. Ich bin hingegangen, ihn zu sehen und zu hören, und jener, auf den er wartet, ist gewiß der König, den auch du erwartest. Komm und urteile selbst! Ganz Jerusalem zieht hinaus zum Propheten, so daß das Ufer, wo er weilt, aussieht wie der Ölberg in den Tagen der Osterzeit.

Malluch."

Ben Hurs Antlitz erglühte vor Freude. „Diese Botschaft, meine Freunde", rief er, „macht unserem Warten ein Ende. Der Herold des Königs ist erschienen und hat ihn angekündigt." Er las ihnen den Brief vor und auch sie freuten sich über die Verheißung. „Macht euch bereit", fügte er hinzu, „und tretet morgen den Heimweg an; zu Hause benachrichtigt die euch Unterstellten, daß sie zur Stelle sind, wenn mein Ruf sie versammelt. Ich will hingehen, mich zu überzeugen, ob der König wirklich so nahe ist."

In die Höhle tretend, schrieb er je einen Brief an Ilderim und Simonides, worin er ihnen von der erhaltenen Nachricht und von seiner Absicht, sogleich nach Jerusalem zu reisen, Mitteilung machte. Die Briefe ließ er durch Eilboten befördern. Als die Nacht hereinbrach und die Sterne sichbar wurden, stieg er zu Pferde und schlug mit einem arabischen Führer die Richtung nach dem Jordan ein. Der Führer war zuverlässig und Aldebaran ein schneller Renner; so hatten sie um Mitternacht den harten Lavaboden hinter sich und eilten nach Süden. Es war Ben Hurs Absicht, bei Tagesanbruch sich seitwärts zu wenden, um einen geschützten Ruheplatz zu finden; allein die Morgendämmerung überraschte ihn noch in der Wüste, und so setzte er den Weg fort, zumal der Führer versprach, ihn bald in ein von Felsen eingeschlossenes Tal zu bringen, wo eine Quelle, Maulbeerbäume und Gras für die Pferde zu finden seien. Während er so dahinritt und an die wunderbaren Ereignisse dachte, die so bald eintreffen sollten, und an die Änderungen, welche sie im Leben der Völker mit sich bringen würden, machte ihn der stets wachsame Führer auf das Erscheinen von Fremden aufmerksam.

„Es ist ein Kamel mit Reitern."

„Folgen noch andere?" fragte Ben Hur.

„Er ist allein. Nein, ein Mann zu Pferde ist daneben – wahrscheinlich der Führer."

Bald konnte Ben Hur unterscheiden, daß es ein weißes und ungewöhnlich großes Kamel war, und erinnerte sich an das wunderbare Tier, das Balthasar und Iras zur Quelle im Daphnehain gebracht hatte. Es konnte kein anderes sein. Endlich konnte er im Reitzelt zwei Personen sehen. Waren es Balthasar und Iras? Sollte er sich ihnen zu erkennen geben? Aber sie konnten es nicht sein; sie befanden sich in der Wüste – und sie waren allein. Inzwischen hatte der weitausgreifende Schritt des Kamels die Reiter nahegebracht. Er hörte das Geklingel der Schellen und sah die kostbare Satteldecke. Er sah den Äthiopier, den treuen Begleiter des Ägypters. Das Kamel blieb bei Ben Hurs Pferd stehen; er blickte auf und sah Iras, die unter dem Vorhang erstaunt auf ihn herabsah.

„Der Segen des wahren Gottes sei mit dir!" sprach Balthasar mit zitternder Stimme.

„Und mit dir und den Deinen sei der Friede des Herrn!" erwiderte Ben Hur.

„Meine Augen sind durch die Jahre geschwächt", sagte Balthasar, „dennoch sagen sie mir, daß du jener Sohn Hurs bist, den ich als geehrten Gast im Zelte Ilderims des Gütigen kennenlernte."

„Und du bist Balthasar, der weise Ägypter, dessen Reden über bevorstehende heilige Ereignisse so vieles mit meiner Anwesenheit hier in dieser wüsten Gegend zu tun haben. Was führt dich allein hierher?"

„Niemals ist der allein, der dort ist, wo Gott ist – und Gott ist überall", antwortete Balthasar ernst. „Auf deine Frage sage ich dir, daß uns eine Karawane folgt, die auf dem Wege nach Alexandrien ist, und da sie durch Jerusalem ziehen wird, hielt ich es für das Beste, mich ihr bis zur Heiligen Stadt, dem Ziele meiner Reise, anzuschließen. Heute morgen brachen wir, unzufrieden mit ihrer langsamen Bewegung, auf und wagten uns voraus. Vor Räubern, die uns am Wege auflauern könnten, haben wir keine Furcht, denn ich habe hier ein Siegel vom Scheik Ilderim; gegen wilde Tiere ist uns Gott hinreichender Schutz."

Ben Hur verneigte sich und sprach: „Das Siegel des guten Scheiks ist ein wirksamer Schutzbrief, so weit die Wüste reicht, und der Löwe müßte schnell sein, der dieses Kamel einholen wollte." Er streichelte bei diesen Worten den Hals des Kamels.

„Ja", wandte Iras mit gewinnendem Lächeln ein, „es könnte Besseres leisten, wenn sein Fasten ein Ende nähme. Auch Könige haben Hunger. Bist du in der Tat jener Ben Hur, von dem mein Vater gesprochen hat und den kennenzulernen auch mir ein Vergnügen war, so wirst du, hoffe ich sicher, dich glücklich fühlen, uns den Pfad zu einer nahen Quelle zu zeigen, damit wir in der Wüste unser Morgenmahl halten können."

Ben Hur beeilte sich zu antworten: „Kannst du dich, schöne Ägypterin, nur noch kurze Zeit gedulden, so werde ich die Quelle finden, und ich verspreche, daß der Trunk daraus nicht minder süß und erfrischend sein wird als jener aus der allerdings berühmteren Quelle Castalia. Laß uns eilen." So sprechend, ritt Ben Hur mit dem Führer voran, und nach einer Weile kamen sie in ein weites, anmutiges Tal, das ihnen wie ein eben entdecktes Paradies vorkam. Einige Oleanderbäume besäten diese Stelle mit ihren großen Blüten. Eine Palme stand abseits, Weinreben rankten empor und unter einem Maulbeerwäldchen fand die Gesellschaft die gesuchte Quelle. Die Pferde wurden abgezäumt, und der Äthiopier half Balthasar und Iras vom kniendem Kamele steigen. Alsbald wandte der Greis sein Gesicht nach Osten, kreuzte die Hände ehrerbietig auf der Brust und betete.

„Bringe mir einen Becher!" sprach Iras mit einiger Ungeduld. Der Diener brachte einen Kristallbecher, und sie sprach zu Ben Hur:

„Ich werde dich an der Quelle bedienen."

Sie gingen mitsammen zum Wasserbecken. Er wollte für sie schöpfen, sie ließ es aber nicht zu, kniete nieder, hielt den Becher unter den Wasserstrahl und bot ihm den ersten Trunk.

„Nein", wehrte er ab, als Balthasar an die Quelle herantrat.

„Wir sind dir sehr verpflichtet, Sohn Hurs", sprach er in seiner ernsten Weise. „Dieses Tal ist sehr schön; das Gras, die Bäume, der Schatten laden uns zum Bleiben und Rasten ein, die Quelle hier funkelt wie ein Diamant, und ihr Murmeln klingt mir wie ein Lied zum Lobe Gottes. Komm, setze dich zu uns und brich das Brot mit mir."

„Erlaube, daß ich dich zuvor bediene!" Damit füllte Ben Hur den Becher und reichte ihn Balthasar, der den Blick dankbar zum Himmel erhob.

Der Diener brachte Tücher, und nachdem sie sich die Hände gewaschen hatten, setzten sich alle drei nach morgenländischer Sitte unter das Zelt, das schon vor Jahren den drei Weisen bei ihrem Zusammentreffen in der Wüste gedient hatte. Und sie aßen herzhaft von den Vorräten, welche die Ägypter auf dem Kamele mitgeführt hatten. Die Ruhe des Tales, die kühle Luft, die Schönheit der einem Garten gleichenden Umgebung und die Stille schienen auf das Gemüt des greisen Ägypters zu wirken; seine Stimme, seine Gebärden und sein ganzes Wesen waren ungewöhnlich sanft, sooft seine Augen auf Ben Hur fielen, der sich mit Iras unterhielt.

„Als wir dich einholten, Sohn Hurs", sprach er am Ende des Mahles, „schien auch dein Angesicht nach Jerusalem gewandt. Nimm mir daher die Frage nicht übel, ob du dorthin reitest."

„Ich bin auf dem Wege nach der Heiligen Stadt."

„Da es für mich dringend geboten ist, jede Anstrengung zu vermeiden, möchte ich noch eine Frage an dich stellen: Gibt es einen kürzeren Weg als den über Rabbath-Ammon?"

„Ein kürzerer, aber beschwerlicherer Weg führt über Gerasa und Rabbath-Gilead. Es ist der Weg, den ich nehmen will."

„Ich bin voll Ungeduld", sprach Balthasar. „In der letzten Zeit wurde mein Schlaf von Träumen, oder vielmehr von dem gleichen, sich wiederholenden Traume, heimgesucht. Eine Stimme läßt sich vernehmen, die mir zuruft: Eile, steh auf! Der, den du schon so lange erwartest, ist erschienen!"

„Du meinst den, der der König der Juden sein wird?" fragte Ben Hur, den Ägypter unverwandt anblickend.

„Ja."

„Du hast also nichts von ihm gehört?"

„Nichts als die Worte der Stimme im Traume."

„So habe ich hier Nachrichten, die dir ebenso Freude bereiten werden, wie sie mir willkommen waren." Ben Hur zog aus seinem Gewande den Brief, den er von Malluch erhalten hatte, heraus. Die Hand des Ägypters zitterte heftig, als er ihn in Empfang nahm. Er las laut, und seine Erregung nahm zu; er hob die tränenbenetzten Augen in dankbarem Gebete zum Himmel und stellte keine Frage, ihm kam kein Zweifel.

„Du warst sehr gütig gegen mich, o Gott!" rief er. „Laß mich, ich bitte dich, den Erlöser sehen und anbeten, und dein Diener ist bereit, in Frieden zu scheiden!"

Das schlichte Gebet machte auf Ben Hur tiefen Eindruck. Nie schien ihm Gott so wesenhaft und nahe; es war ihm, als sitze er an seiner Seite wie ein Freund, von dem man durch eine Bitte Hilfe erlangen kann – ein Vater, der alle seine Kinder liebt. Der Gedanke, daß Gott statt eines Königs der Menschheit einen Erlöser sende, erschien Ben Hur in einem neuen Lichte.

Die Gesellschaft verharrte in lautloser Stille; dann brach Balthasar das Schweigen: „Laßt uns jetzt aufbrechen", mahnte er, „und vorwärtseilen, um ihn zu sehen, der stets in meinen Gedanken ist; und scheine ich euch zu große Eile zu haben, Sohn Hurs und du, meine Tochter, so sei dies meine Entschuldigung." Auf sein Zeichen brachte der Diener Wein in einer Lederflasche. Sie tranken, schüttelten die Tücher aus, die sie auf den Schoß gebreitet hatten, und erhoben sich. Während der Diener das Zelt und alle gebrauchten Gegenstände wieder in der Kiste unter dem Reitzelt verwahrte und der Araber die Pferde herbeibrachte, wuschen sich die drei die Hände und waren in kurzer Zeit auf dem Rückwege durch das Wadi, um die Karawane einzuholen, die ihnen vorausgekommen war.

Die sich weit über die Wüste erstreckende Karawane sah wie eine träge Schlange aus. Ihre Langsamkeit wurde Balthasar unerträglich und die Gesellschaft beschloß daher, allein weiterzureisen.

Am dritten Tage der Reise hielten sie Mittagsrast beim Jabbokflusse, wo bereits hundert oder mehr Männer mit ihren Tieren ausruhten. Kaum waren sie abgestiegen, als ein Mann mit einem Wasserkrug und einer Trinkflasche auf sie zutrat und ihnen zu trinken bot. Sie nahmen die Aufmerksamkeit mit freundlichem Dank entgegen. Der Mann aber sagte, das Kamel betrachtend: „Ich komme vom Jordan, wo sich eine große Menge Menschen aus verschiedenen Gegenden befindet; sie reisen wie du, ehrwürdiger Freund, aber keiner von ihnen hat ein Tier wie das deine hier. Ein edles Tier fürwahr! Darf ich fragen, von welcher Rasse es ist?"

Balthasar antwortete. Ben Hur aber konnte seine Neugierde nicht unterdrücken und fragte: „An welcher Stelle des Jordanufers sind die Leute?"

„Bei Bethabara."

„Das war sonst eine einsame Furt", bemerkte er. „Ich kann nicht begreifen, wie sie auf einmal eine solche Bedeutung erlangt hat."

„Ich verstehe", erwiderte der Fremde; „auch du kommst aus weiter Ferne und hast die Botschaft nicht gehört."

„Was für eine Botschafft?"

„Nun, es ist ein Mann aus der Wüste erschienen, ein sehr heiliger Mann. Er verkündete Sonderbares; alle, die ihn hören, sind von Staunen erfüllt. Er nennt sich Johannes, den Sohn des Zacharias, und sagt, er sei der Vorläufer des Messias." Selbst Iras hörte mit gespannter Aufmerksamkeit zu, indes der Mann fortfuhr: „Die Leute sagen, dieser Johannes habe sein ganzes Leben von Kindheit an in einer Höhle unten bei Engaddi unter Gebeten und strengeren Kasteiungen zugebracht, als je ein Essäer. Ganze Scharen ziehen hin, um ihn predigen zu hören. Auch ich habe ihn gehört!"

„Waren alle diese Männer dort?"

„Die meisten sind auf dem Wege dahin, einige sind zurückgekommen."

„Was predigt er?"

„Eine neue Lehre, wie sie bisher in Israel noch nie gehört wurde; so sagen alle. Er nennt sie die Lehre von der Buße und Taufe. Die Rabbiner wissen nicht, was sie von ihm halten sollen, ebensowenig wir. Einige fragten ihn, ob er der Christus sei, andere, ob er Elias sei; seine Antwort lautet immer: ‚Ich bin die Stimme eines Rufenden in der Wüste: Bereitet den Weg des Herrn!'"

Der Mann wurde von seinen Freunden gerufen. Als er sich zum Gehen wandte, redete ihn Balthasar an. „Guter Fremdling, sag' uns, werden wir den Prediger an dem Orte finden, wo du ihn verlassen hast?"

„Ja, bei Bethabara."

„Wer könnte dieser Nasiräer anderer sein", sprach Ben Hur, „wenn nicht der Herold unseres Königs?"

Die eingesunkenen Augen Balthasars leuchteten auf, als er sprach: „Laßt uns eilen! Ich bin nicht müde."

Sie halfen dem Diener, um den Aufbruch zu beschleunigen. Auch am Orte der Nachtruhe, westlich von Ramoth-Gilead, wurden zwischen den drei Personen nur wenige Worte gewechselt.

„Morgen wollen wir frühzeitig weiterreisen, Sohn Hurs", sprach der Greis. „Der Erlöser könnte kommen, ehe wir dort sind."

Um die dritte Stunde des folgenden Tages kam die Gesellschaft aus dem Hohlweg heraus, der sich am Fuße des Berges Gilead hinzog, und gelangte auf die unfruchtbare Steppe östlich vom heiligen Flusse. Sie sahen die obere Grenze der alten Palmenhaine Jerichos, die sich bis gegen die Hügellandschaft Judäas ausdehnten. In Ben Hurs Adern pochte das Blut schneller, denn er wußte, daß die Furt nahe war. „Freue dich, guter Balthasar", sprach er, „bald sind wir am Ziele."

Der Führer trieb das Kamel zu größerer Eile an. Bald erblickten sie Hütten und Zelte, angebundene Lasttiere, dann den Fluß; eine Menge Menschen drängte. Sie erkannten daraus, daß der Prediger zum Volke sprach, und beeilten sich noch mehr; doch als sie näher kamen, geriet die versammelte Menge in Bewegung und begann sich zu zerstreuen. Sie waren zu spät gekommen!

„Warten wir hier", sprach Ben Hur zu Balthasar. „Vielleicht kommt der Nasiräer hier vorüber."

Die Leute, im Gespräch darüber, was sie gehört hatten, beachteten die Ankömmlinge nicht. Als einige hundert vorübergegangen waren und die Gelegenheit, den Nasiräer auch zu sehen, verloren schien, sahen sie vom Flusse her einen Mann heraufkommen, dessen Erscheinung sie alles andere vergessen ließ. Das Äußere des Mannes hatte etwas Seltsames, Rauhes, fast Verwildertes. In das schmale, hagere Gesicht, dessen Farbe an ein altes Pergament erinnerte, fiel über die Schultern bis über die Mitte des Rückens hinab in wirren Locken eine Fülle sonnenverbrannten Haares. Seine Augen hatten lebhaften Glanz. Ein Kleid aus grobem Kamelhaar reichte bis zu den Knien und wurde durch einen breiten Gürtel aus ungegerbtem Leder festgehalten, ließ jedoch seine rechte Seite unbedeckt. Die Füße waren unbeschuht. Eine Tasche aus ungegerbtem Leder hing am Gürtel. Seine Hand stützte sich beim Gehen auf einen Stab. In seinen Bewegungen war er rasch, sicher und auffallend wachsam. Öfter strich er sich das widerspenstige Haar aus dem Gesicht und blickte forschend umher, als ob er jemanden suche.

Die schöne Ägypterin betrachtete den Sohn der Wüste mit Staunen, wenn nicht mit Abscheu. Sie hob den Vorhang des Reitzeltes und sprach zu Ben Hur, der auf seinem Pferde saß.

„Ist das der Herold des Königs?"

„Es ist der Nasiräer", erwiderte er, ohne aufzublicken. Er war in

Wahrheit selbst mehr als enttäuscht. Wohl kannte er das Leben der asketischen Bewohner Engaddis; wohl wußte er, daß er nach einem Nasiräer zu schauen hatte, der sich selbst als eine Stimme aus der Wüste bezeichnete; doch sein Traum von einem mächtigen König hatte ihn hoffen lassen, er werde an seinem Vorläufer gewisse Vorzeichen der Größe und Herrlichkeit sehen, die er verkündete. Während er die halbverwilderte Gestalt vor sich betrachtete, zog an seinem Geiste die Reihe der Höflinge, die er im kaiserlichen Palast gesehen hatte, vorüber und nötigte ihn zum Vergleiche. Beschämt, verwirrt, fand er keine andere Antwort als diese: Es ist der Nasiräer.

Nicht so Balthasar. Dieser wußte, daß die Wege Gottes oft anders sind, als die Menschen wünschen. Er hatte den Erlöser als Kind in der Krippe gesehen, und sein Glauben war angesichts der Armut und Einfachheit in Verbindung mit der Gotteserscheinung nicht zu erschüttern. Er blieb ganz ruhig sitzen, die Hände über der Brust gekreuzt und die Lippen im Gebete bewegend. Er erwartete keinen König.

Während die Neuangekommenen so von verschiedenen Gefühlen beherrscht wurden, saß ein anderer Mann einsam am Flußrande auf einem Steine. Jetzt erhob er sich und schritt langsam vom Ufer herauf dem Nasiräer entgegen. Da blieb der Prediger stehen, strich sich das Haar aus den Augen, blickte nach dem Fremden und erhob die Hände, den Umstehenden zum Zeichen: auch diese blieben stehen. Als vollkommene Stille eingetreten war, senkte sich langsam der Stab in der Rechten des Nasiräers und zeigte auf den Fremden. Alle wandten ihre Blicke nach ihm hin.

Auch Balthasar und Ben Hur betrachteten den Mann. Er bewegte sich langsam auf sie zu und hatte eine schlanke, fast zarte Gestalt von mittlerer Größe. Seine Haltung war ruhig und gemessen wie die eines Mannes, der viel nachdenkt; sie paßte vollkommen zu seiner Kleidung, die aus einem bis an die Knöchel reichenden Untergewande mit langen Ärmeln und einem Obergewande, dem sogenannten Talith, bestand. Auf dem linken Arme trug er das Kopftuch, dessen rotes Stirnband lose an seiner Seite herabhing. Mit Ausnahme des Stirnbandes und eines schmalen blauen Saumes am Rande des Talith war seine Kleidung ganz aus weißem Linnen, das durch den Straßenstaub eine etwas gelbliche Färbung erhalten hatte. Auch die Quasten bildeten eine Ausnahme; sie waren blau und weiß, wie das Gesetz es für Rabbiner vorschrieb. Seine Sandalen waren von der einfachsten Art. Er trug weder Tasche noch Gürtel noch Stab. Sein Angesicht hielt alle im Banne.

Das Haupt wurde von langem leichtgewelltem Haar umflossen, welches in der Mitte gescheitelt war; es hatte kastanienbraune Farbe und schimmerte goldig. Unter einer breiten Stirn und schwarzen, schöngewölbten Brauen strahlten große dunkelbraune Augen, denen die ungewöhnlich langen Wimpern, wie man sie zuweilen bei Kindern, selten bei Männern sieht, einen unaussprechlich sanften Ausdruck gaben. Es wäre schwer gewesen, zu entscheiden, ob seine Gesichtszüge griechisch oder jüdisch waren. Es gab wohl niemanden, dem seine Erscheinung hätte Furcht einflößen können, niemanden, den sie nicht mit Vertrauen erfüllen, kein Kind, das sich nicht zu ihm hingezogen fühlen und ihm das Händchen entgegenstrecken mußte; ebensowenig hätte jemand seiner Erscheinung vollendete Schönheit absprechen können.

Langsam kam er näher.

Ben Hur, hoch zu Roß und den Wurfspieß in der Hand, war eine Gestalt, die den Blick eines Königs auf sich ziehen konnte; doch nicht auf ihm ruhte das Auge des Nahenden, auch nicht auf Iras, sondern auf Balthasar, dem gebrechlichen Greise.

Die tiefste Stille herrschte. Jetzt rief der Nasiräer, noch immer mit dem Stabe zeigend, mit lauter Stimme: „Sehet das Lamm Gottes, welches hinwegnimmt die Sünden der Welt!"

Die Volksmenge, die unbeweglich und in gespannter Erwartung stillstand, fühlte bei den geheimnisvollen Worten einen Schauer heiliger Ehrfurcht; auf Balthasar wirkten sie überwältigend. Nochmals sah er mit eigenen Augen den Erlöser der Menschheit! Der Glaube war in seiner Brust lebendig und verlieh ihm die Gabe, den zu erkennen, den er so sehnlichst erwartet hatte. Der heißgeliebte Gegenstand seines Glaubens stand vor ihm, ein Bild der Vollkommenheit in Gestalt, Kleidung und Haltung. Der Nasiräer wiederholte seinen Ruf: „Sehet das Lamm Gottes, welches hinwegnimmt die Sünden der Welt!"

Balthasar sank auf die Knie. Für ihn bedurfte es keiner Erklärung, und als ob der Nasiräer das wisse, wandte er sich zu denen, die in seiner Nähe standen, und fuhr fort: „Dieser ist es, von dem ich gesagt habe: Es kommt ein Mann nach mir, der vor mir gewesen ist, denn er war eher als ich. Und ich kannte ihn nicht, aber der mich gesandt hat, mit Wasser zu taufen, damit es in Israel offenbar werde, sprach zu mir: ‚Über welchen du sehen wirst den Geist Gottes herabsteigen und über ihm bleiben, der wird mit dem Heiligen Geist taufen.' Und ich sah den Heiligen Geist wie eine Taube vom Himmel über ihn herabkommen und über ihm bleiben. Und eine Stimme erscholl vom Himmel: ‚Dieser ist mein geliebter Sohn, an dem ich Wohlgefallen habe.'"

„Er ist es, er ist der Sohn Gottes!" rief Balthasar, die tränenvollen Augen zum Himmel erhebend, und sank ohnmächtig nieder. Währenddessen betrachtete Ben Hur das Antlitz des Fremden mit lebhaftem, wenn auch anderem Interesse. Er war nicht unempfänglich für die Reinheit dieser Züge, für den sinnenden Ernst, die Milde, Demut und Heiligkeit, die sich darin zeigten, aber in ihm fand nur ein Gedanke Raum: Wer ist dieser Mann? Und was ist er? Messias oder König? Nie war ihm eine Erscheinung unköniglicher erschienen. Der Gedanke an Krieg, Eroberung und Herrschergewalt erschien ihm wie eine Entweihung. Er sagte sich selbst: Balthasar hat doch recht und Simonides ist im Irrtum. Dieser Mann ist nicht gekommen, um den Thron Salomons wieder aufzurichten; er hat weder die Natur noch die Anlagen eines Herodes; ein König mag er sein, aber nicht über ein Reich wie das römische.

Indes war dies durchaus keine Schlußfolgerung, sondern ein bloßer Eindruck; und während Ben Hur noch das wunderbare Antlitz betrachtete, begann sein Gedächtnis zu arbeiten, und er sprach zu sich: Ich habe diesen Mann schon einmal gesehen, aber wo und wann? Zuerst undeutlich, dann klar und hell wie Sonnenlicht kam der Vorfall am Brunnen zu Nazareth, als man ihn in die römische Galeere schleppte, in seine Erinnerung zurück, und sein ganzes Wesen erbebte. Diese Hände hatten ihm Hilfe gebracht, als er nahe am Verschmachten war. Das war das Antlitz, das er seither im Geiste mit sich trug. In der Erregung der Gefühle, die auf ihn einstürmten, hatte er nur die letzten Worte des Nasiräers gehört: Dieser ist mein geliebter Sohn, an dem ich Wohlgefallen habe!

Ben Hur sprang vom Pferde, um seinem Wohltäter seine Ehrfurcht zu bezeigen, aber da rief Iras ihm zu: „Hilf, Sohn Hurs, hilf; mein Vater stirbt!"

Er blieb stehen, blickte zurück und eilte ihr zu Hilfe. Sie reichte ihm einen Becher, und er lief an den Fluß, um Wasser zu holen. Als er zurückkam, war der Fremde verschwunden. Endlich kam Balthasar wieder zu Bewußtsein. Die Hände ausstreckend, fragte er mit schwacher Stimme: „Wo ist er?"

„Wer?" fragte Iras.

Innige Freude strahlte aus dem Gesicht des guten Greises, als sei ihm sein letzter Wunsch in Erfüllung gegangen, und er antwortete: „Er – der Erlöser – der Sohn Gottes, den ich wieder gesehen habe."

„Glaubst auch du?" wandte sich Iras leise an Ben Hur.

„Die Zeit ist voller Wunder, laß uns warten!" war seine Antwort.

Als am folgenden Tage die drei der Predigt des Nasiräers zuhörten, brach dieser plötzlich inmitten der Rede ab und rief ehrfurchtsvoll: „Sehet das Lamm Gottes!"

Sie blickten hin und sahen den Fremden. Als Ben Hur die schlanke Gestalt und das schöne, heilige, mitleidsvoll sanfte Antlitz betrachtete, ging ihm ein neuer Gedanke durch den Sinn: Balthasar hat recht – Simonides auch. Kann der Erlöser nicht zugleich ein König sein? Und er fragte einen an seiner Seite Stehenden: „Wer ist der Mann, der dort hingeht?"

Der andere lachte verächtlich und erwiderte: „Er ist der Sohn eines Zimmermanns aus Nazareth."

XXXIII.

„Esther, Esther! Sage dem Diener unten, daß er einen Becher Wasser bringe.“

„Möchtest du nicht lieber Wein, Vater?“

„Er mag beides bringen.“

Es war in der Sommerlaube auf dem Dache des Palastes der Familie Hur in Jerusalem. Von der Brustwehr rief Esther einen Diener; im selben Augenblick erschien ein anderer Diener auf dem Dache und grüßte ehrerbietig. „Ein Paket für den Herrn“, sprach er und reichte ihr ein mit Linnen umwickeltes, wohlverschnürtes und versiegeltes Schreiben.

Es war der einundzwanzigste März, beinahe drei Jahre nach der Ankündigung Christi bei Bethabara. Malluch hatte im Auftrage Ben Hurs, der den Verfall seines Vaterhauses nicht länger sehen wollte, das Haus von Pontius Pilatus gekauft und wiederherstellen lassen. Nichts erinnerte mehr an das Unglück der Familie, das ganze Gebäude stand nun in reicherem Schmucke als zuvor. Überall begegnete dem Besucher der Beweis des feineren Geschmackes, den der junge Eigentümer während seines Aufenthaltes in der Villa bei Misenum und in der römischen Hauptstadt gewonnen hatte. Man darf aber nicht glauben, daß Ben Hur öffentlich sein Eigentum in Besitz genommen habe. Nach seiner Meinung war die Zeit dazu noch nicht gekommen. Auch seinen wirklichen Namen hatte er noch nicht angenommen. Die Zeit mit Vorbereitungen in Galiläa hinbringend, wartete er in Geduld des Nazareners, der ihm mit jedem Tage geheimnisvoller erschien und ihn durch Wunder, deren Zeuge er oft war, in banger Ungewißheit über seinen Charakter und seine Sendung hielt. Bisweilen kam er auch nach Jerusalem, wo er in seinem väterlichen Hause stets nur als Fremdling und Gast weilte. Balthasar und Iras hatten im Palast Wohnung genommen, und die Besuche Ben Hurs galten der schönen Ägypterin, deren Reiz noch immer mit seiner ursprünglichen Frische auf ihn wirkte, während der Vater ihn durch seine Reden über die Gottheit des herumziehenden Wundertäters, auf den sie ihre Hoffnungen setzten, anzog.

Simonides und Esther waren erst vor einigen Tagen aus Antiochien angekommen. Die Reise war für den Handelsherrn recht mühsam gewesen, denn er hatte sie in einer Sänfte zurückgelegt, die zwischen zwei Kamelen angebracht war, und diese hatten nicht immer gleichen Schritt gehalten. Nun aber glücklich angekommen, schien sich der gute Mann an seinem Heimatlande nicht sattsehen zu können. Der Aufenthalt auf dem Dache ergötzte ihn, und dort verbrachte er die meiste Zeit des Tages in seinem Lehnstuhl. Im Schatten des Sommerhauses konnte er die erquickende Luft einatmen, die von den ihm wohlbekannten Hügeln kam; er konnte den Lauf der Sonne vom Aufgang bis zum Untergang beobachten, und Esthers Gegenwart erinnerte ihn an jene andere Esther, seine Liebe in der Jugend. Und doch vergaß er sein Geschäft nicht. Jeden Tag brachte ihm ein Bote Nachricht von Sanballat, der den ausgedehnten Handel in seiner Abwesenheit leitete, und jeden Tag ging ein Schreiben für Sanballat ab mit so ins einzelne gehende Weisungen, daß sie jedes andere Urteil ausschlossen und allen möglichen Zufällen vorbeugten, mit Ausnahme jener, die der Allmächtige auch einem weitschauenden Menschenauge verborgen hat.

Als Esther nach der Sommerlaube zurückkehrte, umstrahlte sie mildes Sonnenlicht. Man konnte sehen, daß sie zum Weibe erblüht war. Sie betrachtete im Gehen das Paket, blieb stehen, sah es nochmals aufmerksam an, und das Blut schoß ihr in die Wangen: – es war Ben Hurs Siegel. Mit raschen Schritten eilte sie vorwärts. Auch Simonides hielt das Paket in der Hand und betrachtete das Siegel. Er erbrach es und reichte ihr die darin enthaltene Papierrolle. „Lies!" sprach er. Seine Augen ruhten auf ihr, während er sprach, und ein sorgenvoller Ausdruck legte sich auf sein Gesicht. „Du weißt, wie ich sehe, von wem der Brief ist, Esther."

„Ja – von – unserem Gebieter." Trotz ihrer Verlegenheit begegnete sie seinem Blicke mit Offenheit.

„Du liebst ihn, Esther", sprach er ruhig.

„Ja", antwortete sie.

„Hast du bedacht, was du tust?"

„Ich habe mich bemüht, Vater, an ihn nur als den Gebieter zu denken, dem ich untergeben bin. Dem Willen aber fehlte die Kraft."

„Du bist ein gutes Kind und gleichst deiner Mutter", sagte er, in träumerisches Sinnen verfallend. „Der Herr verzeihe mir, aber deine Liebe wäre nicht umsonst gewesen, hätte ich behalten, was ich besaß, wie ich es hätte tun können."

„Es wäre schlimmer für mich, wenn du so gehandelt hättest, Vater; dann wäre ich seines Blickes unwürdig und könnte nicht stolz auf dich sein. Soll ich jetzt lesen?"

„Noch einen Augenblick!" sagte er. „Laß mich, mein Kind, um deinetwillen dir das Schlimmste zeigen. Erfährst du es von mir, wird es dir weniger schmerzlich erscheinen. Seine Liebe, Esther, ist bereits vergeben."

„Ich weiß es", sagte sie ruhig.

„Die Ägypterin hat ihn in ihrem Netze. Sie besitzt die List ihres Volkes und den Reiz der Schönheit – hohe Schönheit, große List, aber – kein Herz. Die Tochter, die ihren Vater verachtet, wird ihren Gatten in Kummer stürzen."

„Tut sie das, Vater?"

„Balthasar ist ein weiser Mann, der, für einen Heiden wenigstens, in wunderbarer Weise begnadet wurde, und sein Glaube gereicht ihm zur Ehre, aber sie spottet darüber. Gestern hörte ich sie sagen, und sie redete von ihm: ‚Die Torheiten der Jugend sind entschuldbar; am Greise bewundert man die Weisheit, verläßt sie ihn, sollte er sterben.' Eine grausame Sprache, eines Römers würdig! Ich bezog sie auch auf mich, denn ich weiß, daß eine Schwäche wie die ihres Vaters auch über mich kommen wird, ja sie ist nicht mehr fern. Aber du, Esther, wirst niemals, nein, niemals von mir sagen: ‚Es wäre besser, er lebte nicht mehr.' Nein, deine Mutter war eine Tochter Judas."

Mit Tränen in den Augen küßte sie ihn und sprach: „Ich bin meiner Mutter Kind."

„Ja, und meine Tochter, meine Tochter, die mir alles ist, was dem König Salomo der Tempel war." Nach kurzem Schweigen legte er seine Hand auf ihre Schulter und begann wieder: „Hat er die Ägypterin erst zum Weibe genommen, Esther, wird er mit Reue und sehnsuchtsvollem Schmerze deiner gedenken, denn er wird zur Erkenntnis gelangen, daß er nur das Werkzeug ihres Ehrgeizes war. Rom ist der Mittelpunkt all ihrer Träume. Für sie ist er nur der Sohn des Arrius, des Duumvirs, nicht der Sohn Hurs, des Fürsten von Jerusalem."

„Rette ihn, Vater! Noch ist es nicht zu spät!" flehte Esther.

Er antwortete mit einem zweifelhaften Lächeln: „Ein Ertrinkender mag gerettet werden, ein Verliebter nicht."

„Aber du hast Einfluß auf ihn. Er steht allein in der Welt. Zeig' ihm die Gefahr, in der er schwebt! Sag' ihm, was für ein Weib sie ist!"

„Das könnte ihn aus ihren Schlingen erretten, aber würde das ihn zu dir führen, Esther? Nein", und finster senkten sich seine Augenbrauen. „Ich bin ein Leibeigener, wie meine Väter durch viele Geschlechter hindurch es waren, aber ich darf nicht zu ihm sagen: ‚Sieh, Gebieter, meine Tochter ist schöner als die Ägypterin und liebt dich aufrichtiger!' Ich habe lange Jahre der Freiheit und Selbständigkeit genossen. Nie werden solche Worte über meine Zunge kommen. Die Steine auf den Hügeln dort würden sich vor Scham umwenden. Nein, Esther. Bei den Patriarchen! Lieber wollte ich mit dir neben der Mutter im Todesschlafe ruhen."

Esthers Gesicht färbte sich dunkelrot. „Ich meinte nicht, daß du in dieser Weise zu ihm sprechen sollst, Vater. Ich dachte nur an ihn, sein Glück, nicht an das meine. Weil ich gewagt habe, ihn zu lieben, will ich seiner Achtung würdig bleiben, nur so kann ich meine Torheit vor mir selbst entschuldigen. Laß mich jetzt den Brief lesen."

„Ja, lies ihn!"

Sie begann sogleich, um dem peinlichen Gespräch ein Ende zu machen.

„Auf der Straße von Galiläa nach Jerusalem, am 8. Nisan.

Der Nazarener ist ebenfalls auf dem Wege. Ich bringe ihm, ohne sein Wissen, eine ganze Legion meiner Leute. Eine zweite Legion folgt. Das Osterfest wird die Ansammlung einer solchen Menge entschuldigen. Er sagte vor der Abreise: ‚Siehe, wir gehn hinauf nach

Jerusalem, damit alles in Erfüllung gehe, was die Propheten vorausgesagt haben.'

Unser Warten naht dem Ende. In Eile. Friede sei mit Dir, Simonides!

Ben Hur."

Esther gab den Brief ihrem Vater zurück, und ein banges Gefühl würgte in ihrer Kehle. Nicht ein Wort für sie stand im Briefe – nicht einmal im Gruße war ihrer gedacht worden – und es wäre so leicht gewesen zu schreiben: Friede sei mit Dir und den Deinen! Zum ersten Male in ihrem Leben empfand sie den Stachel der Eifersucht.

„Der achte Nisan", sagte Simonides – „der achte, und heute, Esther, heute ist der –"

„Der neunte", erwiderte sie.

„So mögen sie jetzt in Bethanien sein."

„Und möglicherweise werden wir ihn heute abend sehen", fügte sie hinzu, ihres Kummers im Augenblick vergessend.

„Es wäre möglich. Morgen ist das Fest der ungesäuerten Brote, und er dürfte wünschen, es mitzufeiern, ebenso der Nazarener; wir werden vielleicht beide sehen, Esther."

Der Diener erschien mit Wein und Wasser. Während Esther ihren Vater bediente, betrat Iras das Dach.

Esther war die Ägypterin noch nie so schön erschienen. Ihr Gewand umgab sie wie eine Wolke; an ihrer Stirn, ihrem Hals und ihren Armen glitzerten Juwelen, wie es die Frauen ihres Volkes so liebten. Ihr Antlitz strahlte. Mit schwebenden Schritten, selbstbewußt, doch ohne Geziertheit kam sie näher. Bei ihrem Anblick schmiegte sich Esther an ihren Vater.

„Friede sei mit dir, Simonides, und mit dir, schöne Esther!" sprach Iras, ihr Haupt gegen Esther neigend. „Du erinnerst mich, guter Herr, an die persischen Priester, die um die Neige des Tages die Dächer ihrer Tempel besteigen, um der scheidenden Sonne Gebete nachzusenden. Sollte diese Art Gottesverehrung dir unbekannt sein, so laß meinen Vater rufen."

„Schöne Ägypterin", erwiderte der Handelsherr, sich mit ernster Höflichkeit verneigend – „dein Vater ist ein guter Mann und würde sich nicht verletzt fühlen, wenn er hörte, daß ich seine persische Weisheit für den geringsten Teil seines Wissens erklärt habe."

Iras verzog ihre Lippen in kaum merkbarer Weise. „Der geringste Teil setzt immer einen größeren voraus. Erlaube mir die Frage, was du für den größeren Teil jener seltenen Eigenschaft hältst, die du ihm zuzuschreiben beliebtest?"

Simonides blickte sie ernst an: „Die wahre Weisheit sucht immer Gott: die vollkommenste Weisheit ist die Kenntnis Gottes; und niemand besitzt sie in höherem Grade oder bekundet sie besser in Wort und Tat als der gute Balthasar." Er erhob den Becher und trank, um das Gespräch abzubrechen.

Die Ägypterin wandte sich ärgerlich zu Esther. „Ein Mann, der Millionen in Waren besitzt und Flotten auf dem Meere hat, kann uns einfältige Frauen nicht verstehen. Lassen wir ihn allein. An der Mauer dort können wir besser plaudern!" Sie begaben sich zur Brustwehr und blieben an der Stelle, wo vor Jahren sich unter dem Druck von Ben Hurs Armen das Ziegelstück losgelöst und Gratus auf den Kopf gefallen war. „Du warst niemals in Rom?" begann Iras, mit einer Armspange spielend.

„Nein", sagte Esther spröde.

„Hattest du nie den Wunsch, hinzugehen?"

„Nein."

„Oh, wie wenig hat dein Leben dir geboten!" Der Seufzer, der diesem Ausruf folgte, hätte nicht mehr bedauernd sein können, wenn die Ägypterin von sich selbst gesprochen hätte. Im nächsten Augenblick lachte sie, daß man es drunten auf der Straße hören mußte, und sie rief: „Oh, du meine kleine Einfalt! Die halbflüggen Vögel, die im Ohr des großen Steinbildes draußen in der Wüste von Memphis nisten, wissen beinahe so viel wie du." Esthers Verwirrung bemerkend, sagte sie in vertraulichem Tone: „Du darfst nicht beleidigt sein. Ich redete nur im Scherze. Laß mich dir etwas mitteilen, was ich sonst niemandem sagen würde." Wieder folgte ein Lachen, das den scharfen Blick, den sie auf Esther warf, vortrefflich verdeckte, dann sprach sie: „Der König kommt."

Esther blickte sie mit unschuldiger Überraschung an.

„Der Nazarener", fuhr sie fort, „er, von dem unsere Väter so oft sprechen, dem Ben Hur nun schon so lange dient", ihre Stimme wurde leiser – „der Nazarener wird morgen hier sein, und Ben Hur heute nacht."

Esther bemühte sich vergebens, ihre Fassung zu bewahren: ihre Blicke suchten den Boden, ein verräterisches Rot stieg in die Wangen und die Stirn, und so blieb ihrem Auge das triumphierende Lächeln erspart, das wie ein flüchtiger Strahl über das Gesicht der Ägypterin glitt.

„Sieh, hier ist sein Versprechen!" Und sie zog aus ihrem Gürtel eine Rolle hervor.

„Freue dich mit mir, o meine Freundin, heute abend wird er hier sein! Am Tiber steht ein Palast, ein königlicher Palast, den er mir gewidmet hat."

Schnelle Schritte auf der Straße unterbrachen ihre Rede, sie beugte sich über die Brustwehr, um hinabzublicken. Dann richtete sie sich wieder auf und rief: „Nun sei Isis gepriesen! Er ist es – Ben Hur! Daß er gerade da gekommen ist, wo ich seiner gedachte! Es gibt keine Götter, wenn das nicht ein gutes Zeichen ist! Umarme mich, und küsse mich!"

Esther blickte auf. Ihre Wangen glühten, ihre Augen leuchteten, ihre Sanftmut war allzu rauh mißhandelt worden. Nicht genug, daß es ihr untersagt war, anders als in flüchtigen Träumen des Mannes zu gedenken, den sie liebte, mußte ihr noch eine prahlerische Nebenbuhlerin im Vertrauen erzählen, daß sie besseren Erfolg gehabt hatte, und von den glänzenden Aussichten, die denselben krönten. Für sie, die leibeigene Tochter eines Leibeigenen, hatte er kein Wort des Gedenkens; jene aber konnte seinen Brief vorzeigen, dessen Inhalt sich auszumalen ihrer Phantasie überlassen blieb. „Liebst du ihn so innig, oder Rom um so viel mehr?"

Die Ägypterin trat einen Schritt zurück; dann beugte sie ihr stolzes Haupt ganz nahe zu Esther herab. „Was ist er dir, Tochter des Simonides?"

Am ganzen Körper bebend, wollte sie sagen: „Er ist mein –" Sie erblaßte, zitterte, doch faßte sie sich schnell und antwortete: „Er ist meines Vaters Freund." Sie brachte es nicht über sich, ihre Leibeigenschaft einzugestehen.

Iras lachte, doch weniger laut als zuvor: „Nicht mehr als das?" sprach sie. „Ah, bei den ägyptischen Liebesgöttern! Du magst deine Küsse behalten. – Behalte sie! Du belehrst mich, daß meiner hier in Judäa köstlichere warten, und" – sie wandte sich zum Gehen, über die Schulter zurückblickend – „ich gehe sie mir zu holen. Friede sei mit dir!"

Esther sah sie die Treppe hinabeilen, dann barg sie ihr Gesicht in den Händen und brach in Tränen aus. Wieder kamen ihr die Worte ihres Vaters in den Sinn: „Deine Liebe wäre nicht umsonst gewesen, hätte ich behalten, was ich besaß, wie ich es hätte tun können!"–

Die Sterne standen am Himmel und leuchteten über die Stadt und die dunkle Hügelkette, als sie sich so weit erholt hatte, daß sie nach der Sommerlaube zurückkehren konnte. Stumm nahm sie an der Seite ihres Vaters Platz. Die Sorge um den Vater sollte die Aufgabe ihrer Jugend, wenn nicht ihres ganzen Lebens sein. Und sie kehrte, nachdem der Schmerz verwunden war, willig zu ihrer Pflicht zurück.

Eine Stunde später kamen Balthasar, Simonides und Esther im großen Saale des Palastes zusammen. Ben Hur und Iras traten miteinander ein. Ben Hur trat auf Balthasar zu und begrüßte ihn; dann wandte er sich gegen Simonides, blieb aber beim Anblick Esthers stehen, da er Esther zu lieblicher Schönheit erblüht sah.

Sich wieder fassend, ging er auf Esther zu und sprach: „Friede sei mit dir, schöne Esther. Und mit dir, Simonides", fuhr er fort, den Handelsherrn erblickend, „sei der Segen des Herrn, weil du dem Vaterlosen ein guter Vater warst."

Esther hörte ihn mit gesenkten Augen an; Simonides antwortete: „Sei willkommen im Hause deines Vaters! Setze dich und erzähle uns von deinem Wirken und vom wunderbaren Nazarener – wer und was er ist. Wenn du dich hier nicht heimisch fühlst, wer sollte es sonst? Setze dich, bitte, hier zwischen uns, daß wir alle dich hören können."

Als er sich niedergesetzt, wandte er sich an die Männer. „Ich bin gekommen, euch vom Nazarener zu erzählen. Schon viele Tage folgte ich ihm mit wachsamem Auge, wie nur jemand einen Menschen beobachten kann, den er mit größter Sehnsucht erwartet hat. Und so gewiß ich bin, daß er ein Mensch ist, wie ich einer bin, so überzeugt bin ich davon, daß er mehr als ein Mensch ist!"

„Inwiefern mehr?" fragte Simonides.

„Laßt mich erzählen –" Das Eintreten einer Frau unterbrach ihn; er wandte sich um und erhob sich mit ausgestreckten Armen. „Amrah, gute alte Amrah!" rief er.

Sie trat näher und kniete zu seinen Füßen nieder, umarmte seine Knie und küßte seine Hände; er strich ihr das dünne graue Haar aus dem runzeligen, gelbbraunen Gesicht, küßte sie auf die Wange und sagte: „Gute Amrah, weißt du mir nicht von ihnen zu berichten, kein Wort, auch nicht ein kleines Zeichen?" Sie brach in ein Schluchzen aus, das für ihn deutlicher sprach, als selbst Worte es vermochten. „Gottes Wille geschehe!" sprach er dann in einem Tone, der zeigte, daß er keine Hoffnung mehr habe, die Seinigen wiederzusehen. In seinen Augen standen Tränen, die er zu verbergen suchte. Als er sich wieder gefaßt hatte, zog er Amrah neben sich und sprach: „Komm, setze dich neben mich, Amrah. – Nicht? Dann zu meinen Füßen, denn ich habe diesen guten Freunden vieles von einem wunderbaren Manne zu erzählen, der in die Welt gekommen ist."

Amrah zog sich zurück und ließ sich, den Rücken gegen die Wand gelehnt, abseits auf den Boden nieder, zufrieden, ihn nur sehen zu dürfen. Ben Hur wandte sich wieder an die Männer und begann: „Ich möchte nicht antworten, ohne euch einiges von den Dingen zu erzählen, die ich ihn tun sah, und umsomehr, als er morgen in die Stadt kommen und in den Tempel gehen wird, den er seines Vaters Haus nennt, und wo er sich öffentlich erklären wird. Morgen werden wir und ganz Israel erfahren, ob du recht hast, Balthasar, oder du, Simonides."

Balthasar rieb zitternd die Hände und fragte: „Wohin soll ich gehn, um ihn zu sehen?"

„Das Gedränge wird sehr groß sein. Ich halte es für das beste, wenn ihr euch alle auf das Dach der Halle Salomons begebt."

„Kannst du uns begleiten?"

„Nein", antwortete Ben Hur, „meine Freunde dürften meine Anwesenheit bei der Prozession wünschen."

„Prozession!" rief Simonides. „Reist er mit großem Gepränge und Gefolge?"

Ben Hur begriff, wohin die Frage zielte. „Er hat zwölf Männer bei sich, Fischer und Landleute; einer ist ein Zöllner, alle gehören der niederen Klasse an. Sie gehen zu Fuß, unbekümmert um Wind, Kälte, Regen oder Sonnenhitze. Wenn ich sie bei Einbruch der Dunkelheit am Wege haltmachen sah, um ihr Brot zu verzehren oder sich zur Ruhe zu legen, erinnerten sie mich an vom Markte kommende Hirten, die zu ihren Herden zurückkehren, nicht an Edelleute und Könige. Nur wenn er die Enden seines Kopftuches lüftet, um nach jemand zu sehen oder den Staub vom Kopfe zu schütteln, erkenne ich, daß er ihr Lehrer ist wie ihr Gefährte, ihr Meister nicht minder als ihr Freund. – Ihr seid denkende und erfahrene Männer", nahm Ben Hur nach einer Pause wieder das Wort. „Was würdet ihr von einem Manne sagen, der die Steine zu seinen Füßen in Gold verwandeln und unermeßlich reich sein könnte, aber aus freier Wahl arm bleibt?"

„Die Griechen würden ihn einen Philosophen nennen", bemerkte Iras.

„Aber Tochter", sprach Balthasar, „die Philosophen hatten nie die Macht, etwas Ähnliches zu tun."

„Wie weißt du, daß dieser Mann sie hat?"

Ben Hur antwortete schnell: „Ich sah ihn Wasser in Wein verwandeln."

„Wunderbar, wirklich wunderbar!" rief Simonides; „aber noch wunderbarer scheint es mir, daß er es vorzieht, arm zu leben, da er doch so reich sein könnte. Ist er wirklich so arm?"

„Er besitzt nichts und beneidet niemanden um sein Eigentum. Er bemitleidet die Reichen. Doch lassen wir das. Was würdet ihr sagen, wenn ihr einen Menschen sieben Brote und zwei Fische, seinen ganzen Vorrat, so vermehren sähet, daß fünftausend Menschen sich davon sättigen könnten und noch ganze Körbe voll übrig blieben? Das sah ich den Nazarener tun!"

„Du sahest es?" rief Simonides.

„Ja, und ich aß von dem Brote und den Fischen. – Höret noch etwas Wunderbares", fuhr Ben Hur fort. „Was würdet ihr von einem Menschen sagen, der solche Heilkraft besitzt, daß die Kranken bloß den Saum seines Kleides zu berühren oder von fern ihn anzurufen brauchen, um geheilt zu werden? Auch davon war ich oft Zeuge. Als wir von Jericho weiterreisten, riefen zwei Blinde am Wege den Nazarener an: er berührte ihre Augen und sie sahen. Auch einen Gichtbrüchigen brachte man zu ihm und er sagte: ‚Geh in dein Haus!' und der Mann ging gesund von dannen. Was sagt ihr dazu?"

Der Handelsherr fand keine Antwort.

„Haltet ihr, was ich euch erzählt habe, für Blendwerk, wie ich es andere aussprechen hörte? Laßt mich als Antwort noch größere Werke anführen, die ich ihn tun sah. Erinnert euch zunächst an jene Unglücklichen, deren einzige Hoffnung der Tod ist, der Aussätzigen." Bei diesen Worten richtete sich Amrah halb auf, damit ihr kein Wort entgehe. „Was sagt ihr dazu", sprach Ben Hur, „als ich in Galiläa beim Nazarener weilte, kam ein Aussätziger zu ihm und sprach: ‚Herr, wenn du willst, kannst du mich reinigen!' Er berührte den Unglücklichen mit der Hand und sprach: ‚Sei gereinigt!' Und sogleich war der Mann gesund, wie irgendeiner der Zeugen der Heilung.

Ein anderes Mal wieder", sprach Ben Hur, „kamen zehn Aussätzige zu ihm, fielen ihm zu Füßen und riefen flehentlich: ‚Meister,

Meister, erbarme dich unser!' Er sprach zu ihnen: ‚Gehet hin und zeiget euch den Priestern, wie das Gesetz es vorschreibt, und ehe ihr hinkommt, werdet ihr geheilt sein.'"

„Und war es wirklich so?"

„Ja. Als sie auf dem Wege waren, verließ sie die Krankheit, und nichts erinnerte mehr daran als ihre unreine Kleidung."

„Solche Dinge sind noch nie gehört worden – niemals in ganz Israel!" sprach Simonides mit gedämpfter Stimme. Während er redete, ging Amrah zur Tür und entfernte sich unbemerkt.

„Die Galiläer sind ungestüm und rasch entschlossen; nach jahrelangem Warten brennen ihnen die Schwerter in den Händen; sie sehnen sich nach Taten. ‚Er zögert, sich zu erklären, laßt uns ihn dazu drängen', baten sie mich. Auch ich wurde ungeduldig. Wenn er König sein soll, warum nicht gleich? Die Legionen sind bereit. Als er einst am Ufer des Sees lehrte, wollten wir ihn zum König krönen, aber er verschwand und wurde auf einem Schiffe gesehen, das über den See fuhr. Guter Simonides, wonach andere sich sehnen, Reichtum, Macht, die königliche Würde, das berührt ihn nicht. Was sagst du?"

Des Handelsherrn Kopf war tief auf die Brust gesunken; jetzt erhob er ihn und antwortete entschlossen: „Der Herr lebt noch und die Worte des Propheten stehen fest. Die Zeit muß erst zur Reife kommen; der morgige Tag wird uns die Antwort bringen."

„Es sei so!" sprach Balthasar lächelnd.

Und Ben Hur wiederholte: „Es sei so!" Dann fuhr er fort: „Ich bin noch nicht zu Ende. Die bisher angeführten Werke mögen denen, die nicht Zeugen waren, nicht über jeden Zweifel erhaben erscheinen; laßt mich von unendlich Größerem berichten. Sagt mir, habt ihr je von einem Menschen gehört, daß er dem Tode entrissen habe, was dieser bereits als Beute besaß? Wer hat je einem Toten das entschwundene Leben wieder eingehaucht? Wer außer –"

„Gott!" ergänzte Balthasar ehrfurchtsvoll.

Ben Hur beugte sein Haupt. „O weiser Ägypter, ich darf den Namen, den du mir auf die Zunge legst, nicht zurückweisen. Was würdest du – oder du, Simonides, gesagt haben, hättet ihr gesehen, daß ein Mensch mit wenig Worten und ohne Förmlichkeiten, so mühelos und schnell wie eine Mutter ihr schlafendes Kind weckt, das Werk des Todes zerstört? Es war unten bei Naim. Wir wollten durch das Stadttor schreiten, als man einen Toten heraustrug. Der Nazarener blieb stehen, um den Leichenzug vorüberzulassen. Im Zuge befand sich eine Frau, die bitterlich weinte. Ich sah, wie sich auf dem Angesichte des Nazareners das Mitleid ausprägte. Er redete mit der Frau, trat dann hinzu, rührte die Bahre an und sprach zu dem Toten: ‚Jüngling, ich sage dir, steh auf!' Und der Tote richtete sich sofort auf und fing an zu reden."

„Gott allein besitzt diese Macht", sprach Balthasar.

„Merket wohl", fuhr Ben Hur fort, – „ich erzähle euch nur Dinge, deren Zeuge ich mit einer ungezählten Menge anderer war. Auf dem Wege hierher sah ich eine noch erstaunlichere Wundertat. In Bethanien lebte ein Mann namens Lazarus; er starb und wurde begraben; nachdem er bereits vier Tage in einem mit einem großen Steine verschlossenen Grabe gelegen hattte, wurde der Nazarener hingeführt. Als der Stein vom Grabe weggewälzt wurde, sahen wir den Toten in Tücher gehüllt liegen und merkten, daß er schon in Verwesung übergehe. Viele Menschen standen herum, und wir alle hörten, wie der Nazarener rief: ‚Lazarus, komm heraus!' Ich kann euch die Gefühle nicht beschreiben, die sich meiner bemächtigten, als der Tote sich aufrichtete und in seinen Leichentüchern zu uns herauskam. ‚Machet ihn los', sprach der Nazarener, ‚und lasset ihn fortgehen.' Und als das Tuch, in das man ihn gehüllt hatte, hinweggenommen worden war, da war er gerade so, wie er vor der Krankheit gewesen war, die ihn hinweggerafft hatte. Er lebt noch, und man kann ihn sehen und mit ihm sprechen. Ihr könnt morgen hingehen. Und nun, meine Freunde, richte ich an euch die Frage, die vorhin du, Simonides, an mich gestellt hast: Was ist dieser Nazarener, der mehr ist als ein bloßer Mensch?" Diese Frage war in feierlichem Ton gestellt worden, und noch lange saß die Gesellschaft beisammen und erörterte diese.

„Morgen wird es sich zeigen. Friede sei mit euch allen!" Mit diesen Worten verabschiedete sich schließlich Ben Hur, um nach Bethanien zurückzukehren.

XXXIV.

Amrah verließ die Stadt am nächsten Morgen gleich nach Öffnung des Schaftores mit ihrem Korb am Arme. Die Torwächter stellten keine Fragen; sie wußten, daß sie jemandes treue Dienerin sei, und das genügte ihnen. Sie nahm ihren Weg durch das östliche Tal. Der dunkelgrüne Abhang des Ölberges war mit Zelten bestreut, die von Festbesuchern aufgerichtet waren. Bisweilen wankte ihr gebrechlicher kleiner Körper; einmal setzte sie sich nieder, um zu Atem zu kommen, doch bald erhob sie sich wieder und strebte mit erneuter Eile vorwärts. Als sie endlich den Königsgarten erreichte, mäßigte sie ihren Schritt, denn nun wurde die schauerliche Stadt der Aussätzigen sichtbar, wo die Höhle ihrer Herrin oberhalb des Brunnens En-Rogel lag. So früh es war, hatte die unglückliche Frau doch ihr Lager schon verlassen und saß vor dem Eingange, während Tirzah noch schlief. Die Krankheit hatte einen erschreckenden Fortgang genommen. Sich ihres Aussehens bewußt, hielt sie sich ganz verschleiert. Selbst ihrer Tochter gestattete sie nicht, ihr Antlitz zu sehen. Diesen Morgen saß sie mit unverhülltem Kopfe, denn sie wußte, daß niemand in der Nähe war, den der Anblick des Gesichtes erschrecken könnte. Ihr schneeweißes Haar war grob und steif geworden und fiel ihr wie Silberdraht über den Rücken. Die Augenlider, die Lippen, die Nasenflügel, die Wangen hatten sich in eine eitrige Wunde verwandelt. Der Hals war mit aschgrauen Schuppen bedeckt. Eine Hand lag steif wie ein Skelett auf den Falten ihres Gewandes; die Fingernägel waren abgefallen; die Gelenke der Finger lagen bis auf die Knochen bloß und waren zu Knoten angeschwollen und mit einer Eiterkruste bedeckt.

Sie wußte, daß Amrah kommen werde, zuerst zum Brunnen, dann bis zu einem Stein zwischen dem Brunnen und dem Fuß des Hügels, an dem ihre Wohnstätte lag, dort die mitgebrachten Lebensmittel niederstellen und den Krug mit frischem Wasser füllen werde. Dieser kurze Besuch war das einzige, was der Unglücklichen von des früheren Glückes Fülle geblieben war. Da konnte sie sich nach ihrem Sohne erkundigen und sich vom ihm erzählen lassen. Mitunter hörte sie, daß er zu Hause sei; dann trat sie bei Tagesanbruch aus ihrer öden Zelle und saß bis Mittag und von Mittag bis Sonnenuntergang da, eine unbewegliche, in Weiß gehüllte Gestalt, einer Statue gleich, und blickte unverwandt nach dem Familienhaus jenseits des Tempels, das ihr so teuer war durch seine Erinnerungen und die Anwesenheit ihres Sohnes. Tirzah rechnete sie unter die Toten, und auch sie erwartete ruhig das Ende, denn sie wußte, daß jede Stunde ihres Lebens nur eine Stunde des Sterbens war. Während sie in der dämmerigen Einsamkeit dasaß und sich ihren trüben Gedanken hingab, kam ein Weib, schwankend vor Müdigkeit, den Hügel herauf. Die Witwe erhob sich rasch, bedeckte ihren Kopf und rief: „Unrein, unrein!"

In einem Augenblick lag Amrah, die Warnung nicht beachtend, zu ihren Füßen. Die ganze, lange im Herzen verschlossene Liebe brach mit einemmal hervor: unter Tränen küßte sie die Kleider ihrer Herrin. Diese gab sich Mühe, sich von ihr loszumachen und wartete, bis die Heftigkeit ihres Gefühlsausbruches nachgelassen hatte. „Was hast du getan, Amrah?" rief sie. „Willst du durch solchen Ungehorsam deine Liebe zu uns beweisen? Unseliges Weib, du bist verloren! Und er, dein Gebieter, du kannst niemals wieder zu ihm zurückkehren. Amrah lag schluchzend im Staube.

„Der Bann des Gesetzes lastet auch auf dir, du kannst nicht nach Jerusalem zurückkehren. Was wird aus uns werden? Wer wird uns Nahrung bringen? O böse, unselige Amrah! Wir sind alle verloren!"

„Barmherzigkeit! Barmherzigkeit!" flehte Amrah am Boden.

„Du hättest gegen dich barmherzig sein sollen, dadurch hättest du dich auch gegen uns barmherzig gezeigt. Wohin können wir jetzt fliehen? O treulose Dienerin! Der Zorn des Herrn liegt schwer genug auf uns."

Tirzah erschien, durch den Lärm aufgeweckt, im Eingang der Grabhöhle. In der hellbekleideten, mit Schuppen und leichenfarbenen Narben bedeckten, fast erblindeten Gestalt, deren Gliedmaßen bis zur Unförmlichkeit angeschwollen waren, hätte niemand jenes Wesen voll kindlicher Anmut wiedererkannt. „Ist es Amrah, Mutter?"

Die Dienerin versuchte, auch zu ihr hinzukriechen.

„Bleib, Amrah!" rief die Witwe befehlend. „Ich verbiete dir, sie zu berühren. Steh auf und geh fort, ehe jemand am Brunnen bemerkt, daß du hier bist. Doch nein, es ist zu spät! Du mußt bleiben und unser Los teilen. Steh auf, sag' ich!"

Amrah erhob sich auf die Knie und sagte, die Hände faltend, in gebrochenen Worten: „O gute Gebieterin! Ich bin nicht treulos – ich bin nicht böse. Ich bringe euch gute Nachrichten."

„Von Judah?" fragte die Witwe, ihren Kopfschleier zurückziehend.

„Es ist ein wunderbarer Mann erschienen", fuhr Amrah fort, „der die Macht hat, euch zu heilen. Er spricht ein Wort, und die Kranken sind gesund, selbst die Toten kehren zum Leben zurück. Ich bin gekommen, euch zu ihm zu führen."

„Arme Amrah!" sprach Tirzah mitleidig.

„Nein", rief Amrah, ihre Zweifel fühlend, – „nein, so wahr der Herr lebt, der Gott Israels, mein Gott wie euer Gott, ich rede die Wahrheit! Geht mit mir, ich bitte euch, und verliert keine Zeit. Diesen Morgen wird er auf seinem Wege nach der Stadt vorüberkommen. Seht, es ist fast Tag. Nehmet hier und esset, dann laßt uns gehn!"

Die Mutter horchte begierig. Sie hatte schon von dem wundertätigen Manne gehört. Sein Ruf war bis in die entlegensten Winkel des Landes gedrungen.

„Wer ist es?" fragte sie.

„Ein Nazarener."

„Wer erzählte dir von ihm?"

„Judah!"

„Judah erzählte dir? Ist er zu Hause?"

„Er kam gestern abend."

Die Witwe schwieg, um ihr lebhaft pochendes Herz zur Ruhe kommen zu lassen. „Hat Judah dich mit dieser Nachricht zu uns gesandt?" fragte sie.

„Nein, er hält euch für tot."

„Es war einst ein Prophet, der einen Aussätzigen heilte", sprach die Mutter zu Tirzah; – „aber er hatte seine Macht von Gott." Dann sich zu Amrah wendend, fragte sie: „Woher weiß mein Sohn, daß dieser Mann im Besitze solcher Macht ist?"

„Er begleitete ihn auf seinen Wegen, hörte die Aussätzigen ihn anflehen, und sah sie gesund fortgehen. Zuerst kam einer, dann waren es ihrer zehn und er machte alle gesund."

Die Mutter verfiel in Schweigen. Ihre Hand zitterte, und sie überdachte, was Amrah berichtet hatte. Sie zweifelte nicht an der Wahrheit, denn ihr Sohn war Zeuge; aber sie bemühte sich, die Macht zu begreifen. Es bedurfte bei ihr keiner langen Überlegung. Sie sagte zu Tirzah: „Dieser muß der Messias sein!"

„Ich erinnere mich an eine Zeit, da Jerusalem und ganz Judäa von der Kunde voll war, daß er geboren sei. Jetzt könnte er ein Mann sein. Er muß es sein, – er ist es!" sagte sie zu Amrah, „wir gehen mit dir. Bringe das Wasser, das du in einem Kruge in der Höhle finden wirst, und öffne deinen Korb. Wir wollen essen und dann gehen."

Das Mahl war bald beendet, und sie traten ihren Weg an. Tirzah teilte die zuversichtliche Stimmung, es beunruhigte sie nur eine Sorge. Amrah hatte erzählt, Bethanien sei der Ort, von wo der Mann kommen werde; nun führten aber von dort drei Wege oder vielmehr Pfade nach Jerusalem: einer über den Ölberg, ein zweiter an seinem Fuße, ein dritter entlang des Berges des Ärgernisses. Sie lagen zwar nicht weit voneinander, doch weit genug, um den Nazarener zu verfehlen, falls er einen anderen Weg ging. Einige Fragen überzeugten die Mutter, daß Amrah die Gegend jenseits des Kidron gar nicht kenne und daß sie auch nicht wisse, welchen Weg der Nazarener einschlagen werde. Sie erkannte auch, daß beide, Amrah und Tirzah – die eine, weil sie an das Dienen gewöhnt war, die andere aus natürlicher Abhängigkeit – sich auf sie verließen.

„Wir wollen zuerst nach Bethphage gehn", sprach sie zu ihnen. „Dort werden wir, wenn der Herrn uns gnädig ist, erfahren, wohin wir uns wenden müssen." Sie stiegen den Hügel hinab nach Tophet und dem Königsgarten. Als sie die Straße erreichten, hielten sie inne. „Ich fürchte der Straße zu folgen", sprach die Frau. „Es ist besser, wir bleiben abseits, wo die Bäume uns Deckung gewähren. Heute ist Festtag, und viele Pilger sind unterwegs. Wenn wir über den Berg des Ärgernisses gehen, weichen wir ihnen aus."

Tirzah hatte sich nur mit großer Mühe aufrechterhalten können; die Worte der Mutter machten sie ganz mutlos. „Der Berg ist steil, Mutter; ich kann ihn nicht ersteigen."

„Bedenke doch, daß wir auf dem Wege sind, Gesundheit und Leben zu finden. Sieh, mein Kind, wie herrlich der Tag beginnt! Und dort kommen Frauen, die zum Brunnen gehen. Sie werden uns steinigen, wenn wir bleiben. Komm, sei stark!"

So suchte die Mutter, der das Gehen selbst große Schmerzen verursachte, die Tochter aufzumuntern, und Amrah kam ihr dabei zu Hilfe. Bis jetzt hatte sie die Aussätzigen nicht berührt; nun aber trat die treue Magd, unbekümmert um die Folgen und um das Verbot ihrer Herrin, zu Tirzah, legte den Arm um ihre Schultern und forderte sie auf: „Stütze dich auf mich. Ich bin stark, wenn auch vom Alter gebeugt, und es ist nur eine kurze Strecke. So, jetzt können wir gehen."

Der Abhang des Berges, den sie überstiegen, war mit zerklüfteten Felsen und Ruinen alter Gebäude bedeckt. Als sie endlich auf dem Gipfel standen, im Nordwesten den Tempel mit seinen Vorhöfen, Sion und die weiß in den Himmel ragenden unzerstörbaren Türme betrachteten, da fühlte die Mutter neue Liebe zum Leben erwachen. „Sieh, Tirzah", sprach sie, „die goldenen Platten an der Schönen Pforte! Erinnerst du dich, wie wir dort hinaufzugehen pflegten? Und denke dir: – das Heimathaus ist nicht mehr weit. Ich kann es hinter dem Dach des Allerheiligsten beinahe sehen; und Judah wird dort sein, uns in seine Arme zu schließen!"

Obschon die gute Magd ihr möglichstes tat, um Tirzah den Abstieg zu erleichtern, stöhnte die Jungfrau doch bei jedem Schritt und stieß bisweilen einen Schmerzenslaut aus. Als sie die Straße erreichten, sank sie erschöpft nieder. „Geh du mit Amrah weiter, Mutter, und laß mich hier zurück", bat sie schwach.

„Nein, nein, Tirzah! Was würde es mir nützen, wenn ich geheilt würde und du nicht? Wenn Judah nach dir fragt, wie er gewiß tun wird, wie könnte ich ihm antworten, wenn ich dich hier ließe?"

Die Mutter beugte sich über die Tochter und blickte ratlos um sich. Der Gedanke an die Heilung war bei ihr unzertrennlich mit Tirzah verbunden. Als sie eben den Gedanken hatte, ihr Vorhaben aufzugeben und alles der Fügung Gottes anheimzustellen, sah sie von Osten her einen Mann eilig die Straße heraufkommen. „Mut, Tirzah, fasse Mut!" sprach sie. „Dort kommt ein Mann, der uns sicher vom Nazarener Nachricht geben kann."

Amrah stützte Tirzah, während der Mann näher kam.

„In deiner Güte vergaßest du, Mutter, was wir sind. Der Fremde wird uns aus dem Wege gehen; er wird uns verfluchen oder gar mit Steinen bewerfen."

„Wir werden sehen." Es gab keine andere Antwort, denn die Mutter war nur zu gut und zu schmerzlich mit der Behandlung bekannt worden, die die Ausgestoßenen von seiten ihrer Landsleute erdulden mußten.

Die Straße war ein schmaler Pfad. Folgte der Fremde diesem Wege, so mußte er ihnen begegnen; und er tat es. Als er nahe genug war, um den vorgeschriebenen Warnungsruf zu hören, entblößte die Mutter das Haupt, wie es das Gesetz gebot, und rief mit schriller Stimme: „Unrein, unrein!"

Zu ihrer Überraschung schritt der Mann trotzdem weiter. „Was wollt ihr?" fragte er, kaum fünf Schritte vor ihnen stehenbleibend.

„Du siehst uns, habe acht!" sprach die Mutter mit Würde.

„Weib, ich bin ein Bote dessen, der zu solchen, wie ihr seid, ein Wort spricht und sie sind geheilt. Ich fürchte mich nicht!"

„Des Nazareners?"

„Des Messias", sagte er.

„Ist es wahr, daß er heute in die Stadt kommt?"

„Er ist jetzt in Bethphage."

„Auf welchem Wege kommt er?"

„Auf diesem."

Sie faltete die Hände und blickte dankbar zum Himmel.

„Für wen hältst du ihn?" fragte der Mann mitleidig.

„Für den Sohn Gottes", entgegnete sie.

„So bleibe hier, oder, da eine große Menge ihm folgt, stelle dich an jenen Felsen, den weißen dort unter dem Baume, und wenn er vorüberkommt, unterlasse nicht, ihn anzurufen; rufe nur und fürchte nichts. Kommt dein Glaube deinem Wissen gleich, so wird er dich hören. Ich gehe, es dem Volke in und außerhalb der Stadt zu verkünden, daß er naht, damit alle sich bereiten, ihn zu empfangen. Friede sei mit dir und den Deinen, Weib!"

Der Fremde setzte seinen Weg fort.

„Hast du gehört, Tirzah? Hast du gehört? Der Nazarener ist auf diesem Wege, er wird uns hören. Raffe dich auf, mein Kind – nur einmal noch! Gehen wir zum Felsen, es ist nur ein Schritt!"

Tirzah ergriff Amrahs Hand und erhob sich; da sagte Amrah: „Wartet, der Mann kommt zurück." Und sie warteten auf ihn.

Als er sie eingeholt hatte, sprach er: „Da die Sonne heiß brennen wird, ehe der Nazarener kommt, und ich mir in der Stadt Erfrischungen beschaffen kann, falls ich solcher bedarf, dachte ich, das Wasser werde dir besser dienen als mir. Nimm es und sei guten Mutes! Rufe ihn an, wenn er vorüberkommt." Mit diesen Worten hielt er eine Kürbisflasche hin. Und anstatt sie auf den Boden zu stellen, damit die Aussätzigen sie nehmen könnten, wenn er sich entfernt hatte, gab er sie ihr in die Hand.

„Bist du ein Jude?" fragte sie überrascht.

„Ich bin es und noch mehr; ich bin ein Jünger Christi, der täglich durch Wort und Beispiel das lehrt, was Liebe ist. Die Welt kennt das Wort der Liebe, ohne es zu verstehen. Ich sage nochmals: Friede sei mit dir und den Deinen und seid guten Mutes!" Er schritt weiter, und sie gingen langsam zu dem Felsen, der kaum vierzig Schritte rechts vom Wege lag. Dort angekommen, überzeugte sich die Mutter, daß sie leicht gesehen und gehört werden konnten, dann ließen sie sich im Schatten des Baumes nieder, erfrischten sich mit einem Trunk aus der Flasche und ruhten aus. Tirzah sank bald in Schlaf, und die anderen schwiegen.

XXXV.

Die Straße belebte sich allmählich, und immer mehr Menschen kamen in der Richtung nach Bethphage und Bethanien vorüber; zu Anfang der vierten Stunde erschien eine große Menge Menschen, Tausende an Zahl, auf dem Kamm des Ölberges, und die zwei Frauen bemerkten mit Staunen, daß ein jeder einen frisch abgeschnittenen Palmzweig in den Händen hielt. Während der seltsame Aufzug ihre Aufmerksamkeit in Anspruch nahm, lenkte der Lärm einer anderen Menge, die von Osten kam, ihre Augen dorthin. Da weckte die Mutter Tirzah.

„Was soll das alles bedeuten?" fragte die Jungfrau.

„Er kommt", antwortete die Mutter. „Die Menschen sind aus der Stadt und gehn ihm entgegen; die anderen, die wir im Osten hören, sind seine Freunde; beide Züge werden sich hier treffen. Amrah", wandte sie sich an diese, „mit welchen Worten sagte Judah, als er von der Heilung der zehn erzählte, haben sie den Nazarener angerufen?"

„Entweder sagten sie: Herr, erbarme dich unser! oder: Meister, erbarme dich!"

„Nur das?"

„Mehr nicht, soviel ich hörte."

„Es war immerhin genug", fügte die Mutter hinzu, wie mit sich selbst sprechend.

„Ja", sprach Amrah, „Judah sagte, er habe sie gesund fortgehen sehen."

Inzwischen kam der Zug im Osten langsam herauf. Als endlich die Vordersten sichtbar wurden, heftete sich der Blick der Aussätzigen auf einen Mann, der in der Mitte ritt. Die Menge sang und jubelte. Der Reitende war unbedeckten Hauptes und ganz in Weiß gekleidet. In banger Erwartung blickten die Frauen hin, und als er näher kam, sahen sie ein blasses Gesicht, umschattet von langem, kastanienbraunem, sonnenverbranntem Haar, das in der Mitte gescheitelt war. An dem freudigen Lärm seiner Begleiter schien er nicht teilzunehmen, noch störten ihn ihre Zurufe oder weckten ihn aus der tiefen Traurigkeit, in die er versunken war. Die Sonne schien; das flatternde Haar ließ sein Haupt wie von einem goldenen Strahlenkranze umgeben erscheinen. Hinter ihm dehnte sich der regellose Zug in die Ferne aus, so weit das Auge reichte.

„Er ist da, Tirzah", rief die Mutter, „er ist da! Komm, mein Kind!" Sie trat vor den weißen Felsen und sank in die Knie. Die Tochter und die Magd eilten an ihre Seite. Als die Tausende im Westen den nahenden Zug erblickt hatten, schwangen sie ihre grünen Zweige und riefen und sangen:

„Hochgelobt sei, der da kommt im Namen des Herrn!"

Und all die Tausende im Gefolge des Reitenden erwiderten den Ruf, daß die Luft erzitterte und dem Brausen eines Sturmes glich. In diesem Lärm gingen die Rufe der armen Aussätzigen unter.

„Näher, mein Kind, – laß uns nähertreten! Er kann uns nicht hören", sprach die Mutter. Sie erhob sich und wankte vorwärts. Ihre Hände erhebend, rief sie mit gellender Stimme. Die Leute sahen sie; sahen ihr abschreckendes Gesicht und blieben furchtsam stehen. Tirzah, die etwas zurückgeblieben war, sank zu Boden: sie war zu schwach, um weitergehen zu können.

„Aussätzige, Aussätzige!"

„Steinigt sie!"

„Die Gottverfluchten! Tötet sie!"

Solche Rufe mischten sich in die Hosannarufe der Menge, die zu weit entfernt war, um die Ursache der Störung zu sehen. Es waren aber einige in der Nähe, die das Wesen jenes Mannes, bei dem die Unglücklichen Hilfe suchten, genauer kannten, – die durch den Umgang mit ihm etwas von seinem göttlichen Mitleid in sich aufgenommen hatten: Sie blickten ihm schweigend nach, als er, weithin sichtbar, zu den Frauen hinaufritt. Sein mitleidsvolles, schönes Antlitz strahlte Milde und Wohlwollen aus.

„Meister, Meister, du siehst unsere Not, du kannst uns rein machen! Erbarme dich unser – erbarme dich!"

„Glaubst du, daß ich es kann?" fragte er.

„Du bist der, von dem die Propheten gesprochen haben – du bist der Messias!" erwiderte sie.

Seine Augen strahlten, sein Wesen war würdevoll. „Weib", sprach er, „dein Glaube ist groß; dir geschehe, wie du geglaubt!" Er verweilte, der Anwesenheit der Menge nicht bewußt – noch einen kurzen Augenblick – dann ritt er hinweg.

Er hörte noch den Abschiedsruf des dankbaren Weibes: „Ehre sei Gott in der Höhe! Gepriesen, dreimal gepriesen sei der Sohn, den er uns gegeben hat!"

Die beiden Scharen, die von der Stadt und jene von Bethphage, schlossen sich um ihn unter freudigem Jubel, unter Hosannarufen und Palmenschwingen schied er von den Aussätzigen. Ihren Kopf bedeckend, eilte die Mutter zu Tirzah, schloß sie in die Arme und rief: „Tochter, habe Mut! Er ist in Wahrheit der Messias. Wir sind gerettet – gerettet!" Die beiden blieben auf den Knien liegen, als der Zug hinter dem Bergrücken verschwand. Als der Lärm der singenden Menge in der Ferne verebbte, begann das Wunder wirksam zu werden.

Die Heilung hatte noch einen anderen Zeugen außer Amrah. Ben Hur folgte dem Nazarener beharrlich auf seinen Wanderungen. Der junge Israelite war auch heute anwesend, als die Aussätzigen vor dem Zuge erschienen. Er hörte ihr Flehen und sah ihr entstelltes Gesicht; er hörte die Antwort, und so häufig sich solches auch ereignet hatte, hatte er das Interesse daran nicht verloren. Dazu kam, daß die Hoffnung, auf die Frage über die Sendung des geheimnisvollen Mannes endlich einmal Antwort zu erhalten, auf ihn noch stärker wirkte, weil er die Erwartung teilte, daß der Nazarener noch vor Sonnenuntergang durch eine öffentliche Erklärung alle Zweifel lösen werde. Daher hatte sich Ben Hur abgesondert und auf einen Stein gesetzt, bis der Zug vorüber sei. Von seinem Sitze aus winkte er den ihm verbündeten Galiläern Grüße zu, die unter ihren langen Obergewändern kurze Schwerter trugen. Als ein schwarzbrauner Araber, der zwei Pferde an der Hand führte, herankam, verließ er auf ein Zeichen Ben Hurs den Zug.

„Bleib hier", sprach Ben Hur, als alle vorbei waren. „Ich will heute beizeiten in der Stadt sein, und Aldebaran muß mir zu Dienste sein." Er streichelte das Pferd, das jetzt in seiner besten Kraft und Schönheit stand, dann schritt er über den Weg zu den beiden Frauen, deren wunderbare Heilung seine Aufmerksamkeit erregt hatte. Im Gehen fiel sein Blick auf die kleine Frauengestalt, die beim Felsen stand und ihr Gesicht in den Händen barg. „So wahr der Herr lebt, es ist Amrah!" sprach er zu sich selbst. Er eilte vorwärts, an Mutter und Schwester vorüber, ohne sie zu erkennen, und blieb vor der Magd stehen. „Amrah", sagte er zu ihr, „Amrah, was tust du hier?"

Sie eilte auf ihn zu und sank, Tränen der Freude und Furcht in den Augen, vor ihm auf die Knie. „O Gebieter, dein Gott und mein Gott - wie gütig ist er!"

Die Kenntnis, die wir durch tiefes Mitgefühl mit schwergeprüften Personen erlangen, ist eine sehr dunkle; aber sonderbar genug befähigt sie uns oft unter anderem, uns in ihre Lage so vollständig zu versenken, daß ihr Leiden zu dem unsrigen werde. So kannte auch Amrah, obwohl sie abseits stand und das Gesicht mit den Händen verdeckte, ohne äußere Mitteilung die Umwandlung, die sich an den Aussätzigen vollzog, und teilte alle ihre Gefühle. Ihre Mienen, ihre Worte, ihr ganzes Wesen verrieten es, und er fühlte, daß Amrahs Anwesenheit mit den Frauen zusammenhing, und wandte sich rasch um. Sie hatten sich erhoben. Sein Herz stand still. Wie angewurzelt blieb er auf der Stelle stehen, keines Wortes fähig. Die Frau, die er mit dem Nazarener hatte reden sehen, stand mit gefalteten Händen und mit zum Himmel gewandtem Blick. Die Verwandlung allein hätte genügt, sein Staunen wachzurufen, doch dies war die kleinste Ursache seiner Erregung. War eine Täuschung möglich? Noch nie hatte er eine Frau getroffen, die seiner Mutter so glich, wie sie am Tage aussah, da der Römer sie ihm entrissen hatte. Nur eine Veränderung fiel ihm auf: - das Haar war mit Grau gemischt. Und wer befand sich an ihrer Seite, wenn es nicht Tirzah war? - Anmutig, schön, vollkommen, nur gereifter, aber sonst so wie an jenem Unglücksmorgen, da sie mit ihm über die Brustwehr hinabgeblickt hatte. Er hatte sie für tot gehalten, und die Zeit hatte ihn über den Verlust getröstet; er hatte nicht aufgehört, sie zu bedauern, aber in seinen Zukunftsplänen und Träumen hatte er sie allmählich aufgegeben. Kaum seinen Augen trauend, legte er der Magd die Hand auf den Kopf und fragte zitternd: „Amrah, Amrah - meine Mutter! Tirzah! Sag' mir, ob ich recht sehe."

„Sprich mit ihnen, o Gebieter, sprich mit ihnen!" antwortete sie.

Er wartete nicht länger, sondern eilte mit ausgestreckten Armen auf sie zu und rief: „Mutter, Mutter! Tirzah! Tirzah! Hier bin ich!"

Sie hörten seinen Ruf, und mit freudigem Aufschrei stürzten sie ihm entgegen. Doch blieb die Mutter stehen, wich zurück und ließ den Warnungsruf hören: „Bleib, Judah, mein Sohn! Komm nicht näher - unrein, unrein!"

Nicht so der Gewohnheit als vielmehr der Furcht war der Ruf entsprungen, und die Furcht war nur ein Ausdruck der Mutterliebe. Obwohl sie geheilt waren, mochte die Krankheit doch noch an den Kleidern haften und sich auf ihn übertragen. Er dachte nicht daran. Sie waren vor ihm; er hatte sie gerufen, sie hatten geantwortet. Wer oder was wollte ihn jetzt von ihnen zurückhalten? Im nächsten Augenblick lagen sich die lange Getrennten in den Armen. Als das erste Entzücken vorüber war, sprach die Mutter: „In diesem Glücke, meine Kinder, laßt uns nicht undankbar sein. Laßt uns das neue Leben mit der Lobpreisung dessen beginnen, dem wir so sehr zum Danke verpflichtet sind."

Sie fielen auf die Knie, Amrah mit den anderen; und das Gebet, das die Mutter sprach, erklang wie ein Psalm. Tirzah sprach es Wort für Wort, und auch Ben Hur, doch nicht mit demselben unbefangenen Sinn und unerschütterlichen Glauben, denn als sie sich erhoben hatten, fragte er: „In Nazareth, Mutter, wo er zu Hause ist, nennen sie ihn Zimmermannssohn. Wer ist er?"

Zärtlich ruhten ihre Augen auf ihm, und sie antwortete, wie sie dem Nazarener geantwortet hatte: „Er ist der Messias."

„Und woher hat er seine Macht?"

„Der Gebrauch, den er davon macht, sagt es. Kannst du etwas Böses anführen, das er getan hätte?"

„Nein."

„Daran erkenne ich, daß er seine Macht von Gott hat."

Die Mutter dachte begreiflicherweise als erste an die Sorgen des Lebens. „Was sollen wir nun tun, mein Sohn? Wohin sollen wir gehen?"

Erst jetzt an die Pflicht erinnert, bemerkte Ben Hur, wie vollständig jede Spur der Krankheit von seinen Angehörigen verschwunden war; sie hatten ihre frühere Gestalt wiedererlangt und ihre Haut war zart wie die eines Kindes. Er nahm seinen Mantel und umhüllte damit Tirzah. „Nimm ihn", sprach er lächelnd; früher würde das Auge des Fremden deinen Anblick gemieden haben, jetzt soll es dich nicht beleidigen."

Als er den Mantel ablegte, wurde an seiner Seite ein Schwert sichtbar.

„Ist es Kriegszeit?" fragte die Mutter ängstlich.

„Nein."

„Warum bist du dann bewaffnet?"

„Es könnte nötig werden, den Nazarener zu verteidigen", wich Ben Hur der vollen Wahrheit aus.

„Hat er Feinde? Wer sind sie?"

„Ach, Mutter, es sind nicht bloß Römer!"

„Ist er nicht ein Israelite und ein Mann des Friedens?"

„Nie hat jemand diesen Namen mehr verdient, aber nach Ansicht der Rabbiner und Lehrer ist er eines großen Verbrechens schuldig."

„Wie, eines Verbrechens?"

„In seinen Augen ist der Heide ebenso des Erbarmens wert wie der strenggläubige Jude. Er predigt eine neue Lehre."

Die Mutter schwieg, und sie begaben sich in den Schatten des Baumes neben dem Felsen. Seine Ungeduld beherrschend, sie wieder zu Hause zu sehen und ihre Geschichte zu hören, machte er sie auf die Pflichten aufmerksam, die das Gesetz für solche Fälle vorschrieb. Dann rief er den Araber und befahl ihm, die Pferde an das Tor bei Bethesda zu führen und ihn dort zu erwarten; sie selbst nahmen ihren

Weg über den Berg des Ärgernisses. Sie gingen schnell und erreichten in kurzer Zeit eine Grabhöhle in der Nähe des Absalomgrabes. Da sie dieselbe unbewohnt fanden, nahmen die Frauen von ihr Besitz, während Ben Hur forteilte, um die für ihre neue Lage nötigen Vorbereitungen zu treffen. Nach seiner Rückkehr schlug er am oberen Kidron, etwas östlich von den Königsgräbern, zwei Zelte auf und richtete sie so bequem wie nur möglich ein. Dahin führte er die Mutter und Schwester, denn dort sollten sie bleiben, bis der Priester ihre vollständige Heilung bestätigt haben würde. Durch diese Pflichterfüllung war auch der junge Mann vor dem Gesetze unrein geworden, weshalb er an den Zeremonien des eben nahenden großen Festes nicht teilnehmen durfte. So zwang ihn die Notwendigkeit, wozu sein Herz ihn drängte, bei seinen Teuren im Zelte zu bleiben. Sie hatten sich vieles zu erzählen.

Er lauschte aufmerksam allem, was sie ihm erzählten, und wußte seine Gefühle zu verbergen. Sein Haß gegen Rom und die Römer erreichte einen höheren Grad denn je, sein Verlangen nach Rache wurde zum brennenden Durste, den ruhige Überlegung nur noch steigerte. In der Bitterkeit seiner Empfindungen bemächtigten sich seiner düstere Pläne: Die Römer auf den Landstraßen zu überfallen, in Galiläa einen Aufstand zu erregen; selbst das Meer zeigte ihm römische Beute in Fülle; doch sein ruhiges Urteil war zu fest gegründet, um durch eine noch so heftige Leidenschaft verdrängt zu werden. So sehr er seinen Geist abmühte, er kam doch immer wieder zu dem alten Schlusse, daß nur ein Krieg des verbündeten Israel einen Erfolg verbürgen könne, und all seine Hoffnung endete bei dem Ausgangspunkt – bei dem Nazarener.

Welche Aufregung würde entstehen, wenn der Nazarener verkünden würde: Höre, Israel! Ich bin der von Gott verheißene König der Juden, ich komme zu euch, jene Herrschaft auszuüben, von der die Propheten gesprochen. Erhebe dich jetzt und nimm die Welt in Besitz! In seinem Eifer, das Werk zu beginnen, und in seiner Neigung, nur die weltliche Seite der Dinge zu betrachten, übersah Ben Hur die doppelte Natur des Mannes und die andere Möglichkeit, daß das Menschliche in ihm dem Göttlichen untergeordnet sei. In dem Wunder an Tirzah und seiner Mutter, dessen Zeuge er selbst war, erkannte er eine Macht, die stark genug war, einen jüdischen Thron auf den Trümmern des römischen aufzurichten, die Welt umzugestalten und die Menschheit in eine einzige glückliche Familie umzuwandeln. War dieses Werk vollbracht, konnte dann jemand leugnen, daß es ein des Sohnes Gottes würdiges Werk sei? Und abgesehen von allen politischen Folgen, welch herrlichen persönlichen Ruhm würde er dann ernten! Konnte er eine solche Laufbahn von sich weisen?

Inzwischen hatten im Kidrontal gegen Bethesda die Pilger für die Zeit des Osterfestes die verschiedenartigsten Zelte aufgerichtet. Ben Hur suchte die Fremden auf und staunte über ihre große Zahl. Sie kamen aus allen Weltgegenden – aus den Städten an den Gestaden des Mittelländischen Meeres bis zu den Herkulessäulen im Westen, aus dem fernen Indien und den Provinzen des nördlichsten Europa – und da sie in fremder, mit keiner Silbe an das alte Hebräisch der Väter erinnernder Sprache grüßten, doch alle in der Absicht, das große Fest zu feiern, gekommen waren, da drängte sich Ben Hur eine neue, etwas phantastisch gefärbte Idee auf. Konnte er den Nazarener nicht doch mißverstanden haben? Verdeckte er nicht etwa geheime Vorbereitungen und bewies er nicht gerade dadurch seine Fähigkeit für die ruhmvolle Aufgabe, die ihm bevorstand? Wie viel günstiger war diese Angelegenheit als jene, da ihn die Galiläer am See Genezareth mit Gewalt zum König erheben wollten. Damals hätte er sich nur auf einige Tausend stützen können, jetzt würden seinem Aufruf Millionen folgen; – wer konnte sagen, wie viele? Diesen Ideen nachgehend, erblickte Ben Hur eine glänzende Zukunft, er kam zu der Überzeugung, daß der ernste Mann unter dem sanften Äußeren und der Selbstverleugnung die kluge Übersicht eines Politikers und den kühnen Geist eines Kriegers verberge.

Wiederholt kamen in der Zwischenzeit sonnengebräunte, barhäuptige, schwarzbärtige Männer von gedrungenem Körperbau zum Zelte und fragten nach Ben Hur; und er sprach mit ihnen im geheimen. Auf die Frage der Mutter, wer sie seien, gab er zur Antwort: „Gute Freunde aus Galiläa." Durch sie erhielt er Nachricht über das Wirken des Nazareners und über die Pläne seiner Feinde, der Rabbiner wie der Römer. Er wußte, daß das Leben des guten Meisters in Gefahr schwebte, aber daß um die Zeit des Osterfestes jemand einen Anschlag wagen werde, mochte er nicht glauben. Sein Ruf und die tiefwurzelnde Liebe des Volkes schützte ihn. Auch die Anwesenheit einer so großen Pilgerzahl war hinreichend Gewähr für seine Sicherheit, doch gründete sich Ben Hurs Vertrauen vor allem auf die Wunderkraft Christi. Daß der Besitzer einer solchen Macht über Leben und Tod, die er so oft zum Heile anderer angewendet, zu seinem eigenen Schutze von derselben keinen Gebrauch machen würde, schien ihm undenkbar. Alle diese Begebenheiten fanden zwischen dem 21. und 25. März unserer Zeitrechnung statt.

Am Abend des letzten Tages gab Ben Hur seiner Ungeduld nach und ritt in die Stadt mit dem Versprechen, noch in der Nacht zurückzukehren. Das Pferd war frisch und trabte schnell. Die Häuser, an denen er vorüber kam, waren leer, die Feuer vor den Zelteingängen erloschen, die Straßen verödeten; denn es war der erste Tag der Osterwoche und jene Abendstunde, da in den Vorhöfen des Tempels die in Reihen stehenden Priester das Opferblut der Osterlämmer auffingen, und es zu den Altären brachten.

Ben Hur ritt durch das Nordtor in Jerusalem ein, das Jerusalem auf dem Höhepunkte seines Glanzes und Ruhmes.

XXXVI.

Vor der Herberge, von der aus vor mehr als dreißig Jahren die drei Weisen den Weg nach Bethlehem angetreten hatten, stieg Ben Hur ab. Dort ließ er das Pferd in der Obhut seiner arabischen Begleiter, und bald stand er vor dem Tore seines Vaterhauses. Er fragte zunächst nach Malluch, und da dieser abwesend war, sandte er dem Handelsherrn und dem Ägypter seinen Gruß. Beide hatten sich des Festes wegen in die Stadt bringen lassen. Der Ägypter sei sehr schwach, wurde ihm gesagt, und befinde sich in einem Zustande tiefer Niedergeschlagenheit. Ben Hur wollte, als er nach Balthasar fragte, nur die Tochter von seiner Ankunft verständigen.

Während der Diener ihm die Antwort brachte, trat die junge Ägypterin ein und schwebte, wie von einer Wolke umhüllt, nach der Mitte des Gemaches, unter die Lampen des siebenarmigen Bronzeleuchters. Ihre Gegenwart dämpfte auch das grellste Licht. Der Diener ließ sie beide allein.

In der Erregung der letzten Tage hatte Ben Hur kaum an die schöne Ägypterin gedacht. Kam sie ihm überhaupt in den Sinn, so war es nur die Vorahnung des Glückes, das seiner warten konnte. Jetzt aber machte sich der Einfluß des Weibes wieder bei ihm geltend. Er eilte ihr entgegen, blieb aber erstaunt stehen. Wie hatte sie sich verändert!

Bisher hatte sie sich ihm als Liebende gezeigt, die darauf bedacht war, ihn zu fesseln. Sie hatte ihn mit Schmeicheleien überschüttet. Sie hatte ihm Bewunderung gezollt; für ihn hatten sich die bemalten Augenlider so oft über die Mandelaugen gesenkt; ihm hatten das reizende Lächeln, die kleinen Zärtlichkeiten, die Juwelen, die Spitzenschleier und Bänder und anderer auserlesener Schmuck gegolten. Er zweifelte nicht, daß er ihr Held sei, sie bestätigte es durch tausenderlei Künste, wie sie der leidenschaftliche Geist Ägyptens dessen Töchtern allein zu verleihen scheint.

Einem Fremden hätte sie nicht kälter entgegentreten können; sie schien leidenschaftslos wie eine Statue, den Kopf hatte sie stolz zurückgeworfen. Sie brach zuerst das Schweigen. „Du kommst zur rechten Zeit, Sohn Hurs", sprach sie mit fühlbarer Schärfe in der Stimme. „Ich möchte dir für die Gastfreundschaft danken; von übermorgen an werde ich sie nicht mehr in Anspruch nehmen."

Ben Hur verneigte sich leicht, ohne seine Augen von ihr zu wenden.

„Ich habe gehört, es sei bei den Würfelspielern Brauch", fuhr sie fort, „ist das Spiel zu Ende, so nehmen sie ihre Täfelchen und machen die Schlußrechnung, dann weihen sie den Göttern einen Trank und bekränzen den glücklichen Gewinner. Wir haben ein Spiel gespielt, – es dauerte viele Tage und Nächte. Warum sollen wir, da es beendet ist, nicht entscheiden, wem der Kranz gebührt?"

Vorsichtig antwortete Ben Hur: „Ein Mann darf dem Weibe nicht hinderlich sein, seinem eigenen Willen zu folgen."

„Sag mir", fuhr sie höhnisch fort, ihren Kopf neigend, „du Fürst von Jerusalem, wo ist er, der Zimmermannssohn aus Nazareth und Gottes Sohn zugleich, von dem so Großes erwartet wird?"

Er winkte ungeduldig mit der Hand und erwiderte: „Ich bin nicht sein Hüter."

Der schöne Kopf senkte sich noch tiefer nach vorn. „Hat er Rom zertrümmert?"

Wieder hob Ben Hur in zorniger Erregung abwehrend seine Hand.

„Wo hat er seinen Thron aufgeschlagen?" sprach sie weiter. „Kann ich nicht hingehen, seinen Thron zu sehen und seinen Palast? Er erweckte die Toten, – was kann es für ihn bedeuten, sich ein goldenes Haus zu errichten? Er braucht nur ein Wort zu sagen, so steht es da." Die Fragen waren verletzend, ihr ganzes Wesen höhnisch. Ben Hur wurde noch vorsichtiger und sprach: „O Ägypterin, warte noch einen Tag, noch eine Woche auf ihn, auf den Thron, auf den Palast."

Ohne die Bemerkung zu beachten, fuhr sie fort: „Und wie kommt es, daß ich dich in dieser Kleidung sehe? Das ist nicht die Tracht des Statthalters von Indien oder eines Vizekönigs. Ich sah einst den Satrapen von Teheran; er trug einen seidenen Turban und einen Mantel aus Goldstoff, der Griff und die Scheide seines Schwertes strotzten von Gold und Edelsteinen. Ich fürchte, du hast dein Königtum noch nicht angetreten, – das Königtum, das ich mit dir teilen sollte."

„Die Tochter meines weisen Gastes ist gütiger, als sie selbst weiß; sie lehrt mich, daß in einem schönen Körper ein böser Geist wohnen kann." Ben Hur sprach mit kalter Höflichkeit.

Iras entgegnete, mit ihrer Halskette spielend: „Für einen Juden ist der Sohn Hurs klug. Ich sah den Helden deiner Träume seinen Einzug in Jerusalem halten. Du erzähltest uns, er werde sich an jenem Tage von den Stufen des Tempels aus als König der Juden erklären. Ich sah den ihn begleitenden Zug den Berg herabkommen. Ich hörte die Volksscharen singen. Sie gewährten mit ihren Palmzweigen einen schönen Anblick. Ich suchte überall unter ihnen nach einer königlichen Gestalt, nach einem Reiter in Purpur, nach einem Prunkwagen, nach einem stattlichen Krieger mit einem glänzenden Schilde. Ich suchte nach seiner Leibwache. Es wäre schön gewesen, einen Fürsten von Jerusalem an der Spitze einer Kohorte der galiläischen Legion zu sehen." Sie warf ihrem Zuhörer einen Blick voll herausfordernder Geringschätzung zu, dann lachte sie: „Anstatt eines im Triumph heimkehrenden Sesostris oder eines Cäsars mit Helm und Schwert sah ich einen Mann mit einem Frauengesicht und Frauenhaar, der auf dem Füllen einer Eselin saß und Tränen in den Augen hatte. Der König! Der Erlöser der Welt! Der Sohn Gottes!"

Ben Hur zuckte zusammen.

„Ich verließ meinen Platz nicht, o Fürst von Jerusalem", sprach sie ehe er sich fassen konnte. – „Ich lachte nicht. Ich sprach zu mir selbst:

Warte nur. Im Tempel wird er seine Herrlichkeit offenbaren, wie es einem Helden geziemt, der im Begriffe steht, die Welt in Besitz zu nehmen. Viele Menschen drängten sich in den Vorhöfen und Gängen und auf den Stufen des Tempels, tausende warteten atemlos auf seine Erklärung. Schon glaubte ich das Krachen des mächtigen römischen Thrones zu hören. Hahaha! Bei der Seele Salomons, o Fürst, da zog dein König sein Oberkleid enger um sich und schritt hinweg, und kein Wort kam aus seinem Mund; und das römische Reich besteht noch immer!"

Ben Hurs Hoffnung war in diesem Augenblick zerstört und er schlug seine Augen nieder. Deutlich trat ihm die wahre Natur des Nazareners vor seine Augen. So hätte niemals ein Mann gehandelt, der sich nur von rein menschlichen Gedanken leiten ließ. Nur einen Augenblick hatte Ben Hur sich diesen Gedanken hingegeben; doch die Erleuchtung kam über ihn, und während ihm die Hoffnung auf Rache aus dem Gesicht entschwand, kam ihm der Mann mit dem Frauengesicht und dem langen Haar immer näher – nahe genug, um ihm von seinem Geist mitzuteilen. „Tochter Balthasars", sagte er mit Würde, „wenn dies das Spiel ist, von dem du sprachst, so nimm den Siegerkranz, – ich überlasse ihn dir gerne. Nur laß uns mit den Worten zu einem Ende kommen. Daß du ein Ziel verfolgst, davon bin ich überzeugt. Nenne es, und ich werde dir antworten; dann laß uns getrennte Wege gehen und vergessen, daß wir uns begegnet sind. Sprich, ich höre."

Sie blickte ihn einen Augenblick fest an, als überlegte sie, was zu tun sei – vielleicht wollte sie seine Willenskraft prüfen –, dann sagte sie kalt: „Wir sind fertig; – geh!"

„Friede sei mit dir!" antwortete er und ging zur Tür.

Da rief sie ihm nach: „Ein Wort noch!"

Er blieb stehen und blickte zurück.

„Bedenke, was ich alles über dich weiß."

„Schöne Ägypterin", sagte er zurückkehrend, „was weißt du über mich?"

Sie blickte ihn wie abwesend an.

„Du hast mehr von einem Römer an dir, Sohn Hurs, als irgendeiner deiner hebräischen Mitbrüder."

„Bin ich meinen Landsleuten so unähnlich?" fragte er gleichgültig.

„Helden sind nur die Römer", entgegnete sie.

„Ist das alles, was du über mich weißt?"

„Die Ähnlichkeit hat auf mich Eindruck gemacht. Sie könnte mich bewegen, dich zu retten." Sie hatte leise gesprochen, und nur ein leichtes Stampfen ihres Fußes mahnte ihn zur Vorsicht. „Ein entwichener Galeerensträfling, ein Jude, tötete einst einen Mann im Palast Idernea", begann sie langsam. Ben Hur erschrak. „Derselbe Jude erschlug einen Römer hier in Jerusalem; derselbe Jude hat drei wohlgeschulte Legionen aus Galiläa bereit, um heute nacht den römischen Statthalter gefangen zu nehmen; derselbe Jude hat Bündnisse geschlossen zu einem Kriege gegen Rom, und Scheik Ilderim ist einer seiner Verbündeten." Sie trat noch näher an ihn heran und sprach fast flüsternd: „Du hast in Rom gelebt. Setze den Fall, diese Dinge würden vor gewissen Ohren, die wir kennen, wiederholt. – Ah, du wechselst die Farbe!" Er wich vor ihr zurück, wie ein Mensch, der an einen Tiger geraten ist, und sie fuhr fort: „Du bist im königlichen Palast nicht fremd und kennst den mächtigen Sejanus. Setze den Fall, es würde ihm erzählt, daß derselbe Jude der reichste Mann im Osten, ja im ganzen Reiche ist. Die Fische des Tiber würden ein anderes Futter erhalten, als sie in ihrem Schlamme finden, nicht wahr? Und welch ein Glanz würde im Zirkus entfaltet werden! Das römische Volk zu belustigen, ist eine feine Kunst; das dazu Nötige aufzubringen, ist eine noch feinere Kunst; und kann sich in dieser Kunst wohl jemand mit Sejanus messen?"

Ben Hur entgegnete so ruhig wie möglich: „Um dir eine Freude zu bereiten, Tochter Ägyptens, erkläre ich, daß ich deine List anerkenne und in deinen Händen bin. Ich weiß, daß ich von dir keine Nachsicht erwarten kann. Ich könnte dich töten, aber du bist ein Weib. Die Wüste steht offen, mich aufzunehmen, und wenn auch die Römer gute Menschenjäger sind, könnte es lange dauern, ehe sie mich in ihre Gewalt bekämen. Doch in der Not, in die mich meine Leichtgläubigkeit geführt hat, kann ich eines mit Recht von dir verlangen: Wer erzählte dir, was du über mich weißt? Auf der Flucht oder in der Gefangenschaft, selbst im Sterben wird es mir ein Trost sein, meinem Verräter den Fluch eines Mannes zu hinterlassen, der in seinem Leben nur Elend kannte. Wer erzählte dir, was du über mich weißt?"

Vielleicht war es Verstellung, vielleicht war es Wahrheit, die Ägypterin wurde milder gestimmt. „In meiner Heimat, Sohn Hurs", sprach sie dann, „gibt es Künstler, die verschiedenfarbige Muscheln an der Küste sammeln, sie in kleine Stücke zerschneiden und auf Marmorplatten zu Bildern zusammenfügen. Genug, daß ich eine Anzahl kleiner Umstände sammelte, ich fügte sie zusammen und war glücklich, wie nur ein Weib es sein kann, wenn es das Glück und Leben eines Mannes in seiner Hand hat, von dem –" sie hielt inne, stampfte mit dem Fuße auf und blickte zur Seite, als wolle sie eine plötzliche Aufwallung vor ihm verbergen; mit einer Miene schmerzlicher Entschlossenheit vollendete sie dann den Satz – „sie nicht weiß, wie sie mit ihm verfahren soll."

„Nein, diese Antwort genügt nicht", sagte Ben Hur ungerührt.

„Nun", entgegnete sie rasch, – „einiges erlauschte ich von Scheik Ilderim, als er sich mit meinem Vater in der Wüste befand. Die Nacht war still und die Zeltwände eine schlechte Schutzmauer gegen Ohren, die dem Gesang der Vögel und dem Summen der Käfer lauschten." Sie lächelte und fuhr dann fort: „Anderes – kleine Muschelstücke für das Bild – erhielt ich vom Sohne Hurs selbst."

Er wandte sich zum Gehen und sprach: „Es wäre nicht gut, den mächtigen Sejanus auf dich warten zu lassen. Die Wüste ist nicht so empfindsam. Nochmals Ägypterin, Friede!"

Sie hielt ihn zurück, und in ihrem Eifer streckte sie ihm eine Hand entgegen. „Bleib!" sprach sie.

Er blickte zu ihr zurück, doch ergriff er ihre Hand nicht, aber er wußte, daß jetzt erst die größte Überraschung für ihn kommen würde.

„Bleib und vertraue mir, Sohn Hurs. Ich weiß, warum der edle Arrius dich zu seinem Erben machte. Ich habe Mitleid mit dir. Und wenn du tust, was ich sage, so will ich dich schonen, das schwöre ich dir bei der heiligen Isis!"

Sie hatte eindringlich gesprochen, der Zauber ihrer Schönheit unterstützte ihre Worte. Noch nie war sie ihm so reizend erschienen. „Du hattest einst in deiner Kindheit einen Freund", fuhr sie fort. „Ihr hattet Streit und wurdet Feinde. Er tat dir unrecht. Nach vielen Jahren trafst du ihn wieder im Zirkus von Antiochien."

„Messala!"

„Ja, Messala. Du bist sein Gläubiger. Vergib das Vergangene, sei wieder sein Freund; gib ihm das Vermögen zurück, das er durch die Wette verloren hat; rette ihn! Die sechs Talente bedeuten dir nichts, nicht mehr als eine Knospe auf dem Baume, der in voller Blüte steht, für ihn aber, der einen gebrochenen Körper herumschleppt, bedeuten sie so viel. O Ben Hur, edler Fürst, für einen Römer seiner Abkunft ist Armut schlimmer als der Tod. Rette ihn aus der Armut!"

Sie sprach schnell; war es nur eine List, um ihm das Nachdenken unmöglich zu machen, so wußte sie entweder nicht oder hatte vergessen, daß es Überzeugungen gibt, die nicht eine Frucht des Denkens sind, sondern sich unwillkürlich oder unbemerkt einstellen. Es schien Ben Hur, als sie endlich innehielt, er sehe Messalas höhnisches Lächeln, wie er über ihre Schulter nach ihm blickte, und er sprach: „Meine Antwort ist entschieden, Messala erhält nichts. Ich gehe, es in das Buch meiner wichtigen Erlebnisse einzutragen – die Entscheidung eines Römers gegen einen Römer. Aber hat er – hat Messala dich zu mir gesandt, o Ägypterin?"

„Er hat einen edlen Charakter, und so beurteilt er auch dich."

„Da du ihn so gut kennst, schöne Ägypterin, sag' mir, würde er, wenn die Verhältnisse umgekehrt stünden, für mich tun, was er von mir verlangt? Antworte, bei Isis, antworte die Wahrheit!"

„O", begann sie, „Er ist –"

„Ein Römer, wolltest du sagen; du meinst also, ich, ein Jude, dürfe meine Verpflichtungen gegen ihn nicht mit dem Maße seiner gegen mich messen; weil er ein Römer ist, soll ich als Jude ihm meinen Gewinn überlassen. Wenn du mir noch mehr zu sagen hast, Tochter Balthasars, so sprich schnell; denn wenn mein Blut noch heißer wird, könnte ich vergessen, daß du ein Weib und schön bist! Ich kann in dir nur die Spionin eines Mannes sehen, der mir umso verhaßter ist, weil er ein Römer ist. Sprich schnell!"

Sie trat zurück; die ganze Bösartigkeit ihrer Natur tat sich in Blick und Stimme kund. „Du Hefetrinker und Schotenfresser! Zu denken, daß ich dich lieben könnte, nachdem ich Messala gesehen. Solche wie du sind geboren, ihm zu dienen. Er hätte sich zufrieden gegeben, wenn du auf die sechs Talente verzichtet hättest; ich jedoch sage, zu den sechs sollst du noch zwanzig hinzufügen, dafür, daß ich dich so lange ertragen habe, obwohl ich dadurch ihm diente. Der Handelsherr Simonides hier ist der Verwalter deines Vermögens. Falls er bis morgen mittag deine Anweisung, lautend auf sechsundzwanzig Talente zugunsten Messalas, merke dir die Summe, nicht ausgeführt hat, sollst du es mit Sejanus zu tun bekommen. Sei also weise und – lebe wohl!"

Als sie zur Tür gehen wollte, trat er ihr in den Weg. „Ob du Messala morgen oder übermorgen, hier oder in Rom siehst, richte ihm diese Botschaft aus: Sag' ihm, daß ich das Geld – eben die sechs Talente – zurückbekommen habe, das er mir raubte, als er das Vermögen meines Vaters an sich riß. Sag' ihm, daß ich die Galeeren überlebt habe, zu denen er mich sandte, und sag' ihm, daß ich in dem körperlichen Elend, welches ihm meine Hand gebracht hat, den Fluch des Gottes Israels sehe und seine Strafe, bitterer als der Tod, für seine Verbrechen gegen Hilflose. Sag' ihm, daß meine Mutter und Schwester, die er in einer Zelle der Burg Antonia einmauern ließ, damit sie am Aussatz stürben, am Leben und gesund sind, dank der Macht des Nazareners, den du so verachtest. Sag' ihm, daß sie, um mein Glück vollkommen zu machen, mir wiedergegeben sind und daß ich hingehe und in ihrer Liebe hinreichenden Ersatz für die unreinen Leidenschaften finden werde, welche du zu ihm mitnimmst. Sag ihm – dies zu seinem Trost, du eingefleischte Falschheit – sag' ihm, daß wenn Sejanus kommt, um mich zu berauben, er nichts finden wird; denn das Erbe des Duumvirs ist verkauft, dieses Haus und die Güter und Waren, womit Simonides seinen Handel mit solch fürstlichem Gewinn betreibt, sind durch kaiserliche Schutzbriefe gedeckt; denn ein weiser Kopf hat den Preis für die Gunst gefunden, und Sejanus zieht seinen Gewinn in Gestalt eines Geschenkes einem zweifelhaften Gewinn aus Ungerechtigkeit und Strömen Blutes vor. Sag' ihm, daß wenn dies auch anders wäre, wenn Geld und Vermögen sich in meinen Händen befänden, er doch nicht den kleinsten Teil davon bekäme; denn gelänge es ihm, unsere Wechsel zu finden und die Auszahlung zu erzwingen, so bliebe mir doch noch ein letzter Ausweg – eine Schenkungsurkunde an den Kaiser. – So viel, o Ägypterin, habe ich in der großen Hauptstadt gelernt! Sag' ihm, daß ich ihm zugleich mit meiner Absage nicht einen Fluch in Worten sende, nein, als besseren Ausdruck meines unversöhnlichen Hasses sende ich ihm jemanden, der sich ihm als die Summe aller Flüche erweisen wird; und wenn er dich ansieht, Tochter Balthasars, während du ihm diese meine Botschaft wiederholst, wird seine römische Schlauheit ihm sagen, was ich meine. Geh jetzt – auch ich will gehen."

Er geleitete sie zur Tür und hielt, während sie hinausschritt, mit der förmlichsten Höflichkeit den Vorhang zurück. „Der Friede sei mit dir!" rief er ihr nach, als sie verschwand.

Ben Hur verließ das Gastzimmer nicht mit der Lebhaftigkeit, mit der er gekommen war; sein Schritt war langsamer und sein Kopf tief auf die Brust gesenkt. Er hatte die Entdeckung gemacht, daß ein Mensch mit gebrochenem Rückgrat noch immer Pläne machen kann. Der Gedanke, daß ihm die Möglichkeit einer engeren Beziehung zwischen der Ägypterin und Messala nicht in den Sinn gekommen war, daß er jahrelang wie blind dahingegangen war und sich und seine Freunde in ihre Gewalt gegeben hatte, war ein großer Kummer für ihn. Er hielt inne, jenes Erlebnis im Palast Idernea, wohin sie ihn bestellt hatte, war jetzt für ihn auch kein Geheimnis mehr, und er rief laut aus: „Gepriesen sei Gott der Herr, daß das Weib mich nicht enger an sich gefesselt hat! Jetzt sehe ich, daß ich sie nie geliebt habe." Als habe er einen Teil der drückenden Last abgeschüttelt, ging er leichteren Schrittes weiter; und als er zu der Treppe kam, die auf das Dach führte, stieg er die Stufen hinauf. Oben blieb er wieder stehen. „Ist es möglich, daß Balthasar ihr Genosse im Verrat war? Nein, nein! Heuchelei paßt nicht zu seinem hohen Alter. Balthasar ist ein guter Mann." Mit diesen Gedanken betrat er das Dach. Der Mond schien hell, doch den Himmel hatte der Widerschein der Feuer, die in den Straßen und auf den offenen Plätzen der Stadt brannten, mit rotem Schein überzogen. Die Psalmen Israels erschollen im Chorgesang und in wehmütigen Akkorden; Ben Hur lauschte diesem Gesang, der ihm zu sagen schien: Erzeige Gott dem Herrn deine Ehrfurcht und dem Lande, das er uns geschenkt, deine Treue! Und er erblickte im Geiste den Nazarener.

Ben Hur warf einen flüchtigen Blick über die Brustwehr, wandte sich um und schritt auf die Sommerlaube zu.

„Mögen sie ihr Schlimmstes versuchen", sprach er zu sich selbst, „dem Römer verzeihe ich nicht. Ich teile mein Vermögen nicht mit ihm, und keineswegs werde ich aus der Stadt meiner Väter fliehen. Eher wende ich mich an die Galiläer, wenn es hier zum Kampfe kommen sollte. Durch Tapferkeit bringen wir die Stämme auf unsere Seite. Er, der einen Moses erweckte, wird uns einen Führer finden, wenn ich keinen Erfolg habe. Ist es nicht der Nazarener, dann ist es ein anderer von den vielen, die bereit sind, für die Freiheit zu sterben."

Die Sommerlaube war nur schwach erleuchtet. Als er hineinblickte, sah er den Stuhl des Simonides an eine Stelle gerückt, von wo aus man den besten Ausblick nach dem Marktplatz hatte. „Der gute Mann ist zurückgekehrt. Ich will mit ihm sprechen, wenn er nicht schläft." Er trat ein und näherte sich leise dem Stuhle. Über die hohe Rückenlehne blickend, sah er Esther im Stuhle sitzen. Sie schlief, in des Vaters Decke gehüllt. Das aufgelöste Haar fiel ihr über das Gesicht. Sie atmete unregelmäßig. Einmal hörte er einen Seufzer, vielleicht den Seufzer, durch den die Natur den Kindern gerne solche Erleichterungen spendet, und er war gewohnt, sie als ein Kind zu sehen. Er legte seine Arme auf die Rückenlehne des Stuhles und überlegte. „Ich will sie nicht wecken. Ich habe ihr nichts zu sagen – nichts außer – außer, daß ich sie liebe ... Sie ist eine Tochter Judas und schön und ganz anders als die Ägypterin; dort ist alles Eitelkeit, hier Wahrheit; dort Ehrgeiz, hier Pflichtgefühl; dort Selbstsucht, hier Selbstaufopferung... Nein, die Frage ist nicht die, ob ich sie liebe, sondern, ob sie mich liebt. Sie war von Anfang an meine Freundin. Wie kindlich bat sie mich in jener Nacht zu Antiochien, mir den Römer nicht zum Feinde zu machen. Damit sie nicht merke, daß ich ihre Absicht durchschaue, küßte ich sie. Ob sie den Kuß vergessen hat? Ich habe ihn nicht vergessen. Ich liebe sie ... Sie wissen in der Stadt noch nicht, daß ich die Meinen wiedergefunden habe. Die Kleine hier wird meiner Mutter eine zweite Tochter sein; in Tirzah wird sie sich selbst finden. Ich möchte sie wecken und ihr dies alles sagen, doch ich will gehn und eine bessere Zeit abwarten. Ich will warten, schöne Esther, liebevolles Kind, Tochter Judas!" Leise, wie er gekommen war, zog er sich zurück.

XXXVII.

Die Straßen waren mit Menschen belebt, die kamen und gingen oder in Gruppen die Feuer umgaben, wo sie in froher Stimmung unter Gesängen Fleisch brieten und aßen. Der Geruch von bratendem Fleisch und von brennendem Zedernholz erfüllte die Luft. Alle Söhne Israels fühlten sich ganz als Brüder, und die Gastfreundschaft kannte keine Grenzen. Ben Hur wurde bei jedem Schritte begrüßt, an jedem Feuer drängten sie ihn: „Bleibe und nimm an unserem Mahle teil. Wir sind Brüder in der Liebe des Herrn." Er aber dankte ihnen und eilte vorwärts, denn er wollte bei der Herberge das Pferd besteigen und zu den Zelten am Kidron zurückkehren. Auch dort war die religiöse Feierlichkeit auf ihrem Höhepunkt. Die Straße hinaufblickend, sah er Leute mit Fackeln. Der Gesang verstummte überall, wohin die Fackelträger kamen. Seine Verwunderung wuchs, als er sah, daß inmitten des Rauches und der Fackeln Speerspitzen römischer Soldaten schimmerten. Was hatten die Legionäre in einem religiösen Aufzuge der Juden zu tun? Das war außergewöhnlich, und er stand still, um zu sehen, was es bedeute.

Der Mond schien hell, und doch trugen einige im Zuge brennende Laternen. Ben Hur trat auf die Straße hinaus, damit er jeden Teilnehmer genau betrachten konnte. Die Fackeln und Laternen wurden von Dienern getragen, die mit Knütteln oder zugespitzten Stäben bewaffnet waren. Ihre Aufgabe schien darin zu bestehen, zwischen den Steinen der Straße den besten Weg für die Würdenträger – Älteste und Rabbiner – zu suchen. Wohin mochten sie gehen? Zum Tempel gewiß nicht, denn von Sion, woher sie kamen, führte der Weg zum heiligen Hause durch den Xystus. Und war ihre Absicht eine friedliche, wozu die Soldaten? Als der Zug sich an Ben Hur vorbei bewegte, wurde seine Aufmerksamkeit auf drei nebeneinander gehende Personen gelenkt, die drei Diener, die ihnen vorausschritten, schienen überaus vorsichtig. In dem Manne zur Linken erkannte er einen Hauptmann der Tempelwache; der zur Rechten war ein Priester; den mittleren erkannte er nicht sogleich, denn er stützte sich im Gehen auf die Arme der anderen und hielt den Kopf tief auf die Brust gesenkt, so daß sein Gesicht unsichtbar war. Er schien ein Gefangener, der sich vom Schrecken der Verhaftung noch nicht erholt hatte, oder einer, der der Folter oder dem Tod entgegengeht. Es war klar, daß er, wenn er nicht die Ursache des Zuges, doch der Anlaß dazu war. Ließ sich herausfinden, wer er war, so war es möglich, die Absicht des Zuges zu erraten. Ben Hur trat an die Seite des Priesters und schritt neben dem Zug her. Wenn nur der Mann den Kopf erheben wollte! Und siehe, er tat es, das Licht der Laterne fiel in sein Gesicht; es war blaß und verstört, der Bart wirr, die Augen eingesunken und verzweiflungsvoll der Blick. Während der Zeit, die Ben Hur in der Nähe des Nazareners zugebracht, hatte er die Jünger ebensowohl als den Herrn kennengelernt, und als er jetzt das schreckensbleiche Gesicht sah, rief er aus: „Iskariot!"

Langsam wandte der Mann seinen Kopf zur Seite, bis seine Augen Ben Hur trafen, und seine Lippen bewegten sich, als wolle er sprechen; aber der Priester verhinderte es. „Wer bist du? Pack dich!" sprach er zu Ben Hur, ihn wegschiebend.

Er nahm die unsanfte Behandlung hin und schloß sich weiter hinten dem Zug wieder an. Dieser bewegte sich die Straße abwärts, zwischen dem Hügel Bezetha und der Burg Antonia, am Teich Bethesda vorbei zum Schaftor. Da es Osternacht war, standen die Torflügel offen. Die Wachen waren fort. Der Zug kam unangehalten hindurch, vor ihm lag die tiefe Schlucht des Kidron, gegenüber der Ölberg mit seinen Zedern und Ölbäumen. Weiter ging es durch die Schlucht und über die Brücke, welche den Talgrund überspannte. In der Tiefe widerhallte das Gepolter, als der Zug, mit den Knütteln und Stöcken auf den Boden schlagend, ging. Nach einer kurzen Strecke wandte er sich nach links einem Ölgarten zu, den eine Steinmauer umgab. Ben Hur wußte, daß dort nichts war als einige alte, knorrige Bäume, Gras und ein aus einem Felsen gehauener Trog, in welchem Öl gepreßt wurde. Während er verwundert dachte, was wohl eine solche Gesellschaft zu einer solchen Stunde an einen so einsamen Ort führen könne, hielt der Zug. Erregte Stimmen wurden laut; ein kalter Schauer durchlief die Menschenmenge, sie drängte sich nach rückwärts. Die Soldaten allein hielten stand. Ben Hur hatte sich von der Menge getrennt und war nach vorne geeilt. Dort fand er einen Eingang ohne Tor, der in den Garten führte, und er blieb wartend stehen, um die Szene zu überschauen.

Im Eingang stand ein Mann in weißer Kleidung und unbedeckten

Hauptes, die Arme auf der Brust gekreuzt – eine schlanke, etwas vorgebeugte Gestalt mit langem Haar und schmalem Gesicht, in der Haltung der Ergebung und Erwartung. Es war der Nazarener!

Hinter ihm, dem Eingange zunächst, standen seine Jünger; sie waren aufgeregt; er bot ein Bild vollkommener Ruhe.

Dieser friedlichen Gestalt gegenüber stand der Volkshaufe – gaffend, schweigend, zitternd vor Furcht – bereit, beim ersten Zeichen seines Zornes die Flucht zu ergreifen. Ben Hur warf einen schnellen Blick auf die Soldaten, dann auf Judas, der in der Mitte sichtbar war, und der Zweck ihres Erscheinens lag klar vor seinen Augen. Hier stand der Verräter, dort der Verratene; und die Bewaffneten waren hierhergeführt worden, um ihn gefangen zu nehmen.

Da ertönte die klare Stimme des Nazareners. „Wen sucht ihr?"

„Jesum von Nazareth", antwortete der Priester.

„Ich bin es." Die Worte wurden ohne Leidenschaft oder Erregung gesprochen, aber die Angreifer wichen einige Schritte zurück, die Furchtsamen unter ihnen sanken zu Boden; und sie hätten vielleicht von ihm abgelassen, wäre nicht Judas auf ihn zugeschritten.

„Sei gegrüßt, Meister!" Mit diesem Freundesgruß küßte er ihn.

„Judas", sprach der Nazarener mild, „mit einem Kusse verrätst du den Menschensohn? Wozu bist du gekommen?" Da er keine Antwort erhielt, sprach der Meister wieder zu der Menge. „Wen suchet ihr?"

„Jesum von Nazareth."

„Ich habe es euch gesagt, daß ich es bin. Wenn ihr also mich suchet, so lasset diese gehn."

Die Rabbiner traten näher heran, und ihre Absicht merkend, kamen einige der Jünger, für die er sich verwendet hatte, näher; einer hieb einem Manne ein Ohr ab, ohne jedoch den Meister zu retten. Ben Hur rührte sich noch immer nicht! Während die Soldaten ihre Stricke zurechtmachten, vollbrachte der Nazarener sein größtes Liebeswerk – nicht das größte dem Werke nach, sondern das größte als Offenbarung seiner den Menschen unbegreiflichen Feindesliebe. „Lasset ab, nicht weiter!" sprach er, und er heilte den Verwundeten, indem er sein Ohr anrührte. Freunde und Feinde waren erstaunt – die einen, daß er solche Macht besaß, die anderen, daß er es unter diesen Umständen tat.

Gewiß wird er nicht zulassen, daß sie ihn binden, dachte Ben Hur.

„Stecke dein Schwert in die Scheide! Soll ich den Kelch, den mir der Vater gegeben hat, nicht austrinken?" Von seinen Jüngern wandte sich der Nazarener an seine Häscher: „Wie gegen einen Räuber seid ihr ausgezogen mit Schwertern und Prügeln, um mich zu fangen. Täglich war ich bei euch im Tempel, und ihr habt mich nicht ergriffen; aber das ist eure Stunde und die Macht der Finsternis."

Die Rotte faßte Mut und umringte ihn; und als Ben Hur sich nach den Getreuen des Nazareners umblickte, waren sie verschwunden – nicht einer blieb zurück.

Mit einem Hauch hätte er seine Feinde zu Boden schmettern können, aber er wollte nicht. Was war das für ein Kelch, den der Vater ihm zu trinken gegeben hatte? Und wer war der Vater, dem er so gehorchen mußte? Geheimnis über Geheimnis – nicht eines, sondern viele!

Alsbald setzte sich die Rotte, die Soldaten an der Spitze, in Bewegung, um nach der Stadt zurückzukehren. Ben Hur wurde besorgt; er war mit sich selbst unzufrieden. In der Mitte des Haufens, dort, wo die Fackeln brannten, war der Nazarener zu finden. Da kam ihm ein Entschluß: er wollte eine Frage an ihn stellen.

Er legte sein langes Obergewand und das Kopftuch ab, warf beides auf die Gartenmauer, eilte der Rotte nach und schloß sich ihr an. Sich durch die Nachzügler drängend, erreichte er mit Mühe den Mann, der die Enden des Strickes hielt, womit der Gefangene gebunden war. Der Nazarener schritt langsam, mit gesenktem Haupte und auf den Rücken gebundenen Händen; seine Haltung war gebeugter als gewöhnlich; was um ihn vorging, schien er vergessen zu haben. Vor ihm gingen die Priester und Ältesten, miteinander redend und gelegentlich zurückblickend. Als sie sich der Brücke näherten, nahm Ben Hur dem Knechte den Strick aus den Händen und trat an die Seite des Nazareners. „Meister, Meister!" sagte er eilig. „Hörst du, Meister? Ein Wort nur, ein Wort! Sag' mir –" Der Mann, dem er den Strick abgenommen hatte, forderte ihn zurück. „Sag' mir", fuhr Ben Hur fort, „gehst du freiwillig mit diesen?" Die Leute drängten sich an ihn heran, und er hörte zornige Fragen: „Wer bist du, Mann?" – „O Meister", fragte Ben Hur im Tone größter Dringlichkeit, „ich bin dein Freund und Anhänger. Sag' mir, ich bitte dich: wenn ich Rettung bringe, wirst du sie annehmen?" Der Nazarener blickte nicht auf und gab auch kein Zeichen, daß er ihn erkenne.

Ein Dutzend Knechte drangen auf Ben Hur ein, und von allen Seiten erschollen Rufe: „Er ist einer von ihnen. Ergreift ihn, schlagt ihn nieder – tötet ihn!" Ben Hur richtete sich empor, schüttelte die Hände ab und durchbrach den sich um ihn schließenden Kreis. Die Hände, die nach ihm griffen, rissen ihm die Kleider vom Leibe, und er lief nackt davon. Die Schlucht und die Dunkelheit boten ihm Schutz.

Er holte sein Kopftuch und Obergewand von der Gartenmauer, begab sich zur Herberge und ritt auf seinem schnellen Pferde zu den Zelten der Seinen bei den Königsgräbern. Dabei gab er sich das Versprechen, am nächsten Morgen den Nazarener aufzusuchen; er wußte nicht, daß er zum Hause des Annas geführt worden war, um noch in der Nacht verhört zu werden.

Das Herz des jungen Mannes pochte heftig, als er sein Lager aufsuchte, und er konnte keinen Schlaf finden; denn er erkannte, daß sein erhofftes jüdisches Königreich nur ein Traum war.

Der Wendepunkt seines Lebens war gekommen, der kommende Tag und der Nazarener sollten darauf entscheidenden Einfluß nehmen.

XXXVIII.

Am nächsten Morgen um die zweite Stunde ritten zwei Männer eilig zu den Zelten Ben Hurs, stiegen ab und verlangten ihn zu sprechen. Er war noch nicht aufgestanden, gab aber doch Weisung, sie vorzulassen.

„Friede sei mit euch, Brüder!" sagte er, denn sie waren zwei Offiziere seiner Galiläer. „Wollt ihr euch nicht setzen?"

„Nein", erwiderte der ältere kurz, „sitzen und ruhen heißt den Nazarener sterben lassen. Steh auf, Sohn Judah, und geh mit uns. Das Urteil ist gesprochen, das Kreuz ist schon bereit."

Ben Hur starrte sie an. „Das Kreuz!" war alles, was er im Augenblick hervorbringen konnte.

„Sie nahmen ihn die letzte Nacht gefangen und verurteilten ihn", fuhr der Mann fort. „Bei Tagesanbruch führten sie ihn vor Pilatus. Zweimal hat der Römer ihn als unschuldig erklärt, zweimal hat er sich geweigert, ihn dem Tode zu überliefern. Endlich wusch er seine Hände und sprach: ‚Ich bin unschuldig am Blute dieses Gerechten!' Und sie antworteten: –"

„Wer antwortete?"

„Die Priester und das Volk: ‚Sein Blut komme über uns und unsere Kinder!'"

„Heiliger Vater Abraham!" rief Ben Hur; „ein Römer ist milder gegen einen Israeliten als seine eigenen Stammesgenossen! Und wenn er in Wahrheit der Sohn Gottes ist, wer kann jemals die Blutschuld von ihren Kindern nehmen? Es darf nicht sein – wir müssen kämpfen!" Er klatschte in die Hände. „Die Pferde, schnell!" sagte er zu dem Araber, der auf das Zeichen erschienen war. „Amrah soll mir frische Kleider schicken, und bring mir das Schwert! Es ist Zeit, meine Freunde, für Israel zu sterben. Wartet draußen, bis ich komme." Er aß einen Bissen Brot und trank einen Becher Wein und war bald auf dem Wege.

„Wohin willst du zuerst?" fragte der Galiläer.

„Die Legionen sammeln."

„Ach!" antwortete der Mann, seine Hände emporwerfend.

„Warum ach?"

„Meister", erhielt er beschämt zur Antwort, „wir sind die einzigen, die treu geblieben sind. Die anderen haben sich den Priestern angeschlossen."

Ben Hur blickte von einem zum andern. Wieder klang in seinem Ohr die Frage der letzten Nacht: Soll ich den Kelch nicht trinken, den mir mein Vater gegeben hat? Er sprach zu sich selbst: „Sein Tod läßt sich nicht abwenden. Wenn sein Tod von einem höheren Willen, dem Willen Gottes, beschlossen ist, wenn er seine Zustimmung gibt, wenn er freiwillig in den Tod geht, was kann da ein anderer tun?" Nicht minder deutlich sah Ben Hur den Fehlschlag seines Unternehmens, das auf die Treue seiner Galiläer aufgebaut war. Ihr Abfall machte die Durchführung unmöglich. Doch, daß sie ihn gerade an diesem Morgen verließen! Furcht befiel ihn. War sein Plan, seine Mühe, sein Opfer an Geld nur eine Auflehnung gegen Gott gewesen? – Er nahm die Zügel auf und sprach: „Laßt uns eilen, laßt uns nach Golgatha eilen!"

Sie kamen durch aufgeregte Volksmassen, die wie sie nach Süden zogen. Die ganze Stadt schien in Bewegung. Da die drei hörten, daß sie dem Zuge mit dem Verurteilten in der Nähe der drei Türme des Herodes begegnen könnten, ritten sie dorthin. In dem Tale unter dem Teiche Ezechias war es unmöglich, sich durch die Menge einen Weg zu bahnen; sie waren daher gezwungen, abzusteigen und hinter der Ecke eines Hauses Zuflucht zu suchen und zu warten.

Eine halbe Stunde, eine Stunde lang zog die Menschenmenge an Ben Hur und seinen Gefährten vorüber. Alle Sekten Judäas, alle Stämme Israels und alle Völkerschaften waren unter ihnen vertreten. Juden aus Lybien und Ägypten und Juden von Rom, Juden aus allen Ländern des Ostens und Westens und von allen Inseln; sie kamen zu Fuß, zu Pferde, auf Kamelen, in Sänften und Wagen; sie trugen die mannigfaltigsten Trachten und hatten doch die gleichen Gesichtszüge, die heutzutage noch die Kinder Israels kennzeichnen; sie redeten in allen Sprachen; sie kamen in Eile, mit ungestümer Hast, um einen armen Nazarener wie einen Verbrecher zwischen Verbrechern sterben zu sehen. Doch nicht alle waren Juden, auch Tausende von Nichtjuden – Tausende, welche die Juden haßten und verachteten – Griechen, Römer, Araber, Syrer, Afrikaner, Ägypter, Orientalen – waren im Zuge, so daß es schien, die ganze Welt werde bei der Kreuzigung vertreten sein. Der Zug bewegte sich mit auffallender Stille. Der Hufschlag eines Pferdes, das Gleiten und Rasseln rollender Räder, und dann und wann ein Ausruf waren die einzigen Laute, die hörbar wurden. Auf den Gesichtern malte sich angstvolle Erwartung, mit der Menschen einem schrecklichen Ereignis, einem Unglücksfall oder einer Schlacht entgegensehen. Endlich hörte Ben Hur aus der Richtung der Türme das Geschrei vieler Menschen.

„Horch, sie kommen!" sagte einer seiner Freunde.

Die Menschen blieben stehen, um zu horchen. Das Geschrei kam näher; da erblickte Ben Hur die Diener des Simonides, die ihren Herrn in seinem Sessel trugen; Esther schritt an seiner Seite, eine gedeckte Sänfte folgte ihnen.

„Friede sei mit dir, Simonides, und mit dir, Esther", sprach Ben Hur, zu ihnen tretend. „Wenn ihr auf dem Wege nach Golgotha seid, so wartet, bis der Zug vorüber ist; ich gehe mit euch."

Wie aus tiefem Sinnen erwachend, antwortete Simonides: „Sprich mit Balthasar, ich richte mich nach seinem Wunsche. Er ist in der Sänfte."

Ben Hur eilte hin und zog den Vorhang zurück. Der Ägypter lag regungslos, sein blasses Gesicht war eingefallen. Ben Hur bat ihn um seine Entschuldigung.

„Können wir ihn sehen?" fragte er schwach.

„Den Nazarener? Ja; er muß wenige Schritte von uns vorbeikommen."

„Gütiger Gott!" rief der Greis mit Inbrust. „Noch einmal, noch einmal! Oh, welch schrecklicher Tag für die Welt!"

Sie warteten im Schutze des Hauses. Balthasar stieg mühsam, von einem Diener gestützt, aus der Sänfte. Esther und Ben Hur blieben bei Simonides. Immer noch strömte die Menschenmenge die Straße entlang; das Geschrei kam näher, herzzerreißend, durchdringend. Endlich kam der Zug der Verurteilten.

„Sieh", sprach Ben Hur bitter, „da kommt Jerusalem."

Die Spitze des Zuges bildete ein Haufen lärmender Knaben, die schrien: „Der König der Juden! Platz für den König der Juden!"

Simonides betrachtete sie und sagte: „Wenn diese einmal ihr Erbe antreten, Sohn Hurs, dann wehe der Stadt Salomons!"

Eine Rotte bewaffneter Legionssoldaten folgte. Sie marschierten in starrer Gleichgültigkeit.

Dann kam der Nazarener. Er schien dem Tode nahe. Bei jedem Schritt wankte er, als würde er niedersinken. Ein schmutzbeflecktes, zerrissenes Kleid hing von seinen Schultern herab. Seine nackten Füße ließen auf den Steinen blutige Spuren zurück. Eine hölzerne Tafel mit einer Inschrift war ihm um den Hals gehängt. Eine Dornenkrone hatte man tief in sein Haupt gedrückt; aus den grausamen Wunden sickerte Blut über das Antlitz. Das Haar war von geronnenem Blute verkrustet. Die Haut war, wo man sie sehen konnte, geisterhaft weiß. Die Hände waren gebunden. Irgendwo in der Stadt war er unter der Last des Kreuzes, das er als Verurteilter selbst auf die Richtstätte tragen mußte, erschöpft zusammengesunken; jetzt trug es ein Landsmann. Vier Soldaten gingen an seiner Seite, um ihn vor den Mißhandlungen des Pöbels zu schützen, der ihn mit Stöcken schlug und ihn anspie. Doch kein Laut kam von seinen Lippen, weder ein Vorwurf, noch eine Klage; er blickte auch nicht auf, bis er dem Hause nahe war, wo sich Ben Hur und seine Freunde befanden. Diese waren von tiefstem Mitleid bewegt. Esther schmiegte sich an ihren Vater, der trotz aller Willensstärke zitterte. Balthasar war sprachlos niedergesunken. Selbst Ben Hur rief aus: „Mein Gott, mein Gott!" Da wandte der Nazarener, als ob er ihre Gefühle kenne oder den Ausruf gehört habe, sein bleiches Antlitz gegen die Gruppe und blickte jeden einzelnen an, daß sie ihren Blick durch ihr ganzes Leben nicht vergaßen. Sie empfanden, daß er an sie, nicht an sich dachte, und daß seine brechenden Augen ihnen den Segen gaben, den er mit Worten nicht sprechen durfte.

„Wo sind deine Legionen, Sohn Hurs?" fragte Simonides, sich ermannend.

„Annas kann es dir besser sagen als ich."
„Wie, treulos verlassen?"
„Alle bis auf diese zwei."
„Dann ist alles verloren, und dieser Mann muß sterben!" Auf dem Gesichte des Handelsherrn spiegelte sich bitterer Schmerz, sein Kopf sank auf die Brust herab. Er sah seine Hoffnungen für immer vernichtet.

Dem Nazarener folgten zwei andere Männer, die auch Kreuze trugen.

„Wer sind diese?" fragte Ben Hur die Galiläer.

„Verbrecher, die mit dem Nazarener sterben sollen", antworteten sie.

Als nächster im Zuge schritt würdevoll ein Hoherpriester. Eine Abteilung der Tempelwache umgab ihn; hinter ihm kamen nacheinander der Hohe Rat und eine lange Reihe Priester in weißen Gewändern mit den faltigen, farbenprächtigen Gürteln.

„Der Schwiegersohn des Annas", sagte Ben Hur leise.

„Kaiphas! Ich habe ihn gesehen", erwiderte Simonides, und nach einer Pause fügte er hinzu: „Und jetzt bin ich überzeugt. Nun weiß ich mit unfehlbarer Gewißheit, daß der Mann mit der Inschrift um den Hals dort vorn wirklich das ist, was die Inschrift besagt – König der Juden! Ein gewöhnlicher Mensch, ein Betrüger, ein Verbrecher hatte nie ein solches Gefolge. Denn sieh, hier sind Nationen – Jerusalem, Israel! Hier ist das Ephod, das Gewand der Hohenpriester mit seinen purpurnen Granatäpfeln und goldenen Glöckchen, das seit dem Makedonierkrieg nie mehr auf der Straße gesehen ward; – lauter Beweise, daß dieser Nazarener ein König ist. O könnte ich mich erheben und ihm folgen!"

Ben Hur hörte voll Staunen zu, als Simonides ungeduldig fortfuhr: „Ich bitte dich, eilen wir fort von hier! Der Auswurf Jerusalems kommt."

Da sprach Esther: „Ich sehe dort einige Frauen. Sie weinen. Wer sind sie?"

Nach der Richtung blickend, wohin sie mit der Hand zeigte, sahen sie vier Frauen in Tränen; eine stützte sich auf den Arm eines Mannes, der dem Nazarener nicht unähnlich sah. Ben Hur antwortete: „Der Mann ist der Jünger, den der Nazarener am meisten liebt; die Frau, die sich auf seinen Arm stützt, ist Maria, des Meisters Mutter; die anderen sind Frauen aus Galiläa."

Esther sah mit feuchten Augen den Trauernden nach, bis sie in der Menge ihren Blicken entschwanden. „Kommt", sprach Simonides, als Balthasar bereit war, „kommt, machen wir uns auf den Weg!"

Ben Hur hörte die Aufforderung nicht. Der Anblick der eben vorüberziehenden Horde, ihre Wildheit und Mordlust, ließ ihn an die Sanftmut und an die vielen Liebeswerke denken, die er ihn für die leidende Menschheit hatte tun sehen. Es kam ihm in den Sinn, daß auch er ihm Dank schulde, er dachte daran, daß ihm der Nazarener am

Brunnen zu Nazareth den kühlenden Trunk gereicht hatte, als ihn die römischen Soldaten zu den Galeeren geführt hatten, er dachte des Wunders vom Palmsonntag, als der Nazarener Mutter und Schwester vom Aussatze geheilt hatte, und er begann sich Vorwürfe zu machen, daß er nicht alles getan, was in seiner Macht gestanden wäre; er hätte über die Galiläer wachen können, daß sie treu und zuverlässig geblieben wären, denn jetzt wäre der Augenblick zur Tat gekommen! Ein Angriff würde den Nazarener in Freiheit gesetzt haben und wie ein Posaunenstoß auf Israel gewirkt und den langersehnten Freiheitskrieg beschleunigt haben. Die Gelegenheit schwand; jede Minute rückte sie in weitere Ferne. O Gott Abrahams! Läßt sich gar nichts tun? Sein Auge fiel auf die Gruppe Galiläer. Er drängte sich durch die Menge zu ihnen und rief: „Folgt mir! Ich habe mit euch zu sprechen!"

Die Männer gehorchten, und als sie wieder unter dem schützenden Hause waren, sprach er: „Ihr gehört zu jenen, die das Schwert nahmen und sich bereit erklärten, für die Freiheit und den kommenden König zu kämpfen. Ihr habt eure Schwerter bei euch, und jetzt ist die Zeit, sie zu gebrauchen. Geht, sucht nach unseren Brüdern und sagt ihnen, daß sie auf der Kreuzigungsstätte sich um mich sammeln, bereit, den Nazarener zu verteidigen. Beeilt euch! Ja, was steht ihr noch? Der Nazarener ist der König, und die Freiheit stirbt mit ihm!"

Sie blickten ihn ehrerbietig an, rührten sich aber nicht. „Hört ihr?" fragte er.

Da antwortete einer: „Sohn Judas" – nur unter diesem Namen kannten sie ihn – „du bist getäuscht worden. Der Nazarener ist nicht der König, er hat nicht den Geist eines Königs. Wir waren mit ihm, als er in Jerusalem einzog; wir sahen ihn im Tempel; er wurde sich selbst untreu und enttäuschte uns und Israel; er kehrte um und schlug den Thron Davids aus. Er ist nicht der König, und Galiläa ist nicht mit ihm. Er soll des Todes sterben. – Doch höre, Sohn Judas! Wir haben die Schwerter, und wir sind bereit, sie zu ziehen und für die Freiheit zu kämpfen; wir werden uns beim Kreuz um dich sammeln."

Der entscheidende Augenblick im Leben Ben Hurs war gekommen. Verwirrung kam über ihn, er wußte nicht, wie; aber später schrieb er sie dem Nazarener zu; denn als der Nazarener von den Toten auferstanden war, sah er ein, daß sein Tod notwendig war zur Begründung des Glaubens an die Auferstehung, ohne den das Christentum ein Gebäude ohne festen Grund wäre. In der Verwirrung konnte er zu keinem Entschlusse kommen; er stand ratlos, wortlos da. Das Gesicht in die Hände bergend, zitterte er unter dem Kampfe zwischen seinem Willen und einer höheren Macht.

„Komm, wir warten auf dich!" mahnte Simonides zum vierten Male. Willenlos schritt er hinter dem Sessel und der Sänfte her. Esther ging an seiner Seite.

XXXIX.

Als Balthasar, Simonides, Ben Hur, Esther und die zwei treu gebliebenen Galiläer die Kreuzigungsstätte erreichten, gelang es Ben Hur, durch das große Gedränge einen Weg zu bahnen; er war sich unklar über den Weg, den sie eingeschlagen, und über die Zeit, die sie gebraucht hatten.

Ben Hur und seine Gefährten machten plötzlich halt. Mit einem Male hob sich der Bann, der seine Sinne betäubt hielt, und er sah mit klaren Augen. Der Gipfel des Golgathahügels, auf dem die Kreuzigung stattfinden sollte, war wie ein Schädel gerundet, trocken, staubig und mit Ausnahme einiger kümmerlicher Ysopbüsche ohne Pflanzenwuchs. Eine Stelle war von einer lebendigen Mauer von Menschen umgeben. Eine Schar römischer Soldaten hielt die andrängende Menge zurück. Ein Hauptmann führte den Befehl. Ben Hur war ganz bis an die Grenze des bewachten Platzes gekommen. Da stand er nun, das Gesicht gegen Nordwesten gerichtet. Wohin Ben Hur seinen Blick auch wandte, er sah kein Fleckchen brauner Erde, keinen Felsen, nichts Grünes; er sah nur Tausende von Menschen, in leidenschaftlicher Erregung der Dinge wartend, die auf dem Hügel geschehen sollten, gleichgültig gegen die Schlächter und nur für den Nazarener fühlend, soweit er den Gegenstand des Hasses, der Furcht oder der Neugier war, während er, der sie über alles liebte, nun für sie in den Tod ging.

Auf dem Hügel, so hoch, daß er die lebendige Mauer überragte, und allen sichtbar, stand der Hohepriester. Noch höher, nahe der Kuppe des Hügels, daß er von fern und nah gesehen wurde, stand gebeugt und leidend, stillschweigend der Nazarener. Ein Spötter unter den Soldaten hatte ihm ein Rohr in die Hand gegeben, damit der Krone das Zepter nicht fehle. Wilder Lärm, Gelächter und Verwünschungen umtobten ihn wie ein Sturmwind. Ein Mensch, der nur Mensch war, hätte den letzten Rest der Liebe zu seinem Volke gegenüber diesem Sturm der Leidenschaften für immer verloren.

Aller Augen waren auf den Nazarener gerichtet. Ben Hur wurde sich, war es Mitleid, was ihn bewegte, oder eine andere Ursache, einer Wandlung seiner Gefühle bewußt. Der Gedanke, daß es etwas Besseres gebe als dieses Leben, etwas, das einem schwachen Menschen Kraft verleiht, Qualen des Geistes wie des Körpers zu ertragen, das den Tod erwünscht erscheinen läßt – vielleicht ein reineres, höheres Leben als das irdische, das Leben der Seele, an dem Balthasar so treu festhielt, ließ ihn ahnen, daß es des Nazareners Sendung war, diejenigen, welche ihn lieben, über die Grenze des Irdischen hinauszuführen in jenes Reich, das seiner als des Königs wartete. Und er hörte wieder das Wort des Nazareners: „Ich bin die Auferstehung und das Leben!" Die Worte nahmen Gestalt an, und die Erleuchtung gab ihnen eine ganz neue Bedeutung. Er fragte sich, nach der dornengekrönten, leidenden Gestalt auf dem Hügel blickend: Wer ist die Auferstehung? Und wer ist das Leben? „Ich bin es!" schien die Gestalt zu sagen, und alsbald empfand er jenen tiefen Frieden, wie er ihn nie gekannt hatte, der allem Zweifel ein Ende macht und den Anfang des Glaubens, der Liebe und der Überzeugung bildet.

Dumpfer Hall von Hammerschlägen weckte Ben Hur aus seinem Sinnen. Er sah, wie Soldaten und Werkleute auf dem Gipfel des Hügels die Kreuze herrichteten. Die Löcher waren bereits gegraben.

„Treibe die Leute zur Eile an", sprach der Hohepriester zum Hauptmann. „Diese" – und er deutete auf den Nazarener – „müssen bis Sonnenuntergang tot und begraben sein, damit das Land nicht unrein werde. So lautet das Gesetz."

Mehr Gefühl verriet ein Soldat, der zum Nazarener herantrat und ihm einen Trunk anbot; er lehnte aber ab. Dann ging ein anderer zu ihm, nahm die Tafel mit der Inschrift von seinem Halse und nagelte sie oben an den Stamm des Kreuzes. Die Vorbereitungen waren beendet.

„Die Kreuze sind bereit", sprach der Hauptmann zum Hohenpriester; dieser nahm die Meldung entgegen und erwiderte:

„Der Gotteslästerer komme zuerst an die Reihe. Der Sohn Gottes sollte imstande sein, sich selbst zu retten. Wir werden sehen."

Die Menge, welche die Vorbereitungen verfolgte und bisher mit unaufhörlichem Geschrei den Hügel umlagert hatte, wurde still. Das Schrecklichste stand bevor – die Männer sollten an das Kreuz genagelt werden. Als die Soldaten Hand an den Nazarener legten, ging ein Schauern durch die Ansammlung; selbst die Grausamsten erbebten. Nachher sagten welche, die Luft sei plötzlich kalt geworden und habe sie zittern gemacht.

„Wie unheimlich ist es!" sprach Esther und schlang ihren Arm um ihres Vaters Hals. Dieser dachte der Qualen, die er selbst erduldet hatte, barg ihr Gesicht an seiner Brust und sprach: „Blicke nicht hin, Esther. Ich fürchte, daß alle, die zusehen, die Unschuldigen wie die Schuldigen, von dieser Stunde an verflucht sein werden." Balthasar sank auf die Knie nieder. „Sohn Hurs", sprach Simonides mit steigender Erregung weiter, „wenn Jehova seine Hand nicht ausstreckt, ist Israel verloren – sind wir verloren."

Ben Hur antwortete ruhig: „Ich war wie in einem Traum, Simonides, und hörte, warum dies alles sein müsse. Es ist des Nazareners Wille – es ist Gottes Wille. Laßt uns dem Beispiel des Ägypters folgen, laßt uns stille sein und beten!" Als er wieder zum Hügel aufblickte, glaubte er durch die schaurige Stille nochmals die Worte zu hören: „Ich bin die Auferstehung und das Leben!" Er verneigte sich ehrfurchtsvoll, als habe wirklich jemand zu ihm gesprochen.

Auf dem Gipfel rissen die Soldaten dem Nazarener die Kleider vom Leibe, so daß er entblößt vor der Menge dastand. Die Striemen der Geißelhiebe, der er am Morgen erhalten hatte, bluteten noch auf seinem Rücken; erbarmungslos wurde er auf das Kreuz niedergeworfen. Zuerst zogen sie die Arme über den Querbalken; die Nägel waren scharf – ein paar Hammerschläge und sie waren durch die Handflächen getrieben. Dann zogen sie die Knie empor, bis die Fußsohlen flach auf dem Stamme ruhten; dann legten sie einen Fuß über den anderen, und ein Nagel durchbohrte beide und heftete sie an das Kreuz. Dumpf klangen die Hammerschläge, und jene, welche sie nicht hören konnten, sahen den Hammer niederfallen und erschauderten. Kein Stöhnen, keine Klage, keine Bitte kam von den Lippen des Dulders.

„Nach welcher Richtung soll er schauen?" fragte roh ein Soldat.

„Gegen den Tempel hin", erwiderte der Hohepriester. „Im Sterben soll er das heilige Haus sehen, das er im Leben geschändet hat."

Die Soldaten ergriffen das Kreuz und trugen es mit seiner Bürde nach der Stelle, wo es aufgerichtet werden sollte. Sie senkten den Stamm in das bereitete Loch, und auch der Körper des Nazareners senkte sich und hing schwer an den blutenden Händen. Und doch ließ er keinen Schmerzenslaut hören – nur eine Bitte, die göttlichste aller Bitten, von denen die Geschichte erzählt: „Vater vergib ihnen, denn sie wissen nicht, was sie tun!"

Das nun aufgerichtete und einsam in den Himmel ragende Kreuz wurde mit einem Geschrei begrüßt, und alle, welche die Inschrift über dem Haupte des Nazareners lesen konnten, teilten die Worte den anderen mit, sie gingen von Mund zu Mund, und in der ganzen Menschenmasse erscholl unter Hohngelächter der Ruf: „König der Juden! Sei gegrüßt, König der Juden!"

Der Hohepriester, der die Bedeutung der Inschrift besser erfaßte, erhob vergebens dagegen Einspruch; ein König, blickte der Nazarener mit sterbenden Augen gegen die Stadt seiner Väter, die ihn so schmachvoll ausgestoßen hatte. Die Sonne hatte die Mittagshöhe erreicht. Der Tempel, die Paläste, die Türme und Zinnen der Stadt erstrahlten selbst im Glanz der Sonne. Plötzlich begann ein Schatten den Himmel zu überziehen und die Erde zu bedecken – anfangs kaum merkbar, wie eine vorzeitige Abenddämmerung, die sich langsam auf den strahlenden Tag senkte. Doch die Dämmerung nahm zu und erregte bald die Aufmerksamkeit; das lärmende Geschrei und Gelächter hörte auf, und die Menschen sahen einander an; dann blickten sie wieder nach der Sonne, dann nach den Bergen, die in die Ferne zu rücken schienen, zum Himmel und auf die Landschaft, die sich in Schatten hüllte, auf den Hügel, wo sich das schreckliche Schauspiel vollzog, und wieder sahen sie einander an und erbleichten und verstummten.

„Es ist nur ein Nebel oder eine vorüberziehende Wolke", tröstete Simonides die erschreckte Esther. „Es wird bald wieder hell werden."

Ben Hur dachte anders. „Es ist kein Nebel und keine Wolke",

sprach er. „Es ist das Werk der Geister in der Luft, der Propheten und Heiligen, sie tun es aus Erbarmen. Ich sage dir, Simonides, so wahr Gott lebt, jener, der dort hängt, ist der Sohn Gottes!" Er überließ Simonides dem Staunen über diese Worte und ging zu Balthasar, der in der Nähe kniete. Seine Hand auf die Schulter des guten Mannes legend, sprach er: „O weiser Ägypter, höre! Du allein hattest recht – der Nazarener ist in Wahrheit Gottes Sohn!"

Balthasar zog ihn zu sich herab und erwiderte schwach: „Ich sah ihn als Kind in der Krippe, wohin man ihn zuerst gelegt hatte; es ist nicht zu verwundern, daß ich ihn eher erkannte als du. Oh, daß ich diesen Tag erleben mußte! Wäre ich doch gestorben wie meine Brüder! Glücklicher Melchior! Glücklicher Kaspar!"

„Tröste dich!" sprach Ben Hur. „Ohne Zweifel sind auch sie um uns."

Die Dämmerung ging in Dunkelheit und diese in dichte Finsternis über, doch die Soldaten auf dem Hügel stellten ihre Arbeit nicht ein. Einer nach dem anderen wurden die Schächer ans Kreuz geheftet und die Kreuze aufgerichtet. Die Soldaten wurden zurückgezogen und die Menge strömte wie eine Woge über dem Hügel zusammen. Stoßend und schiebend umdrängte sie das Kreuz, und fortwährend hörte man Hohngelächter, Lästerungen und Schmähungen. „Haha! Bist du der König der Juden, so hilf dir selbst!" rief einer „Ja", sprach ein anderer, „bist du König von Israel, so steige nur herab vom Kreuze, und wir wollen an dich glauben!" Andere schüttelten ihre Köpfe und sprachen: „Ei, du, der du den Tempel Gottes zerstörst und in drei Tagen wieder aufbaust, hilf dir selbst!" Andere wieder: „Er hat sich Gottes Sohn genannt, wir wollen sehen, ab Gott ein Wohlgefallen an ihm hat!"

Der Nazarener hatte niemals dem Volke ein Leid getan; der größere Teil der anwesenden Menge hatte ihn zu dieser unseligen Stunde zum ersten Male gesehen; dennoch überschütteten sie ihn mit Verwünschungen und wandten ihr Mitleid den Schächern zu.

*

Die übernatürliche Finsternis, die sich so vom Himmel herabgesenkt hatte, beängstigte Esther und begann auch tausend andere, die mehr Mut und Willenskraft besaßen, zu beunruhigen. „Laß uns nach Hause gehen, Vater!" bat sie, „es ist der Zorn Gottes. Wer weiß, was für schreckliche Dinge noch geschehen mögen? Ich fürchte mich."

Simonides ließ sich nicht bewegen. Er sprach wenig, befand sich aber in großer Erregung. Gegen Ende der ersten Stunde bemerkte er, daß der Andrang auf dem Hügel nachließ, da gingen sie auf seine Veranlassung weiter zu den Kreuzen. Ben Hur stützte Balthasar; doch nur mit Mühe vermochte der Ägypter die kurze Strecke zurückzulegen. Von ihrem neuen Standpunkt aus konnten sie den Nazarener undeutlich sehen. Sie hörten aber ein Seufzen, aus dem sie erkannten, daß er mehr litt oder mehr erschöpft war als die beiden

Mitgekreuzigten; denn diese erfüllten die Stille mit ihrem Jammern und Stöhnen.

Die zweite Stunde nach der Kreuzigung verging. Nur einmal öffnete er seinen Mund. Einige Frauen erschienen und knieten am Fuße seines Kreuzes nieder. Unter ihnen erblickte er seine Mutter und den Lieblingsjünger. „Weib", sprach er, seine Stimme erhebend – „sieh deinen Sohn!" Und zum Jünger: „Sieh deine Mutter!"

Die dritte Stunde kam, und noch immer wogte die Menge um den Hügel, wie von einer geheimen Kraft festgehalten; nicht wenig mochte die ungewöhnliche Finsternis zur Mittagszeit beigetragen haben. Die Leute waren ruhiger, doch von Zeit zu Zeit hörte man in der Finsternis laute Stimmen. Wenn sie zum Nazarener kamen, blickten sie schweigend zu seinem Kreuze hinauf und entfernten sich ebenso lautlos. Selbst die Soldaten, die erst kurz zuvor über die Kleider des Gekreuzigten das Los geworfen hatten, standen mit ihren Anführern abseits. Sobald der Gekreuzigte nur schwer aufatmete oder das Haupt bewegte, lauschten sie aufmerksam. Auffallend jedoch war das Benehmen des Hohenpriesters und seiner Begleiter, jener Ratsherrn, die bei dem nächtlichen Verhör angesichts des schuldlosen Opfers mit heuchlerischem Eifer dem Todesurteil zugestimmt hatten. Als die Dunkelheit zunahm, begannen sie ihre Zuversicht zu verlieren. Einige von ihnen waren in der Sternkunde erfahren und mit den Himmelserscheinungen wohl vertraut. Sie umringten den Hohenpriester und besprachen die merkwürdige Erscheinung. „Es ist Vollmond, eine Sonnenfinsternis kann es nicht sein." Von ihrem Platze aus achteten sie auf jedes Wort und jede Bewegung des Nazareners, hörten voll Furcht seine Seufzer und redeten nur flüsternd miteinander. Vielleicht war er wirklich der Messias, und dann – – Doch sie wollten warten und sehen!

Ben Hur zweifelte nicht. Vollkommener Friede war in ihn eingekehrt. Er betete, daß das Ende beschleunigt werde. Er wußte, was in Simonides vorging – daß er an der Schwelle des Glaubens stand. Er sah den edlen Kopf im ernsten Nachdenken gesenkt, er bemerkte die forschenden Blicke nach der Sonne, als suche er die Ursache der Finsternis zu erfahren. Esther schmiegte sich ängstlich an ihn, ihre Furcht verbergend.

„Fürchte dich nicht", hörte er ihn sagen; – „bleib und beobachte mit mir. Du magst doppelt so lange leben wie ich und wirst niemals wieder ein Ereignis sehen, das von ähnlicher Bedeutung für die Menschheit wäre wie dieses; vielleicht erfolgen noch weitere Offenbarungen. Laß uns bis zum Schlusse ausharren."

Als die dritte Stunde halb verflossen war, kamen einige aus der niedersten Klasse, verworfene Menschen, und blieben vor dem mittleren Kreuze stehen. „Hier ist er, der neue König der Juden", sagte einer. Die anderen riefen unter Hohnlachen: „Sei gegrüßt, König der Juden!" Da sie keine Antwort erhielten, traten sie näher heran. „Bist du der König der Juden oder Gottes Sohn, so steige herab", sagten sie laut.

Da unterbrach einer der Schächer sein Stöhnen und rief dem Nazarener zu: „Ja, wenn du Christus bist, so hilf dir selbst und uns!"

Das Volk lachte und erhob ein Beifallsgeschrei; als es dann wieder schwieg, um auf eine Antwort zu warten, hörte man den anderen Schächer zum ersten sagen: „Fürchtest auch du Gott nicht, da du doch dieselbe Strafe erleidest? Wir zwar mit Recht, denn wir empfangen, was unsere Taten verdient haben; dieser aber hat nichts Böses getan."

In der Stille, die eintrat, sprach der zweite Schächer zum Nazarener: „Herr, gedenke meiner, wenn du in dein Reich kommst!"

Simonides fuhr auf. – „Wenn du in dein Reich kommst!" Das war der Punkt, um den sich sein ganzer Zweifel drehte, jener Punkt, über den er so oft mit Balthasar gestritten hatte.

„Hast du gehört?" sprach Ben Hur zu ihm. „Das Reich kann nicht von dieser Welt sein. Jener Zeuge dort sagt, der König gehe erst in sein Reich, und gerade das hörte ich in meinem Traume."

„Still!" sagte Simonides gebieterisch, wie er noch nie zu Ben Hur gesprochen hatte. „Still, ich bitte dich! Wenn der Nazarener vielleicht antwortet –"

Und während er sprach, antwortete der Nazarener mit lauter Stimme: „Wahrlich, ich sage dir, heute noch wirst du mit mir im Paradiese sein!"

Simonides lauschte, ob er nicht mehr vernehme; dann faltete er die Hände und sprach: „Genug, Herr, genug! Die Finsternis ist gewichen; ich sehe mit anderen Augen, wie Balthasar, ich sehe mit den Augen des Glaubens." Der treue Diener hatte endlich seinen Lohn gefunden. Sein gebrochener Körper mochte nie wieder hergestellt werden, die Erinnerung an seine Leiden, der Gedanke an die verbitterten Jahre mochte ihn nicht mehr verlassen, aber ein neues Leben war ihm geoffenbart worden, das seiner wartete – ein neues Leben nach dem irdischen, im Paradiese. Dort würde er das Reich finden, von dem er immer geträumt hatte, und auch den König. Tiefer Friede senkte sich in sein Herz.

*

Der Atem des Nazareners wurde schwerer, sein Seufzen ein mühsames Ächzen. Nur drei Stunden am Kreuze und schon in den letzten Zügen! Die Kunde lief von Mund zu Mund; dann traf tiefe Stille ein; jeder Windhauch hatte sich gelegt; erstickender Dunst erfüllte die Luft; zur Finsternis kam noch die Hitze; keiner, der es nicht wußte, hätte ahnen können, daß unter dem schwarz verhangenen Himmel auf dem Hügel so viele Menschen in scheuer Furcht des Kommenden harrten. Da erscholl durch die Dunkelheit weithin über den Köpfen derer, die um den Sterbenden auf dem Hügel standen, ein klagender Ruf: „Mein Gott, mein Gott, warum hast du mich verlassen?"

Der Ruf erschreckte alle. Ben Hur wurde bis ins Innerste erschüttert. Die Soldaten hatten ein Gefäß mit Wein und Wasser mitgebracht und in der Nähe niedergestellt. Mit einem Schwamme, der am Ende eines Stabes befestigt war, konnte man die Gekreuzigten erquicken. Einer Eingebung zufolge gedachte Ben Hur des Trunkes, der ihm am Brunnen zu Nazareth gereicht worden war, da rief der Gekreuzigte plötzlich:

„Mich dürstet!"

Er nahm den Schwamm, tauchte ihn in das Gefäß und ging damit zum Kreuze. „Laß das!" schrien zornig die Leute, an denen er vorüberkam, „laß das!" Ohne auf sie zu achten, eilte er vorwärts und hielt den Schwamm an die Lippen des Nazareners. Zu spät.

Das Antlitz, obwohl zerschlagen und mit Blut bedeckt, leuchtete in Verklärung; die Augen öffneten sich weit und richteten sich auf den Himmel. Befriedigung und Erleichterung, ja Triumph lag in dem Wort, das der Gekreuzigte jetzt ausrief:

„Es ist vollbracht!"

So feiert ein Held, der sterbend ein großes Werk vollbringt, die Erreichung seines Zieles mit einem letzten Triumphrufe. Das Licht seiner Augen erlosch; langsam sank das dornengekrönte Haupt auf die Brust. Ben Hur glaubte den Kampf vorüber, doch das schwindende Leben sammelte noch einmal seine Kräfte, und deutlich vernahmen die Umstehenden die Worte: „Vater, in deine Hände empfehle ich meinen Geist."

Ein Beben ging durch den gepeinigten Körper; ein letzter Seufzer – und die Sendung und das irdische Leben des Nazareners waren zu Ende. Gebrochen war das Herz, das nur in Liebe schlug.

Ben Hur kehrte zu seinen Freunden zurück und sagte einfach: „Es ist vorüber, er ist tot!" In unglaublich kurzer Zeit hatte sich die Nachricht unter der Menge verbreitet. Niemand wiederholte sie laut; nur ein Flüstern ging vom Hügel nach allen Richtungen: „Er ist tot, er ist tot!" Das war alles. Das Volk hatte seinen Willen; der Nazarener war tot; schreckensbleich blickten alle einander an. Sein Blut war über sie gekommen! Und während sie einander starr anblickten, begann die Erde zu erbeben; die Finsternis verschwand, und die Sonne kam hervor; aller Blicke wandten sich nach den Kreuzen auf dem Hügel, die unter den Erschütterungen wankten. Alle drei hoben sich vom Himmel ab; doch das mittlere zog aller Blicke auf sich; es wollte allein gesehen werden, denn es schien sich aufwärts zu verlängern und seine Bürde höher und höher bis in den blauen Himmel zu erheben. Und jeder einzelne unter ihnen, der den Nazarener verspottet, jeder, der ihn geschlagen, jeder, der in den Ruf: „Kreuziget ihn!" eingestimmt hatte, jeder fühlte, daß jene Drohung des Himmels ihm allein aus der Menge gelte und daß er so rasch als möglich forteilen müsse, um derselben zu entgehen. Sie begannen zu laufen; sie liefen aus Leibeskräften; sie flohen zu Pferde und auf Kamelen, in Wagen, zu Fuß; das Erdbeben verfolgte sie, als sei es wegen ihres Verbrechens ergrimmt und wolle den unschuldigen und von allen verlassenen Toten rächen; es schleuderte sie hin und her, warf sie zu Boden und erschreckte sie durch das Getöse der unter ihnen berstenden und krachenden Felsen. Sie schlugen an die Brust und schrien vor Furcht. Sein Blut war über sie gekommen! Die Einheimischen und die Fremden, Priester und Laien, Bettler, Sadduzäer und Pharisäer, alle wurden erfaßt und stürzten über- und untereinander. Riefen sie den Herrn an, so antwortete ihnen die erzürnte Erde und verfuhr mit ihnen allen in gleicher Weise. Sie erkannte den Hohenpriester nicht für besser als seine schuldbeladenen Mitbrüder; sie erfaßte auch ihn, warf ihn zu Boden und beschmutzte sein Gewand, füllte die goldenen Glöckchen mit Sand und seinen Mund mit Staub. Er und sein Volk waren in dem einen gleich – das Blut des Nazareners war über sie gekommen!

Als die Sonne wieder auf die Kreuzigungsstätte herableuchtete, waren die Mutter des Nazareners, der Jünger, die frommen Frauen aus Galiläa, der Hauptmann und seine Soldaten und Ben Hur und seine Gesellschaft die einzigen, die auf dem Hügel geblieben waren. Diese hatten die Flucht der Menge nicht beachtet.

„Setze dich hierher", sprach Ben Hur zu Esther, ihr zu den Füßen ihres Vaters einen Platz bereitend. „Bedecke deine Augen und blicke nicht auf, vertraue auf Gott und den Geist jenes Gerechten, der so schmählich getötet wurde."

„Nennen wir ihn von nun an Christus, den Erlöser", sprach Simonides ehrfurchtsvoll.

„Es sei so!" sagte Ben Hur.

Ein Stoß des Erdbebens erschütterte den Hügel. Das Geschrei der Schächer auf den wankenden Kreuzen war schrecklich anzuhören. Obwohl infolge der Erschütterung des Bodens taumelnd, hatte Ben Hur noch Zeit, einen Blick auf Balthasar zu werfen; er sah ihn regungslos auf der Erde liegen. Er eilte hin und rief ihn, erhielt aber keine Antwort. Der gute Greis war tot.

Die Diener Balthasars waren wie die anderen geflüchtet; als alles vorüber war, trugen die beiden Galiläer den Greis in seiner Sänfte in die Stadt zurück. Es war ein trauriger Zug, der an jenem denkwürdigen Tage um Sonnenuntergang durch das südliche Tor in den Palast Hurs einbog. Um dieselbe Stunde wurde der Leichnam Christi vom Kreuze abgenommen. Die irdische Hülle Balthasars wurde im Empfangssaal aufgebahrt. Die Diener eilten weinend herbei, denn er besaß die Liebe jedes Menschen, mit dem er irgendwie in Berührung gekommen war; als sie aber das Lächeln auf seinem Antlitz sahen, trockneten sie ihre Tränen und sprachen: „Es ist gut so. Er ist abends glücklicher heimgekehrt, als er am Morgen auszog."

Als das Begräbnis vorüber war und die Trauer um den Toten sich gemildert hatte, führte Ben Hur - es war der neunte Tag nach der wunderbaren Heilung und die Vorschrift des Gesetzes erfüllt – seine Mutter und Tirzah nach Hause. In tiefster Ehrfurcht hielten sie von diesem Tage an zu Gott dem Vater und zu Christus, seinem Sohne.

XL.

Ungefähr fünf Jahre nach der Kreuzigung saß Esther, die Gattin Ben Hurs, in ihrem Zimmer in einer schönen Villa bei Misenum. Es war Mittag, und die heiße Sonne Italiens schien mit sommerlicher Glut auf die Rosen und Reben im Garten. Alles im Gemach war römisch, nur Esther trug die Kleidung einer vornehmen jüdischen Frau. Auf einer Löwenhaut am Boden spielten Tirzah und zwei Kinder. Zärtlich ruhte ihr Blick auf den Kleinen.

Die Zeit hatte sie schöner als je werden lassen.

Inmitten dieser traulichen Szene erschien ein Diener in der Tür und sprach zu ihr: „Ein Weib im Atrium wünscht mit der Herrin zu sprechen!"

„Laß sie eintreten! Ich will sie hier empfangen."

Die Fremde erschien. Bei ihrem Eintritt erhob sich Esther und wollte sprechen; dann zögerte sie, wechselte die Farbe, wich zurück und sprach: „Ich habe dich einst gekannt, gutes Weib. Du bist –"

„Ich bin Iras, die Tochter Balthasars."

Esther unterdrückte ihre Überraschung und befahl dem Diener, für die Ägypterin einen Stuhl zu bringen.

„Nein", sagte Iras kalt. „Ich werde mich sofort wieder entfernen."

Sie blickten einander an. Esther war ein schönes Weib, eine glückliche Mutter und eine zufriedene Gattin. Ihrer einstigen Nebenbuhlerin war das Glück nicht so günstig gewesen. Wohl war ihrer hohen Gestalt etwas von ihrer Anmut verblieben; aber ein zügelloses Leben hatte ihr sein Mal aufgedrückt. Die Gesichtszüge waren verroht, die Augen gerötet und unter den Augenlidern lagen Falten; von den Wangen war jede Farbe gewichen. Die Lippen hatten einen harten Zug, und in ihrer ganzen Erscheinung lag Vernachlässigung und vorzeitiges Alter. Ihre Kleidung war unordentlich und am unteren Saume beschmutzt.

Iras brach das peinliche Schweigen. „Sind das deine Kinder?"

Esther blickte sie an und lächelte: „Ja. Willst du nicht mit ihnen sprechen?"

„Ich würde sie erschrecken", erwiderte Iras. Dann trat sie näher an Esther, und als sie sie zurückweichen sah, sprach sie: „Fürchte dich nicht. Überbringe deinem Gatten eine Botschaft. Sag' ihm, daß sein Feind tot ist und daß ich selbst ihn tötete für das viele Elend, das er über mich gebracht hat."

„Sein Feind!"

„Messala. Sage deinem Gatten, ich sei für das Böse, das ich ihm zufügen wollte, so gestraft, daß selbst er mich bemitleiden würde."

Tränen traten in Esthers Augen und sie wollte sprechen.

„Nein", sprach Iras, „ich will kein Mitleid und keine Tränen. Sag' ihm, ich sei zur Einsicht gekommen, daß ein Römer sein nichts anderes heißt als ein Tier sein. Lebe wohl!"

„Bleib, und warte auf meinen Gatten. Er hat nichts gegen dich. Er wird dein Freund sein. Wir sind Christen."

Die andere blieb bei ihrem Entschlusse. „Nein! Was ich bin, bin ich aus freier Wahl. Es wird bald vorüber sein."

„Aber" - Esther zögerte, „können wir dir keinen Wunsch erfüllen? Gibt es nichts, was - was -"

Die Züge der Ägypterin wurden weicher; etwas wie ein Lächeln spielte um ihre Lippen. Sie blickte nach den Kindern auf dem Boden.

„Es gibt etwas", sagte sie.

Esther folgte ihren Augen, und mit schnellem Verständnis antwortete sie: „Es sei dir gewährt."

Iras trat zu den Kindern, kniete auf der Löwenhaut nieder und küßte sie beide. Sich langsam erhebend, betrachtete sie die Kinder; dann schritt sie zur Tür und verließ ohne ein Wort des Abschieds das Zimmer. Sie ging rasch und war verschwunden, ehe Esther zu einem Entschluß kommen konnte.

Als Ben Hur von dem Besuch erfuhr, wurde es ihm zur Gewißheit, was er schon lange vermutet hatte: - daß Iras am Tage der Kreuzigung ihren Vater verlassen hatte, um sich zu Messala zu begeben. Er machte sich sofort auf den Weg, doch suchten sie vergebens. Sie hörten nie wieder von ihr. Die blaue Bucht von Misenum, die unter den Strahlen der Sonne so heiter lächelt, hat ihre dunklen Geheimnisse. Hätte sie eine Zunge, könnte sie von der Ägypterin erzählen.

*

Simonides erreichte ein hohes Alter. Im zehnten Jahre der Regierung Neros gab er sein Geschäft auf, dem er so lange im Warenhaus zu Antiochien vorgestanden hatte. Sein klarer Kopf und sein gutes Herz und das Glück blieben ihm bis zu seinem Ende treu.

Im genannten Jahre saß er eines Abends in seinem Armstuhl auf dem Dache des Warenhauses. Ben Hur, Esther und ihre drei Kinder waren bei ihm. Das letzte seiner Schiffe schaukelte in der Strömung des Flusses, wo es vor Anker lag; die anderen waren verkauft worden. Seit dem Tage der Kreuzigung war ihnen nur ein Leid widerfahren: damals, als Ben Hurs Mutter starb; und damals wie auch jetzt milderte ihr christlicher Glaube den Schmerz.

Das Schiff war erst tags zuvor angekommen und hatte Kunde von der Christenverfolgung gebracht, die Nero in Rom begonnen hatte. Die Gesellschaft auf dem Dache besprach eben die Nachricht, als Malluch, der noch immer in ihren Diensten stand, sich nahte und Ben Hur ein Paket überreichte.

„Wer brachte dies?" fragte er, nachdem er gelesen hatte.

„Ein Araber."

„Wo ist er?"

„Er ging sogleich fort.“

„Höre“, sprach Ben Hur zu Simonides und las dann folgenden Brief vor:

„Ilderim, der Sohn Ilderims des Gütigen und Scheik des Stammes Ilderim, an Judah, den Sohn Hurs.

Erfahre, o Freund meines Vaters, wie mein Vater Dich liebte. Lies das beigefolgte Schreiben, und Du wirst es wissen. Sein Wille ist mein Wille; was er gab, ist deshalb Dein. Ich habe meinen Vater gerächt und alles, was die Parther in der großen Schlacht, in der sie ihn erschlugen, an sich rissen, habe ich zurückerobert – unter anderem diese Schrift und die ganze Nachkommenschaft jener Mira, die in seiner Zeit die Mutter so vieler Sterne war. Der Friede sei mit Dir und allen Deinen. Diese Stimme aus der Wüste ist die Stimme des Scheiks

Ilderim.“

Ben Hur entrollte einen Papyrusstreifen; er war gelb wie ein verwelktes Maulbeerblatt und erforderte behutsame Behandlung. Dann las er weiter:

„Ilderim, genannt der Gütige, Scheik des Stammes Ilderim, an den Sohn, der mein Nachfolger ist.

Alles, mein Sohn, was ich besitze, soll am Tage Deiner Nachfolge Dein sein, ausgenommen jenes Besitztums bei Antiochien, das als der Palmenhain bekannt ist; dieses soll dem Sohn Hurs gehören, der uns im Zirkus solchen Ruhm brachte – ihm und den Seinen auf immer. Mach Deinem Vater keine Schande!

Ilderim der Gütige, Scheik.“

„Was sagst du, Simonides?“ fragte Ben Hur.

Simonides schwieg. Seine Augen ruhten nachdenklich auf dem Schiffe. Endlich sprach er:

„Sohn Hurs, der Herr war in diesen letzten Jahren überaus gütig gegen dich. Für vieles bist du ihm Dank schuldig. Ist es nicht an der Zeit, über das große, vom Herrn dir gegebene Vermögen zu entscheiden, das jetzt ganz in deiner Hand ist und noch immer wächst?“

„Ich habe meine Entscheidung schon längst getroffen. Das Vermögen ist zum Dienste seines Gebers bestimmt, nicht bloß ein Teil, Simonides, sondern das ganze. Die Frage ist nur die: Wie kann ich es am besten verwenden? Und darüber, bitte ich, gib mir einen guten Rat!“

Simonides antwortete: „Was du für die Kirche hier in Antiochien getan hast, kann ich bezeugen. Jetzt kommt, fast gleichzeitig mit diesem Geschenk des edlen Scheik, die Nachricht von der Verfolgung unserer Brüder in Rom. Dort eröffnet sich dir ein neues Wirkungsfeld. Das Licht des Glaubens darf in der Hauptstadt nicht erlöschen.“

„Sag' mir, wie ich es brennend erhalten kann."

„Ich werde es dir sagen. Die Römer, selbst dieser Nero, halten zwei Dinge heilig, die Asche der Verstorbenen und die Begräbnisstätten. Kannst du über der Erde keine Tempel zum Dienste des Herrn bauen, so baue sie unter der Erde; und um sie vor Entweihung zu schützen, laß die Leichname aller, die im Glauben sterben, dort beisetzen."

Ben Hur erhob sich erregt.

„Das ist ein großes Werk", sagte er. „Ich werde nicht zögern, es auszuführen. Es duldet keinen Aufschub. Das Schiff, das die Nachricht von den Leiden unserer Brüder brachte, soll mich nach Rom bringen. Morgen reise ich ab." Er wandte sich an Malluch. „Mach' das Schiff segelfertig, Malluch, und bereite auch du dich, mich zu begleiten."

„So ist's recht!" sagte Simonides.

„Und du, Esther, was sagst du?" fragte Ben Hur.

Esther kam an seine Seite, legte ihre Hand auf seinen Arm und antwortete: „So wirst du Christus am besten dienen. Oh, mein Gatte, laß mich kein Hindernis sein, sondern dich begleiten und dir helfen!"

*

Der Leser, der Rom besucht und die Katakomben des heiligen Calixtus betritt, die älter sind als jene des heiligen Sebastian, kann sehen, was aus Ben Hurs Vermögen wurde, und ihm Dank wissen. Aus jener großen Gräberstätte trat das Christentum empor, um das heidnische Rom und seine Cäsaren zu stürzen.

„Sag' mir, wie ich es brennend erhalten kann."

„Ich werde es dir sagen. Die Römer, selbst dieser Nero, halten zwei Dinge heilig, die Asche der Verstorbenen und die Begräbnisstätten. Kannst du über der Erde keine Tempel zum Dienste des Herrn bauen, so baue sie unter der Erde; und um sie vor Entweihung zu schützen, laß die Leichname aller, die im Glauben sterben, dort beisetzen."

Ben Hur erhob sich erregt.

„Das ist ein großes Werk", sagte er. „Ich werde nicht zögern, es auszuführen. Es duldet keinen Aufschub. Das Schiff, das die Nachricht von den Leiden unserer Brüder brachte, soll mich nach Rom bringen. Morgen reise ich ab." Er wandte sich an Malluch. „Mach' das Schiff segelfertig, Malluch, und bereite auch du dich, mich zu begleiten."

„So ist's recht!" sagte Simonides.

„Und du, Esther, was sagst du?" fragte Ben Hur.

Esther kam an seine Seite, legte ihre Hand auf seinen Arm und antwortete: „So wirst du Christus am besten dienen. Oh, mein Gatte, laß mich kein Hindernis sein, sondern dich begleiten und dir helfen!"

*

Der Leser, der Rom besucht und die Katakomben des heiligen Calixtus betritt, die älter sind als jene des heiligen Sebastian, kann sehen, was aus Ben Hurs Vermögen wurde, und ihm Dank wissen. Aus jener großen Gräberstätte trat das Christentum empor, um das heidnische Rom und seine Cäsaren zu stürzen.